人生如剧　来不及彩排

褚乃贺　著

華文出版社
SINO-CULTURE PRESS

图书在版编目（CIP）数据

人生如剧　来不及彩排/褚乃贺著. --北京：华文出版社，2022.3（2023.6重印）

ISBN 978-7-5075-5527-1

Ⅰ.①人… Ⅱ.①褚… Ⅲ.①长篇小说-中国-当代 Ⅳ.①I247.5

中国版本图书馆CIP数据核字（2021）第250493号

人生如剧　来不及彩排

著　　者：褚乃贺
责任编辑：潘　婕
出版发行：华文出版社
社　　址：北京市西城区广外大街305号8区2号楼
邮政编码：100055
网　　址：http://www.hwcbs..cn
电　　话：总编室010-58336239　发行部010-58336202
责任编辑010-63429159
经　　销：新华书店
印　　刷：永清县晔盛亚胶印有限公司
开　　本：787 mm×1092 mm　1/16
印　　张：20.75
字　　数：480千字
版　　次：2022年3月第1版
印　　次：2023年6月第2次印刷
标准书号：ISBN 978-7-5075-5527-1
定　　价：68.00元

序

《人生如剧，来不及彩排》是作者褚乃贺历经多年撰写的长篇叙事小说，正如此书标题所言，小说中的主人公尤朗月在机缘巧合下拥有了一段如剧般的绮丽多彩的人生。

带着不同的心境去看，你会发现这本书不一样的视角。

或许这是一则缱绻伤情的故事，可以让伤心失落的人寻找到心灵的慰藉和共鸣；或许这是一段心灵成长的记事，让人从中体悟人生的真谛。在作者的笔下，女主人公尤朗月妙笔生花，以诗言志，每次品读，总能体悟到不一样的滋味。

她爱他的成熟魅力、阳刚之美，她的艺术之梦在这个人身上淋漓地展现，她对他一见钟情，再见倾心；他爱她的豪爽潇洒、美好个性，他向往着不切实际的美好梦想，虽无法驾驭，却心存希冀。

他与她前半辈子没有交集，形同路人甲乙。后半生虽然相遇，却各有各自不同的生活轨道。他们就像飞蛾扑火那样投身热血燃烧的激情之中，经历了春花秋月、雨雪风霜，却终究是人生如剧，聚散不由人。

希望这本书能为拥有故事的你，带来别样的芬芳。

冠华　博贤

2021 年 12 月

序

目　　录

第一章　人生不只如初相见

1

人与人之间相识的途径很多，有偶然路遇，有慕名拜访，更有命运的安排，个人无法选择，像亲属、同学或同事那样。近些年传媒的发达、网络的普及，也给人们的结识提供了更广阔的空间。博客好友、QQ群、微信朋友圈、美友等已经成为人们社会生活中不可或缺的重要组成部分。大爷、大妈们广场舞、模特队、暴走团、诵读会等一些民间组织的集结和邂逅，更是多姿多彩。即便如此，比较电光石火的相遇，还是在觥筹交错的酒桌平台上居多。

尤朗月与李显阳的近距离结识，也和大多数人相识的途径一样，是在他们共同的朋友——一家纸质媒体的副刊编辑、诗人周天雨所召集的一次饭局上。自然又是另一位刚刚在报纸上发表作品的豪爽诗友慷慨解囊，奉献爱心。

这是十年前国庆小长假的最后一天。周天雨来电话的时候，尤朗月正在由蓝城往回返的隆蓝高速公路上，已是下午两点多钟。

"在哪儿呢？"互相问好后周天雨问。

"在高速公路上呢！"尤朗月爽快地回答。

"晚上请你吃饭。"周天雨说出来电意图。

"明天行不？"尤朗月犹豫着说，"今天到隆山也得四五点钟，挺累的。"她头一次没拒绝。

"你今天就过来吧！夏诗文都安排好了，李显阳也来！"认识这么多年，周天雨大哥少有这么果断、坚决、不容商量的口气。他把"李显阳"仨字说得有点含蓄，尤朗月没太听准，就重复一句："李晓阳？"她想到一位挺知名的大学校友，弹一手好钢琴，以为是他。

周天雨没有纠正她听错了名，只是说："你来就知道了！"

谁来与不来与我又有什么干系呢？碍于情面，尤朗月没有说出来。老爸最近又写了几首诗词想见报，正想节后给他拿过去。

电话那边又出现了盲区状况，听不着动静了。

与周天雨通话常有这种情况，大家也都适应了。就是说着说着话，你那还听着，他那边声音似乎就钻到桌子底下去了。他自己也许意识不到电话另一边听不着声音了。等你瞅瞅电话，激灵问一句："怎么没声了？"那声音就又跳出来，正下音，还是哑着嗓子，又低下去了。

这绝不是一咏三叹的歌剧，也不是令人惜别、感伤和断肠的阳关三叠，简直就是让人大喘气之后就得屏息的老慢支后遗症，弄不好会让听者也跟着他或者齁喽气喘，或者窒息身亡；又好比忧郁诗人写那悲观感伤的诗，跌跌撞撞的，欲扬先抑。读出来荡气回肠，引人深思；读不出就让人觉得憋闷，莫名其妙地会想：这又是咋回事儿呀？

也许是因为他在办公室里打电话说话不大方便，或者是不希望别人多听到些什么，或者又回来人了吧?尤朗月总是这样善意地理解别人,知道今天有些部门提前上班,就顺便问了句:“在哪个酒店?”

“公园酒店,315包间。”周天雨声音还是压着抑着的,像受了气的小脚女人。

他是想听答复。他感觉尤朗月声调里带有大不屑,这在其他文朋诗友中是少有的。对尤朗月这个鲜明的个性,周天雨是了解的。一般的聚餐叫不动她。她在报社广告部工作,弹性工作制,几个月见不着人影是常事。只是这次与以往不同。自己的诗歌朗诵会即将和报社记者节一起举办,还希望她到时候过来捧场。今天李显阳也过来。他可是远近闻名的表演艺术家,魅力四射,走到哪儿都能迷倒一大片,集万千宠爱于一身,是女人们集体热爱和追逐的公众偶像。

尤朗月不随便参加外面的应酬活动,与她顾不顾家、老公支持不支持,关系还不是很大。与她自己交友的选择有关。她老公当然是不太支持的。

有一次报社老总给他们广告部庆功,她家里正装修,脱口请假说有事。后来觉得不妥,就在电话里告诉了老公常守业,勉强过去了。没想到一进阳光酒店大门直奔电梯过去,就看见左侧茶吧的沙发上,常守业的光脑门一闪。

尤朗月霎时鼻子都要气歪了,就像脸撞上了墙,鼻子不是鼻子脸不是脸地呵斥一句:“你来干什么?”

“谈点事儿。”常守业笑嘻嘻地说。

此后再有什么活动尤朗月都不敢告诉他实话,认为他心思诡谲难测,不可理喻。

“这样不贴心的人,怎么信赖?”尤朗月想想都心寒。

再说,他平常出入靠司机,自己不记道,也不记人。今天却明晃晃坐在一眼就能看见的位置,不找死吗?报社领导都什么人?个个人精过度,在自己母亲去世的时候都见过他。作为老公,他压根儿就没为她着想,没考虑让自己的另一半该怎样在单位里做人。

其实他至少目前完全不必这样。

尤朗月几乎把全身心都放在了家里。除了为念高中的女儿的饮食起居忙,就是为新房子装修忙。唯一的社会活动就是为老爸又写了诗词稿想发表给斟酌斟酌,跑跑道。她不太关注其他关系不大的人和事。

为庆祝她老爸的新书出版,她弟弟尤朗明以兄弟姐妹的名义摆了两桌,宴请并答谢了帮过忙或者提过好建议的人之后,报社领导们对尤朗月近两年来深居简出,积极为老爸出书而奔忙的表现很满意,认为她不坐班比坐班对她个人和家庭来说都更有利,一致同意把尤朗月定编到广告部。

去报到之前,温总编让尤朗月和副书记张建功打个招呼。

“张书记在三零几办公室?”尤朗月问。亏她还知道楼层。

温总编笑喷出来说:“三零六!看来你是真不关心咱们报社!”

尤朗月逐渐知道在报社安排个什么事,尤其是调整工作岗位,都需要和所有领导打招呼,让领导周知才行,否则就会有抵触,有麻烦。只和主管部门领导打招呼不行。

估计这次安排自己到广告部,张书记是说了好话的。

尤朗月给张书记带了一条好烟。

弹性工作制导致尤朗月领导观念不是很强，但帮过她忙的人，她都会表示感谢。

周天雨觉得今晚的聚餐应该叫上她。且不说尤朗月一向热衷文学方面的事，前不久在她老爸生病住院期间，又给她老爸抢出了第二本书，自己也帮了一些忙，还和古荫买了鲜花到医院去看过她老爸。在一年前的一个饭局上，自己曾跟尤朗月说过让她帮忙办诗歌朗诵会的事，她也很爽快地答应了，只是又补充几句："要办就办有规模、有影响面的，若就一些爱好者在那朗诵，也没什么意思。"

这次是真的要办诗歌朗诵会了，是和报社的记者节一起办，主办单位是报社。多好，名利双收！周天雨心里喜不自禁。这次的饭局就是意在宴请隆山市和隆钢的几位朗诵名家，邀他们到时候过来捧场助阵压台面。

这次是周天雨推杯换盏了近三十年最有成就感，也最能体现人生价值的一次召集，意味着他的事业和成就达到了一个新阶段，将得到报社的褒奖和社会的广泛认可，对他诗人加编辑加首席记者的多彩生涯具有里程碑意义。他愿意让他的朋友们也一起分享他的光荣与梦想，尤其是像尤朗月这样非常仗义而又豪爽的朋友，更可为他扬威助力。

"好吧，我过去。老爸还有稿要给你拿过去呢！"尤朗月习惯了用简单直接的方式跟他说话，从没考虑过男女概念，是很多职场人都有的态度。

尤朗月并不是像社会上的许多人那样，因为他是个诗人而对他或褒或贬，捧之唯恐不高，谤之唯恐不及。她比较客观、平常地看待现实世界中的诗人及其诗人的称谓，也和那些画家、舞蹈家的头衔一样是个招牌而已，对世界的表达方式不同罢了。

她是师范学院中文系的毕业生，背唐诗宋词出来的。古往今来，诗仙泰斗们那些杰出的诗词作品，就像一座座高耸入云的山峰那样令人景仰和崇拜，尤其透过那字里行间所闪现出来的忧国忧民的家国情怀和崇高的思想境界以及高贵的人格情操，更成为激励后生毕生膜拜和追求的精神丰碑。

她胸中鼓荡着的，远非诗仙李白的如何浪漫，诗圣杜甫的如何悲悯。她更加崇尚的是革命领袖毛泽东的"数风流人物，还看今朝"的伟大胸怀和非凡气魄；再有就是大学士苏东坡的"大江东去，浪淘尽，千古风流人物"的豪迈气概。

年轻时她也和很多人一样，非常钦佩这些英雄豪杰、诗词大家能用慷慨、激昂的文字指点如画的江山。中华传统文化的精华早已熔铸于她的骨髓里，融化在她的血液中，并且积淀下来。她非常认同儒家传统思想中"修身、齐家、治国、平天下"的社会理想。

然而随着岁月的流逝，更让她铭心刻骨的，却是李白"安能摧眉折腰事权贵，使我不得开心颜"的高贵人格和陶渊明"不为五斗米折腰"的傲骨。中国传统知识分子"穷则独善其身，达则兼济天下"的基本人生态度逐渐成了她积极而达观的人格理想。同时作为一个女人，她又非常欣赏婉约派词人柳永笔下《雨霖铃》的九曲回肠和"杨柳岸，晓风残月"的凄清意境，以及大才女李清照的"凄凄惨惨戚戚""人比黄花瘦"的悲凉情调。眼里、心里青睐的全是大家、豪杰的风范，对现实世界中的一些哼哼唧唧的闲杂人等很少眷顾。

周天雨的诗由于所处环境和际遇的因素，往往根据个人好恶抒发喜怒哀乐，有时还要夹杂一些恩怨、是非、讥讽、隐喻或影射什么的，以抒发心中之块垒。有的诗，若不是他自己做编辑，换作是别人写的话，很难发表。虽然不乏一些有意味的篇章，但离大师的境界距离差了不是一星半点。他参加过几次省内外的诗歌征文活动，偶以获得三等奖为最高。如果用音乐和歌曲的款式来形容诗歌，他的诗应该属于通俗或流行，越来越接近快餐式。他对古典诗词中的平仄格律一窍不通，且仅具有初中学历。

他自己说之所以爱好上诗歌，是缘于下乡时一个知青战友带去的一本《普希金诗选》，无聊之余他就翻阅，以至烂熟于心。俗话说"熟读唐诗三百首，不会作诗也会诌"，说的就是这个意思。《普希金诗选》给了他很多诗歌营养。在那个文化匮乏的年代，他有幸从矿山小镇走出，就像孙悟空一个跟头翻越十万八千里，进入了让很多文学青年向往、仰望的隆钢报社，负责编辑报纸副刊的一个文艺版面，近水楼台，方便把自己呕心沥血所排列组合的一行行文字印成铅字。

随着传媒的发达和网络的普及，尤朗月从自媒体上看到了很多优秀的诗文作品，有很多业余作者，文化水平很高，知识信息量很大，写得非常之好。比那些经常在正规报刊上登载的"网红"诗人的所谓诗歌强多了。自己的老公常守业，诗词写的也很有力道。中华民族血液里含有诗的基因。

在隆山，诗歌团体和协会不计其数，会员数不胜数。上至官员，下到百姓，乃至精神病人，各个层面都有写诗的人。似乎唯有周天雨的名字变成了诗歌的符号，一提起他就让人想起诗歌，俨然成了"诗人专业户"。连过去那个出了几本诗集的市诗协主席都像业余。

周天雨的诗往往有几个套路、模式，什么"就这样……就这样……"的抒情，首次看让人感到特别有味道，但他经常这样写，也难免会让常看报纸的读者觉得似曾相识。别人没他运气好，想发表诗文作品得经过他认可才行。尤朗月与他打交道，也是因为他乐于助人，常给老爸发稿。这对老爸晚年的精神生活很重要。

老妈去世后，老爸写了一些怀念诗词。周天雨给发表了几首，老爸受到很大鼓舞，一发而不可收，把写诗填词当成了最大乐趣和精神寄托。

尤朗月非常感谢周天雨大哥对她老爸晚年的精神生活——在写诗、填词等方面所给予的支持，在发稿、出书等方面所给予的帮助和所作的贡献。尤其在给书作序中，字里行间洋溢着对老人家写作的充分理解、积极的鼓励以及对尤家优秀儿女们的高度赞美，让尤朗月和全家人都非常感动，把他视为最好的朋友，但这并不是说尤朗月对他所有的事情都认同。

在社会上交朋友和男女之间挑对象不同。挑对象可能要求全责备，追求完美。但交朋友就可以求同存异，"和而不同"。不然怎么合作？尤朗月虽然把周天雨视为最好的朋友，但心底下并未改变对他过往的印象。

在日常生活和工作中，周天雨是个常出笑料，制造"包袱"的角色。与偶尔卖卖萌或者"开心果"不同，他的表现就像有些谐星经常用揶揄或糟践自己的方式来博人一笑的那种。

现实生活中真正的职业娱乐演员们大多都非常注重自己舞台以外的名声和形象，加强自身的品位提升，比那些靠脸吃饭的偶像剧明星更加努力地追求人生的完美，有的甚至过于苛责和矫情。

这一点他与之正相反。他把现实生活当小品舞台，上演和演绎了一个个娱乐事件来幽默大家。他是现实生活中活生生的小品演员。

这也许是他在报社的生存之道。如果个性太强，自我张扬，还不有人把他灭了。

尤朗月就曾听到过走廊上的一个对话，一个高嗓门声音问："最近忙啥呢?"

"没忙啥。就是装修一下房子。"一个柔弱的男声回答。

"买新房子了?"

"没有，就是把隔壁邻居家的房子买下来，打通了，简单装一装。"

"小样！干啥不告诉我，小心收拾你!"

报社表面和谐的背后，私底下就是这种潜流。你的喜怒哀乐有人操心和掌控。但鸡有鸡道，猫有猫道。报社的很多员工在外面都有"来钱道"，或兼职或炒股或家里有买卖。在一个大盖子底下各有各的活法。

谁也不会去想只要是一个男人，不论高的、矮的、胖的、瘦的，贫穷或者富有，高贵或者卑贱，都有自己的心灵密码，外人是很难破解的。

周天雨负责编辑报纸副刊的一个文艺版面，这是一个很好的工作平台，旗下集结了那么多文学艺术爱好者围绕他转，三天两头有人为了发稿请他吃饭。天长日久他并不仅仅甘饴于美食的满足，他还要把这块蛋糕做大。他要让亲朋好友们也跟着一起分享和感受他在粉丝面前受追捧、被爱戴的荣耀。就像他编辑报纸副刊的文艺版面一样，根据饭局主题的不同，近期交往和所欠人情以及人物类型的不同，今天招呼这拨过去，明天安排另一拨过去，反正一弄就十五六个去。条件好、不差钱或者公款消费的尚没有问题，皆大欢喜。但也难免会遇到没带够钱的，不想花那么多钱的，有时害得他自己掏钱垫上。

饭局从中午连到晚上甚至半夜是常有的事，单位同事也经常参加。朋友越交越多，像滚雪球似的。组稿不用愁，稿件像雪片一样飞来，一抓一大把。

其他版面的编辑和记者就没有这样的好运气了。采访得亲自到现场，组稿必须为企业的改革改造"鼓与呼"。辛苦且不去说，得到的实惠、好处也且不去说，仅大多数文人所醉心追求的文字色彩和浪漫程度不知要逊色多少倍。

岗位的便利也让周天雨帮助了许多人，成就了许多人。墙内开花墙外香。有人甚至把他比作"本市诗歌的太阳"。还有人提出想象：这座城市，以它的名义，表彰他对诗人和诗歌所作的贡献。

长期的编辑工作与诗歌写作的紧密结合，促进了他作诗的成长，让他不用怎么费心雕琢就能一挥而就，乃至成了诗歌的匠人。大多数确也能写出人人心中所想，但却笔下所无的东西。弄得青山绿水、有声有色、风生水起、一往情深，进而引起广大读者的共鸣。

他有很多粉丝，尤其是女粉丝。每逢大事小情，或者过生日什么的，总有美女或者丑女到办公室送鲜花。有的是自愿买的，有的是他让买的。

周天雨是全报社编辑和记者当中得到鲜花最多的一个。有时多得没地方安置，不得不送到别的办公室去，引得其他女同事或调侃或侧目，都在心里说："又一个神经病来了!"

她们每每还要表白几句，说什么："周老师我爱你!"或者："周老师我崇拜你!"等等。

相传在一个饭局上，有一个人吹牛，说自己在隆山文化界如何好使。桌上有一个人不服，遂问："我问你一个人你认识不？"

"谁？"

"周天雨！"

众人全晕，继而哗然。

周天雨散文写得也很有内容，往往借题发挥，表情达意，或抒快意恩仇，或泄不满，锱铢必较，同样拥有广大读者群。

《隆钢报》后改成《隆钢日报》，是当年隆山市近乎唯一的综合性报纸，隆钢厂内每个班组必订一份，几乎是当时隆钢一线职工仅有的精神食粮。

唯一的遗憾，也是最大的遗憾，就是报社领导们普遍对周天雨不看好，认为他除了写诗啥都不行。市侩一点儿的，甚至认为现实生活中写诗的人都是精神类型特殊的人，而精神类型特殊似乎就是精神有问题，尤其是他。

"有病，迷糊，精神不健全！"一个领导曾与几个人闲聊时这样评价周天雨。

"那伟大领袖还爱写诗词呢！古代科举考试就考作诗呀！"尤朗月非常不赞同这个领导蔑视所有诗人的错误观点，当即给予反驳，以维护诗人的整体形象。

"周天雨要是精神健全，那年讨论他入党那么严肃的事，怎么会连人都找不着了！把两个介绍人急得蹦高。"领导进一步指出问题所在。

这个案例真让人无话可说。不是"有病"又怎么解释呢？

后来听说他是因为要入党了高兴，就和几个诗友多喝了几杯酒，然后嫖娼被抓了，是一个矿山的诗友找人给保出来的。这样的事，外界当然不知道。

还有一个故事：报社一把手温总编有一天在单位食堂吃午饭的时候看到周天雨黑发如油，遂过去调侃："怎么回事呀？咱俩岁数差不多，你看我这头发白的！你这逆生长，是不是有什么问题呀？"

周天雨却回怼说："我敢爱敢恨，所以白发不上头！不像有的人，想爱不敢爱，藏着掖着的。"

这个阶段他已和从报社退休不久的《安全周报》编辑古荫好上了。爱情的力量让他首次说话铿锵有力，掷地有声。

就是这位哥们，这位老兄，作诗作文和做人做事还真是两码子事。正像尤朗月在报纸上看到的一篇文章中所写的：人们常爱赞美某某人"文如其人"，是褒义。但有些人的人品却未必如其文。作者列举了历史上的几个名人做例子，如秦桧，文字功夫非常了得，经过他手的文章，别人真的动不了一个字，但他却是谋害忠良的历史罪人，遗臭万年；还有汪精卫，实属文化翘楚，却成了卖国求荣的大汉奸，民族败类。

尤朗月调到报社上班的第一天就听同事讲了一件周天雨当年的糗事：

他曾和三家共用一个厨房的报社车间的女工邻居"有事"，而被单位处分，调离了原编辑岗位，发配到印刷厂胶印车间好多年。

"上夜班的时候，经常一个人坐在车间门外地上哭。"一个男同事描述。

其委屈、落魄的状貌可想而知，给尤朗月的感觉是这个人窝窝囊囊的。

刚参加工作的时候，尤朗月和她的第一个工作伙伴谭思诚经常在他们起初工作的隆钢职校语文组办公室阅读报刊。谭思诚曾和她议论过周天雨的诗。他俩都是中文系毕业的大学生，中华民族五千多年灿烂历史文化的熏陶，近三千年中华诗歌的律吕始终在他们头脑中萦绕，使得他们一开始并不大喜欢周天雨早年诗歌的散文化风格，又听说他有这档子不光彩的事，形象更高大不起来。

谭思诚已位居隆山钢铁公司党委宣传部部长一职，是主管隆钢报社的上一级领导。

尤朗月当时还没有见过周天雨的面，只读过他在报纸上发表过的诗，想象中这个人应该是高高瘦瘦、斯斯文文、白白净净的样子，没想到却正相反。入秋以后被雨淋过的鸡什么样知道吗？他基本就那样。晒干了的瘪茄子什么样知道吗？他基本也那样。厚厚的下嘴唇向外翻翻着往两边咧，嘴还常常下意识左一下右一下地不知道在往外噗嗤什么。走路的时候，人家东郭先生是因为心地善良不忍心踩蚂蚁，他老人家却是因为怕遇见熟人还得打招呼就习惯了靠墙根走。遇事也总爱溜边儿。

认识这么多年，尤朗月还真没怎么认真仔细地看过周天雨的脸，只是囫囵地看了个大概。因为觉得他那过厚的下嘴唇在那翻翻着，让善良人的视线无法忍心从那通过再看别的地方。

这两年随着岁月的流逝，好像还顺得过眼点儿了，加之诗稿等身，一米五几的个子也不那么显矮了。

“他出身可苦了，从小没有父亲，母亲带着他嫁到后爸家，又有了好几个弟弟妹妹。”报社副刊部主任冯秋实还是很同情他的身世，也挺照顾他的。大事坚决把关，一般事他有自主权。只要版面不出错，捞点好处就让他捞，把活儿干好就行，没闲心理他的事。

冯主任是当年报社唯一的女副处。在一众争强好胜的女编辑、女记者中脱颖而出，没有过人之处是出不来的。

她给人的印象很厉害，手笔相应，口齿伶俐，说话有板有眼，十分善于表达，态度又显得很真诚。

她有激情，有可爱的一面，既能和爱整情调的年轻人玩到一起去，也能和年龄大的老编、老记们声气相合。

她还参加过当年由老编、老记们发起组织的“讨还青春战斗队”。

年轻有为的新闻界女中豪杰自然在很多方面受宠得意，这也是双刃剑。当年轰动报社的“照片门”事件差点让她的婚姻经受考验。

肇事者是当年的老总编，应邀带队到南方的一个兄弟企业报社联谊、交流、采访，集体合影时，一时兴起，左右各挎一个报社重量级美女，谁也没有去想过后的事。

没想到给拍照的摄影记者也够敬业，按照所留地址把一沓照片寄到了隆钢报社编辑部。等部主任当众拆开邮件，大家都惊呆了。接着就像一碗水倒进了滚热的油锅里，他们人还没回来，舆论就在全报社炸开了。

受冲击最大的是冯主任。走哪都感到有人在议论。她百口莫辩，骨子里还很正统的她，一时精神都要崩溃了。

一天她经过记者部，里边几个叽叽喳喳的男女突然就没动静了，还有人挤眉弄眼。她脸气得铁青，过去一脚踹开门，警告说：“告诉你们，我想要的，我都得到了！你们想投怀送抱还没人要呢！”

之后她就气回家，请了长假。

老总编坐不住了，带着老伴到她家道歉，请求原谅。

毕竟有栽培、提拔之恩，终于得到了谅解。两家人结了善缘，成了终生的好朋友。

职场女人，尤其是要强女人的无奈、心酸或者甘甜又有谁人能知？

强将手下无弱兵。副刊部个个好样的，都能独当一面，在外也都弄得风生水起。周天雨那个文艺版更是得天独厚，有时候弄得他都不知道自己是谁了。没事儿的时候老以为诗人是有力量的，可一遇到事儿就不是那么回事儿了。

尤朗月觉得他不是一个世情练达、敞敞亮亮的体面人。不然，怎么会在过往的生活和工作中，常以出糗事或者自我爆料、糟践自己来取悦大家？助人为乐的好事没少干；拎个廉价的酒瓶子上领导家想提干被轰出来的事也有过；靠和某老领导攀上"诗友"和"忘年交"得了不少帮助也尽人皆知。但就是使出浑身解数，高大正面的形象怎么也树立不起来。

秀不了光彩的，就像现在有些刚出道的小演员、小明星，一下子上不了高位，就靠晒裸照、晾家丑或者炒作绯闻和苦难经历来博眼球、获关注。他曾自编、自导、自演了那么多令报社全体员工就餐时开心喷饭的笑话来娱乐大家。

常被大家津津乐道的有如下几个段子：

一天，周天雨的儿子跟他到单位取东西，上电梯的时候遇到一位外单位来报社办事的朋友。周天雨给他儿子介绍说："这是王厂长，叫赵叔叔！"

他儿子没吱声。

等来到办公室，周天雨就鼻子不是鼻子脸不是脸地对他儿子吼："都这么大了，怎么连一点礼貌都没有？见人话都不会说！"

众目睽睽之下，他儿子实在忍不住了，就说："你说'这是王厂长，叫赵叔叔！'让我怎么叫？"

一下子一屋子人都笑翻了。

还有一回半夜三更回家，一进楼门他就把鞋脱了放在那儿，然后光脚来到楼上邻居家敲门。等邻居披着衣服出来开门才知不是自己家，就谎说是看看自己的媳妇在没在他家打麻将。

又一天他骑着小摩托经过报社附近的菜市场撞人了，心想：糟了，还不得讹我呀？就赶紧过去拽那人，却怎么也拽不起来。

他说："你倒是起来呀！我领你上医院呐？"

那人却说："不用上医院，我这辈子也没起来过！"

"那我赔你点钱呐？"周天雨在估计赔多少。

"不用，你就在那给我买兜苹果就行！"那人还挺敞亮。

周天雨喜出望外，忙跑过去买了一塑料袋苹果给他。

过年的时候，一个朋友送给他一只鸡，鸡可惨了。手无缚鸡之力的他下不了手，就刺鸡脖子，把鸡疼得嗷嗷叫着跑了，他就追，追到二楼鸡跑不动了，耷拉个脑袋，歪着脖子等着他束手就擒。

他小时候看小朋友玩鸡毛毽羡慕，就趁人不注意把邻居家的大公鸡狠狠薅了一把。邻居大婶看到自家秃了一块毛的公鸡，在他家门口骂了好几天他也没敢出来。

总之他幽默、搞笑、蔫吧淘、犯迷糊、犯点二的故事不胜枚举，多少年都娱乐不衰，他不是个笑料是什么？

2

尤朗月对这次聚餐本没抱任何期待，和往常一样，不太情愿参加。她起初以为不外乎又是所谓的文朋诗友在一起互相吹吹拍拍，拉拉扯扯，挺没意思！况且层面又高低不齐，费劲的居多。尽管大家都爱好文学艺术，但有些人就像精神乞丐那样为了得到社会的赏识和认可，不惜溜须拍马，阿谀奉承。

有的巴结和跪舔已到了令人作呕的地步，有人把周天雨比作“再生父母”。

也有人当场就批评说：“这就过了！父母谁也代替不了！”

给你生命的父母谁能代替得了呢？虽然他们大多都积极向上，努力进取，但有些也挺不顾脸皮的，表现过度和失当，丧失应有的人格和尊严。尤朗月不屑于与这样的人为伍，为他们感到哀悲。

如果都懂规矩，不涉及别人，不损害别人的名誉和利益倒也无所谓，但有一类人挺招人烦！走哪都胡诌八扯，哪都挨不着哪的，就连他老人家姓甚名谁人家都不记得了，还总不忘用消费别人名声的方式往自己脸上贴金添彩，抬自己身价：谁谁谁是我中学同学；谁谁谁和我一个青年点的；谁谁谁我发小，一块儿光屁股长大的；谁谁谁我和他在某年某月某日的一个饭局上见过，他（她）还如何如何，高了、矮了、胖了、瘦了，牙齿齐不齐，都在他们的谈资里。若遇到个子矮的，往好了说就是“小巧玲珑”“短小精悍”“浓缩的都是精华”；要是碰到高个子的，就会有欠嘴的马上问：“你打不打篮球？”亏他们的智商只会联想到这些，也不审视一下自己在别人眼里是个什么德行。

更可恶的，还有为了掩饰自己明显的身心缺陷或资质不足，对自己辛苦大半生也没有取得任何值得炫耀的资本心有不甘，就专以破坏完美成功人士的形象和名声找心理平衡，专挑别人莫须有的毛病。不管你是什么身份、地位，也不管你多么有尊严，多么追求完美，只要你与这类人遭遇了，接触了，碰面了，在他（她）们那诡谲、怪异、琐屑、鄙陋的心灵视野里出现了，涉及了，想到你了，你就难保清白美好之名不受侵害，难保没有损失。

个别社会地位低、心理落差大的，紧盯着一个更落魄的失败者或弱者开涮，以转移大家对自己卑微身价的注意力，还算是情有可原的高智商、高情商。不然他们怎么挺直腰杆坐在人堆里？就像有段嗑儿说的：比上不足，比下有余，人家骑马咱骑驴，后面还有个挑担的。自己还不是混得最差的那一个，就是这种心理。

有的人表面看，嘻嘻哈哈没说的：阳光灿烂、大公无私、助人为乐，道德楷模似的。私下里、暗地里，黑你、坏你没商量。没跟他（她）打过交道，没吃过他（她）的亏，你都不知道他（她）有多坏。笑呵呵地说话间，团吧团吧，只要过过他（她）手，经过他（她）嘴，有意无意地那么一说，就把好端端的你给倒腾脏了。就像卖烤地瓜的人常用找零钱的手来回摆弄炉子上的几块烤地瓜一样，或者像地摊上卖梨的老汉用擤鼻涕的手来回倒腾那几个冻秋子梨似的搬弄他（她）们仅有的人事认知。别人不高兴，他（她）们心里才舒坦。

老祖宗曾说：“狗嘴里吐不出象牙！”狗嘴里若能吐出象牙，那档次不就上来了吗？那还是狗吗？除非脱胎换骨,基因变异。根性和基因决定了禀赋。有人群的地方就有这类人存在,他们像细菌一样无处不在,而且繁殖旺盛。

尤朗月就有一个近四十年没有联系,仅这两年才有所接触的,类似这样的小学女同学,叫张克芳。她把利用别人的名声为自己贴金添彩和损害别人的形象及尊严都做到了极致,还不以为耻,反以为荣。

倘若饭局上有公安局的人,她就会说:“你们公安局副局长程连山的媳妇是我小学同学,他是我姐同学。”

一听这话,引得几个公安局的小兄弟纷纷起来给她敬酒。

她一时也受宠若惊。

如果遇到不同的人,她也会有不同的表现。

有一次饭局上,她遇到了尤朗月的大学同学,省市知名作家徐文彬。当大家都吹捧徐文彬文章写得如何了得的时候,她却心上长小虫了,说:

“都说你是大文豪,我问你一个字你认识不？就是‘小’‘大’‘小’摞一块儿念啥?”

众人一时都目瞪口呆,哑口无言。

“念啥?”有人回过神儿问。

“小时候玩的打尜的‘尜’呗!”张克芳得意地咧开上下翻飞的戗菜刀子似的损嘴笑开了。

徐文彬憋得急赤白脸,旁征博引说:“我大学的汉语老师告诉我们:生僻的字,或者不常用的字,我们不必刻意掌握它！因为它是没有生命力的,是被时代淘汰了的字,是死了的字。就像鲁迅先生笔下的孔乙己,再知道‘茴香豆’的‘茴’字有四种写法,又有什么意义呢？还不是变成了笑柄?”

徐文彬觉得自己的辩白,在座的人也未必全能听懂,就又进一步解释说:“我的大学校长在全校大会上讲:学某个知识,并不是教育的最终目的。不认识的字,可以查字典;不懂的知识,可以学。这都不是最重要的。最重要的是要把学到的知识变成能力,这才是教育的最终目的!”

大家在世上混这么多年,在各种场合拼杀,徐文彬甚至曾当着自己顶头上司的面,摔过酒杯,也没有想到会遇到这种歹人歹得这么有水准,有功力,这么专业的！还看似思无邪,天真烂漫的样子。

还好徐文彬疑心不重。他要是像有些人爱胡搭联系的话,还不得以为尤朗月和张克芳说过他什么？其实边都不着,尤朗月避之都唯恐不及。

当周天雨和古荫告诉尤朗月,她的一个小学同学叫张克芳的,也被介绍过来时,尤朗月非常平静而又态度鲜明地说:“你们走你们的,与我没关系。我不参与!”

她虽然对张克芳印象不好,讨厌她的嘴爱搬弄是非,但不会干预别人的事,更不会背后说人坏话,做不体面的小人。让他们自己逐渐了解认识去呗!

她当时以为张克芳与自己隔得太远,近四十年没有联系,不会影响自己什么的。

“她魔魔怔怔的！请我在隆钢小东门饭店吃的饭,也不怕得传染病!”周天雨起初对张克芳愤愤不满。他实在不缺顿饭。

尤朗月不置可否。

她做梦都不会想到，正是这几位在未来的日子里，联起手来给自己的精神生活和情感世界带来了那么多烦恼和困扰。正如萨特所说的，是聚餐之后几个人一起坏你所带来的最糟糕的局面。

根本原因是情况发生了戏剧性变化。她和大家眼中的热点人物，即将出场的李显阳走得比较近，而周天雨却无原则、无底线地爱上了他曾经所谓“无知者无畏”“魔魔怔怔”的张克芳。

原本尤朗月在社会上和生活中对很多人和事没有太大的利益诉求，一般事，她家里这圈不用出门，打打电话就能解决，又不缺知己朋友。

“她是隆钢某某公司董事长尤朗明的姐姐!”尤朗月在外面的身份逐渐变成了这个，有点像社会上的大姐大，不怒自威。

尤朗月冷眼看长相不俗，气质高傲，鼻梁笔挺，天庭饱满。好人歹人都对她敬畏三分。她的人品也像她的通天鼻子一样非常纯正，心地非常善良。

她有一个所谓的优秀大学同学圈，他们几乎把持了隆山市的好多重要岗位，所以眼下还不大需要太多的闲杂人等为自己做什么，更不必特意扩大交往。

她所做的文学梦要靠自己的努力来实现，与别人不搭界。

她洁身自好，清高了大半生，好处都不想多要，做人做到这份儿上了，到头来被溅上点狗屎得多冤?因此不想沾一些人的边儿。

至于那个大学校友李晓阳，尤朗月对他并不反感，但瞧不上。这主要怪他自己，好好的一个“钢琴王子”，被前妻宠着、惯着的，非要离婚娶灰姑娘干吗?那巨大的文化差异和趣味，不还得离吗?不离就不正常了，离了反倒是可以理解的了。

前妻是他的大学同届校友，化学系系花，父亲是工程师，知识分子家庭出身。当年被他在学校礼堂里的演奏迷得不行，一时传为佳话。

起初是同寝室的老大姐给传递情书、情话，后来两个人就一起星光月下，毕业就花好月圆了。

前岳父还特意给他买了一架钢琴，价格就相当于现在的奔驰、宝马。那年月家家都不富裕，他岳父家拿出这笔钱得多重视他可想而知。他却并没有给他们带来应有的荣耀和回报，反倒在世俗社会的挤压面前表现得让他们失望。不能突破就突围，不能出彩就出轨。

他与现在的妻子是在舞厅里认识的。大家心目中的钢琴王子李晓阳娶了隆钢报社印刷厂的办事员。办事员这活儿有人瞧不上，有人争不上。虽然是工人岗位，但还算是俏活儿。在印刷厂领导鞍前马后吃香的、喝辣的。既不用为写稿而一宿愁白了头，也不会为完成生产任务而加班加点地免费出勤大干，属于旱涝保收。虽然免不了会有闲话、绯闻，但在笑贫不笑娼的不良风气里，也是有市场的。就是文化少了点儿，某种意义上说，这又是重要的和致命的问题。

几年前在超市，尤朗月遇到过他俩在购物，一时没接受得了，鼻子都要拧歪了。和心里的期望值差太远了。瞧不上就是瞧不上，经过的时候侧目而过。

她哀悲这世界怎么了?那么多有文化、有品位的优秀女子找不到好老公，而一个成天混迹于领导身边,摸摸搜搜、勾勾搭搭、搂搂抱抱,头发紧揪着马尾,杏核眼,外号叫“辣妹”的泼妹,却漫不经心地牵着当年大家心目中“钢琴王子”的手。这一雅一俗的反差也忒大了。她在为他的前妻不值。

尤朗月认为很可能是因为在报社工作抬高了这个女子的身价。外界普遍以为在报社工作的就都是有文化、有品位的,毕竟是新闻单位,文化部门。即使没有文化,那么成天和纸墨印刷打交道,也多少会沾上些墨水。某种意义上说,是这样的。不然单位里那么多过去的印刷工、检字工、校对工,摇身一变,大多到编辑部当了编辑。报纸的质量高低且不去说,反正白纸黑字的报纸天天出。

徐文彬曾说:“古荫都到编辑部当编辑去了,报纸的质量肯定不行!”

尤朗月给拦住说:“在外面别这么说,古荫和天雨大哥走到一起了!”

徐文彬曾在隆钢报社当过记者和编辑,比较了解情况。尤朗月调到钢报时徐文彬早已离开了好不容易调进来的隆钢报社,调到市文化局好多年。

钢报的现实让尤朗月深刻地认识到能破茧成蝶,要强有志气的,就是蝶;温良恭俭让的,没有出息,就不能破茧成蝶,那就只能是茧。档次和级别、待遇就不一样了。但不管怎样报社的牌子还是闪亮的,在外面有光环效应。

估计李晓阳一开始也和很多外界人一样,一提到报社就可能会联想到编辑和记者,就像一提到法国人就会想到拿破仑,一提到美国人就会想到华盛顿一样,误以为做报纸的就只有编辑和记者。

其实不然。

脑补一下:虽然记者和编辑是报社的主力军,但也只是一小部分人。为一张报纸服务的还有很多人,很多部门,如生产科、发行部、印刷厂;印刷厂下面设有照排车间、胶印车间、轮转车间、装订车间。此外还有库房、保密室,等等。

他们起早贪黑,几点上班的都有:发行部投递员早晨五点半上站点取报纸;八点钟编辑、记者以及机关干部和其他部门工作人员上班;晚上九点夜班编辑和校对人员以及印刷厂照排车间的工作人员上班;后半夜两点轮转车间的人上班,等等。哪一环节出了问题都是大事,哪一环都很重要,缺一不可。

尤朗月听同事讲当年还是铅字排版印刷的时候,有一次报纸经过了几道工序后,已经到了轮转车间出报人手里,没想到把“小平同志”的“小”,印成了上面多出一小横,这还了得?这个错让后半夜上班的保密室老杨给堵着了,真是万幸!报社为此还奖励老杨一级工资。

还有一次是报纸图片出了错:隆钢公司某主要领导本是个秃顶,图片上却头发浓密、油黑。领导把温总编叫去发火,把报纸往桌上一拍,温总编正不知所措,一看也气乐了。

像把“万民同庆”的“庆”字多印出了一小竖,就印成了“万民同床”的笑话,像类似“念到此处停一停,此处也许有掌声”的桥段还有很多,逐渐变成了不宜外传的内部掌故。

接着刚才的话说,外界对报社有一个共识就是认为报社社会层面较高,所以员工的素质也较高。按说应该是这样,毕竟识文断字,就应该是知书达理的。其实也不尽然,也和其他行业一样良莠不齐。优秀的可能更优秀,丑陋的可能更丑陋。哪个名人曾说:卑鄙是卑鄙者的通行证,高尚是高尚者的墓志铭。

按说真正的知识分子，通晓基本的自然科学和社会科学知识，了解日月星辰的变化，所以做人做事都挺遵循规矩的，较少会干太忤逆、太不像话、没有出处的事。而一点墨水没有的人，也好合作，他有自知之明，他认命。最麻烦的就是半吊子所谓的文化人，干不出什么体面的好事，坏起人来却不择手段，既混蛋又没有人性。尤其是在惹是生非的新闻单位，少有省油的灯。

“就连两个人出差都得打架回来！”刚到报社时副总编庞天雷这样告诉尤朗月。

“连发块肥皂都有人得挑薄厚。”报社老人儿说。

“夜班闹鬼！”第一天上班，组织部部长陈树枝就告诉了丑闻。

几年下来，尤朗月也觉得这个单位很多事怪怪的，违背常理。比如晋职称、分房子以及安排岗位等问题，在其他单位恐怕就未必是问题，按条件和资格谁具备给谁报就是了。即使和领导关系不好，你只要具备条件和资格，该给你报，不情愿也得给你报。可在这家企业报社却不行。即使你按政策条文够条件、够资格，个别领导也可能找理由，或者不需要找理由就给你拿下来。而不具备条件和资格的，只要他欠你人情，踏你“过儿”，他也可能破格给你安排。这有一个有没有基本的公正意识和人文精神以及做人良知的道德底线问题。

更不像话的是，后来公司生产经营遇到了困难，要求各单位按比例下调工资。报社就不管工人、干部全都“一刀切”，人均扣 240 元工资。干部挣年薪，是工人工资的好多倍。普通干部最低每月也能开好几千元，扣 240 元，不会影响生活质量。而普通工人，月薪才一千多元，也享受了一把干部待遇，和干部一样扣 240 元，生活显然就很困难。干部平常承担的责任和风险大，年薪高一些，大家也都能理解和接受。可企业遇到困难了，就要和工人均摊风险，说不通吧？

听说有的单位财会人员弄虚作假，做职工保险账的时候极力压低普通职工的保险待遇，好让单位少承担点，而把自己和领导的保险待遇却做得很高，等到退休的时候就能体现出明显的差距。

尤朗月数学不好，不爱算小账。且不在其位，不谋其政。似乎个别人也有意不让她多了解情况。她就只算大账，整钱差不多就行，小钱忽略不计。

赶上逢年过节，单位发个红包什么的，她就笑嘻嘻地说：“大钱我要，小钱我不要。五百元以上的我要，三百两百的我就不要了。平常大家都没少照顾我。”

生活中的尤朗月也只算大账，不算小账。

“算得过来吗？多没意思呀！我放弃追求当官本身就已经损失巨大，这点小毛毛雨钱算啥呀？再损失点又如何呢？”她想起有个外来的电视剧叫《人在旅途》，其主题歌前半部分大意是这样唱的：

“从来不怨命运之错，不怕旅途多坎坷。向着那梦中的地方去，错了我也不悔过。人生本来苦恼已多，再多一次又如何？……”

她心想：幸好调报社来之前，自己的中级职称和房子问题都已解决，只剩下工作问题，就顺其自然了。

话再说回来，刚才提到的那两位——在现代社会，“灰姑娘和王子”是过不上几天幸福生活的。日子久了，才会感觉出明显的文化差异和趣味的不同。

听说李晓阳和那个泼妹结婚没到一年又离了。装修豪华的房子留给了女方。估计李晓阳这么多年教钢琴也能挣了不少钱，肯定是不差钱了。但不知他和周天雨大哥他们凑一块儿是因为什么事？

3

北方深秋的傍晚，金风送爽，空气清冽袭人。

街面上车水马龙，霓虹闪烁。尤朗月回到家换了身飘逸有致的意大利裙套装就闪亮出发了。她自信这身行头能给自己加分：枣红色毛背心套在黑色打底内衣外面，里面隐隐约约露出点儿蕾丝花边；红斜格布裙，不规则的下摆，右前方膝盖下还有个不大不小的开气儿；腰间扎了条深棕色宽边牛皮带；前边微向下倾斜，上搭图案美丽、质感舒服的棕色镂空亮片披肩，足登线条简洁大气的原版意大利半高跟皮鞋；欧米茄腕表、24K 金项链、金树叶吊坠、精致的钛合金装饰眼镜、白云石大花耳环也一应佩戴齐全；新款 LV 手包自然随手拎着。

这身看上去低调的奢华，简约而又不简单的大品牌衣着，让她自信是有理由的。

在蓝城，她女儿大学里的一个年轻英语女副教授，就是看到她穿这身衣裙在学校外面走，赶上来和她搭话，进而结识成好朋友的。

她怎么也不会想到这身陪她走了国内外很多地方，就是走遍世界也拿得出手的衣裙，竟然会在不算太封闭的新闻单位里遭遇过一则尴尬。

那是两年前的事。一天在单位走廊上，尤朗月遇到了她原来办公室的对桌吴丹。还没等打招呼，吴丹就吃惊地说：

“哎呀妈呀！尤姐，你裙子怎么坏了？”眼睛睁得跟豆包似的。

尤朗月都笑不出声了。她晦涩而又轻蔑地告诉她：“这是原版意大利的裙子，国际一线大品牌的。”她又抻抻裙子的一边说：“下摆飘逸，看着像不规则的，其实底边是一条直线的。是有底线的！”

她还想告诉她：虽然裙子的下摆看起来是不规则的，但我做人十分讲规则。我就喜欢不规则的充满诗意空间的或者抽象的图案，不喜欢拘谨束缚被套牢。

吴丹是个不幸的可怜人。老公是个普通机关混事儿的，满足不了她更大的欲望，得了抑郁症。几年以后又得了肝癌，撇下她和女儿去世了。

她曾十分痛恨命运对她的残酷，也憎恨舆论给她的压力和不公。常跟人抱怨说：像周天雨那样拈花惹草的诗人有外遇就叫“浪漫”，像她们这样不幸的女人有外遇就叫“破鞋”。

有一天，周天雨又来到库房找保管员严凌霜，向她要带有“隆钢日报社印制”的绿格原稿纸，给念高中的儿子当笔记本用。他看到尤朗月正与严凌霜站在走廊的窗前说话，就告诉她们：吴丹是副总编庞天雷的“那什么”。“那什么”指什么大家都心知肚明。

如果在二十世纪八十年代以前的某个穷乡僻壤、封闭落后的农村，有人对尤朗月的裙子不开眼，她尚能理解。但已经到了二十一世纪，改革开放都二三十年了，社会生活已经发生了巨变，还有人的视野和心灵像枯井一样，那么孤陋、闭塞和偏狭，让尤朗月觉得很晦涩，难以想象。也许是因为羡慕嫉妒恨吧？

这家企业报社，按说也是上边的"喉舌"，不用说员工的文化素质，就是领导干部的文化素质，也应该比一般的人要高些。可在新中国成立后就已基本绝迹的"闹鬼"现象，怎么能在信息爆炸的新闻单位里出现，并且还有其丑闻存在的土壤？

有些人在尤朗月眼里就是个人渣，除了坑蒙拐骗，啥都不是。可却在单位内外人五人六的。而一些素质很好，有才艺，又有教养的本分员工却始终干着最底层的活儿，且收入低微。真是应了那句话："人不人，鬼不鬼。"风不正，应该是个别领导者的主因，上行下效。

裙子这件事让尤朗月深刻认识到人与人之间品位是不同的。大千世界，什么样的人都有。有句话说："山大兽多，林大鸟多。"就是说什么兽都有，什么鸟都有。

在蓝城那个女副教授眼里，自己就是新潮、前卫、时尚的化身。而在过去的桌对面的吴丹眼里，自己可能就是另类的，穿奇装异服的人。

尤朗月记得自己给过她两套衣裙，是老公出差回来时匆匆在机场买的，为的是交差，自己没看入眼。当时吴丹很高兴，但仅穿了一天，就叫庞天雷给训哭了。从此再没着身，只说给女儿穿了。

尤朗月离开传媒公司办公室，应该与她不高兴有关，抢了她的风头，碍了她的眼。本来之前在小圈子里受宠的地位，一下子有人夺眼球，她受不了。

她曾当着温总编的面，呵斥副总编庞天雷，引得温总编笑呵呵地问："你怎么这么厉害？"

她不会去想自己何德何能。从车间的小检字工调到传媒公司办公室当所谓的文书，受一小部分人溜须拍马的，不就是因为委身于一个外观跟武大郎转世似的丑强人吗？可怜之人必有可恨之处，自己好了伤疤忘了疼。反过来还会变本加厉地给别人制造伤害和疼痛。她除了能委身于人，没有别的本事，所以平时不大张扬。领导们有外事活动常由财务科那几个俏佳人陪着。有能唱能跳的，有发嗲会笑的，轮不到她，但她的嫉妒心也没有放过她们。

一次报社在院里搞活动，财务科的人在前面表演。吴丹脱口对身边的姐们儿说："汪娜也不好看呐！"

尽人皆知领导们常带汪娜她们出去，吴丹想不明白领导们凭什么能看好汪娜？

那姐们儿说："可笨了！游泳老学不会，就也像会似的泡在水里跟别人装唠嗑。"

尤朗月觉得：存在肯定有存在的理由。汪娜经常和领导们出去活动，见的世面多，自然也就练出了自身的功力。她会发嗲、耍媚、讨贱，吃相也有一套。

她吃东西不像有些人都吃到嘴外边去了，然后再擦。她会笑嘻嘻地张大口，然后把食物抿进去。不像吴丹一到饭桌上就先伸筷头子，一边说话，一边往嘴里夹东西，生怕少吃一口亏了。

尤朗月刚调到传媒公司办公室时，报社领导曾带着报社和传媒公司两个办公室和两个财务科的全体员工到郊外度假村搞活动。小车司机就曾恨铁不成钢地呵斥吴丹："瞧你，还吃！干吃也不胖！把筷子放下！"

他了解她,是为她好,怕让新过来的尤朗月笑话,她却装作没听见似的仍在使劲夹一块冻豆腐照吃不误。

也可能是因为这个人过去生活经历坎坷,心灵扭曲,长期寄寓在传媒公司办公室小圈子里腻味,视野不够开阔,眼界和思维出问题了,以至于对不完整的事物太敏感了吧?不然怎么能把不规则的裙摆当成破了的呢?

尤朗月想:幸好自己对职场诉求不高,能平稳度过就OK,其他都不太在意。不然怎么会主动要求往下走,而不是往上走呢?

她后来听说,报社的前任总编辛勤曾评价报社传媒公司是副总编庞天雷的"二八部队",意思是不带"长"的部队。言外之意大家都清楚,这里水深。她后悔进这里也没用。报社的岗位紧俏,她要是不想离开报社,又不想陷进去,就只能躲远着点最好,倒是也没让她累着。

很多职场人都有这样的经历,也是比较晦涩的经历:就是一个办公室的同性员工中有个跟异性领导有特殊关系的,那其他人的日子就不好过了。给你穿小鞋还是没办法太狠的,弄不好就给你整走了。安排别的岗位还算是仁慈的,再恶点就让你失去生活保障,下岗回家玩去了。

更悲哀的是,有些女人压根就看不上某男上司,人家有自己的人格尊严、生活追求和爱恋的对象。可扭曲了心灵的男上司偏要打压这样不顺从他们的女人,退而求其次,选择扶持一个只会对他讨贱、谄媚,百依百顺,委身于他的资质一般的女人。他们在单位形成利益共同体,"夫唱妇随",相得益彰。

这样的例子比比皆是,也是职场罪恶的渊薮,恶顽之所在。

也是自己晦气。欣欣然地走在单位的走廊上,怎么偏偏就遇上了这么一位呢?尤朗月边走边想:人们衣着的风格不同,品位不同。只要不是伤风败俗,不影响别人,就不应该根据自己的好恶或喜乐来随意评价别人。因为你未必有这个资格。更不能像井里的蛤蟆只看见碗大的天才是。

尤朗月因为这条裙子而结识的那个大学女副教授,当天就把裙子借去,找人照样子裁剪了一条。日后人家也非常关心她孩子的学习,帮过她们不少的忙,成了无话不谈的好朋友。

来到315包间,好像还有三个空位。尤朗月就近落座,却被夏诗文招呼到自己身旁左侧。

"那个位子给那个小美女留着,"夏诗文似有很多话要往上涌,又控制住了,抬抬下颏,指指身边右侧的空位置,"对面爱看!"

正说着,一个身材较高,步履生风的男子进来了,没经介绍,直接就过来跟尤朗月握手。

"你好!"他口气轻松,亲切友好地问候。

"你好!"她热情地回应。

"他是李显阳,"周天雨给尤朗月介绍,"师大艺术学院教授!"

"噢,师大也是我的母校。"尤朗月笑着说。

这时那位美女也千回百转地进来了，在周天雨旁边离门最近的位子颇有姿态地缓缓坐下。

“这是许白鸽，隆钢纪念馆的，朗诵艺术家！”周天雨示意尤朗月跟她打招呼。

“哎呀，小鸟依人！”尤朗月有意夸赞的语气。一说她外貌娇小，一说她姿态黏人。

“我的朗诵会和报社记者节一起办，杜总决定的。”周天雨告诉尤朗月这个好消息。

“太好了！”尤朗月惊叹。她想起一年前在一个饭局上，周天雨大哥还提出过让她帮忙办朗诵会的事。她当时建议说，要办就办有规模、有影响面的！要是仅仅小部分爱好者在那朗诵和聆听，也没多大意思。

菜陆陆续续在上，大家已经开始动筷子了。

“他们几个艺术家也过来帮忙！”周天雨指指李显阳和许白鸽他们。

“我见过你，”尤朗月对李显阳说，越过大家的目光像在回想，“在电视上！”

“老李是隆山的名人嘛！”坐在尤朗月对面的隆钢外事处处长薛世强快人快语地说。

“你们隆山一号小区房地产广告就是他做的。”周天雨进一步介绍。

“他和沈歌飞接吻的慢镜头，最后定格，完了给掐了。”薛世强有意无意地强调这个。

“对——，”尤朗月抻长音，“是这样！”表示知道，接着又打诨，“看了你的广告，我才决定买隆山一号的房子。”

尤朗月头一次在公众场合说这么俏皮、放肆的话。当然没有哪一个小区的业主，不是因为看了电视广告才了解房源，进而了解房子的。隆山一号小区的业主应该百分之九十九以上都是看过李显阳和搭档沈歌飞演绎的房地产广告才买房子的。

“你在隆山一号住？”李显阳显得好奇地问。隆山一号是当时隆山最高档的住宅小区之一。地理位置好，交通方便，且价格数一数二。

“嗯，这回见到真人了！”尤朗月继续开玩笑，气氛非常热烈、活跃。

其实，很多第一次见到李显阳的人也都会这样说。从舞台上、屏幕上走到生活中难免会让人感到很亲切、很惊喜。

“朗月平常挺矜持！”夏诗文歪头瞅着尤朗月，冷不丁脱口一句。

大家也深感意外。

“是呀，酒逢知己千杯少嘛！”尤朗月心里充满阳光地打哈哈解释。

“我敬你一杯！”酒局还没怎么开席呢，李显阳就伸过酒杯，直击过来，然后一饮而尽。

尤朗月不得不也陪着把杯子里的酒喝了。

这时有人给尤朗月添酒，尤朗月拿着酒杯，也没有顾及饭局还没有正式开席，主办方还没有说祝酒词之类的话呢就带点儿解释性质地说：“我平常不喝酒，今天高兴，”又接着刚才的情绪展开说，“一是感谢天雨大哥多年来对我老爸写作的支持和帮助；二是通过天雨大哥，我结识了这么多朋友；三是感谢诗文大姐的盛情美意。”尤朗月边说边站起来，“我干了这杯，大家随意！”尤朗月热情洋溢地与身边的四位碰了杯，又与餐桌转台通了电，示意其他人，然后举起酒杯，故作轻松地喝了。

没想到饭局是在这样热烈而愉快的气氛中自然开场的。

“今天是诗文做东，诗文你起来说几句！”周天雨及时把握饭局的方向。

“我，你们都知道，一半是火焰，一半是海水。我爱死你们了！我敬你们！”夏诗文说着站起来挨个碰杯,大家也都站起来了。

“和诗文本来想好好处,没想到处成哥们儿了。”周天雨落座后笑嘻嘻地说。他指的是处成男女朋友。他现在走哪都带着离婚两个月就从编辑部被动员提前退休回家的古荫。

大家背后都在当丑闻议论:

“什么是年轻、漂亮也行,要一样没一样,到哪儿一坐扎个坑,不说话就是吃,招人烦不?”

“不分什么场合,谁请吃饭她都去。哪怕有市长参加她也过去!让人瞧不起,也不自知。”

“找不准自己的位置!”

等等等等,不一而足。

两个月前,尤朗月的老爸住院,编辑部的高主任说要和周天雨过去看望,没想到周天雨却是和古荫一起买了花篮去医院的。让尤朗月还挺感动的。这次同意过来也与念及这事儿有关。

尤朗月对夏诗文并不陌生,很爽的一个大姐,性情中人。说舞蹈就舞蹈,说骂人就骂人。多难听的话到她嘴里都不是话,对人性的丑恶方面看得挺透,还算大气,率真,不做作。唯一让尤朗月搞不懂的是,她一会儿说爱这个,一会儿又说爱那个,不惜把爱献给任何人,图的是什么?难道就是为了讨好大家,你好我好大家都好?还是另有隐情,掩藏着什么?她明知道周天雨和贾文艺分手后又和古荫好上了,却还要在寄给周天雨的新年贺卡里写上:“周老师,我爱你!你属于我们大家!”而周老师也真对得起她这张贺卡,通过写新年新感动的方式给发表出来了。凡是看过《隆钢日报·副刊》的人都不会忽略这个笔墨链接,他们都是怎样想的呢?

在职场上容易让人调低性别的概念,因为男女平等,一样分工。但在社交场合,就不应分不清男女,否则要出事的。难道人间有大爱就男女不分了吗?

起初尤朗月只以为周天雨是在借夏诗文的贺卡来显示自己粉丝多而已。他不放过任何一个抬高自己的机会她是知道的,且并不以为意。她和她的家人以及亲属的名声没少被他利用。那又能怎么样呢?说明自己还有利用的价值嘛!

听说他首席记者的名号也是因为有领导考虑了他和尤家的良好关系才给他的。既然不能提拔他,照顾一下总是可以的吧?不然给谁不好呢?每个记者和编辑都很敬业地工作,都不错。

这件事也曾在编辑部引起过议论,有人还挺恨尤朗月。只是她自己压根就不知道。她忽略了他的另一面:心机缜密、敏感多思,善于利用人。

他展示夏诗文贺卡的用意是不局限于粉丝的,而是告诉人们,虽然有古荫陪在身边,但也可以有别人爱他,如夏诗文。他的爱也是广博的——博爱,懂吗?

“我这么多年就一个老婆!”那边坐姿端正、亲切和蔼的李显阳抑制不住内心被尤朗月撩拨起来的狂野,说:“前几天王豪又结婚了,婚礼是我给主持的。(他)咧大嘴哭。”他在学王豪咧嘴的样子。模仿和表演是他的专业,而朗诵则是他的看家本事,几近完美,可谓炉火纯青,登峰造极。

大家都知道王豪是本市著名画家,画协主席。

尤朗月感觉李显阳是在有意表明自己和社会上的很多人不一样,不乱扯。除了老婆没有别的女人。

“家中红旗不倒,外面彩旗飘飘。”夏诗文才不信他说的鬼话呢!她曾在一年前见过李显阳和一个年轻漂亮的格裙子女人从一个饭店里搂着出来,分手时还拥抱了一下。她以为那女人不是他老婆也得是女朋友,但年龄差距太大了,倒像她女儿的姐姐的年龄,就敲打他:“说一说,你一生爱过多少女人?”

李显阳显然不愿意夏诗文此时此刻提出这样的问题。他高高地举起左手,用巴掌狠狠地要拍夏诗文后背,拍得她缩脖。

古荫坐在尤朗月的斜对面只忙着品尝美食,一直没轮到她说话。挨着她的薛世强激情满怀地提议说:

“让老李表演个节目吧!”

“好!”有人鼓掌。

李显阳也没推辞,端着酒杯就站起来说:“我给大家朗诵一首余光中的《乡愁》。”似别有深意。

除了古荫,其他人都停下筷子聆听:

小时候
乡愁是一枚小小的邮票
我在这头
母亲在那头

长大后
乡愁是一张窄窄的船票
我在这头
新娘在那头

后来啊
乡愁是一方矮矮的坟墓
我在外头
母亲在里头

而现在
乡愁是一湾浅浅的海峡
我在这头
大陆在那头

“声音真美!”夏诗文情不自禁地赞叹。

尤朗月也感到他声情并茂,朗诵的艺术造诣很深,能带着人的思绪进入作品的意境中去,令人久久回味,不愿出来,简直就是一种非常高雅的精神享受和艺术享受。

当他朗诵到“新娘在那头”的时候,薛世强插一句:“说朗月呢!”

尤朗月觉得薛世强说得莫名其妙。哪挨着哪啊?不搭界嘛!这不是一般的讨好助兴啊!会来事得没边呀!

“我听过你朗诵,十年前,在隆山大厦,”尤朗月回忆着,“你的朗诵能给人以美感,是一种精神享受!”

“啊,是《想妈的时候》吧?”李显阳回想。

“对!”尤朗月点头儿。

“那漫天飘舞的雪花……”李显阳马上就用声音营造出了那首诗的意境,然后说:“我母亲在世的时候,我回沈阳给我母亲朗诵过。”

“再朗诵一遍!”薛世强积极捧场。

“改天吧!”李显阳关注的不是朗诵本身,而是社会关系和效应。见还没有人提到自己最光彩荣耀的事,唯恐尤朗月对自己最精彩的部分还不够了解,性格外向的他便把名片掏出来了,见名片皱皱巴巴的,又欲收回:“我现在都不给名片了,就这一个了。”

尤朗月半揶揄、半开玩笑地伸手说:“拿来吧,我回家就把它镶在镜框里,挂在墙上。”

等接过名片一看,仰视之情油然而生:“嗯,得过文华奖?”

“九六年演话剧《鼓王》,文化部颁发的。”李显阳故作平和地说。

“那可是中国文艺界的最高奖啊!”尤朗月由衷羡慕,“是政府奖,专家评出的,是有专业水准的!”她在电视上看过金鸡奖、百花奖等颁奖典礼。

“那你怎么不去北京发展?”尤朗月问了很多人都提出过的问题,明显感兴趣。她对有专业建树,有成就的人特殊钦佩。

“隆山也给了我很多啊!”李显阳故意作秀说:“我爱这片热土啊!”

“林妹妹去世了,很可惜。他的前夫在北京发展得不是很好吗?参演了很多有影响的影视剧。”尤朗月鼓励他说:“你的自然条件比他好,起码会拥有一大批女观众!”

“谢谢领导鼓励,我还要努力!”李显阳管谁都叫领导,他心态特别好。

“隆山市委市政府也给了他很多荣誉,原来是艺术剧院书记,现在是师大艺术学院书记兼副院长。”周天雨进一步介绍。

“那时哥演《少帅传奇》,在人民剧场,穿长靴,那个帅呀!”坐在李显阳右侧的大美女白丽萍甜甜腻腻地说。

“我和丽萍二十年前就认识。海涛,”指她前夫,“还有电视台的几个,是我兄弟。”李显阳想要撇清和白丽萍的关系。

就算说许白鸽是小美女,但谁也不能否认白丽萍是大美人。长得大模大样,白白胖胖,肥肥沃沃,像个港台影视剧里的阔太太。只是右眼皮上有块挺大的黑痣,影响点视觉效果。她不得不干脆把左眼皮也涂上眼影以趋协调和对称。

“那时哥演张学良,老受欢迎了!”白丽萍继续说:“我和我姐老去人民剧院看。”

“你再给表演一下片段吧!”夏诗文提议。

“那老多年了,台词儿早忘了。”李显阳无意表演。

“欢迎薛世强给唱一首歌吧!”周天雨及时扭转话题方向。

“好!”李显阳使劲拍两下巴掌。

高高大大的隆钢对外接待处处长、德语翻译薛世强起身很在行地高唱了一首意大利歌曲《我的太阳》。本来他唱得很深情,也很有水准,但在李显阳面前就显得略逊一筹。

“我总是活在老李的阴影里。”薛世强唱完歌,坐下就自我解嘲地嬉笑。

真难得他心里这么阳光和健康。尤朗月坐在对面想。

“你们是好哥们儿,形影不离。见到他,也就见到你了。”夏诗文善解人意。其实有时候他出场是为了保护他的,不是因为男人,而是因为女人。往往活动散场后,很多女人要跟李显阳一块儿走,而他又大老好惯了,不好马上驳人家面子,这时薛世强就会立马上去说:“我跟他走!”

这与周天雨带着古荫不同。带古荫是为了挡男人的酒。

“古荫能喝点白酒,他们多少能碍着点面子,也就不好灌我酒了,”周天雨当着古荫面对尤朗月说,“她离婚两个月就居家了,都没有活下去的勇气了!是我把她领出来参加活动,接触朋友,她才走出来的。”

周天雨说这话时略带点成就感似的。

“天雨大哥助人为乐,这大家都知道。古荫姐跟着天雨大哥出来接触朋友也是可以理解的。”尤朗月安慰他们。

“当时怎么哀求领导,哪怕延缓我三个月或者半年再让我居家也行啊!都没允许。我恨死他们了!”古荫不无哀伤地说。

她还没到退休年龄,庞天雷副总编给出了个馊主意说,居家开的工资是现工资的百分之七十,而变工人退休的工资则是百分之百开。于是她托人把好不容易熬上的以工代干身份又改回工人,提前退休回家了。她能不恨单位领导吗?常诅咒他们和家人如何如何,听起来都让人硌硬。

“你是失去一棵大树,获得一片森林。你现在有这么多朋友呢!”尤朗月真诚地说。

当时几乎所有人都没有想到古荫和周天雨会变成情人关系。且不说周天雨有个针扎乱叫、啧啧叨叨,泼妇一样没文化的老婆,他在这个问题上有前科,报社外面的人不知道尚可理解,报社内部全体员工应该是都知道的。古荫虽然因过往考试成绩总不及格,落下了“卡校毕业的”的雅号,但再“卡”,也不至于不知道这事。

再说古荫离婚前已经做了妇科手术,还是编辑部的几个男女帮她找人到医院做的。周天雨再是个同情弱势群体的典型,这事也不一定不知道。

周天雨断断续续没少搭女人边,上女人床,甚至还嫖过娼,且不论高矮胖瘦,黑白美丑。

几年前他和一个外号叫“庄三浪”的女人分手时,脸都被抓破了。这两年又和一个离了婚的女诗友贾文艺在一起,他给她在铁西租的房子。反正没一个素质高,能拿得上台面的。还属古荫算是个正经人,职业也还体面。但她被前夫甩得那么惨,那个小三孩子都有了,她还要挽回那个家。直到做了妇科手术,才彻底绝望。

她老公仪表堂堂,开了家印刷厂,在圈内外很有名气。她爱她老公,是个贤妻良母。在报社工作二十多年,没有绯闻,更谈不到和周天雨搭边。他们甚至不是一个圈子的人。

直到古荫退休回家以后,走投无路,周天雨见义勇为,才和她走近。一个可怜,一个同情,他们才搂抱到一起。

像他俩这样的情况,居然会置之死地而后生地走到一起,几乎报社全体员工都没有想到。

尤朗月听说情况属实,很理解他们,觉得也是见怪不怪,情理之中。一个常弄成小可怜样,一个在家常受老婆气,更可怜,不然他们彼此又能怎么样呢?

周天雨曾借报社一个十分漂亮,且离婚多年的男记者的口,感慨过他们现在人到中年的状况:"女朋友能找到,但再成家难!"

在他们走到一起之初,周天雨就跟古荫讲明了两点:一给不了婚姻,二给不了资金。

当时的古荫对这些是没有二话的。

这边餐桌上,看似纯真无邪的薛世强,继续阳光地晾自己曾经的窘:"有一次和电视台的几个哥们一起吃饭,人家介绍说我是隆钢朗协的,让我朗诵,我都站起来了,赵中升说:'有咱们几个在这,谁敢装?'这给我气的,说'不朗了'!"

按他们这个圈子的惯例,下一个节目就该是许白鸽朗诵《篝火》了。这是他们饭局的套路。

尤朗月只模模糊糊地记得故事的梗概:在一个风雪交加的夜晚,一个女人在山里迷路了,连冻带饿,已经奄奄一息。被一个打猎的男人给救到了小木屋里,燃起了一堆篝火给她烤火取暖,生命又复活了。当那个女人想要以身体回报那个男人的时候,那个男人温婉而又斩钉截铁地说:"你得理解我,我不是那种人!"

故事中的人物情操是高尚的,没什么问题。只是在大庭广众之下,男男女女之间,涉及这种情节未免会让人感到脸红害臊,不好意思。

"在这么多人面前朗诵这个,品位不高!"薛世强跟身边的古荫小声嘟囔。

不适合在这种场合朗诵这样的东西,谁都心知肚明,但这么多年谁都没当面说出来。

"带点故事情节也行,换换感觉。"李显阳马上给打圆场:"她是隆钢的百灵鸟!"似向在座的人介绍。

"在隆钢纪念馆当解说员二十多年,获得过'隆钢朗诵艺术家'称号。"周天雨补充介绍。

"吃惯了山珍海味,换点地方风味。"尤朗月身边的一个小老弟调侃。

"是于国平写的!"许白鸽用文化名人的名气来压大伙的议论。

尤朗月凭直觉感到她肯定是在借故事里的情节抒自己的意。不然她不会在浩瀚的诗山文海里独选这样一个篇章来朗诵。

和谁能有故事呢?其他人都不像,只有李显阳。

他很维护她,她也情意绵绵。

"暧昧"!尤朗月想到了这个不大爽的词汇。故事未必有,但若干情节不排除可能。

尤朗月见饭局已近尾声,便起身佯装上卫生间,快步走到电梯,来到外面看看车到没。象牙白色大吉普已在酒店门前的路边等候多时。

这时周天雨他们也出来了。薛世强笑着说:"老李出来没见着你,又回三楼找你去了!”

待李显阳出来,薛世强善解人意、成人之美地说:“你俩拥抱一下吧!”

李显阳似做好了职业性的姿态。

尤朗月瞄了一眼等在路边的司机小刘,他可不是省油的灯,曾跟踪过自己。这要是回去跟老公或者跟别人说了,那我还活不活了?再说,就是为我自己清白的名声,我也不能在众目睽睽之下,与其他男人拥抱啊!何况我还不了解他!就没有要上前的意思。

“你应该尊重李大哥呀!”尤朗月指着薛世强,给李显阳解围。

李显阳一时很尴尬,无地自容。在情场上春风得意、从未失过手的他,恨不得给自己或者给尤朗月或者给薛世强四个耳光。

自知亏欠的尤朗月这时积极地把李显阳和周天雨、古荫让到了车里。

让了一下薛世强,他往车里看了看坐不下了,就没上。

夏诗文左推右按,把其他几位往两个出租车里塞。

这边大吉普里,周天雨让司机小刘先送李显阳,再送古荫,待车里只剩下他和尤朗月还有司机的时候,他半歪着头对和他并排坐在后坐的尤朗月米勒米勒地说:“我对你就是特别尊重!”

“感谢你对我老爸写作的支持和帮助!”尤朗月说。她奇怪周天雨大哥这是怎么了?认识这么多年,也不涉及这个问题呀!哪儿跟哪儿啊?

“我谁都帮!”周天雨这回不贪功了。

“谁帮助过我们,我们都感谢!”尤朗月很诚恳。

“我对你就是特别尊重。”周天雨又重复一句。

“我知道!”尤朗月感觉他是在吃饭桌上的醋,撇清自己什么。

“我对你特别尊重。”周天雨又说。

尤朗月觉得他不像因为喝多了,估计还是与自己在酒桌上对李显阳的热情态度有关。

4

周天雨诗歌朗诵会暨隆钢报社记者节在国家法定记者节的前三天在隆钢职工俱乐部隆重举行。隆钢公司党委副书记姚远航和几位主抓宣传工作的领导以及周天雨在社会各界的文朋诗友都应邀参加。

早早吃过午饭,尤朗月就让老公的司机小刘拉她到花店取花篮。大学同学肖小菊也特意打车过来了。他们就和花店老板一起把两个飘带上写着“祝贺周天雨大哥诗歌朗诵会圆满成功!”“诗友尤朗月敬献”的花篮拉到了隆钢职工俱乐部。

报社机关的一些工作人员正在布置会场。

“放哪儿?”尤朗月问工作人员。

司机小刘和肖小菊已把一个花篮抬到大门口。望望里边走廊里的花篮都没有这个大,放在一起会显得不登对,正在犹豫时,周天雨过来了,高兴地说:“这大花篮!就放这!”他们就和过来帮忙的工作人员一起把两个花篮抬到大门两侧了。

尤朗月和肖小菊在里面转了一圈,见只有主席台两侧的一对儿花篮和自己买的差不多大,估计是单位的名头儿,和自己是在一个花店订的,昨天花店老板说的。

走廊里摆放了很多造型别致的花篮儿、花筐、花束,花插得饱满、热烈。成对的大花篮略显单薄些,上面花不多,多靠彩色纸衬托撑氛围。

昨天一早,周天雨来电话说他的两本新书印出来了。让尤朗月过去一趟取几本他签名的书给她老爸和弟弟带过去。

“你的朗诵会,我能帮忙做点儿什么?”尤朗月觉得应该问问。

“一对儿花篮!”周天雨脱口说。

“好,我一定办到!”尤朗月心想:这比之前曾说让我给办朗诵会的费用要少多了。

她来到单位,乘电梯上到四楼副刊部,见窗台上、地面上、周天雨的办公桌上落的都是书,他人却没在屋。

后到副刊部的小黄热情地跟她搭讪。他过去曾是广告部经理。

“开业庆典的大花篮是不是都在花店订的?”尤朗月平时没有注意这个问题,就问小黄,“天雨大哥让我给买花篮。”

“尤姐,不用你买,你忙你的。咱们几个凑钱给买就得了。”小黄说。

这时周天雨回来了。他开始给尤朗月写签名。老爸一式两本,弟弟一式两本,尤朗月和老公,他也分别一式两本给签的。

“哎呀,我和他签一起就行了!”尤朗月觉得他不必要这样做。老公对这个也未必感兴趣。

“不,得单独签!”周天雨似别有深意,又接着说:“让你老公单位买点儿!”

“这不等于变相要钱吗?”尤朗月没有说出来,好在不是什么大问题,就答应了。

她第一次觉得周天雨大哥对她不太客气了,而且狮子大开口,有点儿不顾脸了。这在以往是没有过的。

她老公更爽,干脆一本书都不要,帮人帮到底,他书还可以卖别人,就让会计开了两千元支票给他。上哪家核销自己找去。

从会场里转一圈出来,尤朗月同意把自己买的花篮放在大门口,并没考虑别的,只为给周天雨大哥抬面子,就冲他经常给老爸发稿,对老爸写作的支持与帮助,也应该。

这时人们三三两两地陆续来了。周天雨已伏案在走廊正中摆着花篮儿的台面上给前来祝贺的文朋诗友们签名赠书。

肖小菊也签了一本,另一本已由尤朗月给带回。当时仅给一本,可能是书主人对尤朗月的家人和亲属以外的社会关系不那么在意,也可能想到了经济效益。一本书毕竟定价30元。

大门外忽然一阵人的旋风,一群人簇拥一个人进来。尤朗月顿觉眼前一亮,是李显阳大哥!他穿着件挺括的深蓝色宽道烫绒休闲款西装上衣,深蓝色直筒西裤,黑皮鞋。头发像是刚打理过的,好帅呀!男性味儿十足。她喜笑颜开地迎过去打招呼,同时把手伸了过去:“李大哥,你好!”

“你好!”

“你和她握手时间比我长!”一个抢过来握手的电视台女主持人调皮地说。

“这是师大艺术学院的李书记。”尤朗月给肖小菊介绍。

“这是我大学同学,环保局的肖处长。”又指着肖小菊对李显阳说。

“你好!”

“你好!”

他俩互致问候。

待和周天雨打过招呼,李显阳便撇开了簇拥前后的人群,和尤朗月、肖小菊来到走廊拐角处。

“听李大哥朗诵简直就是一种精神享受。”尤朗月对肖小菊进一步介绍。

李显阳略一沉思,回应说:“我俩的思想很快就能进入一种绚烂境界。”

“现在上哪还能听到这样美好的语言?”尤朗月富于表情,心花怒放地说:

“过后我请你!”

“嘿嘿!”李显阳笑呵呵地不置可否,但看得出心情很愉快。

“你俩先走走,我再看看。”李显阳指指右手拿着的蓝皮夹子,似乎还没来得及细看的样子。

尤朗月和肖小菊只好识趣地走开了。

其实前天已彩排过了,显然是李显阳不希望这个场景被那些热爱他、青睐他的来自各行各业的女性朋友们、搭档们看到。

她俩来到走廊进门处,领了节目单,浏览了一下:有十五个节目,包括报社总编致祝贺词,公司领导上台颁发首席记者和首席编辑证书,还有隆钢公司艺术团的歌舞演出,单位大、小合唱,诗人讲话等,其余全都是根据周天雨的诗文作品演绎的配乐朗诵。李显阳朗诵的自由体长诗《唐朝的那轮明月》安排在第十一个节目,应该是考虑压轴戏、引高潮。

会场前半部分座位按部门贴有标签,后半部分和两侧基本都是文朋诗友随意坐,黑压压一大片。唯一略有不足的是,后边还空几排没坐满。尤朗月当时就想:要是把老公单位里的人叫过来一部分填充就好了。在前面坐着谁也不会注意这个问题,在后面坐着就会有这种考虑不周的感觉。她事先告诉司机小刘:人要是多,他就走,提前来接就行;人要是不多,有空位,他就进来看。小刘就没走,在她后边隔一排坐着,还有好几个熟人过来和他打招呼。

所有的演出都很有专业水准,隆钢艺术团那大歌唱的,一女演员唱《烛光里的妈妈》老悲情了!让全场人都热泪盈眶。但更给人以美感,让人震撼,印象深刻,久久不能忘怀的,还是李显阳那声情并茂的朗诵表演。且不说往那一站那体态、那风度、那派头、那品位、那气场、那个帅和那酷毙了的男性美感,让人想不爱都难,更有在朗诵过程中与声音同时迸发绽放出来的丰富多彩的表现力以及驾驭舞台和会场的能力。天赋的男中音与后天的艺术造诣完美结合,既有长江大河般有开有合的艺术表现,又有随着作品内容的展开信手拈来的或开怀或愤怒的表演成分随处展现。其中还在一片热烈的掌声中故作谦虚地给观众行礼,随口说:“谢谢!”然后继续把作品演绎得淋漓尽致,活色生香,激情满怀,情思满满,增分二百三十倍。什么叫艺术家?什么叫大师?什么叫大家风范?什么叫高端?今天现场领略了。

尤朗月想到了歌曲《我爱你中国》的原唱，马来西亚华侨、著名花腔女高音歌唱艺术家叶佩英，为什么那么多年一直深受观众的欢迎和喜爱？一出场就技压全场，洋气、华丽和大气，她不是仅凭借着天赋的美好的嗓音在引吭高歌，而是打开音域，调动音色，在用多彩的音色形象创造一个美妙缤纷的世界。她自己对音色有高妙的艺术处理，流动的立体的画面感超强，让观众耳目一新，目不暇接，美不胜收，心情非常愉悦。

今天现场领略了又一位艺术大师朗诵的风采，真是甘之如饴，钦佩之至，心服口服。以前不太关注朗诵的事，现在开始关注了。这就是艺术的感染力和魅力之所在吧？

这个节目演出之前肖小菊出了点状况，接了妹妹一个电话就哭了，说得回家给妹妹找房产证。妹妹从美国回来就是为了办理房产手续，明天晚上就回去。

事先尤朗月问她能不能坚持到底，能就来，不能就不来。她说能坚持到底，可没想到还是出了这么个情况。在外称名也是个大处长，方才还阳光满天，没想到遇到这点事就哭了，眼泪成串地往下掉，比专业演员演哭戏还来得快，不用酝酿感情直接就到位。

这时李显阳已上场。尤朗月右手端着摄像机，左手搂着肖小菊，一边安慰她，一边生气地说："这个节目看完再走！"竟至忘了按电源开关。

"有品位吧？"尤朗月目不转睛地看着舞台上的李显阳，对肖小菊说。

肖小菊点头。

李显阳的艺术表演和朗诵堪称精美绝伦，美轮美奂。与观众互动天衣无缝，酣畅淋漓。

这一精神盛宴、艺术大餐让尤朗月久久回味，乃至终生难忘。

这之后的节目就不一一赘述了。尤朗月身边的空位又有好几个人先后过来填补：在走廊上和朋友们唠嗑的周天雨让古荫过来陪她坐了一会儿；家里开印刷厂，曾给尤老爸的书设计过封面的生产科刘品章也过来坐一会儿；还有个帮忙会务的小兄弟也过来坐一会儿。

尤朗月见会已至此，就让他们把大门外的花篮抬到舞台一侧。她始终没有起身到走廊去跟人们聊天。坐在她的位置看会场，觉得自己再走后边更显空了。其实她为人处世完全没必要这样尽善尽美。

真是看不懂！还傻坐那干啥？后边走廊里李显阳撩门帘往里望了望尤朗月的背影，心想：看来她对我没有别的想法，不然这机会多好。我现在朗诵完了，没事了，就等着谢幕了。她那么欣赏我的朗诵，怎么不出来跟我聊聊感受呢？之前她那么真诚热情地说过后要请我吃饭，现在又静若处子，没什么事了。他想象不出这尤朗月究竟是怎样的一个人？他只能确定尤朗月对他没有非分之想，而只把他当作一个好朋友，不会给别的。

尤朗月的仗义为人，与别人没关系。自己是捧人场来了，就像刚才不让肖小菊马上走一样，不是占人便宜或者捞什么好处来了。不然她就不一定来参加了。她在报社广告部工作，弹性工作制，有些事不参加也可以，只要拉来客户就好。本来是要陪老公出门上云南昆明，然后上丽江旅游的，向往已久了，只好延后。

演出谢幕时，同样让尤朗月心灵受到冲击。既是意料之外，又是情理之中。李显阳习惯性地站在舞台前排中间最显眼的位置，自觉地把自己当成了这台朗诵会的领军，与上台问候的每一位男领导握手,女领导拥抱,而且他的拥抱很职业,姿态很美,很有风度,像击鼓传花那样,迅速把美人轻轻传过去,传到身边左侧这位男士手里,非常亲切友好而又收放自如、得体适度。似乎还有意无意地给尤朗月看,意思是说:怎么样,开眼界了吧?我不缺女人拥抱吧?

看来他还记着我拒绝拥抱的事!真伤着了。我话说得再真诚、再好听,也没用。尤朗月端着摄像机给他们抢拍了两张照片,又给自己买的大花篮拍了两张,就悻悻地从侧门出来了。

她想:有些男人还真是靠女人的身体思考和判断的动物,不给面子,不满足虚荣心和自尊心,说啥都没用。给身体是前提,是试金石。女人却不是这样!她们之中也有像真正的男子汉那样大义参天的,心灵就像清凌凌的水一样纯净不染尘埃。男人也不都顶天立地,有的也挺次的,连女人都不如的没心胸的小心眼有的是。其实有些女人,哪怕和你拥抱,甚至上床,也未必是因为真爱你。很可能是出于面子或利益的考量。

隆钢职工俱乐部大门外一群人正在跟周天雨合影。尤朗月打了招呼就直奔前面等着的大吉普嬉笑而去。

5

不久,因为老爸稿的事,尤朗月和周天雨大哥通了电话,说到哪天兑现邀请李显阳大哥一起吃饭的事。周天雨说:“老李和谢铁山大哥都在这打麻将呢!”

尤朗月就让周天雨把电话递给李显阳大哥。

几天后,周天雨来电话说谢铁山大哥要请尤朗月和几个人吃饭。老谢大哥帮过老爸的忙,老爸是国家级诗人协会的会员,就是他给推荐的,所以这个面子尤朗月不能不给。

老谢大哥刚退休,又离婚不久,还想让周天雨给介绍个有点文化的女朋友。尤朗月曾想把肖小菊介绍给他。他余热还未散尽,想摆摆谱,让在岗的人和外面的人都觉着还好使,便找了当时的矿办主任来买单,一个分矿的经理文友王为群来作陪。饭局只有七个人,他们矿山三个,外加周天雨和古荫,再有就是尤朗月和那天周天雨诗歌朗诵会的女主持人沈歌飞。李显阳没来,说女儿回来了,今晚走,得送女儿。

“她是老李的搭档!”周天雨态度特别地向尤朗月介绍沈歌飞。“搭档”二字说的特别儿化韵。

“知道!”尤朗月说。

沈歌飞和这些与她平时不太搭边的“前辈”们在一起时,人显得很实在,唠嗑也很随和,更不需要要什么心机。她说现在调到市艺校当老师了,工资稳定。以前在艺术剧院的时候,自负盈亏让剧院很难维持,百分之二三十开工资,都养活不了自己,就得出去挣外快。

点菜的时候他们很算计,不像把持矿山有大钱的人。饭局显然是周天雨撺掇的。那个王为群经理抱怨老谢早年当矿山党政一把手的时候没提拔他这个大学毕业的人,却提了他没念几天书的妹夫。而那个来买单的矿办主任更是不给面子,和老谢鼻子不是鼻子脸不是脸的差点儿吵起来。这个尴尬的局面让尤朗月和沈歌飞不得不一起起身,提前告辞了。

接尤朗月的车已在门外等候。沈歌飞却楼前车后地说找她爱人,不用送她,像真的一样。

又一个寒冷的日子,尤朗月正在隆兴广场指吧做美甲,手机响了。周天雨说今晚在誉满楼酒店李显阳要请她吃饭。

尤朗月一听是李显阳大哥邀请,那去是必须的。心想:真够男人!我只说请还没请呢,人家就先有姿态了。

她赶忙回家换服装,外套白貂绒袍大衣,欣然前往。

已经六点多了,大家还没动筷儿。

"不好意思,天雨大哥来电话的时候我正在美甲店做指甲呢!"尤朗月边说边脱下大衣挂好,拎包来到周天雨和古茵中间预留的空位放下手包坐下。

"老李让等你。"周天雨特意这样说。

尤朗月更觉过意不去,环顾一下餐友,有认识的,有不认识的。

"这位是蓓蕾幼儿园的苗苗老师,他的小女友。他是市文明办的吕副主任。"周天雨介绍他左边的两位。

尤朗月和他们一一点头儿致意。

"这位是你老公他们东建公司的前组织部部长曾志朋。"周天雨继续介绍。

"久闻大名!"尤朗月与曾志朋也互相点头示意。

"东矿的为群就不用说了。齐老你见过?"

"见过。"齐翰林热情地点头。他其实是在给尤朗月面子。尤朗月不记得见过,只是早听说过大名而已。全市的很多公共场所所挂的牌匾或书法字画上都有齐老"翰林"的名字,未谋其面,先闻其名、其声。而他老人家也没少听周天雨提到过尤朗月的名字。知道她是大名鼎鼎的隆钢老领导、周天雨的忘年交、诗友马万里马老的亲戚,出于尊重和礼貌而敷衍说说的。

"天雨,你这儿美女如云,艳福不浅啊!"没等周天雨介绍到他,挨着齐老坐着的市文联主席便脱口而出。

"怀杨,你认识吧?"周天雨问尤朗月。

"认识。"尤朗月点头儿。

"小叶是《隆山晚报》记者部主任。"周天雨顺时针继续介绍。

"你是名记(妓)!"李显阳插话调侃。

"你是色艺双馨!"小叶也不示弱。

"小叶多大了?"王为群问。

"二十九。"小叶大大方方地回答。

"你二十九,我九十二。"李显阳逗她。

"明天是'二一九'隆山解放六十周年,他俩下午彩排完就过来了。搭档!"周天雨抬下脸指李显阳和沈歌飞对尤朗月说。

尤朗月会意地点点头儿。她知道他俩是搭档,上次东矿老谢矿长请吃饭时就知道了。

“沈歌飞这么年轻,多大了?”尤朗月问了社交场合较敏感的问题。她认为沈歌飞年轻,不会在乎这样的问题。

“三十六了。”沈歌飞说。

“儿子都三岁了。”挨着她坐着的许白鸽补充。

“她孩子小。”古荫少有的附和。

“她,”周天雨抬一下下颏指古荫:“我说朗月对我认同,领导请都不一定来!”言外之意让人听出古荫曾阻拦,是他说服了她。

尤朗月没有想到古荫会这样,也并没放在心上。

这边文明办的吕副主任和东建的曾部长已经先后与尤朗月碰过杯了。尤朗月自知迟到理亏便和周天雨碰了一下杯后说:

“首先感谢天雨大哥对我老爸写作的支持和帮助!”

“就别提你老爸了。”周天雨拦住。

“通过天雨大哥,我结识了这么多优秀的朋友。我敬大家一杯!”说着她下地走了一圈,从齐老开始,回碰了一下矿山的王为群经理的杯子,就顺时针越过晚报的小叶主任,给几位男士逐一敬酒。

“尊敬齐老岁数大!”李显阳替尤朗月解释。

尤朗月是想尽快给李显阳大哥敬酒。

“我喝了这杯,大家随意!”尤朗月回到座位前说。

气氛开始活跃起来,大家纷纷互相敬酒。

“在座的几位都是隆山各领域的领军人物。齐老和怀杨都是多年的朋友。当年在艺术剧院的时候,沈艺的一个朋友想请齐老的书法,我跟齐老一说,齐老就欣然赠送,分文不取。我非常感动。”李显阳开始煽情。

“那年你要上吉林,征求我意见,我没让你走对不?你看现在多好!”怀杨主席说。

“隆山首个国家一级演员,”矿山的王为群经理由衷地赞赏:“艺术泰斗级人物!”

“歌飞是几级演员?”东建公司前组织部部长问。

“三级。”沈歌飞很懂场面规则,喜怒不形于色。

“歌飞争取进到二级。”李显阳一方面给沈歌飞打圆场,一方面故意让人感觉他和沈歌飞生分,有距离。

“显阳给表演个节目吧!”矿山王经理建议。

“好!”尤朗月早就想说了。

“今天我得演,演什么呢?”李显阳站起来故作思忖地说。

“获得文华奖的作品片段!”尤朗月很想分享一下他的拿手好戏,领略一下他当年的风采。

“好吧,我就来一段经典片段。”然后他挪开椅子,表演起来。

声音没有问题,表情也没有问题。但哪儿不对劲呢?本来还热切期盼着的尤朗月这时不吭声了。她在想:生活和舞台还真不是一回事。在舞台上的尽情表演拿到生活中就势必会显得夸张和被放大了,还真得选择合适的作品。不能把舞台上的东西搬到生活中，同样也不能把生活中的人和事原封不动地搬到舞台上。它们平台不同，场所不同，背景也不同。

那边听惯了赞美、飘扬，听多少都没够的李显阳只听到了大家习惯性的掌声，却没听到大家说话，更没听到尤朗月说话。他早就听说尤朗月这个人不好接触，太挑剔。初次见面时他已经领教过了。这时他很懊恼，坐下后内心就脆弱了，端不住了，撑不下去了。他把左手拄在了沈歌飞的椅背上，这是暗示沈歌飞该救场，得有所表现了。

学表演的沈歌飞是吃哪碗饭的？一看这情形立马意会。她把双手搭挂在李显阳的左肩上吊着，像女儿闹父亲，女友闹二老公似的要告辞回家。

“孩子放我爸妈家了，我得回去了！”其实她和孩子本来就住在父母家，老公是谁没人知道，就连李显阳也不知道。

李显阳觉得她现在走欠妥，没点头。

这时尤朗月的小脸就下来了。她认为整个饭局就是谁在设一个局。她误以为是李显阳为了报复她第一次饭局后没拥抱伤了自尊找机会眼儿她，让她难堪。沈歌飞的这个举动才是这出戏的戏眼。

此后她就一言不发了，还不时地用眼睛猴他俩。早知道这样她就不来了。她并没想进这个圈子。她目前只对李显阳一个人感兴趣。

直挨到最后，分矿的王为群经理邀请大家去天逸茶庄喝茶，尤朗月才知道是他做的东，并不是像周天雨打电话通知她时说的李显阳请她，否则她可能就不来了。

原来是周天雨精心设的局。

他跟王为群经理说的由头是为李显阳和沈歌飞明天主持庆祝隆山解放六十周年大会助兴。

王经理也是为了挽回上次谢矿长请客时他发脾气所丢的面子。

人员都是周天雨和古荫商定的，又一个一个分别通知的。

李显阳不知道他们也通知了沈歌飞，沈歌飞也不知道通知了李显阳，都是到酒店后才又碰面的。

还有许白鸽也来了。

她和沈歌飞在圈子内外都被看作李显阳的御用女子。

沈歌飞年龄太小，像女儿似的搭档情人；许白鸽孩子也很小，晚婚，也是有故事的人。她俩常伴李显阳左右一起参加活动，和谐相处，也像其他搭档，演完戏各自纷飞。

饭桌上沈歌飞的经典节目是朗诵毛主席诗词《卜算子·咏梅》，明显借诗词言志：“风雨送春归，飞雪迎春到。已是悬崖百丈冰，犹有花枝俏。俏也不争春，只把春来报。待到山花烂漫时，她在丛中笑。”

许白鸽不管什么人在场都朗诵她的《篝火》。她是借故事的主人公表达她要感谢的人李显阳。

他们之间的交集也有二十多年了。她是一个典型的文艺女青年，部队大院里长大的退伍女卫生兵。当初她投入地爱上了电视台的播音一哥赵中升，遗憾的是赵中升远走高飞，离婚后也没能迎娶她陪伴，而是栖身在一个女权贵门下。是作为赵中升的好哥们儿李显阳把她领出了情感的沼泽地，像对待小妹妹那样关照她参加社会活动，给她提供展示自己的舞台,建立了几个家庭的良好关系。

许白鸽也是李显阳的铁粉之一。每次活动,特别是聚餐的时候,只要需要有人上场,该给李显阳抬面子的时候,许白鸽肯定是身先士卒、责无旁贷地上去或敬酒或递餐具、纸巾什么的,其恭敬、谦卑之情,大家有目共睹。

李显阳一进门看到他这俩女红颜挨着古荫坐一块儿就有点觉得不同寻常,不知道周天雨今天要摆的什么阵,唱的哪出戏? 他通知他时只说矿山的为群经理请他吃饭,尤朗月也过来。让他彩排完务必过来。他没想到沈歌飞和许白鸽也来了。他接完电话的当口,看到沈歌飞也神秘地接了一个电话,他没问,她也没说。他们都懂规矩,他们是完美的搭档,但不触碰彼此的隐私和秘密。公开场合沈歌飞就是他的情人,她会有怎样的表现,周天雨和李显阳都心知肚明。但今天要是把握不好就要坏事,结果果然下半场尤朗月就不说话了,还不时地用眼睛瞄他俩。

散席后尤朗月匆匆穿上白貂绒袍大衣昂首挺胸、气宇轩昂地与他们三个一同下电梯,一句话都没说就打车回家了。李显阳只得愣愣地尴尬地伴着俩美女另打一个车走了。

过后他想:要不是某人别有用心,不应该几次特意安排尤朗月和沈歌飞同时出现在一个饭局上。她俩风马牛不相及,不搭边,性格和想法各有一套,凑在一起不是没事找事么? 看来醉翁之意不在酒,我得小心才是。

翌日上午,隆山电视台直播了在胜利会堂隆重举行的庆祝隆山解放六十周年大会。邀请了一些为隆山解放而英勇牺牲的革命烈士的后代一起参加庆典活动。李显阳和沈歌飞主持的大会,与烈士的后代代表有现场互动。沈歌飞略有一个口误。李显阳救场很有经验,及时又老道。看得出虽然是他挑的大梁,但麻烦的活儿都是沈歌飞干。他是一个典型的"老油条",会拿捏自己的利弊得失,舞台经验非常丰富,且又显得成熟稳重,很有气场和个人魅力。

"魅力是他们的! 与我不搭边。"尤朗月悻悻地想。

6

转眼时光之水已经流泻到了 2008 年的夏季。

"5·12 地震",让抗震救灾成了当时社会生活的主流。举国上下,万众一心;一方有难,八方支援;有钱的出钱,有力的出力。无论是政府机关,还是社区民间组织都积极地行动起来。文化界也不例外。由诗人周天雨等几位诗友发起组织编辑的一本诗集及时送到了灾区中小学学生手里。

一场"大爱无疆　情系汶川"的诗歌朗诵会在隆钢职工俱乐部隆重举行。

尤朗月的父亲也在第一时间填了两首词,发表在《隆钢日报》抗震救灾专页上。诗人们纷纷拿起笔来,关于抗震救灾的诗稿像雪片一样飞向隆钢报社副刊编辑部,令编辑们目不暇接。于是周天雨决定集结这些诗稿出一本书,送往汶川灾区,让生者坚强,逝者安息。

这天尤朗月正在超市购物,接到周天雨电话说让她也写首诗拿过去,就问:"什么时间拿过去来得及?”

周天雨说:“明天中午以前。已经排版了,再晚就加不进去了。”

尤朗月说:“看看吧!”

第二天一大早,尤朗月趴在床上一气呵成,在两页A4纸上写出了洋洋洒洒一大堆长诗,然后起身敲电脑,又打印几份,这才匆匆洗漱一下,没吃东西就打车来到报社。

“别把我的稿撂前头,也别撂最后,放在中间即可。”尤朗月见周天雨和两个画家兄弟在报社院里等她,很感动。那也不能不特别嘱咐一下。那时她实在不爱被关注。

“古荫他们在印刷厂忙活好几天了!稿再不送过去就来不及了!”周天雨略显着急地说。

尤朗月歉意地笑笑,心想:那也不全怪我呀!版都已经排完了你才跟我说这事,就一宿的工夫,我自己都没有想到会写得这么好。

她没有想到这件公益的事情周天雨还能想着邀请她参加。他能鼎力支持老爸写诗填词,给予发表,她已经很感激了。自己为老人家改改稿、跑跑道,送点剩烟剩茶或者请请客也乐在其中。

她早已忽略了自己年轻时也曾做过女诗人的梦,偶尔也写写诗呀文的。虽然数量不多,但都有分量,只要发表就有反响。但她早已改做小说梦了。她认为社会生活太复杂了,远不是一首诗歌所能概括得了的。

第二天书印出来了。由几家企业、学校承办的,包括有幼儿园小朋友参加演出的“大爱无疆　情系汶川”诗歌朗诵会如期举行。

初夏的午后,阳光刺目。隆钢职工俱乐部的气氛有些凝重。

尤朗月穿了身很洋气的白地绿叶较素雅的西服套裙闪亮入场,负责发书的古荫迎了过来:“快进去吧,第一排给你们留位子了。一会儿人多就没座了。”

“书给我两本呀!”尤朗月很自然地说。

“过后再给你吧!书不够了。有几个领导还没到呢!”尤朗月没想到热脸撞到了冷屁股。

“那怎么地也得给我老爸拿一本呀!”还没等尤朗月说完,古荫就噘着嘴说:“就为了你的稿,我的诗有一个地方都没来得及改。”她是在抱怨周天雨在那种时间紧迫的情况下,还为尤朗月的诗稿把关,却没顾及她的稿,等书出来之后才发现有一个小瑕疵。

其实本来尤朗月的稿不改也没什么不可,但周天雨还是以高度负责的精神给改了几句。

心慈的尤朗月虽然对古荫的表现不满意,却也体谅了她的委屈。一把搭了她的肩,歉意地说:“对不起!”

“快进去吧,一会儿没座了。”周天雨过来给了尤朗月两本书。

这本书的封面是黑色的,画面中间燃着蜡烛,书名是:《礼赞生命》。据说从编辑到印刷仅用了五天时间。里面汇集了钢都隆山四十多位作者的四十多首诗词作品。这台朗诵会的大多数作品选自这本诗词集。

周天雨向尤朗月邀稿时版已经排完了,朗诵稿也已经选完。她的《伞兵突击赞》是这本书的编辑周天雨重新排版硬给加进去的。

周天雨认为尤朗月的这首诗，角度选的很好，引起了他的共鸣。

伞兵突击赞

那是世界上最美的绽放
十五朵壮丽的生命之花
盛开在五千米高的天地之间
那也是人间绝版的画面
瞬间定格在十三亿中国人民心田

没有顾虑，没有犹豫
用忠诚热血写就生命的宣言
存留在绿水青山
抢救生命，刻不容缓
祖国利益高于一切
人民安危重于泰山

眼前是峻岭崇山，云雾迷漫
脚下没有地标、灯光
看不清是泥沼，还是险滩
一切都来不及多想
一切都来不及估算
抢险救灾，十万火急
这是党中央和国务院的嘱托
也是祖国和人民的召唤

跳——胆大，心细，稳健
训练有素，接受人民的检验
跳——人民的空降官兵
就应该一切为了人民
哪怕生命化作了天边的虹霓
也要义无反顾，勇敢直前！
多像战争年代的尖刀班
直插敌人心脏
多像勇夺泸定桥的十八勇士
迎着敌人的枪林弹雨突破防线
战争年代，人民是我们子弟兵的

坚强后盾
抗震救灾,子弟兵就是人民群众的
强大靠山
这一跳,超越了平时训练的极限
这一跳,创造了人类空降历史新纪元

啊! 可敬可爱的空降官兵
你们不愧为祖国母亲骄傲的儿子
气壮山河,感地动天
把大爱写在震中汶川
写在抢险救灾的最前沿

尤朗月没在第一排就座,而是被招呼到大美女白丽萍身边坐下。两个人十分出众、惹眼,像两个港台的阔太太。白丽萍阔在她的身体肥沃、白胖、美丽;尤朗月阔在她的着装洋气、高雅、时尚:戴着漂亮的白云石大花耳环、钛合金眼镜,头顶刚刚流行的烟花烫。

演出还没开始,李显阳望着她们这边往外走。尤朗月冲他笑笑,他却略显出一丝敌意。

尤朗月忘了啥时又得罪他了。忘了两个月前在纪念隆山解放六十周年的前一晚的聚餐上,当自己看到沈歌飞故意双手搭着他左肩发嗲,磨他要提前回家时,脸上顿时掉猴儿的情景。甚至连一起乘电梯下楼都没瞭他一眼,害得他一时惊诧、错愕,不知所措。

尤朗月上半场还眉飞色舞,激情洋溢;下半场却判若两人,冷若冰霜。李显阳只得偕同沈歌飞和许白鸽俩美女一起打车,先把沈歌飞送回去,然后又和许白鸽奔下一站天逸茶庄与剩余人员会合。

白丽萍看到李显阳望着她们这边往外走,就也像沈歌飞、许白鸽她们一样地知情会意,立即起身出去了一趟。

“哥走路带风!”她常当面背后的夸赞李显阳,这会儿又被这股风给带走了。

白丽萍回来说李显阳的女儿、女婿从国外回来了,这周六举行婚礼。今晚先招待一拨,他朗诵完就得走。

李显阳并不避讳白丽萍会不会告诉尤朗月。爱告诉就告诉,顺其自然。他自己不会主动告诉尤朗月。因为两个月前那个饭局前后的情景太不可思议了。尤朗月的性格反差太大,用热情似火和冷若冰霜来形容都不为过。谁能受得了? 太刺伤他了。如果她要是知道了主动表示愿意参加,李显阳也会是欢迎的,但仍不免心有余悸。

“今天是星期三。”尤朗月想了下就好奇地问:“婚礼在哪个酒店办?”

“五环酒店。”

“你参加不?”

“看看吧!”

“他太太是做什么的?”

“医专工会的。”

“你认识?”

“不认识。”她撒谎了。

“我明天上蓝城。”尤朗月想了想说。她以为能接到来自周天雨的通知,打算后天回来。如果接到来自任何人的正式通知,她都会欣然参加;如果没有通知她,那她再好奇也坚决不能去,这是原则。但过后表示表示心意也是必需的,因为是自己首先欠了他的过儿。

整场朗诵会,尤朗月只记得李显阳朗诵到最后的声音的味道:“全国人民是不会忘记你们的! 祝你们一路走好!”翻遍辞海词源也形容不出这美妙声音。已不是余音绕梁,而是久久绕魂,乃至终生难忘。这是李显阳个人魅力所在的其中之一点。

第二天一早周天雨来电话:

“今天上午十点在师大仁智馆有江小鱼的讲座,去听一听呗!”

“我中午出发上蓝城,时间恐怕不行。”尤朗月正在家收拾提箱。

“去听一听对你写作有好处。听完就走呗!”

尤朗月一想也是,就说:“那怎么过去?”

“你打车到报社门口晃我一下,我就下去。”

“好吧!”尤朗月也想感受一下文学的氛围。

这几天隆山各媒体已经报道了江小鱼将要举办新书发布会的事,不是讲座,但去看看也好,对增进自己的写作情绪是会有帮助的。

7

很多年没回母校了,她的变化是天翻地覆的。开阔的天空,开阔的校园,开阔的视野。各大学院馆所星罗棋布,坐落在绿化很好的花草树木间。自己当年读书时唯一的那所教学楼已退居一个不起眼的角落,仍保留着二十世纪七八十年代的质朴状貌,掩映在旧木参天之中,并不自卑。

穿过长长的水泥路面和一小段甬路,尤朗月和周天雨来到享誉钢城内外的仁智馆。这里已聚集了很多来宾。

周天雨在签到簿上签了名,就有服务的大学生递给他一个纸袋,里边有江小鱼亲笔签名的新书。

他们在诗友给留着的偏后一点的位置坐下,立即就有粉丝过来和周天雨打招呼。电视台的美女主持人孟潇笛也回过头来问好。

“她也来了!”他俩不约而同地想。

“附庸风雅!”尤朗月脱口而出,周天雨也会意地笑了。

整个会场座无虚席。后边站满了慕名前来的大学生。

发布会上安排了几个方面的代表讲话,都很有水准,言简意赅。只有一个退休不久的“笔杆子”领导占的时间比较长,像做报告,看来也是真爱好文学和重视写作的人。

基本没涉及多少小说内容,因为书刚拿到手,谁都没来得及细看,只是从媒体的介绍中略知一二。

小说篇名叫《问情》,讲的是知名作家彭小朋离婚不久就接到美国哥伦比亚大学的邀请,以访问学者身份前往讲学。而为他申办这一切的,是他的初恋女友林静宜。当他激情满怀、意气风发、飞蛾扑火般的奔过去,幻想鸳梦重温的时候,没想到林静宜没有到机场接他,而是到台湾结婚去了。

她回来之后,可以在他的朋友遇到困难的时候竭尽全力地提供帮助,提供资金,也可以陪他过一夜,但还是选择了比他更有权势和声望的别人。

在讲学结束回国途中,彭小朋百思不得其解这一切究竟是怎么了,不由得由衷地发出感慨:问世间情为何物,直叫人飞蛾扑火?到哪里去寻找属于自己的精神家园?

几位嘉宾代表或冗长、或简练的讲话终于在一片热烈的掌声中结束了。尤朗月立即起身告别邀她一起出席江小鱼新书发布会现场的诗人周天雨大哥,匆匆走出洋溢着浓郁书香氛围的隆山师范大学仁智馆。

外面艳阳高照,已是中午将至。学生还没有下课,校园里很宁静。只有几只欢快的小鸟在楼门左侧缀满紫绿藤蔓的花圃里啁啾、雀跃。

"怎么不吃完饭再走?"甬路边正跟两位衣着得体的男士说话的本校艺术学院书记李显阳过来握尤朗月的手。

尤朗月不是不想留下来吃饭,然后再请教作家几个她十分感兴趣的问题。今天她有更重要的事情要做。

"我一会儿上蓝城!"尤朗月急匆匆地边走边说:"我女儿明天大学毕业典礼!然后我把她接回来!"

"那祝你一路顺风!"钢城文艺界的领军人物李显阳望着高雅时尚、爽风碎步的尤朗月释放着很美、很有弹性的男中音。

"谢谢!"尤朗月少有这么甜的轻语巧笑着回头招手:"回来见!"

"回来见!"李显阳非常亲切友好地点头儿示意,一扫昨天朗诵会的芥蒂,又调皮地像年轻人似的补充一句:"欧儿了!"

"欧儿了!"尤朗月也开心地笑了。

他们谁也没提婚礼的事。

司机已在路边等候。

尤朗月坐在车上已无心翻阅新小说,也无意再流连、纠缠江小鱼在十几年前出版的那部以自己的老公所就职的企业为背景的长篇小说中在社会上引起广泛关注和热议的话题。书中女主人公宋卫红的家庭背景与生活原型裴菲菲的出入于她一毛钱干系都没有。

当年可悲的是由于自己对此书的浓厚兴趣,也引起了老公对女主人公的浓厚兴趣。不久在老公被调到此女主人公原型裴菲菲所在的东建国贸公司当一把手后,绕不过的恶俗故事就必然发生,这样的事,如今在她也不重要了。她与老公草签了书面协议,就放下了。

尤朗月今天更要放下所有杂事,她要约见一个人,了解一件事。她不得不跟束缚她很紧的老公借口说女儿的东西太多,她提前一天过去看看有没有要带回来的,忙乱中的老公也许有更忙乱的事情缠着顾不及她,也许也有了一丝恻隐之心,方才允许她先过去,否则就没有这个机会了,那她会死不瞑目的。

“先回隆山一号取提箱!”尤朗月告诉司机小刘。

车三五分钟就到了隆山一号小区,尤朗月迅速取出早已准备好了的提箱就出发了。

第二章　无法告别

1

乳白色的大吉普在隆蓝高速公路上穿云越雾,风驰电掣。先是开阔的东北平原,沿途的玉米、高粱、大豆等农作物正在拔节。继而是一道道青山,一片片碧水。偶尔有一些村庄、农舍、度假村、养鱼塘、服务区,等等。

最靓丽的一道风景要属高速公路南北对向的中间隔离带上人工种植的缤纷妖娆、风情万种的花木,就像中央首长出国访问刚下飞机时所看到的长长一列手持鲜花、热烈欢迎的人们那样让人感到欣喜。

尤朗月上车不久还兴致勃勃地东瞧西看,指点如画江山,只一会儿她的精神就不给力了。她靠坐在后排座位的右侧,双眼眯着,可她白天在外面永远不能真的睡着。她拿出 MP3,将耳麦塞进耳孔,可她别的歌听不进去,只有已故著名歌手张雨生的那首《大海》始终萦绕耳际,挥之不去:“如果大海能够唤回曾经的爱,就让我用一生等待。如果深情往事你已不再留恋,就让它随风飘远。如果大海能够带走我的哀愁,就像带走每条河流,所有受过的伤,所有流过的泪,我的爱请全部带走。”

这首歌尤朗月反复听了多遍,心潮奔涌,热血沸腾,泪花盈盈。

二十多年前,当尤朗月还是女大学生的时候,大海对她有着怎样一种特殊意义。她是怎样地情系于斯、梦绕于斯、魂牵梦萦热切地向往前方那片大海,向往海边那块浪漫多情的土地?

那里有一位军人大学生曾经点燃过她的青春梦想,那里也曾是亲爱的祖母生活过的地方。当初她和那个军人大学生为了各自的人生理想和“远大前程”,也因了“年轻时我们不懂爱情”,他们也和千千万万个经历了“上学就恋爱,毕业就分手”的大学生男女类似,自然而然,然而谁也无法挽留地按照命运的安排走向天各一方,生死诀别,“挥一挥衣袖,不带走一片云彩”了。

如今他们早已为人夫,为人妻,为人父,为人母。江山依旧在,却物是人非,往事不堪回首。他们各自的儿女,业已长到了他们当初结识的年龄,大学即将毕业,走向多彩的人生。然而他俩却也已有二十多年音信皆无,去年初才联系上,仅见过两次面。

今晚的相见可能就是他们今生今世的最后一面。今晚的饭局可能就是他们“最后的晚餐”。

尤朗月想见陈向鹰的目的很明确,不是为了旧情难了。她已有了心仪已久的目标,就是方才打招呼的那个隆山师范大学艺术学院党委书记李显阳。他的独特个人魅力就像一座气象万千、风光迷人的旅游名胜景区一样有待进一步欣赏和考察,越不过去。但她今晚想见的人必须是陈向鹰。除了还有一个当红娘牵线搭桥的任务,她要和他唠唠他们的前尘往事,清理一下情感的旧账。

她要解开让她困惑不解,郁积在她心中二十多年,差点儿没毁掉她前程、毁掉事业和幸福的心结。

说些什么好呢？尤朗月摘下耳机，把 MP3 放回手包里，双目紧闭。她百思不得其解：男女之间的友谊离爱情有多远？是一步之遥，还是遥遥无期？而友谊一旦上升到爱情层面，其性质就变了吗？就有伤害了吗？那友谊还有意义吗？还崇高吗？古往今来，古今中外，人们歌颂纯洁的友谊，赞美忠贞的爱情，就是因为她的稀有和珍贵，来之不易吗？那么人在社会，人在江湖，有时面对避免不了的伤害，又要怎样保护好自己呢？尤朗月的思绪沉重了起来。虽然她的风度让她在外面永远会保持端庄、舒适的姿态，但她的内心世界却已风起云涌，浪花翻卷，霹雷闪电，也和她现在跌坐在车后座的状态一样，跌坐到了往昔的回忆里。

二十多年前的那一天，尤朗月的表现是过人的。她承受了那样一种难言的哀伤和同学们迷惑不解的目光到隆山火车站为陈向鹰送行。

她面带苦涩和尴尬的微笑，心里淌着血和泪。

这不同于一般意义上的大学生男女毕业分手，而是压根儿就没有牵手，顶多叫“被牵手”。面对一个起先给你友情，然后渴望爱情，在你没有满足他之后又伺机报复你、伤害你，却又去意徊徨的人，你会怎样做呢？是“以其人之道还治其人之身”？还是从此天涯路，各奔前程？抑或是念其曾经有过的好，善始善终，让他风平浪静地离开？这真的考量一个人的心胸和视野。去送他，尴尬；不去送，更尴尬。谁遇到这种倒霉的事都晦气。只当演戏给大家看好了，就像有些政治家为了某些政治目的而走秀一样已不带有任何感情色彩。

这其实也是一个人生舞台，每个人都在扮演各自不同的角色。只不过有主角和配角之分，有主动和被动之别。

宝贵的大学生活结束了，美好的人生大幕即将开启。在这个节点上，吊诡的命运就伸出它悖谬的魔爪逼迫天性骄傲、矜持的尤朗月扮演违背她心愿的角色。

她来送陈向鹰一方面是念过往的情谊，不留遗憾；另一方面，也是粉碎陈向鹰的阴暗算计，让大家有个共识：她和陈向鹰的关系也和大家一样，都是比较友好的同学，没有什么不可示人的蛛丝马迹。

这算不算是她命途多舛的人生大幕的开启呢？有了这个晦涩到极致的经历垫底，开掘了尤朗月的承受能力。在以后的人生大舞台上，尤朗月即使站在风口浪尖上饱经沧桑、磨难，也同样能够驾驭自如，收放有余。

真的应该感谢这次不可多得的历练。

亲爱的读者诸君：就是在多年以后，面对一个必将失去的准郎君，你就是再个性顽强，追求完美如尤朗月；你就是皇上的女儿，金枝玉叶；你就是卓文君、王宝钏；你就是再有尊严，再要面子，若遇到这种人和事儿，你不让他风平浪静地离开，又能怎么样呢？

况且陈向鹰又是个去意徊徨，令尤朗月肝肠寸断的准心上人，与绝情绝义者流不同。

尤朗月去送他也是从大处着眼，为了无悔今生。

岔儿出在上大四那年的寒假前夕，尤朗月心里产生过一讹之念。她不接受“姐弟恋”。

她比陈向鹰大六个月，而不是小六个月。

这在姐弟恋大行其道，逐渐演变成一种时尚的眼下这个开明的时代，本不是什么大问题。但在当时那个蒙昧、沉闷，令人窒息的封闭、禁锢的年代，正统观念极强的尤朗月家就难免产生争议：

“过去说‘女大一，抱金鸡。……女大三，抱金砖’，其实还是男的比女的大点儿好。”与尤朗月相依为命的奶奶幽幽地说出逆耳忠言。她老人家就是比尤朗月的爷爷大两三岁，也未见得“抱金砖”了。

尤朗月的爷爷风流倜傥，多愁善感，心地再善良也难免让奶奶在感情生活上很受伤害。后来政治运动来了，他那高傲的气质首当其冲在劫难逃。一股急火脑溢血，没得颐养天年。

“可不是吗！在正常的家庭生活中丈夫的年龄就应该比媳妇大，否则就不幸福，尤其是女人不幸。”这是严厉妈妈的观点。

两位长辈的观点难得的一致。

于是在一个寒冷的星期天上午，妈妈请来了慈眉善目，外观像87版电视剧《红楼梦》中的贾母，在大家族中颇具凝聚力，在生活中又极有说服力的姥姥做后援。

“找个年龄大几岁的好，千万不能找小女婿，不然将来吃亏！”姥姥语重心长地劝说。

尤朗月本来也没有太多的想法，但一听这个理由，就觉得有点不公平，说出来的却是：“我和陈向鹰是同岁，只是他比我小几个月。”

“小一天不也是‘小’，大一天不也是‘大’吗？”妈妈这话像刀子一样刻着尤朗月的心。

“你姥爷人不坏吧？”姥姥又说，“心眼也挺好！”尤朗月点头。“也不是就有什么外心了！”姥姥顿了一下语气，“但就因为我比他大几岁，他就不拿你着意！”姥姥说着话有些愠怒，其现身说法用心良苦可想而知。

这话无疑也深深地刺痛了尤朗月那颗女性所特有的娇弱的心。

尤朗月对这个问题也不是没有一点顾虑。她看过一本杂志，上面描写了张学良将军那富有传奇色彩的人生经历和浪漫多姿的感情生活。据说张学良的前夫人于凤至就比张学良大两岁，尽管她是老爷子认定的姻亲，也是体面人家的出身，又贤良淑德，张学良也十分敬重她，可张学良一生也只按旧时习惯称于凤至为大姐。试想作为一个女人，有什么能比得不到丈夫的宠爱更悲惨呢？因此在尤朗月心灵的隐蔽处早已深深地埋下了忌讳找“小女婿”的种子。

“女人比男人大不幸福！”这要是在现在说就会遭到姐弟恋们的坚决痛击，但在当时尤朗月也是这样认为的，“即便幸福，女人也会是很累的，尤其心理上累！”尤朗月可不愿意做这样的女人，她愿意轻松自在、无忧无虑地生活。

她经历过上山下乡，吃过很多苦。好不容易迎来了粉碎“四人帮”，国家恢复了高考制度，她才经过了艰苦的知识恶补过程，考上了大学。这才有了把握自己命运、实现人生理想和愿望的机会。她又如何能轻易地在涉及人生这样的大问题上犯错呢？

她不想吃二遍苦，遭二茬罪。

她常常思忖自己的奶奶和姥姥，这两位从旧社会过来的典型中国传统式贤妻良母，也都是大户人家的女子,论人品、论相貌都是上好的,但就是因为比自己的男人大几岁,常在感情生活上或多或少地遭到微词。为什么会这样呢?

尤朗月百思不得其解。是生理因素,还是心理因素?看来这样的问题不是我们人脑子补鱼脑子就能解释清楚的。

2

"上大学,那是在经历生命的春天!在这个美好的季节里谈一场恋爱,将是多么浪漫而又惬意的事情啊!然而……"

一天下课,尤朗月随着几个同学往外走,就听身后窗户那边传来张刚的大嗓门朗读声。

只见老郁大哥起身去抢张刚手中的日记本。

"青春做伴好还乡!"团支部宣传委员、写作科代表徐文彬高声附和杜甫的诗句,像说给谁听。

看来这是大多数在外求学的莘莘学子的共同梦想。

尤朗月对"生命的春天"这几个充满诗意的字眼特别敏感。她就是因为阅读过一篇妈妈下班带回来的手抄稿《生命的春天》而产生了对美好的大学生活的无限向往,进而克服了知识的贫乏,刻苦补习文化课,坚持不懈才考上大学的。如果她没有读过那篇不知道作者名字的抒情散文,没有产生对美好的大学生活的美丽憧憬,很难想象她会坚持下来不放弃高考。

当年和她一起报考的同辈人中有很多在第一次落榜后就放弃了。可见在那个知识匮乏的年代,阅读一篇好文章所产生的人生正能量,作用是非常之大,影响是非常之深远的。

转眼到了期末,仍然是宝贵的课间交流时段。陈向鹰望着坐在与他隔一排后边自己的座位上假装看书的尤朗月对身边的两个兄弟说:"放假我晚几天走,到市内的同学家玩几天再回蓝城。"他是军人,讲战略的,遇事先设计,做足功课,走一步看三步。他这是在放烟幕弹,打预防针,告知尤朗月他的计划,同时希望尤朗月也能像其他同学那样知道他有什么想法都尽量满足,主动提出邀请最好。

尤朗月抬头瞅他一眼没吭声。

"最是那一低头的温柔!"陈向鹰想起不知是谁的诗句。

他很心仪尤朗月这种类型的少女,外观像轻盈的格桑花那样单纯和美好。苗条的身材,娇俏、白皙的小脸儿,顶着一头舒展的卷发。标准的通天鼻子决定了不管其他几个器官长成啥样,那也是高贵的气质。两贴薄厚恰到好处的粉唇相逢在那里,稍增一点、减一点,也都不会破坏美观。唯有那飘忽不定的眼睛有点问题,不看你的时候非常传神,眼风很撩人;定睛看你的时候就不是它了,有点集中不起来,像真理,感觉到了就是对的,向前向后向左向右半步就变成谬误了,但更加耐人寻味。

尤朗月身穿雪花呢大衣,肩上横披个米色大长绒围脖,里面露出醒目的红与黑两色绒衣,红圆领上点缀着黑点,就像美丽欲翩飞的蝴蝶的翅膀。据说是妈妈从上海买回来的,最时新的那种。是古典美与现代派高度融合的非常洋气、时髦的女孩子模样儿。

在场的人都心知肚明陈向鹰要上的是尤朗月家。因为元旦那天他就顶风冒雪地去她家了。尤朗月也以为如此。她的头脑中不由得刮起了旋风。

她感觉陈向鹰对她太特别了。本来她的心湖是宁静的,可陈向鹰总时不时地要找些理由出现在她面前,有意无意地闯入她的心灵视野。她之所以把他当作好同学也因如此。一开始她是无心要和他走近的。

他性格拘谨,不苟言笑,脾气又不大好。谁要是不经意地触碰到他,会感觉他很酸,不是她喜欢的类型。但见他平时非常主动,热情有加地和自己打招呼的样子,也就很尊重他,愿意交他这个好同学了。

可是自打从入学那天起就对尤朗月非常心仪的陈向鹰哪里知道尤朗月是这样想的,更不知她有着特定的家庭背景和刻骨铭心的生活理念。只是单方面按照自己与尤朗月交往的感情程序,想在学校放寒假的时候晚走几天,到住在市内的尤朗月家玩几天再回蓝城,把关系确定下来。

可没想到正赶上尤朗月心里闹矛盾:如果邀请陈向鹰到家里来玩,就意味着他们的关系将要确定下来。不能否认,尤朗月十分欣赏陈向鹰的诗歌才华。那首《古长城回望》凝结了深沉的历史与现代的家国情怀,在尤朗月心里引起了很大的震动与共鸣。

他的其他一些抒情诗句也很能撩拨女孩子的心,什么“金色的秋风如此多情”,什么“遍山的枫叶满脸通红”,简直不像出自他的性格,他的手笔。

他的有些发表在油印刊物上的诗句,尤朗月甚至能背诵下来。

尤朗月也和大多数同学一样非常钦佩陈向鹰身上已经展现出来的多种能力,尊敬他的强者形象,同时也深深知道这是一个矛盾的统一体。

一方面他做人极有尊严,有素质,做事极严谨、认真,计划性比较强;另一方面在谦和、沉静的外表下,掩藏着一颗躁动不宁的心。

虽然他文武双全,才华出众,是个人才,但军人加诗人双重的性格和气质在他身上表现得都很极致,这就是个问题了。

他爱听音乐。那还是在二十世纪七十年代末期,港台歌曲还未在大陆普及。是他这个有着一定政治背景的军人大学生首先在男生寝室里带头听邓丽君的歌。

当时有一台不知是谁拿来的那个年代的稀罕物——一台破收录机,说是二班哪位同学的哥哥“文化大革命”抄家时没收走资派的。有时拍拍打打谁也调不好,就来找陈向鹰,知道只有他能调弄出调儿来。

他是副班长,平时积极参加学校内外各项有意义的活动,尤其突出的是他写了那么多优美的诗歌和散文发表在省、市及学校等多种报刊上。学校创刊号上那篇精美的《刊首寄语》就是出自他的手笔。他也是那期刊物中唯一的学生作者。

因为穿着军装在校园里很显眼,再加上他的个人声誉和写作才华,在当年的师范学院,他应该是首屈一指的名人。

由于个人条件优越突出,女性追随者甚众,包括外班、外系的。但他一直都表现得很谦和,并不为所动,就像某些专科医生对不属于自己这科的患者,没有接诊。

他有个绰号叫“铁砂掌”,起源于一个“英勇的行为”。一个夏日的傍晚,几个爱好文学、趣味相投的男同学在老郁大哥的带领下饭后出去散步，他们走着走着，走到了离学校较远的马路上，老郁大哥突然被一个骑自行车飞快的人给撞倒了。说时迟，那时快。陈向鹰一个箭步冲上去，就像老鹰抓小鸡那样一把把那人从自行车上拎下来，让他领老郁大哥上医院看看撞坏哪儿没有，倒是老郁大哥劝说了事。

这一幕把小伙伴们给惊呆了，同时也深深地领略了陈向鹰出众的军人风采！大家都心服口服。

“他是铁血柔肠，侠骨丹心！”这是他同寝室的张刚对他的赞美。

“他是部队医院院长的儿子。”同桌任姐告诉尤朗月。

入学第一个星期天，市内和周边地区的同学基本都回家了，只剩下陈向鹰和张刚无处可去。作为生活委员的任姐担当起关心同学生活的责任，与不打算回家的于可找到了他俩。他们四人玩了一场扑克。

“他兼有军人加诗人双重的性格和气质！”这是尤朗月对他的看法和评价。

他不变的永远是一身整洁的绿军装。即使炎热的夏天，只要是穿上军装，风纪扣就扣的严严的，一丝不苟。这是他留给大家的深刻印象。

陈向鹰之所以让尤朗月动了恻隐之心，动了情愫，并不全是因为他身份上有很多优势，有发展前途，也不全是因为他写了那么多优美的诗歌和散文，而是在一个说起来不好开口，又难以理喻的行为细节上。

那是大一下学期的一天中午，教室里很安静，窗外阳光灿烂。尤朗月一个人坐在教室后边自己的座位上边吃零食边看一本抢手的小说。是什么小说她忘记了，反正是在当时社会上颇受争议、险挨批判的小说，她才急着跑教室里看的。

没想到随着门外匆匆的脚步声，陈向鹰进来了。他是想趁中午教室里人少安静的时候给父母写封回信。

当他看见尤朗月一个人坐在后边悠然自得地看书，就像触了电似的立马收住脚步，改变了方向，直奔教室前边的窗户伫立了一小会儿，抹身扭回头又走了，随口哼了句：“（请你告诉我的心上人，）不要想我，不要想家乡。”有意无意地瞅了尤朗月一眼。

尤朗月顿时觉得余音绕梁。

这是当时流行歌曲《泉水叮咚响》中最耐人寻味的那两句。这首歌被誉为新时期首个爱情歌曲。尽管歌词中没带一个“情”字，却用“心上人”仨字含蓄地表达了心声，更有味道。

她之后就放下小说，起身也来到窗前，不由得想起几天前自己写的诗句：

风来

风来神倍爽，
掩卷伫东窗。
观柳欣欣意，
不念读书忙。

自此这位自视甚高的少女萌动了稍许春心，当然此事除了她自己谁也不知道，但也就一忽而过。

那时他们还没怎么说过话，但陈向鹰对自己的关注尤朗月是知道的。入学两个多月的时候，学校搞纪念"一二·九运动"长跑，班干部坐在一起给同学们报名，见没人提到尤朗月，副班长陈向鹰忍不住就说：

"那个'九天揽月'怎么样？我看她进教室总小跑。"

"校队的！"徐文彬高喊。

大家被逗得都互相瞅着，张大嘴巴笑。其实她是不好意思在众目睽睽之下一步一量地走到后座，才故作潇洒地端胳膊小跑几步。那时候绝大多数同学的天性都没被打开，不好意思是常态。不像现在的孩子们从小就学点艺术表演，早早训练打开天性。中文系一班的还好，二班的有两个长得挺好看的女同学都忸怩得不行，常闹出笑话，让同学们感觉无法理喻。

"我有时候也紧走几步。哪像你们坐前边的几步就到座位了！"尤朗月的同桌任姐解释。她俩个儿高，都爱坐最后一排的角落，既不挡别人视线，自己也相对轻松、自在一些。

"尤朗月体格长跑恐怕不行。林黛玉似的，弱不禁风！"学习委员李学琴说出自己的担心。

"我怎么记得军训的时候投手榴弹，女生就她一个参加投实弹的？"陈向鹰给自己的提议找理由。

"训练有素！"徐文彬接着打诨。

"咱们这一代人都是在军训中长大的。"李学琴不紧不慢地说。

"那得问问她想报名不？"任姐说。她感觉尤朗月除了对她的古典文学科代表工作负责任，上课前必须把黑板擦干净，然后到办公室给受人尊敬的李惜今老师拿把椅子，下课后再把黑板擦干净，把椅子送回去外，不太积极参加其他活动。用现在流行的话说叫挺"低调"。

文体委员就把朗月写在名单里了。

那天跑完她就起不来了，晚自习的时候，团支部书记还记挂着说："怎么还没回来呢？"几个人很想去寝室看看尤朗月，其中就包括陈向鹰。

那年月男女生还较封建，他们有这个心也没这个胆儿，只能说说而已。

只有二班的班长刘真实敢直接表现关心，借到寝室找他班其他女生的理由过去问寒问暖。

陈向鹰感觉是自己的提议欠考虑了。

那天陈向鹰离开教室后就有点懊恼自己的行为，显得多么欠礼貌，违背情理。人家在那看书关你啥事呀？你连招呼也没打，还哼着不适当的歌，故作潇洒地走的。让尤朗月怎么看自己呢？他以后就经常找机会积极主动地和尤朗月接近。

其实正常同学关系，没有利益诉求或者特殊愿望的话，不必考虑太多。说穿了就是因为来电，不好意思，还要加以掩饰，才表现出违背常理的做法。

时光匆匆,已过了十几、二十几、三十几年的光景。但在茫茫人海和苍茫的世事中,尤朗月还依稀记得这事的关键一锤,还是早在那年的寒假前就已经由自己敲定了的。她还能回忆起那个令她不堪回首,也令陈向鹰十分难堪,毫无面子可言的场景和镜头:

这是那个学期期末考试的最后一张试卷。

当尤朗月和坐在她那一边的同学还在本班教室里绞尽脑汁地答卷的时候,与坐在另一边的同学到别的班教室里答卷的陈向鹰就推门进来了。

他没和监考老师打招呼,拿起门口的拖布就开始拖地。从窗户那边拖到门这边,又来到后边尤朗月的座位旁,乜斜尤朗月的卷纸,看答到哪儿了。

他近年来也是经常拿着拖布过来和尤朗月打招呼,没话找话地说上几句什么。大家也都习以为常了。拖地就好像是他自家的事,申请了专利似的。可今天不同啊!这是期末考试呀!考完这科就放假了,大家都归心似箭,拖地还有意义吗?

由于他军人的特殊身份,整个就是公益事业的化身。在学校,绿色的身影走到哪里、做什么事情都是一路绿灯,没人拦着。今天这两位监考老师也都没说话。

多少年以后,尤朗月才听说那天考试不仅有故事,还有插曲。而她和陈向鹰心里纠结的情感,以至给彼此造成的伤害和不幸,他们自己都无法面对和承认,更不会说及。因而也就少有人知道这个恩怨的来龙去脉和前因后果。

那天在考试还没到四十分钟的时候陈向鹰就要交卷。

这真的并不是因为哪位学得如何优秀,而是在考试之前这科已经泄题了。

起先是一群聪明、活泼,久经考场的小男生、小女生把素来敬业,认真负责,第一个进教室辅导的古汉语老师团团围在第一排课桌前请教。

另一些淘气的小男生、小女生就趁机到讲台上翻看老师的教案,快速抄题。

事情仅此也就罢了,偏偏提醒了一个平时很少言语的小男生何非。他有意经过系主任办公室门前,透过门玻璃侦查发现放在办公桌上的八开纸很像试题纸,就找来平时活跃、好动,身子骨单薄的秦涛。那时走廊上没有摄像头。他俩在晚自习后,趁着夜深人静,就把系主任办公室后门的玻璃起开,把玻璃卸下来一块。一个在门外拿着玻璃,一个爬进去。拿出的果然是由系主任任课的最后一科试题。他们再把门玻璃安回去,找个学习好的住校女同学做了答案。这样少数几个与他们要好的同学就知道这科的考试题了,但大多数同学不知道。

陈向鹰他们那个考室的监考老师为他也为其他同学负责劝他再检查检查,不让他早交卷,没想到他火暴脾气上来了,还和监考老师争执了几句。

他平时十分注意自己的军人形象,严格要求自己,各方面表现得都很优秀,几乎是"正确路线"的代表和正面形象的化身,非常有尊严,更不是惹是生非的人。

可是今天情况有点儿特殊,他有点儿急。他怕尤朗月答完卷纸就回家了。这要是再见面就得等开学。他还有事情没办,有计划没完成呢!

他现在十分懊悔没早点跟尤朗月直接打招呼,就像元旦前一天那样跟她直接说,然后第二天一大早就按约定先到庞晓燕家会同庞晓燕和于可做伴领路,顶风冒雪、风雪无阻地徒步走了大半个城市奔过去。多浪漫!

思想有杂念和心底无私时的感觉不一样。

当时庞晓燕劝说："雪那么大，今天就不去月姐家了吧？"

于可也说："无轨电车都停线了！"

这些都没能影响他讲诚信，他觉得这更能衬托他的真诚。

如果把陈向鹰上尤朗月家串门比作一次有目的的商业行为的话，那么元旦前一天过去应该就叫作"踩盘子"，即查看尤家的虚实，同时考察尤家人对自己的反应。

而这次他是另有想法，是要签单、订协议，确定关系的。所以年轻驿动的心非常忐忑。

他的性格又有爱瞻前顾后的一面，怕考试前跟尤朗月说这个有点不像话。要是分散了尤朗月的心思和注意力，影响了尤朗月的考试，这个责任他可担当不起，也于心不忍。

前几天复习见不着尤朗月。市内的同学大多都回家复习了，他想给她透题都没有机会。那时通信设备不发达，还没有手机，电话也少。自己也不能贸然闯到她家去告诉题。且不说自己是个军人，不能主动犯这个错误，更主要的是他俩还没确定恋爱关系，自己再牵挂她，冒着风险给她透题，她即使领你情，也未必就会同意跟你谈恋爱。因为她从没表露过有这个倾向，没给过自己暗示。只能自己找机会跟她做进一步沟通。

他之前其实已经知会了尤朗月放假要晚几天走的打算，只是当时还有别的同学在场没细说。他单方面希望尤朗月会明白自己的想法，最好主动提出来邀请。以往由于他军人的特殊身份，有个什么想法大家都是尽量满足，基本属于被惯包、受捧那伙儿的特殊阶层。

他没想到没有等来配合。

到校考试尤朗月也是踩着钟点来的。

陈向鹰以为有了元旦那天顶风冒雪的拜访，有了大半天的思想和语言的交流，尤朗月应该和自己心心相印、心照不宣、心有灵犀一点通。不仅他身边的几个男同学，几乎全班同学都知道他要晚走几天的打算。他的意向尤朗月应该是清楚的。

他虽然知道尤朗月骨子里很高傲，让他无从下手，但经过这一两年的进一步接触和交流，私下里觉得她还是通情达理、心地善良的。不是不近人情那种。

他把尤朗月的漠视，只保留在一个比较友好的同学层面上的表现，人为地看作女孩子的单纯与骄傲。他把自己在师范生群体里的优越感也放大了不少，以为谁对他都仰视。

尤朗月始终没有给他鼓励和信心，延迟了他们关系的进展。可他万万没有想到尤朗月居然一咬牙一跺脚，交完试卷，头也不回地就回家了。

把手拿拖布里里外外大面积地拖地，其实就是在借故等着尤朗月的陈向鹰弄得十分狼狈。走也不是，不走也不是。恨不得有个地缝钻进去。美丽的梦幻已被无情的现实击醒，还有什么颜面回宿舍见同学？只好牙关咬得紧紧的，恨恨地离去。

尤朗月一离开学校，坐上当时的主要交通工具无轨电车回家，心里就非常不落忍，开始对自己的行为感到后悔。她跟父母说了，父母认为同学放假来家坐坐也无妨。

她就又立刻坐无轨电车返回学校，没想到陈向鹰已经走了。

她只好在期盼中等了整整一个假期。

3

开学第一天陈向鹰仍像没事人似的拿着拖布过来，超热情地和尤朗月打招呼，虚情假意地问："家里都挺好呗?"

"挺好!"尤朗月回答。见他嘴角上起了一个足有拇指盖大小的火疱，心里十分内疚。

她想向他解释点什么，又无从开口。

只好在一天下午放学后，趁教室里人不多，便把陈向鹰叫到后边自己的座位前，拿出自己在假期里写的一首留恋大学时光的小诗给陈向鹰看。

一方面借以安慰他，另一方面也是想让他给指点指点、修改修改，好投在由他和徐文彬主编刻印的学生油印刊物上。

尤朗月知道自己的文字有些稚嫩，辞藻有些堆砌，情绪比较消极、悲观，小知识分子的情调，缺乏年轻人所应有的积极向上的蓬勃朝气，不适合在纸质刊物上发表，但她当时被一种浓浓的依依不舍和极度留恋这段难得的美好的大学时光的情绪所包裹。课上课下时常坐在自己的座位上，望着窗外空旷的高天流云出神，慨叹光阴的易逝，流水的无情。

这种特殊的情绪与是否留恋一个人无关。是一种意境，一种大情怀。在某种特定情境中的人和物，在别人的眼里可能也带有了某些诗意的色彩，就像一首著名的朦胧诗说的："你在桥上看风景，看风景人在楼上看你。明月装饰了你的窗，你装饰了别人的梦。"

诗歌中意境很重要。现实生活中情境也非常重要。

情境又分自然情境和社会人文情境。

前者比如一对素不相识的青年男女，在万木葱茏的某个风景区不期而遇，或者在高山流水之间四目相对，很容易被生机蓬勃的大自然点燃情绪，催生情愫，发生或好或坏的故事。有些天真烂漫的男女上当受骗的事，也时有发生。

后者比如那时候恰好苏小明演唱的《军港之夜》很流行，大街小巷到处都能听到这首歌曲，一到有文艺活动就有人演唱。还有《再见吧，妈妈》等，都会把人带到那种特定的情境和氛围中去，让人对军人产生敬畏和留恋。

当时还流行加拿大民歌《红河谷》，也让人陡增惜别之情。

陈向鹰自然是受益其中，让人们把对军人的群体尊敬集中在他身上。让他作为一名军人大学生，不仅是那个时代的骄子，同时也成为不少同学心目中的偶像和那个集体的宠儿。在一众师范生群体里，期望值甚高。

大家都在为前途担忧、发愁，好像只有他不用担心此事。

无论从长相，还是做派，他都像一个未来的高级军官，尤其是戴上镶着红边的大盖帽，衬托着佐罗似的下半部面沉似水的脸，想不当军官都难。

唯一美中不足的是，那过长的眼皮给他减些分。有时从外面进来，同学们会想：是在睡觉呢，还是在背唐诗呢?

今天倘若不是看到陈向鹰嘴角上起了火疱，凡事追求完美，做人做事严谨认真的尤朗月是不会急着把尚未考虑成熟的稚嫩诗稿拿出来让人看的。善良是她的核心品质。

她虽然多愁善感,但绝不会自作多情。她始终认为一切都是有原因的。

因担心被误解,诗稿还特意加了副标题。全诗如下:

我多想留住你啊,美妙的光阴

——为抒发对大学时代的光阴的恋情而作

当早春的太阳
向着我微笑的时辰
我多想留住你啊,美妙的光阴
可是,一瞬间
你便匆匆地离去
只有思念,还悄悄地
将我牵引

当中秋的明月
向着我凝视的时辰
我多想留住你啊,久违的光阴
可是,一眨眼
你就躲到云层里
只有记忆,还久久地
令我追寻

当浪漫的大学生活
陶冶了我的青春
我多想留住你啊,黄金般的光阴
可是,眼睁睁
你就要挥手而去
只有眷恋,还默默地
将我亲吻

当我思忖着
我的青春
我多想留住你啊,梦幻般的光阴
可是,你犹如
无情的流水
只有逝去,却不能
慰藉我的心……

“我不明白!”陈向鹰看完诗后故作矜持状。早晨他还谦和有加、主动热情地过来打招呼,此时面对诗中的双关语境颜面发烧,勾起肝火。说明一个月前尤朗月是看出了他的心思而故意逃跑的。

她这是打我一闷棍子,再给我吃个甜枣! 陈向鹰气愤难当,简直是是可忍,孰不可忍?

“你看我后边这段是不是没写好?”尤朗月感到讨了个没趣儿,心里直叫苦:真是心慈面软遭祸害! 就不想再理他了。

几天后,课间的时候,班主任闻老师来到教室过道小声问尤朗月:“报纸上报道的那个先进典型林桂珍是你的母亲吗?”

“是!”尤朗月点头。她奇怪班主任老师怎么会知道这事,想必是三姨姥爷说的吧?她家有个亲属在中文系教书法。

昨天她已看到《隆钢报》三八妇女节专栏上报道妈妈林桂珍的先进事迹,技术如何精湛,创造了好几个第一,等等,标题是《身怀绝技的人》。妈妈被隆山钢铁公司工会树立为先进女职工典型,家庭也被树立为“五讲四美三热爱”典型。妈妈经常跟隆钢“五讲四美”报告团到隆钢各厂矿做巡回报告。

尤朗月知道作为祖国钢都的隆山是因为隆钢而建市,隆钢是个英雄模范人物辈出的热土。她也像她的长辈们那样热爱隆钢。

之后,尤朗月发现陈向鹰后座的那个男同学看她的眼神有些异样,好像知道那天看诗的事。当时是安慰人要紧,心底无私天地宽,就没顾及还有不少同学在场,假装自习,都在暗中抻着耳朵听他俩对话。

尤朗月可就受不了这个委屈了,回家就哭着跟父母说了情况。父母觉得有必要找陈向鹰谈谈。

第二天第一节下课,尤朗月就起身过去对陈向鹰说:“放学后到我家一趟,我爸妈找你谈话!”

下午放学后他俩就隔着一个人的距离往校门外走,也顾及不了沿途的各系同学看没看他们。尤朗月噘着嘴,想到身边这个人有多么虚伪和阴险,就不想给他提供任何拿出来炫耀说事儿的空间,气哄哄地说:“把我给你的细粮票还给我!”态度十分坚决。

陈向鹰笑了下,未置可否。

他们拐过一条马路,就上了当时的主要交通工具无轨电车。

这个时间段坐车的人不多,除了几个乘客就是师院的学生。有空座,他俩都没坐。而是较着劲,各扶着后门两边的栏杆,一直站到下车。

一进家门,一股热情和一桌美食扑面而来。陈向鹰落座。由尤爸尤妈陪着进餐,还略喝了一点儿啤酒。尤朗月却进了里间屋,扑在床上,满腹委屈。

她起先还能听到外面的声音,大意是父母互相补充着说朗月从小娇生惯养,任性,没受过委屈。一按电钮,全家人都会围她转。有什么做得不对的地方,请他多担待,也可以告诉父母,不要对同学们说什么。男孩子要有高姿态。他毕业走了,尤朗月还得在本地生活和工作。一个女孩子要有什么闲话,让她怎么做人呢? 同学一场,考上大学不容易,应该珍惜好同学的友谊。留下美好的回忆多好啊! 父母不在身边,就把他们当父母,有什么困难找他们好了。他们把他当干儿子。

陈向鹰也旁征博引、举例说明大学生谈恋爱的弊端,还说到他们班的学习委员李学琴原来学习成绩非常好,自从与他的同桌兄弟徐文彬谈恋爱以后,学习成绩唰唰下降。这是大家都有目共睹的。

接着他又冠冕堂皇地阐明了自己的观点,就是要好好学习,暂时不想别的。请叔叔阿姨放心,回去不会对同学说什么的。

这顿饭吃到很晚,谈话很热烈。弟弟妹妹都被撵到别人家去了。

至于陈向鹰什么时候走的,尤朗月不知道。她睡着了,更谈不到去送了。

可年轻人毕竟是年轻人,徒有一颗滚烫的心。陈向鹰回去后,已是寝室夜晚的卧谈会时间。经不住兄弟们的追问和藏在自己心中胜利者的窃喜,有的没的地,竟忘了刚才意气风发之时,拍胸脯子对尤朗月父母的承诺,一改往日腼腆、拘谨的模样,主动问大家:“尤朗月怎么样?”借以显示和挑明他和尤朗月的关系不一般。

“好啊! 咱月姐那还有的说?”快言快语的张刚说。

大家都知道陈向鹰平时特别爱提尤朗月,而且一提起来就非常高兴,即使见面话都不说也是。

“尤朗月是咱们中文系女生的精华!”老郁大哥高度评价。

“长得多俊啊!”从农村考来的张刚由衷的赞叹。众人都笑了。他把那个“俊”字说成卷舌的了,又很真诚,真土得掉高粱花。他真的是对尤朗月崇拜得五体投地。

“咱不说长相,因为萝卜、白菜各有所爱。就说穿着打扮尤朗月应该是全校最洋气、最时髦的一个。第一个烫卷发,第一个穿西装,说是她爷爷留下来的!”平时爱拽事儿的徐文彬难得也夸赞。

“尤朗月长相是古典美,娇媚、高贵,穿衣打扮又很现代派,气质也脱俗。”陈向鹰正面发表了自己的观点。他担心回去以后恐怕就找不着像尤朗月那样既让他心仪,又与他同等学历的女孩子了。

陈向鹰虚荣心极强,又很爱面子。荣誉是至高无上的,名誉更是胜过生命的。

在经过了这种公众首肯的大好形势下,郁积在他心中很久的对尤朗月的喜爱之情就像火山喷发一样奔涌而出:“尤朗月的父母对我可好了,拿我当干儿子。”

“啊!”众人大吃一惊。紧接着就有人告诫陈向鹰只有努力拼搏,才能配得起拥有尤朗月的美好生活。

在当时的环境下,在年轻人有限的认知中,他们认为以陈向鹰自身的条件,包括长相和个头以及回部队以后军官的地位和级别与尤朗月的自身条件,包括长相、身材和气质以及知识分子的家庭背景很相配、很合适。年龄也差不多,都是从社会上考来的。陈向鹰是从部队,尤朗月是从青年点。

他们不知道他俩之间早已出现了问题,误以为正在谈恋爱。因为一到星期天陈向鹰就不在学校。大家都以为他是上尤朗月家了。

其实他除了上市新华书店买几本书或者到市图书馆翻翻书,也有偶尔来到尤朗月家附近像侦查员那样查看楼前楼后地理方位的时候。就像后来有一首叫《窗外》的歌唱的那样,其暗恋之情无法言表。

但以陈向鹰的性格，如果不幸被谁撞见或者问他上哪了，打死也不会承认的。

生命是一个过程，感情经历也是一个喜怒哀乐的体验过程。感觉好不好，结果好不好，命运说了算，缘分说了算，人做不了主。人所能做的，只能是或者默默承受或者高调表明立场。

他们这场本来就不该发生的情感，经过了多人在场时真实演绎的想象情节，在众人心目中，似乎就变成了恋爱事实与真相，因为陈向鹰那天确实从尤朗月家回来，而尤朗月的妈妈也的确说过把他当干儿子的话。

这事的前因后果，他们自己都无法面对，更没人捅开，所以大家自然也就想不到这些言行背后的原因和背景：仅为了消除因心地善良、多愁善感而引来的不测和后顾之忧。

故事的核心主人公尤朗月当时对这些背后的议论全然无所知。听张刚说时，时间已经过去了三十多年。

她只记得那次上她家不久陈向鹰就把细粮票还给她了。她本已经忘记这事，但仍没有原谅他，就转手把细粮票给陈向鹰同寝室的家在农村的张刚了。

当时细粮很少，国家经过了十年内乱，国民经济处在崩溃的边缘，各项事业百废待兴，大家都不富裕。但学校食堂的伙食与学生对大学生活的想象反差太大。每天早晨一小碗米粥，几块咸菜，一个小窝头。中午能有一个白面馒头，晚上也以粗粮为主。

改善伙食是在学生联名上告，一个学生把两个干巴窝头钉在学校食堂的墙上以示抗议以后，才把窝头改作发糕的。

学校搬迁后，市内的大多数同学走读。他们大多都把细粮票送给了家在外地的住校同学。

尤朗月当时没有想到平常弄得跟个谦谦君子似的陈向鹰，为人处世会那么悖情理，因咽不下这口窝囊气，才制裁他的。

这违背了她做人的初衷，同时也害得陈向鹰很为难。

陈向鹰不得不舍着脸皮跟几个室友划拉细粮票，也跟尤朗月的同桌生活委员任姐要。任姐的细粮票也已给家境困难的张刚了。实在齐对不上，最后还是二班的文艺委员吴梦奇给出了个馊主意，找他班的大才子谭思诚仿照细粮票上的戳印用橡皮刻了一个戳儿，朝爱画画的徐文彬要了一块彩色纸，让书法好的老郁大哥给描字，以假乱真，才还给尤朗月的。

好在尤朗月看也没看就直接转手给张刚了。

张刚如获至宝，居然还把它花出去了。

平常不回家的张刚，那个星期天买了一大堆白面馒头拿回农村老家。据说父母都乐坏了，多少年都不忘。

这事本应是个笑谈，但因为发生在尤朗月和陈向鹰之间，略知一二的好同学也就都秘而不宣了。他们都非常尊重和爱护他俩。

此后尤朗月和陈向鹰表面上就谁也不理谁了。

这期间陈向鹰的父亲来过学校一次。父子在寝室里谈了三个钟头话。把逃课躲在上铺蚊帐里阅读《莎士比亚全集》的同桌兄弟徐文彬都惊呆了。

“我不回蓝城！”年轻的军人大学生陈向鹰坚决地表态。他脑子里萦绕着的是开学之初尤朗月让他看过的诗句:“你犹如无情的流水,只有逝去,却不能慰藉我的心……”

“你必须得回去!”军医院长父亲很严厉。

“我去过隆山警备区,他们同意我毕业过去,给我安排工作。”

“不行!秦政委已经给你留位子了,你必须得回蓝城!不然对你蓝叔那边也不好交代!”

躲在上铺蚊帐里阅读新再版的《莎士比亚全集》的徐文彬此时血都要凝固了。他也像他们那一代在艰苦岁月中长大的人一样天生爱梦想。小时候看《西游记》,他梦想自己是唐僧,骑着白马;中学的时候听说批判著名小说《野火春风》觉得可惜,自己曾经想要改写一下,就像高鹗改写曹雪芹的《红楼梦》。他还梦想过中央候补委员名单中有他。

长大以后,尤其是上大学学中文以后,受了世界文学名著的熏陶,他改做文学梦了。梦想有朝一日,自己也能像雨果、巴尔扎克、大仲马、列夫·托尔斯泰们那样成为受世人景仰和崇拜的一代文学大师。

他越梦想越感觉现实的无奈,恨自己没有出生在那些能产生大师,产生英雄的时代,有跌宕起伏、波澜壮阔的人生命运;恨自己平民百姓的家庭出身,没有一丁点值得炫耀的闪光点让他骄傲地立在世人面前。他越自卑、压抑,就越不爱去上课。骨子里又不甘人后。他做梦也不会屑于去想自己获得如此平安稳定的学习生活,是经过了多少人的努力、拼搏,经过自己几世的修行才会有的福气,是令外界很多人多么向往和羡慕啊!

这天他逃课是想尽快把从市图书馆借来的《莎士比亚全集》读完。没想到眼前就正在上演一场当代版的爱情悲剧、人生悲剧,令他惊愕,又有点儿为他们感到惋惜。

“好吧!”陈向鹰望着父亲那坚毅、果决的神色,知道自己说什么也没用,只能以服从为天职。

他从小在部队大院中长大,深知父母两地生活的不易。户口问题在当时就是难以逾越的天堑鸿沟。跨省市、跨地区办理户口,不比登月球简单。有多少牛郎织女美好的姻缘都断送在这个问题上了。

成长经历给他铸就的一个理念就是他今生今世绝不可以夫妻两地。

当他放弃一种人间悲剧的同时也在上演另一出人生悲剧,但这是天意、天力,不可抗力。

部队首长照顾他父亲的想法,已经给他安排了回去后的工作岗位。如果不回去,对父亲无法交代。谁都知道“军人以服从为天职”的道理,必要时连生命都可以无条件付出,更别说他们这八字还没一撇的爱情了。

没有退路可言,既然大局已定,他现役军人的优越感也就充分地体现出来了。他不用像其他同学那样东找关系、西找门路,整天为工作问题犯愁了。

此后他每天给人的感觉都像是“军号已吹响,钢枪已擦亮,行装已背好,部队要出发。”人们都在暗中关注他和尤朗月的风吹草动、蛛丝马迹、何去何从。

毕业实习的时候,他们不在一个学校。这期间陈向鹰听说尤朗月经常在实习学校办公室的黑板上练板书。板书的内容多是格言、警句或者是她自己写的长短诗句,什么“我愿意孤独,为整理烦乱的思绪;我又不甘心寂寞,因怕辜负了时代的潮汐。”等等,借以抒情言志。

好玩儿的是，不知从哪掏弄来一个趣味游戏，这个故事他没听过。

说一个老太太想老头儿了，老头儿常年在外做事不回家，老太太又没有文化，不会写字，怎么捎信儿呢？聪明的老太就依次画了三个龟，又画了一棵树，又画了一个龟，又画了一个炉子一个苹果一匹布又一个龟，一个虫子一颗枣一个老头儿，然后落款处画一个老太太。于是终于见到了老头儿。

其实是奶奶看宝贝孙女落寞寡欢，有意无意地逗她开心给她讲的故事。

尤朗月根本就没想那么多，只觉着好玩，便在黑板上画了这些东西让同学们连起来念。大家念完就都笑了。

“龟龟龟树龟，炉果布龟，虫枣老头！”其实就是“归归归速归，如果不归，重找老头！”的谐音。

说者无心，闻者有意。陈向鹰很想上尤朗月实习的三十五中去看看。于是同寝室的张刚愿陪同前往。

这天下午，由于尤朗月在实习期间的出色表现，被实习指导老师和实习学校安排给从各班级挑选出来的优秀学生做一次专题讲座，题目是《我是如何搞好课外阅读的》。

在去教室的走廊上，尤朗月与陈向鹰、张刚狭路相逢，但都没有说话。

讲座自然是受到欢迎和好评了。

第一次一气呵成地写了那么厚的稿子，居然还面不改色心不跳地娓娓道来，真的应该感谢上小学时活学活用毛主席著作，经常在年组和全校大会上做讲用发言所得到的锻炼和开发的功底。

尤朗月知道自己并没有认真阅读过多少书。讲座的成功并没有给重情、伤情的尤朗月带来太多的快乐。

第二天是端午节，尤朗月的心里很难过。凭她的爱心，她多么想把奶奶包好的粽子和家里分给她的鸡蛋、咸鸭蛋给家在外地、父母不在身边的陈向鹰带几个去。除了凭吊他们中文系大学生所十分敬仰的伟大爱国主义兼浪漫主义诗人屈原外，也让他感受、分享一下这座北方重工业城市也同样具有浓郁的民族传统节日的味道。可他俩的关系紧张成这样，她由本来是非常优势的地位，一下子变得非常被动和尴尬，让她苦不堪言。

直到毕业实习回来他俩才冰释前嫌，和好如初。但谁也不谈敏感性问题。

“我明天上你家！”毕业考试一结束，陈向鹰就第一时间起身回头对尤朗月说：“我有话要说！”

“欢迎！”等了一个学期的尤朗月登时心花怒放。

4

翌日是星期天。一大早陈向鹰果然来了，穿了身绿军装。

他是从部队考上来的大学生，每逢郑重场合总穿这身橄榄绿，把长脸阔口、一本正经的陈向鹰衬托得朝气蓬勃，雄姿英发，军官气十足，自然受到了尤家长辈的热情招待。

穿过一间较大的地面镶有格瓷砖的房间，陈向鹰被让到了里间屋。

这间屋他来过，面积不大，但很整洁。

一张木制的双人床，一张很抢眼的雪白床单，一对儿罩着天蓝色外套的那个年代常见的木制沙发。靠背和扶手都搭着白色的有镂空花图案的蒙布。沙发中间的茶几上很随意地放着一盒打开盖儿的糖果。

紧挨着沙发的是一个大衣柜，用现在的话说，那叫有品位，上档次。中间门是一面大穿衣镜，其他地方全部用纹理清晰，条纹一个方向的刨花皮粘贴的，非常大气和美观。

点睛之笔在穿衣镜的下腰处，向上斜着有一行用有机玻璃雕刻的八个汉字拼音的声母。连着一条线延伸的是一朵盛开得略扁一点儿的牡丹花。

那八个拼音声母所代表的汉字是“自己动手，丰衣足食”。

这既是伟大领袖的语录，也是尤家的座右铭。十分贴切得体，恰到好处。其思想性和艺术性谁见了都欣赏。

尤家人也每每如数家珍地向客人介绍这个创意。至于这个创意的来历已不重要，早被忽略了。

“你们应该感谢我！”多少年以后，世道变迁了，每每回想起这件事，妹妹尤朗丽都笑嘻嘻地这样说。但当时她可吓坏了，“丧门星”的外号也由此得名。

原来那块大镜子在买来的当天怕被人碰了，先放在床上，以为这样比较安全。妹妹尤朗丽不知道此事，放学回家仍像平常那样顺手把拿在手里玩的布毽扔了过去。就那么寸，那镜子立马两截了。没办法，爸爸才化腐朽为神奇地想出了拿有机玻璃粘贴的主意，没想到效果奇好。妹妹也因此才少挨了不少的呵斥。

艺术往往产生于碰撞之中，平凡出不了艺术。修饰、遮蔽、掩盖残缺遗憾，反而创造了美。通过这件事，尤朗月得出这样的认识。

她想起不久前在某杂志上看到的一则报道：全国美术作品大赛上，获得一等奖的作品就属于遮蔽残缺遗憾而创造的美。一个女人在一堵墙后面露半张脸。据说原来画的是整张脸，可是画家的泼妇媳妇看画家成天琢磨画女人来气就给撕两半了。眼看交稿期要到了，重画来不及，没办法，画家突然想到断臂的维纳斯美神，就灵感再现，在撕掉的缝隙处设计了一堵墙，女人的脸和身体就贴在墙边，犹抱琵琶半遮面的样子，更加耐人寻味，获得了一片叫好声。

与大衣柜形成反差的是窗前墙角边放了一个线条简洁、摆设简单、讲究的小书架。旁边是一藤椅。

陈向鹰就坐在藤椅上，反客为主地与坐在沙发上的尤朗月斜对着，谈论着看似无关紧要的话题，气氛显得十分温馨。几个月来的怨尤一下子就消失了。

“阿姨，我就要回部队了！”见尤妈妈一手拿着龙井茶叶盒，一手端着沏好了的茶水杯进来，陈向鹰赶紧起身宣布：“我爸爸出差来过，说我已经安排在蓝城警备区政治部工作！”

“我可能进隆钢！”尤朗月也喜不自禁地告诉陈向鹰：“先替我保密！竞争太激烈了！”

“竞争激烈！”陈向鹰是知道的。进隆钢工作是几乎所有当地同学的共同愿望，是当时择业的首选。这不仅仅是因为隆钢福利待遇高，更主要的，因为她是“祖国钢铁工业的长子”，重工业摇篮。从小学地理课本上就知道她在祖国钢铁工业中的地位有多重要。她不仅有巍峨的高炉和几十万职工，还像一个伟岸的巨人一样曾有着光辉的历史。一部伟大的钢铁工业宪法就诞生在这里。一些闪光的名字——“老英雄孟泰”“走在时间前面的人王崇伦”等英雄模范人物就产生在这里。伟大的共产主义战士雷锋也曾在这里生活和工作过。这里是杰出人物辈出的热土。

随着党的十一届三中全会的召开,思想解放的春风吹遍了祖国大地,也吹遍了钢城的每一个角落。隆钢将拥有更加美好的未来是毫无疑问的。因此在很多同学心目中,隆钢是高大而神圣的。她四通八达,连接着祖国的四面八方,是能使人的才能得到最大限度地施展的好地方,前途不可限量。

他们几乎把能不能进隆钢工作当作有没有远大发展前程的标尺了。当然对绝大多数同学来说这是可望而不可即的事。但他们谁也不知道尤朗月家的一位前辈亲属,就是那位大名鼎鼎的德高望重的革命老干部、诗人、时任隆山钢铁公司党委书记兼总经理马万里。

马老也为晚辈亲属中出了位女大学生而感到高兴。

尤朗月的妈妈是当时隆钢工会树立的先进女职工典型。这年的三八妇女节当天,《隆钢报》报道了尤妈妈爱岗敬业,“身怀绝技”的先进事迹。尤家同时还是隆钢“五讲四美三热爱”典型,尤妈妈常随报告团到隆钢各厂区做演讲报告,这让马老感到非常自豪,认为这样的家庭,教育出来的子女一定不会错。他跟当时的人事处长打招呼说:“她母亲就是到处演讲那个!隆钢需要人才!”

尤朗月进隆钢工作有望,这是陈向鹰所没有想到的。

“听说二班的谭思诚也要进隆钢!”陈向鹰很敏感。这也是一个人所共知的话题,公认谁也竞争不了学富五车、才高八斗的高干子弟谭思诚。他父亲是当年延安保育院长大的“红小鬼”,现任隆山钢铁公司副总经理。

“嗯!”尤朗月表示知道。她觉察到陈向鹰本来是阳光灿烂的脸上略有一丝阴云。

“我还要到庞晓燕、于可几个同学家去看看,徐文彬还在家等我呢!”陈向鹰突然起身告辞了。

尤家人十分通情达理,认为陈向鹰临走前去同学家看看也理所应当,何况又是已经约好了的,就劝说上完那几个同学家就回来吃饭。

“把那几个同学都带来也行。”尤妈妈又补充说:“马上就要毕业了,同学一场,留下美好的回忆!”

尤家人今天留他吃饭是真诚的,也是为了弥补以往的漫不经心。

至于他俩的关系如何已不重要了,重要的是长辈们不想让孩子留下遗憾。

陈向鹰满口答应了。他记得尤妈妈曾说“朗月一按电钮,全家人都会围她转”的话,并且还得意地把这句话披露给了同寝室的同学。

但是人的心情和命运有时也像自然界的天气一样无常难测,因此才有了那句令人忌讳且流传千古的俗语:“天有不测风云,人有旦夕祸福。”

虽然科技进步了,基本的自然规律和气象规律人们已大致能了解和掌握,但有些潜伏的自然灾害的发生也难免会让人始料不及,复杂的社会人心更难以预测。

正像某前国脚当年非常形象而又深刻地调侃过的话:“谁作秀,谁先死。”

尤家人经历过那么多政治运动、人生磨难、生活变故,由于低调做人,都过来了。但他们谁也没有想到心地纯洁得像一张白纸一样的尤朗月命途从此多舛，人生从此多艰。以至他们认为很多事情，恶肯定有恶报，但善并不一定就有善报的。即便如此，他们的心地也不能不向善。

就因为尤妈妈一句饱含着无私大爱的很敞亮的客气话，会给特定心情下自尊心极强的陈向鹰造成了莫名的心理伤害，这是后话。

走在去车站的路上，他们遇见了二班的班长王铁梅。她家与尤朗月家是楼挨楼的邻居。他们打完招呼又继续往前走，陈向鹰就迫不及待地抛出了心里的石头："同学中就你在我心里有一定地位！"他说的是社会地位，还是情感地位，或者二者兼而有之，反正话外之音是别的同学他都没瞧得起，没放在心里。

"一定地位?"尤朗月嘴里、心里都是酸酸的。她想：我对你的感情能用这几个字代替吗?

"真的！"陈向鹰赶紧明证："不然我不能第一个上你家！"陈向鹰的表情里似有千言万语需要表达，但又不知如何说才好。

他一大早上尤朗月家，不就是因为"有话要说"，有心里的东西需要表达吗?

他好不容易掏心窝子说了一句，还是没能让尤朗月满意，心里就像打翻了五味瓶。

他那时内心包裹得很严，平常表面上装得不苟言笑，能说出这句话已经是下很大决心，拼很大力气了。

他知道学中文的人爱咬文嚼字，对语言文字特殊敏感，就想解释刚才说的"在心里有一定地位"不就是"有相当位置"的意思吗? 可是他还是没有说出口。尽管他用文字的媒介写出了那么多优美的诗歌和散文，借以表达思想、抒发感情，但用话语直接说出来他还是很害羞、很难为情的。内心世界从没有直接向外打开过。

若打开过，那还叫初恋吗?

人们得理解二十世纪八十年代初期的年轻人表达爱情的方式远没有今天那么开放。虽然他们感情丰富，爱上了就刻骨铭心，但在表达上，还是含蓄的居多。

那时表达爱情的几乎唯一比较深入人心的样板儿，就是女作家杨沫的那部著名的反映"一二·九"学生爱国运动的长篇小说《青春之歌》中，革命者江华向林道静求爱时所说的那句创造了经典，让一代一代、一茬一茬无数真情男女顶礼膜拜、悉心效法的话："……你说咱俩的关系，可以比同志的关系更进一步吗?"

明确而又不失含蓄，大胆而又夹杂婉约。谁听了都很难不怦然心动。

若在当下，这种表达句法恐怕只能会被理解为哥们、姐们、朋友、知己、情人，等等，或者叫"比爱情少一点，比友情多一点"的红颜、蓝颜什么的。据说除了亲情、友情、爱情之外，还存在什么"第四种感情"?

还是现在社会生活丰富多彩，人的关系也复杂。但那时，一句话的分量却可能挺重，或可能一锤子定乾坤。

不能不说到二十世纪八十年代初期的年轻人正处在承前启后、继往开来的历史大变革的交汇阶段，由于历史原因造成了他们那一代人普遍地具有沉重的使命感和责任感。他们大多都很深沉。

他们真的是思考的一代，是深沉、内敛，一本正经，不苟言笑的一代，仿佛祖国的前途和人类的命运都在他们的肩上担着呢！胸装五洲风云，心怀四海激浪。头顶蓝天，脚踏荒原。奋斗目标是解放全人类，最终实现共产主义的宏伟理想。他们很多人都富有革命英雄主义情怀，而不是故作深沉状，或者玩深沉。

也难怪现在的年轻人恋爱效率高，离婚率也高。多元化的社会，开明的时代，使婚恋观发生了巨变。谈恋爱也像日常衣食住行一样富有个性化，注重自我感受。流行什么闪婚、裸婚、姐弟恋，还有丁克族，搭伙不办纸儿的就更多了，五花八门，恕不赘述。

话说没有恋爱经验，又十分骄傲，心气很高的尤朗月心想：若都是同学，你第一个上谁家又有什么重要呢？我在哪个同学心目中没有位置呢？

单纯如尤朗月，她以为只有"我爱你"仨字才是爱情的表白呢！

他们中文系学了那么多外国文学名著，哪一本书里主人公表达爱情的时候不是一律的"我爱你""我也爱你"呀！开口闭口"亲爱的"，甚至对不相干的人也这么说，那让人听起来心灵有多滋润、多营养呀！她哪里知道天底下有很多夫妻一生恐怕也没有说过这仨字，不也照样过得挺好的吗？

但不管怎样她还是给陈向鹰说的话打了六十分。因为这至少说明她与众不同。在陈向鹰众多的追求者中只有她才有分量，而不存在与其他人竞争的问题。

"那你上完那几个同学家就回来吃饭！"尤朗月巧巧地笑了，口气是命令式的。因为在他俩过去的交往中说习惯了。

"嗯！"陈向鹰点头儿。

尤朗月感觉到陈向鹰表情里有些复杂，就赶紧补充："你不回来我们不开饭！"

尤朗月忽略了陈向鹰此时的心理状况是想听她表明心迹。他是一个行将远行的人了，哪里还在乎吃饭不吃饭的话题呢？"两情若是久长时，又岂在朝朝暮暮。"重要的是他俩能否定情。

车站上杨树和柳树正隔着人行道相互亲昵。陈向鹰和尤朗月也似杨柳般地富有依依不舍的情怀。但不知谁说过这样的话：恋爱中的男女智商最低，几近为零。

陈向鹰想：我已把心里的石头抛出去了，她为什么没有正面回答？

尤朗月这边却想：一切等他回来吃饭时再说。她没想想她还有机会吗？这坐地户和外来户的感觉就是俩劲儿。她以为他俩又恢复到从前他对她"五体投地"，无条件服从那种状态了呢！殊不知他们的命运已走到了十字路口。

这也许就是要归结为所谓缘分的问题了。缘分有深有浅，有薄有厚。俗话说："有缘千里来相会，无缘对面不相识。"无论兴趣爱好，还是人际交往，尤其在男女关系的问题上，缘分都至关重要，起决定性作用。缘来了，人们风云际会、花好月圆、卿卿我我、生死相许；缘尽了，人们恩断义绝、爱恨情仇、风流云散。难怪很多高人在做事的时候主张随缘，实属大彻大悟。

但人毕竟是有感情的生命，理智上明知道缘分将尽，大势已去，却还剪不断缠绵，仍在痴痴幽怨地谱奏挽歌哀曲，凄凄迷迷，如诉如泣，演绎内心世界绝美的风景，直至梦断天涯路，或者遗梦廊桥，或者"魂断蓝桥"，乃至成为，也只能成为文艺作品中的千古绝唱。

尤朗月与陈向鹰在经历了前一段时间的感情磨折之后，彼此的内心都不同程度地受到了伤害,似乎伤痛还没有完全消失殆尽。他们爱情的前景还不可预知。因此他俩在恬静、温和的外表下,都尽力地避免再一次受到伤害,说话、措辞都十分地小心。

他们实在是太含蓄、太羞怯、太自尊了。眼见这层窗户纸他们自己已无力捅破,这时车已经停站了。陈向鹰只好健步上车。

陈向鹰上车走后,尤朗月立即回家帮着忙活。不知不觉时钟已经指向十一点。尤朗月感觉事情有点不妙,就坐上公共汽车到徐文彬家去找。这时她才意识到方才送陈向鹰走时等车的方向不对,正相反。

陈向鹰难道也糊涂了吗?他恐怕也是随弯就弯,顺其自然的路走的吧?然后再倒车去的徐文彬家。

大丈夫在外打打杀杀、出生入死都不怕,就是英雄难过尊严关、面子关、女人关。总之是少男少女羞怯、难为情、不好意思的心理在作怪。

尤朗月一路想着就到了徐文彬的家。徐母说:“文彬是和向鹰一起出去的,还没回来呢!”

“不用等他了!他不能回来了!”尤朗月只好回家宣布,心里比先前冷静了许多。

5

话说陈向鹰一踏上车门,心就咯噔一下子凉了。他望着尤朗月渐行渐远的身影,一种比从前更为深刻的失落感侵袭了他的整个身心。

“我将要失去她!”这似乎是一个明确无误的概念。一想到不会拥有尤朗月,陈向鹰的眼泪就涌到了眼眶。

要是尤家人不那么客客气气、礼礼貌貌、通情达理地为他着想;要是尤朗月对他也能像李学琴对徐文彬那样百依百顺;要是方才尤家人能率真一点儿,性情一点儿,不放他走,或者在他出来以后向尤朗月表白她在自己心里有位置的时候,也能顺着他的话说,他在她的心目中也同样重要,那么他们爱情的游戏规则也许就会发生改变了。陈向鹰是会考虑留下来吃完饭再走或者再回来的。他来尤朗月家的目的不就是要告诉她,他舍不得与她分手。他不敢想象他俩从此天各一方,今生今世还不知能不能相见的情形。他要告诉尤朗月他的心属于她,他非常喜爱她。可是两个人都说道太多、太讲究,也耽误事。传统文化对人的影响也是这样。这是一种吊诡。

陈向鹰真的没有想到尤朗月家今天这么重视他来,那么真诚、热情地要留他吃饭。他没有心理准备。

他今天来就是想表达,或者说是来留情的。为日后有能力再续前缘留下伏笔和可能。不能立即决定什么。

他曾几次上过尤朗月家,目的就是要考察尤家人对他的反应。几次下来,感觉尤家人对自己没有什么特别和别人不一样的反应,不外乎礼貌、客气有余,而热情、亲切略显不足。

以往他们来,也不过就是海阔天空地闲聊。当聊到该吃饭的时候,尤朗月就端出满满一盘子糕点和水果来打发他们。

他记得第一次上尤朗月家时，尤朗月给他削了一个大红苹果。他感觉尤朗月心诚有余，但技巧实在不敢恭维，就劝说别把苹果皮弄折了。可尤朗月仍任性地把果皮削成了“长短不一的条条”，像割着他的心，全然没有理会他心中的企盼。也许是不以为然吧？他也不去计较。就是今年元旦那天他和庞晓燕、于可到尤朗月家玩，已经过了中午，他们也只吃了一些水果和糕点充饥，没谁问他们吃不吃饭。她家不轻易留男同学吃饭，他领教过。唯一的一次还是在他俩闹别扭之后。

这一次他仍不了解尤家人对他的想法，只是已深深地感受到了热情和尊重。可现在离吃午饭时间还早，况且阿姨还说让他“把那几个同学都带来也行”，这真真让陈向鹰为难了！无疑也触伤了他那敏感而又多疑的自尊心。他猜不准尤朗月家的真实想法是拿他当好同学招待呢，还是当未来的女婿招待？或许二者兼而有之吧？但已经到了这个时候她家仍然态度不明朗，关系还没有确定下来，即使再怎样留恋尤朗月，陈向鹰又怎么敢把那几个寂寞无聊、没事找事、就怕事小的毛头小子和到一起就叽叽喳喳说人不是的小女生也带过去呢？

元旦那天带她俩过去是因为她俩叫他一起出去玩。他们都是一个圈子的，趣味相投、爱好文学和写作的同学。而他想上尤朗月家，路又不熟，权且让她俩当电灯泡、指南针，照亮、领路或者缓解尴尬罢了。

“没买票的同志请买票！”听到售票员的声音，陈向鹰意识到自己坐错车了。但他将错就错找个位置坐下，情感的波涛却在胸中汹涌翻腾。

四年的大学生活已然结束，前方铁血峥嵘的军旅生涯正在招手。恰值此时此刻，青春年少的陈向鹰雄姿英发，踌躇满志，对未来充满了无限美好的向往和憧憬。“天高任鸟飞，海阔凭鱼跃”“好男儿志在四方”这些励志的名言警句，都曾是他真实生活的写照。现在他就要带着这些烫金的闪光的经历，跃马扬鞭，登程万里了，让这颗年轻的心怎能不激动万分，思绪万千？

如果能抱得美人归，就更圆满无憾了。

唯一让他感到美中不足，纠结恼火的，也是与尤朗月的关系到现在还没有确定下来。从小独立性就很强，凡事都考虑利弊得失、进一步想三步、甚至斤斤两两计较的陈向鹰，即使愿意顺应尤家的美意，打死也不敢把自己身边的那几位同学也带到尤家去呀！

更让他烤脸、冒汗的是自己平常在男生寝室里，在夜晚的卧谈会上吹的牛，虚构与尤朗月的林林总总不就穿帮露馅了吗？到现在手还没碰过一下呢！带他们过去，这是绝对不可以的。

他为难的是自己回不回尤家去呢？

尤家的态度模棱两可，并没说让他一个人回去。上次寒假前被撞得头破血流、无地自容、血淋淋的前车之鉴、惨痛经历，仍让他记忆犹新，想起来就痛彻骨髓。

这位性格充满矛盾的人，由此又陷入了另一种与上一次迥然不同的异常复杂与痛苦的境界。他眼前总是浮现出两个人的面孔：一个是尤朗月在下课时，坐在离自己不远的座位上，有意动情地朗诵宋词、元曲时所做出的投入表情；一个是二班的才子、中文系的高才生谭思诚那自命不凡、派头十足的轮廓。一个清晰，一个朦胧。

他记得元旦那天他和庞晓燕、于可顶风冒雪、风雪无阻地到尤朗月家来玩时,看见小巧的书架上放有一本小书《秋瑾》。陈向鹰想象不出天真、单纯,飘飘然的尤朗月,与"鉴湖女侠"秋瑾之间会有什么内在联系?紧挨着这本小书的是谭思诚借给她的个人传记《挥手昨天》。这说明他俩不仅有联系,而且还比较了解。

谭思诚可非等闲之辈。虽然他是应届高中毕业生直接考上来的,年龄比他和尤朗月要小很多,但他的才情和身价是谁也不能低估的。他不仅家庭有一定的社会地位,据说十年浩劫期间,他不幸之中万幸,偏得了一段颇具传奇色彩的人生经历。

至于详细情况,陈向鹰还不大了解。以他那特有的抒情诗人的丰富想象力,他很难想象像尤朗月那样心志比较高远的女孩子若和谭思诚在一起工作会不被吸引过去。那局面他是很难想象和无法驾驭的。

他忽略了一个基本事实:尤朗月和谭思诚也是阴差阳错。年龄的差距比他和尤朗月还大。心里的障碍小得了吗?可他这个时候已经很难站在客观的角度思维了。他很难想象自己会承受屈辱。

于是在那个爱名誉胜过生命的年代里,军人出身的陈向鹰痛苦地决定长痛不如短痛。

陈向鹰倒了一趟车,到徐文彬家后就一反常态,把对尤朗月的积怨和恼恨转换成了对尤朗月的报复和伤害,仇恨的心理占了上风。跟徐文彬说:"咱们快走!一会儿尤朗月能来找咱们去她家吃饭。学校我先不回去了!"

"你说什么?怎回事儿?"徐文彬十分吃惊。

"她家请咱们几个过去吃饭!"陈向鹰告知徐文彬,并没说他刚从那过来。

"不是你要走了,她家请你吃饭?怎么让咱们也过去?"徐文彬大惑不解,觉得事情有些蹊跷。

"谁知道了!你说咱们去不?"陈向鹰也犹豫不决。

"那就去呗!我陪你过去?"徐文彬这回很诚心。

陈向鹰沉思片刻说:"咱就谁家也不去了,我怕欠情!庞晓燕、于可她们两家也不去了!你陪我到铁西去看看,虹桥那边我还没去过呢!"

"那尤朗月家你不去,你怎么跟尤朗月交代?"徐文彬很关切。

"没法交代!"陈向鹰狠狠地说。亏他还知道后果。

走在去虹桥的路上,徐文彬问陈向鹰:"尤朗月对你有过什么有想法的表示吗?"

"她让我看过她写的诗,还给过我学校食堂的细粮票……"

"咻!"徐文彬笑喷了说:"细粮票她还给过张刚呢!市内哪个同学没把细粮票给住校的同学呀?"

陈向鹰一时很尴尬。

更让他没齿难忘的是这细粮票在他俩闹别扭之后,又叫从小任性、没受过窝囊气的尤朗月给要回去,转手就给他同寝室家住农村的张刚了。

每每想到这,陈向鹰对尤朗月又是好气,又是好笑。谁让他违背情理报复尤朗月,把仁慈的尤朗月害苦了呢!

陈向鹰本来对尤朗月心里就没底，经徐文彬这一问一说，就像来病了似的立马浑身虚弱无力。但现在对陈向鹰来说已不是去不去尤朗月家的问题了。从尤朗月家出来，陈向鹰也不知怎么了，拿不出先前的决心和勇气了。不知是对未来前程和命运的过分担忧，还是把现实生活看得过于严峻。他差点儿忘了自己有一个不为同学们所知的秘密，但这秘密他可对谁也不敢说。

陈向鹰上次寒假回家，他家那边看他整天愁眉不展的样子，就有意给他介绍了一个女孩子，是父亲同事的小女儿，妹妹的中学同学，部队首长的亲戚，很小就参军的通信兵。外观上，典型的英姿飒爽，衣着朴素，个头儿较高，相貌挺不错的。见了几面，还说不上产生多少深厚的感情，但不能否认对他回部队工作以后的前程问题占的分量比较重。

陈向鹰没有想到寒假返校后，尤朗月对他的态度整个一百八十度大转弯，那么动情地倾心于他。他心想：情感这东西真怪！招之时不来，挥之时不去。好好对她时，她不珍惜你；你灭了她的威风，她才在意你、重视你了。尤朗月心地还是善良的，也是可爱的。虽然比自己大几个月，毕竟是同龄，也是同等学力。回去以后再怎么找，恐怕一时也难遇到同等学力的女孩子了。

在学校期间有尤朗月在陈向鹰眼前飘着，其他追随者他一概没考虑过。只是友好对待，并没有在心里挂上号。比如庞晓燕肯定是爱他的，大家都公认，常常跟在他身边。那一双满含深情的忽闪忽闪的大眼睛，那一副夜莺般好听的歌喉，在学校大小活动中动情演唱的那首南斯拉夫民歌《深深的海洋》能唱到人心里，但也就仅此而已。他从未考虑过庞晓燕。她个子太小了，不及自己的前胸，像个亲戚家的小妹妹。即使天天跟在身边也不会产生情爱的感觉。而这个小妹妹也不是省油的灯，貌似天真可爱，却常在背后说对人不利的悄悄话，包括和她经常搂脖抱腰、形影相随的于可也不能幸免，还是别人看不过去才告诉于可的。

英语系那个家境优越、才貌出众的小女生，于可的高中同学梅小丽，他也没考虑过。尽管她用英语写的情书通过于可转给过他。这就好比他是医生，她们是患者，他一概没有接诊。她们甚至还没有挂上号。

他只对尤朗月情有独钟。

共同的学习生活，掩不住的青春向往，迫使这位军人加诗人在情场上本该收兵的时候，姑且敞开了心怀，潇洒了一把，让情感的需要占了上风，愁肠百转、深情款款地放出了丘比特神箭。

“你一会儿回去找李学琴，让她帮忙替我找尤朗月谈谈。告诉她我就要回部队了，等我回去安排安排再回来找她！告诉她我曾努力过想留在隆山。几次到隆山警备区联系，人家也同意我毕业后过去给我安排工作。但上次我爸来学校告诉我，蓝城部队首长已经给我留位置了，我必须得回去。”言外之意是怪罪尤朗月没有能够珍惜他，让他迟迟定不下来是走是留才造成这种局面的。

陈向鹰让徐文彬的女朋友李学琴帮忙，把自己没有说的话说出去。他顾不上考虑此时此刻尤朗月会是怎样想的，只是感到如果不把憋在心里的话说出去，自己将后悔终生。

陈向鹰和徐文彬走到横跨铁道东西的虹桥上，无心地瞅了几眼过往的火车，就往回返。路上他们谈论的话题还是围绕尤朗月：“我现在心里很矛盾、很痛苦。因为前途未卜,所以既不能拍胸脯子承诺什么,又不忍心,也不甘心就这么放弃了。毕竟大学四年,我对尤朗月怀有很深的感情。"

陈向鹰一改刚才的态度,也一反往日的深沉内敛,豁出去自己的自尊心了,把自己真实的心理状况对徐文彬做了相当程度的剖白,幻想让尤朗月等他一段时间,自己回去"安排安排",包括做父母的思想工作,等等,再回来找尤朗月。

这一夜陈向鹰失眠了。他又一次经历了感情的磨难。他为自己决策错误、无能为力而痛心疾首,不能自持。冰凉的冷泪打湿了军用枕头。

这位从小在部队大院里长大,从不折腰的年轻人,半夜都想跑到尤朗月家去向尤朗月和她的父母行大礼请求原谅,但这又怎么可能做到?

第二天天没亮陈向鹰就起床了。他洗了把脸,没吃东西,就来到教室里等着尤朗月的出现……

这天上午学校安排照毕业像。八点钟尤朗月准时来到教室。

见尤朗月到自己的座位上坐下,陈向鹰就急忙奔过去,向尤朗月表示一百二十分的道歉。"昨天上同学家回来晚了,没能赶回去,向你父母表示道歉!"陈向鹰苦笑着撒谎解释。

这位二十岁刚出头的年轻人,在和尤朗月的交往中第一次有了一把说上句的机会。他没有认识到由于他的错误举动,会在尤朗月家人的心里上引起多大的地震。

"我把大西瓜给摔了!"尤朗月故意潇洒地给陈向鹰加罪。

其实她是准备找他们回来时买西瓜,但知道联系不上他们了,就没买。

也怪那年代社会不发达,没有手机,电话也少,沟通不便捷,不及时。

经过了一夜的思索,尤朗月对陈向鹰感到失望。

她认为陈向鹰有报复她上次逃跑之嫌,把对她的积怨迁怒于她父母和全家。他的虚伪和她的善良使他达到了目的。她十分鄙视他,只哂笑了一下,不说话了。

"朗月,你出来一下!"徐文彬的女朋友李学琴一直在关注这边的动静,见尤朗月无意中望见自己,赶紧过来叫尤朗月。

这两个年龄相仿,但性格有很大差异的女同学,平时彼此尊重,不大来往。李学琴今天是受人之托才这样做的。

徐文彬和李学琴的恋爱,是他们班同学中谈成了的两对儿之一,没有悬念。

最初的起因缘于中文系邀请当时刚刚发表了中篇小说《月亮湾》的本市青年作家江小鱼来搞一次文学讲座之后,在中文系一班晚自习的时候,掀起了一场文艺理论方面的大讨论,是关于文学有没有阶级性,创作要不要考虑思想性或主题的问题。大多数同学受过去年代思潮的影响认为文学有阶级性,创作要考虑思想性或主题。理由是文学作品或多或少会带有作者的阶级烙印,反映不同阶级的思想感情。

少数同学认为文学没有阶级性,美的东西,好的东西,谁看了都欣赏、都喜欢。

江小鱼在讲座上回答同学提问时说在写作的时候不必考虑作品的思想性或主题,你就按照生活本身写就行了。他的这个观点的形成,不排除受他大画家父亲江波的影响。

他父亲是个很了不起的大知识分子,后来不幸被打成右派。他母亲也很了得,曾是新华社资深记者,采访过毛主席。

据说江波当年在延安的时候,有一天晚上还曾和那位获得过斯大林文学奖的女作家到过毛主席的枣园窑洞家里聊天,探寻过文学有没有阶级性的问题。个人有个人的见解。

李学琴因受江小鱼观点的影响说了一句自己的观点,立即招来几个男同学群起而攻之,立刻没了下文。当时窘境可想而知,十分孤立和尴尬。

这时自诩看过几本文学名著,趿拉着母亲给做的布拖鞋,身穿父亲单位发的白帆布工作服的徐文彬挺身而出,英雄救美。

从此李学琴少女的情感开始倾斜,恋爱拉开序幕。

讲真,李学琴当时也有几个上届中文系的老生追求者。

令徐文彬倾心的是李学琴非常要强、认真和坚韧、刻苦的个性。

他们是中学同届不同校的同龄人。徐文彬也比李学琴小几个月。李学琴是他们这届上山下乡的毕业生中少数报名上昭乌达蒙最艰苦的地方去的一员,属于有志青年。

那次学校着火,瘦弱的李学琴奋勇冲进去,站在阅览室桌子上,一只手举着从墙上摘下来的毛主席像,不知递给谁好,一只手在搬书架上的书往同学手中递的情景令徐文彬终生难忘。

她是属于吃过苦就特别珍惜今天的甜那种,他们的恋爱没有风浪或波折。可是正像俗话说的"花无百日红,人无百日好",没想到毕业前李学琴大病了一场。

徐文彬上演的当然是不离不弃,他俩准备毕业后就花好月圆。

6

李学琴和尤朗月来到教学楼后面的一片小树林里。今天这里很清静,全没了往日的喧闹和晨读,只有三三两两少数几个同学在聊天,畅想未来,还有几只欢快的小鸟在叽叽喳喳地蹦跳着。

"月姐广交天下有识之士!"迎面有两个女生挎着胳膊走过来,其中一个是本班同学田贵花,笑嘻嘻地对尤朗月说。

尤朗月点头笑笑就和李学琴走到一边僻静处。

原来陈向鹰星期天上尤朗月家是想和尤朗月摊牌的,告诉尤朗月自己的情况已经定下来回部队工作。他们的关系何去何从已摆在眼前。如果尤朗月留恋自己,那么他会安慰尤朗月等他一段时间,自己回去"安排安排",再回来找尤朗月。

他原以为尤朗月也会和其他同学一样毕业后将被分配到中学当老师,那么,说服尤朗月跟他去蓝城想必问题不会很大。因为他记得尤朗月曾经说过她很喜欢蓝城这座海滨城市,特别是向往那儿的大海。

生长在东北钢铁之都的尤朗月虽然中学毕业下过乡,到广阔天地炼过红心,但从小到大还没有到过海边,没有看见过大海是个什么样子的呢!她很想去看看大海。听奶奶说蓝城是个很干净的城市,那里环境优美,路面灰尘不染。人生活在那里心情舒畅,总之是个不可多得的好地方。

奶奶曾在蓝城生活过。因为爸爸大学毕业时受那个伟大时代的感召，和一大批知识分子纷纷报名来到东北支援隆钢建设，奶奶为了照顾到隆钢不久就患病的儿子，才放弃了优越的生活环境，来到了东北的钢铁之城。

可是问题在于当陈向鹰得知尤朗月可能进隆钢工作的时候，就又一次如受当头之棒，怎么也鼓不起勇气提出这个问题了。一方面，他必须得回部队，这是一个严峻的现实；另一方面，尤朗月又将经过激烈的竞争，获得自己称心如意的工作，不可能轻易地跟他去蓝城，他不敢想象他们的关系将会如何发展。

他曾多次拿着自己在报刊上发表的诗文作品当敲门砖，到隆山警备区联系，准备毕业后留在隆山警备区，落脚安家，然后向尤朗月求婚，娶尤朗月为妻。

可是不久前他父亲特意来过学校一次，告诉他部队首长已经给他安排工作了，他必须得回去。他是从部队考上来的大学生，毕业后理应回部队，况且军人又以服从为天职。他只是舍不得放弃尤朗月，放弃这段缠绵悱恻的感情。

“陈向鹰和郁跃进他们经常在男生寝室里赞美你！”李学琴说。

“赞美我什么？”尤朗月很好奇。

“说你是中文系女生的精华！”

“徐文彬告诉你的？”

“嗯！陈向鹰还说你长相高贵、娇媚，古典美，又现代派，气质也脱俗。他怕回去以后就找不着像你这样让他心仪的女孩子了！”

尤朗月只有听着的份儿了。她没有想到陈向鹰背后会这样热烈地谈论自己，和他平时表面上不苟言笑的个性形成强烈反差。

他欣赏她，喜欢她，她是知道的。

大二那年的五一假期，班级组织游千山活动，走在尤朗月身边的陈向鹰对脖子上挂着老式海鸥牌照相机、随时准备给同学们拍照的尤朗月说：“你是女中魁首！听说你高考历史接近满分，我真佩服得五体投地！”平时高高在上，地位在同学中优越无比的陈向鹰，居然说出“五体投地”这样的话来，让尤朗月听了也觉得理所应当。

“记得入学之初的军训吗？”陈向鹰又进一步拉近距离：“你是中文系女生中唯一一个投实弹的！是我在帮教官捡手榴弹报成绩的时候给你报过了合格线！”

“啊——，”尤朗月抻长声：“怪不得！我还想：我虽然当过知青，下过乡，广阔天地炼过红心，那也不至于有那么大劲儿呀！一到运动会就给我报名投手榴弹，我也以为我行呢！可使多大劲儿也没进前六名，总是第七名。哪怕第六名，能为班级争一分儿也好啊！”

那次投实弹，也是有惊无险。

尤朗月很意外地听到教官念自己的名字去投实弹，而且是中文系女生中唯一一名。她当时答应“到”之后就很飒爽英姿地跑过去了。

第一次投实弹没记得小铁环的概念和作用，也像训练时拿假手榴弹那样直接就投出去了，手榴弹自然没响。机智的教官一下子把尤朗月推拥到避弹掩体后面去了。待教官像工兵探地雷那样一步一步往前走，把手榴弹捡回来，告诉她把铁环用小手指勾住再投出去，才炸响。

好了，无须多想了，俱往矣！

面对陈向鹰借李学琴之口不可谓不深情的告白，尤朗月不能说没有丝毫的感动。毕竟感情是长在两个人心里的，因此才有了才子佳人梦断情愁的心结，否则也就不了了之了。

但现实又是如此严峻。

“他要是不回来找我，现在兴师动众的，别人都知道了，那我将来可怎么办？不成污点了？”

尤朗月把这次谈话告诉了妈妈。妈妈找李学琴问明了情况后，就找陈向鹰阐明了观点：“既然八字还没一撇的事，就不要对别人说了！”弄得陈向鹰灰头土脸的很没面子，心里难过极了。

尤朗月也只有在心里默默地命令自己：“不去想他！”

然而她很难做到。她认为大学毕业简直就是一场感情的灾难。在陈向鹰临走时，尤朗月本不想去送行。但顾念陈向鹰在告别母校的散伙饭上，在郁跃进等众兄弟的劝慰下，忍泪把已走出门外的自己劝回来敬酒，痛不欲生的样子，就决定圆了这个面子。这样就出现了星期天隆山火车站送行的悲壮场面。

那天酒桌上的举动传到二班话就变了味儿，说尤朗月泪雨滂沱。

其实是庞晓燕看到陈向鹰给尤朗月敬酒，触景伤情，借着酒劲儿号啕大哭了一场。那酒尤朗月没喝，只是不得已吻了一下酒瓶口。当时也没有去想吻酒瓶口比真的喝酒还令人浮想联翩，想入非非。反正那年头女孩子喝酒会被认为是很不光彩的事。她怕喝酒落下话把儿，坏了自己的名声。

7

尤朗月一下公共汽车就直奔隆山火车站站台。

此时正是七月流火的季节，可尤朗月的心里却感到冷慄。她回想起自己与陈向鹰交往的整个过程，一种复杂的感情令她苦痛不已。

站台上大多数同学已经来了。见尤朗月来了，陈向鹰立即迎过去：“代我向爸爸妈妈问好！”陈向鹰直接称呼。

尤朗月凄然地笑了笑，点点头。

这时大家的目光都集中到这边来了，拿照相机的同学赶紧过来给他俩抢镜头。尤朗月尽量躲闪一边儿，她不愿意被相机照上。她现在想的只能是减少大家的议论，不要给自己今后的生活在舆论上留下不必要的麻烦。

列车终于进站了。隆隆的巨大的火车头像载着整个世纪的重负呼啸着从尤朗月的心头碾过。同学们都骚动了。

尤朗月的眼泪一下子就涌到了眼眶。一瞬间她都要控制不住自己了。但她实在是太过人了，她极力地抑制自己的思绪，终于战胜了自己，茫然若失而又镇定自若地看着陈向鹰与同学们一一握手告别。气氛显得有点悲壮。整个送行的人群中找不到一张笑脸。也许大家也在体谅他俩的尴尬，友好地承受他俩的哀伤吧？

尤朗月第一次握陈向鹰的手，感到手冰凉，像从心底里一直凉到手指尖。

她暗想：看他那故作镇静，却失魂落魄的样子，像末世即将来临。他的心底里也一定不比自己好受，或许也在经历炼狱般的劫难？

陈向鹰上车后在车窗前坐下就没再往窗外看，也没和同学们挥手告别，倒像一个客串了某种角色的演员谢幕后回到后台休息，也像漂泊多年、疲惫不堪的旅人终于踏上了归途，抖落了满身心风尘。

“向鹰不够意思！”陈向鹰走后，心直口快的张刚对身边的几个同学表达对陈向鹰的强烈不满。

“怎么能这么说？”大哥郁跃进像是自言自语。

“搂脖子上火车带走啊！”一向崇拜尤朗月的张刚仍然义愤填膺。

“向鹰也做不了主啊！你看他这几天痛苦的，不容易呀！”老郁大哥的声音。

“友谊代替不了爱，好感成全不了情！”徐文彬有点诡谲难测。

“肯定是月姐父母不同意，你没看陈向鹰那天回来痛不欲生？”张刚说。

“不是！”徐文彬爆猛料：“真相是陈向鹰他爸上回来之后，陈向鹰的态度变了的。”

“你们说的都不对！记不记得上次寒假前陈向鹰要上小月姐家？”小灵通于可接过话茬。

“记得！”多人点头。

“后来去没去？”

“不知道！”众人说。

“没去成！小月姐考完试，交完试卷就回家了！把陈向鹰晾在那了！他还手拿拖布在教室里拖地等她呢！完了他谁家也没去，就走了。从那以后他态度才变了的！这才是真相！”于可回头看见尤朗月正和三两个同学说着什么往这边看，就把话打住了。

听到他们的议论，尤朗月的心里痛苦极了。

“还好，在众说纷纭中总有一句半句是接近真理的。”看来任何风吹草动都逃不过人民群众雪亮的眼睛。谁都不是省油的灯。

在这个关乎自己名誉荣辱的节点上，仁义善良的尤朗月又能说什么呢？她虽然也是爱名誉胜过生命的，但经过了这一溜遭，毕竟产生了一定的人情和感情。再有陈向鹰的脾气她是领教过的，也不想再有任何纠葛。她本来就没想在这个大多数是应届高中毕业生考上来的，普遍比自己年龄小的群体里找男朋友，也没必要说出来打击一大片，就只能委屈自己了。

她强作笑脸，撑着没事人似的随几个同学坐上公共汽车回家了。

她想不出事情怎么会是这样。当初陈向鹰那么一往情深地追逐自己，主动找机会接近自己，想方设法地闯入自己的心灵视野，到现在差点变成反目成仇、形同陌路的局面，反差也忒大了！她至死都不会认同。

他们的过往颠覆了友好的初衷，没有一点甜蜜感可言，更谈不到留下美好的回忆了。

与其这样不如当初就不相识，不走近更好，也不会有这么多的痛苦和烦恼。这个青涩、无聊的经历让她还敢相信人情吗？

想想全是晦涩。难道就因为一次要命的犹疑、回避、逃跑和拒绝，就有了刻骨铭心的伤害吗？

一个错误的理念，一次逃跑的行为，就要让自己付出如此沉重的代价。他用隐忍的手段实施了阴狠的报复。难道他就会觉得胜利了吗？他的内心真的就不难过吗？

无独有偶。尤朗月想起多年前遇到的一个中学时期非常要好的女同学给她讲过的经历，那是尤朗月家已扩房搬走，转学以后的事。一个班干部男同学要和这个女同学处对象，被她拒绝后仍邀请她上家里串门。她就带一个女同学做伴一起过去了。可能是因为她带了别人直接刺激了那个男同学，没想到一进门就被那个男同学给轰出来了。弄得这个女同学非常狼狈，有话说不出，百口莫辩。

这样的人和事不胜枚举。不得便宜下口咬，下脚踩，下绊子，使坏，反目成仇，恩断义绝者，大有人在。不杀了对方就算仁慈。这人性怎么能这样？

陈向鹰比那些人也善不到哪里去，只不过他曾对尤朗月有深爱，有真情。就算他无情又怎么样呢？他取得资格了吗？没有。尤朗月没有给他资格。正因为没有给他资格，才导致这样的结果。

小人得志的后果就更不知道会怎么样了。有些男人就是这么没有心胸，没有绅士风度。小心眼、不可爱的很多。

也许有人会说：男人也有尊严，也需要保护自己的自尊心。尤朗月没有给陈向鹰机会，还要让他怎么样呢？他够有素质的了，是一个要脸的人，死要面子，活受罪呗！他已经尽力，是尤家犹豫不决才造成这个局面的。陈向鹰没有办法，就只能遗憾了。

尤朗月想到这儿又苦不堪言，愁肠百结。她就怕对不起人。陈向鹰最后的表现把她的歉疚扯平了。她的心里空落落的。

吃完午饭，尤朗月一个人情不自禁地从家里出来，坐上了去火车站的公共汽车，来到了那座横跨铁道东西的虹桥上。

她望着陈向鹰乘坐的那列火车南去的方向，压抑了很久的眼泪就像断了线的珍珠一样扑簌簌滚落下来。这时她才跌落到了宋代词人柳永笔下《雨霖铃》的悲悯意境：“寒蝉凄切，对长亭晚，骤雨初歇。都门帐饮无绪，留恋处，兰舟催发。执手相看泪眼，竟无语凝噎。念去去，千里烟波，暮霭沉沉楚天阔。多情自古伤离别，更那堪，冷落清秋节！今宵酒醒何处？杨柳岸，晓风残月。此去经年，应是良辰好景虚设。便纵有千种风情，更与何人说？”

第三章　遗憾终生

假如尤朗月没有挤进隆钢的门槛，没有和谭思诚共事，可以肯定地说，她的人生之旅将会改样。她也许会成为一名兢兢业业的人民教师，也许会成为一个有所作为的领导，但未必会再度拥有一则缱绻伤情的故事和一段绮丽多姿的人生。

1

与其说尤朗月和谭思诚是被分配到一起来的，不如说双方都或多或少地怀着罗曼蒂克的幻想自愿走到一起来的。这其中的情愫和心态又不尽相同。

以谭思诚对尤朗月的了解，他很愿意与尤朗月共事。他认为尤朗月是个风度很好，有独到之处的女孩儿。他很难想象像尤朗月那么年轻的女学生，言谈举止和待人接物的分寸感会掌握得那么好，这样的人几乎只能在小说中见到。

“够用！”这是谭思诚在大四那年的寒假里跟同班的文艺委员吴梦奇到尤朗月家串门子后对尤朗月的评价。

他还不十分了解她，他们不是同班同学。只是学校搬迁后校舍一时安排不下，家在隆山市内的同学不得不走读。由于他们两家都在铁东区，上学的时候经常在无轨车站相遇，进而结识。

谭思诚最初的感觉是与尤朗月谈话能谈得下去，别的女孩儿却不行，没内容。

分到隆钢职校工作，在谭家也是经过了慎重考虑的。

知道将要与尤朗月一起共事，而尤朗月又比谭思诚大一些。两人目前虽说没有什么是是非非，但接触下去深了浅了都不妥。且不说影响工作关系，对孩子的身心健康和事业发展都不利。最后还是谭思诚的观点占了上风：“先去隆钢职校工作，弄不好再调出来！”

因为隆钢职校需要人才，他们才有理由和机会进隆钢。另两个挤进隆钢的中文系同学被分配到了隆钢附企文化技校。

谭思诚的母亲郑新生回想那天尤朗月应邀到谭家来玩时的谈话，也就点头了。

尽管如此，她还是再三地嘱咐儿子：“与尤朗月交往千万要注意分寸。”

那天尤朗月的态度是诚恳的。当谭母有意与她唠嗑，对她察言观色，考察她对谭思诚的感觉，决定是否同意让小谭和她在一起工作的时候，她也坦诚地表了态：“我比小谭大那么多，小谭才华比我高，有什么事我不会与他争。”

尤朗月很看重小谭是个人才。

高尚的思想境界让同样追求人生理想和事业成功的尤朗月面对“才高八斗、学富五车”的谭思诚，不得不抛开名利观念。

“我和他构不成什么矛盾冲突。”尤朗月诚恳地对谭母说。

她说这话的潜台词其一是谭思诚年龄比我小很多，在感情方面我不会追求他；其二是我也没想长期教书，或可能改行做别的，所以和小谭也的确构不成什么矛盾冲突。

尤朗月是欢迎谭思诚和她在一起工作的。朦胧的意向是也许能跟这位远近闻名的才子学点东西。二十世纪八十年代初期的年轻人，其思想观念是纯朴而简单的。他们认为事业诚可贵，知识价更高。

在那个年少轻狂、白衣飘飘，一切皆有可能的年代，品格高尚但不谙世故的尤朗月做梦都不会想到人生没有彩排，更没有秀场。每个人每一天都在书写自己的历史与人生，都是正剧上演，现场直播，都有观众在看，不可复制，不可重来。社会生活远比她想象的要复杂、奇巧得多。她为自己高尚的品格付出了沉重的代价是后来的事。

去隆山钢铁公司人事处报到那天，天气特别晴好。可尤朗月的心里却笼罩着一层淡淡的云。对于真的将要与阅历丰富、城府很深的谭思诚共事，心里还没有多少把握。当下她给自己立下一个原则：宁可不与其有什么好，也不要有什么不好。

隆山钢铁公司职工技术学校坐落在南兴隆路的西侧，沿马路有条很体面、很气派的大围墙衔接在光明街与和平街之间。围墙正中的大门上挂着醒目的校牌，白底黑字，上书“隆钢职工技术学校”几个大字。

尤朗月对这个校名并不陌生，早在上小学的时候就听说过。“文化大革命”初期这里曾是造反派上楼的阵地。当年震惊全市的“三一八”惨案就发生在这里，至今讲来还令人毛骨悚然。

一进校门，迎面是一座典型的中国式对称结构的建筑，尖顶白瓦三层红砖楼，也是这所学校集教学和办公于一体的唯一的楼。它周围至少还有四座颜色和结构都与它相似的建筑。它们分别属于省冶金行政学院、东北冶金建设总公司、隆钢工学院和隆钢运输学校。

“这些楼原来都归职校所有，‘文化大革命’后才被瓜分。”小谭指指点点。

“你怎么知道？”个子不高的数学系罗群问。

“他爸原先是职校校长！”奶声奶气的罗群的小伙伴黄松爆料。她的大姐与谭思诚的哥哥是同学。

“是吗？”尤朗月暗暗吃惊：看来他们几个的家庭背景都不简单，不然也挤不进隆钢的门槛。

“我爸一九五二年在这工作过。”小谭点头。

“那这学校是啥时候建的？”一直没说话的帅小伙化学系的苏波问。

“一九五一年。”

“那你爸是老校长了？”尤朗月咽回了刚要冲出口的话。

几个年轻人环顾职校四周，你一句我一句地扯着职校的过去、现在和将来，又兴致勃勃地把自行车骑到车场，然后来到二楼组干科报到。

等候多时的矮胖的刘科长立即领他们去见基础理论科科长。

在二楼北头的第一个门里分别站着三个笑容可掬的中年男人。据介绍一位姓王的是正科长，另两位副科长姓什么谁也没怎么记准。

待一行人鱼贯而入，和科长们一一握手后，站在一旁笑容可掬，像四喜丸子似的绽满笑容的办事员小唐就过来发给每人一张表格，让他们填写个人简历。

尤朗月乜斜了一眼那几张表格父亲职务一栏，分别写的是“隆山钢铁公司副总经理”“隆钢第三炼钢厂党委书记”“隆山市钟表厂厂长”“隆山市物资局局长”。只有尤朗月的那栏填的是“隆钢设计院设计室主任”，属中层技术干部，知识分子阶层。

但不管怎样，他们之中最引人注目的还属学中文这两位。在他们来学校报到之前，他俩的来路几乎全校好事与不好事的教职员工都知道。等他俩一亮相，就更加耐人寻味了。

在他们看来，谭思诚那少年老成的模样，像经历了几个朝代的风雨。亮亮的大背头，刷白的国字型脸，戴了副暗红色秀郎镜。上颌骨凸出，一贴小胡，胡茬较重，说不准从哪张名人画像上见过似的，不是鲁迅就是高尔基、溥仪。

且不说长相，单说那派头也能震人一溜跟头，走哪手里都不离一大黑皮夹。这东西在二十世纪八十年代初期并未普及，令人联想到未来的公司领导或者中央首长什么的。

尤朗月却是另一种风景：飘忽不定的眼风，标准的通天鼻子，嘴角和眉梢分别写着笑意和俏丽。满头的卷发像一盆怒放的菊花。白皙、光洁的小脸儿没有多余的赘肉，体形就像商店橱窗里走出来的服装模特，骨子里透出一股说不出的精气神儿：高傲、昂扬和自信。这在那个社会精神生活领域尚处于乍暖还寒，远没有今天这么开明、开化、开放的年代，简直就有点火辣辣的味道，让人不由自主地联想到“风情万种”“浪漫”等词汇。

偏偏又阴差阳错。面貌老成的谭思诚倒比风华正茂的尤朗月小好几岁，据说两人又都没处对象。最先坐不住的是主管教学的副校长谢明仁，他有个二十三岁的独生子，正在本地念大学，明年毕业。人长得没得挑，属英俊潇洒型。谢校长自认家境还不错，综合条件和尤朗月家差不多，就有心给尤朗月介绍，但又不好开口，于是在听完尤朗月的教学表演课之后，回到教务科就赞不绝口：“讲得太好了！有水平，有培养前途！”

“那给你当儿媳妇得了！”教研员于老师话也跟得上。

“那咱求之不得，你给介绍介绍呗！”

第二天上午尤朗月没课，正在办公室里翻阅谭思诚刚扔过来的用第一笔书报费买来的名人传记《风流才女——乔治·桑传》。

于老师的头探了进来：“小尤，你出来一下！”

楼梯拐角处，于老师说：“谢校长看了你们几个的档案，说你的档案最好。当过三好学生和优秀团员。他让我把他儿子介绍给你！隆山钢院的，今年二十三岁。一米八的大个，长得很英俊！”

“那我得回家跟我父母商量商量！”尤朗月推脱。

回到办公室时其他老师都上课去了，只剩下谭思诚一个人。

“找你啥事？”小谭问。

“没啥正经事。”小尤敷衍着。她不能当小谭说人家给自己介绍对象，人家也不让说。

小谭沉吟片刻便说：“我知道我其貌不扬，刚开始上哪儿都不会受重视。但我有毅力，迟早会得到承认的。”小谭早想跟小尤发表宣言。

小尤却不知其所言为何,她没有想到各方面条件都明显优越于别人,又十分倨傲的谭思诚怎么会如此冷眼地看自己呢?

这似乎也提醒了尤朗月。她想:我本来也无意于争名夺利,我又不想当官。我的职业理想是当作家,这要靠写作的真本事来取得,与其他人不存在任何竞争关系和利益冲突。不然我也不至于傻到劝小谭的母亲把他办到职校来工作这一地步,可见我对小谭是无私而高尚的。

但尤朗月沉下心来细想:也难怪小谭有情绪。工作几个月来,自己一路春风得意,到处有笑脸相迎。领导和同志们待自己如春风化雨,说话办事都是捧着、顺着,今个这个来认亲戚,明天那个来认邻居。远的不说,就语文教研组这六位,除了自己和小谭,其中就有两位与自己家沾亲带故的。从隆山小学转来的黄老师是妈妈的二婶的外甥女;组长魏老师在市人事局工作的丈夫的亲姑姑新中国成立前曾是妈妈的舅舅的大老婆。诸如此类的关系在学校还有好几例。

把在隆山没有一个亲属,而在全国一些重要城市有好些名人亲属的小谭听得既在心里感到不以为然,又在面子上感到孤单。他那天生的贵胄派头容易让人产生距离感,拒人于千里之外。他即使主动与人接近,表示亲切和友好,别人也会对他敬而远之。因为他骨子里的傲气是由内而外遮掩不了的。那时的人普遍都有自尊心,不像后来变得爱攀龙附凤。相距太远也就不高攀了。

让小谭接受不了的是,从讲课到现在,校长从未光顾过他的课堂,科长去的也少。尤朗月的教学表演课座无虚席,过道都塞得满满的,各沾边部门都有人拎着椅子过来。而他的却不同了,除了语文组一个不少外,连一个副科长都没去。

过后魏组长讲评说:小尤和小谭的教学表演风格正相反,小尤的"太浪漫",小谭的"太拘谨"。在那种强烈反差的待遇下,小谭的情绪好得了吗?

小谭想:我又不是演员,能不露声色地把课坚持讲下来就已经接近于政客的胸怀了。

当时不明白,过后也不明白,小谭的教学表演课为什么偏偏安排在星期三下午干部们雷打不动的政治学习时间。估计这与科里或学校的意向有关,可见学校对他俩的重视程度显然反差是很大的。

国庆节前一天,学校组织全校教职员工到食堂会餐的情景更让小谭感到汗颜。会餐刚开始,谢校长就带领身边的几位校领导最先到语文组这边来敬酒。那时候敬酒还不像后来那样疯狂,也只是双方有意思就喝一口,否则也不勉强。

当时魏组长和另一桌的两个副科长立即觉得脸上有光,忙起身迎过去。谢校长却只关照尤朗月一句:"饭菜怎么样啊?"

"挺好!"尤朗月笑呵呵地应答。

"多吃点啊!"谢校长身后的专业科樊科长殷勤地插了一句。

尤朗月开心地笑了。一时间她就像众星捧月一般得意。落座后悠然地用脚蹬地,身体坐在与铁桌连体的活动凳上悠了两悠。

"她简直就像一个公主在受宠。"谭思诚坐在尤朗月对面泛酸地想。

也难怪,尤朗月的穿着打扮的确与众不同,用当时流行的话说就是"中国稀少,外国难找,隆山市独一份儿"。

近似于法兰绒的玫瑰紫色格大衣,在本市没见着第二个人穿。据说是妈妈到上海出差买回来的。肩上横披个米色大长绒围脖,就像五四时期许多知识女性的打扮,显得风度卓然。头发已改成大卷波浪。这种装束别说在二十世纪八十年代初期,就是在现在也挺打眼。

而周围人大多还保持着过去时期的朴素衣装,包括新来的其他几位女大学生,她们中有的还梳着糖葫芦辫子,有的扎两把刷子,有的裤子后边拖挺长。

尤朗月饭桌上也讲究。她首先把饭拨给身边的腾老师一部分,然后才挑些素食吃点儿。

黄老师听说尤朗月爱吃鱼,就把整盘鱼挪到尤朗月面前。尤朗月只夹了两口,吃得很得体,吃相也好看。

“你像法国女人。”从食堂回到办公室,与语文组里的另一位男老师喝了点酒的谭思诚面红耳赤地坐在尤朗月右边腾老师的座位上说。

尤朗月宽松地笑了笑没说话,她以为小谭是在评价她的着装。

“法国女人是世界上最高贵的女人。”小谭继续说,“早晚有一天我逼你喝酒!”他没有像平常那样戒备谁谁谁在场。

“我要是不喝呢?”尤朗月打诨。她觉得莫名其妙:几天前还和我下战书发宣言的小谭怎么又一百八十度大转弯了呢?

“不喝,咱俩……那你不够意思!”小谭要好地说。

2

看对象定在星期六下午。

学校在职工俱乐部包了场电影。

也说不清尤朗月早年的命运中是不是注定要与小女婿们有擦边缘,或者无情怨。这位谢校长的儿子也是位“小女婿”,比尤朗月小一个月。

这在正统观念很强的尤家肯定是犯忌讳的。尤朗月自己也不大情愿。

她正青春年少,前程似锦,有的是选择的机会和余地。况且她为了找个理想的人生伴侣,已经放弃了那么多已有的感情,又何必自讨苦吃,去重蹈祖辈们苦难经历的覆辙呢?

她把自己的想法告诉了于老师。于老师的脸一下子就变了,不乐意地说:

“都什么年代了,你还在乎这个?”话外之音是:你身边就有个比你小的。

“谢校长都不在乎这个!”于老师又说。

她没想到这话惹恼了尤朗月。尤朗月心想:我这是给你们面子才这样回答你的。谢校长不在乎我就也得不在乎吗?这也太违反天性和逻辑了吧?

具有独立个性和桀骜不驯性格的尤朗月坚决拒绝,弄得于老师也手足无措,只得劝尤朗月无论如何得给个面子,然后再说不同意。

尤朗月只好遵命。

“怎么样?”在俱乐部走廊上于老师问尤朗月。

“我没看清。”尤朗月搪塞。

“再叫他出来一趟。”于老师把已经进了门里的谢校长的儿子又叫了出来。

“其实我根本就不同意。”尤朗月坚决地说。

“我看也是。谢校长非要让你见见他不可,怕夜长梦多,你再和别人处上了。”于老师指的是小谭,比谢校长的儿子更小的那一位。

从那以后于老师当着谢校长的面不和尤朗月说话了。

元旦前一天学校各科室举行新年联欢会。头天下午小谭和组长魏老师被科里叫去安排节目,回办公室后魏老师对尤朗月说:“科里让你和数学组罗群、黄松负责给校领导端茶倒水。”魏老师没说让尤朗月到科里看看有没有什么具体需要做的,尤朗月也没会来事儿到主动过去问问。她没太在意。不就倒水吗?这活儿她小学的时候就干过。在年组忆苦思甜报告会上老师让她给老贫农倒过水。

联欢会开始不久校领导们就过来了。当尤朗月看到谢校长的时候,就没好意思往前上。她是为谢校长着想,怕触伤刺激了谢校长的自尊心。

罗群和黄松俩小丫头跑上前去端茶倒水了。

“怎么不上去呢?”小谭回头说尤朗月。

小尤摇了一下头。

“大场面怎么上不去呢?”小谭继续小声批评。

小尤还是摇头,并不以为然。她心想:这算多大的场面呢?校长的儿媳妇我都不想当,端茶倒水多大的事呢?怎么把这事看得这么重?可能他们把这当作表现自己的机会了吧?这就是他们彼此的不同。他们不是一个年龄段的人。这也决定了他们不同的人生观和事业走向。

小谭是应届高中毕业生考上大学的,小尤是从青年点考回来的,他俩能成为大学同学纯粹是那个特定的历史年代,那个动乱的社会所造成的特殊的同学关系,是非常年代的产物。同时也难免造就了那个特殊年代的喜怒哀乐和悲欢离合。

接下来该小谭出节目了。小谭潇洒地站起来说:“我给大家朗诵一首诗。我这首诗写得好,是小尤写的。”他回头看一眼小尤,又转回身说:“我念得不好,大家别笑。”

大家的胃口都被吊起来了。

小谭开始朗诵:“那蔚蓝的大海啊,全是水;那奔腾的骏马啊,都是四条腿;那马路的南面就是马路北;那每个人的脸上,都长着一张嘴。”没等他念完大家都捧腹大笑。

尤朗月很感念他出节目给自己带了份儿,显得两个人关系和谐。但私下里暗忖:他有没有讽刺自己的意思呢?显然这是一首蹩脚的东西,没有一点形象思维,全是废话。这不难令懂诗为何物的尤朗月想到一个压根就不懂诗的蹩脚角色却也附庸风雅,见景生情之时居然也要诗兴大发一番,以至于此。当然其他人没有谁对诗不诗的感兴趣,他们只听笑话。尤朗月又觉得小谭没恶意,或可能是随意或可能是好意。

尤朗月参加工作这段时间以来也许是受了饱读诗书的小谭的影响、熏染和陶冶,常常闪烁灵感的火花和澎湃的激情。每每诗兴大发之时情感如江河奔涌,往往也能一气呵成、一挥而就地写下不少或浅显易懂、或晦涩难懂的诗。这是谭思诚所没有想到的。

他曾看过尤朗月发表在师范学院中文系油印刊物上的几首小诗，感觉有点小资调，迎风流泪，望月伤怀，多是为抒发对大学时代的光阴的恋情而作，有低沉、伤感和哀怨的味道，私下以为不过尔耳。

可是尤朗月在参加工作不到二十天的某一天下午趴在办公桌上所写的那首自由体长诗《自我·社会和生活》，着实震了他一个跟头。尽管他不赞同那首诗所流露出来的忧患意识和悲观情绪，也不认同不够凝练的松散诗句，但其内涵的丰富和思想的深刻让他很难与眼前看上去无忧无虑、天真烂漫、轻飘飘的尤朗月相联系。他感到自己遇到了一个较有实力且较难办的工作对手。

那首长诗，办公室的其他老师以及来他们办公室指导工作的科主要领导都看了，但都没说话。尤朗月知道诗里提到的问题太敏感，涉及复杂的社会关系和对自我前途所抱的并不乐观的态度是当时的社会环境和思想观念所不能公开承认的。其中还提到"社会改革"的词汇。这在当时整个社会还没有全面推行改革开放基本国策的政治形势下，在受极左思想影响很深的人看来简直无异于胆大包天，甚至是非常可怕。只不过都知道她身后有社会关系背景，有棵大树，他们才装作没注意，没追究，否则就很难想象不会有麻烦。

当时在全国范围内已经开展了关于真理标准问题的大讨论，确立了实践是检验真理的唯一标准。然而尤朗月的所思所想与大家心目中对她的想象反差太大。别人不说，仅谭思诚也已明显地感觉到自己与尤朗月思想、理念相隔甚远。尤朗月思想太复杂，他们不是一代人。

尤朗月是属于社会评论界所谓的"迷惘的一代""垮掉的一代"。他们之所以能够成为同学，纯粹是那个特殊的历史年代，那个特定的动乱的社会所造成的畸形的同学关系。他俩的年龄差距在大学同学中还不算最大的。更有不少"文化大革命"前老三届高中生也成了他们的大学同学。有的已是一两个孩子的父母，是他们的小姑、小叔、小姨、小舅那一辈儿的。但这些"孩儿他爸""孩儿他妈"们都有一个共同的特点，就是十分珍惜那段难得的学习时光，仿佛坚决要把被"四人帮"造成的损失夺回来。不折服他们不行！他们大多比应届高中毕业生会学习、会生活。他们会努力地把当时还很枯燥的学习生活调剂得有滋有味，丰富多彩。

当时校园里几乎每天都播放那首由著名歌唱家于淑珍演唱的电影《甜蜜的事业》的主题歌《我们的生活充满阳光》："幸福的花儿竞相开放，爱情的歌儿随风飘扬。我们的长征路上，战斗的风雨，为祖国贡献青春和力量。啊，亲爱的人儿携手前进，携手前进。我们的生活充满阳光，充满阳光……"这首甜蜜而酣畅的歌曲成了当年师范学院校园里播放歌曲的主旋律。这首歌的曲调成了他们校园生活的背景音乐，令每天走在去教室或食堂甬路上的同学们脚步像踩了五线谱，神情飘飘然的，陶醉其中。个个都觉得自己是那个时代的宠儿和骄子。

3

转眼寒假就要到了。很久以来就梦想着步司马迁、李白、杜甫后尘，壮游一番祖国大好河山的谭思诚决定到上海复旦大学同学那走一趟。临走前他把自己的教案簿扔给了尤朗月。

“放假有时间看看!”

小尤感到很惊喜和意外。

那是给学生补习语法知识的教案。对上中学就开始学工、学农、学军,就没有学过多少文化基础知识的小尤来说很受用。

谭思诚认为小尤作为教师,虽然从形象上看风度翩翩,派头出众,能压住场面;语言也风趣诙谐,妙语连珠;教态自然大方,富于表现力,但对于中学式的文化课教学还未必入门。况且整天与他诗啊文的读说个不停,没拿出多少时间来备课,又没有参考书。

幸好这学期大多课时讲的是语法知识,她还行,能混个虎皮色儿,而学生又都是从工厂来的,极渴望知识而又知识极端贫乏的那种。这要是讲课文恐怕她还没掌握规律。

虽然那天的教学表演课气氛很活跃,反映很成功,教学科长在全科会上还表扬尤朗月自觉地运用了启发式教学法,其实是她的语言和教态的表现力和感染力给她加的分。

那天尤朗月讲的是朱自清的散文《荷塘月色》,她非常欣赏这篇抒情散文。当她讲到作者在“这几天心里颇不宁静”之时,一个人来到月光笼罩下的荷塘,有一种淡淡的喜悦和淡淡的哀愁时,尤朗月的表情也似笼罩着淡淡的月光般地引人入胜。

最传神的是讲解“踱步”的“踱”字。尤朗月下意识地背着手踱了两步,侧着脸瞅着大家。这镜头、这风度,不由人不忍俊不禁,乃至终生难忘。

话又说回来,那篇课文是安排两次课讲完,那天上的是第一次课,大多是扫荡障碍,内容没分析多少。这要是上第二次课,很难说就不会出现问题。

谭思诚知道尤朗月和大多数从社会上考上来的同学一样,赶上“文化大革命”,在中小学读书阶段,该受教育的年龄,没有受到正规化课堂教育,属于“出生就挨饿,上学就停课,毕业就下乡,回城就待业”的“迷惘的一代”,“垮掉的一代”。只不过尤朗月是他们中的幸运儿、佼佼者,下乡不久就迎来了粉碎“四人帮”。国家恢复了大学招生制度,她才能够有机会靠点儿小聪明,多背点政治和历史考上了大学。对于正规的中学生式的课堂教学不熟悉实属自然灾害,但长此下去怎么行呢?

看到尤朗月纯真无邪,善良无私,构不成和自己有什么利益冲突,谭思诚很想帮助她。

谭思诚想不到与他出身和经历毕竟不同的尤朗月却因自己曾经有过的一点儿小牢骚而改变了心境,另有自己的想法和打算。

自从上次谭思诚说过一点儿感伤的话以后,尤朗月就情愿不打算出什么风头。万事都是躲着来,倒比以前认真备课了。上完课就一门心思地钻进报纸、杂志堆里,整天读啊写的,梦想有朝一日成为一名女诗人或者言情小说家什么的。

有段时间,她的办公桌上常白纸黑字地出现“人生第一步”几个大字,紧接着下面是两行小字:“人生的道路虽然漫长,但紧要处常常只有几步,特别是当人年轻的时候。”然后另起一行在上一行句号下排后两格处画个破折号“——”,写上“题记”两个字。

这个富有哲理的句子尤朗月是从路遥的成名小说《人生》的扉页上看到的,而路遥则是在柳青的史诗般巨著《创业史》中看到的。柳青的原话是这样说的:“人生的道路虽然漫长,但要紧处常常只有几步,特别是当人年轻的时候。没有一个人的生活道路是笔直的，没有岔道的，有些岔道口譬如政治上岔道口，个人生活上的岔道口，你走错一步，可以影响人生的一个时期，也可以影响人生。”

尤朗月在大学期间就做着文学梦，曾因作文中的一句：“新的《大学春秋》，将为祖国大地再现出一片新时代的花。”而被写作老师讲评出来，倍受同学们仰视。有人甚至把她视为未来文学天空中一颗璀璨的明星，著名作家什么的，发展前途不可限量。

那时的人们把写作看作是经天纬地的事。有个古人写诗云：“尔曹身与名俱灭，不废江河万古流。”他们把诗文看作不废的江河，视文章为千古事。不像现在网络时代，叫个人都能嘚嘚两句。

开学后，小谭骑了一台从上海带回零件组装的永久牌自行车，是当时的名牌。小尤骑的是另一名牌，女款飞鸽牌的。这两个牌子在当年就相当于现在的奔驰、宝马。两个人下班后并驾齐驱，甚是惹眼。

在那个物资匮乏，买大件商品都要凭票的年代，自行车自然成了小偷的目标。他们的车零件没少丢，尤其是尤朗月的。

小谭的丢后有在修理厂工作的邻居家兄弟给补齐。尤朗月的丢个链盒、瓦盖什么的，没有大碍，就只好那么晾着。

可是有一天在学校车场还有看车人的情况下，损贼竟然把车鞍座给拔走了。

“你这个自行车可真是多灾多难，你找校长去！他就在大门口和人说话呢！”组长魏老师怂恿小尤。

小尤被激怒了，夺门而出。天不怕地不怕的小尤不信没有说理的地方。

“小尤！别去，不好！”小谭跟出来，大手一伸，把小尤从二楼到一楼，再从一楼回到二楼办公室，愣是给横托着后背拦回来了。

一进办公室两人就都笑了。下班时害得小尤不得不把自行车推着走。小谭陪她走了一道。

“明天我让张小海给你弄回来一个鞍座，他在修理厂上班。”小谭想解小尤燃眉之急。

“不用！我明天买一个就是了。”从这件事上，小尤看出小谭和自己没二心。

一天上午他俩都没课，就在办公室阅读办事员刚送过来的当天报纸，一则广告映入小尤眼帘：市文联为了繁荣本市文学创作，丰富新时期文化生活，培养文学创作人才，特举办文学创作学习班。学费十五元。

小尤毫不犹豫就写了申请，征得基础科领导的同意到组干科开了介绍信，批了十五元钱学费报名参加了。

小谭那自认高门出来的学子的派头，压根儿就没想去。

十五元学费在当时也不是小数字，他们那时的月工资才三十几元，学校很给面子。

尤朗月曾经想学画画，就是因为学费太贵，家里没置可否，中国画坛就少了一位女画家，画家协会就少了一名女会员。

“三八妇女节”那天下午，学校看电影《知音》，尤朗月和谭思诚的位子挨着。开演时间不长，尤朗月只觉得谭思诚指着电影的内容好像会意地说了句什么，只一刻钟，谭思诚那年轻有力的臂膀一下子就有分量地靠在了尤朗月那娇俏骨感的左臂上，吓得尤朗月登时如坠五里云雾之中，躲也不是，不躲也不是。前前后后左左右右几乎全是学校的教职员工。但应该说谭思诚对于尤朗月来说实在是太富有吸引力了，所以她没好马上躲开。

电影演完后，尤朗月想起谭思诚早晨约她晚上到他家看电视的事，就赶上走在前面的谭思诚请假似的说："晚上看电视我不去了。"那时电视机还没普及。

迎面走过来专业科科长樊育才，小谭就没吱声。

星期一上午上完头两节课，小谭和小尤都回到办公室坐在各自的办公桌前，面对面讨论起一个文艺理论中的概念——关于真实性与美的问题。

小谭阅读过很多美学著作，这也是他非常感兴趣的一个研究领域，期许成为未来的著名美学理论家。

尤朗月欲言又止。她想起在文学创作学习班里一位老师讲课时举例说明的观点。

"咱俩还有什么不能说呢?"

在小谭的启发下，尤朗月吞吞吐吐地说："真实的东西不一定是美的。"

"怎么能这么说呢?"小谭有点差声："举个例子!"

"比如枯树未必就美，再有粪……"尤朗月没有说完就觉察到小谭面带不悦之色。

"那看需不需要。农民老大爷见到牛粪就会高兴地跑过去用撮子撮起来。"

下午语文组的其他老师因为学历不够上面要求进修，都到对面的二十八中听课去了。只有两个年轻人没去。两人又有了交流思想感情的空间。

"你是不是觉得我整天就知道看书，别的啥都不会干?"小谭问小尤。

"不是!"虽然曾有个别嫉妒小谭才华和家世背景的男同学背后散布过这样的言论，但小尤并不这样认为。那么说真的冤枉人。

参加工作以后，谭思诚也有意地表现出自己什么都能干、什么都会干的姿态。

头一个月开工资的时候，小尤还没有刻戳儿的概念，是小谭当即向小尤要了块橡皮，只一会儿工夫就把戳儿给刻出来了。

一个文化补习班学员的孩子裤子破了，小谭回到办公室就给画了一群小猴、小熊什么的，让孩子的妈妈用布照样子剪下来补在漏洞上。

这虽然在小尤看来属于雕虫小技，并不以为然，但小谭在其他方面也的确出类拔萃，才华横溢，非常值得称道。

他有着深沉浑厚的男低音，哼唱的时候情绪饱满，感情充沛，富有感染力；他能写一手独具特色、遒劲有力的小字，还经常在办公室的水泥地上，以洗手盆水代替墨水练习写毛笔字，其情古朴，其态敦厚、可爱，让人联想到宋代岳飞幼时以沙代纸，以树枝代笔练字之遗风。

他的散文和旧体诗写得也好。尤朗月对他是未谋其面，先闻其名其声的。

那还是在高考复习的紧张日子里。念高一的弟弟尤朗明一天放学回家带回一本《隆山市高中生优秀作文选》，第一篇就是谭思诚的抒情散文《泪血发春华》。文中那凝练的语言,优美的词句,不知要高出其他同学多少倍。尤其是对敬爱的周总理等老一辈无产阶级革命家的无限热爱和对祸国殃民的“四人帮”的无比憎恨之情跃然纸上,引人共鸣。

尤朗月之所以能以平常心接受念本地师范学院,不能说没有谭思诚做榜样的因素。

高考发榜后尤朗月情绪不高,听弟弟说他们学校的高才生谭思诚也考上隆山师范学院了! 大为惊异。

谭思诚在隆山地区考生心目中是个颇具传奇色彩的人物。他中考的时候作文成绩是满分,数学是零分。至于谭思诚为什么那么偏科谁也没怎么细想,因为这种现象在当时较普遍,只不过没他那么严重。

尤朗月当时只觉得谭思诚应该考到更高一点的名牌大学,考上地方师范有点屈才了。

既然如此,自己将要与很有名、很有才的谭思诚成为同学,即使心里还有什么不甘,也说不出口。于是尤朗月只好放下思想顾虑,面对现实,去报到了。

与尤朗月同样经历这种心路历程的男女同学还有好几例。

入学第二天午饭后,一个同寝室中文系二班的女同学回来说:“谭思诚在小树林那边散步呢!”

尤朗月就起身出去看看他是什么模样的。只见他穿着面料质地很好的四个兜的灰蓝色中山装,倒背着手,像在吟诗,很风雅的样子。尤朗月很莫名地朝他笑了下,就回屋了。

她觉得谭思诚比想象的老成、持重。

当时谭思诚也抬头看了尤朗月一眼,不知道她笑了一下是怎么回事,只觉得她很友善。

晚自习偶尔人少的时候,谭思诚也会上他们中文一班教室,跟他熟悉的徐文彬们讲讲幽默的笑话调侃调侃,总显得身份特殊,与众不同,有居高临下、高人一等的派头。

“你看没看过《卡尔·马克思传》?”谭思诚问。

“没看过。”尤朗月摇头。

“马克思的夫人燕妮比马克思大四岁!”谭思诚说。

尤朗月脸都羞红了。她只好苦笑着把脸埋在两个胳膊弯里,趴在办公桌上不敢抬头。幸好不长时间就有人回来了。

对于近一段时间以来小谭对自己的一系列用情表现,素来对自己的不利因素看得过重的小尤一时心理上还没有能够适应过来。她以为小谭给予她爱心,是因为自己太善良、太无私,而小谭也不是那种没有良知的人。

“上哪能找得着像我这样对任何人都没有威胁的工作伙伴呢!”年龄的差距较大让她没法往男女间的恋情方面去想。尽管她十分渴望爱情,但对小谭,尤朗月做梦都不敢相信会是真的。

她曾看过谭思诚写的个人传记,上面描述了谭思诚少年多梦时期爱恋的两个女孩:一个是与伯父邻居家的小女儿蕊蕊,一个是蕊蕊的同学张晓玲。少年意气的谭思诚曾夸下海口大声疾呼:“我爱她们两个!”

当时看到这里，尤朗月就笑了，心想：既然你不专一，能爱她们两个，就能爱三个或者四个。我会不会算一个呢？当时简直难以想象，如今果然证实了。尤朗月的心里好满足。

谭思诚对于尤朗月来说的确有着动心动魄，甚至迷失自我的吸引力，但尤朗月也的确没有想过要和他结成人生伴侣这码事，因此也就谈不到挑剔些什么，好恶也就停留在比较友好的层面上。当然由友情发展成爱情也属人之常情，更何况，这又是两位不同寻常的情感和气质都比较特殊的心志超群的青年男女。

这天晚上在文学创作学习班，尤朗月没怎么听进去课。她满心怀里装的都是这几天的事，一股青春的激情在胸中汹涌。她把前一天写的一首七言四句诗抄在纸上，让讲课老师给看看，自然受到了老师的好评。老师还问了她的学历。

八点半放学后，夜空正晴好。一轮皎洁的明月洒下美丽的清辉，清风和着树影摇曳。此情此景与尤朗月所写的诗的意境正好吻合。尤朗月的心被浓浓地陶醉了，一种物我唯一、情景交融的朦胧美的意境浸润了她的整个身心："清风明月若无情，何笼幽思织夜梦。高山流水渺闻滴，既胜人间酒未醒。"尤朗月情不自禁地眯着眼睛，边骑自行车，边望着东边的天空。忽然，朦胧中一辆救护车从过道开出来，尤朗月本能地一刹车闸，前轱辘闸好使停下了，后轱辘闸不好使还在转，尤朗月一下子就重重地摔了下来，立即昏了过去。

等尤朗月醒过来，只记得眼前有两路由自行车汇成的人流，朝着相反的方向流动。这正是那个年代特有的街景，夜校补习放学的时间。在她身边也围着一些人。

其中有一位熟识的女学员问尤朗月用不用把她送回家，尤朗月不知道自己摔的有多重，向来不爱给人添麻烦，况且天已经这么晚了，就说不用。于是忍着疼痛站起来，端着左胳膊，强推着自行车回家了。

一进家门，尤朗月就哭开了，疼了一宿。

第二天一早上医院拍片才知道是锁骨骨折了。她只好打着石膏，缠着绷带，端着左胳膊，在家休了一个半月的病假。

谢校长去看过她两次，表示不嫌其骨折，愿两家结秦晋之好。

小谭也去过两次。一次是和数学组的那两位年轻人一起去的，一次是自己去的。

当时尤朗月正在床上写诗，诗稿已写了大半个缎面日记本。有几首新写的小诗草稿散落在床上，小谭拿起来看。尤朗月立马说："别看！"她在一些原则问题上很强势。

"这几首小诗写得挺有味道！"小谭给予肯定。

小尤有些窘。除了有一首诗是清明节前写悼念周总理的，其他的都是写自己的心灵点滴，小情绪、小感受的，不宜示人，尤其是小谭。比如《缘与情》，还有《烟》《花》《苹果》等。

小谭匆匆浏览了一下：

我扎了一朵小白花

清明节
留下款款的步履
我来了
扎了一朵
小小的白花
献给敬爱的周总理
当我正要将花
献在周总理的灵前
我哭了
脑海中立刻涌现出周总理的灵迹!

为了寻找周总理的灵迹
我多想踏遍祖国的
每一寸江河,每一寸土地
可是,春风温柔地告诉我:
“总理已经安息!”
春雨亲切地对我说:
“总理已经睡去!”
啊!已经安息!已经睡去!
莫不是总理已经看见了中华崛起?
啊!已经睡去!已经安息!
莫不是总理已经闻到了“两个文明”之花
开遍祖国大地的芳香气息?
啊!已经安息!已经睡去!
安息吧,敬爱的周总理!
睡去吧,敬爱的周总理!
我不应为了纪念打扰您!
且让我将这朵小小的白花珍藏起来
待那“四化”建成之日
再把您唤醒去

清明节
拖着款款的步履
我来了
扎了一朵

小小的白花
为敬爱的周总理
但不是把它
放在我想象中的某一处
而是把它珍藏在
思想感情的深处
珍藏在心海里……

缘与情

像两条岔路河流
相遇了
又终将分手
似两颗闪烁的星星
肝胆相照
却永沿着各自的轨道运行
也许，它们今生无缘在一起生活
可无缘又为什么相遇？
也许，它们并不相爱
可不爱又为什么有情？
也许，爱情就是爱情
可有否心宇外的精灵？

烟

有人将你比作往事
幻想随着你的飘逝
也将往事忘记
可我想：那忘记了的
毕竟是不堪回首
然而它
不曾污染比喻者
心中的天宇？

花

啊，花，灿烂的年华！

倘若萎谢了
今生向谁寄下?

苹果

第一次到我家做客
我热情地削了苹果
那通红的果皮
削成了长短不一的条条
记得他恳切地规劝
不要将它弄折
可我任性地将他的心毁了

4

尤朗月上班后迎面听到两个消息:听学生说,她休病假期间,谭老师代课,起初并没有认真讲课,以为尤老师歇两天就来呢,净闲扯来着,等听说一时半会儿不能来了才认真讲课的。大家称赞谭老师字写得真好,课讲得也好。

第二件事是腾老师说文化二班的学生要给小谭和教他们数学课的罗群介绍对象,不知道怎么样了,反正这段时间小罗经常来找小谭借书。

尤朗月听后先是心里一沉,接着用鼻子哼了一声。

"他可能吗?"她既像问别人,也像问自己。

她有点恼恨人们的鼠目寸光,平庸无聊。她知道罗群也比谭思诚大一岁多,比自己小一岁。自己的中学学历比他们高三届。只因从小聪明伶俐,六岁多点就上学了。那时的孩子普遍上学较晚,同届同学几乎都比她大。

她是"文化大革命"前一年上学的,转年"史无前例"就开始了。她经过了和她那一代人一样的命运,学工、学农、学军;斗私批修;坚持无产阶级专政下的继续革命等一系列过程,最终下乡到广阔天地炼红心,接受贫下中农的再教育,修理地球去了。

她和小谭他们这拨人能成为大学同学,既是上天的恩赐,也是捉弄。这也许就是那个动荡的社会、曲折的历史所造就的人生际遇。这就是真实而波澜壮阔的人生经历,让人们生活得阴差阳错、错综复杂、五彩缤纷、扑朔迷离、五光十色、仪态万千、七彩长虹。让你身在其中,不由自主。但有一点,尤朗月确信自己的品位比其他女孩子不知要强出多少倍。如果小谭能超越年龄的顾虑,大一岁是大,大两岁三岁也是大,那么罗群在这个问题上就没有优势了。

她回顾摔伤那天白天在办公室里面对小谭的情景,自己虽然没有表态,但并没有说拒绝的话。本来想第二天上班对小谭谈谈自己的顾虑和真实的思想状况,却没想到乐极生悲,摔骨折了。也许在小谭方面会认为自己对他没有什么想法,或者认为自己有什么顾虑，总之，等待裁决的第二天却是那样地令人意外，难以想象，又十分痛苦和尴尬。

一个半月的病榻生涯是难耐的，但也给两个年轻人以足够的思考、咀嚼、回味的时间和想象的余地。

一切都可以想象，一切也可能毫无变化，但有其他人可能被引入他们那敏感的心灵视野，想来毕竟令人感到有些不快。

当富有责任感的谭思诚向尤朗月介绍这段时间学生的情况时，尤朗月没搭理他。

这天下午，办事员唐姐又抱着一堆报纸、杂志，带着惯有的那种四喜丸子似的绽满的笑容进来了："《辽宁青年》！"她把杂志放在小尤的办公桌上就出去了。

小尤拿起了杂志。

科里给每个教研组青年团员订了一本《辽宁青年》，语文组这两位共用一本。可是小谭十分喜欢《辽宁青年》的封面设计并想收藏，就跟小尤说可否把封皮给他摘下去。

小尤知道小谭酷爱美术与收藏，觉得没必要破坏了这本小书的完整性，干脆由她先阅读，看完就把全本交给他保管好了。于是他们就一直这样做。同时连同尤朗月订的《八小时之外》里面的外国名画插页，也一并给小谭拿去收藏了。

可这期与以往不同，他们都没有想到。

按照以往的阅读习惯，小尤先浏览目录。突然"陈向鹰"三个字直冲眼底。

"嗯？"尤朗月像触了电。

谭思诚的头也探了过来。

尤朗月怀着激动的心情，阅读了那篇刊登在"青春短笛"栏目上的抒情散文《啊！青春的小白杨》时，脸上顿时现出了欣喜的神色。

她把杂志递给小谭。小谭也迅速地浏览了一下，立马把封皮撕下，把瓤儿扔给了小尤："这个给你！"

一向礼让的小尤，这回却很痛快地接受了。直到下班，小尤的手也没离开那本杂志，可心却在盯着小谭的反应。

下班后，小尤、小谭跟腾老师一道走。小尤因为骨折的原因没有骑自行车，小谭是因为给哥哥家看房子，离学校很近，也没骑自行车，腾老师夹在他俩中间。

"啪"的一声，倒背手走路的小谭不慎将中午休息时出去买的一包火柴掉到了地上。小尤假装没看见，心中却窃喜："看你如何对待我？"

关于陈向鹰的话题，他们谈论过。那是在刚参加工作不到半个月的某一天上午。为这次的坦露，尤朗月后悔了很长时间，也痛苦了很长时间。

起先是由谭思诚引起的。他说："我已经和海河那边断联系了！"脸上分明写着纯洁，"蕊蕊已经去美国了，张晓玲在东方歌舞团做舞蹈演员。"

"你们青梅竹马，难能可贵。"尤朗月表示理解这种关系。

之后有一天，谭思诚告诉尤朗月：徐文彬和李学琴结婚了，只请了一桌同学见证一下，他也过去了。他和徐文彬分别是中文系一班和二班的写作科代表，在学校时有些交流。

"陈向鹰你听说什么没？"尤朗月毕业后首次提到陈向鹰。同学中提到徐文彬就不能不想到陈向鹰，因为他俩是同桌和上下铺的兄弟。

“怎么,你因为要进隆钢,把他甩了噢?”

“哪呀,他家那边有对象。他想让我等他一段时间,他回去处理处理。可我不愿意那样做,”尤朗月继续坦白,“有同学造谣说送他走那天我哭得‘哎呀妈呀,眼泪哗哗地’。其实哪有的事呀!”

从那天开始,本来下班一道走的这两个年轻人不一起走了。

“你先走吧!”谭思诚说,“我还有事!”尤朗月受到了空前的冷落。

直到有一天学校看电影《潜网》,尤朗月落泪了。由刘晓庆扮演的女主人公罗弦那坎坷多舛的命运牵动着尤朗月的心。过后有学生告诉了小谭,小谭吃惊不小。

“那天看电影,你哭了噢?”语气像对一个孩子。

“嗯?”尤朗月想起来:“啊,就是有点哽咽。”尤朗月很难为情。

女主人公罗弦最后还有个风度翩翩的青年海员何侃理解并愿意接受她。可现实生活中的尤朗月,又有谁来抚慰娇弱的心灵呢? 难怪那天小尤伤心落泪。

从那以后,谭思诚改变了对尤朗月的态度,并且经常主动地关心她。但尤朗月永远也不会忘记妈妈的话:女人不能对男人坦白过去,没有好处。

尤朗月记得曾经住在对门的邻居家的教训:男人长得奇丑无比,女人天生漂亮模样。可是,只要男人在家,女人就连大气儿都不敢出,原因是女人有短儿在男人手里。可男人却不同了,男人做完事可以抬腿就走,女人却不一样。当然尤朗月没做过什么,但这世界也的确不那么公平。

有一天尤朗月正在办公桌前写教案,坐在对面的谭思诚捧着画报直咂嘴:“太妙了!”显出由衷的欣赏和赞叹。

尤朗月不由得往前抻了抻脖子。往常遇到有好的作品,他们总要在一起欣赏、交流,把彼此的美感和愉悦传递到对方心中。这次也不例外,谭思诚情不自禁地把手中的画报伸过去。

“哎呀!”尤朗月立刻大叫一声,闭上了眼睛。

原来,那是一幅印有大卫的全裸雕像画:清晰的肌肉线条、醒目的男性器官,无一不在显示着雕塑家米开朗琪罗卓越的艺术才华和非凡的表现功力。但内心纯净如水的尤朗月从未见过男性裸像,更从未想象过这种东西,甚至作为一个纯洁的少女,在天性上还自觉不自觉地排斥这种东西。

那是早在二十世纪八十年代初期,改革开放还只是一些有识之士的梦想和追求,远没有后来那么天翻地覆、翻江倒海、振聋发聩的声势和威力。精神文化领域尚处于早春二月天气,乍暖还寒。虽有东风徐徐,但也不时有春寒料峭,甚至是倒春寒。对于男女两性这个概念,仍然是讳莫如深。文艺作品若涉及了这个问题,往往要绕道走,否则就会遭到来自社会各方面的谴责和批判。可见这是个禁区,谁也进不得。因此也就谈不到对青少年男女进行适当的两性知识教育,使得很多人直到新婚之夜都没有这个概念。

某杂志载:有一对新婚夫妇结婚一年有余,性生活也没找对部位。后来因为不怀孕,才上医院。

更有甚者,一女青年刚与男友发生了性关系,月经期还未到,就偷吃了打胎药,惹得又呕又吐,头昏脑涨,差点丧命。诸如此类笑话不胜枚举。

自然也有另外的情况，好奇心的驱使导致青少年猎奇、犯罪的也大有人在。电影《被爱情遗忘的角落》里就写了一个悲惨的爱情故事：农村青年小豹子因在邻村看了一场露天外国电影，回村后就模仿电影里的情节与荒妹的姐姐村妮做爱，被人发现后惨遭毒打，接着被定为强奸罪锒铛入狱。荒妹的姐姐自杀。引起诱惑的却是那件后来穿在荒妹身上的红毛衣。

尝试者往往以男孩子居多，女孩子则相对比较被动和保守。但并不是说就排除对身体的自然接触、搂抱和亲吻等精神产物的向往。谭思诚和尤朗月经常因合看一篇文章或一首诗歌而凑在一块儿。身体也往往要离得很近，甚至轻轻靠上，然后自然分开。在这种时候，其他老师都装作备课没看见，只有组长魏老师常常要打破沉静的气氛，惊醒美好的瞬间。

"你看小尤、小谭多好！看到你们我就想起我们年轻的时候。"弄得两个年轻人只好尴尬地分开。大家也都愣愣的，不知道她说的是好意，还是别有他意。

5

组长魏老师是位不含糊、不简单的中年妇女。她那指不出明显缺点的外貌，也实在找不出一疙瘩可观的优点。给人的感觉是哪个地方都像个锥子似的尖尖的，包括头型往上尖，眼睛三角尖，鼻子往前尖，下嘴唇往下尖，耳朵下面也是尖尖的，没有耳垂；就连体形横看也是以中间的大胯骨为轴向上下两头尖；肩膀长得不太给力，宽不宽柳不柳地在那块儿不得劲；转过身臀部也没有多少肉，总之看了不舒服。人也像个追命鬼似的，不是个善茬子。说话一针见血，办事不择手段。

她丈夫原来在铁东区委，后调入市人事局工作，至于任什么职务谁也说不清楚。

她是从小学跳到中学，又从中学跳到隆钢职校。在她担任语文教研组组长及科支部委员前后不到两年的时间里，就干了几件狠事。她首先整走了前任组长赵老师，又气退休了没到年龄的杜老师。一封匿名信写到隆钢人事处，挡驾了已经试讲合格的白老师。

凡此种种，对于两位新来的年轻人来说，还并未引起太大的在意，因为他们自认毕竟与前者不同。他们是早晨八九点钟的太阳，充满希望。他们是有力量的。

魏组长也并未因此而放弃对他们的管束，一开始就对他们在办公室阅读小说、杂志提出了干涉："告诉你们了噢，工作时间谁也不许看本职工作以外的书噢！"她像是对大伙说。

"那报纸让不让看，增加点知识面？"黄老师撇着嘴，笑着打诨。

"不许看小说之类与讲课无关的书！科里说的！"

"那……"黄老师瞅瞅小尤，又瞅瞅小谭。

两个人都没理睬魏组长的话，照看不误。

尤朗月心想：作为一个教育工作者，语文学科的带头人，怎么连一杯水和一桶水这样老生常谈的问题都不懂？真是岂有此理！再说教材里也有选择短篇小说或节选长篇名著做课文的呀！

谭思诚从此对魏组长多了一层了解，也多了一些戒备。

尽管如此,他们并未对眼前成天挨呵斥的倪老师产生多少同情。因为这位男公民也不知出了什么问题,魏组长越是拿眼睛盯着他不顺眼,他还越出错。不是上课迟到,就是教案落家了,再就是答应给人家代课,课却忘给上了。总之,精神头老不够用。看起来模样倒也浓眉俊眼的没什么异常,可说话办事却总是低眉顺眼,就像电影中不用化妆的右派,受压多年,还没获得平反昭雪似的。体格也枯瘦如柴,近似于吃不饱、穿不暖那种,从旧社会才过来似的。

说起来也难怪。他家在旧社会是富农,他是小老婆所生。他出生不久就赶上了土改。他母亲是怎样含辛茹苦地把他拉扯大可想而知。能考上大学得多不容易!可没念上一年就因家境实在困难而肄业了,只好下放来到隆钢当工人。粉碎“四人帮”后,国家落实知识分子政策,他才有机会跟着一大批知识分子来到隆钢教育部门教书。起先,他虽然仍旧是小心谨慎,但秉性上也是不甘人后,踌躇满志的。可当他看到魏老师转来后,巾帼不让须眉的现实,便开始装聋作哑,与世无争。再加上他那当店员的漂亮老婆成天跟他吵闹解决扩房问题,他向学校领导吞吞吐吐、低声下气地提了几次也没有下文,弄得也是心灰意冷。若赶上逢年过节,又总爱贪上那么几杯小酒,胃溃疡的身体经不住折腾,往往要卧床半个月。天长日久,磨平了棱角,失去了个性,人也显得窝窝囊囊的。

有一次几位中年女教师不知因为什么上来了情绪,互相嬉闹。最后还是组长魏老师有理智,有素质,发现小谭和小尤在对笑,就挺着脸说:“你俩别笑话咱们!咱们都是疯子!”这时大家的目光都集中在低头备课的倪老师身上,倪老师就抬起头,咧咧嘴,夸张地说:“我是傻子!”逗得大家笑得前仰后合,笑到了高潮。

没有利益相关的时候,语文教研组表面上很和谐。

谭思诚和尤朗月都认为管倪老师叫“倪老蔫”符合形象,恰如其分。偏偏一见到这位就绷起阶级斗争面孔的组长魏老师还给他戴高帽,管他叫“倪先生”。不能说魏组长没有一点黑色幽默的味道。

“语文组女老师都是贤妻良母。”小谭曾这样评价她们。

语文组的另两位中年女教师是组长魏老师仅有的两个喽啰兵。她们工作积极,办事认真,且都有上进心。也许她们掂量了自己的斤两,“文化大革命”前中师毕业,受学制的限制,没系统地学着多少正经东西,也因个性浅薄,不好钻研学问,因此文化水平较低,只能靠工作态度端住饭碗。她们一般事都随大流,还算顺着魏组长,可遇到切身利益受到阻碍时,也是奋力拼争,当仁不让的。

那次涨工资,刚参加工作不久的尤朗月就吃惊地看到平时勤勤恳恳、兢兢业业的腾老师,因没涨上工资而从领导那里回到办公室哭得如此动情。

黄老师也曾因所带班级连续三周没有插上卫生流动红旗而气得哭哭闹闹,说辅导员偏心。

一天,办公室里没别人,组长魏老师靠近正在看《诗刊》的尤朗月耳边小声说:“听隆山小学的人说黄老师神经不大好。有一次有人丢手套赖黄老师,黄老师哭得舌头都出来了。”

尤朗月想:怪不得冬天的时候我很随意地戴了一副奶奶给做的上面各绣一朵小花的棉手套,引得黄老师过度的夸赞。原来是因为受过刺激,对手套太敏感了?

又有一天,魏老师对尤朗月说:“你可别对别人说噢,腾老师的大儿子是私生子。”

从此,在尤朗月的心目中,那两位一胖一瘦的中年女教师,形象怎么也正不起来了。

尽管她们的长相都蛮不错的,但人生有了污点,人也就失去了光彩。

这位心地善良、为人正派、感情丰富、事业心又极强的青年女教师尤朗月,怎么也不会想到自己在日后的人生旅途中所遇到的风风雨雨,所经历的坎坎坷坷以及她留给人们的议论和印象,也并不比那两位庸碌的女教师强多少,甚至更糟。所不同的是她真的没做过什么不光彩、不体面的事,恰恰相反,往往是因为她坚持自己的人生理想,坚信自己的实力而不放弃做人的原则。她绝少为了个人的蝇头小利而采取世俗的手段。

说到底,尤朗月也不认为自己这样做人就有什么好与不好,只是她生性耿直正派、光明磊落,看不上蝇营狗苟、苟苟且且的勾当。如果哪位遇到困难找她帮忙,她会是很热心助人的。也只有与她打过交道的人,才能体会到她为人的真诚与善良,可她往往遇到的多是些见利忘义,没有肝胆的庸人和小人。

6

转眼职校招生考试结束。

教师们每天都集中在几间大教室里评卷。这天临近中午,数学组的小罗老师突然来到语文组老师面前,大家都很吃惊。

“你来干啥?”黄老师问。

“我找小尤。”小罗并不瞅小尤。

小尤一乍:“找我?”正有气呢,吼了一声。臊得小罗没地方藏没地方躲的。

小谭只是低着头,装作看试卷,脸上却现出了宽容而又喜爱的笑。

他喜欢看小尤吃醋时的酸厉害劲儿,平时白璧无瑕、云淡风轻的尤朗月,也只有在这样的时候才能让人捕捉到真情。

尤朗月今天穿的是那个年代不多见的白色连衣裙,显得阳春白雪般惹人眼目。奶白的脖颈上挂着红蝴蝶项链,戴了副银边眼镜。据说是看了当时热播的外国某电视连续剧以后,有人说她幽默时的表情和动作,有点像那位表演夸张、自命高雅、有趣可爱的女教师形象,她觉得好玩,便上街买了类似那位女教师佩戴的那种眼镜。

用眼镜明目张胆地装饰自己,除了近视眼和特殊需要者外,在周围的人中,还要属尤朗月引领了风尚之先。

那时候人们穿戴大多都很朴实,受极左思潮影响,越土越显得和革命群众联系紧密。穿件新衣服都很拘谨、羞怯,既怕人家笑话说不好看,又怕被人怀疑有资产阶级和小资产阶级思想。更有甚者,新衣服做旧了才敢穿。

有一位企业领导,当初在基层工作时,故意把工作服蹭两块黑,胳膊肘磨破,袄领子露棉花,弄的油渍麻花才敢到现场和工人群众打成一片。

哪像现在的人们,活得那么潇洒自在,生怕赶不上潮流。不仅穿衣打扮讲求个性化,就连婚庆、装修等等,几乎所有的事,都讲究个性化,甚至把男女关系都看得比较简单和随便。戴眼镜简直就是家常便饭,不仅是时尚,简直就是需要。几乎每个人都有好几款眼镜。

当年一个个倒腾眼镜的个体户，早已完成了资本的原始积累，有的已变成了其他行业的老板。没改行的，俨然已成为颇具规模的眼镜专卖店或连锁店的老板。

走在大街上，十个人里头有九个是戴眼镜的，不管是不是近视眼都精选眼镜戴上。

可在那时，戴眼镜会令人联想到特务、间谍之类的概念，只在电影中常见。

尤朗月的穿着打扮，现在看真的不算什么，可在当时简直不得了。一般男人仿佛只有对她侧目方显得正派。女人也只有羡慕嫉妒恨的份儿了。

难怪那年夏天尤朗月穿了件妈妈从上海出差带回来的粉色带小白点点的高领白榧子汗衫，引起了组长魏老师极大的不安。

“小尤，明天上课别穿这件衣服。把它换了！”一天魏老师风风火火地从外面进来，绷着绷得不算太紧的阶级斗争面孔对小尤说：“是科里让我跟你说的。”

“这衣服……犯了什么毛病？不瘦、不露，也不透啊！”尤朗月感到自己的尊严受到了侵犯。

“不是你有什么不对，”魏组长耐着性子解释，“是学生年龄都不小了，怕想入非非！”

“怎么可能呢？”尤朗月想起前几天判作业的时候，在一个学生的作业本里发现一封写给自己的信。当时魏老师在场，让尤朗月找他们班主任。尤朗月没找，说没这个必要。小谭让小尤把信撕了，小尤说不用，把信退回去就是了。

尽管尤朗月不赞成学生的想法和做法，但她对学生产生爱戴她的心理很理解。他们毕竟是同一代人，有着似曾相识的人生经历和命运、情结与思考。

所不同的是，她是他们这一代人中的幸运者，已经从看不到前途的迷惘的雾海中挣脱出来了。正用自己火红的青春、满腔的激情投身于传播知识与真理的神圣工作和火热的生活之中。有这个三尺讲台，人生舞台，施展能力与才华的平台，尽情地发挥自己的聪明才智和创造精神，前途一片光明。

而这位学生却不同了。虽然头脑聪明，渴求知识，阅读了很多中外名著，但毕竟已过了而立之年才有机会补习初中文化基础知识。况且又拉家带口，柴米油盐没一样不需要操心，学习上自然感到力不从心，远远地是时代的落伍者。

正如他信中所说，他就像一只迷途的羔羊，正不知举步何方的时候，命运之神却让他有幸遇到了尤老师。

“您就像一盏黑暗中的灯火，照亮了我迷惘、苦涩的心灵。让我感到生活还有希望的……我诚恳地请求您能帮助我……”

面对如此裸露、颤抖的灵魂，尤朗月那善良、纯洁而又无私无畏的心灵，是不会拒绝在学习方面、思想方面帮他一把的。因为这个学生毕竟不是一个浑浑噩噩的人。

自己要是没考上大学，没有一个良好的学习环境，自己的心情会比那个学生好多少呢？还不一样会怨天尤人，哀叹命运的不公嘛！尤朗月是有良知的人，不会好了伤疤忘了疼。

果然不几天，那位学生又找到了尤朗月，检讨了自己的非分之想。由于思想观念受到了触动，认识水平也上升了一个层次。认识到自我是渺小的，哀怨也是无益的。重要的是把自己投身到火热的社会生活之中去拼搏、去奋斗。只有这样人生才有意义、有价值。他又把自己新写的一首长诗拿给尤朗月看。尤朗月觉得这个学生知识面挺宽,有一定的才气。只在个别处稍作修改,就还给他了。

就是这件在尤朗月看来十分简单的小事,魏组长却把这事当作阶级斗争新动向似的向科里汇报了。尤朗月没想到穿了件新衣服却引来了不愉快。

“我要是不穿这件衣服,这个季节,就没有几件衣服可穿的了。”尤朗月气哄哄地说。她心想:简直岂有此理!不物伤其类吗?如果我家社会地位高,他们敢欺负我吗?不就是因为眼前有个家里地位高的小谭吗!她们就把我当成眼中钉。她们的女儿还小啊!只因为我比小谭大,她们就不容我。欺人太甚!那件衣服只是比常见的衣服多了个白框子,颜色新鲜一点,好看一点,不存在任何其他问题。不让穿,就是不让好看。尤朗月照穿不误。直到有一天洗后晾晒在家窗外的衣绳上被偷了事。

后来小谭告诉小尤,上次寒假他去上海,魏老师让他为其女儿王红买衣服,他没给买。回来告诉魏老师说只在上海停留半天时间,就到别的地方玩了,不好买云云。他其实根本就没想给买。她是看小尤穿件好看衣服受刺激了,所以不必理她。

在穿戴的问题上,尤朗月不在乎别人怎么看自己,往往是引领本地潮流之先。从小到大,不管什么困难年头,她的穿戴都是独一无二的。因为妈妈的工作经常要出差,衣服大多都是妈妈出差带回来的。

审美观很强的妈妈给买的衣服能有错吗?

由于穿着显眼,给小尤带来的苦乐和利弊参半。如果她和大多数人一样的穿着,除了气质与众不同,小脖子梗梗着,其他没什么不同的话,她或许会少了很多麻烦,包括快乐和烦恼,幸运或不幸,也就不会遭遇那么多特殊的人生经历,留下那么多与成长、成才、成熟、成功关系不大的人生花边。

上小学第二年就赶上“文化大革命”,学校停课了。

闲极无聊的小学生们经常打群架。路东和路西的打,路南和路北的打。小尤朗月也跟着大孩子们参战其中,往往一露面就首当其冲被发现了。因为穿得显眼,一下子就能被认出来,幸好她不恋战。

有一次,她去当时的土建合社打酱油,被对方的小伙伴们遇到了,大喊一声“花丫头”就追过来。她撒腿就跑,酱油也不打了。

“文化大革命”期间隆山市来过唯一的一次外国来宾,是一位阿拉伯半岛西南端国家的总统。尤朗月一天下午正和小同学们在学校操场的一侧玩滑梯,被学校老师选去和高年级同学打腰鼓,是三年级里唯一的一名。长大后再回想这件事,觉得绝不可能是因为长相如何而被选上的。那时她很瘦,细高,正蹿个儿的时候。很可能是因为自己当时穿的那条裙子很漂亮。

一个小伙伴看自己的绸巾好看,回家也磨当领导的妈妈。于是在尤朗月上她家玩的时候,她妈妈就跟尤朗月说能不能让尤妈妈再出差的时候也给小伙伴带一条。尤妈妈当然给带了一条。

诸如服装穿戴方面的故事不胜枚举。与其说尤朗月以往的穿着打扮,基本都是妈妈给买啥就穿啥、用啥,是本能的被动的接受,而现在却是有自己选择的主观因素在里面了。俗话说:“士为知己者死,女为悦己者容。”她很在意谭思诚的感觉。

谭思诚恨不得把尤朗月从地上抱起来转两圈才好呢！

那天小罗转身气走了。她为自己大胆而冒失的行为懊恼了很长时间。

也不知谭思诚得了谁人的真传，每当生活或者工作中遇到不好表态的尴尬局面时，他总是能用沉默不语的微笑来对付，再就是打哈哈。他很少像尤朗月那样旗帜鲜明，锋芒毕露。但他观点是明确的。

比如他跟尤朗月解释，学生给他和小罗介绍对象时，他的态度也是打哈哈。他不能当着那些从工厂来的学生说拒绝的话，否则传到小罗那里不大好。小罗也没得罪他。但他并不打算接受学生的介绍，没想与小罗处对象。

小罗并没有什么明显的缺点让人一下子就能指出来，只是个头不太高，皮肤颜色略深一点，再加上观念中认为越朴素越好，就明显土俗。品位上与尤朗月没法比。但作为挑选妻子，假如没有尤朗月的存在，他也许不会拒绝小罗的。兴趣可以慢慢培养，"和谁处好了都一样！"他曾这样说过，想必是深有体会。

然而，这位在外人眼中的风流才子，却也具备优秀的品质。他的责任感很强。他和尤朗月的相处是认真的。

"要处就好好待人家，不然就不要坑人家。"这是他革命母亲的告诫。

这位体弱多病、养尊处优，从小就跟随兄长投身延安的革命母亲，她的开明程度不是普通人所能比拟的。她一般情况下不干涉孩子的意愿。她的大儿子也娶了个比自己大的女同学做妻子。只是当时尤朗月不知道这个情况，所以不敢想入非非。因此问题的关键不在谭思诚那边，倒是在尤朗月这边。

尽管从某种意义上说，谭思诚是目前能够撞击尤朗月心灵的唯一一人，但不知是自己太贵有自知之明，还是因为年龄的差距太大造成的人为的心理障碍，她的思维总是游离在情感之外的。她朦胧地认定自己和谭思诚不可能。倘若有缘，上帝为什么要让他比我晚出生好几年呢？她很固执这一点。

午休时，尤朗月一个人走出校门，来到甬路南端的食杂店买零食。回去的路上，一只美丽的白色小蝴蝶从她的身旁翩翩飞过。尤朗月下意识地伸手去抓，看见谭思诚从身边经过。尤朗月立即停止了自己天真烂漫的行为，像与谭思诚不认识似的，边走边吃零食。

一瞬间两人出现了陌生化效果。

谭思诚也瞅了小尤一眼没说话。他认定小尤是因为小罗与他一起去市教育学院看学生考试的事而吃醋了。

谭思诚在没有得到尤朗月允诺之前，是不回避和其他女性交往的。这一点让小尤很反感。下决心不嫁给他，也不接受小谭的任何外出合作邀请。

"咱俩跟学生去五一路游泳池游泳呀？"一天，小谭说。

"我不会游泳。"小尤浅浅地笑着推托。

"你在旁边给我拿衣服……"小谭看出小尤不想去。

"我骨折刚好，没骑车子。"小尤摊了一下手，像是态度挺诚恳。

当然一般事小尤还是挺迎合小谭的。如果不，小谭也是不会等闲视之的。他会毫不费力地借故把其他青年女教师或女学员招到语文组办公室来，不用露什么声色就会把小尤刺伤了。

“你其实像莎菲女士，”又一天下班路上，谭思诚对尤朗月说，“丁玲写的那个。”

尤朗月不知他指什么说的。反正觉得那位二十世纪二十年代的知识女性，个性挺鲜明独特的。既爱生病，又爱生气，讨厌爱她的苇弟，而对那个华侨青年凌吉士情有独钟。较对尤朗月的胃口，就欣然地笑了。只是有一个镜头让尤朗月略感不好意思，就是当那个感情骗子搂抱着沉溺在单相思中的莎菲小姐的时候，莎菲迷醉地在心里说：“搂紧点儿，再紧点儿！”

“你像欢乐的小河且笑且舞，我像……”小谭正想用谁的诗句抒情。

“哎呀！”尤朗月突然尖叫一声，一只脚不由自主地金鸡独立起来。原来她的一只皮鞋扎了一个中号钉子。她只好把皮夹递给小谭，自己脱下鞋来拔钉子，却怎么也拔不出来。

“拿来！”小谭义不容辞，把皮夹递给小尤，只一伸手就拔出了铁钉。

让他干这活儿，尤朗月很不好意思，她说了声：“谢谢！”

于是她伴着小谭多走了一段路程。绕过转盘，才像一对初恋的情侣般依依不舍地分手。

“七一”党的生日到来之前，基础理论科搞了一次墙报征文活动，让要求进步的同志对党表忠心。

尤朗月写了一首小诗，发自肺腑之声溢于言表：

亲爱的党啊，我应该献给您什么？

像一棵葱绿的小树
感受那金色阳光的爱抚
似一个刚刚学步的幼儿
俯贴在妈妈的胸脯
伟大的党光荣诞生六十一周年了
亲爱的党啊，我应该献给您什么？

献给您什么？
我曾闭目遐思
我曾凝眸思索
是一份充满赤诚的《入党申请书》？
还是一首歌唱祖国的赞歌？
是一篇畅谈理想和人生观的《思想汇报》？
还是学习《党章》的体会、心得？
啊，都先不！

我有一个年轻的人民教师
对党的教育事业的忠诚
我有振兴中华
提高中华民族科学文化水平的事业心
我有烈火般旺盛的精力
我有大海般澎湃的激情……
在喜迎党光荣诞生六十一周年的日子里
亲爱的党啊，我知道
您的孩子，应该献给您什么！

谭思诚交的是一幅画：一匹马在草原上吃草。题字是："养精蓄锐，昂首万里长征。"

当年这两位年轻人都富有美好的人生理想，对个人前程充满了必胜的信心。真是"少年不识愁滋味"，岂知造化弄人。

7

星移斗转，世事更迭。小谭的父亲与一大批老干部就要卸任离休了。组织上安排可由一位家属子女陪伴到庐山疗养。小谭只好请假前往。

临近期末考试，小谭的工作都由小尤承担。

招生考试评卷工作终于结束了，小尤也迎来了期盼已久的假期。她要圆看海的梦。

与其说是孙女陪奶奶访亲戚，不如说是奶奶陪孙女看大海、访朋友。两个心愿都很重要，尤其是大海的诱惑。

生长在北方重工业城市的尤朗月从小到大还没有亲眼见过大海是个什么样子的呢！她特别向往梦想中大海的蔚蓝与辽阔，好像那又是十分遥远的事情。

小谭的屡次出游，极大地刺激了小尤渴望壮游而又苦于不具备条件的无奈的心。且不说她一个女孩子出门家里不放心，连她自己也没有这个胆量。最主要的还是家里的经济条件也不允许她这样奢侈。

她上班头一年的工资是三十九元五角，是父亲或者母亲工资的一半，已能贴补家用，天经地义地悉数交给母亲。自己需要什么尽管向家里要就是了。她对钱没有多少概念。

只有一次她跟妈妈说想学画画，学费好像四十元，妈妈不置可否，她也就没再提。

家里其他吃穿用都以她优先，然后才是弟弟、妹妹。奶奶和妈妈都惯着她。

爸爸只管上班领着人画图纸或者上隆钢厂内高炉维修现场，其他事一概不操心。

尤朗月还算给家里争气，给弟弟妹妹们带了个好头，从下乡的青年点考上了本市师范学院。

上了大学，接受了良好的高等教育，迎来了生命中最美好的青春时光。毕业后又有了一份体面的教书育人的工作，无疑是父母的骄傲，在亲属、同事面前颇有颜面。只是苦了跻身于高干子女堆中的尤朗月。

除了小谭的学问和才华，小尤自愧弗如外，论相貌、论个人资质，尤朗月都自信绝不逊于其他人，而且还要高出好大一块，但缺的就是某些无形的资源。

学校每学期都有旅游度假的名额，但都优先考虑劳模和先进。招生评卷的时候，她曾亲耳听到科长让一位家住农村，每天跑通勤的男先进教师，跟隆钢教育处组织的旅游团去旅游。这位中年男先进却说："我家柴火还没打呢！"很不以为然。

尤朗月当时就笑了，脱口说："有雅兴的没资格，有资格的没雅兴。"

她不想错过这个放暑假的机会去蓝城看大海。

尤朗月的爸爸是独生子，没有兄弟姐妹。妈妈倒是大家族中的长女，但亲属大多在本地。只好由奶奶陪着到蓝城的一个姨奶家住宿，由姨奶的女儿陪着游玩。

意外的收获是闲谈中得知姨奶的女儿与陈向鹰的妹妹是医大同学。据陈向鹰的妹妹说，她的一个小学同学是她未来的嫂子，但啥时候结婚未定。

第一次来到星海公园，尤朗月做梦都没有想到她风尘仆仆地远道而来，她日盼夜想的大海简直让她伤心、失望。天阴沉沉的，全没有想象中的蔚蓝，黑着像不想对得起人似的有恨的脸；海也黑黑的，黑浪滚滚，全没有想象中的点点白帆。雨也不客气地下起来了。弄得她的情绪也像那阴晦的天气一样低沉、失落，觉得这不是一个好兆头。

事实也果然如此。第二天倒是亮瓦晴天，尤朗月兴致勃勃地拿着旧式海鸥牌照相机，戴着白色防晒帽和太阳镜，来到蓝城警备区，没想到陈向鹰不在。

他隔壁办公室的一个四个兜的军人说："陈秘书和首长上长山岛去了，不知道啥时候回来。"她只好乘兴而来，败兴而归，决定第二天就回隆山。

临走前，她又去了一趟警备区，写了张小纸条，塞进陈向鹰办公室的门缝里。上面写道：

向鹰同学：

你好！工作很忙吧？我这次来蓝城看海，也过来看你，但你不在。我今天下午就回隆山，望今后多联系。我的通信地址是辽宁省隆山市隆钢职工技术学校基础理论科语文教研室。

此致

祝工作顺利！

尤朗月于八月十六日

尤朗月回家后，心里空落落的，没产生一点好感觉。她在自己心爱的缎面日记本里写了篇小散文，借奚落那天大海恼人的天气来嘲笑自己的无聊。她说再也不会对任何事物抱幻想了。现实生活就是现实生活。

谭思诚的这次旅游为他和尤朗月日后的思想交流和感情交流提供了很多话题和资料。他首先带来了一大摞照片让尤朗月看，边看边介绍见闻和经历。他说这次见到了不少名人，其中有著名诗人雁翼。

他随手分别在两张小纸片上抄录两首小诗给尤朗月欣赏。一首是郭小川的《壮怀》："原无野老泪，常有少年狂。一颗心似火，三寸笔如枪。流言真笑料，豪气自文章。何时还北国，把酒论长江。”另一首是孙多慈的《赠悲鸿老师》：“极目孤帆远，无言上小楼。寒江沉落日，黄叶下深秋。风厉防侵体，云行乱入眸。不知天地外，更有几人愁？”结尾两句“不知天地外，更有几人愁？”让尤朗月很有感觉。

他还结识了本地的一位当年代表祖国钢都工人阶级向伟大领袖毛主席写致敬信的那位。他很羡慕他，并互留了联系方式。

他带来了在上海三联书店购买的新版的泰戈尔的几本诗集。他们共同欣赏了《新月集》《飞鸟集》中的一些美丽而富有哲理的深刻诗句。

他在“使生如夏花之绚烂，死如秋叶之静美”以及“当人是兽时，他比兽还凶”等诗句下面画上了横线。

这几本著名的诗集在尤朗月眼前展现了一个美丽动人的新天地，让尤朗月默默追寻的偶像有了明确的新目标。

“我崇拜泰戈尔！”尤朗月对谭思诚说。

“那我明天送你一幅画。”谭思诚早想送尤朗月点什么，感谢她帮他收尾了期末工作。带了那么多照片给她看，她也没说要，自己也就没好意思说给。

其中有一张照片他认为很有意境：自己俯身船尾栏杆，望着一群洁白、翩飞的海鸥沉思。照片的空白处写了一段话，其中有一句是“我追求灵魂的纯洁”。

“你也追求灵魂的纯洁？”小尤觉得这个诉求很高。

她没有想到谭思诚会想要送她点什么，感觉他对物质很在意，绝不乱花一分钱。当然必须花的时候他也会很体面，但不值得多花的时候，绝不多花。

几个月前，他的一位高中女同学结婚，邀请他送亲并做娘家客。按当时的行市，娘家客一般要花十元钱。可他告诉尤朗月他只花五元，同时给人家画了一幅画送去。尤朗月扑哧就笑了，觉得他宁费体力，不费财力，过于小气了。

谭思诚自觉失言，脸都红了。尤朗月是他的什么人？不也是他的同学吗？怎么能当尤朗月的面说这个？一时很尴尬，便正色道：“我从小寄人篱下，我知道钱有用。”

尤朗月知道幼年时的谭思诚也曾和千千万万个被政治运动所冲击的家庭的孩子一样经历过劫难。所庆幸的是，他不幸之中万幸，偏得了一段颇富传奇色彩的人生经历。

七岁的一天，他正在外面和小伙伴们玩，忽然马路对面过来一群人，前面的人头戴纸糊的大高帽，被人押着。定睛一看是自己的父亲，吓得他撒腿就往楼上跑。母亲含泪对他说他不能在隆山上学了，把他只身送上了火车，千叮咛万嘱咐那位善良的女列车员，一路照顾他。这样他在海河伯父家避难好多年。

“寄人篱下”的酸楚，可想而知。所幸的是，他到的是“幸运岛”，在国学大师伯父和洋博士邻居程与教授身边偏得了很多学问和才艺。像他这么幸运的全国也不多，在生活磨砺和性格的养成上肯定烙印很深。

这一点，尤朗月与他不同。她家虽然不富裕，但在奶奶和妈妈的辛勤操劳和照料下，她从小衣来伸手，饭来张口，娇生惯养，很少耽误过吃穿用，所以她不怎么拿钱当回事。钱财是身外之物，似乎与她关系不大。她只重视精神世界的追求。

“你在你家像精神贵族！你家人都围你转。”一天，小谭不无感慨地对小尤说。

但谁又能否认谭思诚对精神世界的追求呢？

据谭母跟小尤介绍，小谭平时不乱花一分钱。给他的钱，往往都用来买书了。他家那一面墙大书架上的书，大多数是他自己花钱买的。上书店也是他的一大爱好。

尤朗月记得和谭思诚第一次接触也是缘于书。那时他们中文系两个班经常要在一起上大课。有一次，谭思诚发现尤朗月的书桌上放有一本巴掌大的纸页发黄的古本小书，就凑过去翻看，原来是《唐诗三百首》。

谭思诚问："是你的？"

尤朗月点头。于是他就借去了。

这本书对尤朗月来说是祖辈的文化遗产，是她那未曾谋面的祖父留下来的仅有的几本旧书之一。

那还是在她上大学学中文之后，随着知识视野的开阔，自觉精神食粮的匮乏，周末回家的时候便开始寻找文化遗产。在奶奶的一个旧铁皮箱子里找到了一些文物和那本奶奶留作纪念的小书。奶奶与尤朗月相依为命，这本书自然归了她所有。

奶奶说爷爷爱好文学艺术，尤家过去有很多书，还有脚踏风琴。可现如今却几乎什么都没有了，他们的家破落了。

新中国成立前兵荒马乱时，她的家随着祖父颠沛流离，流离失所。新中国成立后，她的祖父曾被中华人民共和国交通部聘请为专家和顾问，也和全国的几乎所有从旧社会过来的知识分子一样经历了历次政治运动的洗礼。人尚且如此，而况财物乎？

"和平年间嫌官小，动乱年头嫌官大。"奶奶常对尤朗月这样说。

那时候连人都保不过来，留财产又有何用？不如趁早处理了免得日后有麻烦。

于是在一个月明星稀的夜晚，奶奶一个人来到早已侦查好了的东山坡的一片老槐树林里，在一个有坑的地方悄悄地把一小包金银饰物埋了。

尤朗月还记得有一次是在天刚擦黑的傍晚，她在外边玩够了跑回家吃饭。一进门就看见爸爸和妈妈在厨房里神色慌张地掩饰着什么。炉台前地上有一堆灰烬正在处理，像是烧过书的痕迹。

"进屋去！"妈妈厉声说。

吓得尤朗月赶紧进屋。她知道这样的事要是让邻居知道了就会有麻烦。还好那天邻居家有铁将军把门。

等多少年过去了，时代已发生了变迁。当读书人不再是罪人，而是时代的宠儿，是工人阶级的一部分，是祖国现代化建设的主力军的时候，尤朗月考上了大学。

当她怀着兴奋而又渴望的心情回到家里寻找文化遗产的时候，她是那么地失望和心情沮丧。她决心为实现自己和大多数人的人生理想，为把自己祖辈们生生不息的伟大祖国建设成为一个民主、富强、公平、正义、人民幸福的美好社会而努力奋斗。

她也像她的许多同辈人一样富有一种历史的使命感和责任感。正像伟大领袖毛主席所说："你们青年人朝气蓬勃，好像早晨八九点钟的太阳。希望寄托在你们身上。"

也许正是因为受到过过去那个时代的感召和熏陶，她和她的同龄人才"因怕辜负了时代的潮汐"而紧随那个火红的年代多走了不少弯路，多吃了不少苦头，蹉跎了不少宝贵的光阴。

现在她终于懂得了珍惜自己的人生价值，不会再人云亦云，盲目地随波逐流了。她学会了独立思考，判断是非，掌握自己的命运。尤其对待爱情，她在一首诗中是这样写的：

我生命的安全岛，在哪儿？

我生命的安全岛在哪儿？
我把爱情生活
比作人生行舟的港湾
我划着生命的小船
在人生瀚海的航行中
整整走过了二十三年
我曾经打量那些
张开热烈、亲切、温存、
执着、强硬的臂膀的彼岸
虽各呈缤纷色彩
瑰丽而奇幻
或曰和谐　或曰实惠
或曰风流　或曰浪漫
并非任何人可以涉足　窥探
但也并非是我的意志　心愿！

我的意志　心愿
存乎广袤的生活原野
无限的宇宙之间
合理合法而又极其自然……
我曾欣赏和品味
小凤仙与蔡锷的高山流水
我曾醉心和试图效法
严萍与江涛的温情热恋
我也曾憧憬和由衷艳羡
燕妮与马克思的真挚情爱
我也曾悲哀和避免
唐婉与陆游的千古遗憾……
啊！我真恨我的感情和想象
贫乏而有限
我真恨我的遭际和境遇
特殊而平凡
我恨我没有凤仙的情思和胆识

我恨我没有严萍的趣味和福气
我恨我没有燕妮的聪慧和美丽
我恨我没有唐婉的深情和才气……
啊,我的恨的绿叶
实在繁多茂密
可严肃而美好的当代生活
却要求我
表现出个性鲜明的自己!
我把爱情生活
比作人生行舟的港湾
我划着生命的小船
却总是兴奋而又痛苦地
徘徊在那丰富多彩的
港湾外面
虽活跃而稚气
矜持而傲慢
但……
啊! 我生命的安全岛在哪儿?
天涯海角
可容我的意志　心愿?

尤朗月很少怠慢谭思诚,在情趣方面很追随她这个工作伙伴。她的字体都有点像他的,只不过没他的好,差太多。

她甚至不反感小谭作为一个追风少年,曾经也像外国文学作品里描写的那些主人公成名之前演绎过的一些荒诞不经、登不上大雅之堂的滑稽故事。

有一次小谭坐无轨电车,遇到一个手拿画轴的女青年,看样子那画装裱得很好,就凑过去跟人家搭讪,以至最后跟到人家去帮忙擦了半天玻璃,混了几眼画看了事。

小谭自己曾当风雅事对外讲。

尤朗月相信好树苗终究会长成参天大树的。

在谭思诚的成长过程中,有三位长辈对他的生活习惯、情趣爱好、理想志向影响最大。这三位分别是国学家伯父和洋博士程与教授以及自己的革命家父亲。

父亲对他积极向上的人生观、革命情怀有影响;伯父对他的治学严谨、生活习惯有影响。而最让他念念不忘、刻骨铭心的人,却是早年留学法国的洋博士、小伙伴蕊蕊的父亲程与教授,就是称钱钟书和杨绛夫妇为“文化昆仑”的那位同样学识渊博的文化翘楚。

小谭在自己的传记中回忆:“文化大革命”期间,程与教授赋闲在家的时候并没有放弃对他的小女儿蕊蕊的培养和教育,经常要出一些题目让蕊蕊或写景状物,或评论事物,而小谭和他的堂兄以及蕊蕊的同学张晓玲则因为是蕊蕊的好伙伴,整天形影不离,常在程家，自然而然地也要跟着蕊蕊一起接受培养、熏陶和教育。

开始是蕊蕊写爸爸留给的作业，接着是几个小伙伴一起写，看谁写得好。

程伯父不仅指导他们写散文，写评论，有时还手把手地教他们研习书法、绘画以及篆刻等方面的艺术，尤其是对绘画艺术的鉴赏和美学理论的研究，让小谭总能居高临下，夸夸其谈，受益终身。

他最情有独钟的是对水彩画的制作，多少年以后，仍然是魂牵梦萦，孜孜以求。

他们博览群书，贯通古今。《卢梭》《浮士德》《少年维特之烦恼》《约翰·克利斯朵夫》等世界一流文学大师的名著，他都是那个时候阅读的。

这些代表着人类文明进步的优秀精神营养，犹如一枚枚催发剂，在谭思诚那少年早熟的心田里催发了奋发有为、自命不凡的种子。在后来父亲恢复工作，政治待遇稍缓和一些的时候，小谭回到了他离别多年的家乡，并且在隆山这座城市里最好的小学上学，和那些背语录长大的孩子比起来自然要显得学富五车、才高八斗，远远地不知要高出他们几大块，多少倍。所以他有股狂傲劲儿，一般人和事，他都看不上眼。

但遗憾的是他的数学成绩总上不去，几近于零。长这么大，他还是头一次上正规学校，头一回学数学，已是小学五年级的课程。

前几年的数学知识在他是一个空白，学也学不进去，他也实在没这个兴趣。偏科无疑给他以后的学习生活带来了无法挽回的损失和遗憾。

作文分数的偏高和数学分数的几近于零让他在升学问题上总出现风险。总分不高让他进不了名牌高校的门槛。令很多了解他的老师和同学为他惋惜。与此同时，他的名声也传了出去。加之他家的社会地位和他本人的特殊经历，在一些人的心目中，他是一个颇具传奇色彩的人物，令人可望而不可即。

升学的不如意多少给他的狂傲泼了冷水，让他冷静地看待现实和自身。因此他虽然有一种不平凡的气质，却也拥有一种平常人的心态，质朴、自然，努力而不浮躁。但他一天也离不开文化生活的乐趣，尽管当时的社会文化生活还远没有今天这么多姿多彩。

第二天谭思诚果然拿来一张八开纸那么大的彩色宣纸印刷品。这是他非常喜爱并精心收藏的他所崇拜和追随的徐悲鸿大师的一套新版的绘画精品中的一幅。他怎么就知道尤朗月一见到这幅画就会喜欢呢？真是心有灵犀。再说那幅画谁看了又能不喜欢呢？美好的东西谁不爱呢？

那上面银发飘然的泰戈尔一手拿本，一手拿笔，端坐在茂密的树林中的一张宽大的藤椅上遐思。树上有两只胖乎乎的十分可爱的小鸟正会意地注视着这位世界级文学大师。

“这俩小鸟真像崇拜大师的我们！”尤朗月欣喜地笑了。

从此尤朗月对绘画产生了兴趣。两颗年轻的心灵更加贴近，感情更加亲密。

这天下午，办公室又只剩下了他俩。谭思诚正在翻阅的那本杂志中有白居易的《长恨歌》，就拿过来给尤朗月念。在师范学院读书的时候他们学过这首诗，但今天读起来，别有感觉。当他刚念完“在天愿作比翼鸟，在地愿为连理枝”时，就听见有人敲门。是隔壁的办事员唐姐送来几份报纸和一封信。小尤接过来一看是陈向鹰来的，便觉得很不是时候。方才甜蜜蜜的表情霎时变得很不自在起来。

"哦,我表妹来信了!"尤朗月装作不慌不忙地打开信封,并没有看出高兴来。

成熟老练的谭思诚也故作镇定地往信封的落款处看了一眼。他想不出尤朗月的交往中有谁住在蓝城市云山宾馆。

如果在放暑假前尤朗月就收到谭思诚从庐山寄给她和语文组全体老师的信,她也许就不会为了不虚此行而特意去蓝城警备区了。她没有想到谭思诚在旅游途中并没有忘记她和语文组的老师们,刚到庐山就给她和大家来了信。

如果不是因为当时学校已经开始集中招生评卷工作,各个教研室已经锁门,传达室是不会压下这封信的,放假前就应该能收到。可偏偏传达室的人比较老成持重,对日常信件见惯不惊,大将风度,竟给压了一个假期。

世上没有缘的人,不成功的事,往往都是阴差阳错。

开学第一天早晨,尤朗月仍然和以往一样七点刚过就第一个来到语文组办公室阅读报刊。等听到走廊有动静了,才开始打扫卫生。

小谭平常来不了那么早,因为他还要照顾体弱多病的母亲吃完饭,收拾完碗筷才能上班。

新学期新面貌,第一天大家来得都比较早,积极地打扫卫生,尤朗月钉报夹的一只手被谭思诚下意识地给拿住了。他们都是半低着头,半抬着眼,僵持片刻。

有一个多月没见着了,这算是小冲动吧?

"小尤这个漂亮啊!"魏老师打破了僵局。

谭思诚把手松开。

尤朗月顺势照照镜子说:"我漂亮吗?我不漂亮!可能就是有几个近似于'漂亮'的词汇可以形容吧?反正只要是美好的词汇大家都统称'漂亮'。"

"小尤是漂亮!"小谭随声附和,又补充:"倒不是……"他想说"倒不是自然长相就怎么无可挑剔",没好说出来,说出来的却是:"但穿着打扮、风度气质,整体感觉的确是很有风采!我比较欣赏修饰美。"

这时化学组闻老师送来一堆假期积压的报纸和一封信。

一看名字是尤朗月收,再看信封地址是庐山寄来的,字体是小谭的。人都回来了信才到。小尤还是拆开了信封,称呼却是"语文组全体老师"。于是,小尤当着大家面把信读了。信中主要介绍了沿途的见闻和感受,收获颇多。读万卷书,不如行万里路,云云。

如果不是正赶上假期,传达室压下了这封信,尤朗月即使上蓝城看大海,也不会特意去警备区看陈向鹰的,何况她已经知道了陈向鹰的近况。可陈向鹰出差回来后,发现了地上的那张小纸条。他愣了好一会儿。最直接的感觉是尤朗月来了,又走了。于是他按照纸条上留的地址给尤朗月回了信,介绍了自己的工作情况,希望她有什么事尽管说,只要他能办到的,他是不会推辞的。可是他又一次没有想到尤朗月在没有心情对谁的时候,谁说什么也不会打动她的。她只草草地回了几句话了事。从此陈向鹰就没再来信。

话说谭思诚这边也并没有把蓝城那边的来信置若罔闻。他的心里有些苦涩。首先,共同的感情交流与交往让他不能再像以前那样冷落小尤,而他又不能无视陈向鹰的存在。

一天午后,学校看电影《桦树林中的哨所》。发电影票的时候,小谭说他和几个兄弟看过了,这次不看了。但由于小尤在场,他就没马上走开,又回来双手拄着杵在小尤办公桌上的黑皮夹,给小尤讲了影片中的故事。大意是一个守卫在边境线上,桦树林哨所中的军人,当兵前处了一个女朋友,长期两地相思。后来贪慕虚荣的女朋友为了当上电影明星,便投入了导演的怀抱。再后来事情败露,导演也弃她而去。导演最后说:“我没有想到你是这样的人!”

看完电影,小谭学导演说的那句话,常萦绕在小尤耳畔。

8

当年隆钢在全国冶金行业中是龙头老大的地位,经济效益好,职工福利待遇高。因此,隆山的很多市民以家里有几个在隆钢上班的,家中带几个“钢儿”为荣,找对象也要找带“钢儿”的。外面稍有点门路的,都挖空心思想办法进隆钢工作,隆钢职工技术学校也成了很多人向往的目标。

那位曾经让魏老师一封匿名信给挡驾了的教务科姚老师的老伴白老师,始终没有停止努力,这天又试讲了。

魏老师没有参加,说要到对面的文具库去。

这是组长魏老师自转到职校以来第一次公然不参加集体活动。与她平时总是风风火火地一路小跑、半高跟鞋钉总是快速地敲打水泥地面、把事儿记在手背上、从科里到办公室、从办公室到教室刻不容缓地赶鸭子上架,催促语文组其他老师做这做那的行为恰恰相反,令两个年轻人十分诧异。

听完课回到办公室,一进门就见魏老师两手插裤兜斜对着大家,学白老师讲课时的庄河口音:“我与城北徐公孰美?”说明她是站在门外听了的。

腾老师一改往日事不关己、低调做人的姿态,也跟着学说起来。

黄老师习惯性地用一只手捂嘴,瞅腾老师笑。

小谭绷着脸说:“讲得不是挺好吗?”他很正直。

“讲得是挺好!”尤朗月附和。心想:比这几个强多了。

众人哑口无言了。

几个月前魏老师就散布白老师如何如何不好。尤朗月问怎么个不好法,魏老师就连龇牙带咧嘴地说白老师原来在矿校就和校长勾勾搭搭、拉拉扯扯,校长还经常上他们家吃吃喝喝。

“那姚老师知道不?”尤朗月问。

“老姚头也一样。”魏老师说。

尤朗月始终捉摸不出魏老师说姚老师也一样具体指什么说的。总之对他们两口子就没什么好印象了。可是听完白老师的试讲,印象大变,觉得比她们之中的任何一个都强。人长得也漂亮,又是大专毕业。怪不得那两位女教师也要跟着魏组长站到一块儿来抵触人家。原来是嫉妒心在作怪，简直是丑陋不堪的小人。

但魏老师才不管谁怎么看她呢！这么多年那么多政治上的风风雨雨、惊涛骇浪她都能够如驾轻舟地过来，不能说她没有过人的本事。“臭老九”挨整的年月，她在家接连生了两个孩子。丈夫被结合为区革委会副主任后她才正式上班。紧接着又是入党，又是调转工作，一如所愿。现在她的一儿一女都已念高中，除了学习上不拔尖，其他事还不太操心。她和她丈夫就像焕发了第二春似的剩余精力充沛过人，都已如意地调离了原单位，家庭和事业蒸蒸日上。

她还真不像个别人那样鄙陋不堪，专爱看别人不高兴才高兴，靠别人的痛苦来滋养自己阴暗、丑陋的心灵。她与这种人还不是一个级别和档次的。她刻毒、凶狠、险恶，在倪老师眼里绝对是一个恶婆娘。但她绝不俗不可耐。她务实，绝不在一些琐事上与人纠缠不清。她办事果断、坚决，快刀斩乱麻，一般男人也赶不上她。她比他们有主见，居高临下。很难想象像她这种人，若不给个一官半职，领导三五个人，她会怎么活？她现在的主要奋斗目标就是尽一切可能，开足马力“百捞”。能捞啥算啥，把握机会，不遗余力。谁挡她的道，她扳倒谁；谁影响她，她祸害谁，直到给你干趴下。

眼前这两个年轻人通过白老师这件事对魏老师的为人又有了进一步的了解。虽然他们听从她的领导，但心底里并没太在乎她。他们认为自己也是有力量的。

这学期尤朗月的教学表演课选的是陶铸的散文《松树的风格》，与一年前讲的《荷塘月色》风格迥然不同，反映出思想观念发生了很大变化，体现出积极向上的人生观和世界观。

课前尤朗月想找个松树针叶做道具，在校园里找了一圈没找到。只好把楼门前的柏树叶子摘下来一小片儿，讲课时还举起来说：“我这个不是松树，是柏树。”给小谭逗笑了，觉得小尤不太严肃，也不成熟，但天真可爱。不一定非要拿实物来做例证嘛！因为每个人心目中对松树都不陌生，尤其是那个年代的人。

尤朗月对这次教学表演还挺沾沾自喜地写诗调侃：

两番

两番表演一年间，
缘何前后意迥然？
昔日荷塘月色笼，
今朝松树思翩翩。

这思想感情的转变显然与谭思诚积极向上的人生观和正能量的潜移默化的影响有很大关系。

又是一个雪后初晴的傍晚下班时间，尤朗月和谭思诚都没骑自行车，就一起踏雪步行回家。小谭边走边咋着舌，像有什么话要说，但没说出来。

绕过转盘，要分手了，尤朗月笑嘻嘻地说：“我有点怕你！”她说的是实话。

“为什么?”

“大笔一挥,我不完了!”

小谭哪里想到是他那过人的才华和犀利的笔锋将要断送他那崇高而又伟大的爱情追求。

正因为小尤有过和她那同一代人一样曲折的人生经历和复杂的思想履历,再加上自己时下里已过了追星族的年龄,所以她看了小谭的自传后,就不会像那些天真烂漫的女中学生那样轻而易举地被迷惑或者盲目地崇拜他。她也的确被他所吸引,在才情方面很追随这个工作伙伴,非常信服他。但在说不清楚的什么地方,谭思诚也会让尤朗月望而却步,敬而远之的。尽管他待人不错,也有少数几个知己朋友,或许是因为太年轻的缘故,不想掩饰自己的内心,不愿作假,还带有少年的轻狂、自大,不把人放在眼里,在他的自传里,就也像某些名家那样,志得意满之时会夸夸其谈,海阔天空,炫耀自己,甚至不惜贬低、作践、埋汰别人。这一点犯了尤朗月的大忌。因为她十分注重自己的社会形象,拥有美好的人生理想和追求。她宁可不认识小谭,没有任何关系,也不愿自己的人生形象在不经意间就受到影响或者贬损。

她是一个有自知之明的人,并不认为自己十分完美。对文学的喜爱和对书籍的阅读,让她有太多联想,但以不利于自己的联想居多。谭思诚毫无疑问将拥有远大的发展前程,同时他也是自己青睐的未来的官员加学者的类型。自己和谭思诚没有什么干系倒还无所谓,一旦做了他最亲近的人,就势不可免地要为其所感受。满意还好,但自己心理上一定很累。如果不满意,自己的后悔药上哪去买?假如自己的年龄比谭思诚小,哪怕是同岁,小尤都不担心。自己恰恰却比谭思诚大那么多,用不着谭思诚说个“不”字,就是给自己脸色看,也受不了啊!到那时,连向谁哭的份儿都没有,谁不都得说“活该”,谁让你贪慕虚荣?所以,尤朗月为了自己将来的名誉不受侵害,她决然忍痛不打算把谭思诚作为自己的人生归宿。

可是尤朗月委婉的一句实话,却给了谭思诚很大的鼓舞。他原来也纳闷:在学校的时候,尤朗月是个很有主见、有个性的人,非常敞亮和大气。可是工作以后怎么就感觉和以前不一样了呢?尤其是对他,从不主动要求他什么。按照他的感觉,小尤是爱他的,甚至在潜意识中还追随于他,可在感情方面该流露的时候,她总是控制自己的情绪不让它自然发展。

有多少个没有其他人在场的时刻,小谭总是要动情地用脚在地面上打着节拍,深情地用他那极富表现力的浑厚、深沉的男低音哼唱那首能够撞击他俩心灵的《绿岛小夜曲》:“这绿岛像一只船在月夜里摇呀摇,姑娘哟,你已在我的心海里飘呀飘。让我的歌声随那微风,撩开了你的窗帘。让我的衷情随那流水,不断地向你倾诉。椰子树的长影掩不住我的情意,明媚的月光更照亮了我的心。这绿岛的夜已经这样沉静,姑娘哟,你为什么还是默默无语?”

结尾那句“姑娘哟,你为什么还是默默无语”往往问得尤朗月满面含羞带愧,闭上眼睛,笑嘻嘻地把脸埋在两个臂弯里,直到小谭转身离去或者有人进来。以至自认五音没太凑齐,唱歌不是强项的尤朗月也能满含热泪,深情地哼唱这首歌,而且唱得很动人。

小谭有时也哼唱几句《驼铃》,什么“送战友,踏征程。默默无语两眼泪,耳边响起驼铃声。……”或者电影《小花》里的“妹妹找哥泪花流”来刺激小尤。尤朗月就显得很尴尬,内心就很难过。

临近新年,尤朗月意外地收到魏老师的女儿王红送给她的贺年卡。第二天上午,尤朗月也写了一首诗回赠王红,并当众不无夸张地朗诵起来:

致王红小妹

像金子般珍贵
似鲜花那样芳馨
这张小小的贺年片
捧在姐姐我温暖的手里
载着你纯真、美妙的心

谁说人世间
只有一奶同胞的姐妹才亲?
谁说赠品中
所有的
只有爱情的馈赠才高尚
价值万两黄金?
不!你那开满鲜花
正吐蕊扬芬的小东西——礼品
不也同样令人遐想
引人思绪缤纷?

啊!由此我想到了朝霞的色彩
是那么瑰丽、绚烂
想到了彩虹的出现
是那么神奇而又魅力无边
想到了淙淙的清泉水
涓涓的小溪流
是那么清澈
那么甘甜
增人活力,同时
也添人快乐和欣欢……

之后尤朗月阅读《中国青年报》,上面有一段北大学生会主席回答人生课题提问时所说的话,让她觉得特别有力道,铭心刻骨,便记在笔记本上,同时也给小谭念了:“从无字句处读书,与有肝胆人共事,向潜在目标挺进。”

尤朗月觉得第二句更加耐人寻味,好像从周恩来总理书写过的条幅中见过类似的话,便也把它作为砥砺自己的座右铭。

谭思诚也找来一首外国长诗《生命之歌》给尤朗月看。尤朗月深深地记得的一个理念就是每一天都要有所进步,有所成长,有所作为,有所收获。

为了给小尤吃个定心丸,谭思诚决定采取主动。

这是周末的下午,办公室里大家都在埋头备课。谭思诚用尺按着信纸撕下一个刚写好的小纸条说:"小尤,你看看这个!"说完就起身把纸条递给小尤。

小尤接过一看,脸上立刻现出了感动和温柔的表情。

"我回去看看!"小尤诚恳地对小谭说。

小谭点点头,一脸的好脾气,可心里有点打鼓。

他不担心别人,只担心尤朗月的妈妈能否同意。上次他把母亲绣的门帘拿到办公室,让小尤带回家帮锁个边。等第二天小尤还他门帘的时候,竟看见手背有被抓破的痕迹。当时他的心就一紧:看样子小尤哭过,显得柔弱无助。他的内心很难过,也很难堪。他明知道小尤不会干啥活儿,家务活都是奶奶做,可他也是为了让小尤和自己的母亲拉近感情才这样做的。他想不出自己有什么过失让尤朗月的母亲这么恨自己,以至惩罚到尤朗月,仅仅是因为自己的年龄比尤朗月小吗?

他不知道仅有的一次和数学组的罗群到市教育学院看他们所任课班级的学生考试,正赶上临近中午,尤朗月的妈妈从门口路过,看到了他俩在和一群学生说话,至此埋下了芥蒂。

下班的路上,他俩一道骑自行车走。谭思诚边蹬自行车,边望着天空中迷蒙的月亮有点发怵。

"明天要起风,"小谭说:"你看那月亮周围有晕圈。"尤朗月也看到了,并没在意什么。

"明天的文学讲座你不能去吧?"小尤说。

"不去。"他摇头,又说,"市文联那个作品推荐表你填好噢!以后你和他们一块儿写。"谭思诚把朋友给他的《隆山文艺》优秀作品推荐表给了尤朗月,以增进尤朗月与他们的互动联系。

"嗯。"

"我俩默默地走着,谁也不想多说些什么。晚霞映红了无边的原野,微风吹动着稻海的金波……汗水浇灌的稻谷就要成熟,真心培育的爱情也一定丰收。"

尤朗月回到家里躲在里间屋反复揣摩着小谭写给她的字条。很显然,这是摘录的一首歌词。中心思想是明确的,就是借这首歌词的内容向尤朗月表示自己的意向。

这首歌词尤朗月好像在《辽宁青年》的底页上见过,个别词句小谭有所改动。毫无疑问是情书。

尤朗月没有想到谭思诚会这般诚心诚意。白纸黑字的,也不怕留下把柄证据。

谭思诚没有想到会遭到拒绝。他已陷入情网,只顾着表达自己的真实感情。

有些有分量、有质量的人的爱是拒绝不了的。小尤对小谭说不出拒绝的话。虽然她铁定不会接受“小女婿”，但她不愿直接伤害小谭，也不愿失去小谭对她的友爱。不同意是没有争议的，也不必跟母亲商议这事。母亲的观点她清楚，如果自己同意，母亲再不高兴也不会横加阻拦。

这当然不能全怪母亲，谁让小谭那天到底是去了市教育学院看学生考试，让中午上街买东西的母亲撞见了呢！幸亏他不是和罗群单独在一起，而是和一大帮学生在一起，否则这事就一点解释的余地都没有。

说起来也不应怪小谭什么。他去看学生考试，给学生助考，实属师之常情。作为一个年轻的教育工作者，关心学生，尤其是那些从工厂里来的、年龄比自己大得多的、平时相处都挺不错的在职学生。

况且他不是和罗群一起去的。

那天罗群从语文组老师评卷的教室里出来，就一气之下自己去了教育学院。等评卷老师休息的时候谭思诚才急忙骑自行车赶过去，正好大多数考生还没有散场，于是就了解了一下考试情况。

谭思诚不知道这情景让尤朗月的母亲碰巧遇到，留下了难以弥补的遗憾。

决定权在尤朗月。

不知怎么了，她周一上班以后就不在办公室备课了，而是常到备课室去。

很显然是在回避和小谭碰面，不好面对。

小尤的反常举动也让语文组的其他老师看在眼里。

有一天办公室里只剩下黄老师、倪老师还有小谭的时候，好事的黄老师就探问小谭：“有没有对象呢?”

“没有。”

“你和小尤怎么样?”

“我俩不可能。她比我大几岁，她家不能同意，我家也不能同意。我妈身体不好，我得找个能干活的。听说她还不会干啥!”

黄老师正要往外走，小谭叫住了她：“黄老师，我打听你点事！小尤跟没跟你说过我什么?”

“没有啊!”黄老师吃了一惊。

“跟没跟你说过我对她有要求，她不同意?”

“没有啊！就是有别的组人问你俩怎么样，咱就说‘他俩是同学，情趣相投，有共同语言。小尤大，小谭小，不可能’。怎么，谁说什么了?”

“我听学生说的，”小谭气愤地骂道，“不要脸!”

黄老师又是一惊。她觉得事情非同小可，过后就跟魏老师和腾老师说了这事。

尤朗月的回避态度本身让谭思诚觉得自己很受屈辱，自尊心受到了前所未有的打击。是可忍孰不可忍？他要报复尤朗月，出这口恶气。

没想到很快报复的机会就来了。

事情的起因是年轻人转正涨工资请客。

心慈面软的尤朗月犹豫了再三后跟谭思诚说：“小谭，涨工资买糖请客，我给你五块钱，你给我带份儿得了?”她觉得这是在与小谭合作，互相给面子的事。

谭思诚说:“不用!”

尤朗月理解他的意思是说先不用拿钱,就想等拿来糖再给。

第二天第二节下课,谭思诚就拎一袋糖回到办公室。

“大伙儿吃糖,学生给我带来的。”他把糖放在尤朗月对面黄老师的办公桌上。

这学期他的办公桌已搬到魏组长对面,他已教高中班学员。魏老师解释说他俩教一个教材,一起备课方便。

这时魏老师也拿着教案进来了,手都没洗,就直奔尤朗月伸过手来说:“你的糖呢?拿来请客!”觍着个脸。

起先尤朗月见小谭拿一袋糖进来就先是一愣。等魏老师这伸手一要就有点犯急。魏老师平常在一些小事上也不这样啊!她瞅着小谭说不出话。

“她的也在这。”小谭含糊一句。

“拿来,快!你的糖呢?”魏老师继续伸手要糖。

小尤这回脸可挂不住了。

“小谭,我昨天不是让你给我带糖吗?我要给你五块钱你说不用。你要是不给我带,告诉我呀!怎么能这样呢?”她没想到小谭已在背后先发制人,找黄老师骂了自己。而黄老师也已把这事跟魏老师说了。

小谭自知理亏,憋着脸不吭声。全屋的气氛骤然紧张起来。

小谭转身出去,隔壁的男厕所门响了。大家都知道小谭是上厕所去了。

小尤气急难忍,把魏老师分给她的几块糖往小谭的办公桌上撇了过去,撒了一地。

魏老师赶紧过去把糖捡起来,连同桌子上的一起划拉到小谭的抽屉里。

小谭回屋后,小尤要上课去了。她带着哭腔对小谭说:“小谭,我尊重你。你怎么能这样对待我?有空我找你谈谈!”

可想而知小尤是怀着怎样的心情上的这节课。

之后几个女教师纷纷去了厕所,她们在厕所里叽叽喳喳地议论起来:“怎回事儿?”组长魏老师眉尖往上聚聚着,说:“小尤让小谭带糖,小谭没给带!”

“是呀,小尤太单纯。那天小谭还向我打听小尤说他什么没。”黄老师有点兴奋,又有点为小尤担心。

“小尤一般情况下是不会乱说的。”腾老师判断,大家对小尤的为人处世都有一个基本了解。

“看来这事不那么简单。咱们回去啥也别说了!”魏组长归纳总结后下了指示。

往回走的途中,黄老师凑近魏老师习惯性地用手捂嘴小声说:

“能不能因为那样的事?”

“谁知道了。反正我有几次观察小谭,我看他有时候看小尤,脸上泛起潮红,喘气很粗。咱们都是过来人……”

下班时小尤自然要找小谭谈谈。小谭扭头就走,冲出门去,到车场骑上自行车就飞快地失踪了。小尤也骑上自行车撵了几步没撵上。屈辱感让她放慢了速度,忍不住气愤地骂了句:“混账!”

9

这个周三下午，仍然是雷打不动的政治学习时间。学的是报纸上刊登的中国知识分子的典型代表蒋筑英和罗健夫的先进事迹。科长让小尤给大家念的。

回到办公室，小尤就写了几句感慨，并且和往常一样写完东西就读了出来。

第二天她给隆钢报社编辑部写了一封信，夹着这首小诗邮过去想发表，只几天工夫果然见报了，当天稿费的汇款单也寄到了学校。

星思

读了中国知识分子的先进代表蒋筑英和罗健夫的模范事迹，颇为感奋，不禁为他们生命的价值而慨叹。他们的模范事迹为人民所知之时，他们已和我们永别了！是夜，在灿烂的星空中，我看到了一颗一闪即逝的流星。于是人间天上引起我万千思绪！凝思之余，我写下几句小诗，以抒心中之情。

你是平凡的
又是伟大的

你平凡——似道边小草
你伟大——是人类精华

然而，也只有在你陨落的一刻
人们，才慨叹你生命的价值！

“把我写信的内容摘录一部分做题记，更增加了这首诗的立体感。”尤朗月喜不自禁地又阅读了一遍，激动之情溢于言表。

这首小诗虽然文字不多，比豆腐块儿还小，但其思想触觉的尖锐性在二十世纪八十年代之初还是太敏感，会让很多人望而生畏、心有余悸的。

但尤朗月没管这些，这是她首次发表的处女作。她高兴得立马跑出去买糖请大家分享她的快乐。

小谭因遗传母亲糖尿病从不吃糖，今天却也破例剥了一张糖纸，吃了一块。

午后，尤朗月带糖上隆钢报社编辑部表示感谢。

稿费七元钱，她共花十五元买糖，那也高兴。

可没想到的事情接连发生。

元旦那天，尤朗月被黄老师邀请到她家串门。黄老师说她丈夫王叔要找她谈点事。尤朗月就欣然前往。

王叔过去是隆山钢铁公司秘书室的笔杆子，因“文化大革命”期间写过整治老干部的黑材料,粉碎“四人帮”后,老干部们官复原职,他自然不受待见。政治上捞不到什么就抓经济。于是便把精力放到打家具和养君子兰上,钱倒挣了不少。

他听黄老师讲了小谭和小尤的事,觉得小尤太单纯,太吃亏。又听说小尤爱写诗,最近在《隆钢报》上发表了一首小诗后,组长魏老师和腾老师却说三道四,就找来报纸看了,觉得小尤很有思想。

“那样说年轻人很不应该!”他让黄老师向小尤要了两首她平常写的诗看看,认为挺有才气的,不像那两位老师说的那样。于是也写了一首诗回应此事:

蝉噪鸦吟乱评文,
玉兰香含幽亦深。
世俗流言尽可鄙,
高山流水有知音。

魏老师和腾老师对所有跟她们碰面时提到,看到了报纸上发表的小尤的诗的人,都一致地说:对那首诗是不是小尤写的,表示怀疑。

这样的话太阴险、卑鄙、刻毒,且太有杀伤力,让不了解情况的人,会误以为真。而人家又没说什么具体怎回事,诱导人们自己去联想,自己又不必担什么责任。

尤朗月根本想不到会出现这样的情况。整个过程就像写记叙文的几要素那样起因、经过和结果都是在办公室进行的,几个老师也都在场,应该是见证了全过程的。

就是再混蛋,再没有良知,也不至于颠倒是和非、黑和白,瞪着眼睛说瞎话吧?那她们还是人吗?她们自己也有儿女呀!

王叔说她们“蝉噪鸦吟乱评文”,估计也就是她们出于通常的嫉妒心理,没说什么好话而已吧?当时尤朗月没往深想,也没在意。

编辑为了避免对这首诗的误解,特意摘录了小尤信里的内容,权且当题记用,客观上营造了意境和氛围,属于为诗稿把关定向“割稿”“改稿”的正当范畴。

魏老师和腾老师教语文这么多年,也没写过一篇什么诗呀文的,自己瞅着自己都过意不去,不甘心才去坏别人的。

黄老师和王叔把这些事告诉尤朗月,是想送一个人情。

他们重点说的是小谭,没太说那两个女老师,所以她俩背后具体说什么,尤朗月当时并不知道,因此也就谈不到回应。

几十年以后,尤朗月在商店里遇到过学校的其他老师,才从她们口中得知当年那两位女前辈是怎样的阴险和卑鄙。

而当时主要是小谭的表现让她难以接受。

待小尤落座,王叔坐在茶几的另一侧沙发上说:“你和小谭的事你黄姨跟我说了。他找你黄姨了,骂你了!”

小尤一吃惊:“他骂我什么?”

“骂你‘不要脸’!”黄老师说。

“他怎么能这么说我呢?”尤朗月声音都颤了。

“那天你出去了，办公室里就我和小谭，还有倪老师。我就随便问问：小谭处对象没？他说，没！我说，小尤和你怎么样？他说，不可能。等我起身出去，他就把我叫住了，问你跟我说过他什么没？我说，没说过。他又问，说没说过他对你有要求，你不同意？我说，没听说过。他就骂你，‘不要脸！’我问小谭，听谁说什么了？他说，听学生说的。我说，一般外人要问你俩怎么样，咱都给解释，小尤大，小谭小。他俩是同学，情趣相投，有共同语言，所以关系挺好。你真没说过他什么？”黄老师问。

“我能说他什么呢？有什么可说的呢？是不是他自己发神经了？”尤朗月极度扭曲着脸。

“他对你做过什么表示了吗？你能不能当你黄姨和我说说？我们考虑咱们多少还沾点亲戚才告诉你。”王叔说。

“谢谢你们告诉我，不然我还不知道呢！但我真的什么也没说过，也没有什么可说的呀！”尤朗月没有把小纸条的事说出来，她不想损害小谭的尊严。既然小谭已明确示爱过，自己回应不了人家，就有义务保护人家的自尊心，承担些莫须有的委屈也应该是责无旁贷的。

尤朗月不相信有谁能对小谭胡说些什么。因为不存在她说什么的问题。但见黄老师也不像说假话的样子，于是她决定有机会还是找小谭解释一下为好。她不希望谭思诚那么恨自己。这违背了他们在一起工作的初衷。她理解小谭的心情，换了谁可能也一样。

“魏老师说，她观察过小谭。他有时候瞅你，脸上泛起潮红，喘气很粗。”送尤朗月的时候，黄老师说。

“我俩手都没握过。握手不能怀孕吧？”小尤问了一句让黄老师扑哧一笑的话。

“得同房才能怀孕呢！”黄老师不得不解释一句。至此她得知了小尤的纯真无邪，同时也得知尤朗月虽然受过高等师范教育，却还没有受过两性知识的启蒙教育，对两性关系一无所知。

这边自信能指点江山的尤朗月决定必须找小谭谈一次。

自从上次带糖风波过去以后，谭思诚很后悔自己没能够控制住自己的情绪，表现得很不体面，但他也不好再主动跟尤朗月解释什么。一方面，他已看出在他又一次下定决心向尤朗月坦诚地表示爱情，写了那张小纸条后，尤朗月是在有意地回避他。很明显，平常尤朗月不大离开办公室，从那以后就不怎么在办公室了。她的态度是显而易见的，不给彼此面对的机会。这让谭思诚很恼火。另一方面，他又想不明白，既然如此，尤朗月又为什么要在这种大前提下，还要让他替她买糖，和他一起请客？竟至于不回避了呢？看来她还是心里矛盾重重和犹豫不决的。

怪就怪那天下课和学生们闲聊，一个学生好奇地说，有一天放学路上，看见谭老师在跟尤老师说什么，尤老师似摇头不肯的样子。他忘记了是他想煽尤朗月的情，好引起点话题，让尤朗月背一首诗给他，因为平常都是他主动抛话题闲聊。尤朗月觉得不好意思，所以才摇头不肯的。没想到这一幕也被人看见了。

他已忘了这一幕。学生这一说，他却联想到近期他和尤朗月的非正常状况。尤朗月肯定是因为不好回应，才有意回避自己，不在办公室里备课了。他就窝了一肚子火，索性一不做，二不休，倒打一耙，把尤朗月恶骂一顿。用现在娱乐圈流行的话说就是尤朗月“躺着就中枪了”，简称“躺枪”。

谭思诚现在很自责自己的鲁莽行为，这不符合他的性格，也没留后路。看来他俩的关系算没救了。他很痛心，但为了维护自己的面子，也就顾不了别的了。

一周以后的一天中午，尤朗月见小谭一个人在办公室自己的座位上备课，就没走。她要向谭思诚解释她背后没说过他什么坏话，不希望他那么恨自己。

“小谭，我没当别人说过你什么！你是真听到别人说什么了，还是你自己发神经了？”

“黄老师告诉你了？她是精神病，隆山小学的都知道。我也没说你什么！就是那天你出去了，她问我咱俩怎么样，我说不可能。她家不能同意，咱家也不大好处理。”

“你骂我了?!”小尤一针见血。

“我就说，听说她还不会做啥，我得找个能干活的。”小谭避重就轻地解释。

“你凭什么骂我?”尤朗月面带愠怒之色。

“骂是轻的！……”见小尤不依不饶，小谭也动怒了。

“你怎么那么混账?!”

“你骂谁?”

两人一时剑拔弩张。

沉默了稍许，小谭扔出一句：“怪我瞎眼了，看错人了！”

“你要不来这儿，我也不会这样！”尤朗月说出了郁结于心许久的话。

“你嫌我碍事，我走！”小谭也十分愤怒。

“走就走！”小尤话虽没说出口，但表情是这个意思：再这样待下去有意思吗?

“我对你还怎的？你老当别人面跟我发脾气，什么事我没帮你做?”小谭又缓和了态度。

尤朗月想想也是，除了上课、备课，其他他俩的工作一般都由谭思诚一个人来做，比如写教学计划等杂事，自己一直对他存有依赖。但一想到他已经给自己造成了无法挽回的名誉损失和伤害，他俩的关系实在没有面子再回复到原来的状态，也就狠狠心，不原谅他。她找他解释的目的就是不想让他太恨自己，她要找出谭思诚不对的理由。

“听说你有女朋友！”尤朗月说。

“谁说的?”

“黄松说的。”

“男人有时候在外面吹吹牛呗！有没有你还不知道噢?”小谭红着脸说。

小尤真也无话可说了。

两人都松了一口气，边说边轻松地一块往门外走。谭思诚锁上门，笑着关心地说：“吃饭去吧！”他俩又似恢复了往日的友好关系。

尤朗月知道他是要到数学组与罗群、黄松她们一起吃午饭的。她们上班带饭，罗群经常给他带刀鱼。

尤朗月回到家后，下午就没有上班。如果上班，他俩就又回到了先前的友好状态。她一方面十分感激黄老师关键时刻站在了她这边，告诉她背后发生的事；另一方面又有点感到惋惜和遗憾。黄老师要是不告诉她，她就可能被蒙在鼓里，此刻就可能原谅小谭了。那他们爱情的游戏规则可能就会发生改变。但现在她即使情感上想原谅小谭，理解他的愤怒，她的自尊心也接受不了。她无法面对小谭背后骂她的屈辱。除非她为了爱情或者为了什么利益而原谅他，那她才真的是“不要脸”呢！她的心纯洁无瑕，追求完美，可小谭的言行已破坏了完美。

第二天上班，尤朗月跟大家解释说，昨天妹妹尤朗丽参加考试，她过去看看。

其实她昨晚去相亲了，奶奶答应老邻居的。起初尤朗月哭着说什么也不肯去。妈妈就过去告诉人家了，但那老邻居不高兴地说：“我已经告诉小常了，朗月要是不来，让我还怎么做宿舍管理员？”

这才由刚好来家串门的家住附近的妈妈的表妹陪着过去了，见面后倒是没反感。

谭思诚对尤朗月说的理由半信半疑。因为尤朗月走的时候一点这个迹象都没有。再说这个时候不当不正的，没听说社会上有什么考试之类的事，应该还是回避自己，不想再面对。

他昨天抓狂了一下午，心彻底凉了。

看来自己是得准备离开这里，调到别处去了。

刚刚适应了工作环境就要挪动，小谭真有点舍不得。

但小尤从此不大跟他说话了，像个陌生人似的，没有感觉了。

不走肯定是不行了，但走也不是就像上商店那么简单，得跟有关方面打招呼，办调转手续。这有组织程序的问题，哪能说走就走呢？

下学期的课也已安排，再待半年再说吧！

10

小谭调走后正赶上学校放暑假，小尤心里非常落寞。她想：没有感情寄托的人生，何其悲哀！工作再出色，事业再辉煌，对自己的心灵来说又有多大意义呢？我宁可不要这样！于是她点头同意和上次被动相亲的那个理工男常守业处对象。

八月十五中秋节那天，常守业到尤朗月家串门。他不愧是走四方的施工企业集体生活冶炼出来的年轻人，出手大方，一下子拿来了四样礼物，赢得了尤家人的好感，就连爱挑刺的妹妹尤朗丽，透过卫生间的窗玻璃往外望的时候，都在心里说：“嗯，这人还行！”

谁也没想到晚饭后出了一个插曲，也正是因为这个插曲才把他们的关系提速了。如果感情没风浪，没痛痒，平和相处，感觉上不来，进展恐怕就会像长途慢车那样遥遥无期。

事情的起因是尤朗月的二姨来了。一进门，尤朗月就感觉二姨的表情不对劲，对常守业不太客气。当时尤朗月只以为二姨是法官，强势惯了，没看好常守业，没顾及他们家人的感受而已。她保护弱势群体的本能被激上来了，令大家意外地很向着常守业。二姨也就没说什么。

这之后常守业表现得很主动。有一天晚上尤朗月业已躺下睡着，常守业还来敲门。

两人关系的稳定也给尤朗月带来了很好的工作情绪。国庆节前后，尤朗月在她所任课的两个文化补习班里，以“热爱祖国”为主题，搞了个征文活动，分一、二、三等奖。与常守业上市新华书店买了几本指导写作文的书以及一些书签和卡片。

常守业虽然不太赞成她这一举动，但也不好说什么，只能支持她。

尤朗月当年所犯的最大错误就是目中没有眼前的领导，只为自己感觉高兴。

组长魏老师早就向科里汇报了尤朗月的举动，奖品就放在办公桌上。对于青年教师的爱国热情和执业举动，科里是积极支持的。

只是稍微会来点事儿的人，都不会像尤朗月那样只顾与学生们的互动，关起门来仅与学生自娱自乐，而忽略了领导们的关注。

那是改革开放之初，领导们也在寻找上佳的表现，如果自己治下的员工有出彩的机会，自己也参与其中应该是一件好事。王峰科长在尤朗月面前出现过好几次，副科长也过来关心过，并且问："买奖品的费用要不要科里给报销？你父母工资多少？"

在他们这些吃过苦的人看来就像尤朗月花了笔巨款，而且花了大钱还不得有什么目的呀？比如入党、提干什么的，也得让领导们知道吧？可是尤朗月半个字都没有提到请哪个领导过去捧场，给予支持，等等，弄得领导们也都挺尴尬和被动的。如果尤朗月提出请哪个领导过去，他们都会是责无旁贷的。只要她张口，买奖品的钱，科里也可以给报销，可是她连想都没想。

国庆节之后两个班合并在一个教室上讲评课。讲评之前和其间科长们都有意无意地从教室门前经过，能感受到里面激情洋溢，非常热烈的气氛。有优秀范文朗读，有学生热烈的掌声，有颁奖活动……这堂爱国主义教育课，自然获得了极大的成功。

学生们从没有经历过这样的课，很多同学对小尤老师都油然而生敬意。这也是那个年代他们人生中最精彩的一课，让他们终生难忘。尤其是得了奖的同学，更是感念尤老师对他们人生观和世界观的良好影响。

在尤朗月的观念中，这就是一堂写作和爱国主义教育相结合的极其普通的课。这是自己的本职工作。因此她没有想到要请领导参加，也没想到若是把这块蛋糕做大，对她的职业生涯有好处。她没有想过很多人要是也有这份热情，又付出了银子的话，会把这事放大它的外延，赋予一定的意义。

一些人没成绩还要找成绩，干吗白干呢？可尤朗月就是没往这方面去想。这不是智商、情商的问题，是人品本分不本分的问题。工作出彩不意味着就有歪歪心，与人的性情和爱好有关。所以心本分的人没有出息，用一个俗字说就是："傻！"

尤朗月高兴搞这样的文化活动，与眼里有没有领导也没太大关系，没想到却得罪了领导。很多人就是为领导活着的，她没那么贱骨头，但只能吃亏。

两个月后的一天，尤朗月对常守业说："我昨晚做了一个梦。梦见看戏。不知道是什么预兆！"说者无心，闻者有意。常守业恐怕秘密守不住了，索性告诉了尤朗月。

原来常守业认识尤朗月的二姨，他是二姨家最好的朋友家的女儿的前男友。当初他们两家人经常在一起商量如何搞定他。他大学毕业直接来隆山，就是投奔的那家。是二姨从法院给要的吉普车，去隆山火车站接过来的。

那家人拿他当宝哄着。他也不像话，仗着自己是大学生，今天让人家给买砖头，明天让人家给买水泥，说是他二哥家要盖房子。那家的父母都是市话剧团的，上哪弄这些东西？只好求二姨帮忙办这些事。相处不到一年就黄得彻底，九头牛都拉不回来。

原因是有一天他俩在出去玩的途中遇见一个女方过去青年点的男性朋友，那人过来就在女方的肩膀上狠狠地拍了一下，以示亲切友好。这让常守业非常不爽。他认为女方肯定也是平时行为不检点才造成男性朋友无所顾忌的，于是提出分手。这在女方家犹如晴空霹雳。女方的母亲为了女儿，不得不又求二姨给要了吉普车，风尘仆仆地前往常守业的家乡说服他父母和兄弟帮忙劝说常守业回心转意都没成功，只好无奈分手。

尤朗月问："你们到什么程度了？"

常守业说："她是我大学班长的亲戚，以前也不认识。我要是拉她手一下，得下多大决心？"

尤朗月哭了，觉得这事挺晦气。人生还没开始呢，就遇到这样的事。两个月前若知道此事也就算了。若不是出于正直，保护弱势，她是不会挺身而出向着他的。她那时对他虽然没反感，但也是一般般。

随着光阴荏苒，尤朗月不想再折腾了。他以前的事与她无关，撇清就没什么了。随遇而安吧！她那时认为他们像有缘，有缘千里来相会，无缘对面不相识。他的前女友充当了桥梁和跳板。

她和谭思诚无缘。两人再相爱，若没有缘分，想走到一起，一到关键时刻也得出差错让两人分开。命里有时终须有，命里无时有还无，就是这个意思。

这时期亲朋也比较给力。大年初二那天，自己的姨姥和她的老伴，留任于省顾问委员会委员的马老马万里，应尤朗月父母的邀请来尤家做客。席间尤朗月朗诵了自己写的七言诗以助兴：

喜迎

喜迎马老逢盛世，
光临寒舍会宾亲。
家道中兴恩情厚，
我辈成才教诲深。

莫道老骥应伏枥，
更有戎马是将军。
纵观长老今生事，
胸怀高炉诗人心。

马老临走时还没忘把这首写在日记纸上的小诗给要走了。

三八妇女节后，在妈妈的提议下，尤朗月和常守业就选了一个双号日子到办事处登记了。四月初就请假到上海旅行结婚去了。回来后请亲朋好友、同事、同学吃了顿饭，常守业的二哥代表他们父母那边也来了。

他二哥老要讲话，但没给他机会。他张嘴闭嘴"俺们农村的"，总强调这个，像怕被谁赖去似的。尤朗月同意与常守业结婚只因为他是大学生,才没计较其他条件。他二哥体会不了尤朗月的心情和感觉,以为越实在越好。

他给尤朗月的印象欠佳,事多。他大哥当过兵,有些阅历,退伍后又在县政府当秘书,就很有自知之明,会拿捏自己的分寸深浅,在兄弟面前颇有高姿态。不像他二哥第一次来就瞅着尤朗月发小送的结婚礼物——一个玩具小钢琴和他俩从上海工艺美术商店买的小花瓶翻眼皮,告诫他们过日子要节俭,父母和兄弟从牙缝里省钱供常守业和他弟弟念大学不容易。鼻子不是鼻子脸不是脸地批评他们家里的摆设太铺张浪费。

喜酒摆了四桌:一桌是常守业住单身宿舍的朋友,一桌是尤朗月的大学同学,还有一桌是尤家的几个亲戚,再加上介绍人和常守业的二哥,另一桌是母亲单位的同事以及尤朗月所在学校语文教研组的老师们。

这四桌的每一桌来宾当中都有后来成了这座城市里赫赫有名的人物。尤朗月的大学同学田贵花由副市长又升到了副省级领导。常守业的一个寝室的兄弟杜建设位至省委常委、组织部部长,成了田贵花事业上的贵人和靠山,为她保驾护航。他们都是由团市委青年干部起家。亲朋好友那桌里,母亲的同事赵朋辉当上了隆山钢铁公司人事处处长,也曾帮过尤朗月的忙。

小谭调到隆山钢铁公司党委宣传部之初,常出差跑外。转年才得闲回职校取以往订的杂志。这天他来到语文组坐坐,听到了一个晴天霹雳般的消息:小尤到上海旅行结婚去了。他的表情一下子变得错愕起来,像是自己心里的东西被人拿走了。

几天后,谭思诚特意来到办公室,也吃了一块喜糖,并且瞅了一眼尤朗月,诚恳地说:“我不知道!”

小尤不知道他指的是婚宴他不知道,还是有了男朋友他不知道,反正是很歉意的意思。

中午尤朗月回家吃饭,他俩又一道骑自行车走。小尤向小谭介绍了她新婚丈夫的情况说:“你姐夫在冶建公司工作,人很聪明。公司智力竞赛第一名,《隆钢报》报道了! 是学理工科的。兴趣爱好和咱们不一样,但也能写诗。”

“我每月给你一本《隆钢文艺》行不? 你留着!”

“行! 谢谢!”

以后小谭就每个月过来一趟,给小尤带杂志,然后他俩就一块走。给人的感觉是他俩又回复到了以前的状貌,没有任何嫌隙、怨恨,情侣一般。

其实仍然和以前一样到地段就自然分开。

转眼,小尤怀孕了。这学期没有安排课。每天照常提着水果兜上班,看看报刊什么的打发时间。办公室已搬到新楼,魏组长腾出一个小屋给她休息用。

小谭照常过来给她送杂志,很高兴的样子,不知是为了什么。

是为了给外人看吗? 他俩的关系很好,不存在谁甩谁的问题,还是想要回那个小纸条不好张口,就干脆不要了,连同杂志等更多的东西我也给你,你自己看着办吧!

直到尤朗月预产期提前一个月休息,他们还在尤朗月去娘家的道上遇到过一次。谭思诚看着腹部明显隆起的尤朗月真诚地说:“你多保重!”

尤朗月点点头。

尤朗月生了个模样姣好的宝贝女儿,她的爱又有了新的寄托。

第四章　婚姻沼泽

1

网上常有孔雀女爱上凤凰男后的悲情故事，电视剧里也有涉及。刘若英和郭晓冬主演的《新结婚时代》就很典型。尤朗月的老公常守业虽然不是典型的凤凰男，条件比那些人要好很多。父亲辽沈战役时加入解放军担架队，是火线入党的老党员，政府对他们这些解放战争时期的“功臣”有些照顾，两个哥哥也都是公职人员，但随着岁月的流逝，他研究的学问越深，他的意识形态越回归他的本真。没有像很多以农村包围城市，最后夺取政权的凤凰男那样思想意识上有飞跃和升华，这让尤朗月彻底失望，以至想摆脱他。

他们由相识到结婚仅半年时间。由于彼此硬件条件基本符合要求，用尤朗月的话说就是“年龄比我大一点，个头比我高一点，学历同等或者比我高一点就行”。常守业这三方面刚好符合要求，都略比尤朗月多出那么一点点。年龄仅大六个月；个头看着像尤朗月略高，因为穿半高跟鞋，净身高常守业比她多六厘米；学历虽然都是本科，但常守业是省城重点大学毕业，尤朗月读的是本地普通师范学院；他们的基本想法大方向也算一致，事情就比较简单，顺其自然了。

常守业是理工男，大学时崇拜的偶像是陈景润，整天琢磨怎么破解理工科难题，想一鸣惊人，一飞冲天。他感到自己的名字土，给自己往各科技杂志上投稿起的笔名叫“常健飞”，意思是勉励自己在事业上健步如飞。他甚至敢给令其他同学非常崇拜和敬仰的建筑行业学术权威写信，质疑教科书上的某个数字问题，并获得了优秀毕业论文奖。他生存能力比较强，做饭能做熟。其他习惯方面就照着陈景润走，甚至还不如陈景润。

在大学的时候，有个男同学曾看他迷迷糊糊地从校舍里出来，在去食堂的路上经过一个长廊的时候，就好奇地跟身边人说：“你们看，那个铁栏杆他能不能撞上？撞上了！撞上了！”大家也都会心地哈哈大笑。

在婚恋问题上，一个时代有一个时代的着眼点。社会上曾流行几句嗑儿：“五十年代找干部，六十年代找工人，七十年代找解放军，八十年代找大学生，九十年代找大款……”当时是二十世纪八十年代，是重视文凭的时代。只要有一纸大学本科毕业文凭，哪怕眼睛长在脑袋顶上也有人愿意跟，脸上长的麻子都放光。何况常守业还会即兴诌几句诗，有那么多闪光点。

他给尤朗月写的第一首诗是《莲子仙童吟》，尤朗月只记住其中一句：“光阴荏苒近中秋。”这无疑在女文青尤朗月眼里增加了分值。

尤朗月虽然没有像腾老师的大女儿那样，看对象的时候问人家读没读过《红楼梦》，但有没有共同语言，有没有共同的兴趣和爱好还是很重要的。

他的学识也很了得，在他们冶金建设总公司举行的智力竞赛中获得了第一名。当时的《隆钢报》还报道了此事，并详细地描述了当时的情景：在考到一个成语的时候，全场静音，一时冷场，这时只有常守业一马当先答对了，分数遥遥领先。

俗话说:“一俊遮百丑。”最重要的还是常守业拥有一纸重点大学本科毕业文凭,遮住了尤朗月的双眼,其他条件也就都忽略不计了。

当年大多数青年才俊普遍岁数都比尤朗月小很多。他们从校门到校门,受到了系统的知识教育,赶上了国家恢复高考制度的好时代。不像尤朗月这一代人,走了那么多弯路,荒废了那么多大好时光,已经回不到起点了。

他们之中的很多人都曾怀有解放全人类,最终实现共产主义的宏伟理想。可是岁月和现实的磨砺,让绝大多数所谓知青,下乡只能修理地球。一年之中,春种秋收,给大地梳妆,其他又能怎么样呢?个人前途就是两个字:“渺茫”;四个字就是:“十分渺茫”,看不到光明前景。贫瘠的精神土壤上能孕育出怎样丰富而美好的内心世界呢?所以尤朗月主观上认为自己的同代人,除少数有家世背景和特殊教养和传承的外,多数人身心简陋、粗鄙,带有的杂质多,她不喜欢。她喜欢内心世界或丰富多彩或纯净透明的人。

常守业虽然与她是同代人,且没有光鲜亮丽的家世背景,但一张白纸好写最新最美的文字,好画最新最美的图画。况且他的家乡不在本地,虽然借不上什么好光,却也少了很多七姑八婆的烦恼,与家在本地的各有利弊。

这个想法几乎耽误了尤朗月一生。

常守业所在单位是一家国有大型冶金建筑施工企业的二级公司,近三千名职工,开双份工资,当时已很可观。

即便如此,一开始还是不够还他向哥哥借的结婚彩礼钱。

不关心钱的尤朗月不太知道这些事,只记得刚结婚的时候有一天她花了三块九买了一个向往已久的扁圆形鱼缸,常守业和她吵了一架,让她感到很意外,很伤心,觉得他内心世界太简陋了。

2

女儿出生三个月的时候,尤朗月已歇完产假上班。听说学校增加个文秘班,招五十个女学员,有文秘写作课,她就自告奋勇说自己可以教这个课。她没想如果不是自己提出教这个课,学校原打算是要花钱外请的。学校并不缺这个款项。在她看来这是语文组就能解决的事,没必要外请,领导自然同意。

由于这是新开的课程,既没有教学参考书,教材也一时半会儿到不了,尤朗月就到市新华书店几乎翻遍了所有这方面的书籍,找了些资料,直对付到来了教材方省了些事。若不是出于对写作课的极大兴趣和偏爱,她是不会费这劲的。

结婚之后常守业较受单位重用,经常出差自不必说,这次是摊上个美差,到美国去考察。时间是四个月,回来能带几大件家用电器,彩电和冰箱什么的,还够给尤朗月父母家带个彩电。

尤朗月结婚时没买任何家用电器,父母家也只有一个黑白小电视,经常出雪花,老得让人在哪个地方站着不动或者在天线上挂个东西的那种,所以全家人都一致支持他去,也像老区人民盼红军似的盼他早点回来。

尤朗月上课期间女儿只能靠奶奶和小保姆照顾。有一天,尤朗月回家喂奶,奶奶在楼门口抱着哭了很久的小重外孙女，哄着说：“大朗月呀，快回来吧！小月月饿啦！”尤朗月心疼极了。从此下定决心，不到万不得已，不离开女儿。

这时学校已经实行弹性工作制，教师上完课就可以回家。除了一周之中的周一下午三点到校参加教研活动，周三下午一点半参加雷打不动的政治学习，周五下午一点半仍然参加教研活动外，其余时间都属于自己。尤朗月的课一般都安排在上午第三、四节或者下午第五、六节，这对照顾女儿有利，尤朗月很享受这一体制带来的福利。

这样一来，唯一的遗憾，在有些人眼里也是最大的遗憾，就是不坐班就不能坐机关，或者说这直接影响当官。

产假前学校一把手陆校长在一次植树活动中就主动过来和尤朗月打招呼，承诺说过后可以把她调到机关工作。等尤朗月回来上班的时候，学校的改革正轰轰烈烈，今天这个搬桌子，明天那个搬椅子，校领导已换了上面派来的新面孔，中层干部也在大换血。一大批年轻的“四化”干部填充在领导岗位上。与尤朗月一起参加工作的数学组罗群当上了校团委书记，与罗群形影不离的小伙伴黄松受不了了，忍不住来到语文组发怨气：“谁比谁多干多少？”

不久她爸爸也找人把她调到教务科帮忙，后来也提了副科长。

还有一个辽大毕业的物理组青年教师吴有能，当了他们基础理论科副科长。这之前他曾给尤朗月介绍过他的大学同学。他同学问：“小尤个人条件那么好，你为什么不和她处朋友？”

吴有能说：“我不行！我条件太低了。”

就这个当年与尤朗月话都说不上的人，后来竟然敢对尤朗月发号施令。

有人遇到过小谭，他听说吴有能当上了基础理论科副科长气愤地说：“职校人都死光了噢？”

学校宣传部部长来找过尤朗月，尤朗月毫不犹豫就谢绝了。当时女儿才三个月大，老公又出国了，奶奶年事已高，父母都没退休，机关八小时坐班，孩子怎么安排呀？现在家里雇了一个小保姆，奶奶也住在自己家里帮着照顾。妈妈早晨上班前和下班后都过来看看，但也不是长久之计呀！所以即使尤朗月面对没有提干的心理和舆论的双重压力，面对宣传部部长的盛情聘请，也丝毫没有动心，更谈不到后悔。

谭思诚来看过尤朗月一次，面对已为人母的尤朗月，穿着当时最时髦的像孔雀屏图案的裘皮大衣，步履匆匆地来到办公室，就对身边的其他老师说：“我好长时间没见着她了！”给人的感觉是，他很想见她似的。

这次回去以后谭思诚那颗沸腾、滚烫的驿动的心不得不面对现实，冷静下来。他接受了相亲，并且也很快组成了家庭。女方是学财务的，人长得很漂亮，平民家庭出身，属于向往隆山高干住宅区那伙的。

3

改革开放的年代，伴随着改革的浪潮一浪高过一浪，提干的热潮还没过，隆钢内部又掀起了涨工资的热潮，可以说这是改革开放以来的首次涨工资，也是从二十世纪六十年代中期“文化大革命”开始到八十年代中期改革开放进一步深入,跨越二十多年来的首次涨工资,人心涌动。按照隆山钢铁公司人事处分配的涨工资比例和名额,这碗粥喝到基层普通教师这里已经所剩无几,而学校里“文化大革命”前参加工作的老教师很多。很显然再怎么涨,涨到百分之九十八、百分之九十九也涨不到尤朗月那儿。

可是心高气傲的尤朗月认为,在她来说不是钱的问题,也不是嫉妒不嫉妒谁当官的问题。自己人在那撂着,即使不当官,谁也否定不了自己的存在。由于孩子小需要照顾,自己坐不了机关八小时工作制的班,不当官也就罢了,工资拉一大截也认了,但不能和一起来学校报到的刚提拔到中层干部岗位的差太多,谁也不能欺人太甚。

于是她跟妈妈讲了单位要涨工资的事,妈妈二话没说就去隆钢人事处处长赵朋辉家,跟他谈了尤朗月的情况。

赵叔叔是妈妈过去的老同事,看着尤朗月长大的。由于妈妈与马万里马老家亲属关系,能说上话,当初向马老推荐过赵朋辉。虽然赵朋辉最初的晋升,是另一个上级领导的提携,也是尤妈妈力荐的结果,但还是人家自己也有本事,经过了三级跳,赵朋辉已位至隆山钢铁公司人事处处长一职,掌握着隆钢几十万职工的人事关系。

用隆山钢铁公司总经理安兴山的话说,他是在这个位置上坐得最久的“人事之最”,属于在隆钢一脚踩乱颤的人物。他对尤朗月有一定的了解。尤朗月在《隆钢报》上发表的第一首小诗《星思》,就是他看到后把报纸拿给尤妈妈看的。当时他是室主任。

他说:“林大姐,朗月很有思想啊!”他十分赞赏。

赵朋辉立马拨通了隆钢职校校长尚德存的电话:“德存吗? 我是赵朋辉!”

“啊! 朋辉处长,有什么指示?”尚德存热情地说,心想:我想找你都没有机会呢!

“你们学校这次调资,尤朗月能不能调上?”赵朋辉直接问。

“恐怕有难度。学校老教师太多,工龄都比她长,怎么给她涨? 还不得人脑袋打成狗脑袋呀?”尚德存申辩。

“我单独给她个名额,不占你们单位指标,你看行不?”赵朋辉很想帮这个忙。

“朋辉处长,不是我不想给她涨,怕通不过。”尚德存继续申辩。

“那我给你三个整名额,拆开能涨六个,你看行不?”赵朋辉变严肃起来。

“那行,谢谢朋辉处长! 那你可帮我大忙了!”

于是尤朗月涨上了工资。

事先尤朗月找尚校长沟通了自己的想法说:“我知道作为青年教师这次涨工资涨不到我这儿。如果我不占单位名额,争取来名额,能不能给我涨?”

“你能争取来名额,那就给你涨!”尚校长爽快地说。他是在打哈哈,不想得罪人。他以为尤朗月也就是说说而已,没想到尤朗月真能争取来名额。

赵朋辉处长跟他打招呼的时候,他却食言说单给一个名额也涨不到尤朗月。

赵处长还真有魄力,够霸道,一下子给了三个整名额,拆开能涨六个。另有五个领导身边的人也借光了。

树欲静而风不止。语文组的黄老师坐不住了,觉得自己上边也有人,就是隆钢主抓教育系统的副总经理,便去找了尚校长。

尚校长也正想了解一下给尤朗月涨工资后的反映,就问:“尤朗月怎么说的?”

黄老师说:“小尤倒没说什么,很自信,那意思是敢不给我涨啊! 你也就瞅咱是软柿子,敢不给咱老实人涨呗!”

“怎么,我怕她?”尚校长一下子火冒三丈:“她怎么这么没良心? 明天我找她问问!”

第二天尤朗月有课,在走廊上遇到了尚校长,便热情地打招呼:“尚校长好!”

没想到尚校长指着尤朗月气愤地说:“你怎么那么没良心? 我给你涨工资,你怎么说敢不给我涨?”

尤朗月一时没反应过来,哪儿跟哪儿呀? 我感谢还来不及呐!

“你们语文组黄老师说的!”尚校长也没瞒着她。

尤朗月回到办公室问黄老师是怎么回事,黄老师说自己没说尚校长不敢不给你涨工资,只是说不能不给你涨工资。你人硬,咱是软柿子,不往下拿咱拿谁呀?

“是有点神经兮兮的!”尤朗月骂了黄老师一句。又说:“我从小所受的教育是不会背后乱说别人是非的,更不会说领导的是非,何况还是帮助过我的人! 你那天问我的时候,我只是笑了笑没说话。那时候我也不知道能不能给我涨啊! 怎么能说敢不给我涨呢?”

有了这一出戏码,尤朗月百口莫辩。得罪了主要领导,尤朗月在这所学校的前景不用想都知道。但因为留恋教师弹性工作制,方便照顾家里,尤朗月暂时也只好在这里待着。

4

临近暑假的时候,已升任教学副校长的樊育才找尤朗月过去谈话。一进门,樊校长让尤朗月把门留道缝,然后热情亲切地招呼她在沙发上坐下,云山雾罩地扯了国内外一片大好的形势,又转了天南地北一大圈的弯儿,也不知领导想说啥,啥意图?

尤朗月眼看着得回家给孩子喂奶了,乳房胀得梆梆的,要溢奶水了,砖红色的布拉吉就要润湿了,就请假说:“怎么办呢? 到点了,该回家喂奶了!”

樊校长不得不让尤朗月午饭后再过来一趟,接着谈。

尤朗月只记得,当得知自己的宝贝女儿有奶奶和一个小保姆在家照顾时,樊校长就像受了强刺激似的连说:“你太幸福了,太羡慕你了!”然后忆苦思甜,痛说革命家史:“我老家是黑龙江的。我很小就没有母亲。父亲带着我和弟弟妹妹很艰难。我什么活儿都会干,割草、养猪都是一把好手。刚来隆山的时候两眼一抹黑,谁也不认识,住集体宿舍。高老师要生第二个孩子的时候,我一手抱着大孩子,一手搀着高老师到的隆钢医院。哪有人帮啊!”

“现在不都过来了嘛!”尤朗月安慰他。

“是呀! 孩子是你的,也是国家的,要好好培养。学校有托儿所,你愿意送来就送来,不愿意送来就雇人在家带。学校现在实行弹性工作制,这也是学校改革的成果,你享受到了! 咱家高老师他们隆钢工学院也有人事变动,她当了室主任,八小时坐班。你看我在台上说你们都给我干!”樊校长加重了语气,“其实我认为一个女同志,讲讲课,照顾照顾小孩儿挺好。”

樊校长的老婆虽然姓高,但个子实在不高。用他自己的话说是个“小辣椒”,人长得小巧玲珑、黄头发、厉害，一看就不是善类，但应该是他的恩人加贵人。给他一个家，又在隆钢工学院工作，把学校的工作安排和信息带回家去，他才能照着工学院的模式开展工作，安排活动。有舆论说，职校看一场电影都得开校长办公会讨论通过。很难想象若不是他老婆在隆钢工学院工作，他这个校长该怎么当？这就是人家八字合缘。

午饭后尤朗月按约定又来到樊校长办公室。樊校长说："你是上流社会的外围成员，还是知道一些信息的。学校要办校庆，我想请你帮忙，明天和我一起代表学校到马万里马老家，请他老人家给写首祝贺的诗。你看怎么样？"这类文化活动尤朗月当然欣然答应。

第二天上午尤朗月没课，她和樊校长骑着自行车来到隆山高干住宅区马老家。出来开门的是马老那远近闻名的贤淑而又漂亮的老伴。

"这是我姨姥！"尤朗月向樊校长介绍。

"姨姥，您好！"樊校长亲切地与姨姥握手。

待给他们让到里间屋，他们与马老握过手，然后落座，姨姥就出去了。

还是领导家的夫人懂规矩，有教养。尤朗月心想。

这边樊校长激动得有点语无伦次，舌头也不太好使了。

曾经权倾一方、大名鼎鼎、高高在上的马万里马老就亲切、和蔼，笑呵呵地坐在自己面前，樊育才就像见到了自己可望而不可即的偶像一样激动万分。

好在有尤朗月穿针引线。

樊校长说明了来意，马老问了问职校的情况，自然欣然允诺。

看得出老人家对职校很有感情。

樊校长又表扬尤朗月一番："朗月气质好，课讲得太棒了，很受学生的欢迎！可能是在您老身边受熏陶吧？"

虽然樊校长会说话，说得没边儿，马老自然也并不反感有人这样夸赞一个晚辈。

他们从马老家出来，在往回骑车的路上，看到单位的小轿车停在路边。王峰副校长坐在副驾驶的位置。他们彼此都没打招呼。尤朗月不了解他们之间是怎么回事，也不想多关注，骑到第二个路口就回家了。

樊校长毕业于北京的一所工业大学，在隆钢这所国企学校里显得资历很高，再加上会来事儿，一开始就受到了老校长的赏识和重用，由专业科副科长转为科长。现在外派的领导又都到别处上任去了，他和王峰分别被提拔为教学副校长和管理副校长。

尤朗月第一次见到他时，首先见到的不是他的脸，而是他的一只补了块小圆皮子的黑皮鞋。当时尤朗月正上楼，他下楼，一抬头见是他笑容可掬地和自己点头，就打了招呼。

他穿一件紧绷绷的四个兜的浅蓝色中山装，裤子什么颜色尤朗月没注意，只觉得他的腿有点问题，挺长，两膝往一块靠，像是从小着过凉的后遗症。

当副校长后，外观形象好多了，时兴穿西装了，他总爱穿舒适合体的蓝西装校服，显得挺潇洒。

这次谈话提到讲文秘写作课的事，樊校长说是因为尊重尤朗月的要求才没花钱外请。这让尤朗月的积极性很受挫伤。她觉得自己花那么多时间和精力在这上很没意思，以后不会再干这样出师无名的傻事了。

樊校长还主动告诉尤朗月,在提拔年轻干部讨论到她的时候,是他的工作对手王峰副校长说了一句“尤朗月太爱穿衣打扮了!”挡驾了升官之路。

尤朗月对此并不感冒。她要是想当官,谁也拦不住。但问题是现在谁要是安排她当官,在单位坐八小时,不是难为她吗?所以她没太在意。

她想不通的是樊校长提到当时热播的墨西哥电视连续剧《诽谤》里的男女主人公是什么意思,与我有什么关系?不扯淡吗?

这次谈话让尤朗月看透了自己在这个学校的前景。

王峰副校长虽然对自己有成见,但也并不是什么太大的阻力,主要是人情没到。据说罗群的父亲请王峰吃过饭,称兄道弟的。

他在基础理论科当科长的时候,办公室就在语文组隔壁。他们经常能见到,除了打打招呼,点点头,很少交流。有什么指示基本都是通过组长魏老师转达,但并不陌生。

尤朗月觉得这个科长笑眼,虽然说话略有口吃,中专毕业,但工作能力很强。不动什么声色就把全科治理得井井有条,善于审时度势,有内功。只是他走路总爱跺跺脚,像鞋上有什么灰尘要跺掉。

另两个副科长都是大学本科毕业,工作中都很得体、适度地表现出对尤朗月的欣赏或关心。

只是王峰不远不近,保持距离。说到底还是尤朗月没给他接触的机会,只是客气地尊重他,并没有在意他。

在尤朗月眼里,这三个科长都不讨人厌。

尤朗月是这批年轻人当中第一个递交《入党申请书》的,当时工作还不到两个月。把小伙伴谭思诚给惊呆了。

那天组长魏老师代表科党支部问尤朗月写申请书有没有上边“领导”的意思,尤朗月实话实说:“没有!只是自己愿意在党组织的直接培养教育下更好地工作。”

此事在职校就没有下文了。

两年前尤朗月在自己教的两个文化补习班学生中搞了一次以“热爱祖国”为主题的写作征文活动,自己花钱买奖品给学生颁发一、二、三等奖,在学生中产生了非常好的正面影响,乃至让他们终生难忘。

那时人心都积极向上,魏老师向科里汇报后,作为科党支部书记的王峰也是非常欣赏尤朗月搞这个爱国主义教育活动的。他很想介入,表示支持。

可是尤朗月压根就没有想到要扩大影响面,动机很单纯。只是讲课的时候在与学生互动的过程中产生了搞活动的想法,仅此而已。不像有些人动辄就考虑让本来很简单的事情升值。

这本来是青年教师富有工作热情而做的带有正能量的好事,学生们都非常感动。没想到无形中却让王峰科长的面子挂不住,产生了负效应。

在王峰眼里,这是他治下一个抢眼的举动,居然没有邀请科里领导参与和支持,那又有什么意义和价值呢?只能说明尤朗月眼里没有领导。

不想靠近领导,那不白花钱,费力而又不讨好吗?

他让负责教学的副科长过来问过尤朗月需不需要科里帮着做点什么，尤朗月说不需要。她没想到科里会这么关注这个活动，只觉得是自己课堂内的事。

副科长还问尤朗月：父母工资多少？给学生买奖品的费用要不要科里报销？

尤朗月说："不用，一共就花一百多块钱，我承担得了。"

副科长就不说话了。他想：这个年轻人看来还是没缺过钱。不当家不知柴米贵呀！好在他们在企业学校里工作，收入不低，月收入几十元，还有其他福利待遇。这要是在其他事业单位，恐怕就不敢这么花钱了。

这件事让王峰科长认定尤朗月眼里没有他这个科长，所以提干的时候就不会为尤朗月说好话了。

通过与樊校长的谈话，尤朗月倒是看穿了樊校长这个人，只要他在这所学校当校长，自己尽可以逍遥自在，但提干无门。他自己想进一步向上爬还没有门路，哪有心思考虑别人的事？你让他送空口人情、顺水人情行，让他为谁有担当很难。没事的时候，送你走二里地他都不会嫌远，但你要是有事找他帮忙，给他添麻烦了，他立马就能吓跑。他与别人的交集，不过是为了利用别人而已。

至此尤朗月更心无杂念，只要讲完课就回家带孩子，较少参加教学以外的，对她来说没有任何意义的活动，一心只盼着孩子快快长大。

尤朗月累并快乐着。出于对学生写作的珍视和喜爱，学生临毕业前，尤朗月在常守业出国不在家的百忙之中，还帮助文秘班学生编辑、油印、装订了一本作文集留作纪念，可见那时她对人生的热情有多高。

常守业从美国带回了几大件家用电器和一些纪念品，家里家外皆大欢喜。

紧接着他又是提干，又是分到房子，他们就搬到了冶建职工住宅区。

尤朗月又按照自己的审美观布置了房间，温馨又舒适。

女儿常馨月上了家附近的一所知名中学开办的学前班，老师跟尤朗月说孩子非常聪明，情致不俗。课堂上老师让学生给一些汉字组词，比如"心"和"相"字，一般孩子会说"心情"啊、"心里"啊、"相信"啊什么的，小馨月却出语不凡，她说："心，心灵""相，宰相"。可见她小小年纪品位就很高，很让老师刮目相看。

小馨月很要强，一次常守业出差赶上周末，就带她们母女一起去了。星期一上学后小馨月发现自己拉下了很多作业，就一鼓作气趴在课桌上赶作业，总算把作业补上了，累得孩子趴在课桌上睡着了，看得老师直心疼。

小馨月上学前班这段时间对尤朗月来说是个美妙的时间段。白天的时间宽松了。她有时周末就和常守业用自行车驮着奶奶过来住一宿，让奶奶也感受一下她的小家庭的温馨和惬意。她还特意上站前的信利熏腊店买烧鸡给奶奶吃，以尽拳拳孝心。

5

时间已到了二十世纪九十年代初。国家大型建筑施工企业北方冶金建设总公司的一把手是个大胆改革、锐意进取、目光深远、知人善任的领导。在任上提拔了一大批年轻有为的"四化"干部担任二级公司或厂处级领导职务。这也是全市首批跨世纪干部。三十二岁的常守业幸运地赶上了这班车，任冶建机电公司副经理，前程似锦。

唯一美中不足的，就是老出差。一年三百六十五天得有三百天在外地，这可苦了尤朗月。孩子还小，上幼儿园、上小学的接送虽然不是个问题，但其他家务有人搭搭手也好啊！可是指不上他。没有事还好，有事可就惨了。

有一次停水后楼上发大水，正赶上是星期天的下午四五点钟。那时居民家很少有电话。尤朗月带着女儿到处跑都找不到管事的人，直到两个小时后那家回来人才关闭水龙头，端出坐在水池里的洗衣盆。

家里已是水漫金山，一片狼藉，惨不忍睹。后来妹妹尤朗丽和男朋友也过来帮忙收拾。

楼上的男邻居是常守业单位工程队的材料员，平常就视钱如命，这会儿他庆幸碰上的是领导家，不能把他怎么样。这要是碰到一个难缠的人就算倒大霉了。所以他打定主意只道歉，下跪都行，就是不提赔偿损失。

面对这种没有公共良知的小人物，尤朗月除了损他几句，又能怎么样呢？摊上这种事，损失只能是自己的，认倒霉。

不久，材料员家也在劫难逃，四楼发水，经过三楼他家穿堂而过。尤朗月立马到附近商店借电话，给常守业单位办公室打电话。办公室主任和司机第一时间来到水灾现场，帮助清理，充分体现了组织上的关怀和人情的温暖。那时常守业在外地施工现场驻回不来。

两次水灾还不足以动摇尤朗月继续住下去的心，接着又发生了一件事让尤妈妈为她们母女的安全担忧了，坚决把她们母女俩接回来一起住。

那是一天下午，尤朗月一个人在家。门外突然响起了电钻声，而且越来越刺耳。尤朗月感觉不对，不像是干活而像是在钻自己家的大门锁，吓得她汗毛倒竖。紧急关头她没办法了，只能拿起一把菜刀，站在门口，急中生智，反过来向外使劲砸门。这时右边邻居家的门也响了，那人就停手跑楼上去了，但并有没马上离开，而是在听动静。邻居家的大叔悄悄上了一层楼梯，和那个人照面了，然后没吱声就心照不宣地回了屋。

“放贼不抓贼！”尤朗月想起一句民间俗语。

自从姥姥去世后，妈妈由于哀思过重，心态失衡，明显地对生活在一起三十多年无战事的奶奶态度不好，动不动就发火，左右不对，横竖容不下，恼恨有加。

奶奶是尤朗月最亲爱的长辈，谁让奶奶受委屈她可受不了，一心护着奶奶。她认为奶奶人那么好，命又那么苦，辛辛苦苦帮父母照顾、拉扯他们姐弟妹四个，让他们饿不着、冻不着的，不容易，不应该给老人家气受。她觉得有条件的话，给老人家养老也是责无旁贷的。她老人家无微不至地照顾了自己三十多年，真是衣来伸手，饭来张口的。虽然自己还算争气，考上了大学，又有了正当的职业，但由于结婚生女，把主要精力放在小家庭里多了，而且还要经常由奶奶分担自己的家务，自己真是能力有限，分身乏术。她很无奈地自责自己。女人生养孩子，这也是天职，自然规律，没有办法的事。

当法官的二姨曾中肯地对尤朗月说：“尊老爱幼是美德，但不要把自己全搭进去。否则代价太大了！”

尤朗月知道二姨的话是睿智的，有深刻哲理。在父母家还好，若在自己的小家里，家务少有人分担，她的心硬不起来，就只能牺牲自己了。

她快要支撑不住了，体力透支，心脏也要出问题了。

可是小灾小难还是不断。

妈妈是个急性子，走路快，一天买菜回来的路上，被一个骑自行车的中学生撞倒了，把右手腕摔成了骨折。

那个中学生要把妈妈扶起来，妈妈却说："不用了，你上学去吧！"就这样，她自己去的医院。

医生说："骨折了！伤筋动骨一百天，手得三个月不能动。"妈妈就打了石膏，缠了绷带回家了。

姥爷听说后十分担心自己的大女儿在家里又得闲不着，怕抻着，就说："到我这儿住一段时间吧！我这有保姆干活。"朗月的父亲下班后也住那儿了。

常守业当上副经理后更得是身先士卒，哪里需要去哪里，哪里艰苦哪安家。经常带队伍到外地施工，几个月回不来一次。

家里只剩下奶奶和小妹妹尤朗荷，加上尤朗月母女，这段日子真是雪上加霜。

尤朗月几乎每天都得到学校一趟，不是上课，就是有教研活动或者政治学习。早晨馏完冰箱里的速冻食品就要送女儿上学，奶奶的饭菜还好有小妹朗荷给端过去。尤朗月送孩子回来收拾收拾就要去上课，中午回来给奶奶热完饭，一点半又要到学校参加教研活动或者政治学习。下班后再去课后班接女儿，回家后又要对付做晚饭。那时候她还不太会做饭菜，买现成的副食居多。她爱打包的习惯就是那时养成的。

自己花挺多功夫，费挺大劲，还不如人家做得好，打包何乐而不为呢？解放生产力，自己才有多点时间陪女儿或者照顾奶奶。有时还得按照学校的要求给女儿准备学习用的物品。

这时的奶奶已几乎整天卧床，除了送点饭菜，收拾一下碗筷，或者上厕所需要有人搀着扶起，其他还不给人添麻烦。她老人家刚强一辈子，如今八十多岁了，也较少麻烦别人。老人家平时生活习惯好，又非常整洁，很多街坊邻居、大人孩子都对她老人家有这样的印象，认为这老太太过去肯定不是一般人。

说起来尤朗月又全是眼泪了。

奶奶过去上过由进步女子开办的那种学校。识字、学礼仪、做女红等等。后来听说那个学校的女校长因为宣传新思想被日本人活埋了。

奶奶的大哥民国时期曾经是当地警察局局长，后来出车祸死了。二哥曾是张作霖的幕僚。

那时的女子按照封建旧礼教都得缠足，可奶奶家的姐妹们都没有缠足。走亲戚的时候到哪个村都会因为这个问题而引起交头接耳，像看西洋景似的。她们都扬着脖，像张爱玲的头像那样骄傲，表现得不在意。

他们的家长思想开明，不跟着旧俗走。崇尚当时所谓的"新派"，以反旧礼教为荣。不是因为奶奶的姐妹们性格如何刚烈，坚决不从而不缠足的。试想：倘若家长不开明，那时的女子，不从也不行啊！捆上也得给缠呐！哪有一个人愿意扭曲自然天性，爱缠足的？不爱缠不也得缠吗？

在那个时代，奶奶家的姐妹们都没有缠足，应该是个奇迹。是家长思想开明、先进，有见识的体现。

奶奶识文断字，嫁给家境还算殷实的书生爷爷。他们十几岁就离开自己的家乡到外面谋生。生逢乱世，其艰辛可想而知。

好在迎来了新中国的诞生，爷爷被中华人民共和国交通部聘请为专家和顾问。在交通领域他老人家是权威。由于政治运动和他个人的孤傲气质以及家世背景，他老人家没能幸免躲过灾难，也和全国大多数从旧社会过来的知识分子一样经历了历次政治运动的洗礼，最后突发脑溢血，没得颐养天年。

当时尤朗月的爸爸正患肺结核住疗养院疗养，是姥姥陪着奶奶去处理的后事。奶奶默默承受，终生都没再提起这事。

听妈妈偶然说过那时她正怀着尤朗月，爸爸又住院，好像是奶奶一个人把爷爷的尸体埋在谁也不知道的什么地方了。

当时爸爸妈妈都处在特殊时期，奶奶和姥姥回来后就几乎没当众说什么，毕竟是忌讳的事，一怕他们听了上火，二怕传出去有影响。

尤朗月就是在这种家境的非常时期来到人世间的。她一出生就自然受到了周围人的关注。最高兴的是奶奶，她觉得生活又有希望了。她把全部的爱都投入到小大宝身上，口里含着怕化了，手里捧着怕吓了，有风怕吹着，有雨怕淋着的，惯得没法。

妈妈家的姐妹多，尤朗月有五个姨，也都是半大孩子，好奇心强，轮番过来探视小外甥女，又不敢进来，就挤在门口从门缝往里看，叽叽喳喳的。后来妈妈让她们用手捂着嘴进来看一眼就走，她们才蹑手蹑脚地进来了，都好奇而又吃惊地小声议论："这小孩儿太白了！"

"小鼻子上有几个小水泡，真好玩！"

"太小了！暖壶那么大点儿，能养活呀？"姥姥问奶奶。

"五斤三两，不小了，能养活！"奶奶斩钉截铁地说。

一路风雨兼程，如今奶奶已到了风烛残年，需要尤朗月照顾了，可尤朗月又有工作，又要照顾孩子，哪有分身之术啊？只能兼顾。天长日久，身体吃不消了，心律也出现问题了。

有一天下班回来后，面对着叫天天不应，叫地地不灵，没有帮手的局面，尤朗月与女儿抱头痛哭。好在这时小妹妹朗荷回来了，还能帮着照顾奶奶吃饭和上厕所。

熬过了转年，妈妈爸爸也回来了，可常守业还没回来。年终岁尾，前方施工正紧。奶奶也许是因为想见他而没有合眼，尤朗月的心煎熬得都要挺不住了，给常守业和他们单位打了几次电话也还是回不来。奶奶对他再好，在单位人眼里毕竟不是人家父母。都到农历腊月二十八了，装运的活儿还没完。另一个副经理急了，急中生智，乱指挥一气，立马完活儿。其他的过完年再说。这样他们才得以在腊月二十九的下午回到隆山。

清明节前那几天，奶奶可能是回光返照，状态特别好。妈妈给奶奶做了鸡蛋面片。尤朗月在喂奶奶的时候，她老人家还说等她好了以后还要给尤朗月做好吃的。

当时二姨和二姨夫也来看奶奶。

看到奶奶吃得挺香，尤朗月高兴极了。常守业也在家，尤朗月感觉又回到了以前那样。

可是民间有说人临终时最惦记的那个人往往不在身边。清明节过后第三天下午,尤朗月和常守业回自己家去取一些用的东西。尤朗月的呼机响了,回电话妹妹说奶奶不行了,当时奶奶的侄女蕙姑在场,就让朗丽帮着给奶奶穿上装老衣服,送医院去了。

奶奶出殡的时候,弟弟方面来的人较多。

尤朗月只能尽最后一次孝了,她大哭着高喊:“奶奶,我再也见不着你了!”引得大家也纷纷垂泪。

过后,姥爷对妈妈说:“千金难买灵前吊! 朗月这么孝心,你让她有空上我这来坐坐。”

妈妈有些挑朗月的理儿说:“门外有人问,‘是什么人这么哭?’”

尤朗月觉得到过这里的人,对怎么哭想必都不会感到陌生,也不会太在意。哭是正常的,不哭才不正常。

6

学校每学期期中考试之后,都要进行一系列教研活动:观摩教学、召开学生座谈会评议老师的教学情况、给任课老师打分等。

这次语文组观摩教学轮到了尤朗月。

由于尤朗月讲课一直受到学生们的普遍欢迎和好评,分数总是最高,引起了很多人的关注。这天一大早,教学校长樊育才就与物理组的杜老师和化学组的隋老师各拎一把椅子来到尤朗月讲课的教室。他们之前都没有打招呼,属于来猎奇的。

上课预备铃已经响过,还没见尤朗月进来,樊校长就派一个学生上去找,才知道尤朗月请病假了,组里让倪老师代课。这一行人就都败兴地拎着椅子走了。

杜老师跟樊校长笑嘻嘻地抱怨说:“白起了个大早! 我就想听听小尤是用什么妙招把学生摆弄明白的。”她和尤朗月教一个班。

那时尤朗月的奶奶去世不久,她心情不好,哪有闲心做教学表演? 且不说因为涨工资的事,有人挑拨,得罪了尚校长,就是有樊校长这样自私自利、虚头巴脑、没有肝胆的庸人当领导,自己再克己奉公、克己待人又能怎么样呢? 所以她就以请病假为由,推脱了事。谁爱怎么想就怎么想好了,反正自己也不想向上爬。

一个冬日的星期天,尤朗月像大动物牵着小动物似的牵着女儿的皮衣领在市中心商业区人行道上往前走,回头见谭思诚和他的新婚妻子赶过来了。尤朗月一时没接受得了,就没有表情地又造成了陌生化效果。

谭思诚只好尴尬地两手拽着妻子的胳膊往旁边的音响商店里走。他觉得肯定是尤朗月又吃醋了。虽然十分恼火,但心里并不恨她。

以后到学校办事的时候也去过语文组,却见不着尤朗月了。几次下来,忍不住问了其他老师:“怎么见不着小尤了呢?”

人家就说:“别说你见不着小尤了,就是咱想见,也见不着啊!”

“怎么不上班了呢? 哪天我找她谈谈!”小谭不无担忧地说。“不上班”,这在以前是不可接受的事。

“那你找她谈谈吧？”同事说。

随着改革开放成为时代的主旋律，尤朗月看到人们的传统观念开始发生转变。当时大学里流行戴三种帽子之说：首选是戴黑帽子，指考学位，戴学士帽、硕士帽、博士帽；其二是戴红帽子，指入党当官，参政议政；第三种是戴黄帽子，就是下海淘金，经商开公司做买卖。这种风潮也波及社会各个角落，企业学校也不例外。学校里有个后调过来的副校长平常在社会上爱交朋好友，与企业家接触较多。他主张搞个试验，就是和一些不甘寂寞的教职员工签一年合同，到一家民营企业帮忙搞经营管理。一年之后，愿意留在那儿，就留那儿；不愿意留那儿，就可以回来上班，啥也不影响。

尤朗月开始并不以为然，等看到他们潇洒自在了一年以后，又都回来继续上班了，就非常后悔自己太墨守成规，白在学校混了这一年，占去了多少照顾孩子、照顾奶奶的宝贵时间。全天候不上班才好呢！况且几年的奔波劳碌下来，再加上工作和事业上无形的压力，让她心律已出现了问题。于是她向领导提出自己也出外干一年，向学校交管理费多少多少。当时就把学校两位主要领导给震晕了，说挣钱也不容易，只交两千元就行，一致开绿灯支持。

之后尤朗月就以搞经营为名，不上班好多年。了解她的人都为她感到惋惜，而只认识她，并不太了解她的人，都觉得奇怪：以前那么心高气傲、趾高气扬的人，面对大批同龄、同学历的年轻人被提拔到领导岗位上，怎么就安之若素、处之泰然、无动于衷呢？

更悲哀的是，过去关系不错的数学组黄松自当上教务科副科长后，就像得了心理阴暗症似的，处处压着尤朗月，不让她多出彩。

期中教学质量大检查的时候，尤朗月的教案由于很有特色，层层善用大括号概括段意和主要词语，条理非常清晰，重点突出，一目了然，也作为优秀教案被选去展览。樊校长在会上念的表扬名单中有她，可由黄松负责发放的奖品，不知道发到谁手里了，没人提起。

尤朗月记得有一次学校组织登山活动，黄松就控制不住自己的小心眼，直白地说：“小尤和乔杉杉在一起，都给咱显没了！”

全校的教职员工都知道尤朗月与专业科的乔杉杉是好伙伴，年轻时常凑在一块儿叽叽喳喳。

其实你压与不压尤朗月，她人就在那里，想不出众都难。只是她志不在此。

赵朋辉叔叔曾对尤朗月的妈妈说：“朗月课讲得太棒了！可受学生欢迎了。想不想提干？学校要是不提，我把她调出来？”

尤妈妈说：“先不用，小常又出差了！等等再说吧！”

尤朗月既然选择还得在学校里眯着，就只能把其他利弊得失全放下了。

但她没有想到人们早已忽略了“人各有志”“志不在此”这样一些成语、词语的含义，忘了人生的本真要义，并不都是为了功名利禄或眼前利益。还是古代先贤圣哲比我们现代人看的高远，他们说得好：“鱼，吾所欲也；熊掌亦吾所欲也。二者不可得兼，舍鱼而取熊掌者也。”就是这个道理。

尤朗月既渴望事业成功，又希望孩子快乐地成长。在当时的情况下，从时间上来说，就是二者不可得兼。坐班，就带不了孩子；带孩子，就坐不了班。就这么简单的事，不存在其他问题。尤朗月只盼望孩子快点长大，自己好做些愿意做的事，或者做对实现自己写作梦想有帮助的事，与其他一毛钱关系都没有。

可你在事业没成功之前，谁能理会你那么多呢？谁家都有孩子，谁孩子也都照样长大。

尤朗月与他们的不同之处，就在于比他们自信，能实现自己的人生梦想和愿望，只不过是早晚而已。她又不是急功近利的人，她就怕人生有后悔的事。照顾小孩是女人人生的必经阶段，不可错过，否则她会后悔终生。她尽了最大努力，也就没有什么好后悔的了。

可人心不是省油的灯。自己都宁愿放弃，不太在意的事，别人却不这么看。

一天下班路上，尤朗月遇到一个早年曾经监考过他们班的年龄比自己大的别的班的学生，他出于好意，对尤老师“不思进取”“无所作为”，就像鲁迅先生对当年愚昧落后的中国国民那样地“哀其不幸，怒其不争”。他不无怜惜，又不无刻毒地讽刺说：

“学校是大本营噢？怎么还不走？”意思是说学校要是不提拔你，你就换个地方呗！干吗还在那么尴尬的地方待着不动呢？一脑门子的恨铁不成钢。

尤朗月又何尝不思进取？她当时又能怎样进取呢？没有分身术啊！

被提拔的那两个年轻女教师当时都还没有男朋友，更谈不到结婚生育，没有家庭负担。

机关劳动纪律检查挺严，只这一条就挡驾了尤朗月的其他想法，她坐不了八小时。

早晨送孩子上幼儿园、上小学还好说，有时有老公的司机送；下午或晚上接的时间保证不了。自己的弟弟妹妹都帮着接过，偶然来妈妈家商量事的二姨也去给接过。

有一次学校开会，尤朗月回来晚了，幼儿园都熄灯了。老师把孩子交给了看传达室的阿姨。

女儿说：“哪怕我后边还有一个小朋友做伴的也行啊！”这让尤朗月的心里非常难过，觉得对不起孩子。

她非常想改变这种情况。因此，什么名啊利的，升官呀发财呀，只要牵扯到照顾女儿的时间，就一概免谈。只有女儿在她心目中才是最重要的。她也因此承受了一般人难以承受的误解和屈辱。原来那么趾高气扬、心高气傲的一个人，竟变成了一个如此蹲基层、接地气，看个别人的好恶，受尽委屈的主流社会里的边缘人。

她之所以能坚持挺下来，皆因她有一个美丽而执着的文学梦想。

她的职业理想不是颐指气使的女官员，也不是人见人爱、花见花开的艺术家，而是能够开启人们心灵良知的作家，甚至仅是“一本书主义”作家。她只想把自己成长过程中心灵的所知所感写下来，弘扬真善美，抨击假恶丑。不图大名大利，只为公平、正义和良知，足矣。因此她心态特别平和。“富贵于我真的如浮云，关系真的不是很大。”她的心真的是沉到地底下了。不为世俗社会的名利所动，只被大自然中的花落花开所感染。

她唯一关注的是文化活动，参加过《隆钢报》的征文。第一次用笔名“月月”发表了一篇散文：《爱上一个不回家的人》，引起很大轰动。

认识尤朗月的人，都能对上号是她。不认识她的人，误以为是报社的一个知名记者写的，因为她也常常出语惊人。

最受触动的是妈妈，她对朗明说："你姐夫老出差，你姐从小娇生惯养，没干过活儿，现在跟头把式的，不容易。那次她家里差点进人，她大菜刀都拎起来了。她嫁给常守业是我决定的。她工作还这么忽悠，也不是个事儿，等学校合并了给她调走！她工作安排不好，我死不瞑目。"

自从奶奶去世后，尤朗月的妈妈倍加照顾尤朗月和小馨月。妈妈已干满五十五周岁离休，又与老同事合伙开了公司，家里已买了商品房。

三年前就已听说隆钢的几所学校要合并，如今就要动真格的了。考虑到合并后也得重新研究定编定岗，现在孩子已上初中，好照顾了，就不如调整一下工作岗位，选择一个对自己喜爱的写作事业有助力的工作。

在隆钢企业里，要想往上走，首选是隆钢公司红楼机关，可是尤朗月的弟弟妹妹都已先后被选入红楼直属机关。尤朗月如果要再进去的话，可就太惹眼了，对舆论不好交代。于是就选择了相对有文化氛围的隆钢报社。

常守业为了体恤尤朗月母女俩，接受了单位的照顾。他们家已搬到了一百多平方米两室两厅的商品房。

一天下午五点多钟，尤朗月接孩子放学回来，见房门开了道缝，就觉得不对劲，没马上进屋。娘俩立即跑到离家不远的常守业的单位，见常守业在看别人下棋。

这时已过下班时间，整个楼都安静下来，这一幕永远定格在尤朗月母女心中。

常守业经常出差在外，尤朗月给予充分的理解和支持，家务担子一肩挑。她认为常守业应该报答组织上的信任以及领导的栽培。但是不出差的时候，理应回馈家里。

原来总以为常守业工作忙，下班晚，岂不知是在看别人下棋。这让尤朗月伤透了心。

不用你背山填海，也不用你扔了耙子，就是扫帚的。哪怕是回家帮着搭搭手也好啊！他却心闲得在看别人下棋。

如果是偶尔为之，为了和大家打成一片，倒也罢了！看样子不是。这就谈不到有什么感情了。

是差距大了吗？他提副经理还不到两年，尤朗月除了忙家务、照顾孩子，其他时间也闲不着，酝酿已久的小说也已起笔。有时还得跑几个地方，给后派过来的副校长家里的买卖找客户。

这学期尤朗月顺利地涨上了工资。

再说没有尤朗明的岳父仲良才的推荐，常守业是乘不上这班提干快车的。仲良才当时是东北冶金建设总公司副总经理。

尤朗月唯一对不住常守业的地方，就是几乎全部身心都扑在女儿身上，而忽略了他的其他感觉和诉求。

他一回家，她就烦；他一出差，她还想。

两人不是事业差距的问题，而是心都没放在彼此身上。

尤朗明给隆钢报社副总编庞天雷打电话，问报社现在有没有适合他姐姐的工作岗位。庞天雷立马说:“有！编辑部夜班有个校对的老人儿要退休了。可以先过来,以后再调整!”

那“老人儿”是校对的班长,离退休还有几个月时间。庞天雷动员她提前回家了。

尤朗月又拖了两个月,因为听说还要上夜班,只有等老公出差回来,她才能去报社报到。

报社组织部部长陈树枝对尤朗月尊重有加,她的丈夫曾是尤朗月教文化补习班时的学员,对尤老师的评价非常之好。

之前报社领导为了慎重起见,派陈部长到隆钢职校走访了一趟。她首先来到组织部,说明来意,正巧刚接任一把手的樊校长经过,马上热情地把陈部长让到了自己的办公室,高度地夸赞了尤朗月:“小尤非常优秀,课讲得好,文笔也好！学生评价很高。这是往高处走了,咱得支持。不然什么时候回来,咱都要!”

陈部长回报社后,向温总编汇报了情况。他们分析后认为,尤朗月虽然有几个不利的因素,但以温总编对尤朗明和尤朗丽的了解,尤朗月可以过来。

温总编是在隆钢党委宣传部副部长任上被安排过来不久的隆钢报社的一把手。

第五章 梦想一直都在

1

尤朗月到报社报到那天穿得很职业,轻柔的浅粉色羊绒衫V领外翻在蓝色毛呢上衣领外,灰黑两色相杂的裤子,半跟黑皮鞋,简洁大方,一改以往袅娜的风格。

她先到六楼组织部报到,陈部长跟她简单介绍了报社情况,就带她到三楼见温总编和庞副总编。

去另一座小楼校对办公室的路上,陈部长告诉尤朗月这里夜班曾闹过"鬼"。

这里白天也灯光通明,有一堆人在校稿。

陈部长向尤朗月介绍了这个部的主任和校对班长,又对大家说:"尤老师是隆钢职校的讲师,现在到咱们校对工作,给我们增添了新的血液。"

"欢迎,"夜编部主任刘江满脸堆笑地说,"看来这血液还是挺新鲜的!"

尤朗月就这样跟这些整天看稿记数,用他们自己的话说就是"土里刨食"的由车间工人变成编辑部干部的校对员们一起倒白班上夜班的。

他们说初来报社的人都必须经过干校对这一关之后才能干好别的,尤其是当编辑和记者。熟悉业务程序,这里是必经之路。

工作之余大家就讲报社的掌故和逸闻趣事,倒还是让尤朗月觉得挺开心的。

再没有发生"闹鬼"的事,显然是人为的。

夜班的时候其他都还好,唯一让大家感到不痛快的,就是下夜班先送谁、后送谁成问题。

司机对尤朗月还算照顾,只要是轮到先送北边,就总是先送尤姐。

"尤姐家近!"深更半夜,早到家一个小时对这些早晨还要起床照顾孩子上学的母亲们来说挺重要。男员工都自己骑自行车回家。

夜班司机的姐夫是常守业单位的卡车司机,尤朗月来报社办的第一件好事就是让老公常守业把夜班司机的姐夫调到机关改开"半截美"了。

有一天下夜班,路过一个废品收购站,黑暗的夜幕下,眼见一团大火熊熊升起,一车人确定是着火了,尤朗月用手机报了警,直到两辆消防车来了,他们的车才走。

这个时候能看出司机在大事上还是有公益心理的。

那年的五一劳动节之前,央视"心连心"艺术团来隆钢演出,票很抢手。在隆钢宣传部当文书的尤朗丽负责发票。近水楼台先得月,给姐姐尤朗月一大把票,分给校对的同事人手一张。这在当时是非常让人羡慕的事,引得温总编也给尤朗丽打电话要票。

演出是在一场倾盆大雨中进行的。所有艺术家和工作人员都非常有素质,没有一个表现出不惬意的,都积极地绽放自己对隆钢老工业基地的如火热情,让人非常感动。

尤朗月在校对工作上不求比别人看稿快,只力求出错少。那些个久经考验、阅稿无数的老校对员们,早练就了一目十行的本事。这关乎他们的饭碗和饭钱。看一个字多少钱是有明码实价的。看稿快，看得多，出错少，多挣；看稿慢，看得少，少挣，都是一个锅里的事。

凡是涉及钱的事，尤朗月都不会积极，过得去就可。

她唯一的贡献就是纠正过一个诗词注解方面的错误。多数人都不太懂诗词注解的规则。

尤朗月来隆钢报社编辑部干校对工作整一年的时候，妈妈突发心梗住院，仅一周就去世了。这对她打击非常大，人生观发生很大改变。

那天是星期六，尤朗月正在办公室看稿，妹妹尤朗丽来电话说妈妈去世了，让她给弟妹打电话告诉一声，尤朗月当时脑袋都木了，有点反应不过来。

太意外了！平常身体那么健康，精力充沛，照顾这个惦记那个的妈妈怎么能说走就走了呢？

发病之前就抱几棵秋白菜上二楼，怕朗丽累，抢着抢着的。还是朗丽的男朋友的司机开奥迪轿车把菜拉到楼门口的，劳动量并不是很大。很可能是积劳成疾造成的。平时只关心照顾别人了，唯独没有顾及自己。

尤朗月打车来到隆钢总医院，见已成事实，就只能想把母亲送好了。

出殡那天母亲极尽哀荣。那么多人和车送母亲最后一程。让早晨上班看惯了迎来送往的医院员工们都很吃惊，以为出什么事了。

很多车排列有序，就像在纪录片里看到哪个会场开会的场面。

有一个领导当时就说："我死了不会有这么多人来！"言外之意是人家儿女人缘好。

也有个别领导一看这场面吓坏了，没敢跟车队走，趁人不注意溜了。

车队分四路走的。

这三天来吊唁的人，仅是他们兄弟姐妹关系中的几分之几，大多数人都不知道。因为正赶上星期六大家都不上班，星期一一早出殡。

他们都来不及去想要告诉谁，因为老妈走得太突然了。他们都想不到要告诉谁，都没有亲自告诉一个外人。

老妈住院的时候，有几个朋友在病房门外守候，所以老妈一走还是来了这么多人和车。若是平常上班的时间，人恐怕会更多。

他们兄弟姐妹都来不及多想，就面对这种局面了。

他们一心只想能把老妈送好！

一个管公安的哥们星期一一大早上班才听说此事，赶忙开车到医院，自己的车连医院大门都进不去，就非常恼火，挑理地问朗明："这么多人都知道，你怎么不告诉我一声，咱们是不是哥们儿？"

尤朗明说："老妈走得太突然，谁都没想到！我都来不及准备。我一个人也没告诉！是在场的兄弟帮着张罗的。"

尤朗月只铭记：老妈是在立冬那天撒手归去的。

2

转过年之后,尤朗月大病了一场,头疼发烧,起不来床。她想:我平常每天早晨都习惯了冲澡。现在想冲澡也起不来了。身体健康成问题,我再要强也没用啊!妈妈本来是身体那么棒的人,说走就走了。一生辛苦,连让我们尽孝照顾她的时间都没给,让我们兄弟姐妹顿足捶胸,抱憾终身。

奔波劳碌不是我们想要的生活。说高了,是为了事业和理想;说低了,是为了养家糊口,生存的需要,不得已而为之。况且现在的工作与自己想到报社的初衷差太远。早知道报社的个别岗位那么紧俏,众目睽睽,还得等某个老人儿两年后退休才有机会接替,那也不一定就安排自己,就不一定非要进报社了。

“那个岗位有攀比!”到报社以后,副总编庞天雷这样告诉尤朗月。

尤朗月心想:那也不是什么了不得的岗位,还绑人绑得紧,不自由。在学校的时候都是些没有学历,而又有一定关系的美女在那坐着。作为一个教师若要求上那工作就是降格以求了。尤朗月以往从没想过那个岗位。这是因为要上报社来,找一个为自己想要从事写作有帮助的工作,这才想到图书馆、资料室之类。没想到这个岗位在报社却是香饽饽,令很多人瞩目。不去也罢!就是缺少点写作氛围,文化刺激,推迟一点自己写作、出书的进程罢了,也没什么大不了的。我就是和很多人一样想把自己所感知和体会的人性的真善美和假恶丑写出来,警示人们少走弯路而已,又没指望它能带来怎么样的功利,不带来负面的影响就万幸了。

无欲则刚。有一次她见到温总编,就告诉温总编说:“我并不认为什么都应该我得!”

“有你这句话我就放心了。”温总编很欣慰,不然,总觉得像欠点啥似的。

温总编也有一股气,不知道该怪谁。庞总编跟他说朗明的姐姐想要来报社,朗明能给报社拨十万块钱。温总编就同意了。

其实哪有的事呢?朗明根本不知道庞总编跟温总编是这么说的。哪儿挨着哪儿啊?那是二十世纪九十年代末,社会风气还没像后来那样安排个工作得塞几十万。那时尤朗月月薪才三百多元,还是上半年涨了工资,下半年调走的。按当时的工资收入就是干到退休也挣不到十万元啊!这个工作调的值吗?

庞总编几次跟尤朗月提起这事,尤朗月对尤朗明说了,尤朗明打电话把庞总编给臭骂了一顿:“都说你聪明,你聪明哪去了?我什么时候说过给你们报社拨钱了?你怎么能这么办事呢?”

其实认识这么多年,无论公事,还是私事,尤朗明都没少帮他忙。按说他们之间不是差钱的关系。帮姐姐忙,尤朗明不会亏待他的。他完全没有必要这样急功近利。

后来庞总编又告诉尤朗月,是他让传媒公司财务科给报社拨了十万元,堵了这个窟窿。尤朗月当时还挺感激他的。

可是现在尤朗月病了,她不想再为不值得的事辛苦了。她让老公给找人开诊断,请病假,同时决定向报社领导提出不在校对干了,也不等待什么岗位,哪儿凉快上哪儿,属于三产的传媒公司也行。

庞总编让尤朗月跟负责编辑部的另两位副总编打个招呼。这两个副总编在尤朗月来报社之前,由于和刚调报社不久的温总编作对,在讨论调不调尤朗月过来的时候很是抵触。可是不到一年的时间里,尤朗月与他们之间反倒是很投脾气。他们自然是没有二话的,一致开绿灯。这样尤朗月就被安排落脚到报社传媒公司办公室。正好有个省内的新闻界同人,过去在某市的报社任总编,现在在省城参与搞一个车迷俱乐部,动员隆钢报社加盟。领导们想到尤朗月母亲出殡那天隆重的送别场面,觉得让她办这个车迷俱乐部应该正合适,就让她主办。之后由办公室的文书吴丹陪着,到省城考察,又到蓝城参加了辽天车迷俱乐部成立庆典。

在蓝城住了一宿,回来后尤朗月写了调研报告,决定不参与此事。

原因在一个细节:在辽天车迷俱乐部隆重成立的大会上,董事长慷慨激昂地讲话的时候,他的一个部队战友就坐在尤朗月身后。当他讲到如果省内各市地都加盟的话,年收入会多少个亿,将来还要上市。

他的战友扑哧就笑了,脱口说:“他太能吹了！他自己的资产也就三十来万元。欠人家老多钱了！净是贷款来的。”

试想:这样的人办的事业,你敢和他合作吗？他自己划拉钱还划拉不过来,能让你挣多少呢？况且在他们的规定里,有条款漏洞。比如,如果省内其他城市的车辆到你那个城市抛锚了,如果在规定时间内救援不及时,就要罚你们俱乐部款。那要是遇到恶意抛锚呢？再有,规定各俱乐部每年要向总部交会费,那么你们总部给各俱乐部提供什么有价值的帮助呢？真的没有！这就是不平等条约,说是个陷阱也不为过。

如果盲目地只看到俱乐部成立时轰轰烈烈的隆重场面,没有注意到一些细节,恐怕就要跟着走,后果可想而知。

庞总编看了报告后批示道:“这个报告很好,我意能办则办。”他似乎是个托儿。

一天闲聊的时候,副书记张建功看了报告,就把这个情况汇报给了一把手温总编,鉴于以往个别领导把关不严,让报社资产流失的情况,温总编说:“现在你就是说前边有座金山,让我下笊篱去捞,我也不肯投一分钱了!”

此事不再提及。

尤朗月虽然避免了报社的损失,却堵了某些人的财路,但并不后悔。因为一旦有事,还不得她担责,别人却逃之夭夭?

让她觉得不痛快的是,她落脚的这个办公室的主任王实普,他曾是她过去在隆钢职校教文化补习班时的年龄较大的学员。在她没到办公室来之前,他见到尤老师总是尊敬有加。单位去白沙滩旅游的时候,由这个办公室负责伙食,篝火晚会时,他还特意给尤老师递一棒烤苞米以示关照。让尤朗月没想到的是,到他这个部门第一天,他就表现出了与那天天壤之别的反差。

那天尤朗月的丈夫常守业没事找抽地往办公室打电话,王实普接的电话。

常守业说:“我找尤朗月,她在办公室没?”

王实普直接就说:“不在!”

其实尤朗月就在外间屋。尤朗月觉得应该像是自己老公打来的电话,就在分机给拨了过去。

常守业说：“我刚才给你打电话，一个男的接的，说你不在办公室。”

尤朗月当着众人面气哄哄地就骂了一句：“瘪犊子接的！”

众人皆愕然，觉得尤朗月这个人不好惹。

让尤朗月觉得不可思议的是，像王实普这样一个在当年的学员中，可以说是少有的几个笨得几乎一窍不通、朽木不可雕的人，怎么会在报社这样文化人成堆的地方，还混得人五人六的？

有同事说：“他就靠喂球！”

报社过去的一个老总编爱打篮球，没事常组织一帮人在院里玩比赛，王实普专门给他喂球，遂变成了信任的哥们。

尤朗月倒没考虑谁是自己的领导，存在可能就有存在的理由，只要不有意坏她，谁当领导无所谓。但是像王实普这样前后反差太大的人，装都装不上来，也太没水准了！心机也深不到哪去，让人瞅着都别扭。

传媒公司办公室紧邻发行部，那边是广告部。其他人见面都挺客气的。

一出传媒公司大门，是个空旷的会议室，里边是仓库。保管员严凌霜是个年过四十的“大姑娘”，干净、立整、能干，长的也挺文艺，就是命苦，从小没妈，父亲带大的，饱受了继母的欺凌和打骂，人很刚强。家庭也有一定背景，父亲曾是市文联领导，亲属中也有地位显赫的隆钢公司领导。她的工作安排，就能说明得到了关照。管理报社库房，这个活在报社也是炙手可热的。常有个别人过来向她要印有“隆钢日报印刷厂印制”字样的绿格原稿纸，她也通过这个资源结交了一些人。但庞天雷身边的人几乎都很歧视她，把她当作“精神病”。

她痛恨庞天雷，背后常骂庞天雷是童装加肥加大的武大郎。

庞天雷见她就躲，像躲瘟神似的。

严凌霜见庞天雷也是仇人相见分外眼红，甚至破口大骂。

何至于此？尤朗月不了解他们更多的恩怨，只觉得一般老百姓少有天生和领导过不去的。打溜须、拍马屁、抱大腿、捧臭脚都还来不及，有什么问题也应该首先是领导做的不近人情才导致关系恶化的。

副刊部的诗人周天雨常过来给念高中的儿子要原稿纸当笔记本用。

有一次尤朗月正在窗前跟严凌霜闲聊，周天雨来了，告诉尤朗月她所在的办公室的文书吴丹是庞天雷的“那什么”。

“那什么”指什么，大家都心照不宣。

对他俩的关系，尤朗月也感觉到了不一般。一次她在走廊隔着窗玻璃，看到庞天雷用手去抓吴丹胳膊。她和吴丹在蓝城参加辽天车迷俱乐部成立庆典的前一天，庞总编与她俩通了电话说也要过来，后来又说来不了了。吴丹在电话里和他撒娇：“嗯……不么！”又是晃头，又是晃身子的。

待他们通完电话，尤朗月挑明了说：“有人说你和庞总好！”

吴丹不否认：“好就是好！”

晚餐后是舞会。尤朗月无心滞留舞场，撇下吴丹，一个人来到宾馆的理发店做头发。这时白天开会坐在身后的那个董事长的战友来电话说他和某某报社的姚总编邀请尤朗月和吴丹去做足疗。尤朗月立马回绝。因为白天开会时,他说董事长吹牛的话,已让尤朗月下定决心不准备加盟这个俱乐部。

至于他们跟吴丹怎么说的,尤朗月不知道。看样子吴丹也没去。

第二天一早那个董事长的战友往房间里打电话,吴丹接的。他解释说昨晚他和姚总编想请她和尤朗月去做足疗,尤朗月不去,也就没请成她,很抱歉云云。

尤朗月不知道是不是他们在舞厅的时候已经约好了的,然后客气地也给自己打了电话?她坚决不去,他们也就没好意思一起去,坏了他们的好事?她感觉如果那个男人进一步盛情邀请,或者追求,吴丹是不会拒绝的。

外观上,叫个人都比“武大郎”强。况且那人的地位并不比“武大郎”差,曾经是履历丰富的部队政委。蹲过猫耳洞,抗过洪。也曾作为老山英模报告团的主要成员,全国巡讲。如今部队裁军,他才另谋出路,过来参与战友创办的车迷俱乐部。

尤朗月感觉这个人现在满腹牢骚,能勇攀高峰,也能跌落谷底。

他和陈向鹰是一个部队的。他蹲猫耳洞的时候,陈向鹰正在上大学。他参加抗洪的时候,陈向鹰已经转业经商。

“这小子精!”在开会的时候,他跟尤朗月小声嘀咕:“他给首长当秘书的时候,跟首长出过国,就下心思了。等一转业,他就把人家的家用电器倒腾过来开了商行,挣了第一桶金,后来又扩大经营,开过大酒店,做过房地产……他是捞着了!”他既羡慕,又有些愤愤不平。

尤朗月没想到他会对请做足疗那么在意,看来人是有多面性的。

回去以后尤朗月就把这人忘了。至于吴丹和庞总如何如何,她认为是情理之中。他俩外观般配。

庞天雷是庞晓燕的哥哥。她嫂子比她哥哥大好几岁,个头比他高很多,家境也比他家好。父亲是某局副局长。庞总编是个“小女婿”,会说漂亮话,会来事,自然借过人家好光。

电视上热播的《缘来非诚勿扰》节目曾议论过一个话题,就是找美男子安全,还是找丑男人安全。结论是美男子比丑男人安全。因为他自信,所以不存在要用乱搞女人来证明自己魅力的问题。而丑男人则往往心理失衡、扭曲,就是要通过所获取的金钱或权力来赢得女人的芳心,借以证明自己也同样具有实力,不输其他男人。

庞天雷自从当上副总编后欲望膨胀,凭什么别人有鲜花美女,我不可以有个把闺蜜、小妾?以他一米五几的个头,恐怕也只有在比他更矮小的吴丹面前才能找到做男人的感觉。

3

尤朗月调到报社以后与周天雨是较晚才碰面的。按说冲着与马老是“诗友加忘年交”的关系,应该较早与尤朗月接触才符合情理,但他还是有所回避,有所顾忌,这个中肯定有隐情。

一次遇到,周天雨问:“你爸身体怎么样?”

“还好！老爸现在爱上写诗填词了,写了不少怀念妈妈的诗词。”

“你拿过来,我给看看,给他发表几首。”

“那太好了！谢谢!”尤朗月喜出望外。

一天下午,尤朗月正在办公室与人闲聊。电话铃响了,是周天雨打来的,让尤朗月上四楼他办公室来一趟,尤朗月不知他有什么事,就过去了。

一进门,周天雨就把当天的《隆钢日报》递给她,尤朗月方知这张报纸的一个文艺版面登的都是他的组诗。

尤朗月刚坐下浏览,记者部主任腾翔就进来招呼周天雨上六楼打乒乓球,看样子是已经约好了的,给尤朗月弄得还挺尴尬,觉得周天雨打电话让自己上来干吗呢？就是为让我看他今天发表的诗稿吗？他发不发诗稿与我有什么干系？让腾翔看着就像我也是粉丝似的,有意思吗？

这以后,周天雨经常给尤老爸发表诗词稿,就是从来没提过稿费这回事。

老爸的诗词越写越多,一发而不可收。

庞天雷副总编特别不愿意看到尤朗月和严凌霜站在一起唠嗑,恨不能把通往库房的小会场砌上一堵墙。他担心严凌霜会跟尤朗月说他坏话,传出去对他影响不好。他在报社内部“为非作歹”“恶贯满盈”,不是人,在报社外面还得装得像个人,不然怎么在官场混？所以他要想办法阻止她们多接触。

一天,办公室里来了两位农民企业家模样的人,听唠嗑才知道原来也是报社员工,一个是搞摄影的,叫于涉水;一个是发行部送报纸的,叫王德利。

几年前在报社轰轰烈烈、敲锣打鼓欢送下,三男一女四个人带着报社几十万元人民币下海淘金去了。他们到珲春倒腾过木材,养过鹿,卖过草药;上新疆贩运过葡萄干;到广州倒腾过“洋破烂”等等。也曾豪爽过,挥霍过,最后几乎赔光,四人分手。女的揣了两万块钱,嫁给外国人不回来了。另一个也脱离他们,自己做生意了。

这次是报社温总编要找他们谈话,让他们回来还债。他们说:“钱肯定是没有了,就剩一台照相机和一套洗相设备可以拿回来。”

领导说:“有东西抵押就好。值多少钱,上公证处公证一下。公证多少钱无所谓,只要公证了,也好有个交代。”

尤朗月没有要和他们说话的意思,觉得风马牛不相及,不想沾边。

一段时间后,他们把设备弄回来了。

一天在走廊上尤朗月遇到庞天雷,庞天雷说:“车迷俱乐部能办则办,不能办就不办。过几天给你安排到彩扩,帮着搞外协。你的工资报社给开。”

“行!”平素爱以衣帽取人的尤朗月,虽然对回来那两位造型、档次不大认同,但为了尽快摆脱办公室那两位,还是爽快地答应了。

来报社一年多,她已大致看出报社的体系和格局,没有退路。即使是火坑,她也得往里跳。

国庆节前一天早晨,办公室窗外响起了噼噼啪啪的鞭炮声,紧接着麦克风里传来非常嘹亮的女高音歌声。人们都纷纷到窗前观望，是于涉水他们彩扩搞活动。

他们这次回来，也像他们走时那样大张旗鼓，兴师动众。他们从北京弄来了一些为国庆五十周年而定制的金质纪念章要销售。报社尽可能为他们提供帮助，免费为他们发广告做宣传，已有很多路人围观。

"小尤，过来帮帮忙呗！人手不够。"新任彩扩经理于涉水的女朋友邱玲在往外搬东西时招呼尤朗月。这段时间她们已经认识了。

尤朗月想到前几天庞总告诉她说要安排她到彩扩帮助搞外协的话，彩扩现在有活动喊她过去帮忙能不帮吗？不帮过后还怎么过去工作？就也没多想别的，被安排和他们一起坐在摆放在报社大门口的一排桌子前，宣传销售金质纪念章。

身后台阶上站着两排身着统一艺术团服装，显得威武雄壮，歌声非常嘹亮的专业演员。在锣鼓和小号的伴奏下，有一对男女高音在演唱，似乎还有一个负责指挥的人拿着小棍在那比画着。

尤朗月只在出来时扫过一眼，就没再回头看。直挨到中午时分才结束。

回到二楼办公室时已铁将军把门。不一会儿，吴丹回来了。几个小时不见，她说话嗓子哑了。

国庆节之后尤朗月就过到隔壁彩扩去了。如果用"家徒四壁""一穷二白"来形容倒还干净，可彩扩是负债经营，挣多少小钱也填补不了他们那几十万元的窟窿。

尤朗月打定主意只帮他们维持日常工作，不帮他们拉项目。两张办公桌千疮百孔，实在看不过眼，尤朗月就自己拿钱让老公单位的两个兄弟上家具城买了一个灰白色的办公桌送过来自己用。

一排铁卷柜，只于涉水一个人用，他说里边放有多年的胶卷。这与别人不沾边。

他们天天研究项目，琢磨怎么挣钱，用于涉水的话说就是"夜晚千条妙计，醒来两眼墨黑"。

"五一劳动节"期间，他们拿着印有上百个小微企业投资项目的宣传册到铁西劳务市场参加市总工会组织的招聘洽谈会，连一个过来咨询的都没有。

隔天，当得知尤朗月的老公常守业代表他所在的东建国贸公司在隆山国际酒店参加隆山市国际经贸洽谈会时，于涉水也很想过去找找财路，就与尤朗月和另两个过来闲聊的记者兄弟一起过去了。他们都有记者证，到哪儿都是通行证。

他们在国际酒店一楼的茶吧落座，自然由尤朗月付费。投资项目倒没推介出去，只是感受一下国际经贸洽谈会的隆重氛围，给自己的部门找找定位。

回来后，于涉水沉下来了。他觉得一夜暴富的梦太遥远，不是他力所能及的。他所能做的还是自己的老本行摄影。他打算办个摄影学习班。

他这个想法一提出，立即得到了所有人的支持。报社给他们提供教室，让已经走向市场化的广告部免费给他们做广告扩大宣传，很快就开班了。报名费也很乐观，足够给大家开工资。

这时候谁也没有想到过往一向以"豪爽"著称的于涉水有私心了。他不顾脸面，众目睽睽之下，大家都参与挣的钱，他却想独吞。

本来安排尤朗月过来的时候，庞总编告诉尤朗月说她的工资是报社给开，让她过来帮着搞外协。可是做的工资表却和这几个与报社互相欠债的人在一起，其中还有一个是报社原“三产”欠他三十万元的。

另有一个是回家多年又争取回来的。

基本都属于乌合之众。

且不说尤朗月的颜面过得去、过不去，犯堵、窝心的还不止这些。来这个部门已经一年多，工资一分钱也没人给开，自己也不好意思问。与这帮人裹挟在一起，让自己做的工资表，月月报到办公室文书吴丹那里，完了也没有下文。

虽然这些人都不是靠月工资吃饭的，但也不是回事。

不知道庞总编是怎么跟于涉水谈的工资的事，尤朗月也从没问过。当年的她，感觉好像钱的事不应该是她问的。上班挣钱就像吃饭穿衣一样天经地义，不需要自己过问。那是单位领导和组织上的事。

她起初理解于涉水不给其他几个开工资，因为那时还没盈利。如果领导把她的工资也推到他们这里，他暂时不给自己开，尤朗月也是能够理解的。因为给自己开工资，就意味着得罪了其他几个人。谁愿意花着钱还得罪人呢？

其实不给尤朗月开工资不是近不近人情的问题，而是有没有天理良知的问题。尤朗月除了不动用弟弟一丝一毫的关系，自己的老公常守业是没少给他们动用的。出钱、出车、出人、出力是经常的。他们想要让常守业请他们吃烤全羊也请过。尤朗月没参加，她不吃羊肉。她后来想起这事都后怕，不知道常守业喝酒之后酒桌上会有怎样的表现，那时她太相信人。

尤朗月逐渐感觉到给自己的工资和他们这些人裹挟在一起，是一个不动用什么声色地制裁自己，杀人不见血的阴谋诡计。好在她没太在意这点工资，更不会为五斗米折腰。

其实她完全可以问问庞总自己的工资怎么回事？可她觉得这玷辱了自己清高的声誉，有损自己尊贵的形象，脏了自己的口舌，就没问。

她也曾用裹挟的方式和大家一起上三楼找庞总要工资。

平时在报社说一不二的庞副总编总要打电话把传媒公司经理庄文豪和文书吴丹也叫上去，并且让吴丹做记录。

“都要没米下锅了。”报社欠他三十万元的那个人说。

庞天雷坐在办公桌前比站着高，他诡谲地瞅着尤朗月，扔出一句：“于涉水还说你们的不是呢！”

“卑鄙！无耻！”尤朗月气的声音都变了。她想不出于涉水会说谁有什么不是。见过不要脸的，没见过这么不要脸的。他反倒先咬一口，倒打一耙？什么东西、什么玩意呢！

尤朗月到他们这个部门之后，看他们整天为经济问题困扰、纠缠、倾轧，深刻地认识到：在贫困者之间，不会产生高贵的感情。因为经济基础决定上层建筑。没有充沛的物质文明，哪来丰厚的精神文明？他们自己划拉钱还划拉不过来，哪有余份与他人分享？

她和部门几个人从庞总办公室回来瞅着于涉水有气，就找别扭和他吵了一架。没想到本来因为理亏、底气严重不足的于涉水，见到庄文豪上广告部，经过他们彩扩落地窗前的时候，却突然像演戏变脸一样故意起了高声，变成了训斥，倒像尤朗月有什么不对似的。

这一幕定格在庄文豪眼里。

对于涉水这个人,他是了解一些的。资深摄影记者,在社会上好交朋友,有钱的时候,出手豪爽大方,挥霍无度。编辑部和机关里几乎没有谁没吃过他请的饭。在外面也是名声很响,在摄影界也是一脚踩乱颤的人物。

最令他津津乐道,在职场值得一提的经历,是当年一个领导人来隆钢视察,作为资深的摄影记者,隆钢报社派他到隆钢职工俱乐部近距离跟拍。可由于平生没见过这么大的人物,这么高级别的领导,心里一紧张,镜头都对准了,手一颤,相机脱手了。吓得他汗毛倒竖,奋力抓住了眼看就要落地的相机,虚惊一场。

世事无常。谁也没想到于涉水下海淘金后这几年落魄成这样一个死猪不怕开水烫的老赖形象。报社传媒公司财会科女科长几乎每天早晨都走走过场,上楼来找他要钱,他也不痛不痒的。过去都是哥们、姐们的关系,人家也不好深说什么。财会科长也曾受益匪浅,并不想为工作上的事得罪人。

尤朗月曾是庄文豪就读的隆钢职工技术学校的老师。虽然没教过他班,但作为学生干部,庄文豪经常参加学生座谈会,对尤老师讲课很受学生欢迎的情况还是有所耳闻的。尤朗月曾给学校带来好几个涨工资名额的事,他也听说过。他总以为尤朗月过传媒公司这边也能给带来什么"大项目"。作为现任经理,也特别期待。对尤朗月的能力,他是毫不怀疑的。他甚至说过想让尤姐当他们传媒公司业务部长,不管是出于什么考虑,真心还是假意,对尤朗月来说都没有任何意义。她是非常讲名分的。她的那么多大学同学普遍都较有出息,身负重职,你让她从头干起,给她个中层干部,她都是不可能接受的。她的傲骨,更不可能接受学生的这个安排。

"孩子就要中考了,我哪有心思想别的。谢谢你了!"尤朗月说。

之后的一天,尤朗月在报社的楼梯上遇到了到报社办事的隆钢公司党委宣传部部长谭思诚。他们打了招呼,握了下手,就沿着各自的方向前行了。

下楼后,尤朗月觉得欠妥,就返回身上楼,来到总编们办公的三楼。在开着门的申总编办公室见到了谭思诚部长。

还没等尤朗月说话,谭部长立马明白了尤朗月的意图,会意地说:"你要请我吃饭?"

尤朗月点了点头。

"温总和庞总在厂内呢! 哪天我单独请你吃饭!"谭部长幽幽地说着就笑了一下,像下了挺大的决心。

"我就这几天有空儿!"尤朗月胆儿突突地说。她想到这几天老公出差了还行。

此事自然就没有下文了。

几天后,尤朗月听庞总说,那天申总给他们打电话,他和温总就回来了。请谭部长在清真羊肉馆吃的饭。温总是回民,内部吃饭常安排在这类馆子。温总很开明得体,不论在什么样的饭店就餐,只要给他单独做一两个菜,哪怕是大米饭炒鸡蛋或者青菜,他都欣然接受。

这次就餐的结果,让报社的几个领导得知了谭思诚和尤朗月是师范学院的同学,而那位声名远扬的女副市长田桂花和与他们相熟的市文化局副局长也是他们的同学。为了给尤朗月没有走上领导岗位开脱,谭思诚脱口说出一句"尤朗月不太爱上班"的话,没想到正中庞总编下怀。他担心尤朗月要是与谭部长接触多了,容易把报社传媒公司的情况让上级领导知道。这里面有很多事是经不起推敲和过问的。他就立马想让尤朗月结束早八晚五的职业坐班生涯。

庞总编先画圈对尤朗月说:“有人说你一抖搂浑身能掉下来三十多万。你只要一年交报社两万块钱,你就不用上班了!”

尤朗月一想不用上班,那太好了,就满口答应了。

她个人掏钱为彩扩买的办公桌先寄放在传媒公司办公室。后来吴丹看着碍眼,就让庄文豪给尤朗月打电话,尤朗月就让老公单位的司机和两个兄弟给搬到妹妹开的公司去了。

那次就餐后,谭思诚到后楼隆钢电视台去了一趟,跟尤朗丽说:“我上报社见到你姐了,你姐真漂亮啊!”

“我姐夫出差老给我姐买衣服。我姐穿那套空姐服,就是我姐夫上新加坡买的。”

尤朗月回家几天后,接到报社传媒公司后成立的旅游公司经理王奕的电话,求她帮忙给拉拉旅游客户,组团的更好。

尤朗月说:“我留意一下吧!”

女儿中考刚结束,尤朗月听女儿的化学辅导老师说她所在的学校要组团去旅游。尤朗月的一位恩师是这个学校的校长。全市首屈一指的数学科权威。当年在高考复习的小班里,是这位被请到台町高干住宅区妈妈单位的一位同事家里来讲数学的郜老师,又给尤朗月介绍到他当时所任教的第三中学,全天候跟着在校生一起上课,弥补了中学时没学着正经文化课的不足,助她考上了大学。

尤朗月给这位恩师郜校长打电话说,自己所在的隆钢报社有旅游公司,愿意帮他们学校组团旅游。郜校长二话没说就答应了。

他很骄傲地告诉前来游说的另一个在隆山名声很响的旅游公司女经理说:“尤朗月是我的学生!”

上百人的团队,经济效益是可观的。可没想到打脸了!

王奕来电话说:“尤姐噢,实在不好意思!咱旅游公司黄了,庞总不让办了!让我马上将公司注销。那学校组团,我给介绍到别的旅游公司行不?”

尤朗月一听就变了脸说:“那不好吧?那我就告诉他们再找别的旅游公司吧!有好几个旅游公司抢这个团,郜校长都没给。郜校长真够意思!咱们坐蜡了!”

这件事让尤朗月和郜校长两师生颜面尽失,好在他们都有承受能力。

显然是庞天雷作恶多端。他接到隆山另一家旅游公司女经理的电话,拦下这个团。否则那个自己觉得有号的女经理也颜面挂不住。

尤朗月知道这个女经理,曾在隆山第二幼儿园当园长,岫岩考过来的。她老公过去是隆钢职校的中层干部,大龄晚婚。他俩现在一起搞旅游。原来人品都不错,但世事在变,人也在变。

在外自认、公认大姐大的尤朗月,摊上庞天雷这“一肚子坏水”领导尚且如此,那么其他老实、本分、正直、善良,且没有弯弯心的普通员工,他们的生存和工作的状况,又得是何其艰难可想而知。

一个中层干部曾说："年年过年得送礼，一次不送都不行！"

严凌霜也曾说："抱大腿人家还得挑挑拣拣，何况咱这不会抱大腿的了！"

尤朗月心想："抱大腿？他武大郎也配？恶心！"本能地欲作呕吐状。

4

这一年，尤朗月不上班比上班还忙。除了早中晚照顾女儿的饮食外，其余时间几乎都用在为老爸忙出书。

老爸已写了一百多首诗词，在报纸、杂志上也发表了数十首。姑且不说在报纸上发稿得没得到过稿费，只要把诗词稿印成了铅字发表，获得了广大读者或亲朋好友的普遍认可和赞誉，老爸高兴，哪怕咱给他们稿费也行啊！

尤朗明周末早晨常到隆钢体育馆打羽毛球，有时会遇到去练武术的隆钢工会文联主席刘立新，他建议尤朗明："尤老已发表了不少诗词，可以集结出书了，我给办书号！"

当时尤朗月不知道刘立新他们办的书号违不违法。隆山的很多作者都是通过他们办的系列丛书号，说是能少花费用。其实钱也并没少花。那时尤朗月非常感激刘立新他们这些帮忙的人。

"这太好了！天雨大哥也建议出书，那就办吧！"尤朗月非常高兴办这事，出书等于圆了尤家几代人的梦想。

大量的工作需要有人去做，弟弟尤朗明和大妹妹尤朗丽承担了出书的费用，需要跑跑道，拿拿主意的事情，他们也不推辞。其他具体的活儿，尤朗月是责无旁贷的。看稿，改稿，校对，占去她好多时间和精力。看稿看得脸都要变成电脑脸了也乐此不疲。联络印刷厂，研究封面色彩和构图，纸张薄厚，内页版式，等等，各个环节都得到位，还要求报社印刷厂在腊月二十之前把书赶出来，同时邀请报社领导以及印刷厂各部门负责人，还有给书作序的马老马万里等参与、支持和帮助的朋友们周六中午参加答谢宴，庆祝老爸的第一本书出版。

一切都安排妥当，又有了锦上添花的事。在欢快、轻松的情绪里，尤朗月诌出一首小诗很想助兴。星期一一早，她就带着打印好的诗稿匆匆来到报社四楼副刊部找周天雨大哥说这事，正好副刊部主任冯姐也在办公室。

"周三见报的版已经下完了。那不，大样在那呢！"周天雨像是患病了，难受至极的样子。

尤朗月瞭一眼桌上的大样，见由马老口述，高主任执笔的，署名"马万里"的为她老爸的书《桑榆诗词》所作的序文《莫道桑榆晚　为霞尚满天》跃然纸上，直冲眼底。这无疑为祝贺老爸的新书出版增添了浓重的氛围。

那就更得要把自己的小诗加上了！

尤朗月笑嘻嘻地对周天雨大哥说："那就把稿换了！冯姐也在这儿，一向支持老爸发稿。差在哪个部门、哪个领导我去找。"她觉得要是等到下周再发她的稿就过了时效性，没意思了。那多扫兴啊！她骨子里是个强势女人，想要办的事，就必须得办成。

周天雨不置可否，有冯主任在场，首次弄得秉公办事的样子。

他患了重感冒，是因为情绪不佳引起的。

当高主任把序文拿给他的时候，他就像被人当头打了一棒子。

得知序文是由马老口述，高主任执笔的，而自己被晾在了一边，心里就很不痛快。更让他恼火的是，以他对马老脾气的了解，能想象得出马老会怎样地表现出对他的不满。自己想提干被拒的事，让他无地自容。这一切尤朗月肯定知道。他都不知道自己的邪火该往哪儿发？他心细如丝、敏感多疑，又锱铢必较。既容易被芝麻粒大点儿的小事感动，也容易不经意间就受到伤害，进而怀恨和记仇。

诗人也不都这样，心里充满阳光的居多。谁让他偏偏叫“周天雨”呢？湿（诗）人嘛！也许是因为在体制内媒体憋屈久了才变成这样的。新闻单位无小事。在新闻真实性原则的前提下，好事、坏事都要往深里挖掘其内涵和意义，势必就会放大事物的本来面目。这是职业特点决定的。

尤朗月感觉到他今天态度反常，就故意笑说：“你要是把稿给我换了，完了我领你上医院找人看病。要是差在哪个部门、哪个领导我去找！”尤朗月知道他最不爱和单位领导打交道，就故意拿这个压他。

“不用找领导！”周天雨果然这样说，“走！”说完嗖地就起身往外走。

尤朗月仍然笑嘻嘻地与冯主任会意地点点头，边往外走边说：“冯姐，周六中午十一点半，在美景酒店二楼多功能厅，你也过去噢！”

“看看有没有时间吧！”冯姐既客气又高兴地说。她想等征求一下温总的意见再说。

到了校对办公室，周天雨让校对员把他自己的照片配诗拿下来，换上了尤朗月的小诗，版面刚刚好。

从校对出来，尤朗月已忘了刚才的承诺。

“上医院！”周天雨说。

他们就往单位门外走。

尤朗月说：“我看你是重感冒，我给朗明打电话，让他给你找人看看？”

“到那儿再说。”

他们打车来到隆钢总医院，周天雨比尤朗月熟悉医院情况。尤朗月跟着他来到小儿科找了一个眼睛细长的美眉医生给他开了点药，就出来了。

尤朗月说：“我中午还要陪孩子在一中门口的永和豆浆店吃饭。你过去一块吃点不？”

周天雨点头。他们就又打车来到一中门口的永和豆浆店，尤朗月给每人要了一碗面条，点了几碟小菜。

周天雨的状态比先前好多了。

女儿过来吃了点面条就回学校了。

尤朗月又打包了两盒馅饼，一盒给周天雨拿走，一盒自己拿着。尤朗月又打车先送周天雨，然后自己才回家。

尤朗月做梦都不会想到，这一系列单纯、仁义、善良、感恩的行为多少年以后居然也会被某人别有用心地放大影响。

周三这天，尤朗月来报社取报纸，在楼梯口遇到了冯姐，尤朗月再一次邀请冯姐周六过去，冯姐说："看看有没有时间吧！谢谢朗月想到冯姐！"

她告诉尤朗月把今天的报纸多拿几张，给周六过去的领导每人一份儿，让他们都看到自己写的诗，了解自己的才华。

"妈呀，我做不到！这在咱家姊妹当中都通不过。咱都不是那样的人。"

尤朗月强烈要求登自己的小诗，仅是为了给老爸的新书出版和答谢宴助兴，并没特别考虑让领导们赏识不赏识自己。如果自己在职场上拼杀久了也可能会顺其自然那样做，但现在不会。

冯姐到温总办公室请示了一下。

温总说："我代表就行了！"

冯姐就没去。

这天上午，位居隆山钢铁公司党委宣传部部长的谭思诚在办公室看完当天的《隆钢日报》后，兴奋地到后楼已被剥离主体的隆钢电视台去了一趟。中午又请他们两边人聚了餐。

他指着尤朗丽对大家说："她姐是我的对桌。"又到尤朗丽这桌来敬酒，对尤朗丽打诨说："你哥说话不算话，老说请我喝酒也不请。"想必他可能知道了尤家要举办答谢宴的事，完全放下了平时在职场上壁垒森严的等级观念。

尤朗丽打哈哈说："行，我跟我哥说请你喝酒！"

如果按以往的感情，没有尤朗丽工作岗位被剥离一事，尤朗月是会非常愿意借这个机会邀请谭思诚与和他经常打交道的报社领导们一起过来助兴的，那样更会皆大欢喜。但尤朗月就是尤朗月，心灵的天宇容不得有雾霾和荫翳。她虽然非常理解谭思诚作为隆山钢铁公司党委宣传部部长，面对当年企业"减员增效"的大势，忍痛按上级下达的指标，把原来的五十几人裁减到包括两个正副部长在内仅剩十二人的难处。

用报社温总编的话说就是："下岗的全是好小伙！"心疼的他也先后接收了几位到隆钢报社。

当时谭部长找尤朗丽谈话说："你回去征求一下你哥姐的意见，到后楼电视台行不？现在这形势有工作就行呗，还挑啥呀？"

尤朗丽说："我来宣传部做文书这么多年，一下子让我下岗到后楼，我肯定接受不了。"

"你要不上后楼，那你就和他们一起竞聘。你看你能竞争过他们不？我是冲你哥、你姐，为你考虑，才给你安排后楼的。那四十多人哪个不是出类拔萃上来的？连后楼都安排不上，只能下岗自己找出路。"

尤朗丽原来是隆钢幼儿园老师，性格活泼开朗，能歌善舞。姚远航当隆钢党委宣传部部长的时候，为了改善宣传部这些老笔杆子们成天写稿弄字略显沉闷的气氛，从隆钢幼儿老师当中把尤朗丽挑选出来，调到党委宣传部当文书，活跃气氛。

这样一来，尤朗丽犹如"万绿丛中一小花，万马军中一小丫"，又由部长钦点，受宠多年是自然的。

尤朗丽人很聪明、机灵，长相也标致，又很潇洒，所以很招一些人喜欢。用她自己的话说就是：“我虽然没读过那么多书，但我只要把领导安排的工作做好就行。”

有机遇，有平台，就不愁没有出彩的机会。尤朗丽在宣传部期间，最突出的亮点是在重头戏专题片《钢铁之魂》中担当了主持人的角色，一下子知名度大增，几乎全隆钢以及全市的人都看过隆山电视台在《隆山新闻》之后播放的这个专题片。就连采访的几个普通群众回答的问题都很出彩，更衬托了主持人的风采。

这期间婚也离了。是作为隆钢企管部部长的公公审时度势，建议没有本事的儿子急流勇退，主动闪身的。本来就觉得配不上人家，这下差距更大了。

“光说爱人家，你拿什么给人家幸福?”父亲劝儿子。

儿子终于同意离婚。他虽然非常喜爱尤朗丽，但也非常想摆脱来自丈母娘家的无形压力。每次去，她姐夫不是又出差了，就是又提干了。不出差的时候，不是拿个图纸卷回来，就是拿个合同文本回来。让不爱读书的他一看到就头大、恼火，又不敢吭声。在丈母娘家没有他说话的余地。他讨厌极了她家那崇尚知识和尊重知识分子人才的氛围。她姐姐就是因为只看重文凭，而忽略了其他条件，就嫁给了那个除了大学本科毕业文凭，其他一无所有的姐夫常守业的。

可他只是个机关里拍照片的，技术也不怎么到位。

女儿由奶奶带，没有问题，尤朗丽回到了娘家好多年。

命运的巨掌有如人生的导演，强力地安排着人们不同的人生际遇，或喜怒哀乐，或悲欢离合。人们又有如孙悟空，能耐再大，使出浑身解数，也逃不出如来佛的掌心。人们的一切机缘都来自命运的安排。人们所能做的，只能是表明自己的态度和立场。抗争、抱怨也无甚太大意义。

遭遇家庭和工作的双重挫折，让虚荣心强，爱攀比，争强好胜的尤朗丽大病一场，不得不住院疗养一段时间。

俗话说：“塞翁失马，焉知非福。”尤朗丽理疗期间结识了“大款”孟维发，自此命运又进入了另一种规则模式，一切都发生了改变。

孟维发首先给了她一台红色小轿车，走哪儿开到哪儿，几乎全隆钢人都见到过。紧接着又买了一套商品房，复式的，好几百平方米。

当时尤妈妈还在，只是未曾谋面。尤朗丽与孟维发这种生意人的交往，挑战着尤家一贯做人的价值观和底线。一下子还难以接受，需要时间来适应。

老妈坐过尤朗丽开的车，虽然没说同意，但还是默许了。

没想到这一年立冬那天老妈走了。

孟维发自然就走进了这个大家庭。

“款太”成了尤朗丽新的角色，已不上班，成天打麻将，性格也变了。过去一向简单、开朗的尤朗丽，变得爱计较起来。经常扒短、抱怨，都是别人对不起她，更有了商品和金钱的强烈意识。

结婚后把老爸接到她家本来做的是好事，却逐渐变成了抱怨。主要起因是孟维发想让朗明帮他挣钱，背后常抱怨朗明不帮他，又不敢当面直说，就拿其他人说事。不良的情绪自然影响到尤朗丽。尤朗月首当其冲，遭到了来自亲人的前所未有的伤害。

她体谅尤朗丽因为工作的事光火而迁怒于她。她也恼火谭思诚，不看在自己的面子上也就算了，难道朗明的面子他也不考虑吗？

仅因为这事，这次为老爸出书而召集的庆祝活动，尤朗月就没想邀请谭思诚。即使爱过他，愿意与他联络和交往，但这次也并不想请他，感情上过不来。

在她来说，不是会不会来事的问题，是尊重不尊重她内心感受的问题。尤朗丽为人处世毛病肯定有，在谭思诚面前糟践他人，抬高自己，也是可能的。除非万不得已，以她对谭思诚的了解，这些年即使人心变化再大，也不至于不考虑她的心理接受程度。尤朗丽肯定有能让人指出不是的地方。

尤朗丽纠结的是，这次宣传部留下的那两个女的中，一个是《人民日报》驻隆山记者站站长的爱人，一个是谭思诚的儿子现在所就读的重点中学校长的儿媳。

"他太自私了！"尤朗丽说。

尤朗月认为换作是谁也得留这两个人。一个对开展工作有利，一个对自己的家庭有利。留下你除了麻烦和阴影，还会有什么呢？眼不见心不烦，自己还不觉得。

尤朗丽也是干吃哑巴亏，暗气暗憋，对谭部长说不出其他话来。只能有事没事地向姐姐尤朗月撒气、发火、找别扭。在外面尊严惯了的尤朗月，在家里受到了前所未有的伤害。这事让她也说不出话来，只能默默承受。她感到尤朗丽的价值观扭曲了，心态变坏了，但没想到更坏的时候还在后头。欲望决定一切。

尤朗月记得小时候有个街坊邻居大婶，丈夫因公牺牲，她想向单位要求扩房，竟不顾一切，对原先与自己家相处很好的对面屋邻居大打出手，并且故意从楼里打到楼外，好让人们都看到，然后逼对方找单位领导解决扩房问题。最后邻居不得不搬走，房子归她家，达到了目的。

一切都是因一点小念头、小私欲作乱导致的，却让无辜的邻居家经历了一场噩梦。

尤朗月在此后的人生经历中遇到的此类人和事不计其数。

5

自从家里被盗以后，尤朗月特别不想住那了，就与常守业商量贷款在地点较好的卖得最火的隆山一号小区买了房子，把老爸也接过来了，家里有保姆做饭。

那时女儿已念高三，临高考前三个月，尤朗明把老爸接出来，安排去千山疗养院疗养，高考后老爸才回来。

这之后老爸常领一个老太太来家里坐坐。尤朗月与弟弟、妹妹出于对老妈的怀念都不支持，可也不能多说什么。

这段时间常守业仍然经常出差，大家商量安排老爸和老妹妹朗荷一家回到葡萄园公寓同住，再找个保姆打理家务。这之后常守业出差，有时尤朗月也跟着走。

老妹妹朗荷人小心大，要强能干，没与哥哥姐姐商量就与人合伙盘下个中档饭店，直到出现矛盾，难以支撑才告知哥哥、姐姐。帮忙是必须的。一家子能人，开个饭店算个啥？他们商量的结果是让老妹妹和合伙人都撤出，让尤朗丽接管，大家分头拉客户。

尤朗月也常请老爸过去聚餐，还请过师范学院的同学过去聚餐以拉客源。

哥哥、姐姐都是无私地帮助妹妹们,可她们自己又闹矛盾了。在利益得失面前针尖对麦芒,互不相让。

主要还是经营理念有问题,不讲诚信,宰客。时间愈久,暴露的问题愈多。让热心办卡的朋友们都很伤心,后来就不常来了。

有时候看着门外车挺多,其实里面就一桌,都是开车来的。

不久就支撑不下去了,只好外兑。

两个妹妹本来就因为两家买卖的事有纠纷,这时就更有嫌怨了。

事情还没有完,在经济利益上不想沾边的尤朗月,这天接到小妹朗荷的电话:“姐,我一会儿和老爸过去接你!到市房产交易中心办理老爸的房子产权过户手续。原来是老妈名,先落我名下。因为明天就要实行房改新政策了,我哥给找的人。”

既然老爸和朗明都同意的事,尤朗月自然毫无二话,欣然前往。

路上朗荷和朗明还通了电话,尤朗月更觉得没有问题。

只是在填表的时候,社会关系一栏只填了老爸和尤朗月,让尤朗月觉得有点不大得劲,但也没说什么。既然是朗明给找人办理的,老爸也同意放弃继承权,那自己还能有啥说的?也签字放弃呗!

一晃大半年过去了,以往一到季节交替、气候变换的时候,老爸的身体总要经受考验。老爸年轻时得过肺结核,几十年来,经过奶奶和妈妈的细心照顾,一直没有大复发。随着岁月的流逝,如今年事已高,身体还无大碍。没想到这年正月十五的一场暴雪后,气温骤降,让老爸外出活动受到了影响,呼吸出现了困难。咳痰的时候,脸憋得通红,嘴唇发紫。

朗明说:“上医院检查一下吧!”

本来去医院的时候,还是怀着轻松的心态。可是医生一看指标吓坏了,血氧的含量太低了,怪不得呼吸困难,赶紧抢救!医护人员就给老爸插上了管子,戴上呼吸机,又挂了点滴,住上院了。

院方还是很体恤朗明的感情,觉得几年前没给老妈抢救过来,对不住朗明,这次绝不能有任何疏忽或闪失。

朗明跟院长哥们儿说:“老爸的命就交给你们了!”

几个院领导一致表示:“我们会尽全力!”

至此,尤家的兄弟姐妹们与医院的领导以及医护人员和身边的其他朋友们一起展开了一场感天憾地、感地动天的抢救老爸的抗病救灾斗争。

医院给老爸安置在重症监护室的单间。在外间又给家属留了一个休息室,白天晚上都有人在那儿守候。朗明的几个兄弟也每天都来帮忙,需要用什么东西,立马就有人去买。

起初给老爸也弄蒙了。没有思想准备,就给戴上了像防毒面具似的大罩子,鼻子、嘴里都插上了管子。怕他拔管,胳膊也给绑在床两侧的护板上了,话也说不出来,情绪就异常烦躁,就瞅着有个资深的老护士不顺眼,用戴着测氧仪的手敲床板,要求让儿子进来,提出不让那个护士护理他。

谁也不能和患病中的老人一般见识吧?就把那个资深的女护士给换了,难过得那个女护士跟主任抹好几次眼泪。

老爸这期间出现过几次险情。最早是他连续几天不睡觉,闹人。医生们担心他体力不支,讨论决定给他注射镇静药。一针没管用,又上泵,泵也没管用,又用一种药,老爸还是兴奋不睡,就又准备用第四种药。

这时已是夜里十点多了,尤朗丽给他哥哥尤朗明打电话,尤朗明正与院方的两个领导,也是多年的哥们儿在一起讨论病情,就都过来了。

尤朗丽焦急地汇报了情况:“都用三次药了,老爸还兴奋。再打就第四次了。”

尤朗月担忧地说:“有一个人一宿打四次安眠药的噢?受得了吗?这是一个基本常识!”她显然对老爸的男主治医生不满意,不耽误事吗!

这时主任让女医生齐大夫取代老爸的主治医生重新注射一次,老爸马上就睡着了。不知道是因为几个药物一起发力的作用,还是齐大夫注射的药物一步到位的。

这件事当天夜里在重症监护室值班的医护人员都知道。第二天一早,院长组织各科室负责人开会的时候,专门讨论了这件事,坦诚地承认是院方的失误。此后凡是涉及老爸治疗方案的问题,院方都事先和尤家的儿女们打招呼。

从老爸住院的第一天起,尤朗月和常守业就住在医院给提供的休息室。白天除了回家冲个澡,换换衣服,大多数时间都在医院。

老爸的病况、情绪稍微稳定些,但危险期还没过去,一直脱离不了呼吸机。有什么要求,身边的人就举着夹着纸的硬夹板,拿给他浓黑的碳素笔在纸上画字,然后大家猜是什么意思。

尤朗丽住进老爸的病房里,是在姐夫常守业出国之后,姐姐尤朗月不敢夜里一个人住在休息室,才替换过来的。

尤朗丽也不太敢一个人住休息室,起先有她家保姆陪着,后来索性就住进了老爸的病房里。与尤朗月白天晚上的倒班,然后她就去健身中心放松一下。

尤朗月每天在医院待的时间要超过十五六个小时,夜班的时候往往要连到中午才回去睡几个小时,洗漱完毕又过去。唯一的排遣是睡觉之前浏览一下当天的《隆山晚报》。

小妹朗荷家新房子装修已经动工,她除了接送孩子上下学,还要两头跑。

常守业出国回来夜里仍然和尤朗月住在外间休息室,带回了很多东南亚的榴梿糖和咖啡给大家分享。

后期老爸夜里写字总让找儿子来,儿子每天天没亮就过来,来了他老人家又没什么事了,几乎天天如此。尤朗月就觉得奇怪。她连续两天在后半夜三四点钟的时候就起身来到外面,透过玻璃窗往里观察,这才知道每天在弟弟尤朗明过来之前护士就已经给老爸抽完血了。老爸虽然戴着管子说话费劲,但脑子非常清醒。每天都透过大家的言行分析自己的病情。其实他老人家除了血氧含量低,呼吸困难,这也是最要命的,其他啥事都没有。所以他很恐惧每天早晨护士拿着粗粗的针管进来,甜甜地叫一声“大爷”,然后从他的腿部动脉抽出一管子红红的血。说是查血气,这是规定,天天如此。

医院还要给老爸做痰培养,以检查痰里带什么病菌。

由于需要时间,大家都在等待,这决定老爸的病何去何从。

尤朗月有一个在美发店认识的朋友,在这个医院化验室当主任。就想过去看看她,顺便咨询一下关于化验指标方面的知识。

“忙不忙?”尤朗月问。

“反正闲不着，医院每天早晨都给重症监护室的病人抽血，然后送过来化验指标。”

尤朗月想到那些手无寸铁、奄奄一息、濒于死亡、毫无表述能力的生命，只能任人宰割。

老爸也属于重症监护室的患者，每天例行公事的抽血，当然也在其中。怪不得他每天都写字找儿子，可是护士每天在他儿子来之前就已把老人家的血先抽了。儿子来时就没事了。他老人家戴着呼吸机无法说话，吃东西靠打流食，没有力量不让抽血，心里恐惧，只能寄希望于儿子来了解情况。

尤朗月确认了老爸是因为抽血的事要找儿子的，就跟朗丽提出了这个问题:给老爸每天都抽血有没有这个必要? 既然他老人家那么恐惧这事，不天天抽行不? 医护人员也都知道对于他们家来说不是费用的问题。

院方同意老爸不天天抽血，可以隔一两天抽一次，查查血气有没有变化，老爸也就不闹腾这事了。

但老爸还是脱离不了呼吸机，这样就出不了院。医院考虑是否给老爸做“气切”，也就是气管切开手术。儿女们都哭了，担心老爸从此说不出话来。老爸也坚决不同意。他老人家也是个追求完美的人。医护人员都来了，最后决定权在朗明。

朗明劝老爸说:“老爸，生命是第一位的，不做的话，病好不了啊! 儿子对不起你了，做吧!”这才说通了老爸，做了“气切”。

还好，老爸除了说话的声音比原来低了些，脖子外部有一点瘢痕，其他并无大碍。

老爸刚住院的时候尤朗丽没在隆山，跟几个朋友到韩国买品牌包去了，十来天才回来。她也是内心有自省的人，就开始想方设法“将功补过”，琢磨怎么才能讨老爸的好，让老爸舒服些、高兴些。

由于心思活络，且住过院，比很多年就没怎么看过病的尤朗月多少知道些医疗器械方面的常识，所以敢大胆尝试，不是调整呼吸机杆，就是研究挪动床位的方向。这些东西别说尤朗月、尤朗明不敢随便动，就连外间休息室里那些在社会的疆场上拼搏的兄弟们进来后，也不敢随便动。就尤朗丽一个人敢动，说是为了让老爸舒服。

看她眯着眼睛，昂着头，像拉弓射箭的英雄似的调整那些医疗器械，尤朗月都羡慕呆了。那她自己也不敢动，有事就招呼医护人员过来。但只要在里边，她就整天整夜不合眼地坐在一个角落盯着老爸，一丝含糊都不带有。每天只能睡两三个小时觉，身体都要吃不消了，心像被小火烤着，被油煎着，小脸明显消瘦下去了。

往常每隔两三周都要到蓝城看女儿，可自从老爸住院以后，已经两个多月没去蓝城了。大义当前，只能如此。

尤朗明的儿子尤兴隆这年高考，尤朗明那么爱儿子，也没能脱身去省城看看。只能让爱人过去陪着。儿女们为老爸所付出的代价可想而知。

老爸的病情虽然逐渐稳定，但血氧含量仍然不高，不戴呼吸机就一直达不到健康人的指标。

这时住院已近三个月了，医院领导也很焦虑，束手无策。几个院长连主任商量之后跟尤朗明恳切而又郑重地提出说:“我们医院已经没有能力让你老爸的血氧含量达到健康人的指标。是否请省城或北京的专家过来看看?不然有什么事,你不能释怀,我们几个也要得精神病了。”

“请专家来,那当然好!不就是因为担心路途颠簸,怕老爸受不了,才没去嘛!”尤朗明欣然同意。

这真正应了那句话:“山重水复疑无路,柳暗花明又一村。”专家就是专家,专业就是专业,权威就是权威。万事你得相信专业人员的眼光。比如上商店买衣服,色调、款式、大小、肥瘦,适不适合你,人家营业员一打眼就看出来了。人家干吗的?就是吃这碗饭的嘛!干啥研究啥。

从省城接过来的中国医大呼吸科专家刘小春,一过来听完汇报,就大概知道是怎么回事了。一进到老爸的病房就指着一些管子和器械说:“把这个拔了,这个点滴撤了。”他望着仪器屏幕上显示的数据说:“老人家年轻时候的血氧指标也没达到健康人的指标,不也照样生存这么多年吗?他当年得肺结核能活到现在已经是个奇迹了!他切掉一叶肺,只能用另一叶肺呼吸,血氧饱和度当然不够,指标永远也不会达到健康人的数字,只要不做剧烈运动,适当的还得运动,保持和维持这种状态,生命是没有问题的。”

刘小春教授的一席话,犹如一场酣畅淋漓的春雨,给尤家的兄弟姐妹们和在场的医护人员带来了极大的欣喜。

这之后每天医生就刷刷刷地减药,以至开始研究出院的事宜了。

“出院后我跟过去,家里啥东西都别动。”尤朗丽对小妹尤朗荷说。

“老爸的房子产权写我名了。”尤朗荷觉得应该告诉她这个事了。

“啊?哥和姐知道不?”尤朗丽问。

“知道。”

“那怎么就我不知道?”尤朗丽变脸了。

“当时办得急,第二天就房改了,哥给找的人。”尤朗荷解释。

“那也不应该不告诉我呀,等我问问哥!”

尤朗丽强烈要求把这房子的产权改到哥哥或者侄儿名下,否则她要起诉到法院。

“老爸还在呢,就争这样的事,让人笑话!”尤朗月说。

“你不负责任!怎么不告诉我一声?”尤朗丽指责尤朗月。

“我也没想那么多。老爸同意,你哥给找的人,我能说什么?只是给我来个电话说午后和老爸一起来接我。中途你哥还和朗荷通了电话,是他给找的人。老爸都放弃继承权了,我有啥不能放弃的?我能说什么?”尤朗月解释。

事情已过快一年了,尤朗月从没提起过。她不愿多事。

老爸又一次创造了生命的奇迹!生命终于又被大家抢回来了。在经过了107天的住院治疗后,终于出院了。

他老人家生命的成功救治,全面体现了他的一群优秀儿女和杰出的医院领导以及医护人员,还有身边朋友们的卓越和超凡!

第六章　人心乱象

1

尤朗月从蓝城回来后并没有接到来自李显阳或者周天雨等任何一方关于周日参加李显阳女儿婚礼的通知，就打定主意不去凑那个热闹。她忘了自己曾经屡次得罪李显阳的事，决定过后表示表示，好事不怕晚。

听说当天的婚宴摆了八十多桌，李显阳在社会上的很多三教九流的朋友都去了。也有没接到通知听说后跟过去的。有很多领导参加，尤其是女领导居多。

碰巧这天上午市委常委开会，为了等待市委副书记、宣传部部长王天凤，婚宴还推迟了一段时间，直等到王天凤来了才开席。

这期间安排了很多助兴节目，有唱歌、跳舞、诗朗诵，还有现场展示书画名家的字画和对联，等等，可谓好戏连台，精彩纷呈，没有空当儿。

婚礼主持人是省电视台的金话筒卢鹏。他原先是李显阳在市艺术剧院时的小兄弟，后调到市电视台，现在又在省台。

白丽萍回来后在电话里告诉尤朗月，当李显阳将女儿交到新郎手里的时候，眼里含着泪说："舍不得你嫁人！"

父女之情表述得淋漓尽致，情煽得大家都纷纷抹眼泪。他太太眼圈也红了。

据说新郎是个官二代，公子哥，李显阳的女儿嫁入的是京城豪门。

当李显阳牵着她太太王慧的手出现在台上的时候，引起了很多人的骚动。

白丽萍这桌大多都是文化圈的人，夏诗文很大声、很冲动，有些失态地说："不对，我那天见到的不是这个人！"

她为那天见到李显阳和一位年轻女子，还写了一首打油小诗调侃。题目叫《漂亮的格裙子女人》，描述他们在酒店相会的情景，亲密的像夫妻，或者佳侣。分手时还拥抱了一下。

周一午后，尤朗月给李显阳打了一个电话，里边像有一个女人在高声呼喝，接着"砰"的一声像是打保龄球的声音。

"喂，你好！"李显阳亲切的声音像蘸了糖。

"你好！恭喜你，李大哥，你家办喜事了，我想表示表示！"尤朗月热情友好地说。

"我们见见面！"李显阳马上回应。

"你什么时间有空？"

"明天上午你给我电话！"

第二天上午九点多钟尤朗月把电话拨过去时李显阳没开机。他正在上班的路上，由老婆陪着经过公园往北门走。与老婆告别后，李显阳继续往前走，才打开手机。

他看到尤朗月发过来的信息，立即回道：“我才看到，天雨你定。谢了，李显。”他把自己的名字少写了一个字，是圈内外人常有的昵称。

既然李显阳不在意这次聚餐找不找周天雨他们，尤朗月就决定不找他们。但就他们两位也不太方便吧？她虽然想与他结识成好朋友，但还不是很了解他。再说以往有活动，都有老公的司机接送，这次却不能。首次约会没有车接他总是不太体面吧？这不符合尤朗月一贯的风格，就给大学同学肖小菊打电话。

肖小菊说：“你让我把你们送到饭店就走也行，你们吃完饭我过来接也行。反正我今天就听你的，让我怎么做都行！”

尤朗月觉得让人家接人不吃饭就走，然后再来接也欠妥，毕竟不是自己家司机，人家在外也是个大处长。自己对李显阳也没有太大的私心，只是欣赏他的才华，愿意交个好朋友而已，不必背人的。就让肖小菊留下来，也好证明自己的无私和清白。

席间菜品的精致和彼此心情的愉悦自不必说了，饭后又把李显阳送回师范学院。

师范学院这天在广场有晚会，他只到场就行。

他俩几乎喝了一样多的酒，后返劲。尤朗月回家后两天没起来。

肖小菊滴酒未沾，她有很严重的糖尿病和“三高”症。据说血管里流淌的不是血，是油，皮肤扎一下都冒油。

李显阳“酒精考验”，虽然感觉有点上头，还没什么大碍。

这次聚餐的结果，在李显阳来说是稀释了两人以前的尴尬浓度，开启了和谐友好的氛围。对尤朗月来说，对李显阳的自然情况有了进一步了解。

事实证明：有他人在场的约会，是一个不讨巧的事。这让李显阳认定尤朗月对他没有别的想法，很可能是欲有求于他。阅人无数的李显阳就未必领这个情。

如果尤朗月应邀前往参加婚礼的话，按当时的市价花五百元、一千元就已经不少了，可后送就只好给两千了。

在车后座传递礼金的一瞬间，李显阳还挺感动的，红包不轻。当然和那些自己曾经帮过忙的企业家、大老板不能比。

可在酒店落座后，看到肖小菊电灯泡似的坐在斜对面，李显阳就觉得尤朗月多少也有点是为了避免他误会才这样安排的。这让他心里有点不太得劲，不太舒服，自尊心很受伤。尤其是来自尤朗月的伤害已经不止一次，就像“一朝被蛇咬，十年怕井绳”似的让他伤不起。试想一下，哪有当着别人面谈恋爱的？

尤朗月没有提及自己没有接到来自任何一方的正式通知，平常爱圈拢事的周天雨，这次也没有通知她。

上蓝城走之前周天雨还特意邀请尤朗月一起到隆山师范学院参加作家江小鱼的新书发布会。她有意说到明天回来，周天雨也没提及后天有婚礼的事。

周天雨对问到的人解释说：“尤朗月出门上蓝城了。”

李显阳没看出尤朗月对自己有任何身体部位亲密的诉求，而只是思想、情感和精神的交流，这又是演员出身的他最不习惯的情况。

他习惯于与所有人身体接触，陌生的握手、熟悉的拥抱，且不论男女老少。他给人的印象也是亲切、仁爱、宽厚、包容，以及长者、身份、尊严、美好和成功的化身。但凡与他接触过的三教九流的朋友的女朋友们见了他，即使当着自己男人的面，也无一例外地要与他行拥抱礼节，小孩子们也都要往他身上扑。

他们把这一行为当作有面子的事。如果不这样做，倒是感觉挺失面子的。他们认同他是这个城市的名人，拥抱只是一种风度美的体现。

他自己也认为自己的男性魅力无敌于市。几乎所有经过的女人少有不被他的外表和声音所魅惑，投怀送抱是常事，且无论老少美丑，只有不认识他的才例外。他往往也乐得敞开怀抱，展示风度，形成习惯，养成素质，乃至不拥抱一下就像有个程序没走，缺了点儿啥似的。

少有没开过眼界，没见识过这阵势的，冷不丁见到这种情景，还会下意识地误解他对谁有什么特殊意思。其实他所爱的人永远在路上。他除了自恋和爱自己的宝贝女儿，他谁都不真爱，也谁都不拒绝。他要盘活一切可利用的资源为自己服务，哪怕是鸡鸣狗盗之辈，也各有各的用处。就像他在家或者在办公室养着的那些花花草草一样，无论开的大小，是否名贵，一个都舍不得扔掉，一律一视同仁，一样对待。

他爱花如爱人，到哪儿都播撒爱的种子，且乐此不疲。

他的一些有益的爱好和能量也曾感染了许多人，教会了很多人。在隆山的很多餐桌上，在觥筹交错之间，都热衷于掺杂一些节目表演，或朗诵一首诗，或高歌一曲，或讲个小故事什么的，让人们在大快朵颐之余还能享受到精神的愉悦。

黄段子不能说没有，但较少。有他们在场的餐桌上，人们都本能地收敛鄙陋和低俗，尽力展现美好的一面，以附庸风雅。

作为一个知名的表演艺术家，他在公众场合带给社会的是一种正能量。哪怕他私下里有点歪心，在大家的拥戴下，也不得不装得正经。

久而久之，给尤朗月的启示是：虽然有些人其内心真的未见有多好，但由于职业等原因，让他们不能不表现得美好。外在的形象也起很大作用。有的人天生长相就有亲和力，带人缘，讨人喜欢；有的人天生就对不起人，长着一张欠揍的脸，没办法的事情，爹妈给的。

李显阳就很占这个便宜。他只要在先天良好条件的基础上稍加点努力，就趋于完美。不然如何就能迷倒一大片呢？

在隆山有很多领导干部是他的朋友。据白丽萍说，他女儿婚礼那天，市委、市政府几乎是“倾楼而出”“万人空巷”，大多数机关工作人员都有到场参加。一方面说明他平常交到了，帮过人忙；另一方面也与几个主要领导与他交情甚好，大家也就都跟着认同有关。

李显阳几十年来，艺术之树常青。但凡市一级的大型晚会或庆典活动，基本都由他主持，与市领导有过很多接触的机会。有些带家属的聚会活动，也请他们夫妇参加助兴。

当年的梁市长曾握着李显阳的手说：“你是我们隆山的一张靓丽的名片！”又握着他太太王慧的手说：“感谢你给我们隆山引进了一个人才。”

夫妇俩一时荣耀无比，传为佳话。

李显阳在话剧中曾饰演过市委书记的角色，感动得时任市委书记在过春节的时候，把别人送给他的金箔钥匙赠给了李显阳，以示亲切关怀和友好。

在李显阳荣获中华人民共和国文化部颁发的文华表演奖之后，隆山市委市政府又给了他很多荣誉，同年获得了“德艺双馨青年文艺家”称号，并且作为业务拔尖人才，享受政府津贴，一时更是风光无限。后来又成了隆山市劳动模范。

李显阳之所以没有离开隆山去北京发展，除了有老婆王慧的横加阻拦，自己的根基里也有渴求安定的因子外，与这个城市给予他的厚爱有关。

他是从省城倒插门过来的隆山女婿。他与太太王慧是在上山下乡当知青时，被抽调到青山县文工团演样板戏《沙家浜》时认识的。李显阳气宇轩昂的外表，自然被安排扮演郭建光，女高音王慧演沙奶奶。

当时王慧正失恋，和她一起下乡的男友移情别恋了。这时比她早两届下乡的李显阳果断做出决定，成了王慧情感上的替补队员。

他一心想离开省城，离开那个让他心惊肉跳的家。

在那个年代，李显阳觉得王慧虽然长相普通，家庭生活困难，由于父母想要生男孩造成了姊妹多，但其自身的内在素质非常好，能干又泼辣。父母都是大知识分子，父亲是医大教授，母亲是隆山医院的内科主任。

最征服他的，还是王慧那与生俱来的具有天赋的女高音，唱起歌来气势如虹，说起话来声音很甜，但又绵里藏针。这是她最赢得他的地方，也是他最在意的方面。一俊遮百丑，其他的也就都忽略不计了。他拜倒在她那甜美而又嘹亮的歌声里。

不久李显阳升任县文工团副团长，开国家工资，属于在籍职工。当时他的这个条件就算是很优越的了。即使与大家挤破门框子，打掉脑袋，抽调回城，也不外乎做个有工种的工人，何况他又不想回省城了。

他家近几年摊上了惊心要命的事。林彪“九一三”事件后，他那个当年声威显赫，曾任第九届中央委员会委员的省革委会主任二姐夫刘文涛被打成“三种人”关进了监狱。他们家就像天塌下来一样，父亲的脾气越来越坏，常常殃及他们几个兄弟姐妹，所以他下决心离开省城，离开那个不安宁的家。

王慧的失恋，无疑给他想离开省城的家提供了机会和可能。其他什么舆论和是非，他也顾忌不了了。

粉碎“四人帮”后国家恢复了高考制度，他也积极备考，成绩过了录取线。但终因年龄超龄几个月而没被录取。

知青大返城后，他凭着下乡插队时跟下放到他们公社和大队，与他们同吃同住同劳动的省城艺术家们学到的本事，考到了隆山话剧团。从此进一步拜师学艺，在隆山结婚生女，安营扎寨好几十个春秋。其间也有过情感和事业上的双重波动，但都以考虑到宝贝女儿的感受而打消了念头。

他在隆山演艺界算是有出息的一个，本地的干不过他这个外来的。除了长相俊朗、和善，业务好，会来事儿也帮了很大的忙。会来事儿是不吃亏的，谁都爱听好话，给谁戴高帽谁都高兴，戴去呗，也不用花钱买。

据某名人网报道说：李显阳刚下乡时，身体瘦弱、单薄，挑扁担曾累吐血。是他的心地善良，感动了几位艺术家。他们愿意和他交朋友，愿意教他才艺。

那年的中秋节傍晚，大家收工后都到青年点伙房聚餐。人头攒动，比较拥挤。这时一个响亮的声音高声喝道："大家都别挤，让沈阳的老师们先盛饭！"

就这一声呼喝，立即在所有人心中炸响。沈阳的艺术家们首先感觉到的是这声音的潜质，日后著名的表演艺术家李默然老师等人就有意栽培他，教他如何发音，如何用嗓，如何进行艺术表演。后来排演样板戏《沙家浜》的时候，原本唱歌羞涩、腼腆的李显阳很顺利地被抽调到县文工团，从此踏上了演艺之路，改变了命运。

他心态好，随口就能生产出美好的语言。来到隆山话剧团后，很快他就从演出队长升到话剧团副团长、艺术剧院书记兼副院长，钢城大型活动主持人，俨然艺术界"泰斗"级人物，出其类，拔其萃。走到哪儿都跟一大群男女演员，前呼后拥，呼呼啦啦的。

上至官员，下至百姓，各行各业他都能接触到，可谓阅人无数，阅女人也无数。他尤其不缺女人。青睐、喜欢他的女人一大帮，但他好色不迷色，他的心志不在此，而是要得更多。

下乡插队和从事演艺生涯虽然都比较艰苦，但他是领军人物，所以还算顺风顺水。唯一的一次滑铁卢，是发生在他和某个女官员之间。

人生如戏，但戏并不是人生，更不是人生的全部。

由于职业习惯和特殊性，李显阳常把现实人生当戏演，逢场作戏是他的习惯和爱好。熟悉他的人都知如此，也不以为然。

曾有个在另一所大学艺术学院任教的女性朋友，在酒桌上看到他与别的姐妹戏耍，就很冲动地替他解围："李显阳！我们认识好几十年了，就四个字：'逢场作戏'！"意思是说他跟谁都没真的，谁也别当真。

但也有认真的，有心的，与他想法不一样的人。不改变戏码，戏恐怕就要演砸，甚至面目全非。

这一次就是如此。

随着改革的深入，隆山市委宣传部决定重新改组几大艺术院团，把文广局旗下的歌舞剧院、戏曲剧院和话剧院整合在一起统称为"艺术剧院"。

由谁来当书记和院长，这是个领导在考量，大家也在关注的问题。

这天下午，时任市委副书记、宣传部部长王天凤找李显阳谈话，两个上下级"老相好"，相见甚欢。

李显阳使出了浑身解数让那个典型人老珠黄的女人高兴，用风度翩翩地拥抱和轻佻的略亲一下子吻的熟练技术，扰得方块肉老女人心旌摇荡。老女人告诉他说："艺术剧院就是你的了！"

李显阳也信以为真。因为他已担任整合期间的"建院院长"，以为整合完的艺术剧院院长就是自己。回去打麻将的时候，就把王天凤所说的意思跟身边几个打探消息的哥们、姐们分享了。没想到第二天开会一宣布，他却是党组书记兼副院长，院长不是他。一二把手之间，感觉千里。

这个挫折、打击对他来说不啻五雷轰顶。不仅是职务的问题，而是他一直以来信以为真、赖以依存的友谊支柱垮了。他还敢相信人吗？

堂堂的市委副书记、宣传部部长，人前老模卡眼，说话都像喘不上气的"方块肉"，一副圆胖的肥肉饱满的圆葱头似的脸，一笑如地瓜花绽放。只因我没上钱，竟这么阴损、狠毒,要我堂堂五尺来高的大男人如儿戏,她还配我尊重她吗?

从此李显阳拒绝王天凤组织的任何活动,他要另谋出路。

他的搭档沈歌飞,要陪他到她念过大学的吉林去发展。

关键时刻,是他的老婆王慧拦住了他。

王慧是一所医学专科学校的工会主席,声泪俱下地劝他说没有饭碗了也没关系,她微薄的工资收入,节俭度日也养得了他。

其实他主持一次婚礼的收入就是他老婆一两个月工资的收入。他几乎每个月都有主持婚礼的活动,有时一天主持两个婚礼,还有其他商业庆典活动什么的。他主持人的身价在全市是头牌,很少有空手回来的时候。不是特别有分量的朋友,或者省市一级的公益活动,一般情况给少了是请不去的。

他很少直接驳人家面子,到时候找理由不去就是了。

他自有名人大家的风范和尊严。

有时候他一个月的收入就是大多数人全年的收入,还总说家里困难,不然谁干这个?反正他几乎每天都有进项,只不过是多少而已,已经习惯如此。

他不太会用卡,不会设密码什么的,又不想离婚,就干脆把钱全交给老婆管好了。他往外支出的时候少,帮别人忙的时候多,所以大多时候都是别人请他吃饭,他很少请人吃饭。在这上头几乎是零花销,他也乐不得的。平时兜里总揣个几百元零花,皱皱巴巴的,够买饮料、面包就行,真是兜比面子还清净,比欲望更纯洁。

王天凤也未必差钱。只是她觉得在自己的任上,李显阳所能得到的好处,该得到的几乎都得到了。“国家一级演员”“文化部文华奖获得者”“隆山市德艺双馨文艺家”“隆山市劳动模范”“享受政府拔尖人才津贴”等等。哪一步不是自己鼎力支持的结果?可李显阳除了工作上全力以赴,感情上虚头巴脑,口中蘸糖,对谁都这样,看不到对自己有真实的感激表现。

在他们的最后一次谈话时,她告诉他:“演艺剧院就是你的了!”李显阳除了起身握了她的手一下、拍了她厚厚的肩膀一下、拥抱了她一下,这些对李显阳来说都是习以为常,家常便饭的事,就再没有其他表示了。

俗话说:“蛇蝎妇人心。”在李显阳兴高采烈、匆匆告别而去之后,王天凤望着他的背影,另一个恶念涌上心头。她要让他知道谁是你上级领导,谁好使?

李显阳没有接受宣布的任命,他要另谋出路。他上省城参加了知名演员读书班,结识了一些省内的文艺界能人,让他们了解了自己的才能,他的命运终于有了转机。

2

当时国内的很多行业都在研究如何做大做强。大学也一样,都在想方设法扩大自己的办学实力和社会影响力。隆山师范学院已升格为隆山师范大学,也想通过开办艺术院校等方式来增加学校的软实力,就委派著名评书表演艺术家袁景连的长女袁清主办这个事。学校的硬件设施有了,更重要的师资队伍也得配齐。袁清就四下撒网,网罗人才。

省城的一个朋友说:“这样的人才,你们隆山就有。你去找你们市艺术剧院的李显阳谈谈,看看他愿不愿意过去。这个人太厉害了!”他把李显阳的电话号码给了她。

袁清拨电话的时候,李显阳正和王慧在市府转盘处遛弯,接到电话后,就带着王慧一起见的袁清。

这种情形下的见面,决定了袁清与李显阳关系的定位始终保持在工作关系的层面,排斥绯闻和其他诱惑,同时也让李显阳欲近不得,欲远不得。

他身边的女人一个比一个强势,让他欲爱不能,欲恨不能。白天晚上周旋在她们身边,惶惶不可终日。他唯一释放自己的方法,就是在每每的社交饭局上逢场作戏,撒撒娇,卖卖萌,讨大家欢心,自己也开心作罢。

也不能说李显阳一次出轨的心都没有,但由于惧怕老婆,也怕承担责任,往往在情到深处,或者激情燃烧的关键时刻,他就戛然止住。发乎情,止乎礼。

有多少次相见甚欢的女人,要跟他有那样的意思,他都温婉地劝住了。

有一次,他的搭档沈歌飞在与他拥抱之后极尽女人的温柔和激情,用坚挺的小胸激烈地蹭他,他也血脉偾张,蠢蠢欲动,但最终还是控制住了。

他顶多允许她有过几次在彼此交好的麻友面前坐坐他的大腿。两人的暧昧关系在圈内外是公认的事实。

有人封沈歌飞为李显阳的“二老婆”,她不辩驳,他也笑纳。他们不愧为演员,舞台上常扮夫妻,生活中也配合默契。他们的年龄相差近二十岁,她是他女儿的姐姐的年龄。可她就是爱他,也不能不爱他。有谁对她有他那么好呢?他除了没有给她生命和性关系以及金钱这些看似有形的东西,其他能给的都给她了,也等于给了她另一种生命,工作、事业以及多姿多彩的艺术人生。

他对她悉心地栽培和爱护,是无所不在的。从初出校门、青涩的艺术院校的毕业生,到市艺术剧院的报幕员、女一号,再到省市知名的“腕儿”级主持人,市艺校的先进教师、系主任,哪一步不是李院鼎力支持和有意栽培的结果?自己除了在李显阳需要的时候挺身而出也别无他报。

李显阳对她的爱如父如兄,温暖踏实。他告诉过沈歌飞,也告诉过所有人:“我不能离婚!”

这倒并不是因为老婆有多好,主要是考虑女儿的感受,怕孩子受伤害。

李显阳劝过沈歌飞不要指望他,让她另谋他路。但沈歌飞在情感的市场里兜了一圈,孩子也生了一个,最后还是放不下李显阳,认定今生他就是自己的菜,不想再找别人。

她知道李显阳爱打麻将,就学会了打麻将。几乎每周都留出一两个半天召集一次。每次输赢额度在两百元以内,大家都能接受得了。表面上他俩各走各的牌,其实暗中他俩是同盟,各助彼此。李显阳经常是她的上家,他出的牌沈歌飞能胡也不出手,一心只赢那两人的钱。她知道李显阳要是常输的话,就不会老来玩了。

李显阳爱钱。他常对身边演艺圈的兄弟说:“要不是家庭困难,谁干这个?”

给人的印象是王慧家兄弟姐妹多,生活困难。谁也没怎么细想:谁家富裕呀?他的额外收入应该是演艺圈最多的,可他还总这样说,那别人得咋活呀?

他不是因为做人低调才这样说,而是真就这样认为的。王慧平常总是斤斤两两地算小账,生怕亏了。天长日久,他也习惯了掂量付出的分量和轻重。只不过他爱面子,也靠面子吃饭，所以他的重利，外人看不出来。钱掌握在王慧手里，作为娘家的长女，常补贴娘家。给他传递的信息是钱总不够花，当然挣多少也不嫌多。

李显阳对钱财的贪恋与对情色的迷恋，二一添作五，同等重要。没有情色，很难想象他会怎么活。

李显阳对沈歌飞也是欲拒还迎，主要考虑他们是合作关系，感情融洽对事业有利。他们之间形成了一种精神依恋和难得的默契。

“人与人相处是有感情的。”李显阳常这样说。

他们应该是精神恋人。

老谋深算、老奸巨猾的李显阳，之所以拒绝与沈歌飞有进一步的发展，是考虑年龄差距。这是不可逾越的代沟。他不想因为一时的冲动给自己带来终身的后悔。他经常给人主持婚礼或参加婚礼，其中说的或听到最多的话就是“相伴一生”“白头偕老”等词汇。传统的婚庆文化早已深深地烙在他的脑海和血液，植根在他的骨髓里。

虽然沈歌飞经过这么多年的历练，演技已很了得，但由于书读得少，文化略显欠缺。除了台面上那点事尚可，不善与人交流，还挺恃才傲物的。往往一些场合里，听不懂别有用心的人说话的意思。

“有点卡，就会‘嘿嘿嘿’笑，好坏话听不出来。”李显阳曾对尤朗月这样描述沈歌飞，挺不高兴她这样。

她在隆山毕竟也小有名气，行业以外的追逐者——高官和大老板不少，弄不好给自己整个绿帽子戴戴也很难说，所以坚决拒绝和她有性关系。

他俩的关系只能是在暧昧中往前走，见了面在一起活动就好得天衣无缝，分开后就各找各自生存的途径。

他们是天造地设的，无论舞台上还是现实场面中的最佳搭档。戏演完了，合作完了，就如劳燕各自纷飞，去寻觅更广阔高远的天空。

他们这样的一种合作模式，也阻挡了不少外界男女对他们想入非非、蠢蠢欲动、伺机窥探的梦想。这也是他们保护自己的生存之道。艺人有艺人的得意，也有不为人所知的难处。

他们在舞台上亮相，风范十足，潇洒靓丽，堪称老夫少妻似的绝配。舞台之外的东西就见仁见智了。

演艺界的人，戏演多了，难免陷入情境，也有假戏真做，拔不出来的时候。人是有情感的生命，再职业的演员，再专业的素质，也难免夹杂个人情感。耳濡目染，熏陶冶炼，时间久了，就也像其他行业的人一样品行良莠不齐。优秀的可能更优秀，卑贱的可能更卑贱。

有一部分人，实至名归地成了德艺双馨的艺术家，有些就是挂羊头卖狗肉的。

如果说某某人就是个戏子，还不算是太带贬义。

尤朗月对演艺这个行业知之甚少，除了人所共知的影视明星，从未关注过其他人。她只对文学家感兴趣。年轻时经常去听文学讲座，关注文学动态。

小时候听母亲说自己侧脸看长得有点像戏子，感觉很受侮辱。从没想过自己会与演艺工作者有什么瓜葛，更没想过会爱上艺术家。

她理想的男人应该是学者加官员。现实生活中，谭思诚的气质基本符合她心仪的类型。只可惜命运不给力，让他比自己晚出生两三年。这一硬性数字与她特定的人生理念发生了冲突，她铁定不想找个小女婿，所以只能忍痛放弃，另谋他路。

但她做多少次春秋大梦，也不会想到人生走了大半，却与艺术家李显阳一见钟情，再见倾心。

“你超越了我的梦想！”尤朗月曾对李显阳说。

其实不只是尤朗月，李显阳的长相和姿态，就像潘安转世，成熟稳重之中带有魅人的帅气。男性的阳刚之美，说的就是他这样的。声音又好听，几近完美的普通话，带电的男中音，立体感十足，让听者悦耳爽心，像品尝热带水果的感觉，甘之如饴，很养人的心肝脾胃肾。又有一定的社会身份，为人又谦和有加，着意表现美好的一面，不惜给所有人都留下好印象。你就是铁打铜铸的金刚，也会被他待人的热情所感染；你就是千年坚冰封冻的雪山，也会被他温暖的情怀所融化。

李显阳感觉到要与这个豪爽、潇洒、个性十足，又很爱挑剔的他眼中的“大姐大”“阔太太”有故事，与其说他在等待，不如说他在静观其变。尤朗月的强势性格，他自认是驾驭不了的，但他又很期待这场与其说是游戏，不如说是他的美梦。

3

李显阳十几年前就听周天雨说过尤朗月的家世背景和她本人的基本情况，也见过尤朗月几次。让他印象深刻的至少有两次。一次是在隆山大厦六楼的阶梯式会场里，他主持周天雨的诗歌朗诵会，尤朗月坐在离舞台不远的座位上，凝神地聆听。她穿着一件非常洋气的浅粉色薄呢子上衣，里面是紫红色蕾丝高领平绒内衣，黑色长裙。头发是做了形的大卷波浪，红唇黛眉，皮肤白皙。尤朗月整体给人的感觉是很端庄、知性和富有，即“高大上”——高端、大气、上档次。

之前李显阳在走廊上小声问正在迎候来宾的周天雨的媳妇：“尤朗月来没？”

周天雨的媳妇就大声问周天雨：“尤朗月来没？”

周天雨不满意媳妇的没有修养，哑着声说：“来了，那不坐在第三排过道旁边。”

周天雨的媳妇就伸脖子往会场里张望，李显阳却故作漫不经心，往里撩了一眼，感到尤朗月像一幅恬静的粉彩画，印象非常之好。

美好的人，谁不爱呢？美好的生活，谁不向往呢？但那时他们无缘。

心静如水的尤朗月，那时还不知道李显阳的名字，感觉到这个主持人走到台前避开与自己或大家对视的目光，背对着自己和观众在跟周天雨小声说什么。她想象不出与自己有任何干系。她来报社工作还不到一年，与周天雨打交道并不多。只是最近见面时才打打招呼，寒暄几句，受到了邀请而已。更没有想到他们干吗那么重视自己来与没来。

朗诵会开始后，主持人向在场的观众特别介绍到这次朗诵会受到了原隆钢老领导、周天雨的忘年交诗友马老马万里的亲切关怀，并且朗诵了马老的贺诗。

当时尤朗月就感觉这首祝贺的诗会不会是周天雨自己“打冒支”代写的，如果是马老写的话，为什么不安排马老的秘书小罗参加？若由小罗来代替朗读，岂不更显真实，更能烘托氛围?

来宾中有很多爱好诗歌的各级领导,自己名不见经传,他们没必要那么在意自己来与没来。是不是因为我与马老家沾点亲戚的缘故?这也可以用来隐含什么吗?这里边也有什么可以利用的价值吗?尤朗月觉得周天雨未免有点乞怜。

尤朗月不知道他们这样的心机还不算最无聊、无耻的,更无聊、无耻的以前有,以后也会有。在周天雨身上有,在别人身上也有。

那时复杂、吊诡的社会生活还远没有在尤朗月面前展现它魑魅魍魉的另一面。

二十世纪八九十年代,改革开放以来,人们一下子从过去的极"左"思潮和精神禁锢中解放出来,真就是能行风的行风,能唤雨的唤雨,八仙过海,各显其能。几乎所有人,只尤朗月及少数者除外,都使尽浑身解数想让自己的人生价值和社会能量最大化。

那时最直接有效的手段之一就是攀高枝、抬身价。这是为了某些所谓的脸面,而不顾另一种脸面的无耻行为。后来又大兴拍马屁、抱大腿,再后来更恶劣的,泛滥成灾的,就是出卖身体和良心,乃至泯灭人性和良知。

这些还都是让人一眼就能看穿的伎俩,更卑鄙的行径、隐晦的手段、贪得无厌的欲望、不得便宜下口咬的阴损,在不良欲望的驱使下,无不有过之而无不及。别的地方如此,报社更不例外。好些人都在想方设法挖潜力,搞投机钻营,无所不用其极。

至于大家都努力地工作,积极地上进,充分体现自己的人生价值的正常想法和欲望是人间正道,是人生正能量。但有些人不择手段,希望通过其他方式或途径获得更大的利益。抬身价也是有效的手段之一。

钢报有个女记者拿着农村老家的学生证,到时任市长的办公室认老乡、认亲戚。毕竟是山窝里飞出来的金凤凰。作为报社的记者,也算有出息,市长认了这门亲戚,一时让很多人羡慕。

无独有偶。攀不上亲戚,攀别的。"诗友""忘年交"总可以吧?周天雨就把诗歌当敲门砖。

起初拜访爱即兴赋诗的马老马万里,还受到了欢迎,那时毕竟研究诗的人不是很多,马老像遇到了知音。

后来周诗人就得寸进尺,蹬鼻子上脸,不自爱了。家里的大事小情都找马老帮忙,申请要房子,帮了;媳妇住隆钢医院,安排了;自己要提干,这马老就为难了。

马老什么人?德高望重,廉洁自律。自己孩子提不提干他都不好张口。为了这么个所谓的诗友,马老破例给报社温总编打了一个电话:"温贵仁,我是马万里。报社的周天雨怎么样,能不能提一提?"

"马老,您要是说别人,贵仁我可以考虑。但天雨不行!他就是个诗人,除了写诗,他啥都干不了。"温总编一口回绝了。

这个电话打完,把马老气坏了。过去在隆钢说一不二的他老人家,这之后就更加光火周天雨,眼不见心也烦。等周天雨找理由再来看他的时候,他就让老伴把上次周天雨带来的廉价酒也一并拿走,从此才少了联系。

尤朗月的父亲出第一本诗词集的时候,想邀请两个人作序,一个是马老马万里,一个是诗人周天雨。

周天雨也是这本书的策划人之一，情况比较熟悉，早把序言写好了。

马老德高望重，既是隆钢的老领导，又是尤家的老亲戚，最关键的，他老人家还是诗人，所以非常支持和热爱这样的事情，马上就答应了。

马老时已八十多岁高龄，仍然文思敏捷，思路清晰。凡是接触过马老的人，无不非常钦佩。唯有视力模糊，阅读需要秘书代劳给念出来。

尤朗月和给办理出书事宜的隆钢文联主席刘立新到马老家商议此事的时候，秘书小罗也在。

马老让尤朗月把报社编辑部的高主任找来代笔，由他口述，令大家都非常吃惊。以为他还不得找周天雨呀？

马老态度十分坚决地说："不找周天雨！他和他媳妇上这来要提干，让我找温贵仁。电话我打了，温贵仁说：'马老，你要说别人，贵仁我可以考虑。天雨不行！他除了写诗啥都干不了。不让他来！'"马老很生气。

高主任来了之后，与马老一拍即合，相得益彰。一个口述，一个执笔。序言很快就出来了，是大手笔。

附录如下：

序《桑榆诗词》

马万里

尤贵阁同志的新作《桑榆诗词》即将出版，受亲友之托为其作序。我虽然出版过两部诗集，但韵律不严，造诣不深，且对诗的理论知之甚少，至于词更觉陌生，此其一；其二，年迈不爽，视力锐减，几乎达到"目空一切"，既不能阅读，亦不能书写，书稿惠之于我，只好他人诵读，我则倾听，以耳代目，以至印象不深，时有误解。因此，序不成章之处在所难免。

作为隆钢的一名高级工程师，尤贵阁同志长期从事冶金基建技术管理工作，全心全意，尽职尽责，在平凡岗位上做出许多不平凡的事情，对隆钢技术改造报以满腔热忱，无私奉献。若从亲情论，我长贵阁一辈，但他也已是七旬之人；而从工作论，可以说我们都是"汗洒钢城一老兵"。目睹隆钢改革带来的跨越式发展，受到极大鼓舞，自然从心底迸发出对隆钢的赞美之歌。从作者《回隆钢有感》《钢都明朝更绚烂》《隆钢再赋》《林工回国宴请诸工感怀》等诗作中，此种心声尽展无遗。"离岗赋闲逾八年，欣闻钢厂宏图展。喜获利润超几亿，装备改造居领先。"二〇〇〇年四月作者乘兴回到隆钢，二〇〇一年五月再回隆钢，数十年间与企业结成的血肉联系，无以改变，一往情深。"驻足环顾熟且疏，车间厂房新彩出。芳苑大路直如发，僻陋简舍迹皆无。"作者回厂如坐春风，就同重归老家，"相见寒暄热衷肠，亲昵话别喜气扬。互诉厂业家计事，临行不尽抒情长。"特别是一道过来之人，诸工聚首，回味往事，无限感慨愈加良多。"人生百年何遥远，怎比当年火花飞。切磋百米高台上，何知今夜一醉归。"事业在人的一生中高于一切，当把诗词与其连为一体的时候,便会产生无比高尚的精神动力。

富强的祖国,辽阔的神州,有着享誉中外的名胜古迹,有着景观独特的山水园林,吸引着多少诗人讴歌不止,吸引着无数游客流连忘返。“南国春来早,生花疏木,茂茂密密,试名不举。”(《沁园春·南国之恋》)“北国江山,万里冰天,凭望红旗烂漫。”(《满庭芳·喜迎新年》)作者亲历览胜之地,思慕九寨沟,重游南通城,乘坐太湖艇,水乡周庄行,旅游观光,山川云天,畅怀所到之处,诗词记载可见一斑,读来生动,令人有感,实乃难能可贵。桑榆红霞,身手健朗,毫不示老,“凝伫久,都在斜阳里,怎忍离去。”作者与寄情江南烟水,北国冰雪,阅览山河,回归自然之同步,尽赏祖国改革开放和现代化建设的辉煌业绩,也以诗词写于心怀。试看都城大市,“遥望对岸灯海处,缤纷五彩色斑斓。东方明珠天边月,共照江上游客船。”对比历史,不由慨叹“沪城一别十八年,变幻速度举世罕”(《外滩夜赋》)。走近农家小院,“盖新楼,换彩电,茅屋觅不见。主人邀入餐,土产一席鲜。”目及以往熟识之旧时城乡,油然而生设问:老城轮廓哪里去了?老村草棚哪里去了?“改革春风,吹醒农家人思变。”(《水调歌头·客江北农家》)“但怎比今朝,繁华南国天。”(《水调歌头·南通重游》)歌者自豪回答,用以明证生命中曾无法忘却的许多东西,毕竟有一部分因此欣喜而永久地失去,并且得以历史飞跃和时代升华。

诗言志,志壮则发;诗抒情,情深则发;诗写境,境广则发。此乃我之拙见,不知当否?纵观尤贵阁同志的百余篇诗词作品,尽管取材广泛,表现形式各异,但其共同点是,孜孜以求言志、抒情、写境。“常回首,多无憾,皓首归舍理当然。倩谁偿我少年愿,追随骚人列末班。”(《鹧鸪天·辛巳清明怀旧》)按其自注,“列末班”指为诗起步偏晚之意。确实,作者接近“从心所欲,不逾矩”之年方涉足其间,但壮岁无暇顾及当是主要因素。顾名思义,《桑榆诗词》本属夕阳风发之作,可以称为实至名归。而这并不妨碍诗词本身,恰恰相反,人生积淀的厚重理念,倒是能得以更好发挥与释放。“诗篇何须黄花瘦,硕果满目尽黄金。”(《秋思》)作者投入心血的创作实践表明,这种互补作用确乎客观存在,难能可贵之处也正在于此。言志,则国事、家事、天下事,志在真诚。“年老诗作伴,些感不枯燥。吟赋歌大千,言志凌云霄。”(《新世纪之光征文获奖感言》)抒情,则亲情、友情、同志情,情满于怀。“婀娜小女,飞往蜀川,逾期多日未返。”“害老夫,盼女归,彻夜难眠。”(《声声慢·赖账恨》)写境,则天境、地境、人间境,境有心仪。“拭目关注荧屏,萨翁呼喝申奥成。”“待七年,虽已耄老年龄,必京城行。”(《水龙吟·祝贺北京申奥成功》)

“诗词不弃两鬓霜。”(《鹊桥仙·酒诗》)值得可喜的是,贵阁同志对于古典诗词深感兴趣,勤于学习,精心思考,作品常见于报刊,现又汇集成册,实在是做了一件有意义之事,亦可谓老有所学、所为、所乐。应当肯定,他在现代格律诗层面的意义上,对旧体诗词进行继承和探索,致力有益尝试,倾诉内心世界,卷起了激情勃发的道道浪涛。当然,《桑榆诗词》并非完美之作,在文字、韵律等方面尚有待商榷。

“莫道桑榆晚,微霞尚满天”,愿贵阁同志“年老笔力壮,展卷创佳篇”!

李显阳第二次见到尤朗月是在国庆五十周年的前一天。在隆钢报社门前,李显阳带着老歌舞团的歌唱家们为隆钢报社彩扩公司销售金质纪念章站台助阵。可尤朗月只在匆匆出来的时候瞥了他们一眼,之后就坐在摆在大门口的一排桌子前,与彩扩的几个工作人员一起向来人介绍纪念章，再没回头。

不被进入眼帘的人青睐或者特别关注，让热情似火、激情澎湃的李显阳心里很不是滋味，尤其像他那样在外面嘚瑟惯了的人。

他带着老歌舞团的男女演员到隆钢报社门口站台演唱，是冲着隆钢摄影家协会主席郝连友是好哥们儿的面子无偿帮忙，分文没有。唱到中午十二点才解散。只是他头天晚上和郝连友以及重回隆钢报社的彩扩经理于涉水小聚了一次。

他与于涉水过去也认识，很豪爽的一个哥们儿。现在旧债缠身，已不似当年。想重整旗鼓，所以他不能不帮这个忙。

像这样分文不取的帮忙经常有，都是给面子的事，都有难处，张口了就不好不帮。搞得他有时挺为难，不答应吧，得罪人，答应又得罪艺术剧院的同事们。

艺术剧院经费严重不足，演职员们每月只能开百分之二三十的工资了。当面敢怒不敢言，怕被裁下岗，背后怨声载道。

业余时间都有第二职业，出去挣外快，不然怎么活？百分之二三十开工资，自己都养活不了自己，如何能养活家人，父母、老小？

只少数几个有勇气下海的演职人员做得比较好。大多数在下海试水之后，扑腾几下就上岸了。做买卖、搞经营，不是所有艺术家都干得来的，但也都有来钱道。

想想这些要面子和不要面子的艺术家们也真难。有些经不了生活磨砺的男女，只能各找各自的路径了。仗着天资优越，才艺好，长相靓，傍大款的傍大款，找富婆的找富婆。有个在李显阳身后的男演员，找了个卖袜子起家的所谓富婆，百依百顺，彼此相处和谐。

想想都让人不得不为艺术和艺术家感到悲哀。

4

尤朗月与李显阳前半辈子没有交集，是路人甲乙。后半生虽然相遇，却各自有不同的生活轨道。他们就像飞蛾扑火那样投身热血燃烧的激情之中，但由于来自个性的差异和其他人为原因，欢乐和烦恼同样多。

尤朗月给他们的恋情打分是“苦乐三七开”，李显阳说是“二八开”。

尤朗月由于各种原因在连续三五次请李显阳吃饭之后两人走到一起的。以后大多时候都是李显阳买单，偶尔才有例外的时候。

尤朗月第一次和李显阳单独吃饭是因为大学同学肖小菊来电话说让她帮忙向李显阳借演出道具，局里“三八妇女节”搞活动，出节目。当时尤朗月正闹牙患，左脸略肿，很不愿意见人，尤其是像李显阳这样很注重外观形象美感的人。

但讲义气是尤朗月为人处世的风格，她给李显阳打了个电话：“喂，你好，李大哥！我同学肖小菊有事想求你帮忙，晚上有没有时间？我请你吃饭！”

“今天晚上我有点事。下午有空！”李显阳还是很积极。

“我午后已经约好了上美容院，那你能不能也跟我过去体验一把呀？”尤朗月嬉皮笑脸地说完就大笑起来。

“好吧，我过去，一点半你在美容院门口等我。”李显阳很痛快。

尤朗月心花怒放。

她提前半个小时到美容院等待,李显阳一点半准时到了。

美容院的女老板深谙男女间情事,在李显阳进来的当口,她正与一个朋友谈话,透过休息间浪漫剔透的纱帘,看到一个身材伟岸、长得很帅的男子,由尤姐挎着胳膊进来,就动了恻隐之心,想要进一步帮助美化尤姐,成全其美事。

她送走了朋友,上楼来让美容师给尤朗月做做睫毛。这在尤朗月是头一回,开始还推辞。这个美容院并没开设这个项目。

待睫毛做好,尤朗月又习惯性地画了眼线,李显阳那边也要做完了,只听李显阳在隔屋对美容师夸赞尤朗月:“温柔,有女人味。”

从美容院出来,离李显阳赴晚饭之约还早,他们又径直前往不远处的阳光酒店。上了电梯,来到三楼中餐的一个包间,根据男参女鲍的说法,尤朗月给各自点了一份,知道男人都是食肉动物,又点了一只乳鸽、一份牛排和一盘绿叶蔬菜,各一小碗米饭。

李显阳自选自饮了一小瓶白酒,尤朗月喝的是鲜榨果汁。

席间李显阳说了很多尤朗月不知道的事和他的人生观。

中途李显阳接了两个电话,一个是在座位上接的,一个沙哑女人的声音,告诉他晚饭订在哪个酒店;一个是起身出去接的,说了好一会儿。

回来后李显阳不无感慨地说:“现在岁数大了。以前没想找女朋友,要是想找,什么样的找不着?”他自信满满。

尤朗月感觉自从周天雨与古荫走到一起,大家由起先的不接受,到逐渐接受,乃至习以为常,对周围的社会小环境有一定影响,对身边的兄弟们也有一定的刺激作用。原本安分守己的人不安分守己了;不甘寂寞的人就更加不甘寂寞了,形成了不良的风气。

他们说好明天由肖小菊过去取道具,到传达室后给他打电话。

李显阳不知道为什么尤朗月不跟过去?为帮别人的事,请他又是做美容,又是吃饭的,花了不少钱,不乘胜追击采摘胜利果实,反倒拱手放过,使刚刚建立起来的感情基础付之东流,这是为什么?李显阳想不出。

他感觉尤朗月和他所建立的只是一种普通好朋友的关系,而不会给其他。

他不知道尤朗月何尝不想也和肖小菊一起过去多了解一些他的工作情况。她对他的一切都非常感兴趣。只是少有的几个原因能高过她对李显阳的关注,何况恰是宝贝女儿的事。

明天宝贝女儿过生日,她得上街订蛋糕,买礼物,准备美食。李显阳所工作的大学在高新区,离市中心较远。再有就是大老远过去了,能说拿到所借的演出道具就立马走人吗?还不得寒暄几句?哪怕后天都行,明天可真没闲心。她又不想直说原因,所以尤朗月就跟李显阳说好明天让肖小菊自己过去取道具。

她不知道这也或多或少地伤害了李显阳的自尊心,花钱再多也没用。李显阳认为尤朗月请他又是做美容,又是吃饭的,无非就是为了帮同学肖小菊,与爱不爱他没有关系。不然有这么好的理由和机会为什么不去呢?

话剧演员出身的李显阳,经常与女人搭戏,天生就恨女人矜持。女人矜持让他不爽。但他还是很热情地接待了肖小菊,又是让座,又是给拿饮料的。肖小菊没坐,只站着寒暄了几句，道具拿到手，就笑呵呵地告辞了。

还道具的时候，肖小菊把道具还到了尤朗月手里。她陪他们吃饭那天就看出月姐对李显阳非常在意，却想不出月姐为什么要让她自己过去取道具。是他俩的关系不像她想象的那样，还是有别的什么原因？那天他俩吃饭的时候尤朗月给她没过去凑热闹来过电话，说是让她也过去。她当时正和父母在家打麻将，下不来，又不想为了单位借道具的事花饭钱，就没去。按说第二天她俩一起去取道具是正常的，符合情理，月姐不至于因为他俩吃饭时自己没过去凑热闹而不陪自己过去取道具吧？可月姐却放弃了这个机会，让她一个人过去，有点违背常理。

她不知道在尤朗月的心里，女儿大于爱情。习惯了用利益考量一切的眼光来看，尤朗月虽然钱也花了，事也办了，但没有帮忙帮到底。这样花钱、费力，又不想讨好的事，也只有尤朗月能干得出来。

尤朗月天性耿直、豪爽，这在有些人看来无异于缺心机。那她何不再巧利用月姐一次呢？让月姐替自己还道具，既显得和月姐姐妹情深，又免了不想掏钱请人吃饭的尴尬，一举两得。

尤朗月觉得那天没跟肖小菊过去取道具，就像欠了李显阳点什么似的。这次还道具的时候，她准备再请李显阳一次，还叫上了大美女白丽萍。

在大美女没到之前，李显阳坐在四人一桌的尤朗月的斜对面伸过手来，在尤朗月的手背上，讨好地抚摸了两下。他俩都笑了。

白丽萍一进来，被让到尤朗月对面，挨着李显阳坐下。还没说上两句话，大美女就情不自禁地上手了，几次三番地要碰李显阳的右胳膊，弄得尤朗月一愣一愣的。李显阳也挺尴尬，直往旁躲，或者正襟危坐。

谈话中尤朗月得知他们很熟，曾经交往很多。白丽萍的前夫是李显阳圈子里的兄弟。二十年前他们几家兄弟夫妇都一起到过李显阳家吃火锅。

白丽萍离婚后买的房子就在李显阳家过去的住宅不远处，隔条小马路。窗户对着李显阳家出入的小道。有时上街或早晚到凉亭山健身，常能碰到。

“不忙的时候，一唠唠半天。”李显阳解释过往。

他俩显然这几年没有联系，关系疏远了。

晚上两个闺蜜煲电话粥时，白丽萍隐隐约约道出了来龙去脉：

年轻时白丽萍曾经是隆钢艺术团的报幕员，若是现在就叫节目主持人了。长得花容月貌，高高大大，白白胖胖，肥肥沃沃，走哪却自称“小女子”。酷爱文艺，且多才多艺。一手字写得非常地道。就是命运不济，嫁给了电视台的腾海波后，两人老打架，纷纷劈腿，闹得鸡犬不宁。

男方家境较好，父亲是隆山市商业局局长，母亲是贤内助。家有好几处房产。他们又得了个白白胖胖的大儿子，按理说应该是个很美满、幸福的家庭，可就是彼此锁不住对方的心。

腾海波是个音响发烧友，当年花十五六万元人民币买一套组合音响设备，打出租车却常不给钱。有一次他又掏出记者证，结果没好使，竟和的哥打起来了。孩子上大学的时候他已离婚多年，再娶又离。上北京出差，去看过儿子，明知道儿子的银行卡里没有几个钱了，也没说往里打点，却说管你妈要吧！

白丽萍说：腾海波屡次劈腿，连哥们的老婆都玩，同时有好几个。有一个怀了孕的电视台姐妹来找过她，逼她离婚。她离婚了，可腾海波娶的却不是她，而是一个非常厉害的大学美术老师，最近也离了，腾海波啥也没捞着。

腾海波与白丽萍感情不和的主要原因，白丽萍没说。爱联想的尤朗月感觉是似乎与李显阳有关。

尤朗月把白丽萍所提供的线索穿成串，认定他俩的交往也不一般。

白丽萍通过前夫的关系认识了李显阳，几个家庭经常在一起聚餐。年轻时候的白丽萍比现在浪漫，爱搞情调，更是个地地道道的追星族。常与姐姐一起到人民剧院去看由李显阳主演的话剧，像《少帅传奇》里他主演张学良，《雷雨》里他饰演大少爷周萍，等等，迷恋得不行。

为了与李显阳接近，白丽萍也是绞尽了脑汁，用尽了种种办法。

李显阳是个大老好，基本有求必应，谁求都行，就难免被人画圈往里走。能让白丽萍拿出来炫耀的是有一年的六一儿童节，李显阳应他们夫妇之邀到隆钢第一幼儿园给小朋友们指导朗诵表演，同时也指导了整台会演。让这台节目精彩纷呈，小朋友们有满满的自豪感。

这之后，白丽萍又找李显阳给自己的儿子请美术老师教儿子学画画，王慧妹妹的孩子也跟过去了。小朋友们到公园写生的时候，李显阳还跟过去看过。

他们这个圈子的男男女女大多与文艺沾边，天性浪漫，自由开放，见面都要以搂搂抱抱开场，否则就像对不起谁了，缺点啥似的。哪怕过后谁也不认识谁，逢场也都给个面子。这也与他们都已打开天性，职业需要合作有关系。

白丽萍向来是一见到李显阳就扑上来抱抱的，身体黏人。李显阳也都礼貌回应。时间长了，自然引起了腾海波的反感，心生嫌怨，就也当面背后的找平衡。自然也引起了白丽萍的反感，就老吵架。

最刺激腾海波的是好哥们李显阳向他告了刁状：“丽萍给咱家你嫂子打电话，说要和她做生意，推销酒。你嫂子怎么能做这个呢?”意思就像要拉她家嫂子下水似的，表现出极大的愤慨。

看得出他们夫妇对白丽萍的行为都相当反感。

腾海波回家就和白丽萍大吵了一架，要闹离婚。

不久白丽萍就出事了，出大事了。隆山钢铁公司5·05号文件关于机关工作人员工作中如何注意安全，防火防电等细则，就是因为这件事出台的。

白丽萍也因为这次重大事故而被开除了隆钢厂籍。

这是当年“五一劳动节”前一天，隆山钢铁公司在隆钢体育馆门前举行大型庆祝活动，邀请了多位国内一线明星来参加演出。

作为报幕员的白丽萍这几天心里颇不宁静。李显阳夫妇对她的反感，自己老公闹着要离婚，陡增了她的心理压力。再加上这次活动也邀请了市艺术剧院的李显阳他们过来助演。这几天彩排的时候已经见过李显阳，与自己不远不近的。自己要求与李显阳一起朗诵诗歌,李显阳也没说同意,而最后的结果是与原话剧团团长的女儿刘小平一起朗诵的,显然撂了她,让她很没面子,无地自容。什么明星啊,歌舞啊,庆祝会啊,报幕啊,公司领导啊,白丽萍见得多了,她都不太在意! 她也是个性情中人,只在乎所爱之人,在乎她心目中最重要的人。

这几天她没有睡好,这会儿困了,离演出还有一个多小时,她在自己的办公室想静一会儿,就睡着了。朦胧中听见有人喊:“着火了! 快救火!”她睁开眼时已是大半个办公室火光冲天。

有人在拿灭火器灭火,自己被人拽到走廊上。幸好有人发现及时,灭火及时,也幸好外面锣鼓喧天,播放的歌曲激昂嘹亮,掩盖了楼内的慌乱。

关键时刻还得是领导。体育馆馆长见白丽萍已吓得不行,怕误大事,就把她安排在一个安静的办公室里,让她先不要考虑着火的事,静下心来准备一下报幕词。

这时的白丽萍心智全醒了,她知道自己在这场庆祝会的分量,已经到了这个时候,不容许她表现出有半点不适的状况,还真得感谢父母给了她那副大丽花般美好的容颜和一副甜腻的嗓音。

她在大家的簇拥下来到会场的前台,一下子就进入了热烈欢庆的海洋之中,进入了自己的角色,还算顺利地完成了报幕任务。

什么李显阳啊,老公啊,离婚啊,统统都不重要了。

会后她面临的是开除隆钢厂籍处分。事故的起因是她趴在办公桌上睡着之前点燃了一支烟。

紧接着是离婚,租房子,买房子,单身。整个人的状态,一下子从巅峰跌到了谷底。为了生存还得挣扎。

她报了很多班,学了很多本事,书法、绘画、美声、电脑,样样精通,主业是财会,常给人代记账挣钱。她认为一切都要有人民币做保障,否则一事无成。

她甚至混到大学去给大学生讲摄影,也先后处过几个有点社会地位的男朋友,皆因她水性杨花,当面背后的勾搭其他更有身份的男人而告终。

她见到不太讨厌的男人都可以投怀送抱,温暖如春,喜笑花容,妩媚万分。常令一些情感上饥渴的男人想入非非。

有一个诗人见到她以后激情难抑,写出了“爱情泛绿”的诗。那位冶建总公司前组织部部长曾志朋与她分手多年还挺怀念她的。

白丽萍自己认为从外观上看,就她和李显阳最般配。一般人配不上李显阳的外貌。

尤朗月却不这样认为,她认为这只是白丽萍的自我感觉。她第一次请李显阳吃饭那天和肖小菊过去接他,就曾亲眼见到过一个妙龄丽人与李显阳并肩从艺术学院的教学楼里出来,非常般配,和谐美好。

“一个朋友,过来听课。”李显阳解释。

李显阳的搭档沈歌飞虽然与他像父女关系,但从另一个角度看也像老夫少妻的感觉。舞台上谁又能说他俩不和谐,不相得益彰呢?

某种意义上,可以说李显阳是个百搭,就像一座雕像或者山峰,和谁站在一起都能衬托出一道靓丽的风景。

从人的自然天赋和个人魅力而言,李显阳的确是一道不能不看的风景。上天给了他一副好皮囊。他的外观长相就像苏东坡所描写的庐山那样真是“横看成岭侧成峰,远近高低各不同。不识庐山真面目,只缘身在此山中”。

尤朗月就曾前前后后、左左右右仔细地打量过李显阳脸上的每一个部件,每一寸肌肤,感觉除了中间那个硕大的鼻子比较出格外,其他部位都非常完美。那个鼻子就像五岳之中的泰山那样雄霸其中,又像骄傲的雄鸡昂首挺立。这就牵连了整个面部的布局,不会是一马平川、平铺直叙的没有看头,而是非常耐人寻味,引人入胜。

“你老看我鼻子干什么?”李显阳有板有眼地问过尤朗月。

“好玩,肉感!人说男人鼻子大欲望强。”尤朗月笑嘻嘻地解释。

“什么欲望?”李显阳故意问。

“嘻,你懂的!”尤朗月挤眉弄眼。

李显阳掐掐她的小脸儿。

李显阳的嘴也很好看,朗诵的时候大开大合,气势如虹,能吞万里风云。嘴合上的时候习惯性地做微笑状,薄厚适中,有弹性,像一轮月儿。

最美的还是在照相的时候,他往往职业性地把舌尖轻触里边的门牙上端,默念一句:“茄子”,绽开笑容,其结果是美轮美奂,美不胜收。

他的额头,一看就是聪明相,开阔,微往上凸,被理得很帅的头发在头顶三分之一处往一边甩。他是宽脸,轮廓很周正,缓解了面部跌宕起伏的布局,让人感觉很舒服,很耐看,无可挑剔。

“大哥走路带风!”白丽萍当面背后总这样说。

“就一走一过还行!”李显阳面对夸奖,常这样谦虚着沾沾自喜。

尤朗月觉得他冷眼看时更好,第二眼时顺眼,细端详时耐人寻味。

从白丽萍暧昧的叙述中,尤朗月得知十年前他们还一同主持过电视台一个姐妹家的婚礼,是她给李显阳“找的活儿”。李显阳只让她搭边站在一起,说了很少的几句台词。主持完婚礼,李显阳就匆匆和电视台的几个哥们儿、姐们儿打个招呼,饭也没吃,就揣着白丽萍向朋友家给要的大大的红包逃也似的赶往下一场婚礼去了,给白丽萍闪得还挺尴尬。

这之后近乎十年,他们没再打交道。偶尔饭局上遇到,也是保持距离,敬而远之。

白丽萍百思不得其解这是怎么了,她全然忘了她的前夫腾海波。

腾海波那天虽然没去参加婚礼,但过后听说此事,轻蔑地说:“就李显阳那个尿样能和她弄在一起!”

此话传到李显阳耳里很不是滋味。他本来就不想多接触白丽萍,接触也是冲着她是哥们儿的前妻过往的面子。这样就更加不想接触她了。

这十年他们的关系明显疏远了。

尤朗月从白丽萍娓娓道来中感觉到李显阳在她心里的分量,也更多地了解到李显阳有很多大众所周知,唯有自己不知的闪光点和个人魅力,便由起初的印象非常好,到很想进一步接触和交往这个人。

她过去没有想过要与文艺工作者走近,通过白丽萍那种五体投地般的崇拜,激发了她对李显阳的浓厚兴趣。她渴望和他成为最好的朋友，更期待有一天，自己女儿的婚礼由李显阳主持，那将是非常完美的事。

她请李显阳聚餐，同时带上白丽萍，就是要观察观察他俩究竟有没有情况。

白丽萍真是命运多舛，那么盼望相聚，偏偏今晚儿子学校开家长会。她只能早来早走一会儿。

李显阳比她来得还早，等白丽萍来后，他们不外乎拉拉家常，叙叙旧，同时向尤朗月解释他们的旧交情。

白丽萍不得不提前走了，她之所以过来无非是不想错过与李显阳见面的机会。近十年来，她已经没有力量请动李显阳了，他不给她单独见面的机会。

岁月如流。李显阳"大众情人"的快意，远非自称"小女子"的白丽萍的一己之心思所能揣度。

李显阳有好几个固定的圈子，涉及公安、教育、文化、卫生、艺术等几大系统。由于是社会名流，到哪儿都受追捧。他也到哪儿都播撒爱的种子，想给所有人都留下美好的印象。

用白丽萍的话说就是"大伙儿拽拨"，他也乐此不疲。

业余时间除了仅有的几项内容是必须保证的，此外他就天马行空，放任自流。一个是他每周都留出两个晚上陪家人，或上岳父家，或轮流到小舅子、小姨子家，或都上他家吃饭。

再就是周末他要到一个朋友开办的艺术培训学校参加活动，或授课或指导，然后大家一起聚餐，像开个 party（派对）。

这里荟萃了隆山广电几乎所有一线的年轻靓丽的女节目主持人，她们把李显阳看作这座城市里艺术泰斗级人物，倍加尊敬和追捧。

其中不乏对李显阳青睐有加、情有独钟的女子，她们把每周的相聚当作欢乐的节日。这种格局已持续了好多年。

他还要留出与沈歌飞召集的打麻将的时间。

见天色已晚，尤朗月和李显阳起身往外走时，李显阳语气十分肯定地说："过两天我给你电话！"他这是对尤朗月请他吃饭表示回应。你要是真以为他过两天没事会给你打电话那就傻了。他跟不太讨厌的人都会这样说。这是敷衍，也是勾引。打不打电话是另外一回事。

可是这期间又发生了必须关注的事，九十多岁的马老去世了。

马老追悼会那天周天雨和他老婆也去了。他老婆见到一个过去在隆钢报社当过领导的比他们年轻几岁的隆钢政坛明星，搂头就亲了几口。

尤朗月没理她，她瞧不起她那疯婆子没教养的样子。白长了个不太难看的模样，就是没文化闹的。

她老公周天雨公开和古荫在一起后，她居然有了一个非常世故的说法："不离婚，还能得到周天雨每月三千多元的工资卡；离婚了，那三千元也得不到了。"三千多元是周天雨当时的工资数字。

她以为握住了周天雨的工资卡,也就掌控了婚姻。其实周天雨的额外收入要比工资卡多得多。他吞占了几乎所有在他所编辑的副刊版面发表稿件的作者的稿费。不给他稿费就不错了。

很多作者起先都忽略了报纸有稿费这回事。当发表了作品,被问及得多少稿费时,往往说不上来,很尴尬。

有的是人托人投的稿,帮忙者还可能被小心眼的误会。冤不?

有一次薛世强发表了一篇散文,自己说稿费两百元,已请了七次客。正好赶上一个饭局,就大声嚷嚷问周天雨:“我两百元稿费怎么还没给我汇过来?”

周天雨就摆手不让他说下去,也不回答为什么稿费还没给。

尤朗月的老爸发表了很多诗词作品,周天雨也可能以为尤朗月家不差钱,从来没提过稿费的事。

尤朗月也差点儿忘了古往今来投稿是要有稿酬这回事。这是天经地义的。几乎每次投稿都要给周天雨带条烟什么的,或者请大家吃个饭。

有一次老爸所住小区的门卫在报纸上看到了尤老爸的名字,等老人家经过的时候就提到了,顺便问了句:“给多少钱稿费?”

老爸一时答不上来,就很尴尬。尤朗月去看他的时候,老人家就很生气地对尤朗月说到这事,让尤朗月也很尴尬。她明知道周天雨几乎从来不给人稿费,但为了证明自己的清白,当时就给白丽萍打电话,问她前几天在报纸上发表的照片,给没给她稿费?

白丽萍说:“都是朋友,给发几张照片,要啥稿费呀?没有!”

老爸和保姆都听到了白丽萍的话,老爸很轻蔑地说:“我就瞧不起这些文人!”

尤朗月起初觉得老爸这句话打击面太大,自己也算半个文人,做人做事就不在此之列。看来他老人家也已忘记了当初人家给发表诗歌时的感激之情,就给“文人”们打圆场:“他们要是不侵占作者的稿费,拿什么买房子买车呀?一个作者的稿费不多,汇集起来就不少。”接着她又幽幽地说:“其实把微薄的稿费给到作者手里,也是一种精神鼓励,一种荣誉感。作者一高兴可能感谢编辑的费用会更多。记得我刚参加工作的时候,第一次发表小诗得到七元钱稿费,汇款单寄到了当时的学校,然后到邮局取的钱。我一高兴,一共花了十五元钱买糖请客,那也高兴啊!心甘情愿啊!可是这些年就很少见到有编辑给寄稿费的了。你不给他‘稿费’就万幸了!”

她想:这样的编辑很缺德。人家点灯熬油、呕心沥血地写出点东西,你凭借拥有的媒体平台给发表出来,对作者应该是个鼓励,做的是好事,传播正能量。可有些人却把这当成自己谋取利益的平台和渠道。

算下来周天雨一年所私吞的稿费也得有六位数之多吧?他媳妇没提这份钱的事,想必他们还是利益共同体。

女人也不容易。

尤朗月不想理她不是因为这些事,而是因为她没有教养。

5

自从与李显阳见面以后,白丽萍坐不住了,她让尤朗月给李显阳打电话,要请他俩去唱歌。

李显阳说:“不去!让人看见,小喇叭又该广播了。”他很忌惮与白丽萍多接触。

白丽萍说她儿子要考大学的事,她要咨询一下李显阳。李显阳这才同意她们过来。

尤朗月很纳闷儿:白丽萍现在正处着的男朋友,就是师范大学的一把手老秦。他是李显阳的顶头上司,咨询他不比咨询李显阳管用得多呀?显然是借口。

“我下午三点有会。你们一点半过来吧!”李显阳不太情愿地说。

她俩就过去了。

李显阳正倚在自己办公室的沙发上看电视等她们,让座寒暄后就拿出一摞照片给她们看,其中有他和老婆王慧在北京鸟巢前的合影。

尤朗月没见过他老婆,觉得照片上的女人眉毛像描得挺重,有点瘆人,很厉害的样子。

尤朗月看看照片,瞅瞅李显阳,心想:“这李哥怎么找这么个媳妇呢?”

其实谁第一次见到他俩都会这么想。

李显阳似乎看出了尤朗月的心思,便又挑出女儿的照片给他们看。墙上已粘贴、悬挂着不少照片,有他女儿拍电视剧的剧照,还有他和沈歌飞主持节目的照片,放在显要位置;也有一些晚会谢幕时和市里领导们的合影,无一不在展示自己过往当明星时的灿烂辉煌。

长长的窗台上挤满了花,地角还集中摆了一圈。无论贵贱,一律平等对待。看得出屋主人很喜欢花草,每盆花都在绽放本身就足以说明他是个不错的园丁。有的花挺名贵,可和其他花摆放在一起,身价显然被降格,视觉效果也难以突显出来。

尤朗月由李显阳对花的态度联想到对人,觉得雅俗共赏,虽然是很多文学家、艺术家在文艺创作过程当中所力求达到的艺术境界和社会效果,很达观,很健康,但对艺术本身而言只能说达到六十分至八十分之间的程度。因为艺无止境,俗不是艺术,登不上大雅之堂,上不了“艺术”的台面,与“艺术”不沾。俗能迎合世俗口味,影响票房,与经济效益有关。

没有选择,也就意味着不分档次,更谈不到“艺术”,甚至丧失品位。

花农劝人多养花,是为了可观的经济效益;植物学家劝人多养花,是因为不同的花有不同的颜色、状貌和味道,对调节人的视觉和心情有益;美学家却提出一套衣装的色彩,最多不要超过三种颜色,否则就会让人眼花缭乱,就不艺术,不美。

电视剧《芈月传》中纵横家张仪起初在讨好楚怀王时,对花和美人有过妙论,什么牡丹雍容,梅花艳丽,菊花高洁等等,大意是说花各有各的特色和美丽;同样道理,各国的美人也是不同:齐女多情,楚女窈窕,燕女雍容,韩女清丽,赵女娇柔,魏女美艳,秦女英气,如百花,若百宝,争奇斗艳,各有各的妙处。他要周游列国,为楚怀王寻访天下美人以供享乐,但当看到王后郑袖之后就改变了主意,说郑袖集天下所有美貌于一身,不用再寻别的美人了！讨得楚怀王和王后二人皆欢心。纵横家这三寸不烂之舌艺术不？

李显阳解释说，有个懂风水的朋友让他多养植物花。

尤朗月觉得肯定是因为看他命中好色，劝诫他把爱美的目光集中到花上，少聚焦在人上，尤其在美女身上。

原来是一个观念指导了他的行为，所以仅从一件事上，还说明不了人的品性。

全屋最醒目的是墙上的一幅字："戏如人生"，落款处是现任市书法家协会主席的雅号。

有趣的地方是办公桌上的一个笔筒里还高挑地插着一杆白芦苇。尤朗月估计是李显阳从盘锦带回来的。他早年当知青时下乡盘锦，现在和那边也联系紧密，常过去给当年的"屯不错"，现在挣了大钱的民营企业家开办的艺校授课，报酬丰厚。

从墙上布置的琳琅满目，到办公桌上的摆放，都能体现出李显阳是个热爱生活，很有情趣的人。个性也很张扬。

唯有一处不和谐，就是电脑太对不起观众，估计是"286"的，太过时了。这也只是摆设，他不会用。

他之所以被聘为大学教授也是稀有的事。

客观原因是这所师范大学成立了艺术学院，增设了曲艺专业。这在全国尚属首次，填补了空白。以往曲艺类如相声、评书等都是沿袭拜师学艺，口传心授，没有教科书。大学里也没有教这课的老师，一切都得从头开始。

"你俩走到一起……"李显阳横来一句，欲言又止。他奇怪像尤朗月和白丽萍的性格怎么会友好相处？他并不希望她俩走得太近。他和白丽萍的前夫是兄弟，过去与他们夫妇有太多故事，他不希望尤朗月知道太多。

白丽萍正常理解为李显阳意在要她俩好好珍惜，就谦和地说："咱姐俩彼此认同。"

尤朗月却坐不住了，起身来到窗前，望着窗外一条向前延伸的马路，分散注意力说："我老妹妹家就在这条路尽头的那个小区，能看到这个窗户。"她有意强调这个，仍给李显阳施加压力。

与李显阳交往这么长时间，她努力修复起初的几次对李显阳面子的伤害，没想到他至今还有介怀，真伤得不轻。

她俩从李显阳的办公室出来，又来到财经学院院长刘宏基的办公室。刘院长和白丽萍是相识多年的老朋友，帮过白丽萍不少忙。

十几年前白丽萍给他们学院的大学生讲摄影，就是他安排的，并且给了她丰厚的讲课费。

话里话外尤朗月听出白丽萍见他什么东西好就想要，曾要走一幅非常珍贵的画。

她还说就喜欢宏基大哥的书法，想借看办公桌上放着的一本装订成册的手稿。

刘院长说："这个你可别给我弄丢了啊！我就这一本。"看得出这是一位学养很好的院长。

"我回去学习学习就给你拿回来。"

尤朗月不太能理解白丽萍热爱刘宏基书法的程度，只觉得她是在讨好。

“你请我吃饭！”白丽萍搂着刘院长的胳膊撒娇说。

“我这上班呢！”刘院长故意耍赖，“你和秦书记处得怎么样了？”

“咱不说他！”白丽萍不想往上唠。

出来时白丽萍手稿也没拿，气哄哄地对尤朗月说：“像是怕让他花钱似的。”指李显阳没答应和她们一起出去唱歌。

她俩打车回到市内，尤朗月请她在福昌楼酒店吃的火锅。尤朗月虽然不吃牛羊肉，但很喜欢吃火锅那种氛围。她点了一些辅助的菜，有蛎蝗、松花蛋、基围虾、粉丝、豆皮、绿叶菜等，让她感觉也很好。

6

一天午后，尤朗月正在超市购物，接到周天雨打来的电话，告诉说报社编辑部主任老高大哥去世了，明天出殡。

“我不告诉你，你又得挑我理了，就告诉你一声。要去的话，就带车过来接我和金风。”

尤朗月说：“没问题。”她对金风印象非常之好。

金风曾在高主任的建议下，把尤朗月带过去的女儿的高考模拟作文挑选了两篇，给发表在当时由她编辑的栏目里：一个题目叫《荣誉的价值》，一个题目叫《成熟是什么》。写的都很有品位和见解，受到了当时在场的记者部主任腾翔的赞赏和好评。

过后尤朗月送给金风一瓶自己收藏的法国香水，以表示感谢。金风现在是隆钢报社副刊部主任，周天雨的顶头上司。

高主任去世大家并不吃惊。一年前在家练唱奥运会歌曲《北京欢迎你》时突发脑溢血倒地，被送到医院。尤朗月还和周天雨、古荫在医院门口买了水果篮和其他营养品去看过他。

手术后又挺了一年多，不久前办的退休手续。

第二天一大早，尤朗月和司机小刘去说好的地点接周天雨。周天雨隐身在黑暗处，尤朗月没见着，就想打电话。由于前一天周天雨是往尤朗月家里的座机打的电话，尤朗月新换的手机，没有储存电话号码，一时又记不准周天雨的手机号，就只好给白丽萍叫醒了，这才联系上周天雨。

他们接了金风主任，然后到了高主任家。在灵堂三鞠躬后出来，又回到车里。只见帮忙的人过来给车系红布条，并且按照民间风俗递给司机一个塑料袋，里面有一袋饼干、一瓶饮料和一盒烟。

司机就把塑料袋放到和副驾驶之间的地上了。没想到周天雨迅速地哈腰打开塑料袋，拿出烟揣到了自己的裤兜里，也没问问司机抽不抽烟。

这一幕让车里的几个人都大跌眼镜，看得尤朗月一愣一愣的，反应不过来。一时觉得他太矮小，外表和内心很统一地都萎缩到一块儿了。

他的表现真的连司机都不如。幸好司机是熟人，不然脸丢大发了。司机会想：报社的文化人怎么这样啊？豪爽的尤朗月怎么会交这么次的人。

尤朗月此时理解了温总编为什么不提拔他，是看透他了。这要是委以重任，说不上能干出什么陋事儿来呢！他也真的就能写写诗歌，编编报纸的版面，团弄个饭局什么的。

唯有诗歌养活了他，成全了他，给了他一个赖以生存的工作平台。他通过这个平台谋取声名和利益，鲜花和女人。同时也让他帮助和成全了很多人。他应该感恩诗歌。

路上周天雨还有惊人爆料：报社的前任总编辛勤和他们原来的同事顾彩漫走到一起了。辛总还给顾彩漫买了房子。

这个新闻无疑在两位女士心里是爆炸性的。

“也不嫌膈应！”平时很少说重话的周天雨，心性恶劣地说，“当年顾彩漫和陆千里的事还是辛总亲自处理的。陆千里副总编被撤，调离，都是他一手办的。现在他俩走到一起了，也不嫌膈应！”他指顾彩漫，又重复一句。

顾彩漫是个单身女人，喜欢浪漫，发嗲，文采好，舞跳得棒。她和老总编彼此互相欣赏，擦出火花，既在大家的意料之外，也在他们彼此的情理之中。

当初顾彩漫和陆千里被报社的保卫科长堵在了六楼乒乓球室的案台上。不久顾彩漫做了人流手术，一段时间戴着帽子上班。事情实在闹大了，辛总编也是爱莫能助，不得不上报公司党委和纪委处分了陆千里。

这之后顾彩漫在编辑部就更孤立了。只有较少的几个人同情她，其中就包括周天雨。

尤朗月记得前几年常看见顾彩漫跟着周天雨出去或者回来。

后来才知道在李显阳荣获中华人民共和国文化部颁发的文华表演奖后，周天雨还介绍顾彩漫采访报道过李显阳。

尤朗月和顾彩漫也有过接触，那是在老妹夫的父亲方学术因公出差猝死他乡后，为了推介这位优秀的中国知识分子的典型代表在隆钢老企业改革改造过程中所作出的贡献，尤朗月找到了当时主管报纸审稿的副总编申文德和负责采访隆钢厂区的记者顾彩漫，他们与温总编沟通后，一致同意在方学术同志追悼会上组织上所致的悼词的基础上，对他的先进事迹做进一步的采访和挖掘。

他们认为这是有意义的事，都积极支持。

顾彩漫采写的这个稿件，上了国家级报纸《企业安全报》，并荣获金奖。

老妹夫的堂妹当时是国务院的工作人员，知道在隆钢工作的这个叔叔在业务技术上很有建树，很受隆钢公司领导的重视。去世时，隆钢公司党委书记兼董事长刘兴钢也到场参加了追悼会，可见他在隆钢专业技术领域里的分量。这份报纸稿件，已经拿到了国家领导人秘书的手里。

众所周知，隆钢不仅出钢材，也出人才。这是个英雄模范人物辈出的热土。

也只有在这样的钢铁大联合企业，才能产生诸多时代楷模！一代代优秀的产业员工，以厂为家，爱岗敬业，拼搏奉献，在平凡的工作岗位上做出了不平凡的业绩。隆钢不愧为“祖国的钢都”“重工业的摇篮”“祖国钢铁工业的长子”的崇高称谓。

隆山这座城市，是因隆钢而建市。物华天宝，人杰地灵，也是个不可多得的风水宝地。

太极上说:世间万物,有阳就有阴,阴与阳相向而生,不可偏废。

辩证唯物主义也认为:世界是由矛盾组成的,是在矛盾斗争中,不断向前发展的。

人类社会也同样交织着善与恶,是与非。

人性的原罪,决定了人在很多问题上的做法和立场。比如正在顾彩漫准备做最后一次深入采访、定稿、上报的关键时刻,方学术生前所在厂的厂长莫世仁说话了:“方总人很好,这大家都知道,但晚节不保。他死后,他老婆向单位提出要房子。”

“那是不是你们当领导的问人家有什么困难和要求,人家就提出来了呗!”顾彩漫觉得有点扫兴。回来后向报社领导做了汇报,既然有争议,那就把这事撂一撂吧!

顾彩漫一五一十地把这事告诉了尤朗月。尤朗月想:老妹对这样的事不太关心,老妹夫平常的表现也让人心灰意冷。就看我要大刀,像我愿意弄这事,能得到什么好处似的。若不是特别尊敬和爱护父辈那一代老知识分子,若不是出于社会良心,早不管这事了。

“好吧,这事就到此为止。谢谢你没少付出心血!”尤朗月苦笑着对顾彩漫说。

她过后很感慨:真是不怕没好事,就怕没好人。方学术去世后,身后好几个孩子的事压在他“独生女”老婆一个人身上,老婆希望组织上能帮助解决房子问题,也是在情理之中的。

那时候大多还是组织上管分房子,老企业的人以厂为家惯了,不向组织上提出要房子向谁提出呢?再说,是在逝者身后提出来的。逝者只能管生前,身后管得了吗?这错还要算在逝者身上,未免太混乱逻辑了吧?他自己什么时候去世都不知道,还去冰天雪地的哈尔滨出差,身后的事与逝者有什么关系?

想想“好花还得绿叶扶”“一花独秀不是春”的俗语也对。罢了!

尤朗月对顾彩漫印象不坏。她在职场上除了敬业,与利益不争。尤朗月听周天雨如此评述顾彩漫,很为他不耻。心想:人怎么能这样呢?讲别人的时候,自己像没事似的。也不想想自己在别人眼里是个什么角色,什么造型,还好意思说人家“不嫌膈应”?他眼前就摆着个古荫,被丈夫抛弃的那么惨,小三孩子都有了,她还寻死觅活的不想离婚,直到做了妇科手术才让步。紧接着下岗,提前退休回家,痛不欲生。周天雨这才有机会做“接盘侠”。他怎么这么没有良知?还好意思说别人“不嫌膈应”。不五十步笑百步吗?

有人在背后说周天雨得多让古荫的前夫韩晓明瞧不起。原来还是一个单位的,彼此都认识。编辑部的同事也有当着大伙面敲打过他俩不要忘了周天雨有家庭、有老婆,但也都还善待他俩的自尊心,没有谁说太难听的话。可他现在就是这么无节操、无底线地往别人身上泼脏水、抹狗屎,看来也不是什么善类。只不过是以往没有机会表现出来。

“是不是别有用心呢?”尤朗月这样想了想。

到了殡仪馆,下了车,已退休的原副刊部主任冯秋实过来说:“朗月,我儿子这个星期天上午九点在光明酒店举行婚礼。我现在正式邀请你参加!”

“好,我一定过去!”尤朗月欣然答应。

这时她看到周天雨转过身去,表情很无奈的样子。

尤朗月知道冯姐家的婚礼是由李显阳主持。几个月前冯姐给李显阳打电话的时候尤朗月正与李显阳聚餐。

李显阳说:“吃过冯姐几顿饭,应该帮忙。”

婚礼前两天尤朗月接到李显阳的电话,约后天婚礼上见面。尤朗月心想:他怎么知道我也参加婚礼呢?显然是和冯姐提到过。

冯姐曾是隆钢赫赫有名的女中豪杰。周天雨有多少知名度,她就有多少知名度。他俩的名字每周都同时出现在报纸副刊的天头一角责任编辑和本版编辑的位置上。只不过周天雨在前台编版,冯主任在后台把关。

大多数情况下,冯主任还是很支持周天雨工作的。资深老编辑了,有自己的套路。自己也乐得省心,不支持说不通。

有时遇到有周天雨本人发牢骚、泄私愤、讽刺谁的稿,冯主任也是再三斟酌,煞费苦心地与其沟通。周天雨不太敢得罪她,基本唯命是从。他们工作上互相支持,情感上彼此沟通,逐渐成了知己。

周天雨在外面男女之事不闲着,甚至嫖娼被抓,但在办公室里乖乖的,说话很少高声,走路都溜边。

他们副刊部的几个编辑姐姐爱拿他开玩笑:“今天又有美女送花了,人家是蝶恋花,你这是花恋蝶。”

“又有什么喜事了?说出来让我们也分享分享。”副刊部的几个编辑姐姐素质都很好,都是善意,没有事儿妈。

尤朗月的老爸这几年常在报纸副刊上发表诗词稿件,冯主任也是积极支持,没有二话的。偶尔在街上遇到,两位也能打打招呼,小聊几句什么“你的衣服很漂亮”或者“你很有品位”之类。

“我也正在给你发信息呢!你最好婚礼前到那家酒店去试试麦克风。我一个中学同学家的婚礼也是在那办的,麦克风声太大了,震耳欲聋。你虽然经验丰富,能驾驭得了,但最好过去试试,不行就让他们换一个。”

“好,我明天过去试试!咱俩心有灵犀。”李显阳讨好地说。

“后天一早我用不用带车去接你?”尤朗月关切地问。

“不用!后天过去得早。婚礼完事,咱俩到咖啡店坐坐。”李显阳很诚恳。

“好!”尤朗月非常兴奋,她想,“我就穿从沈阳卓展新买来的马克·张品牌的衣裳,一万多元呢!”

婚礼这天天气清爽,尤朗月为了捧李显阳的场,在大厅的一个有报社人的餐桌落座,全程用手机录了婚礼现场,没管他人怎么看自己。

九月的婚礼,三月份就已经订不到大酒店了。好在婚礼的主持人是这座城市里这个行业的顶级,摄影和录像也皆是一流。

用冯姐的话说:“硬件一般,软件强!”

当摄影师端着国内一流照相器材过来给近几桌拍照的时候,尤朗月就起身撤了。她不想随便和什么人合影。

她来到停在马路对面的车里,等待饭局快点结束。

在车里能看到酒店的大厅。眼看着李显阳往外走,又被一拨人给拦住坐下了,又是敬酒,又是碰杯的。尤朗月就给他打电话,催他找机会出来。

又过了二十多分钟,李显阳终于在冯姐家人的簇拥下出来了。尤朗月立马迎了过去。司机把他们送到蓝莓咖啡店就走了。

两人在领班的引领下,来到二楼一个包间里落座,点完食品,尤朗月就起身上了趟卫生间,整理一下发型,抹抹口红。回来时见李显阳也已把自己整理完毕。

他们坐在一张沙发上。说话间,高情商的李显阳就笑嘻嘻地站起来,像个淘气的孩子似的,拿着咖啡壶冷不丁从侧面往尤朗月嘴里灌了一口,然后端着往自己嘴里送。画外的语境是:亲切,不嫌弃,让人一下子就感觉温暖,拉近了彼此的距离。

这之后的事就可想而知,他们第一次拥抱了。李显阳摊开手臂,是那么水到渠成。亲切自然的邀请,有渴望,期盼已久。与其说是完成一个心愿,不如说是了却一个心结。

这次尤朗月没有拒绝。只一会儿,就说:“我和我老公都不这样。”意在解释上次的拒绝是由于没有这个习惯,不是有意给他难堪,让他下不来台的。

李显阳也讲了他的几个观念,其中有不能离婚,并不是因为另一半有多好,而是为了孩子不受伤害。

他说:“有些秘密到死都不能说!说了对孩子伤害太大。”

尤朗月想不出男女之间除了外遇,还会有什么秘密?

她想起白丽萍让她转告李显阳的话,就起身站到茶几的对面,对李显阳说:“丽萍让我告诉你,你在外面主持婚礼时,与几个女人搂抱的照片,被发到网上了!”

“那都是多年的合作伙伴,小青年。人家在那种场合要和你合影,你说我能不配合一下呀?有些新婚夫妇,也和我合影。你说我能不照噢?”

“作为公众人物,难免会遇到这种情况。要有所选择就是了,不能谁要照都照。也不是就有多深的交情,有的出于礼貌,有的不外乎拿出去炫耀。我和某某名人照相了,他还如何如何,用消费别人的方式来抬高自己。给别人当羊肉涮噢?值噢?”

尤朗月就是想告诉他:喜欢你是喜欢你,但原则上的事,不会视而不见。

李显阳有点不痛快了。

在打车回去的路上,尤朗月又安慰他说:“哪天我想要你一张照片,想你的时候看看。”她说的也是真话。

这天是大学新生报到的日子,一会儿,李显阳要召集新生家长开会。

“哪天我给你电话。”李显阳又习惯性地这样说。

转眼十几天过去了。一天,尤朗月给李显阳打电话:“上次周天雨诗歌朗诵会的碟要来了,什么时候给你拿过去?”

李显阳回话:“我在隆钢大馆呢!建国六十周年彩排。”

“那要上镜头,等彩排完了,到美容院做做面膜吧!”尤朗月建议。

“那你就到美容院等我吧!完了我给你电话。”李显阳欣然答应。

六点多钟彩排才结束。李显阳拎着一套胸前别着一束玫瑰花的服装袋就过来了。

美容院院长已安排尤朗月的美容师留下,按尤朗月的要求给李显阳做了三个项目:脸部、眼部和颈部,八点钟才做完。

他俩走出美容院时，已夜风习习。李显阳说："人家可能吃完饭了。"指他老婆。

尤朗月就挎着李显阳的胳膊，徒步走到富祥酒店，被让到二楼一个僻静处坐下，两人就开始了掏心窝子的谈话。

当得知明早七点以前李显阳就得进入会场的时候，尤朗月才知道庆祝大会于明天上午举行。她看了一下表，九点四十了，就立马起身说："我不知道是明天开庆祝会，还让你喝了不少的酒。那还不赶快回家休息！"

尤朗月赶紧让服务员结账。他们从楼梯往下走，快到一楼的时候，迎面一桌正在吃饭的人中有一个人站了起来，是这家酒店的金老板。

"刚彩排完，她说请我吃点饭。"李显阳向金老板解释。

"怎不请我呢？"金老板很幽默。

紧挨着金老板的是电视台一个哥们的媳妇，给金老板当管家，与李显阳很熟，她用眼剜着尤朗月，十分不友好。

他们一出门尤朗月就招呼出租车，先把李显阳送到他家小区门口，然后才回自己家。

隔一天晚上，隆山电视台播放了庆祝大会的盛况，非常隆重、热烈。三百六十万人口的城市，经过精挑细选，层层把关，体现博大和厚重的历史主题，由两男两女担纲主持的大会，压这座城市的台面。

李显阳显然是主持一哥，红领带，黑衣装，脸好像又抹了大白，描了眉，重要的任务由他承担。他久经沙场，一派大将风度。

尤朗月立即给大学同学肖小菊和美容师宁宁打电话，让她们快打开电视，看隆山台播放的庆祝大会盛况，分享一下自己的喜悦和快乐，并且对宁宁说："你也为隆山庆祝建国六十周年活动出了力的！"

国庆小长假这几天，尤朗月积极练车，想尽快拿下驾照好买车。

十月六号那天李显阳主持完两个婚礼就约了尤朗月。他们来到一家酒楼，李显阳从包里拿出一上午主持两场婚礼给的两个大大的红包请的客。

他们刚进包间，尤朗月转身落座的时候，李显阳拽住了她，搂过来拥抱她，并且啄了她的舌头。

席间他还拽她起身，坐到了自己的左腿上。

他不像惯犯，都要颤抖了。一方面欣喜，一方面紧盯着门外，怕服务员进来。

"我也是男人啊！"他说，"我现在有点朦胧，也许朦胧点好。真实的，可能就不美了。"

席间他老婆来电话问："回家吃饭不？"他说："回家吃饭。"

他对尤朗月说："回去还得再吃点。"

他们出来的时候正巧遇到他们学校的一把手老秦书记和白丽萍，李显阳热情地迎过去打招呼，尤朗月与白丽萍对着笑了笑。

这事有点对不住他们。庆祝会后白丽萍曾主张他们四个人聚一聚餐。李显阳没表态。

尤朗月很难理解这是为什么，是怕花钱吗？还是秦书记伤害过他？抑或是觉得我和白丽萍的角色不太方便？

白丽萍说是老秦的想法。节日期间艺术学院院长袁清给老秦发过祝福节日快乐的信息后，老秦就拨过电话。袁清说，他俩同意要李显阳过来，是要对了！能挑大梁，承担这个光荣而艰巨的主持任务，完成得这么好！是个人才。

老秦也说了一番好话。放下电话却对白丽萍说：“老李牛！一次都没请我吃过饭。”

白丽萍正想借机张罗吃饭，老秦却冷不丁问了一句：“你俩什么关系？”

白丽萍一愣，说：“我们只是朋友！”又解释，“我是崇拜大哥！”

老政工干部秦钢是吃哪碗饭的？从白丽萍把他家相簿里，凡是学校庆典活动中带有李显阳镜头的照片都要走了，就可见端倪。

因为尤朗月和白丽萍的身份都欠妥，名不正，言不顺。对内、对外都没法交代，李显阳才宁可得罪自己的顶头上司，也没同意聚餐。

老秦肯定是妒贤嫉能的，李显阳早领教过。因此就更不愿意和他这样的老霸道领导打交道。

李显阳的性格，虽然不愿意得罪任何人，哪怕不相干、不认识的人，可他偏偏不怕得罪这样的顶头上司。

还是因为艺高人胆大吧？尤朗月这样想，也可能是在艺术学院地位稳固，与院长袁清交情甚好的缘故？

7

快要过春节的时候，尤朗月的老爸又有兴致填写了两首词，其中有一首是赞扬儿子尤朗明的。尤朗月觉得挺难能可贵的父子情深，就想要给发表，留个纪念。

这首词是这样写的：

西江月

霾日思儿男

雾霾三日弥漫，
玉龙两日腾翱。
耄躯罢了清晨练，
挂思遥遥焦灼。

公职任重道远，
崎岖未拒辛劳。
肩负家国一热土，
归差更遵孝道。

外面天寒地冻，正是忙年备节的时候。百忙之中的尤朗月，又要请人吃饭了。

她先给李显阳拨过电话，还好开机，但没接，说明在家。尤朗月就发过去信息问他今天什么时间方便，她要请周天雨他们吃饭，请他也过去。

“没你不成席。”尤朗月意向很明确。

李显阳回信息:“最好晚上。我脸上做了个小手术,还有点肿,形象欠佳,听你安排。”

尤朗月又给周天雨打电话,周天雨说:“下午在隆钢宾馆有吕思远的诗歌朗诵会,完事不知道有没有安排。”

“那我也过去,看情况再说。”尤朗月这回积极主动要过去。

她又给李显阳发信息问:“下午周天雨他们要参加吕思远的诗歌朗诵会,你去不?”

李显阳回信息:“下午我过去。你去不?完再说。”

下午尤朗月到隆钢宾馆的时候,李显阳正在和几个人说话。见尤朗月来了,就迎过来。他俩在后两排一前一后错开一个位置坐下说话,远处就有闪光灯闪烁。

人们给他俩让出了一个相对独立的空间,陆续来的人都向另一边座位聚集。

待主持人招呼大家往前坐,朗诵会就要开始了,李显阳和尤朗月才往前去。

被邀请的领导和嘉宾大多已在前排就座。李显阳在第一排右侧的一个空位子坐下,尤朗月在第二排与李显阳错开一个位子坐下。她感觉到人们歘歘的目光,有几个熟悉的女士眼里像喷着妒火。

李显阳前两天做了眼袋吸脂术,本不想参加,但出于这么多年与隆钢朗诵协会的良好关系,自己还兼着隆钢朗协名誉主席的雅号,主办人吕思远也是一个口碑很好的朋友,不好不给面子,就戴着墨镜过来了。

这台朗诵会虽不似上次周天雨诗歌朗诵会,因为和报社记者节一起举办,显得正规和隆重,但高手在民间,气氛更显活跃、亲切,精彩纷呈。

著名资深女朗诵家刘小平表现不俗。在一曲旋律的伴奏下,从后面观众席出场,边朗诵,边走到舞台中央,一下子就抓住了观众的目光。

不怪当年在隆钢艺术团的时候,隆钢迎五一搞庆祝活动,邀请李显阳他们参加助演,李显阳宁可得罪白丽萍,也要选择和刘小平做搭档,大家风范不丢份。

“风华不再喽!”尤朗月仔细看着刘小平的面部,感觉太松垮了。在朝天鼻的影响下,都不往一块儿聚拢。

“朗诵的水平是一流的。”尤朗月在心里评定。

刘小平离开隆钢以后,开了一所颇具规模的艺术培训学校,有时也邀请李显阳过去指导。这样的忙,李显阳是肯帮的,且乐此不疲。不仅回去还能向老婆上交银两,同时也扩大自己在学生家长中的知名度,来钱道更宽。

刘小平的父亲过去是隆山话剧团的老团长,对李显阳有栽培之恩。李显阳与刘小平是非常要好的朋友。

待李显阳起身上场的时候,他和尤朗月几乎同时把他衣服底襟往下拽。

“太厉害了!”尤朗月由衷赞叹李显阳也像她那么注意细节。

李显阳不愧为著名表演艺术家,文化部颁发的文华奖获得者,拿捏舞台、作品和自己的表现功力,早已炉火纯青,游刃有余。因此崇拜、认同、青睐者甚众,自然获得一片热烈的掌声。

朗诵会后,隆钢朗诵协会和主办人招待了三桌,分别在两个包间。一个包间是参加朗诵会的领导嘉宾;另一个包间安排了两桌:一桌是参与朗诵的年轻的朗协会员,还有一桌就是资深的朗协会员,朗协主席也在这桌,他跟李显阳是要好的兄弟。

尤朗月跟主办人打了招呼就没走,跟随李显阳他们在一桌。

她一时成了这桌的主角,大家都和她打招呼。

“我认识你弟弟、妹妹,我还和你妹妹主持过婚礼呢!”坐在尤朗月斜对面的朗协副主席说。

“我和朗丽是同事,去过你家,和姚主席他们走访。”挨在左边的人告诉尤朗月。

尤朗月想:这位一定是过去在隆钢公司党委宣传部工作过的人。

“老能看到你爸的诗,老人家的思维很活跃。”又有人说。

听到有人管左边这位叫“延风”,尤朗月惊讶地说:“啊,‘延风延风’的就是你呀?我听朗丽说过。”

一时间尤朗月成了大家关注的焦点。她没忘了把老爸的两首词稿递给古荫,让她过后再把稿交给周天雨。

尤朗月觉得到了自己该敬酒的时候了,但这里的人有熟有生,还得先过渡一下,就按照饮水思源的前提,隔着隆钢医院宣传部副部长黄知雅,对周天雨说:“天雨大哥,我敬你一杯,感谢你对老爸写作的支持和帮助,也感谢通过你让我结识了这么多朋友。”遂把酒杯举过去。

“你看看不先敬我,先敬天雨大哥。”隔着周天雨三个人的李显阳自我解嘲。

“显阳大哥是我母校艺术学院的党委书记,文华奖获得者。前几天中央电视台电影频道播放了他主演的电影《辽河影人》,演得非常精彩。”尤朗月向大家介绍,以为这里就李显阳是隆钢以外被特邀过来的嘉宾。不知道他们彼此之间比她熟,有的已经相熟二三十年,经常在一起聚会搞活动。

被冠以隆钢朗诵协会名誉主席的李显阳,还给他们做过讲座,谈如何搞好朗诵。

朗协主席早已成了他的至交同好。早年他要到北京参赛,角逐文华奖,主演话剧《鼓王》前夕,是这位朋友以自己的艺术视角,专心地为他把关,指出要改进的地方。他们曾从试演的劳动大厦出来,徒步走到站前的隆山酒店,一路倾谈。点点滴滴的情谊,一直在两人心中深埋。

“他的电影我也看了,演得是好。”朗协副主席也点头。

“显阳大哥,我敬你!”尤朗月欠身与李显阳碰了杯,把酒喝了。

这时有个长者主动站起来背诵了他自己写的言志诗。尤朗月觉得在这种场合能背自己的诗,说明这个人表现欲很强。看起来内向的人,也有着外向的心,渴望表达,渴望被关注,被赏识。不然他也不至于加入朗诵协会吧!

听到别人叫他的笔名,才联想到他写了很多有思想深度的杂文。

“《靓丽的荆棘》是你写的吧,能引起共鸣!”尤朗月赞叹。

很多人都爱表现自己,有点才艺的,更是如此。都想把自己的能量释放出来,让自己的人生价值最大化。欲望压倒一切。其他都不是最重要的,只不过表现的方式、方法,各有千秋。

待在座的各自都展示差不多了之后,尤朗月有意地捉弄了一下坐在自己右边的隆钢医院宣传部副部长黄知雅,因为反感她背后爱讲究人。她站起来说:“这里就咱俩不是隆钢朗协的,咱俩给大家敬杯酒。今天我们跟大家一起享受了一场高雅的精神盛宴和美餐,我们非常高兴。希望下次还能参加。”她把“还能参加”略带点调侃的语气,咧了下嘴,接着说:“我们敬大家一杯!”

这时另一桌的年轻人纷纷过来给朗协的领导们敬酒,场面气氛更加热烈、闹腾。尤朗月落座后趁机故意调皮地给李显阳拨了电话,笑嘻嘻地看李显阳的反映。

李显阳的手机调的是振动模式。当他感觉到有电话进来时,就从裤兜里掏出,按了通话键举到耳边。他一下就意识到是尤朗月的号码,把头偏向尤朗月像在发问:“是你?”

所有在场的人触觉都非常敏锐。黄知雅迅速扭头看了尤朗月一眼。许白鸽在尤朗月的左前方低着眉,紧着脸,面无表情。

很多人都注意到了尤朗月拨这个电话的细节,传递给所有人的信息是她和李显阳的关系非同一般。

“薛世强,你在外头见着我,怎么不跟我说话?”尤朗月故意分散旁人的注意力。

“我近视眼。你怎不叫我?”坐在尤朗月斜对面的薛世强,说罢便起身过来,在旁边拎个椅子加在尤朗月和延风后半边。

尤朗月也把自己坐的椅子往后挪了点,把这桌的圆圈往外扩了扩,以迁就薛世强。

这时李显阳平静的表情略有异样。给尤朗月的感觉是:你要再与薛世强有半点不妥,我就能吻眼前从另一个房间过来敬酒的刘小平。

这个威逼是不用动什么声色的。尤朗月能感觉到。

尤朗月自会掌握分寸,不会有半点不妥。

“你是精致女人!”薛世强恭维尤朗月,见黄知雅瞅他,就又说,“你俩都是精致女人!”

当时尤朗月也觉得他说的没错,自然笑纳。

“一看你这手,就知道你不是干活人。”薛世强又说。

“我在家扔下耙子就是扫帚,怎么干也当不上劳模。不像!命苦不?”尤朗月打诨。

“我和你弟弟认识,你爸身体挺好噢?家里有事告诉我一声。”薛世强很友好地说道。

散席的时候,朗协的人集体合了影。然后尤朗月和李显阳一起往外走,走走停停。李显阳不时要与一些熟人打招呼或者拥抱。

有个喝高了的朗协年轻人,过来握着尤朗月的手,好一会儿不松。他说:“我最崇拜李老师了,真的!”

尤朗月愣了一下,赶忙解释说:“我不是李老师!”

弄的李显阳也往这边看。

这个年轻人误以为尤朗月是李显阳的女朋友了。

尤朗月还有余兴,想请大家去看电影。

周天雨说:“明天再请吧,把朗协主席也叫上。”

尤朗月正在犹豫间,李显阳过来给她解了围。他特意握尤朗月的手大声说:“等我回来!”

大家都知道李显阳过完春节就要去外地招生。

“这花开得挺好,你拿回去吧!”古荫把拿出来的一捧鲜花放到了尤朗月手上,立马和黄知雅钻进了一辆开过来的出租车里。

黄知雅不想马上回家,她和古荫去了游泳馆。

许白鸽等在一边,对薛世强说:“我和他走!”指李显阳。

薛世强说:“我和他走!”

“我和朗月一个道,我和朗月走!”周天雨说。

上了出租车,尤朗月把花放在她和周天雨座位前的中间地上,下车时给司机二十元打车费,告诉他多退少补,就没想拿花走。

第二天一早周天雨就来电话发邪火:“昨天你下车花没拿。我迷迷糊糊的下车的时候伸手够花,把手机掉在出租车里了。”他一口肯定地这样说。

“那我打电话让老常给你买一个呀?”尤朗月歉意地说。

“不用了,早晨我儿子已经给我临时买了一个。”周天雨气哄哄地说。

“那我怎么也得给你补偿点什么呀!我这有软中华烟,一会儿给你拿过去一条。”

“那谢谢了!”周天雨接着说:“现在都用电脑传稿了,不用纸稿。你把你爸那稿用电脑传过来!邮箱地址是‘隆钢日报’的拼音声母。”

“那好,我传过去之后再上报社。”尤朗月没说自己只会在电脑上打字,不会发邮件。这个时间老公和女儿都上班去了。她只好赶快拿着稿和烟出门,到小区门外的一家复印社,让打工的小丫蛋给发过去,然后打车来到报社门口,没下车,打电话晃了一下周天雨,他下来取烟之后,尤朗月就让出租车司机把自己拉到离报社不远的超市,她要到超市购物。

这时手机响了,是周天雨打来的,问:“稿发过来没?没收到邮件!”

“发过去了!是家门口复印社小丫蛋发的。”

“那你回去看看发的对不对?”

回到复印社后,尤朗月拨过电话,周天雨把电话递给了邻桌的小葛。

小葛说:“尤姐,邮件没过来。是往哪个邮箱发的?”

“我让复印社小丫蛋跟你说!”尤朗月把手机递给了发邮件的丫蛋。

丫蛋说:“就是往‘隆钢日报’的拼音声母发的。”

小葛立刻明白了,说:“那是原来的邮箱地址!”

是周天雨把邮箱地址给错了!

小葛让丫蛋在“隆钢日报”拼音声母后边再加上“副刊部”三个字的拼音声母,这才传过去。他回身对周天雨说:“在复印社呢!是邮箱地址错了。”

周天雨不太会用电脑。他收发稿件的活儿基本都是由小葛帮着弄。有时也很不方便。

周天雨以往给人的印象老是迷迷糊糊的,偶尔给错邮箱地址,也应该符合性格。未必别有用心吧?不知道别人的稿件出没出现过这种情况?尤朗月在脑子里画了几个问号。

老爸的稿倒是如期见报,折腾了尤朗月一圈。老爸投稿已有十多年了,以往从没发生过这样的事,彼此都是有求必应,为对方着想,近年却别扭常在。

尤朗月觉得并不是因为电脑时代在飞速发展,两个落伍者自然要被淘汰的原因,而是心里出现了问题才有的芥蒂。

这样很伤友情，友情也需要经营。不是谁该谁的。就是该谁的，也应适度。他找我们办事，都是人找人难办的事；我们找他办事，不外乎老爸投稿这件事。他管这个版面，举手之劳。他若有平常心，为什么不掂量掂量事情的轻重分量？老让别人感恩，自己干吗呢？一百个好，有一个不好都不行。帮他九十九个忙，有一个忙不帮，那九十九个也白帮了。

在帮周天雨老婆的侄女安排工作之前，他是找过一个所谓的诗友，东建公司的副总经理钱方。起先钱方并没说拒绝，再问就打哈哈了。把周天雨恨的，一提到钱方就要吐血，气绝身亡似的。

心慈面软遭祸害。尤朗月本来和老公关系不大好，老公虽然是东建国贸公司的一把手，但是是非非谁能没有。又知道周天雨的嘴不大牢靠，就不愿意接手帮这个忙。不是能不能收到钱的问题，而是一分钱都不能要。

当时办这个事，对常守业来说也并不是多大的难题。

在周天雨夫妇几次电话的恳求下，尤朗月不大情愿地对周天雨说："要是我找别人能办的事，那肯定就没问题了，但是要进我老公单位……"她想说："我还真挺为难。"但碍于情面没好说出来，说出来的是："我老公在单位怎么样，你别对别人说，给我留个老脸！"尤朗月无可奈何地说，反倒像她求人家似的。她为自己的事都很少求人。

尤朗月还是友情至上，对周天雨以往的感恩之情高于一切了。善良、仗义的尤朗月，考虑再三还是做了个错误的决定，说服自己的老公帮这个忙。

之前周天雨夫妇都分别去过国贸公司找常守业谈。非常满意单位的环境，渴望给安排。常守业和尤朗月就只能以感恩和友情为重了。

当时还没到大学生毕业季，这个女孩也不是正规院校的毕业生。常守业找东建总公司董事长特批在自己当党政一把手的国贸公司上班，安排在办公室当文书，是很多女孩子向往的工作岗位。

当时周家嫂子的感激之情溢于言表，又说要买东西来串门，又说要下跪的，被尤朗月一口拒绝。

尤朗月说："天雨大哥帮老爸很多忙，咱们非常感谢。帮孩子安排工作也是力所能及的事，咱们一分钱都不能要，所以不用考虑花钱的事。"

尤朗月甚至没有考虑过为这事，老公常守业还是找了东建总公司的董事长特批的，同时还找了任公司组织部部长的哥们。

这孩子也算有福气，工作安排顺利，提前上班了，还补发了当月的工资。

由于父母都在非洲打工，把她寄养在姑姑家，周天雨夫妇为她安排工作也是情理之中的事，没想到后患很快就来了。

一天，周嫂发来全篇只带一个标点符号的信息："朗月我是你天雨嫂子特感激感恩的心无法表白我们永志不忘的我有经济上能力可你拒绝了现在有问题怎好张口但又很无奈天雨不好意思那我说吧如有可能请你给我儿媳安排在国贸公司工作儿媳因结婚生子工作辞了一直闲着劳你俩口费心安置看行否？老黄"

尤朗月觉得再给他们安排这事就有些过分了。单位也不是自己家开的，这样做有点得寸进尺,就予以回绝:“不用感谢,帮忙是应该的。只是她们两个都进一个单位也不太好说吧?他们单位毕竟不是私企。要是办不成还耽误你事。再想想别的办法吧!”

几天后,周嫂又来电话说,他儿子在画廊定做了几个画框,想给她拿过去。问尤朗月在家没。

他们误以为尤朗月拒绝再帮着办事,是因为钱物没到位。

尤朗月说:“我在花店呢!我不要画!我家装修的是现代风格,暖色调的。不是古典风格,不需要字画!”

周嫂急了,吵吵着发火,发了疯地喊:“赶紧拿走吧!人家画廊都给我儿子打电话了!那老大,占地方。人家没地方放,我家也放不下!”

“我家也放不下!以前的一大堆画还放在原来的房子里没拿过来呢!”尤朗月也很生气:怎么倒像是我想要什么画框似的!你有什么资格跟我来劲发疯?偶尔饭局上借光捎带得到的字画也已不少,我还一份都没装裱。要那么多往哪放?你以为是齐白石呐?肯定是周天雨想用打点那些有权有钱,就渴望点文化艺术的企业家朋友的办法来打发我们了!我缺这个吗?多得没地方安置。

见尤朗月态度坚决,周嫂又换了口气:“求求你了,朗月,给你拿过去得了。”

尤朗月一想画框都做好了,也真不好安置。同情心又上来了,就说:“我现在在花店呢!明天家里有活动,我买完花,就上老爸家去。他家还有点地方,那就送老爸家吧!”

就这样他们母子借了个面包车,把四幅镶了近乎门框子大小的字画送到了尤朗月的老爸家。几年来,字画一直在北屋地上靠墙戳着。更因为那书法的内容,谁也没动心。

一个是元代马致远的《天净沙·秋思》:“枯藤老树昏鸦,小桥流水人家,古道西风瘦马。夕阳西下,断肠人在天涯。”

另两个条幅分别写的是:“读书知日短”“索句入眠迟”。

书法都没有问题,都是本市名家的真迹。一个是老谢大哥的,一个是齐翰林大哥的。他俩的墨迹,尤朗月都有收藏。老谢大哥的书法曾在人民大会堂参展;齐翰林大哥更是德艺双馨,墨迹遍及城区各大宾馆、酒楼,是本市知名度最高、口碑最好的书法家。

这几幅书法的内容是有特指的,不是对谁都合适。收藏到谁手里无可厚非,但你要是当礼物送人的话,是不是应该选择更吉利的字眼,更美好的祝福呢?显然是打发谁呢!没有诚意。

只那幅画尚不犯忌讳,黑红两色,一只小鸟栖息在花枝上。

尤朗月以往没少帮周天雨大哥的忙。在他家没买车之前,一到清明节扫墓或者有别的事需要用车,周天雨往往就第一时间给尤朗月打电话。尤朗月二话不说,立马就给常守业打电话留车。

有一次司机家有事,儿子考上了研究生,要送到沈阳桃仙机场。给周天雨跑完车时间已经很紧。司机见他们祭奠的事已办完,就跟他们说能不能把他们拉到车站,他们乘其他车回家?自己送儿子上机场不赶趟了。周天雨他们自然理解,就同意下车了。

回来后得机会,周天雨就告诉了尤朗月。尤朗月很生气,不久司机就换人了。

由于周天雨对尤朗月老爸发稿的积极支持,没有二话,尤朗月十分感恩。对周天雨有什么需要帮忙的事,也是极尽所能地提供帮助。唯有这个安排工作的忙不愿帮。这等于给自己添堵。老公与自己感情不是很好,有些事不希望外人知道。

后来听说有人给他们的儿媳安排在联通公司大客户室了,此事才告一段落。

8

周天雨恨死尤朗月了。他恨的原因,并不仅仅是因为尤朗月不帮他儿媳安排工作,而是因为她对李显阳太过热情。他十分忌讳她和李显阳走得近。

尤朗月无法解读这与他有什么干系?是通过他召集的饭局认识的,感谢还来不及呢!怎么反倒得罪他了?干吗这么反感?

以前闲聊的时候,周天雨说过有些朋友通过他认识以后,好成了男女朋友,很多年他都不知道。后来孩子都有了,两人抱着孩子过来看他,他才知道。

他说这些的时候,并不是怎么高兴的样子。他不大希望他身边的朋友或者粉丝,互相走得比他近。他有意介绍的除外。

他尤其不希望尤朗月和李显阳走得近。他觉得他俩走得近不是自己有面子,而是没面子。李显阳和谁好都行,就别和尤朗月好;尤朗月和谁好都行,就别和李显阳好就行。

这么多年来周天雨有意识地给李显阳介绍认识了很多女性朋友,大多数是来自隆钢的文学艺术爱好者,也有走得比较近的。

他没想到尤朗月会对李显阳明显感兴趣。他一直以为尤朗月只对谭思诚仰视。她曾专门写过一首怀旧诗,他还给修改过几句,然后给发表了。她称谭思诚为"高山仰止",窃以为没有来者。

尤朗月说她写的中篇小说迟早要发表,有些素材取材于过往的经历,难免会刮到、碰到曾经在身边打过交道的人。她写这首诗的目的就是意在表明一下姿态,免得有舆论和官司纠纷。

尤朗月还曾在此后的一个小饭局上有意简单地回忆了过往的经历。"遗憾终身!"尤朗月深情地说。在她眼里、心里,谭思诚都是一座不可逾越的高山,而且高山仰止。

尤朗月说,谭思诚是她理想的人生伴侣类型——学者加官员。只遗憾阴差阳错,女大男小姐弟恋犯了她的大忌。她认定他们属于没有缘分。心里再愿意,一到关键时刻,命运之神就伸出巨掌有意无意地将他们拨开。既然如此,她也就没将目光锁定在谭思诚那儿。不论对与错,幸福与痛苦都与他无关。

尤朗月写的那首诗,起先拿到高主任那儿。高主任拿给周天雨说让他给把把关,个别地方给修改一下,可以发表。因为他俩知道诗里的男主角是报社的上级领导,都非常感兴趣。

尤朗月也不是因为闲极无聊,倒腾些陈芝麻、烂谷子。几十年都没有当人提起过陈年往事。损失已经巨大,业已事过境迁,现在提起还有必要吗?

只因为一个文学梦,小说梦,如今不想面对也得面对了。试想如果小说中涉及的某些人物、故事、情节、场景等被对号入座或者不满意了,找你打名誉官司或者说你侵犯隐私权,怎么办?

害人之心不可有，防人之心不可无。尤朗月想在小说发表之前，顺其自然地在一些人物原型面前亮相一下，让对方有个思想准备，能主动提供些素材更好，否则也无所谓。

她没敢用自己的全名，怕引起不必要的议论。但用了“如月”的笔名，能达到预期目的吗？她已不再顾及。

发稿如下：

问秋风

你是我悠远的记忆
我在追赶一段心路的历程
不必担忧风风雨雨
会伤害你坦荡身影
我会珍惜曾经拥有的真诚

你曾是我向往的一座山峰——
学识渊博，深沉宁静
才华峥嵘，傲骨生风……
在你面前，高山仰止
我只配做个快乐的学生
尽管那个特定的年代
我们曾同窗共读，如影随风
却也如两根琴弦
保持着距离与一种平衡
虽心有灵犀
却不能琴瑟和鸣……
拥有你心会很累
失去你会遗憾终生
我追问秋风情归何处？
暮色中的山野枫叶正红……

周天雨把这一期报纸的诗文稿件编排好下版之后，负责审稿的新任女副总编叶青柳拿着大样急忙上楼来问：“这首诗是谁的？咱报纸也不让登情诗呀！”

周天雨咧着嘴，笑了笑说：“朗月的！你就别管了，发吧！”

若不是什么大原则问题，叶总编还是尊重编辑们的想法的。

见报当天，周天雨就接到一个读者来电，问这首诗的作者是谁？

周天雨说：“是一个朋友的。”

那人又说：“我曾有一段经历，和这首诗写得很像，能不能告诉我作者的名字？”

周天雨说：“我们也没经过作者同意呀！不能说。”此事也就作罢。

这首诗发表之后，尤朗月像松了一口气，一吐心中之块垒。至于有没有引起反映，她一点都不在意了。

积郁在心中二十多年的往事，对与错，是与非，恩与怨，她几乎只字没提起过，连弟弟、妹妹也都不太知道原委。外界除了部分大学同学或者曾经在一起共事的老师们以及后来的报社领导，其他人很少知道他们认识。

尤朗月调到报社传媒公司不久，在单位的楼梯上遇到过谭思诚一次。她一改过往的矜持，热烈地与刚上楼梯的谭思诚握手。

“你好！”尤朗月说。

“你变样了！”谭思诚吃惊地感叹。

然后他们就笑呵呵地沿着各自的方向前行了。

尤朗月觉得这样不妥，就返回身，上到三楼总编们办公的楼层，在开着门的副总编申文德的办公室里见到了谭思诚。

还没等尤朗月说明来意，谭思诚就知情会意地问：“你请我吃饭？”

“嗯！”尤朗月点点头。

“温总他们到厂内去了！”谭思诚很明白事理。

“那给温总打电话，我这就订酒店！”

“今天就别了，哪天我单独请你！”谭部长加重语气笑了说。

尤朗月心一紧，想想自己的老公这几天出差了还行，要是回来后自己出去吃饭就不大方便了。于是胆突突、弱弱地实话实说：“我就这几天有空儿。”说完就知趣地走了。

她记得老公常守业曾在谭思诚给她的那幅泰戈尔画像的空白处提了四句诗：“暮晚林间量思想，送走旧诗迎新章。此时文豪作何意？画外自有多思量。”说明常守业对谭思诚还是很在意和忌惮的。那幅画至今还收藏在老房子里，搬家的时候没敢带过来。

话说这期间申总已给温总打了电话，温总正和庞总在一起。他们就商定请谭部长在报社附近的羊肉馆吃烤全羊。温总编是回族人。

谭思诚饭后回去就上宣传部后楼电视台那边找到尤朗丽说：“我在报社看到你姐了！你姐真漂亮啊，我都不敢认了。”

“我姐穿的那套新加坡空姐服，是我姐夫出国带回来的。我姐夫老出门给我姐买衣服。”

“你姐的小孩，是男孩女孩？”谭思诚关切地问。

“女孩！我小外甥女真是优生优育，可聪明漂亮了！取他俩优点。我姐为她班都不想上！”尤朗丽没有想到她越这样说，谭部长的心就越滴血。

不久庞总打电话让尤朗月上楼一趟，落座后他让尤朗月摘下眼镜看了看说：“你不戴眼镜也挺好！”

庞总告诉尤朗月：“谭思诚那天在饭桌上，承认你俩是大学同学，还提到田贵花、徐文彬。”

“他们都比我有出息。”尤朗月谦虚地笑着说。

“谭部长说你不太爱上班，你只要一年向报社交两万块钱，就可以不上班了。”尤朗月一听，就乐不得答应了。女儿正值中考冲刺阶段，她需要有闲暇时间照顾女儿。

尤朗月觉得谭部长说自己不爱上班并无恶意，是为自己在职场上没有作为开脱。

刚参加工作的时候，尤朗月的确在办公室里说过不爱上班的话，谭思诚还开玩笑地说：“那你‘以少换老’得了，把你奶换来上班。”当时“以老换少”是流行词，是一种社会现象。

“说什么呢？不像话！”尤朗月怒怼过去。谁触犯到她敬爱的奶奶的尊严，她可不能让。不管你是谁，再有身份也不行。

这件事给谭思诚留下了心理阴影，后来还指出过“你总当别人面跟我发脾气”。

庞总是心怀鬼胎。担心自己那么多年所做过的为非作歹、违法乱纪的事，若让上级领导知道了可怎么办？他想阻断尤朗月与谭思诚的重新集结和联系的机会，拆了他们见面的平台。这与谭思诚说尤朗月爱不爱上班没太大关系。

虽然谭思诚并不希望自己与尤朗月的恩怨、是非，让由他主管的报社的领导们知道更多，但还不至于盼尤朗月下岗回家吧！

前些年谭思诚回职校办事，当得知尤朗月不上班时，还隐忍地当大伙面说要找尤朗月谈谈。好好的人，怎么能说不上班，就真的不上班了呢？与他当年并驾齐驱、比翼齐飞的工作伙伴，如今沦落到不上班的地步，他一时还没接受得了。岂不知由于照顾家庭的需要，尤朗月是自愿不上班的。

尤朗月现在调到隆钢报社上班，是因为隆钢的几所院校要合并在一起，成立隆钢职工大学，不重新安排一下工作关系，那就真的不能再眯下去、再混下去了，这才又上班的。

好在承诺工作关系和岗位报社一直给保留着，转年又给定编到广告部，直到五十五周岁正常退休。

光阴荏苒，曲终人散。彼此再怎样，也不会影响到彼此了。这是他们人生的幸运，还是不幸，抑或是悲哀？他们自己无能为力。

近些年，闲暇之余，尤朗月在写小说圆梦。陈年往事，陈芝麻、烂谷子自然要变成写作素材被涉及。按说，只要是小说，就属于文学创作范畴，写什么，张冠李戴，典型化集中塑造，就不应该算侵犯谁的隐私权或者名誉权什么的。这个道理稍有点文学常识的初中生，甚至小学生都懂，普通老百姓也懂，但肯定难免有人不懂。

取材于活生生的现实生活，是现实主义题材小说创作的活水源头。弘扬真善美，揭露假恶丑，是文学创作的庄严使命。这难免会刮到、碰到曾经在身边打过交道的人，涉及一些人物原型的个人隐私。侵权是一条红杠，谁也不愿触碰，尽量绕道走。尤朗月写那首诗的目的，就是意在表明一下姿态，坦陈真情实感、心路历程，免得有纠纷。

法律意识比较强的尤朗月，为了避免产生麻烦，发生纠纷，就想在作品发表之前做足功课，尽量和过去熟识的人做些沟通，能获得理解和支持更好，否则也无所谓。因此就有了在不影响谁什么的前提下，在小范围内，有意识地聊一聊成长经历，以期获得舆论和心理的支持。

她有时想：真要是出现纠纷也未必是坏事。想炒作还没有噱头呢，作品就大可被关注了！再说她的宝贝女儿在大学学的就是法律专业，家里有现成的未来律师。只不过她与人为善、与世无争惯了，不愿意惹纠纷。谁放着好日子不过，闲着没事爱惹官司呢？个别寂寞、无聊，有心理问题的人除外。

在周天雨的眼中,尤朗月对谭思诚情有独钟。谭思诚又是赫赫有名的上级领导,他帮尤朗月的忙,应该是美事一桩。可他万万没有想到尤朗月会对他的好哥们李显阳兴致盎然,见到他之后就改变了“三观”——人生观、世界观、价值观全变了。这在他思想上造成的冲击太大,反差太大,他接受不了。

在报社同事和领导的印象中,周天雨和尤朗月的家族关系比较有渊源。且不说马老马万里是尤家亲戚,也是他周天雨所谓的“诗友加忘年交”;尤朗月的老父亲在晚年爆发了写诗填词的浓厚兴趣,也与他周天雨的鼎力支持有关。她那人脉很好的弟弟尤朗明也帮周天雨办过几件事。尤朗月本人也非常懂得感恩,拿他当好朋友,有事鼎力支持。

那年报社印刷厂照排车间的打字员们要晋级工人技师,在够条件的人员当中淘汰一两名。有一个常给周天雨主版的漂亮打字员怕自己被淘汰,就让周天雨帮忙给找人。周天雨自然想到了尤朗月的弟弟尤朗明,就给尤朗月打电话。尤朗月二话没说就给朗明打电话。朗明也二话没说,帮他们就等于帮老爸,就给公司人力资源部打电话。结果为了保这一两个人过关,就干脆让全体打字员都晋级了。唯有那个没敢报名的当班长的庞总家的亲戚除外。

过后周天雨让那个漂亮女工请了尤朗月一次,想必她已给周天雨送了薄礼。

周天雨与尤家的所有互动,他都会跟周围人说。比如:尤老爸又要发稿了,尤朗月又要请客吃饭了,等等。给人的感觉是他和尤朗月家的关系很铁。这些倒也是在情理之中的,让尤朗月能接受。让尤朗月很不能理解和接受的是,那次为了助兴老爸的第一本诗词集出版,她让周天雨把一个稿换下来上自己诌的七言小诗以助兴,并嬉笑着当他们部主任冯姐面儿承诺说换完稿领他上医院找人看病。周天雨当时蜷缩在办公桌前的椅子里的确病得很难受的样子。凡是看到他那样子的人,都会劝他上医院看看的。

谁也没想到过后他却把这事放大,屡次提起,当李显阳也提,让尤朗月非常反感,认为他别有用心,其实不必这样。

自始至终都有人在场,路上有出租车司机,到医院没等尤朗月打电话找人,他直接就到儿科找了一个女诗友给开的药。

回去的路上,尤朗月说自己中午要到一中门口的永和豆浆店陪女儿吃午饭,假客气地问他去不。试想有哪一位母亲再不懂事会愿意带着一个正患病的人和自己的孩子一起吃饭?没想到他可能也是因为感激尤朗月领他上医院看病,竟点头了。

到永和豆浆店后,尤朗月根据各自的口味点了三份面条,几个小菜。又要了几个馅饼,分别打了两盒包,给周天雨带走一份,自己带回家一份。

女儿匆匆吃点就回学校去了。

尤朗月打车把周天雨送到他家楼下,没下车就往回返。

过后,周天雨多次提起这事,让尤朗月很是反感。若说尤朗月懂得感恩可以,完全没必要放大这事。一个当时就像个奄奄一息的蔫巴病鸡,谁见了能不嘘寒问暖一声?何况还有麻烦事请他帮忙。

谁能想到当时病成那样,过后却还有心思放大这事的外延,屡次提到见到过尤朗月的女儿,女儿如何优秀,等等,就像走得有多近似的。尤其是当着李显阳屡提这事,无疑是往他俩微妙、复杂的情感世界里撒沙子。

据说周天雨首席记者的名号也是领导们考虑到他和尤家的良好关系给他的。不然给谁不好呢?每个编辑和记者都很敬业的工作,都不错。

某种意义上说,他不仅借过马万里马老的光,也沾过尤家的光。

李显阳是这座城市的名人,经常上电视,基本家喻户晓,妇孺皆知。在他们隆钢报社人眼里更是热点人物——电视里、舞台上的明星,生活和工作中的良师益友。

很多年以来,每逢隆钢报社的庆典活动,都请李显阳过来或指导或表演。报社上下也有不少李显阳的朋友。大多数男女员工都是李显阳的粉丝,有些私交都不错。周天雨也借了一些好光,比如有人想请李显阳帮忙主持婚礼,或者孩子考传媒大学、艺术学院等请朗诵指导老师,不好意思直接找李显阳,就都先找周天雨给过话沟通。有的表示感谢,送李显阳一条好烟,也送周天雨一条好烟。

现在尤朗月和李显阳这两个显眼的人物就在自己的眼前走近、牵手,自己又不是媒人,但却是自己给搭的桥、铺的路,自己还没收税呢!他至死也过不来这个劲。他要尽力阻止。

起先他下足心思,使尽了所有能用到的阴损手段,企图离间和破坏他们两人本来就很脆弱的情感关系。他太了解他俩的性情,轻而易举就会搅乱他们的好心境。

他首先用打麻将做借口,给李显阳打电话,身边安排了李显阳的好哥们薛世强和快人快语的夏诗文,然后要有至少四个人以上的小饭局,肯定由爽姐夏诗文买单。

席间周天雨要一解心中之块垒,语重心长地说:“我这辈子最后悔的事,就是把丽萍介绍给老谢大哥。老谢六十多岁了,家也散了。”

此话真如敲山震虎,一石激三鸟,令在座的李显阳心惊肉跳。他十分了解周天雨的引申用意。自己也快扔五奔六的年纪了,家散得了吗?为了嫁入豪门的宝贝女儿,自己这辈子的婚姻就只能这样了。铁定的到死也不能离呀!

他跟尤朗月见面的时候说了这个事,尤朗月替白丽萍辩白:“不是这样的!老谢离婚与丽萍半毛钱关系都没有。我听丽萍说,老谢包养过一个女人,出国做生意去了,还是他给打点走的。”

“那也是丽萍过去帮老谢代账以后,那个女人才要走的。他老婆提出离婚也是她过去以后。”李显阳说。

“那倒霉的还是丽萍!她应邀帮老谢代账好几个月,老谢一分钱也没给人家不说,有时吃饭还是丽萍掏的钱。老谢也太不讲究了吧?光称名有钱,出手却很费劲,有意思吗?”尤朗月为白丽萍鸣不平。

白丽萍曾给老谢大哥代过账,也勾搭过他,这都是事实,但老谢大哥离婚与白丽萍没有必然联系,老谢大哥与老婆不和几十年了。他雄霸隆矿那么多年,家里财富如山。曾包养过小蜜多年,他老婆能不知道吗?起先还吵吵闹闹要离婚,但老谢不离。他是隆矿的党政一把手,不敢离婚。后来他老婆就迷恋气功不理他了。等他到了五十八周岁,退居二线了,想离婚再结婚的时候,包养多年的小蜜不干了,要到邻国做生意,也是老谢给打点走的。

老婆给足了他面子,等他退休以后才离婚。不然也弄不过他。老谢离婚的时间是在白丽萍给他代账之后，但与白丽萍没半毛钱关系。白丽萍没干上三个月就给辞退了，半毛钱也没给人家。没有钱也不带这样事的！还替老谢背黑锅，冤不冤？

真是贵圈太乱！

周天雨给自己的出轨找理由：老婆性冷淡，干扒拉不动。这也是中老年男性普遍遇到的问题，成了社会上很多家庭的常态。女性被动地陪着人家那么多年，早就疲惫厌倦烦了。男性却刚刚好，工作顺心，事业有成，精神饱满，精力异常充沛。这真是一个很难调和的家庭和社会的矛盾。久而久之，一些男性难免会对老婆产生怨恨和不满，自制力不强的，就难免会出轨。

说者有心，闻者也有意，一时搅得李显阳心里挺乱的。像他这样的大美男子，家里也存在这样的问题。从某种意义上说，对他这样的男人，且不说是一种资源的浪费，简直就是一种身体和心理的戕害和摧残。

李显阳并不后悔找女朋友，弥补他的缺憾。只是对尤朗月这个女性朋友，他很纠结。想放手又舍不得，不想放手，又有来自哥们的不快，很为难。

“我们三个喝一杯！”在那之后的一次聚餐李显阳提议，又对周天雨说：“感谢你，通过你，我认识了朗月！她成了我的知己。”起先他们考虑到是通过周天雨认识的，就采用善的办法对待。

“是你们个人有魅力！”周天雨乜了一眼尤朗月说。

酒桌上皆大欢喜。饭后该恨还恨，该使坏还使坏。

尤朗月也不是个让人省心的主，思想总盘桓在李显阳过往有没有其他女人上，不肯轻易屈就。让他一会儿欢喜一会儿忧的，心里常常不舒服。

后来周天雨看没达到目的，他知道尤朗月十分讨厌那个嘴非常不好的小学三年级以前的所谓同学张克芳，就索性拴上她来膈应尤朗月，鼓动她俩交恶，以期心里解恨。

9

张克芳是什么人？

尤朗月已有三十多年没有接触过这个叫张克芳的小学女同学，只记得小学三年级时她家就跟着走五七道路下乡了。印象中这个人嘴不好，爱搬弄是非，就像戗菜刀子似的上下翻飞个不停地说人不是，还总爱像她奶奶骂她妈似的歪个脖子骂人。

那时张克芳家住在第一个楼门一楼，谁上班、上学或者上当时叫合作社的商店买东西都要经过那个楼门，她妈经常高一声低一声地哭，像鼻腔被捏住了的那种哭声，老远都能听到。

本来张克芳从小就患肾炎，爱尿炕。她家经常晾被尽人皆知。可是她撒泡尿只画地图也不照照自己比她家对门的那个身体病弱的女同学强多少？还给人家起外号侮辱人，特难听，一般人都说不出口。

尤朗月就是从那时起反感她的，以前没太注意她。

她家回城时已是中学一年级，尤朗月家已扩房搬到了铁东区，所以她们没有交集。

当周天雨和古荫告诉尤朗月，她的一个小学同学名叫“张克芳”，被介绍到他们那，尤朗月只说:“你们走你们的，与我没关系。我不参与!”

尤朗月少有涉及别人时，亮自己的态度。如果不是特别不能接受，是不会这样的。按说正常心理，都会趋利避害，三思而后行的。但对像周天雨这样具有特殊心理的人而言，事不临头，棒不打腿。他是不会排斥特殊品种的。

尤朗月虽然厌烦张克芳，嫌她嘴不好，爱搬弄是非，但不会干预别人的事，更不会背后说人坏话，做不体面的小人。她觉得张克芳差太远了，和自己构不成是非关系。谁是什么样的性情，让他们自己逐渐了解认识去呗!

尤朗月对张克芳一开始就有防范，不想沾边。

他们果然在相识之初就暴露了问题。

张克芳爱喝酒，有时醉酒哭天。古荫劝她少喝点酒，她当时就翻脸，视古荫为仇人，说人家嫉妒她，压制她。晚上回家后越想越生气，就给那天在饭桌上的男女挨个打电话，打到夜里十点多钟，解释她喝酒那点事，然后把古荫骂得狗血喷头。

她对周天雨挑拨说:“天雨大哥，以你的知名度，你应该找个比古荫更年轻、漂亮的，带出去能拿得出手。她给你丢脸! 还有，她在一大群男男女女面前露着个大胸脯子，磕碜!”

她觉得古荫让自己在众人面前丢了脸，她要加倍报复古荫才解恨。这个搅屎棍子，首当其冲先搅和了容纳她的人。但没一个人告诉古荫，周天雨也没告诉。张克芳的话刺激了周天雨的荷尔蒙，他非但没反感，反倒很受用。他对张克芳比之前更加好。他知道张克芳崇拜自己，就口是心非地对古荫说:“张克芳魔魔怔怔的，别和她一般见识。”

古荫以为周天雨已在人格上把张克芳打入另册，不会对她有非分之想的。她说话嘴冲，不分场合，有的没的地拿起话就说，不外乎就是想表现自己而已。越丢脸越好，自己也好少一个碍眼的对手。毕竟张克芳在有些事上肯花些小钱。别看她表面上精神头十足，其实病病恹恹的，走哪儿老找厕所。大夏天还穿着个红棉鞋，拿着个小水袋，身体状况比她还糟，没想到还有个比她更需要人同情和可怜的，也就不和她计较了。

她的智商不会想到张克芳的身体病患成这样，大夏天穿着个红棉鞋，拿着个小水袋，这病理的需要，在个别心理不健康的男人眼里，却会变成诱惑和勾引，以为她这是故意做作，整情调，博眼球。他们这些病态男人的眼眸，不但不会忽略这样的奇葩异卉，反倒非常欣喜地反串联想到古代“拥炉赏雪”的风雅故事。

在这类阅女人无数，但仍对女人饥渴无比的龌龊男人眼里，张克芳横空出世。性格和脾气就像一款暴雷，击垮和碾压他们这个圈子里所有众生。他们已感到张克芳是个特殊品种，非常的与众不同!

他们身边虽然搔首弄姿、故意矫揉造作以谋求特殊关注的女人多得是，但因为有文学和艺术的审美底蕴跟着，大多都还是有一定底线的。唯有张克芳肯雷暴这个圈子，让个别男人心灵震撼，以至于不久，周天雨居然爱上了这个当初他曾经谓之“无知者无畏”“魔魔怔怔”的张克芳。

他们的结识也挺奇葩的。牵线的人，已闪身不再联络。

张克芳的侄子从小偷盗，被判很重。为了减刑，张克芳拿出一万元私房钱想让一个谎称能办得了此事的男同学帮忙。一年多过去了，侄子的事情仍然如故，她就多次找那个男同学要钱。那个男同学见躲不过就说:“钱我请人吃饭花了,肯定还不上你了！事我也办不了了。我帮你别的忙吧！你也别老跟黄素芬她们几个生气了！你爱写诗,我给你介绍一个档次高一点儿的,隆钢报社的诗人周天雨。你跟他们接触也能学到点东西。咱俩就两清了。”

张克芳就这样被介绍认识了周天雨。张克芳在隆钢小东门饭店请周天雨吃的饭。

周天雨起初对张克芳非常不满意。到这样的饭店吃饭,无论从门面,到内容,都让他感到不舒服。他实在不缺顿饭。尽管如此,他也会报答一顿饭之恩的,在下一次的饭局上,也让张克芳过去了。

张克芳从此便把与周天雨他们的互动当成了职业,又结交了几个和她有共同想法的朋友,彼此互通从不同渠道所获知的关于周天雨他们这个圈子的活动信息。

从那以后,张克芳的人生跟开了挂似的眼界大开。这个圈子里的人,几乎都是她前半生见所未见、闻所未闻的奇葩异卉。她从中学到了很多前半辈子做梦都想不到的东西,认识了很多有文艺气息的新面孔。

唯有尴尬的是,介绍身份时,谁也不知道她是干啥的？就“张姐”“张克芳”地称呼。她对此也非常敏感。

有一次,市委宣传部文艺处处长靳清晨介绍到她时,就很顾及她面子地说:“这位是张女士。”

敏感的张克芳却反讽一句:“你就说是隆钢退休工人就行!”

她当时还比较质朴,攀得并不高。她曾是她老公单位门口食杂店的店员兼会计,隆钢附企大集体买断工龄下岗多年的工人。

她得知这个圈子里那个爱写诗、很豪爽、常组织活动、很受男人追捧,但见她就烦的隆钢厂内女电焊工王婷婷被介绍给这个文艺处长作女朋友,就不惜借自嘲反讽了一下。

她接触的社会层面大多是居家多年的中小学同学。谁家有个什么婚丧嫁娶的事,同学这块都找她通知。若有个大事小情的,也找她帮忙。她逐渐成了他们当中的“人物”,在这些同学中说一不二。

由于社会层面的局限,除了家长里短、鸡毛蒜皮、陈芝麻烂谷子的,也涉及不到更多的事。一旦换个环境,在外面说话、办事,总是让人觉得哪不对劲,自尊心也总受伤。所以她常常用自己擅长的方式,讽刺或者编排别人,以期心理之平衡。她常在外和看不上她的人掰扯、苦斗,受不得别人的气。

王婷婷捏眼角都看不上张克芳,眼见很烦,也许不无道理。其他人也不是看不出问题,普遍认为:“她精神不大好,没事老请人吃饭,又总那几个人,也不知道她啥意思?”只不过都冲着周天雨大哥的面子,不想多事。

大家以为她没事,其实她心里是有事的,不外乎就是怕被这个圈子甩掉那点心事。大家都有自己的事做,就她闲人一个,就跟定了这个圈子。得知人家要搞活动,她就要有动静,不是给人打电话,就是请人吃饭。没通知她,她就要搅和一番。就像加入了什么组织,是组织里的成员,不让她参加,就是组织的错一样。真让人莫名其妙,摸不着头脑:这地球人怎么还会有这样事儿的?

她每次饭桌上都抢着表现,主要是背诗。她看别人背诗,觉得很光彩,就自己也背。

说是自己写的,多是顺口溜。别人的诗,她当然背不出来。也没学过呀!只是近些年从儿子上大专以后不用的初、高中语文课本里读了一些诗词,常模仿着写一写,已写了四十多首,但当时也没敢奢望出诗集。

周天雨鼓励她再多写点,他给看看。

起初周天雨还有心帮她把把关,给改一改。后来就受不了了,一首诗八句能给改六句,劳动量太大了,就委托一个他帮过忙的诗友兄弟全程给把关。之后他又把张克芳介绍到给他办过书号的朋友那里,这样张克芳就也出诗集了。

她都不懂平仄、格律是啥意思,怎么回事,只知道句尾要押韵,基本都是顺口溜。她也真胆大,无知者无畏,居然敢招摇过市,欺世盗名。紧接着又是上报纸,又是接受电视台采访的。

这事有点弄大了。她极力不让录她的镜头,只录声音。谁也不理解这又是怎回事?因为都知道她平时那么爱抢镜头、出风头,显摆自己,怎么突然低调了?

这里自有原委。如果她以一个女诗人的身份,再加上公益楷模的形象上镜头,被那些认识她、了解她好几十年的人看到,被那些在一起互撕过、互掐过、互骂过的人看到,还不得以为是不是搞错了?怎么没天理了?这简直岂有此理呀!在确定一下眼神之后,是不是都得怀疑人生了?还不得把电视台给砸了?她有这个担心。

若真这样的话,是会影响大众对媒体人的评价:瞎眼了吗?干吗吃的?给点甜言蜜语,小恩小惠,买条新兴市场楼梯转角处卖的丝巾送你,就感动得不行?档次也太低了吧?太不值钱了吧!

不怪有人讽刺说:“有的媒体人,谁请客都去,谁的饭都吃。”言外之意:“不自重!”

记者问张克芳:“为什么那么喜欢诗?那么爱背诗?”

张克芳解释:是“文化大革命”期间,全国学小靳庄的时候,她家下乡的农村掀起了学习小靳庄热潮,村民们在地里干活的时候常说顺口溜。她就是在那个时候开始,也爱说顺口溜了。

她狂热地迷诗,如醉如痴,以为诗是世界上最至高无上的好东西。

她应该是分属于爱诗的婴儿期,少年期,青春期。很多人都已逆转,把过度迷诗看作是耻辱。

夏诗文的女儿就曾告诉过她妈妈,不要对来家串门的同学说自己是个写诗的。

“咱丢不起那个人!”她女儿无奈地说。

夏诗文在社会上打的就是女诗人的旗号,酸甜苦辣咸,各种滋味只有自己知道。高手在于能入能出,游刃有余,收放自如。生活可以有诗意,但不可太沉溺。

可张克芳这位老后生在初入这个圈子的时候,逮到谁给谁背诗。饭局上背诗,打电话背诗,甚至在菜市场与卖菜的唠嗑时,人家夸她有气质,她一高兴,也给人家背她的“诗”。只是从葫芦到茄子的,谁也没心思听出个所以然来,有时就干脆嬉笑。

有一次,周天雨告诉尤朗月:“我走在路上,她打来电话给我背诗。我不吱声,她还问我听到没?我说‘我闭着眼睛,听着呢!’”

像她这样爱诗的当然不止一个。周天雨曾发表过一篇文章,记述了他的家乡矿山小镇有个发小就是“迷诗狂人”。他曾应他哥哥之邀到他家看他。门开着,却不见人。听到动静,才从床底下爬出来,还美其名曰:“诗是高贵的女神,女神自然要睡在床上。”而自己的贱命,只配睡床下。

他唯一公开发表的“诗”,是原来所在的矿山综合厂开联欢会的时候,他冲到台上朗诵过自己写的什么左看大白菜,右看大白菜,回头看还是大白菜的东西。最令人惊心动魄的是,他曾拎过一大编织袋诗稿坐火车上北京找《诗刊》编辑部。因为是周末,人家不上班。门卫保安被他千里迢迢赴京投稿的精神所感动,就告诉他人民文学出版社的那位资深红学家就住在附近,他就又敲红学家的门。

红学家温和地劝说:“我不是写诗的。你明天到《诗刊》编辑部吧!”

诗魔说:“你要是不看看我的诗稿,我今天就住在你家不走了!”

这时有人送过来一张晚报,一则醒目的“寻人启事”直冲红学家眼底。是诗魔的哥哥发的。红学家只好给保安和民政部门打了电话,过后根据这个故事写了一篇小说。

周天雨还曾在报社副刊部接待过一个“女诗友”,她说要给当时的美国总统克林顿写信,指责他不应该找莱温斯基。

人爱好上什么皆有因缘。尤朗月暗忖:莫不是那个发小迷诗狂人看从小鼻涕长淌的周天雨如今有出息了,当诗人了,竟也不服,遂附庸诗迷,才造成这种迷迷瞪瞪、痴癫不醒的局面的?

对于他们来说:诗真是迷魂绕神的东西。

若不是文化圈的饭局,张克芳背诗就显得“才高八斗”。文化圈的饭局,在座的基本都是有一定资质的。稍懂规矩,有自知之明的话,怎么也轮不到她说话,她还总抢答。因为自卑,越怕被人瞧不起,就越想表现,无知者无畏地往上扔话。每次都出丑,那也不知道后悔。

大家都心机太深,玩心眼。只她有时候就像刘姥姥进大观园似的瞅啥都新鲜。倒是也能像火锅里的麻辣烫,刺激一下一些人的胃口,活跃一下气氛。

刘姥姥不也受贾母的优待吗?引得大观园的女子们开心就是了。

有时她也像鲁迅笔下《孔乙己》中的“小伙计”那样地观察张三和李四怎么样,王五和陈六怎么样。谁和谁有绯闻和暧昧关系,谁和谁有其他过节。别人道听途说的东西,到她那心思的底片上,不经过筛选就悉数存盘。然后就可以如数家珍地对别人说。宗旨只有一个:显示自己已约定俗成地是这个圈子里的一员,自己知道的典故比别人多。

这个所谓的文化圈子鱼龙混杂。上至官员,下至鸡鸣狗盗之辈。尤朗月躲得挺远,无意沾边。张克芳被介绍过来后,尤朗月更认为门槛子太低,躲得更远。她尤其反感谁在饭桌上提到张克芳是她尤朗月和许新杨的同学,还不说是小学同学。她大学同学普遍都那么有出息,与自己又有毛钱干系?更何况几十年都没有任何联系的小学三年级以前的同学?

如果虚心点,少说话,谁也不知道她深浅,也不至于太丢脸。本来不识几个大字,偏偏在几乎都有一技之长的所谓文化人面前耍大刀,能不漏洞百出吗?

好好的千古名篇《陋室铭》,被一个圈友写成草书后,在她眼里“陋”字就变成了“陌生”的“陌”字。可惨的是,她并没有想到“陌生”这个词。她把这个“陌”字念成了白字“bai”的第三声读音“百”;“室”字就变成了拐弯的“之”字。亏她还认识一个“铭”字,因为小学时班里有个傻乎乎的男同学叫莫铭。她还真不如不认识这个字。如果都说错了,谁也就不知道她指的是哪篇文章了,也不至于太丢脸。可她偏偏还认识那个“铭”字,这样“陋室铭”在她眼里就变成了“陌之铭”。她还像多明白似的说圈友的“陌之铭”她也收藏了一份。

起初给尤朗月弄愣了。她想不出有哪篇文章叫“baizhiming”的。后来反应过来,是《陋室铭》。因为那个圈友有一段时间昼夜狂写草书《陋室铭》分发给大家,大家都知道。

一次张克芳跟周天雨他们上一个民营企业家的工厂联欢,她看到企业家办公室的墙上挂着一幅书法,好生奇怪,心想:这老板怎么成了“妇女之友”。出来后就控制不住脱口跟古荫说了。古荫不屑地告诉她:“那是倒过来念的‘宾至如归’!”

古荫再不济也是报社出来的,比她有文化。

张克芳真是贻笑大方也不自知。

不是谁虚荣,就是不太虚荣,也受不了她给你丢的人、跌的份儿。你若和她做同学,在不太了解的人面前,她是给你增分呢,还是减分?是增光添彩呢,还是丢人现眼?如果仅仅属于无知少见也就罢了,何况还不仅如此,她常常搬弄是与非,说人的对与错,与大多数与世无争的发小不同。

不是说哪哪的同学不可走得太近。中国近现代史上就有很多肝胆相照的同学一起干伟大的事业。尤朗月不是势利眼那种人,也不看轻层面低、修养差的人。但她对张克芳没有好印象,更无法接受张克芳为人处世的方式和心机。这是彼此的个性问题,与其他不相干。

走自己的路,做自己的事,总涉及别人干什么呢?别人与你有何相干?尤朗月当时觉得张克芳什么资质都没有也的确不好在外混。谁能让她借点小光,也算精神扶贫了。真不愿意和她沾边,好坏都不愿意。但也是没办法的事。谁让自己也是地球人,没能跳开这个地球村呢?

有一个长相好看,就是命苦的小学女同学李英得肝癌去世了。在她生前和身后上演了一系列感人的情节。凡是电话能找到的小学同学,几乎都去医院看过她。许新杨扔下一千元钱以示顾念发小的情谊。在场的人看来无疑是让他们震惊的天大数字。当时他们之间来往也就一百元钱,两百元就算多的了。尤朗月给了三百元。

当李英的哥哥得知眼前这位靓丽的女子就是尤朗月时,惊讶地说:“尤朗月还了得?不敢认了!”

他看过去年他妹妹小学同学聚会的合影:尤朗月身材窈窕,穿着蓝色新加坡空姐服,拎个得体的红羊皮手包,戴着墨镜。挨着她的是许新杨,也是刚从香港回来,才下飞机的派头。

两个人压了整个气场。

她俩小时候经常到李英家玩。有时晚饭后许新杨到李英家没见着尤朗月,就趴在她家三楼的窗户喊:“尤朗月!尤朗月!”全院里的人都能听到。

等尤朗月在家里听到后,就也兴冲冲地奔过去。

到中学后学校特意把通山街道的这个班给打乱了,分插到别的班去。不知是谁给造的舆论说“这个班干部子女多，谁也教不了！”

其实就是东北冶建公司的家属住宅区，干部、工人都有，知识分子也不少。

尤朗月没觉得小同学们有什么不好管的。当时学校取消了少先队制，改叫红小兵团。她是当时的红小兵排排长，负责喊排、管纪律等杂事，后来又兼政治干事，同学们都听从她的指挥。

成年后回忆，尤朗月才恍然大悟。原来是当年的班主任老师一直耿耿于怀“文化大革命”初期被这个班的许新杨写过大字报。几次想摆脱这个班，最终也没摆脱得了。她常在办公室嘀咕这个班不好教、不好管的，谁还敢接这个班？只能由她一直跟到最后。属于受伤害太重所造成的心理阴影导致的。

大字报有个醒目的标题，叫《三尺讲台有阶级斗争》。尤朗月和她的小同学们至今还记得。

许新杨和李英被分到一个班，尤朗月被分到另一个班。她们放学后晚上仍然凑到一起玩。尤朗月家扩房搬走后，尤朗月和许新杨仍有联系。

尤朗月到医院看李英的时候许新杨刚走。一个自己承认喜欢并暗恋过李英的男同学正在给李英按摩浮肿的腹部。那种纯真与挚诚，让在场的人都非常感动。普遍觉得作为一个女人，这辈子若遇到一个这样爱自己的人也不枉活一回。

李英去世后，她的女儿怎样安置成了几个同学关心的问题。她已没有了爸爸，又没了妈妈。大专刚毕业，还没有工作，其他亲属也帮不了她。他们就让张克芳找许新杨想办法。

许新杨无论从自己的社会地位，还是发小的感情都不能不管，近乎收养了这个女儿。给她安排了工作，训练她成长，介绍了个本人和家庭条件都很好的对象，帮她成了家，并且双双都提了干，也有了孩子，过上了幸福、体面的生活。

这是她母亲生前做梦都想不到的福分，也是让所有人对许新杨竖大拇指的地方。

这是许新杨对小学同学所作的突出贡献。在这种正能量的影响下，谁都想为发小做点好事。尤朗月在参加聚会时，听张克芳说她也曾照顾过邻居家的孤寡老人，还收养过流浪猫、流浪狗，觉得她还是有热心肠的一面，就想帮她一下，把她助人为乐、乐善好施的事迹宣传出去。

回去后尤朗月就给周天雨打电话，说有两件事请他帮忙：一是张克芳做过不少好人好事，她也是隆钢的家属，帮她宣传报道一下；再就是她爱写诗，写了不少，帮她挑一挑，改一改，给发表发表。

等尤朗月告知张克芳，让她有个准备时，张克芳却说：“别报道！”话里话外、隐隐约约好像是说街道开会讨论那个孤寡老人的房产继承权该不该归那个经常给老人做饭的女邻居时，是她的一句话给搅黄了。

她明知那个女邻居一天给老人做两顿饭，却有意说一天给做三顿饭，与事实有出入。最关键的是那女邻居为了健身学几天气功，她非要说人家是“练法轮功的”。继承房产的事就给撂下来了。

张克芳昧着良心说话，可能也知道自己做人经不起推敲，有愧于人，所以她不让报道。

她还道出了另一件让尤朗月想不到的事：当年“批林批孔”“反击右倾翻案风”的时候，她带头造老师的反，上校长办公室给班主任姜老师提意见。把全年组带班最好、也是个性最厉害的姜春华老师给整惨了，党都没入上。

她说：“姜老师还算宽厚！”在中学毕业的时候，别人都下乡了，她要病残留城，到街道小工厂上班，需要班主任老师给开证明，姜老师还是没有为难她，给她开了病残证明。

姜老师大人不计小人过，慈善、仁道，充分体现了人民教师高贵的师德和宽广的胸怀。

张克芳平常那么爱显摆自己，不放过任何一个为自己贴金添彩的机会，真要给她宣传报道时，她自己却拦住了。让尤朗月颇感不可思议！她平常热心助人只是表象吗？有什么欲望驱动吗？

张克芳小时候长相很不起眼，与她现在一无所有的身份很相符。有点斜视的小豆眼让人很反感。但现在她出门打扮得像唱戏的女鬼，脸像刚从面口袋里钻出来，且刮过大白似的。也像一些眼睛不大出彩的人一样架着个宽镜架深色小眼镜。不看她的下半身，只看头型有时还挺打人眼的。油黑的短卷发像半拉卷心菜向后抱团，风吹不乱；有时又像告状的似的歪着个脖子要和人掰扯。真没白给两个剃头师傅当儿媳。脸上也跟电视里学的上镜头都略打上一点腮红润色。她虽然没在电视上露过镜头，竟也像换过鸡血似的，尤其喝过酒之后倒显得粉面桃花。只有那几个人都抱不拢、推不动的横宽的杨柳粗腰和刚硬的身板，像岿然不动的泰山似的让人恶心，所以她总爱穿长衣裙掩饰。整个下半身衣裙永远是一大堆在那，沉重得就像都要脱落到脚面子上了。估计是从小到大服用治肾炎的药物过多，刺激雌激素生长造成的，横着比竖着显宽多了。肚子那块儿总像八个月的孕妇，谁受得了？

一个哥们儿平常只看到饭局时她坐着的模样，没看过她站着啥样。有一次圣诞节狂欢，她热得脱了大衣，也被拽进舞池。

“哎呀我的妈呀！”那哥们儿脱口而出：“那老腰！都要脱落到脚面子了！”周围人也都恶心地捂嘴笑。她可能也知道自己问题的严重性在哪，脖颈部以下总爱挂着个长围巾。

“腰长成这样，脸蛋再怎么忙乎也没用！”一次参加婚礼的时候一个男同学逗她。

“不兴说我！”她很不乐意别人说她的老腰。

尤朗月本来对张克芳就没有好印象，自从得知她在酒桌上为难徐文彬的事以后，更进一步了解了她的德行，生怕被溅上狗屎，铁了心不与她多接触，尽量避免和她有交道，不给她提供更多说事儿的空间。

后来在同学情谊的感召下，想帮她做点好事的时候，更没有想到她在热情洋溢、恣意奔放的表象背后，还做过那么多阴损歹人的事，就更加与之疏远。

“克星！”许新杨曾愤怒地说：“我所有的烦恼都是她给我带来的！”

许新杨说这话的时候，尤朗月对此还体会不深。她和许新杨的重新和好，也是张克芳一句话给搭的桥。

这两个原本要好了三十多年的朋友，曾因一件事没处理好，已有十年断联系了。

在小学同学聚会过后，许新杨要请她过去下乡时一个青年点，睡过一铺大炕的几个女同学再聚，也好发布一下李英女儿的近况，就让张克芳通知。

张克芳问："找不找尤朗月？"

许新杨顺便说："找！"

这样两个反目十年没有联络的朋友重新集结。

仅这一句话给搭的桥，就变成了张克芳逢人便能说起的光辉业绩，从没考虑过当事人双方的感受。

她们双方若不是彼此早有原谅的愿望，任谁搭桥又有什么用呢？毕竟有老感情。

事情的起因是隆钢公司工会为了丰富女职工的业余文化生活，会同隆钢公司机关组织了一场服装模特表演大赛。许新杨当时在隆钢工会女工部当干事，自然任评委。尤朗月的大妹妹尤朗丽已从隆钢幼师中脱颖而出，被选调到隆钢公司党委宣传部当文书，自然要参赛。

首次穿上多彩靓丽大尺度的舞台服装，尤朗丽自然没有什么走台经验。但以她那标准的身高，特有的姿态和长相，固有的文艺范儿和审美底蕴以及作为领导手下红人的期望值，再怎么样在大家眼中也不至于太差。

偏偏在许新杨的主导和嬉笑下，尤朗丽得了最末尾的三等奖。

气得前去捧场的时任隆钢党委宣传部副部长，也是后来派到隆钢报社当总编的温贵仁当即离席起身退场，以示抗议。

尤朗丽承认选手中肯定有先天资质好，后天又训练有素的隆钢艺术团的文艺工作者。但给评三等奖，也的确有点过了。

上台之前还有人鼓励说拿一等奖。弄得尤朗丽很下不来台，回去不好交代。只能回家给姐姐尤朗月打电话，把邪火发出去。

尤朗月觉得在这件事上许新杨做得有些欠妥，根本没考虑她们姐妹的感受。

"你给她打电话！"尤朗丽愤怒地要求尤朗月。

在这种情势下，尤朗月给许新杨拨过了电话说："看来认识的还不如不认识的！"

许新杨也后悔说："要是给评二等奖就好了。"

尤朗月知道许新杨从小就争强好胜。但经过这么多年人间风雨的洗礼和历练，想必也与以往不同了。她到报社之前曾参加过报社的征文活动，写的那篇博人眼球的《爱上一个不回家的人》，就是许新杨给找人投的稿。她还给许新杨和那个编辑的小孩各买了一个玩具车以表示感谢。她觉得许新杨对自己像姐姐。

尤朗月在平辈亲属中是大头顶，没有哥哥、姐姐。她从小就非常渴望有哥哥和姐姐，逐渐变成了一种情结。后来才知道一点儿必要都没有。

她与许新杨无话不谈。

发生了这样的事，让尤朗月很为难：一方面是自己感情上非常认同的好朋友，另一方面是一奶同胞的亲妹妹。

她愤怒地对许新杨说："让我还怎么跟你好？这朋友还怎么做？"

许新杨说："咱俩好了好几十年，就因为这点小事影响咱俩的关系，有点可惜。"

就这样两个好朋友断交了十年。这十年正是她们各自的家庭和事业的爬坡期、成长期，各忙各的。

尤朗月的母亲去世后不久，许新杨曾往尤朗月刚调过去几天的报社传媒公司办公室打过电话。那时尤朗月并没有原谅许新杨的意思。不希望你比她好，交这样的朋友还有意义吗？就一直没再联络。但老感情在尤朗月的心里并没有变质。如果遇到有人说许新杨的不是，她仍然是向着、护着的。

张克芳却挑拨离间。她告诉尤朗月：在一次同学聚会上，指小学的，许新杨在饭桌上说："尤朗月对我大加讨伐呀！"

在尤朗丽的上司姚远航调到隆钢工会当主席之前，许新杨匆匆调离了隆钢工会，到市里的某区工商分局当头头。这期间和尤朗明有过业务联系。尤朗月的态度是不支持，不反对，顺其自然。她告诉朗明："害人之心不可有，防人之心不可无。"

白丽萍说许新杨在隆钢工会的时候，因为争宠，竟和另一位同样咬尖的女工干事针尖对麦芒，大打出手。尤朗月当即给否了说："不可能！"

她想替许新杨解释：咬尖可能，争宠不可能。

在尤朗月的印象中，许新杨非常爱程连山。

白丽萍却不乐意地说："全工会的人都知道我说的是事实。"

想想许新杨上进心太强，为了某些利益讨好谁，也是有可能的。但不至于就像人们想象的那样吧！

随着岁月的演进，她们彼此的包容心都增强了。重新和好只是个时间问题。有人给搭个话，彼此就会一拍即合。不必放大或缩小什么的。老感情就是老感情，没有问题。

许新杨已从某区工商分局调到了市工商局，现任副局长。

重新联络以后，许新杨给了尤朗月一个大广告。尤朗月也反请了她一次，问她找不找其他人，她说："不找！"

她俩就吃了西式料理。席间她们交流了好多事。她们对张克芳有基本一致的看法。

"大精神病！"许新杨说："谁朝她要我电话她都给，谁家有事她都通知我。有的我都不去，她还给我垫钱。我就是不想见他们才不去的，我还得还钱见他们。有一次我把钱还给她老公了。我说'我都不去，她给我垫啥钱呐？'她老公说'这老娘们，管不了啊！'有一个别的班的男生，在学校的时候话都没说过，给孩子安排工作也来找我。电话都是她给的！在我办公室一坐坐半天。我要是不给办，就得说我的不是；要是给办，穷得叮当响，人情得我搭。我自己孩子的工作都不知道找谁办呢！有的婚礼，本来可以花两千，为他们求人办事以后就得花五千。我也是挣年薪的，有多少钱搭他们？"许新杨非常气愤。

尤朗月知道他们给她带来的烦恼还远不止这些。许新杨和她当公安局副局长的老公程连山，事业并驾齐驱，比翼双飞，应该是羡煞旁人的。许新杨现在姿态很高，尽量礼贤下士，可尤朗月偏偏就听张克芳说有个八竿子打不着的别的班的女生，在几个同学面前表示不服，骂了许新杨，并且还把陈芝麻、烂谷子给翻腾出来说许新杨有个小时候老上她家串门的姐姐是她爸爸先头留的。

"哪跟哪呀？挨不上啊！"尤朗月当时就给解释："小时候我经常去找许新杨上学。她家是有个姐姐常来串门，住一段时间，但那是她舅舅家的孩子呀！谁这么混蛋？怎么能胡说八道呢！"

造这谣简直太岂有此理！做人太无良知、无底线了。

许新杨在社会上已算是所谓的成功人士。在小学同学眼里，更应该是出类拔萃的。可是她家的事也有人敢编排，谣也有人敢造，可见有些平民百姓也并不是省油的灯。

哪个层面都有善良的人和丑恶的人。

那么谁又能无中生有，编排得出这样的事呢？

别的班同学怎么会知道许新杨还有个常来家串门的姐姐呢？

看来源头还得是本班同学。本班的大多数女同学基本都安分守己，大门不出，二门不入的。男同学也多住在远离市区的地方，自己家的事都还管不过来，哪有闲心和精力去编排别人家的事，唯有张克芳自从买断工龄，下岗回家以后就开始卖保险，任谁都联络，且心思琐屑。估计只有她挑不出别的毛病来抹黑许新杨，就只能想出这样的事情来糟践人家，以求阴暗心理之平衡。

尤朗月当时庆幸自己幸好与张克芳这类人接触的少。一般的联谊活动她较少参加。她不认同的人和事，你就是倒找她钱让她参加，她都不会去。相反，要是有心情时，宁可自掏腰包请客，也不愿意参加别人免费的，她不想沾边的聚餐。但谁要是在工作和生活中遇到困难找她帮忙，那她也是鼎力相助，没有二话的，且不求回报。

尤朗月经历了几十年的人间风雨，对有些人性的扭曲、阴暗和丑恶，也像古代的先哲们那样感知很深："狗嘴里吐不出象牙""鸡蛋里也能挑出骨头来"，完了还"哪壶水不开专提哪壶"，反正"光脚的不怕穿鞋的"，给你造成了无法挽回的名誉损失不说，你若和他（她）理论，找他（她）算账，更会是"破裤子缠腿"，吃亏的还是你。他（她）们还赚着了，上位了，和你齐名了。所以大多聪慧的人是不会轻易给这样的人提供机会的，避之都唯恐不及。

可是命里有的魔，任你再高瞻远瞩，防患于未然，想躲也是躲不开的。你不找他（她），他（她）找你；你想忘了他（她），他（她）忘不了你。

尤朗月逐渐地体会到了"缘分"的真谛，就是命中有的东西，不论好与坏，都是摆脱不掉的。缘分有善缘和孽缘、恶缘之分，不管怎样，你都得面对。

尤朗月百般不想与张克芳沾边，最终也没摆脱得了。这是后话。

10

尤朗月在白丽萍的鼓动下，跟女儿学会了上网看新闻和搜索博客。她不聊天，也不露面，更不发文和传照片。她只关注想关注的人。

李显阳是她最想关注的人。她经常搜索有关他的信息。

一天，一个十分醒目的标题刺痛了她的眼：《李显阳：请多关注我一点行吗？》，网名是"小女人"。

尤朗月一口气看完可要气绝了。内容是一个失恋的年轻女孩写的，列数了"李显阳"的绝情，自己的乞求，说自己都不会笑了。自己愿意为他做一切事，请求他多关注她一点。

"这么无耻！"尤朗月气愤地骂道。

在那年的大年三十晚上与李显阳互发拜年信息之后，尤朗月又补发了一个信息：“方便的时候来个电话，我有事要告诉你。”

初一上午李显阳去岳父家拜年之前，借放鞭炮之机，出来给尤朗月打了个电话：“我初三、初四要到沈阳哥哥、姐姐家拜年；初六中午要到赵中升家聚餐。我们初六上午见面。”

初六一早，尤朗月就拿着笔记本电脑出来，与李显阳来到自家车里想插上电源，却不会用。他们就又来到小区对面尤朗月熟悉的理发店想借用电源，也不好使，这家当时没安宽带。他俩就来到街口的网吧。

平常深居简出、不爱暴露姓名的尤朗月这回也顾不了许多了。为了保护李显阳的名字，出示了自己的身份证。

两人坐在一边绊绊磕磕地上网，由于他们当时对电脑都不是很熟悉，还是让服务人员帮着弄的。

“不是我！是重名，我不会玩游戏！”只看了首页，李显阳就像抓住了救命稻草似的坚决否认：“在隆山叫‘李显阳’的有七八个。关了吧！”他不想再看下去。

他们从网吧出来，迎面走过来一个女子，是李显阳岳父家邻居。李显阳主动跟人家打招呼：“有晚会！”意思是让人家理解因为有活动，他身边才有别的女子。

尤朗月知道李显阳似乎对电器、机械类的东西不太会摆弄。不然他女儿家那么富有，世界顶级豪车用一两年就更换，给他买台普通代步车也不会费吹灰之力。可就是因为他们夫妇不会开车，为了他们的安全着想只能作罢。

学校的班车、道上的出租车以及通往高新区的公交车和小客车都是他的交通工具。在以车代步、私家车普及寻常百姓家的时代，他还能以一颗平常之心，放下身段，心甘情愿地为低碳、环保作贡献，实在难能可贵。

尤朗月恨不得把自己家的车借给他用，再雇个司机接送他上下班。

“经常有其他学院邀请我参加他们的晚会，我就要求完了有车把我送回去。有时晚会后连公交车都没有了，出租车也打不着了，那老晚了我给谁打电话让人家接我呀，就得我一个人往回走。”

“谁要是真爱你，为你着想，就应该考虑到你有时候会遇到这样的窘境和尴尬。”尤朗月十分牵挂这事。

“不想给女儿添麻烦，像咱不自觉似的。”李显阳解释。

“你自己家也不是买不起呀！也不用怎么贵的，十几万、二十来万的以车代步就行呗！雇个人接送你。实在不想买车就包个出租车也行呀！约好什么时间来接送你。”

尤朗月十分不赞成这么个长相茂茂堂堂的大帅哥在众目睽睽之下挤公交！尤其是他这么个靠“脸”吃饭的公众人物，舞台上、屏幕上的所谓明星，全市首屈一指的压台面的大美男子！

“那老多人坐公交车，我有啥不能坐的？下乡时牛车、马车都没少坐。”李显阳调侃，“再说我的身体也需要走一走。早晨她陪我从公园穿过去走到北门，然后我坐一站10路公交车过隧道就到学校了。走一走挺好！人老腿先老。趁着能动，就多走走。”他给不买车找理由。

尤朗月为这事老挤对他。听他这样说,也真是无语了。爱莫能助呀！他但凡有摆弄机械和电器的本事也不至于此。他有超出别人很多的朗诵天赋,却没有摆弄机械和电器的本事。他有逢场作戏、玩弄把戏和游戏人生的伎俩,但真的不会玩电子游戏！所以那篇博文里写的不是他,是重名！尤朗月对此也是确信无疑。但此事在她心里留下浓重的阴影,以至于这个误会,非常影响她对李显阳行为的评判。

“到哪能买到饮料?”李显阳说:“这个时间到中升家有点晚了,买两箱饮料过去吧！他父母都是我的老师。他每年回来我们都聚。”

他们就近来到眼前小区对面楼下这家小超市。收款处坐着的老板与李显阳认识,但因为有尤朗月在,他们却像不认识似的彼此笑笑。

尤朗月也没装作会来事给补充点零钱。在这个节骨眼上她心情不爽,偏不惯着他。

她不欠他的。

等出租车的时候,尤朗月问李显阳:“你带了多少钱出来？如果没带多钱,我给你拿点儿!”

李显阳从裤兜里掏出几百元钱。他说:“今天这是去晚了。要是去早,就不用带东西了。”言语之间并没有怪罪尤朗月给他添麻烦的意思。

“小丫蛋不能碰!”尤朗月还没有释怀。

“要碰就碰古荫!”李显阳使出了在尤朗月面前一贯泼皮的本性气尤朗月。

正月十五元宵诗会,隆山电视台给了周天雨十几个名额,可以带朋友做观众。他感念尤朗月前不久为了弥补他在出租车里丢手机的损失给了他一条好烟,就给尤朗月打了电话。

尤朗月当然愿意过去。她很想对演艺界增加了解,但又不想与周天雨的其他朋友坐在一起,就在与他们隔一排的后面落座。

节目自然是精心排练过的,说得过去。只遗憾想见的人没来,李显阳到外地招生去了。

演出接近尾声的时候,尤朗月提前起身出来了。走廊上,她看到市委副书记、宣传部部长王天凤也出来了。她并没有按常规等演员谢幕,然后上台跟演员握手、合影。李显阳不在,这个面子她懒得给别人。身边跟着几个文广局和艺术剧院的领导。有个像那什么似的紧点头说:“是是是!”非常真实的一幕。

尤朗月因为那天周天雨手机遗失后气急败坏的表现,不想在李显阳没回来之前和他们扯上饭局,就逃也似的先蹽了。

回家后尤朗月给李显阳发了个信息,告知此事,才知道李显阳就是为了躲开这次元宵诗会,才跟着去招生的。之前市委宣传部副部长代表王天凤给他来过电话邀请。

李显阳说:“实在对不起,我过完春节初七就到兰州去招生。安排别人吧!”可见他们之间已恩怨很深。

尤朗月和李显阳商定等他回来后大家再聚。

李显阳招生回来学校已开学。他按约定给尤朗月发了告知信息，尤朗月回信息提出希望有机会跟他学习声音美容。

“声音美容?”李显阳拨过电话好奇地问。“美声大师”首次听到这个概念。

“就是语音修养！”尤朗月解释：“我是从杂志上看到这个概念的。在有些城市已经有人开办声音美容学习班了，就像你们教口才和朗诵，他们教语音修养。比如：我的声音虽然说的是普通话，但发音修养不够，发出来的往往是东北口音。你虽然说的也是普通话，但发音修养好，嗓音也好，所以声音就特别有魅力，吸引人，给你增分！”

“不用学了，已经非常棒了！再学别人咋整啊?”李显阳逗她。

尤朗月又聊起了她和古荫做红娘，给上次吕思远诗歌朗诵会后的饭局中得知的一位大龄未婚男士介绍肖小菊的一个离婚姐们儿的事。

李显阳明显对朗协人员的事感兴趣，鼓励说：“做红娘可长寿啊！努力呀！”

男方是个文艺活动积极分子，弹拉说唱都很精通。虽然个子不是很高，但长相很好。遗憾的是，在隆钢有很多像他这样的大专毕业生，几十年都在生产一线摸爬滚打，当技术工人使用。没有“变干”，处对象条件就受影响，高不成低不就的，婚姻问题一直没有解决。

尤朗月深知这无情的待遇，对这类人人生的影响，就很想帮这个忙。得知肖小菊有个单身姐妹圈，号称“七仙女”，就想从中挑选一位。

肖小菊最想帮的是开旅行社的文静，于是约见双方。第一印象自然很好，又约见了两三次。

之后肖小菊发话了，她不同意。理由是条件差距太大。

女方非常优秀，研究生毕业，且资金雄厚。前夫是博士学位，只因被安利洗脑，迷恋安利胜过一切，被女方解除婚姻。

肖小菊认为这个多才多艺的工人大专生硬件条件差太多了。

尤朗月不是没考虑过他俩的身价悬殊问题。只是当时肖小菊说女方非常渴望有一个“温暖的肩膀”。

“哪怕是工人也行啊！”

没想到这话也就是随便说说的，表达渴望的心情而已，不能当真。

几天后肖小菊给尤朗月来电话说她要找那个男方“对话”，还要找介绍人之一的古荫“对话”。

“他们再见面我要在场！”肖小菊说。弄得尤朗月和古荫都莫名其妙，只好不管了。

这事就愣叫介绍人之一的姐们给搅黄了，似乎为姐妹的终身大事把关、负责。

11

年前张罗的聚餐，挪到三月下旬。这天一大早张克芳先来了电话，说了很多周天雨他们这个圈子的不是。

“聚餐时挺开心的，过后就留下烦恼。我想退出这个圈，没什么意思！”张克芳嘴不对心地说。

尤朗月不置可否。心想:不都是你自找的吗?不是你自己愿意进这个圈子吗?人家讨厌你,你还不屈不挠地往里冲,怪谁呢?总干不得体的事,有时醉酒哭天,丢人现眼,谁能老担待你?还爱倒腾是非,明里暗里地和人攀比、较劲,没有点自知之明,还挑什么理?

张克芳迟迟不撂电话,尤朗月意识到她可能知道自己今晚要请客的事了,想打个照面,提醒一下她的存在,按照尤朗月以往惯常的秉性,一心软,一感动,就可能让她也参加。

尤朗月觉得她差太远了。曾经给过她机会,她却蹬鼻子上脸。有一次在周天雨的鼓动下,张克芳特意请过尤朗月聚餐,安排了十几个周天雨身边的所谓文朋诗友参加。饭桌上一烧脑,一高兴,张克芳竟溜达出一句:"和新杨比不了了。要是能赶上朗月也行啊!"

这可把尤朗月气着了!觉得这就有点像李显阳遇到的那个乞丐,你出于同情,给他温暖和帮助,他却不懂这些。时间长了,他就不拿自己当外人了,把你也当成了他的同类。乞丐也憧憬美好的未来,野百合也有春天。那个乞丐还懂得感恩,他宁可自己不当乞丐头儿,也要把位置让贤给他眼里"长得福相"的李显阳。可是这个张克芳,却居然明里暗里地在和她们攀比、较劲。尤朗月的脸面上和心理上像受到了侮辱似的,立马就选择提前告辞了。

这次尤朗月就没吐口。

放下电话后张克芳发过来一条短信:"朗月,我决定退出这个圈,没什么意思!我对你说的,我相信你。再见!"

尤朗月那时还不知道张克芳心里有多少鬼事,更想象不出她会说自己什么坏话。自己小时候是学生干部,同学威信很高。不想多接触她,是因为她嘴不好,爱搬弄是非,和自己不是一类人,思维方式和行为方式肯定不同。她不知道张克芳在与周天雨他们结识之初有意无意之间还像是当好话说,就已经说过对自己非常不利的话了。

张克芳担心被周天雨说过去,就里挑外撅。她告诉尤朗月:"天雨大哥说你'挑剔',吃饭'挑食'!"

"哈,他说得没错,我从小就偏食。那时蔬菜也不怎么把我给得罪了,不爱吃!我现在可是'菜耙子'!可能那时候油少吧?不好吃才不爱吃的。说明小小年纪,口味就高嘛!有品位!哈哈哈……"尤朗月记得妈妈为这事没少找当时的小学老师,试图让老师劝自己多吃蔬菜。

"她爱吃什么?"老师问。

"爱吃鱼!"妈妈说。

"那就多做点好吃的就行了呗!"老师笑着说。

那时是"文化大革命"期间,老师们都年轻,自己的事还管不过来,哪有闲心管这无聊的事。一张《三尺讲台有阶级斗争》的大字报,把当时的带班老师整得惶恐不安,还指望当红小兵排长的尤朗月帮助管理小同学们呢!所以老师没有批评她。

但周天雨大哥背后这样说自己,似乎偏离以往友好的初衷了吧!尤朗月略有一丝不快。她问:"天雨大哥在什么情况下说的?"

"就是初六那天有人请吃饭,薛世强大哥问'朗月怎么没来?给朗月打电话,让她过来!’我说:‘这人多,朗月不能来!’完了他说的。李显阳大哥也问我:‘最近见到朗月没?’我说:‘通电话了,朗月这几天血压有点高!’”

就这个病,嘴里是装不住事的。你无意中溜达出的一句话,到她那就给你放大影响。

尤朗月虽然高瞻远瞩,对张克芳防患于未然,却低估了她阳光灿烂表象背后阴损下锹的功力。

这是火山爆发前的宁静时光。

当一些矛盾充分暴露之后,张克芳的本性就藏不住了,平静不下来了!变成了即使饭局上大多数人并不认识尤朗月或者只听说过尤朗明和尤朗丽的情况下,居然也会恶意地糟践尤朗月,以发泄心中的怨恨和不满。周天雨常有意给她提供这样的饭局和机会。

尤朗月在某杂志上看到一篇文章,标题是:《发小应自重》。说的是随着同学会的增多,带来了很多违反聚会初衷的令人不快的事,攀比风尤甚。羡慕嫉妒恨的,大有人在。理念和价值观的差别,阅历的差别,尤以社会地位和地理位置的差别为突出。有的人成长了、成才了、成功了、成熟了,有的人没成长、没成才、没成功、没成熟。这势必就出现了尖锐的心理矛盾。

这篇文章的作者是从家乡考到北京上大学,毕业后又留校任教,当上了学校领导的一个发展得比较好的所谓成功人士。他有一个同样成功的企业家同学也在北京。在家乡举办的同学会之后,有一个发小到北京办事要见他们。他的这个企业家同学就带着自己的宝贝女儿和一个下属招待了他们。席间这个发小同学竟凑到企业家身边,用手掐企业家老总的脖子,以示从小一块长大的、没挑的亲近。这个企业家和他的女儿都要愤怒了。

无独有偶。

尤朗月早些年听老公常守业也讲过真实发生的事。

当年的隆山市市长龚为群,清华大学毕业时正赶上“文化大革命”,曾被下放到他们东北冶建公司工程队基层班组做技术员、工程师。当上市长后,有一次在路上遇到了一个当年的工友二愣爹,就热情地过去打招呼、握手,没想到二愣爹却说:“小样,瞧把你出息的!”顺手把龚市长给摔了个大个子。

龚市长起身拍拍身上的灰土发誓说:“再不会理你了!”

以后龚市长又去过冶建公司搞调研,身边的随行人员前呼后拥的。又一位当年的工友酸溜溜地溜达出一句:“升官了,不搭理人了?”

龚市长回答说:“搭理你干啥?不收拾你就不错了!”

此事一时传得家喻户晓,变成了笑谈。

这天下午四点多钟,尤朗月来到丽景酒店看菜品。不一会儿,李显阳也到了,帮她点菜说:“要有鱼才好。”他们就先点了一条多宝鱼。

待人陆续来齐,尤朗月觉得这个餐厅虽然能坐下,但略显不够开阔。昨天预订的时候说没有大包间了。

领班进来,尤朗月就问:“还有没有大一点的餐厅?”

领班说:“有!之前订出去的那个最大的餐厅,人不来了。”

尤朗月立即决定上那个餐厅。

大家纷纷起身，拎起已经挂在衣架上的衣服和包包，乘电梯来到六楼最宽敞的房间，立马觉得尤朗月的决定是对的。这些在各自的工作岗位上尽职奉公的人，大多都没有胆量轻易改变计划。他们很佩服尤朗月对环境品位的要求。

这次聚餐的人员仍然是两军对垒，一方是单位同事和朋友的圈子；一方是大学同学。有些都彼此认识。

一开始李显阳和周天雨就让尤朗月给大家介绍一下双方。由右手边隆钢文联主席刘立新开始，依次是薛世强、周天雨、李显阳、古荫、许白鸽和隆钢报社的工会副主席乔志宏；左手边依次是徐文彬、李涛、张刚、肖小菊以及张刚在市纪委的同事、综合办主任刘娟。

尤朗月首先致开场词："在这个春风沉醉的晚上，在这个温馨、浪漫的丽景酒店，我非常高兴在座的各位领导、名流、朋友和同学、同事在百忙之中过来相聚。我就不多说了。祝大家有一个开心、难忘的夜晚！"

"朗月这个祝酒词有诗意！"有单位人在场，周天雨抢先表态。

接着尤朗月就按她两侧一右一左交叉的顺序，让每个人或说几句话，或出个节目，唱歌、朗诵都行。

同学圈只李涛代表唱了他拿手的评弹，让大家换换口味。

朋友圈基本还是按照以往的惯例，表演他们几乎永远不变的套路。

薛世强朗诵的是李白的《将进酒》，周天雨朗诵的是艾青的《我爱这土地》，李显阳朗诵的是大家都熟悉的毛主席的填词《沁园春·雪》，意在表明"数风流人物，还看今朝"。许白鸽仍然朗诵《篝火》。

"这个内容，不适合在这……"徐文彬脱口说了半句。他想说这个《篝火》不适合在大庭广众面前朗诵，却没好全说出来，怕伤了许白鸽面子，影响聚餐的情绪。

大家也都有同感。尤朗月不太理解许白鸽有什么必要不厌其烦、屡次三番地朗诵这个内容。但作为主办方，尤朗月还是维护许白鸽的面子，就打圆场说："换换口味！"

李显阳仍然像上次那样立马向大家介绍说："白鸽是隆钢的'百灵鸟'，获得过'隆钢朗诵艺术家'的荣誉称号！"

许白鸽不忿地解释说："这是于国平写的，登在《名家》杂志首页的！"

大家都拿出了各自的看家本事。连平时因糖尿病和"三高"症向来不喝酒的肖小菊，也破例了。她站起来说："月姐在大学同学中威信很高，我对月姐一直非常尊重。我敬大家一杯！"这次她超越了固有的自我。

饭局越到后来越精彩。轮到市纪委综合办主任刘娟时，她站起身，端着酒杯，体现的是职场女性的干练与柔情并重的风范，受到了大家的一致赞赏。

高潮还在最后，乔志宏起来表演的是他在现场即兴酝酿的抒情诗朗诵。无论内容还是声音，都堪称极佳。情景交融，声情并茂，精彩纷呈，获得了阵阵喝彩声。

他业余时间经常应邀主持婚礼或其他节目，也曾拜李显阳为师。

邀请他来，是因为尤朗月感谢他从报社的现任党委副书记手里找到了报社记者节暨周天雨诗歌朗诵会的录像，并剪辑制作了李显阳朗诵的碟。

这个碟在尤朗月眼里,成了非常珍贵的记录李显阳最美声音的资料。她到兴隆广场又刻了一份碟,自己保存,以备欣赏和纪念。

为了做好这个碟,尤朗月先给了乔志宏三百元费用。得知他母亲病了,就又扔出两百元,让替她买水果。

尤朗月向来在钱的问题上不亏待朋友,是个不差钱儿的人。她只管对得起自己的良心,问心无愧。

这场饭局表演程序进行完毕,就迅速进入到下一个环节——敬酒。起先李显阳当众有意识地与尤朗月保持距离,隔了三个人的位置。这时他又义无反顾地起身过来给尤朗月敬酒,接着给尤朗月身边的徐文彬敬酒,他们三人先喝了一杯。然后大家就纷纷起身互相敬酒碰杯。

李显阳没马上回坐,站在尤朗月身边,和过来敬酒的人一一碰杯,显然是在为尤朗月站台。

饭后在古荫的提议下,大家合影留念。

李涛说:“男女穿插。”

尤朗月没说话,大家也就都没吱声。

尤朗月很反感合照的时候男女特意穿插,哪都挨不着哪的,有的甚至彼此不认识,为了热烈的氛围,也搂脖抱腰地显得亲密无间,有必要吗? 应该顺其自然为好。

有些人过后会拿着照片到外面说事。喜欢的还好,炫耀。如果照片里有领导或者名人,则更可以借机抬高自己身价。要是反感的,就会落下被厌烦的话柄。图啥呢?

尤朗月曾在电视上看到过一个镜头:一女明星到一个贫困山区扶贫,和当地的村民热情地握手、拥抱。尤朗月觉得握手可以,对拥抱就很不以为然。

对于贫困的村民来说,钱比身体温暖。要是碰到个别无聊的,还可能会调侃。对于不属于自己的身体,啥问题都解决不了。但有些人爱用身体说话,其他人无此爱好。不是自己想要的身体,靠近的话,会觉得怪怪的,并不舒服,甚至恶心。只握手除外。

出来的时候周天雨说还有饭局,没带古荫,自己走了。

李显阳和许白鸽、薛世强一起过的马路。

酒店大门口,乔志宏意犹未尽地又给尤朗月和古荫拍了合影。

尤朗月说:“我感冒才好,不爱照相。”

乔志宏说:“你这感冒就好了!”

尤朗月知道乔志宏和她的顶头上司关总关系好,就说:“回去别对广告部的人说!”

乔志宏很懂规矩:“不该说的,我不会说。”

第二天李显阳来电话反馈:“回去的路上,他们几个议论说这次聚餐的规格和档次较高,茅台酒压桌,一下子就把席面抬起来了。一般人谁舍得?”

“那还不是因为有你呀!”尤朗月说的也是实话,不然她还舍不得拿呢! 她家的茅台、五粮液还准备留着给宝贝女儿结婚时用呢!

“大家满意就好。”尤朗月说。

尤朗月从博客上得知,周天雨那天饭后去了铁西一个小饭店。是张克芳请的,去了几个画家兄弟。她带了一瓶河套老窖,还被记录在博客里。

怪不得那天一大早她就给尤朗月打电话,看来是知道尤朗月要请客的事,打探一下让不让她也过去。她担心背后说过尤朗月的话被说过去。

尤朗月烦她都来不及,哪有闲心合计她那点心事。

她很奇怪张克芳一些做事的动机,简直非常人也。

小学同学张敬山的父亲去世的时候,张克芳通知了尤朗月,并且说这个同学身体不好,只有一个先天残疾的妹妹,没有其他兄弟姐妹,同学不帮他就更没人帮他了。

尤朗月还真给了这个面子,过去了一趟,在他家楼下的小饭店里和大家见了面。这是她从中学二年转学后的第二次与他们见面。第一次是几年前的一次同学聚会。

按说三十多年都没有联系,不去也在情理之中。尤朗月只是感叹这个男同学太不幸了。本来出身在知识分子家庭,条件挺好的。父亲是上海人,大学毕业后被分配到东北冶建公司。母亲是沈阳人,中专毕业后被分配到隆钢。他们在工作中结识。他们家庭的不幸起源于那个二胎妹妹是个先天智障。小时候没少看到他妈妈抱着襁褓里的妹妹出门治病去。

这个张敬山,可是先天聪颖过人的。小时候长得也帅,特别调皮好动,但很听红小兵排长尤朗月的话。

唯一一次发生的一点事,是有人把刻着“张敬山”名字的算盘放在了尤朗月的书桌里,而把刻着“尤朗月”名字的算盘放到了别人的书桌里。

那天中午,尤朗月回家吃完午饭回来刚进教室坐下,就莫名其妙地被气哄哄找来的张敬山的妈妈给训了一顿。有人就从尤朗月的书桌里拿出了刻有“张敬山“名字的算盘。

长得小鼻子小脸儿,懵懵懂懂的尤朗月,觉得很委屈,百口莫辩,眼圈都红了,但她没有哭出来,因为她没弄清楚是怎么一回事。

老师很信任她,认为她是个品德很好的孩子,让她做小干部好多年。

尤朗月只模糊记得自己的算盘,是前几座的同学回头递过来的,和张敬山的是一个样的,后面也刻着自己的名字。显然是有人捣的鬼。

尤朗月是小学同班同学中年龄最小的一个,六周岁多点上的学。那时的孩子普遍上学较晚,几乎都比她大一两岁。

报名的时候招生老师摸摸尤大宝的头说:“年龄太小了,明年再来报名吧!”

尤大宝很难过,回家就哭了。看邻居家的小朋友们几乎都上学了,她非常着急,也似懂非懂自己还没到该上学的年龄,但就是一心想上学。

第二天,妈妈只好找自己在教育部门工作的好同学李玉兰帮忙,找到了这个学校的教导主任唐桂清老师。

唐老师让尤大宝背一百个数,尤大宝呱呱地一口气就背完了。

她家从北长甸搬到通山街以前她就能背出一百个数了。

和蔼可亲的唐主任说:“这孩子聪明伶俐,智力没有问题。小鼻子小脸儿的,我还挺喜欢的,就是年龄太小了。不知道招生能不能招满,怎么也得先录取年满七周岁,够法定上学年龄的吧？看看招没招满，有没有空桌。一周以后再通知你们吧！”

一星期后学校来通知了，说还有七个空桌，没招满。

尤大宝这才上学，也有了自己的学名叫“尤义”，是奶奶给起的，宗旨是希望她能够讲义气。

起先想叫“尤艺”，艺术的“艺”，因为爷爷过去喜欢艺术。又想叫“尤光辉”“尤灿烂”，但都觉得欠妥，还是“义”字好写。

刚上学的时候小尤义上课就知道趴课桌上睡觉，有一次被大家的笑声惊醒，才知道老师领同学们做游戏“丢手绢”，不知谁把手绢丢在自己衣领上了。

懵懵懂懂的小尤义起身又把手绢随便丢在前面的一个同学身后，就回坐了。

第一个学期期末考试，尤义得了“双百”。大冬天，因为偏食而营养不良，弱不禁风的她患感冒了，卧病在床。班主任田老师带着班长吕妙醒和学习委员许新杨来家访，送来了学校的一张《贺信》，祝贺尤义同学第一学期期末考试取得了“双百”的好成绩。

老师走后，尤奶奶高兴地说：“大宝第一学期考试就得了‘双百’，学校还给送来了《贺信》。吉利！‘尤义’这个名字不好听，给改叫‘尤贺’得了！”

尤爸爸说：“大宝出生那天是农历十六的晚上，那天的月亮特别圆！我看叫‘尤朗月’得了！”

他们给孩子起名，并没有首先考虑男孩女孩的概念，而是从做人着眼，能反映出长辈对后辈的希望。

不论过去还是现在，人们普遍的共识是：只要小孩子智力跟得上，早上学比晚上学好，理由是错误地套用农作物生长的理论，认为早播种，早收获。

人们希望孩子们快快长大，早上学，早毕业，早工作，早结婚生子，早成就功名事业，愿望是极其美好的。

尤朗月大半生的经历却告诉她：再美好的愿望，也得赶上风调雨顺的好时代才算好。退一步说，假如她没有早上学，她就不会赶上上山下乡的末班车，多吃了不少苦，多挨了不少累，空蹉跎了那么多大好的时光，到头来还得从头学起，未必就比晚上学的人有出息。

尤朗月的大学同学中，有一大批是和她同年出生，生日只比她小几个月，却因“文化大革命”比她晚上了两三年学的高中应届毕业生。他们没像她经历过上山下乡，没吃过那么多苦，没走那么多弯路，没那么多折腾，对社会的贡献和个人的收获，也并不比她少。

有些事迟一点、慢一点、晚一点未必是坏事，就看你赶上哪班车了。

你的辛劳与安逸，幸福与不幸，功成名就，抑或碌碌无为，都不是你自己说了算的，而是命运的安排和捉弄的结果。你所能做的，只能是表明姿态和立场。

尤朗月聪明反被聪明误。几个不应有的小波折都是因年龄而起。她始终没借着年龄的好光。

第一个波折是上小学报名的时候，因为年龄没到七周岁，就先回家等了一周；紧接着是少先队员入队，因为未满七周岁，不够入队年龄，就得等第二批。

幼小、要强的心灵很上火，又病了一把。好在老师很关爱她，学习成绩很好。期末的时候得到了学校送到家里的《贺信》。

等戴上红领巾的时候，老师让她代表新入队的少先队员讲话，那是她第一次站在教室前边的讲台上念发言稿。可是红领巾没戴多久，“文化大革命”就开始了。

那年六一儿童节的时候，学校组织游二一九公园活动，她懵懂为什么没让戴红领巾，那一角鲜红的记忆从此封存了好多年。

那次游园，小豆包们头一次带午饭。尤朗月书包里装着奶奶给做的大米饭炒鸡蛋，应该是当时最好的饭菜。孩子多的小同学家，是舍不得给每个孩子带这个饭菜的。

他们排着两行队，头一次走了那么远的路。

在从动物园出来，排着队往外走的路上，尤朗月看见奶奶领着弟弟朗明也来公园了。她知道是奶奶放心不下自己，特意来看看的。经过的时候，奶奶还往她手里塞了几个零钱，够买几串冰果的。那时候冰果三分钱一串。

早晨奶奶给了她一毛多零钱，留路上用的。可能奶奶担心钱给少了不够用，怕她受委屈，才特意赶过来的。其拳拳爱心日月可鉴。

有一则故事，许新杨还记得：那是上小学二年级新学期开学的第一天，学校在操场上开大会。尤朗月手里拿着刚发的语文书，指着翻开的第二课毛主席语录《糟得很和好得很》对身边的同学说：“这篇课文我都能背下来了。”

说者无心。尤朗月的过目成诵，对身边更加要强好胜的许新杨来说刺激太大了，她牢记在心。中午放学回家，许新杨饭也没吃，就狠狠地背课文，终于背下来了才吃饭。

第二天早晨尤朗月找她去上学，一进门她就告诉尤朗月：“《糟得很和好得很》我也能背下来了！”

尤朗月从此知道许新杨很要强。

那时她们都还是才七八岁的孩子。“从小看大，三岁看老”的俗话不是没有一定道理的。至于有没有出息，不在于先天聪明不聪明，而在于个人有没有理想、志向和要强的心理，以及“小目标”或者“大目标”的确定。

相对于大多数中学毕业就下乡，回城就在大集体待业，紧接着就结婚生子的同龄人来说，尤朗月的经历要比他们丰富得多，也折腾得多。

万事都有两面。倘若尤朗月没有那么多曲折的人生经历，没走那么多弯路，那她也就未必会对自己的人生有那么高的立意和期许。

12

几十年来，要面对的事情很多，要忘掉的事情也很多。尤朗月很少回想过去。对于眼前的人和事，每一天的无常变化，心情的升升沉沉、起起落落，她还看不过来，过往简直就是小儿科，意义不大。

在这些人中，要提“光荣历史”，也应该首先是属于她的。她是学生干部，从小就参加社会活动，感受时代气息。她都不知道别人是啥时候开始学做饭、钩花和织毛衣的。每逢放寒暑假，她都跟随年组老师走街串巷，检查各班的学习小组。

“活学活用”的时候，她经常在年组和学校的大会上做讲用发言。

她后来不爱当干部，很可能与从小社会活动太多，没有自己的闲暇时间和空间有关。

尤朗月从小穿戴就与众不同。妈妈经常到北京、上海出差，买回来的衣服自然要比本地的质量要好些，品位要高些。

因为穿着的事，尤朗月也是得失、利弊和毁誉都参半。

小学三年级时，由于她那天穿的花裙子特别漂亮，在学校操场玩滑梯的时候，被为迎接外宾组建腰鼓队而物色人选的老师破格选去，是唯一一名三年级女同学，其他都是四年级的。

她们参加迎接的是隆山市在“文化大革命”期间唯一一次来访的外国来宾，一个阿拉伯半岛西南部国家的总统鲁巴依和南也门贵宾。

当时尤朗月懵懂，只是听从老师安排，不知道为什么选她加入全是由高年级女同学组成的腰鼓队。好在腰鼓队里大多数人她都认识，一个街道的居多。有的还是自己班同学的姐姐，常在院里一块儿玩，所以并没觉得孤单。

几十年以后才回想，尤朗月觉得很可能就是因为自己那天在学校操场玩滑梯的时候，穿的花裙子比较漂亮、抢眼，绝不会是因为长相。

那时尤朗月精瘦，个子细高。除了皮肤白皙，鼻梁笔挺，五官还算顺得过眼外，无大优点。

那时家家都很穷困，很多大人的穿着都是补丁落补丁的，何况小孩子。只有极少数父母收入相对高点，孩子少的人家条件稍好一点儿，如许新杨。但她爸爸在“三线”挨整以后，她也就跟着倒霉。第一批红小兵没当上，学习委员也给撤了。她不服，就给那个新来的班主任焦老师写大字报，题目叫《三尺讲台有阶级斗争》，被焦老师从教室后边的座位上给拽出去了。她往回挣，还被老师给打了两拳，早晨吃的面条和胡萝卜卤都吐出来了。

在残余封建主义思想的作用下，一荣俱荣，一辱皆辱。一人得道，鸡犬升天；一人倒霉，全家受牵连。

搞株连，是很不人道的社会现象。没有九族连坐就已经是历史的进步了。

这时候的小学生班长已改叫红小兵排排长。他们排的小排长起先由一个在旧社会苦大仇深，来学校给做过忆苦思甜报告的老工人的女儿担任。后来又换过一个有军人哥哥的妹妹。

尤朗月取而代之，是因为“事迹”突出：她曾与一个楼门的同学王秀珍在上学路上捡到一个钱包，她俩二话没说，立即把钱包交到了学校附近的派出所。

派出所的民警很快就来到学校表扬了她俩拾金不昧的好品德。

尤朗月记得早晨出去玩的时候看到过有一支红卫兵小分队经过楼头，钱包很可能就是刚经过这里的搞大串联的红卫兵当中的谁掉下的。

尤朗月走道儿不看地，是王秀珍发现的。

再一个事是学校组织小学生们到灵山拣废钢铁，尤朗月不小心脚被铁钉扎了，按要求新买的回力鞋也扎漏了，她哭了。老师让同学送她回家，她也不回，后来怕破伤风才点头。

过后老师告诉她，她轻伤不下火线的事迹，已经报到区里了。

以后她就把这个事迹当作活学活用毛主席著作的一个材料在全校大会上讲用过，升华为“轻伤不下火线,重伤不离战场”的典型。

这样产生的先进,她自己都觉得莫名其妙。

她此后在小学的几年里,基本上一帆风顺。外界传说通山街道的学生“干部子弟多,不好管理”,可当过小排长后来又兼政治干事的尤朗月,并没有觉得自己班同学有什么不好管理的。她负责喊排和管纪律,大家都服从她。

唯一的一次民主选干部,老师让大家投票,然后由两个同学到前面一个唱票,一个在黑板上画“正”字。尤朗月头一次有了些许担心。当老师提到高票的尤朗月的名字,征求大家的意见时,就听后座的一个男同学头儿说:“同意!”其他男同学也都跟着举手同意。

尤朗月经常参加学校或教育系统组织的只有少数学生干部参加的社会活动,到铁西参观过用水泥砌成桌椅的抗大小学;到立山曙光小学收听过关于林彪“九一三”事件的传达等等。一有文艺活动,她还要给同学们排舞蹈节目,根本就不用老师操心。

演出的时候,尤奶奶还领着朗明和朗丽去学校看过。

朗明回来说:“瞧一个个长胳膊大腿的！一点儿也不好看!”

尤朗月之后就害羞跳舞了,也跟着以为她们不是跳舞好看的人。

其实与她们跳得好不好没有关系,因为她们当时正值不讨巧的年龄。若年龄再小一点,或者青春期以后,肢体发育成熟,就没有这样的问题了。

这也是一个讨人厌的年纪。不大不小的,将要步入青春期,但还没有步入。纯真、正直、倔强、叛逆是这个年龄段的主要特点。

有个从部队文工团转业到隆钢钢铁研究所,曾给毛主席跳过《蝶恋花·答李淑一》舞的阿姨,有一天就笑着对尤妈妈说:“林大姐的女儿几天就长一岁。今天问说‘十一岁了’,明天问可能就‘十二岁’了,后天再问可能就‘十三岁了’。”

“我是盼她快点长大!”尤妈妈也笑说。

那时尤朗月已经是十多岁的小大姐姐了,后边已有了一个弟弟和两个妹妹。幸亏家里有能干的奶奶照顾,不然她可惨了,还上哪骄傲和任性去?

她仍然被奶奶惯着,无微不至地呵护着,视为心尖。她的情感也与奶奶相依为命。

母亲虽然慈善,但脾气比较急。正值“文化大革命”期间,心总不顺。马万里被打成“五一六”黑帮后,尤朗月的姥爷作为连襟,也被造反派揪去陪斗。全家人都非常焦灼、痛苦。母亲的心情可想而知,回家就常常发脾气,找别扭。

尤朗月当时还体会不了妈妈烦躁的心情,为了保护奶奶常与妈妈对抗。有时造成母女关系很紧张。

除了自己生病时母亲担惊受怕、跑前跑后,再就是出差回来舍得给自己买好看的衣服,还有就是中学毕业下乡,听说送自己的车开走后妈妈哭了,尤朗月想不出有更多温暖的记忆。

尤朗月长大后有一次妈妈来了雅兴,脱口背了不知是谁的诗句:“母亲的爱就像秋天的明月宁静、久长!”

尤朗月很自然地说:“小时候我缺乏母爱,长大后老妈才对我们好。”

没想到此话给妈妈气坏了。

“当间没好人,父子结冤仇。就是你奶挑拨的!”妈妈气得把手里的东西摔了。

“我奶从来没说过一个人的‘不’字。那个年代，人的心情都不好！过去了，就过去了吧！那时我们也不懂事。要是懂事，不添乱，都是亲人，安慰你们，你们也许会更好一些！”

奶奶走以后，尤朗月的爱才转移到妈妈身上。妈妈对小外孙女月月非常喜爱，照顾有加，充分体现了隔辈人亲的惯例，尤朗月感之颇深。

尤妈妈大爱无边，也享到了天伦之乐。没想到却在儿女们的家庭和事业都蒸蒸日上的当口，还是因为爱心所致，在一个“无边落木萧萧下”的林黛玉悲秋的时节，为了储存过冬的秋菜，在上楼时，怕女儿累着，就抢着抢着自己多抱几棵白菜。长年累月的心脏已承担不了重负，妈妈突然心梗，仅住院七天就过世了。

大家都悲痛欲绝。谁都没有想到，平常感觉身体棒棒的妈妈怎么能一下子就撂下她深爱着的这个世界呢？

当时大家只能一心想着把妈妈送好，妈妈也是极尽哀荣。

二姨在殡仪馆的告别大厅感慨地说：“三十岁前看父敬子，三十岁后看子敬父。”

隆重的送别场面，感人的故事很多。唯一的告慰是：妈妈没太遭着罪。

这是一个非常沉重的话题。妈妈没多享着福，让儿女们无法释怀。

几年之后就有了抢救老爸时的艰苦卓绝，不抛弃，不放弃的精神，创造了感天动地的生命奇迹。

说点轻松的吧！

尤朗月的穿着被很多人青睐。喜欢她的人，也有很大原因是欣赏她的着装独树一帜。

爱美也是双刃剑，诋毁她的人也用着装说事。

刚参加工作时，教师并没有统一的工作服装。那个语文教研组的组长魏老师不让尤朗月穿漂亮衣服上课。提中层干部的时候，过去的老科长王峰说：“尤朗月就是太爱穿衣打扮了！”仕途因此受阻。

“就像他本人不爱穿着打扮似的！”尤朗月想到王峰有个走哪都爱跺跺脚的习惯，就像有洁癖，要经常跺掉鞋面上的灰尘。

这个王科长当上副校长后，觉得志得意满，可以喘口气了，竟然不遮不挡地和两个女人搞起了婚外恋：一个是教务科的老教务员于老师；一个是原基础理论科的物理老师，后来又当上了学校宣传部部长的大美人方秀柳。

这两个已经不年轻的女人，还经常争风吃醋，到一起就掐。她看不上她，她也看不上她，互相挤对。

教务员于老师是过去老校长的红人，曾给尤朗月介绍校长儿子的那位，性情泼辣、厉害，不让人；方大美女却是妩媚迷人，大大咧咧，爱谁谁。

她是王副校长的心肝。

尤朗月在家附近的马路上遇到过他俩约会，骑一辆自行车。

后来他俩也都各得其所，捞得盆满钵满。

艺术家李显阳对尤朗月有感觉，也是因为她的衣着打扮新潮、时尚，引领潮流。

爱穿着打扮是尤朗月生命中的一个非常突出的特点。成于斯，败于斯，且乐此不疲，贯穿于她生命的始终。

尤朗月所受的革命传统教育让她也并不会是一个太自我的人，凡事顾及影响，为别人考虑。但没有自己的自由，没有自己的时间和空间，就意味着你所做的事，都不是你所情愿的。那就会耗得你一生无梦。

人生苦短，若不是为了生存或事业，为了社会责任，谁爱往外挣干吗？

尤朗月将自己的事业定格在写作上，只需要时间和空间，所以她和大多数人的诉求不一样。

因此她深居简出，很少与不相干的人有联系和牵扯。

那些下岗多年，贫困交加，两眼一抹黑，大门不出，二门不入的小学同学，把张克芳当作能人或救命稻草，每逢婚丧嫁娶等事宜，需要有人帮忙的时候，就都找她。她也会串通几个人过去帮忙。时间长了，大家发现她并不是一视同仁，而是根据自己的爱恨喜恶来对待。但凡得罪过她的，她都记着不忘，有时连累同学上当。

有个男同学当面骂张克芳"精神病"，也不是没有理由的。她处事总让人莫名其妙。有个男同学的父亲去世了，张克芳又通知了一批人过去。在灵堂三鞠躬的时候，谁也没想到站在前排的张克芳扑通一下就跪地了。过后她解释说就觉得后面有人踹了她一脚。其实那种场合，谁能胡闹？站在左右和后排的男女同学都被她弄愣了。

这之后就有人劝她请"仙"，说她被魔附体了。让她把家里的窗户系上红绳，嘴里念叨点什么。她家大冬天夜里睡觉时窗户也开道缝。

有男同学质问她："怎么张振发有病，你说不用大伙拿钱，只你买一束花就得了。等到那了，你让每个人拿一百块钱！你知道他们拿出一百块钱得多不容易？"

又指责："李铁民也有病住院，你干吗就拦着不让大伙拿钱？"

张克芳自知理亏，不吱声了。

张克芳是在她老公早年所在的隆钢附企的一个工厂的食杂店关闭之后下岗回家的，之后又通过老公的姐夫给安排在保险公司上班。因在顶头上司的女朋友的账目上做了手脚，故意给点错一个小数点，栽赃陷害人家，事情败露，不得不又下岗的。

保险公司的培训，给她打开了一扇窗。为了多拉客户，她把仅有的人脉资源——中小学同学都翻了个底掉，连搬到深山老林里去住的，蜗居在家久不见阳光的，精明的，痴呆的，都给动员起来了。买保险似乎是他们贫困生活里的一道曙光。

他们感谢她，把她看作能人、恩人，有事找她帮忙。她俨然成了他们心目中的"人物"。她身边也圈拢几个张嘴就骂，抬手就打的所谓"社会人"，让这些手无寸铁的老百姓百依百顺。

她巴结别的班那几个在学校当过学生干部的同学，但只要是一个心智和感觉都正常的人，没有不烦她的。有一次出门旅游，就没告诉她。她知道后气愤难当，逢人便说人家的不是，像人家有多大的过错，自己有多大委屈似的。

有些并不太熟悉她们的人，她也不加选择地当人控诉。让那个骗了她一万块钱的男同学看在眼里，还不了钱时，就把她介绍给周天雨抵债了事。

那个男同学大意说:钱我找人吃饭花了。你侄儿减刑的事,我也办不了了。你也别老跟老黄她们生气了!你爱写诗,我给你介绍个档次高点的隆钢报社的诗人周天雨,你和他们接触接触,也能学到点东西,咱俩就两清了。

就这样张克芳的人生出现了奇迹。不仅结识了很多她前半生做梦都想不到的人,也学到了很多东西,并且在前任市诗协主席去世、诗协换届选举的当口,作为诗协副主席的周天雨把她拉进了诗人协会。由起先的走哪都背顺口溜,丢人现眼,到登上诗人联欢会的舞台,跟着一排女诗友捧着个大塑料夹子朗诵,再到后来干脆就不顾自己的杨柳粗腰磕碜不磕碜,手舞足蹈、比比画画地上台独唱,既圆了诗人梦,也圆了舞台梦。接着周天雨帮她办了书号,又给她找人修改诗稿,有的八句诗能给改六句,顺口溜也变成了诗。有的词牌子,她自己压根都不知道怎么个意思,就敢往里填。无知者无畏。居然也结集成册,出书了。

从张克芳加入诗人协会,到出诗集,对她印象非常不好的尤朗月,真想不出这该是诗歌的光荣,抑或是对诗歌的亵渎?

13

张克芳曾在电话里跟尤朗月说,小时候有一次她串坐,坐到后边与张敬山同桌,被管纪律的尤朗月给撵回去了。

对这件事尤朗月压根就没有一点印象。她是小排长,负责喊排和管纪律,管的人和事是数不清的。张克芳还记着这事,说明也可能有这事。张克芳小学三年级就下乡走了,这事可能就定格在她那有限的记忆里了。

大家都听从尤朗月的喊排和指挥,就连几个爱调皮捣蛋的小男生也不跟她捣乱。

尤朗月只记得仅有的一个外号叫"小青蛙"的不太起眼的小男生筱清加,用他的行动表现过对自己的仇恨。

一天下午下课后,筱清加捡了两块石头来到教室对面二层楼的外楼梯上,看见教室的门开了,尤朗月走出来,他就像撇梭镖似的歪着身子撇过来一块石子,正好击中了尤朗月的右小腿骨,当时血就冒出来了。小尤朗月哭了。

正当他的第二块石头撇过来的时候,说时迟,那时快,另一个他母亲是这个学校老师的男同学刘彤心一个箭步冲上去,用瘦弱的身体挡住了石头。

这一幕尤朗月当时没有注意到,是在后来活学活用毛主席著作"讲用"的时候,刘彤心自己说的。他本来就口才好,善于表达,这个事迹他用了一连串排比句。

他歌颂这关键的一步说:"这一步,闪耀着毛泽东思想的灿烂光辉!这一步,是无产阶级'文化大革命'的丰硕成果!这一步,是毛主席无产阶级革命路线的伟大胜利!"

当时听得小尤朗月很难为情,不自在,都忘了感激他。

尤朗月想不出那个筱清加为什么那么恨自己。他们座位的距离较远,平时什么事也没涉及过他。只印象中他家境复杂,父母是二婚,继母是话剧团演员,也是那个年代唯一一个涂脂抹粉的人。

也许就是因为没涉及过,才让被漠视的心灵抗争了一下吧?尤朗月想:被忽略的,往往是最不该忽略的。不然就让你于无声处听惊雷！

尤朗月偶尔也淘气。有一次女同学张素霞从外面进来，回坐时经过她身边的过道，她就调皮地伸出一只脚。张素霞从前头穿越到后头，双手着地，趴着起不来了。尤朗月这才知道自己闯祸了。她领张素霞上了医院。医生说是左手的手腕刖骨折了。

晚上尤妈妈买了水果到张素霞家去看望，张素霞还很过意不去。毕竟是善良的人，得到了她的原谅。

不久，和尤朗月家一个厨房的邻居家出事了，放在厨房的馒头几次被偷。邻居家的哥哥几次侦查后发现偷盗者是住在他们两家对门的王招娣，王招娣是尤朗月的同班同学。愤怒的邻居哥哥告到了学校，这个女同学的政治干事职务也被撤了。

王招娣的不幸就是贫困和饥饿造成的。她家孩子多，她是当间的。馒头拿回去给小妹妹吃。

那年月尤朗月吃饭还挑食，真是“活人惯的”。

老师没让同学们再选个政治干事，而是让尤朗月兼职政治干事和排长，直到小学毕业。

尤朗月当时内心并没觉得愧对王招娣，因为她觉得当时的带班老师，之所以对王招娣印象好，因为自己帮她做的一个课外作业，造大联句。她俩是一个学习小组的，那个大联句是尤朗月帮她造的。尤朗月还记得老师在检查学习小组时，拿起那个作业本欣喜地夸赞道：“嗯，像个小短文！”

尤朗月还不服气地把这话告诉了许新杨，说联句是她给造的，老师还夸了王招娣。

但王招娣的大姐曾帮助过尤朗月，要是如今她家有需要，尤朗月肯定是会报答的。可惜她大姐早早就病故了。

那是刚搬到通山街不久，还没到“文化大革命”“打砸抢”的时候，楼门走廊的窗玻璃还在。有一天小尤朗月在外头玩够了想回家吃晚饭，上楼梯的时候看到一楼和二楼之间的露台窗户开着，就好奇地爬上去在露台上坐了一会儿，看看院里的光景。

天真童稚的年龄，还很有诗意。当她想回家的时候，身后的窗户不知被谁给关上了，她打不开。那时候她还没有胆量，也没有司马光砸缸的智慧砸碎窗玻璃。天已经见黑，外面的行人也少了。正是吃晚饭的时间，喊谁谁也听不见，尤朗月就哭了。正在她恐惧无助的时候，王招娣的大姐从外面回来，把窗户打开，尤朗月才出来。

回家后尤朗月没敢说自己因好奇而遇险的事，怕挨大人说。因此对帮她的人也就没有机会表达感谢，而关上窗户的坏人也就没有被追查。

长大后回想这事，尤朗月估计有两种可能：一种是哪个上楼路过的坏邻居起了歹心，一种是在家里就能看到尤朗月坐在露台上而起了歹心的邻居。

尤朗月哭的时候虽然是吃晚饭的时间，但偶尔过往的行人或者对面楼的人家，也不能就一个人也没有看见的。只不过是不知道什么原因罢了。

“说起来真是缘分！与小学同学几十年都没有联系了，通过天雨大哥和克芳又联系上了。”在那次张克芳和周天雨刻意安排请她的饭局上，尤朗月非常感慨地说。

几十年过去了，很多事尤朗月早已忘记。尤其上大学以后，前二十年的日历在她已基本掀去,因为很少能涉及。

张克芳在她的朋友圈出现,才让尤朗月偶尔想起过去的一些事,也谈不到就怎样勾起了多么难忘的往昔。因为在她的生命历程中,占据她记忆的东西太多了,不论好的,还是坏的。

与张克芳结束通话后尤朗月想:曾发生过的那个栽赃算盘的事,是不是她干的?

尤朗月虽然当小干部,工作负责任,但不欺负人,没得罪过谁。张克芳说她串坐让尤朗月给撵回去了,但她没说为了报复尤朗月,故意把张敬山的算盘放到尤朗月书桌里的事,有理由让尤朗月这样去联想。后来更加确定仅有的几个不愉快的事都与她的挑唆有关。

幸好小学三年级她家就下乡走了,不然说不上还会添什么乱。

尤朗月的几乎所有不愉快都发生在小学三年级以前。三年级以后非常顺利。

有个心直口快的女同学曾当众问:"张克芳,人家别人都是知识分子'臭老九''黑五类'的'地富反坏右'下乡,你爸也不是知识分子,怎么也跟人家下乡了?"

当时张克芳也没想明白,就说:"有个车间主任想要咱家的房子,给咱家撵走,他好搬过去。"

过后她为了解释这个事,又特意请了那天在场的几个人重新聚了一次,含血带泪地倾诉她父母得多不容易地把他们兄弟姊妹几个拉扯大。把那个女同学骂得又是狗血喷头。

尤朗月听说她家是因为带上了"地富反坏右"黑五类中"坏分子"的帽子下乡的。因为挑唆楼上因公牺牲的家属女邻居,对两家一个厨房的对面屋好邻居大打出手,说人家讲坏话了。其实哪有的事,人家帮前帮后的。

楼上邻居家孩子多,男人在工厂救火牺牲后,女人很希望组织上能帮助解决扩房问题。这也是一个很现实的问题。她不好直说,就在楼下邻居的挑唆下采用了大打出手的损招,把本来相处很好的对面屋妹子从楼里打到楼外,一次没见效就两次,两次没见效就三次,好让更多人看见。直到组织上出面,把那家人打发到东山区,他们家占过去为止。让好好的邻居家经历了一场噩梦。他们的私欲作乱,达到了目的。

组织上在处理这件事的过程中,了解到楼下邻居家挑拨离间所起的坏作用,就趁着走"五七"道路的机会,把她家撵走了。

尤朗月没想到有些命里的"魔",想躲是躲不开的。不是你不理他(她),他(她)就不找上你。

原先许新杨曾愤怒地说:"我所有的烦恼,都是她给我带来的。克星!"指张克芳。

后来这个克星又来克古荫了,现在又终于在劫者难逃地轮到了尤朗月,始作俑者却是曾经的好哥们儿周天雨,尤朗月却替他们抗灾了。

张克芳屡次三番地找理由给尤朗月打电话就是想倾诉对周天雨、古荫他们的不满。说来说去也大不了就她自己心里憋着的那点事。

一年前那个旅游不带她,被她成天埋汰说不是的年组干部黄淑芬家办丧事,张克芳又不计前嫌地过去帮忙,在帮人家拎一袋馒头从楼梯上下来时一脚踩空,滚下楼梯。左胳膊摔骨折了，被送往通山医院。

疼痛中她给通过周天雨认识的这家医院的宣传部副部长黄知雅打电话。

黄知雅此时已经办理居家，接到电话就迅速赶到医院，并给找了权威医生复位治疗。

张克芳缠绷带期间，周天雨一行五个曾经有事时张克芳花过钱的，买了三样水果前往她家看望。张克芳很挑他们理，觉得做人、办事也太不讲究了！这么多人买水果还出了单数。但她还是请他们在她家楼下的小饭店吃了饭，过后一肚子气。

更让她恼恨的是，有一次打扑克，五个人合伙打她一个。

她为了感谢黄知雅的帮忙，上兴隆广场二楼楼梯拐角处花了六十元钱买了一条花丝巾。从此她俩就电话热线不断，互通圈子里的信息。

14

不久周天雨又组织了一次内蒙古草原之行，在古荫的阻拦下，没带张克芳。

古荫说："张克芳身体不好，每次出门车刚走她就要上厕所，太耽误事；还有她睡觉打呼噜声太大，没人愿意和她一个屋，还得给她单独开房间，花费多。"

周天雨知道上次上岫岩，张克芳丢尽了脸，不仅又喝高了，还撅着个大磨盘似的屁股，趴在农村的土炕上呼呼大睡。造型磕碜死了，令人作呕。大多数人都不肯用正眼瞧她。唯有夏诗文看不过去，给她甩过去一件她搭在椅子上的风衣盖上屁股。

前后去了六辆车，有三辆车已经往回返，另三个车的人都已上车坐好，就她一个人还在那呼呼大睡。把几个女的气得都想把她扔下一走了之。最后还是两个常在一起打扑克的兄弟实在看不下去，下车上坡把她喊醒，架着她出来了。

她也蒙了。看到坡下三辆车在那等着，也挺过意不去，就想从高坎上跳下来，好快些到车里，结束这难看的场面。那两个兄弟当然不会允许，这太危险了！就双双架着她的胳膊，搀扶她在大家鄙夷、轻蔑的目光下，趺趺撞撞、踉踉跄跄地下坡，然后钻到车里。

回来正赶上一个诗友家办升学宴，一个哥们儿进来就讲："哎呀妈呀，后来就忙活张克芳了！回家都是几个人把她拽上楼的。"

这次上内蒙古临行之前，张克芳从黄知雅电话里得知了消息，就又请他们几个到离小东门不远的羊肉馆吃饭。她请客的饭店基本偏爱离隆钢较近的地方，价格在一二百元上下，她能接受得了。

她下岗后，老公每月给她五百元零花钱，她也没有什么大花销，也就爱没事请人上个小饭店吃点小饭，或者去唱唱歌。偶尔有讲点台面的时候，到了较敞亮一点的饭店，点菜也紧着价格低廉的点，多用冷盘和小菜、主食充数。

那次许新杨请吃饭，得知张克芳经常买小单，就说："别让她买单，她没什么钱。她的情况我知道！"她因工作关系和张克芳的老公打过交道。

张克芳的老公，借他姐夫的好光，已升任隆钢附属企业下边一个厂子的副厂长。

尤朗月心想：怪不得她老爱在隆钢厂区外请吃点小饭，买个小单，好报销。

最先反感的是周天雨。他不满意那地方的卫生条件："也不怕得传染病，矽肺！"

他说。

但最初认识张克芳的人，都会被她那为人的热情所感动。在这个人心越来越复杂的时代，冷不丁也会给一些人带来点温暖，尤其是那些怀才不遇的所谓文化人，有些就像精神乞丐那样渴望得到人们的赏识和肯定，而张克芳却能赞美所有人。因为的确谁都比她有点什么，所以她起先对谁都表扬、赞美和歌颂，这样她就获得了很多初次见面人的好感。这多少有点像《缘来非诚勿扰》节目中的那些男嘉宾，怕早早被灭灯就给24位女嘉宾带礼物一样。吃人家的嘴短，拿人家的手软。谁好意思上去就给人灭灯？只要一开始的24盏灯不灭，哪怕之后灭到零也不至于太丢脸。

张克芳往往说第一句话的时候心态还算正常，说第二句话就可能暴露性情。不是无知，就是歪理。多少有影视剧里反映20世纪50年代初期，刚刚市民化人的心理和影子。

她在电话里跟尤朗月讲："你说我老婆婆心眼坏到什么程度？有一次和一个邻居上街，这个邻居是捡废品的，就见饮料瓶子亲。正好看见一个饮料瓶就过去伸手捡。没想到被我老婆婆一脚踩住，然后又一脚给踢飞了。还有一次一个邻居的小男孩手里拿着两个冰果，他奶奶说：'给你侯奶奶一个！'她一把把冰果从小孩手里打掉了，说：'我嫌你手埋汰！'你说她善良不善良？"

许新杨曾跟尤朗月笑说："张克芳在家还总'舌战群儒'呐！"

她经过了那样家庭的生态环境和生存空间的锤炼，简直就是心灵的"西点军校"。她后来把几十年积累下来的那些为人处世的技战术用在不想与她过招，躲她八丈远的尤朗月身上，尤朗月可倒血霉了。

周天雨他们这次草原之行还有一个重要主题，为市委宣传部文艺处处长靳清晨的母亲拜九十大寿。王婷婷也去，她最烦张克芳。

周天雨当然知道彼此的轻重，又有古荫的阻拦，就没想带张克芳。

他给黄知雅打电话问："去不？"

黄知雅自然回答："不去！"

黄知雅心仪过靳清晨，但在周天雨他们的铺路架桥下，靳清晨与王婷婷走得较近，她很尴尬，也就闪身撤出来了。她仍然不忘关注他们这个圈子的活动信息，就通过电话告诉了张克芳。她希望张克芳去，回来好给她通风报信。

张克芳接到电话就又像打了鸡血似的兴奋起来，立即给周天雨他们几个打电话，请他们到羊肉馆吃饭，并且激情满怀、热情洋溢地对靳清晨说："你妈就是我妈！"

她以为自己的豪言和义举能感动他们，没说的了！带她去草原应该是板上钉钉的事了，她行装都准备好了。

周天雨虽然对张克芳有特殊感觉，但因为上次岫岩之行她喝酒过量出尽了丑，担心她再出糗事，最主要的是王婷婷也去，她最烦张克芳，就没顾及张克芳的面子和之前的一系列表现，仍然没带她。这无疑给了张克芳一个大耳光，对她面子的打击可太大了。她都不知道自己该恨谁了，就跟踪草原上的信息。

等他们从草原回来，她先给一个小兄弟打电话，得知了一些情况后，又给夏诗文打电话。

夏诗文说自己差点和古荫吵起来，只是看在周天雨的份儿上，让了她一把。她没想到古荫竟然敢和她叫板，圈中大姐大的心里也不舒服，但却说："冲着天雨，不能做小人。"

张克芳接着又给一向烦她的王婷婷打电话，挑得年轻气盛的王婷婷都想下手削古荫才解恨。上次在内蒙古草原结的梁子，又被张克芳挑起，恨得王婷婷牙痒痒。

这事尤朗月听白丽萍说过，是老谢大哥连憋气带窝火，在忍无可忍的情况下主动给白丽萍打电话诉说的。这事搅得他家鸡犬不宁。

起因是上次上内蒙古草原一路上王婷婷对老谢大哥照顾有加，又是给披衣服，又是给夹菜的。周天雨看不下去了。他知道靳清晨心仪王婷婷，是他有意给介绍认识的。他为了维护靳清晨的关系，对王婷婷说："你离老谢远点，他人不好，包二奶！"

"啊？"一听这话王婷婷气得要吐血。回来后就对一个姐们说："我烦都烦不过来！怎么能爱上他呢？"

这个姐们儿认识老谢的儿媳，就告诉了老谢儿媳，儿媳又告诉了老谢儿子。他们觉得老爸在外面给他们丢尽了脸，就找老谢大吵了一架。

老谢百口莫辩，尊严扫地，无地自容，很窝火。他只能给白丽萍打电话说说："丽萍呀，咱都认识那老多年了，大哥啥样人你还不知道啊？大哥是那样的人吗？谁知道天雨现在咋变这样了？"

周天雨只顾着维护靳清晨的关系，哪顾得了考虑其他人的感受？上次尤朗月请客，他曾让叫上靳清晨，他对尤朗月说："靳清晨是市委宣传部文艺处处长，维护这个关系有用！"

尤朗月只因为李显阳烦靳清晨才没叫。他们趣味不投合。

王婷婷给张克芳讲她们几个是怎么捉弄古荫的：通知吃饭，让大家都提前半个小时到，团团围坐在周天雨周围，让古荫插不进来。等她来了，一看大家都早到了，就说："你们怎么回事呀？不通知我十二点开饭吗？"

围坐在周天雨旁边的那几个女的特意当她面对周天雨又是搂脖，又是抱腰地气她。她只能坐在门口上菜的位子生闷气。

草原上发生的一些鸡毛蒜皮的琐事让张克芳解气不少，些许安抚了她那躁动的心。但她还是要找人发泄、倾诉，不管认识的或不认识的，不说就得憋死。

她周围的人大多都不知道周天雨是何许人也，她说再多也没有意义，约等于和膝盖骨讲，不解劲。她就又要找尤朗月诉说。她找的理由是那个已经去世了的小学男同学张敬山的离婚多年的前妻从蓝城回来了，要请尤朗月吃饭。

尤朗月非常反感地说："我和她也不认识，她请我吃什么饭？真有意思！"就没去。

她觉得肯定又是张克芳有什么心魔要排遣，找的这个理由。哪都挨不着哪的，彼此都不认识，也给往一块找。她干这类事已经有好几次了，简直非常人也。

几个月下来，张克芳还在为这些事纠缠，终于又有了一个给尤朗月打电话的机会。

这天一大早，张克芳又风风火火地往尤朗月家里的座机打电话，是尤朗月接的，说明尤朗月在家，她才稍许放下心来说："朗月，你没上仙浴湾？"

"我上仙浴湾干啥？"

"他们隆钢作家协会有活动，没通知你？"

“通知我干啥?我也不是作家协会的。”尤朗月解释。

“不是作家协会的,外面的,也请了!……”张克芳想说听说谁谁谁也去,但没说出来。

尤朗月对她这样的心态已经习以为常,就说:“他们需要请谁就请谁呗!请我我也不一定去呀!”她想说:“怎么,你又动心了?”但懒得说出来,不想勾起她的肝火。

张克芳却克制不住了,一股脑又列数了周天雨和古荫他们两个的不是,把对他们的怨尤又倒腾一遍:“天雨大哥撒谎!其实我早就知道他们要上仙浴湾。昨天我给天雨大哥打电话,他说‘没定!’今天一早我又给天雨大哥打电话,他说‘已经走了!’”

“人家有人家的考虑呗!怎么还得告诉你呀?你和人(家)啥关系呀?”尤朗月觉得她太搞笑了,让人几次三番地甩,还像个狗似的拎个包追赶,没见过好人吗?

“我早就想退出这个圈,没什么意思!”张克芳又这样说。她已经失去了正常人思维的模式,更谈不到尊严。

尤朗月觉得她本来就不应该太拿他们当回事。

“怎么还有人拽你进这个圈?不都是你自己自找的?人家有活动就得带你呀?就像编辑报纸的版面似的,根据需要,今天安排这拨,明天安排另一拨。需要你的时候他们自会找你的!”

“就需要花钱的时候通知我!那次打扑克,他们五个人打我一个。他们有事的时候我都二百二百的给,我摔骨折了,他们五个人买了三样水果去看我,完了我还在咱家楼下的饭店请他们吃的饭。”张克芳又气愤地数落。

“他们有时候做事连老百姓都不如!”尤朗月对此也有同感。

世事难料。第二天尤朗月在网上得知他们这次活动事与愿违,出了两个差头。已经到了海边,等着坐船过到对岸,由于风大,水涨浪高,没有接送的船只,游人无法过去,不得不改变方向,就近到李官度假村安营扎寨。

另一件事是周天雨接到儿子来电话说他姥姥去世了,就有一部分人跟周天雨往回返。

看照片,篝火晚会上有薛世强和许白鸽的镜头,说明他们没马上跟周天雨回来,想必李显阳也一定在受邀之列。

尤朗月就知道张克芳急切地盯着这次活动的来龙去脉了。

转天是李显阳的生日。午后尤朗月特意给李显阳发了信息:“祝你生日快乐!”

李显阳回电话说:“和朋友在外边吃点饭。”

尤朗月问:“天雨大哥家有事了,你知道不?”

李显阳说:“今天已经出殡了。我前天过去了。天雨给我打电话说‘大哥,过去帮帮忙呗!我在道上呢!’我就过去了。”

看来他没有跟隆钢作协去所谓的采风。

“你没去仙浴湾?”尤朗月问她最关心的事。

“原来想坐韩胜波的车去。头天晚上他来电话说‘去不了了,小孙子病了,得上医院!’我就没去。”

“哦，怪不得把张克芳急的！”尤朗月心想。

这时电话里有女人在喊：“领导！领导！”似已等待好一会儿了。

尤朗月感觉他们像刚从饭店里出来，估计是去打麻将。

“我还有事，完了再说。”李显阳匆匆撂了电话。

尤朗月这才回身给张克芳打电话，问：“天雨大哥家有丧事了，你知道不？”

张克芳说：“不知道。知道的话，怎么也得表示表示。”

尤朗月说：“是呀！”

张克芳抹身又不计前嫌地给周天雨打电话，说是听朗月说的。

周天雨说：“周五中午招待一下花钱没去的人。在隆钢报社附近的隆兴酒店，你也过来吧！”

张克芳说：“我没花钱，去不好吧？”

“没事，你就过来吧！”周天雨倒是不介意。

张克芳就去了。

第二天张克芳自然要给尤朗月打电话反馈此事：“一共有三桌半人，隆钢报社占两桌。古荫这次表现挺好，帮着张罗。李显阳大哥来晚了，在咱这边的空座刚坐下就起身到别的桌敬酒，忙乎一大圈。”

“李大哥有一次饭局上对天雨大哥说感谢他，通过他‘我结识了朗月’。那次你家孩子结婚，你想请他给主持婚礼，是我让你请他吃饭的，你让我也过去，我没去。那时没想与他走近。”

这话极大地刺激了张克芳，她憋在心里了。

李显阳很忙。张克芳起初有几次请客，也给李大哥打过电话，他都没去。她家在头年国庆节期间低调地办了一次婚礼，主要招待的是她老公的同事和一些关系特殊的人。理由是女方的父亲得了癌症，想看到孩子结婚。

“那为什么不一次办呢?”很多人问。

“人家给看的是明年五一期间好。”张克芳解释。

其实是为了缓解经济压力，先办一拨能收到一笔钱，才能支付另一拨的费用。她家买房子的首付款十几万还是跟小姑子借的。

许新杨过去写完账就走了。

正式办的婚礼是在来年的五一期间。绝大多数参加人员是中小学同学和亲戚、朋友。之前她多次请周天雨和他身边的所谓文化人吃饭，希望他们能参加婚礼，给她抬抬场面。大家冲着周天雨的面子，只好捧场。也通知了李显阳大哥，李显阳已经和王慧订好五一期间上省城哥哥姐姐家，就给周天雨打电话让带二百元钱。周天雨说：“不去就算了吧！”这样钱也没带。

“我听部门的同事说，古荫在最近的饭局上打听我上班不，工资开多少，任务数多少。她要是友好的话，不应该打听这些。现在劳动纪律这么严，大家都关照我。我不在就说我谈客户去了。这么说，他们也能当你打听我?”

“打听过。”张克芳说，“我是说过朗月没有哥哥、姐姐，可愿意有哥哥、姐姐了。小时候有一回男生管她叫外号‘油瓶子’‘奶油’，她就哭了。”

“哎呀妈呀！你怎么能想到这去了?”尤朗月想了想说,“好像有这么一回,一个小男生淘气,喊完还不好意思,笑嘻嘻地猫在楼洞里了。我当时心里很难过。我当小干部,不欺负人,大家都听我的!”尤朗月笑嘻嘻地说:“那时是‘文化大革命’,有几回造反派拿着扎枪头子进院了,用我奶奶的话说就是‘一看情况不好,背着二明,抱着三儿,就往楼上跑。’那时我才是八九岁的小姐姐呀！居然能前抱一个,后背一个地往楼上跑。那也是拼了！我奶奶在楼上听到动静,知道‘情况不好了’,就赶紧出来接。也不知谁的弟弟,我还打过。”尤朗月回忆。

“也反抗了!”张克芳顺着说。

她小学三年级时就随父母下乡了,可能小学三年级以前的那点小儿科就在她那有限的记忆里定格了。

“但你要是与人为善,怎么也不应该挑这一出说！估计也就你一个人能说出这样的话来！因为你说的,我都很吃惊。本来对小时候曾经动手打过的几个人还挺忏悔的。这下感觉全没了!”

“我也没有恶意!”张克芳辩白,“就是刚认识他们的时候,有一次上千山,在车里他们问我你怎么样,我就这么说了。”

“净有谁在场?”尤朗月严肃地问。

“就我,天雨大哥,还有古荫、诗文和开车的咏雪。”

尤朗月心想:不怪许新杨说她是“克星”,蒸不熟,煮不烂的。一个人在小学生时代所能得到的光彩,我几乎都得到了。要提光荣历史,也应该非我莫属。可到了她嘴里,我却变成了一个挨人欺负的小女生。假使我后来的一切,她因转学走了,没有看到,但她却告诉我,她曾串坐到后边跟张敬山同桌,被我给撵回去了。说明在她没走之前,我已经当小干部,管纪律了。想想身边仅发生过的几件事,都有她在场。现在看,很可能是因她串坐被我撵回去而心有怀恨使的坏。不然为什么几件事都有她在场？而她走后我却一帆风顺了呢？还真得庆幸幸好她早早就离开了那个集体,不然说不定有多少麻烦呢!

“躲得过初一,躲不过十五。”尤朗月不由地想起这句俗语。“躲得过三十年,躲不过后半生。”她感叹。自己的大学同学,普遍都那么有出息,与我又有毛钱关系？再光彩的过往,在残酷的现实面前都没有意义。在市长同学面前,有局长同学说自己自卑。在局长同学面前当处长的同学说自己自卑。他们说这话的时候,并没有考虑让处在职场边缘的尤朗月,或者早早离开工作岗位买断回家的其他同学,情何以堪？有高标在前面,傲骨生风的尤朗月不想再从头干起,按职级怎么做都嫌低。似乎唯有不要职级,说她多高,就有多高。所以她在职场上自动放弃了晋升职级的机会。她的人生价值不准备靠职级体现。

她非常认同一代女皇武则天关于“无字碑”的创意,绝非凡夫俗子所能解读得了。千秋功过,任后人评说。这不是自己所能掌控的。因此只在意自己想要什么。

尤朗月主动放弃了世俗对职场的追求,本已属不俗之人。没有拿得起、放得下的非凡勇气,是做不到的。她前半生由于顾家,就选择了与世无争的弹性工作制的教书生涯。她好处都不想多要,更谈不到与什么人竞争,真就是“沉舟侧畔千帆过”,几乎所有升官发财的机会都拱手相让,功名利禄都与她不沾边,她尚能心态平和,处之泰然。她心存美丽的文学梦想，她相信经过自己的努力，有朝一日会实现这个梦想。她不希望因为世俗社会的某些苟且欲望或俗人琐事玷污了自己高洁的灵魂和清白的名声。她唯恐与不美好的事物刮碰、沾边。既然左右不了别人，“独善其身”总可以吧！中国传统知识分子秉持的“穷则独善其身，达则兼济天下”的基本人生态度，逐渐成了她的人格理想。

她忽略了一个事实，就是你既然不想往上走，当然也不想往下走，那么就意味着你所接触的人和事，就像你永远的中级讲师职称一样，只能在上下之间胶着，非常之虐心！

可让她百思不得其解、非常纳闷的是，她那个早早就下岗了的小学三年级以前的所谓同学张克芳，却一点也不自卑，也不知从哪来的底气十足，和这个比试，和那个叫板的。

“无知者无畏！”起初周天雨这样评价张克芳。后来竟利用她这一点来达到恶意打击和损害尤朗月的罪恶目的。张克芳的表现恰好迎合了周天雨的阴暗心理，让尤朗月苦不堪言。

在《史记·廉颇蔺相如列传》中，将相出现矛盾时，蔺相如大意是说，强大的秦国我都不怕，我能惧怕你“尚能饭否”的廉颇将军乎？我是为了国家利益，才不和你争高低的。

同理，反正论证，尤朗月清高了大半生，与世无争，好处都不想多要，再被阴损的小人溅上点狗屎得多冤？就像那个动画故事里讲的：一只疯狗朝着一头老狮子狂吠。小狮子看不下去了，问老狮子：“为什么不打它？”老狮子说：“我能打过它不？”小狮子说：“当然能了，打它太容易了！”“打赢它我光彩不？”老狮子问。小狮子摇头。“就是嘛！打赢它我也并不光彩，那我还理它干啥？”

根本就不是一个频道的节目，不是一个档次的对手，和他们搭上手都嫌掉价，那不毁了自己一世清誉？他们倒还赚了！和你相提并论了！真不划算。尤朗月压住火气，对张克芳说：“我这么多年深居简出，低调做人，更少与不相干的人接触。但遇到的人和事，都挺复杂和特殊的。爱也罢，恨也罢，就是想忘也忘不了。有的即使释然了，放下了，就是到现在有些头绪也没理清。哪有闲心想不相干的事？后天我有大学毕业三十周年同学会。我一会儿过去看菜谱。起初同学聚会也是免不了叙旧，后来一个男同学烦了，他母亲是小学老师，他说母亲八十多岁了，糊涂了，老提小学没毕业那点事。从那以后同学聚会的话题就丰富多了。”尤朗月故意说这些，让她警觉。

“朗月，我就说那么一句话，你又是讽刺，又是挖苦的！我要知道你这样，就不告诉你了！”

“怎么你告诉我，我还得感谢你呗？我也这样说你，你愿意吗？我本来就对他们不大满意，你这样一说，无疑迎合了他们的阴暗心理，影响了我的社会认同和评价。他们就敢肆无忌惮地诋毁我，损害我。知道我为什么不想多接触你吗？就是因为你的嘴！但我也没想到你会挑这一出说！”

这次电话不欢而散。

15

同学会如期举行。当年的班主任闻老师也从家乡上海,回到了他曾经工作了几十年的隆山。陈向鹰也来了。

他们租了一台大客车,先到郊外最初上学的地方腾家堡校址看看。那里已很荒芜,少有人烟。旧校舍断壁残垣,满目疮痍。四周只有野草疯长。

他们下车拍了一些纪念照,就又往市区的另一个方向赶。新旧校舍真是两重天地,两种境界和格局。如今的隆山师范大学,俨然现代化高等学府的布局。各大院系馆所星罗棋布,各具特色。唯有文学院承继了当年刚搬迁过来时的校舍,退居在校门右侧不太显眼的角落,仍保持着二十世纪七八十年代旧有的状貌,似乎没受到任何外来影响。

由于是暑假期间,校园里人不多。少有几个没有返家的大学生背着包经过。

师生们下车来到当年唯一的集教学与住宿于一体的楼前,抚今追昔,缅怀过往,思绪万千。

同学们现在能做的就是照相留念。再就是三三两两的凑一起唠嗑。

庞晓燕自然要贴到陈向鹰身边聊几句。

从隆山师范大学出来,一车人就来到尤朗月预订的寰球酒店三楼的多功能厅。

满满两桌人。一些不常见面的或外地的同学都往闻老师这桌挤,另一桌的同学在这次聚会的几个策划人兄弟的带动下,时常鼓掌和助威,并且一起喊出:“小月姐,你好! 小月姐,你好!”吃喝也很轻松。

“差生活得开心!”于可调侃加揶揄。这话多少惹得在座的个别同学心里不大舒服,进而对主办人心有恼恨。

肖小菊在前面主持,尤朗月在后面支持。

“换作别人的话,我就赞助了。”庞晓燕乜了一眼站在两桌之间的肖小菊,跟于可小声嘀咕。

尤朗月洋洋洒洒地朗诵了一首自己信笔涂写、也是有意为之的原创诗,回顾校园青涩而美好的时光,预祝大家晚年生活幸福安康。

闻老师这桌基本由尤朗月主持,按逆时针顺序,让每个人讲几句话。

之后大家纷纷起来敬酒。陈向鹰坐到了尤朗月旁边,对尤朗月说:“我很感激你! 让我感到来自同学的温暖。”

不置可否。因为在同学会之前,她已经瞧不起他了。

肖小菊给陈向鹰打电话的时候,尤朗月在场。肖小菊给陈向鹰戴高帽说他当年也是班干部,副班长,这次同学会让他赞助点。

陈向鹰却说:“还有团支部书记和班长呢,轮不到我!”让尤朗月很不屑,觉得太没担当了。多大点事呢? 这么计较有意思吗? 所以这次就不想理他了。

同学会的费用主要是尤朗月、肖小菊和成功恋爱结婚的一对夫妇同学承担的。女同学由肖小菊负责通知,男同学由秦涛负责通知。两个年龄最小的胖老弟佟浩和田壮帮忙筹办。

谁都听出尤朗月在朗诵的诗中有夸张和煽情的意思，是在给某些人打预防针，提示他们自己在将要发表的小说里涉及某些人物原型或情节等诸事，请多担待，免得过后有麻烦，仅此而已。

上次尤朗月蓝城之行的“最后的晚餐”没有聚成。起因是尤朗月受那位大学英语女副教授之托，让陈向鹰帮忙给介绍一位男朋友。陈向鹰就发动周围人给寻找人选，只有他太太推荐的男同事条件比较合适。就这样订好了见面的时间，地点在一家四星级酒店。没想到出了意外。他那女强人太太，蓝城某区工商局副局长，居然不顾所有人的情面，背信弃义，横加阻拦，取消约定。她首先不干了！让陈向鹰无可奈何，只能给尤朗月打电话道歉。

聚餐也只好作罢。尤朗月的心结始终没能解开，也没必要解开了！没有意义，她丝毫也不感兴趣了。

同学会之后尤朗月给李显阳打电话，说到张克芳对周天雨他们说过一些很无聊的话，想必她还会跟周天雨倒打一耙，恶人先告状，搬弄是非，蒸不熟煮不烂的，真就像许新杨出离愤怒时说的，是个“克星”！

李显阳让尤朗月给周天雨打电话，说解释一下也好影响小点。尤朗月就拨过周天雨手机，没想到周天雨搂头就来一句：“你更年期！”

给尤朗月造愣了。她想：我全市最帅的大美男子抱着，心情好着呢！我更什么年期？更年期早延迟了！想必果然是张克芳恶人先告状，已经把话说过去了。与周天雨的友情已不复存在了。

她也就没含糊，把张克芳的问题扔了过去：“她胡说八道！对你们说我老给她打电话打听你们说我什么了。我能不能给她打电话，你不知道噢？烦都烦不过来呢！是她给我打五六次电话说你们那点事，我才给她打一个电话，还是因为你家有丧事了，我问她知道不？”

“她没有教养，你有教养！她家孩子婚礼，让我帮忙给找人，我给她安排了两桌人，完了还挑我理！”

“真有意思！拿起话就说，拿不是当理。一到酒桌上就叨咕我……”

“她说人家也不认识！……”周天雨似乎对此也不大满意。人家不认识尤朗月，有的只听说过她弟弟或妹妹，你说什么有意义吗？

周天雨心细如丝。他感觉到以往心境敞亮的尤朗月现在很在意张克芳说什么，似乎逮到了恶意膈应尤朗月的机会。这之后他就经常有意地给张克芳提供饭局。他知道张克芳的性情，一到饭桌上就扮演悲情角色，像遭受了尤朗月多大的迫害，自己受到了多大的委屈似的，愤怒地控诉尤朗月。不管在座的人认识不认识尤朗月，糟践的意义大不大，都没挡住她的嘴。

其实在张克芳的小心机里，是窥见到了尤朗月与周天雨他们的关系已不似从前，就有意地通过糟践尤朗月的方式与周天雨拉近距离，迎合他的阴暗心理，替他出头代言，发泄对尤朗月的怨恨和不满，目的是讨好周天雨。唯一的作用是心与周天雨、古荫他们贴得更近了，给憎恨尤朗月的周天雨和古荫带来了难得的虐心快感。

尤朗月算是倒血霉了，时不时地在家里打喷嚏。她心里说："准又是哪个大神又想起我了！有意挑唆、糟践我，控诉我！"

尤朗月倒不在意与这些人的关系，但她在意他们对李显阳的影响。

为了获得李显阳的理解和支持，也因为老爸在写诗填词的基础上又试着把自己喜爱的几首诗词谱了曲子，想要附着在第三本诗词集的后面一同付梓印刷，需要找个懂作曲的人给看看符不符合作曲的要求，有没有点"靠谱"的意思，尤朗月就想请李显阳帮忙给找个人看看。之前说要给李显阳过个生日，也为了给两人的关系留下一个有念想的记忆，尤朗月就决定给李显阳以补过生日为名，宴请一次。

这天在秦涛的推荐下，她请了两个能喝酒的大学男同学小老弟佟浩和田壮过来，还有一个在同学会的时候给大家录像、刻碟，打电话要给尤朗月送过来的，刚做过脾胃手术且不能喝酒的隆矿选矿厂的宣传部部长孔志远。再加上肖小菊和一个中学时期非常要好的女同学吕桂荣。

这是本市最霸气的酒店，很多讲排场的宴饮都在这里举办。尤朗月订的是三楼包间。在五楼还有一桌升学宴李显阳得过去一趟，是一个很有号的民营企业家招待的。他的女儿在李显阳等几位恩师的指导下，顺利地考上了理想的上海戏剧学院。

刚开席时李显阳主动要讲几句，他对尤朗月的这些相识几十年的同学说："朗月既有男人的帅，又有女人的柔。有'鬼'力！"他常把"魅力"的"魅"字故意说成"鬼"字，常以自己有'鬼'力而自居。

只是尤朗月头一次听到有人把她和男人沾边，在老熟人眼里自己都女人的不行，在一走一过的地方常被人当面背后的称"大美人"。也许是李显阳看到了自己骨子里柔中带刚的另一面吧！自己肯定不是"梨花带雨""长袖善舞"的那种太柔媚的女人的魅。那种魅，李显阳见得太多了，文艺界几乎个个都是，并不稀奇。对他这个文艺界的领军人物，早已没有视觉冲击力和心灵震撼力了！

她不知道是起初偶尔要下烟、炫炫酷、弄弄风情的姿态吸引了他。她早就戒烟了，而且戒得彻底。她不理解有些人为什么嗜烟如命？对你的健康没有好处，你干吗还不放弃？意志力太薄弱，她理解不了。

她就是前些年在一次师范同学聚会后，去歌厅唱歌的时候，因为包间里烟草味儿太浓，尼古丁含量太高，弥漫整个空间，她感到自己喉咙不舒服，担心咽炎加重，才从此断然拒绝烟草的。不然她并不反感烟草的味道。

"最厉害的女人，雌雄共体。"每每见到尤朗月，李显阳都会想到这句话。他认为尤朗月的魅力是属于有质感、有立体感的收放自如、游刃有余，拿得起放得下的那种由内而外的潇洒。这在教师群体中常见，柔情与傲骨兼具。她举杯敬酒时，大多礼貌周到、谦和有加、热情亲切，绝没有低眉顺眼、悲悲切切、忸怩作态的意思。有时也有"把酒临风"的豪迈和大气。她恐怕还没有遇到能让她惶惶以心相许、媚态百生或者娇滴滴、故作"小桥流水"似的人家吧！

尤朗月感觉李显阳似有丰富多元的意味。只要是美好的，无论男人，还是女人，他都喜欢。见的人多了，难免倾向于中性。

李显阳煽完情，又闲聊了一会儿，就要到五楼的餐厅着一面。尤朗月请来的两个胖兄弟一左一右，像两个哼哈二将似的，护送李显阳从三楼到五楼。回来后佟浩就说："我看陶艺训也在那，过去就咣咣两脚。"

尤朗月知道陶艺训在隆山艺术界也是个名师，就因为曾经爱上过一个女学生而被告发，带上了强奸犯的罪名，从此名誉扫地，抬不起头，丧失了应有的尊严。人生有了污点，就像衣服上沾了脏东西，洗刷不净，做人就难了。

"进去就和那两个女的拥抱了！"田壮说，指李显阳。

尤朗月知道这是他们文艺圈内外的规矩，见面都要以拥抱开场，以示亲切和友好。不拥抱一下就像瞧不起人家。当着他们彼此男女朋友的面，也得这样一下。这叫例行公事，也叫规矩，俗称"潜规则"吧。

尤朗月不是他们圈子里的人，且十分不理解给完人家面子自己还剩啥了。如果都懂规矩还好，知道是出于礼节和客气，否则还会误以为别的。

大家对舞台上、银幕上这样的情形见的多了，对社交场合中李显阳逢场作戏以及台前幕后、台上台下与各色不同女人拥抱基本持理解和宽容的态度。

"对他的尺度得放宽！"这是大家的共识。谁让女人们都喜欢他呢！他们认为李显阳风流倜傥，是职业特性决定的。

只极少数人能看出他内心也很苦，想爱不敢爱的。

夏诗文就曾说："这拨瘪犊子，我要是不把他们研究透了，怎么和他们混？"

也难免有个别人斥之以"说好听的是风流，说不好听的就是流氓！"的评价，而他还是"大流氓！"

有人告诉他时，他却说："你告诉他（她）在前面再加上'著名'两个字。"他就是这样的脸皮，该要面子的时候，偏不要面子；不该要面子的时候，贼要面子。

了解他的人，知道他是很讲情趣、讲风度、讲审美的人。内心再怎样，做出来的姿态也不恶心、不恶劣。由于职业的原因，他非常注重表现形式和与他人的互动，就像渴望得到鲜花和掌声一样，渴望得到所有人的赞美和鼓励。

白丽萍曾说："大哥以前也不这样啊！走哪带一群，呼呼啦啦的，侃天说地。现在也不知怎么了，到隆师以后就像换了一个人似的。"

尤朗月认为就是因为他欲望太大，奢求过多，而又自感文化学历的欠缺所造成的这种人格状况。他就像水上的浮萍一样随波逐流，随遇而不安，有时又随心所欲。心的根唯有出于利益的考量。这也许与他是"倒插门"女婿的身份有关，从省城"比较大"的城市"移民"到钢都隆山，难免有"殖民地"阴影。或许因为媳妇管得太严，造成心理严重扭曲。他动辄夸他太太："人家是大知识分子、大教授的女儿！"

他为人谦和有加，善于察言观色，惯看人眼色行事，讨所有人的好，也不嫌弃鸡鸣狗盗之辈。所有人都可称兄道弟，皆为朋友。哪怕那人是要饭的，或者是小偷、强奸犯，他也不拒人于千里之外。他就像个大肚弥勒似的，笑天下可笑之人，容天下难容之事。没有他容不下的人，没有仇家。和谁都能化干戈为玉帛，皆可坐一块儿喝酒。

年轻时有个两家一厨房的男邻居，老找他们家说事儿。那时社会不发达，两家用一块水表和电表等。那男的不是嫌他家洗衣服费水了，就是打厨房灯费电了。他媳妇要出去和那人干仗，被他拦住了。二十多年后，那家孩子结婚，还找李显阳给主持的婚礼。他不计前嫌,欣然前往。

他管乞丐也叫朋友、称兄弟。这里也有故事,是他自己在隆山名人网访谈时说的。

早年他家住话剧团那个楼的时候,楼下是一个菜市场,常有一群无业游民在那里寻衅滋事,有几个乞丐也混迹其中。他待他们亲切友好,他们一见到他经过,老远就过来打招呼,大哥长大哥短的。李显阳也常把买的包子或咸鸭蛋抓几个给他们,他们都非常感动。

一天,他们的头儿说:“看大哥长的福相,咱要是跟你干肯定不会吃亏。你当咱头儿得了!”那人说得很诚心,不拿自己当外人了。这是李显阳对他们乐善好施、送温暖所带来的结果。

虚荣心、自尊心都极强的李显阳,当时脸臊的无地自容,心里说:“我可不敢再理你们了!”

他把这个故事在朋友圈的饭局上当调侃说了,引得几个常恭维他的兄弟脸色都变了,纷纷嗤之以鼻,表示不敢与他苟同。

这些精神乞丐们攀高枝、捞荣誉还弄不过来,岂能自降身价,顾及社会底层的老百姓?更何况这些人又是社会地位极其低下的乞丐。

女同胞们也都捂着鼻子笑喷了。

事实是:谁也不嫌弃,最后被大家挑剔。在这个尔虞我诈的人世间,在一些唯利是图的人眼里,大爱也是要有边线的。你充满人性的善良,其结果是自取其辱。在精神世界极其低下的人眼里,站在他们的视角看对他们谦和有加的你,也看高不到哪去。不也和他们一样一个鼻子,两只眼睛吗?这是李显阳大爱无边的悲哀,也是人性善良的哀悲。

尤朗月认为是李显阳闲极无聊,才理这些乞丐的。

李显阳解释说:“我看不得别人挨饿。我小时候就挨过饿。那时候我家孩子多,连糊糊都吃不饱。我家对门邻居的孩子饿得不行了,成天就躺在门口。我妈做糊糊也给他盛一碗。”

李显阳还讲述了另一个经历:那是在20世纪90年代初的时候,有一次去外地演出,连续演了几十场,场场爆满。工作人员提醒说这里混进了小偷,让他们看好服装、道具什么的。李显阳就利用演出休息时间主动过去和这些人拉家常,劝他们找个工作谋生,以对得起一家老小。当时他们都非常感动,一致表示:一定记住大哥的话,坚决洗手不干了。过后李显阳还挨了当时领导的批评:“你一个预备党员,怎么不注意自己的身份呢?”李显阳美其名曰:“我这是观察生活!”对此他并不后悔。

李显阳在外面与很多人要好。作为隆山市的一个名人,一个一流表演艺术家,很多人都喜欢他,愿意与他结识和交往。也难免会遇到三教九流、良莠不齐的各色人等,他都一视同仁,一律友好相待。能提供帮助的就提供帮助,反正他浑身有使不完的才艺,只要不掏钱就ok。遇到男性就是“兄弟”,遇到女性就是“姐妹”。有些难免就是“亲兄弟”或“亲姐妹”,甚至称之为“家人”。这也还好,而有些就不这么轻松和简单了,有点私密关系也在所难免。李显阳把这种关系控制在不为外人所知的范围内,否则免谈。因为他一不能离婚,二不能没有工作,三不能不注意脸面和影响。在这个前提下,他很少有玩砸的时候。

他有数不清的粉丝和青睐者，有无数出轨的机会。他往往逢场就做戏，调侃和戏谑一批批追逐者。但每到关键时刻，他演员的功力就会发挥作用，戛然而止。

他对尤朗月说，有一次在外地参加活动，主办方给每一位受邀人员都安排了异性陪同人员。只有他和当时的电视台一哥、许白鸽的前男友赵中升始终坐在大厅没动，守住了底线。

像这样的事，他经历得多了。倒不是因为对妻子王慧有多爱，用他自己的话说就是“早没有激情和感觉了，熟悉得就像左手摸右手”，心里也不是不羡慕那些能放得开的人，但主要得做个人。不能像猪狗一样，更不能畜生不如。

“你不需要别人给安排，上赶着的，有的是呢！”尤朗月调侃。她说的也是实情。

“哪有啊！”他辩白。他唯一不拒绝的就是拥抱。与所有投怀送抱者很有风度地拥抱逐渐变成了他的一大爱好，且来者不拒，乐此不疲。

久而久之他也养成了习惯，见面不与人拥抱一下就像缺了点啥似的。吃饭能不吃菜吗？喝酒能不抽烟吗？

他唯一不敢触碰的，就是婚姻。很多喜欢他的女人，也不敢和他触碰到婚姻。他在外面的开放姿态，不是所有女人都能接受得了的，都怕给自己带来莫名的屈辱。

那些能接受和包容他的女人，肯定都是爱他爱到极致，无以复加的女人，像白丽萍、许白鸽、沈歌飞等都应该是这样的人。

他的优点远大过了缺点。那些女人也都不是吃素的。

尤朗月感觉他虽然外表像潘安转世，但某些地方又有点像西门庆，西门大官人。只是他身边的那些女人都没正经当成潘金莲。

李显阳不一会儿就从谢师宴回到了生日宴，相聚甚欢。

直到结束，把大家送走，他才一口一个“亲爱的”，和尤朗月缠绵到很晚。

16

阴历十月初一按旧俗是给故去的亲人送棉衣的日子。这天一大早，尤朗月就收到一则打油诗短信，诅咒节日快乐。虽然没署名，又是陌生的手机号，她想：能干出这事的，应该是非张克芳莫属。

尤朗月给李显阳打电话，调侃似的念了短信。李显阳说：“你给她回一下，就说‘同样祝你节日快乐！’不就得了。”

尤朗月不得不把短信回敬过去。

她实在不想理张克芳。张克芳再玩小心眼，即使张牙舞爪，打掉脑袋骂破天，也只是坏在皮毛和筋骨上。大家一看就明白是怎回事。古荫才是不动声色地暗使坏，怂恿周天雨，却能达到目的。

周天雨则是明里暗里地都在恶意地中伤了。

他们这样，有时搅得尤朗月和李显阳两人的心头总像笼罩一层阴云，久久散不开。

若没有古荫加盟周天雨的心灵视野，周天雨再怎么样，也没有坏的市场。近朱者赤，近墨者黑。显然与古荫在背后鼓捣事不无关系。

李显阳与周天雨已有三十多年的交情，也是好搭档的关系。一个写诗，一个朗诵，互相助力好几十年，一时也很难断交。

李显阳是尤朗月与世无争这几十年来唯一想要争取得到的社会关系。

为了不失去李显阳，尤朗月只能顾全大局，决定还是通过善的方式，召集聚餐，盘点友情。

她觉得对周天雨，除了他儿媳工作的忙没帮，其他没有对不住他的。周天雨要是还有良知的话，就应该收敛自己的使坏行为，让他们重回到健康、阳光的道路上。

这是尤朗月召集他们的最后一次聚餐，仍然是两方人士。一方是师范学院的同学和那个中学女同学吕桂荣，另一方是周天雨的朋友。

尤朗月想通过请客吃饭的方式盘点友情，明显这次是鸿门宴。

饭局已经开席很久了，李显阳还没到。早晨来电话说，学校领导今天要到他们艺术学院来指导工作，提供帮助，估计晚上还要有饭局。他可能要晚来一会儿。

他们几个分别给李显阳打电话，得知饭后又去唱歌了。电话里确实有音乐和掌声。

起初尤朗月还能忍，有人却忍不住了。周天雨少有高声地说："理想很丰满！"

许白鸽首次接腔："现实很骨感！"

这时胸中纵然还拥有百万雄兵的尤朗月，再有定力也不能不予以回击了。

她还是用善的方式，站起来说："我给大家背一首诗吧！是题照诗，天雨大哥你是诗人你能懂。"

她背诵如下：

鸟巢，爱巢
爱的家园
红伞为你擎起一片蓝天
黑伞为你遮风避雨
温暖幸福
是宁静的港湾
阳光把笑意写在你脸
热汗淋漓
宣泄你生命的春天

噢，靓哥，帅男
……

还没等尤朗月背完，周天雨就插话说："肯定不是我和立新这个儿……肯定是没在这屋里的！"指李显阳。

尤朗月又继续背：

风度卓然
什么是腕儿？
什么是范儿？
且看你的姿态
你的肩和脸
后面还有水立方
情立方？
钢筋骨架
构成你立体人生
精神家园
绚烂空间……

待尤朗月背完，薛世强就挥手批判："你跳跃性太大了！"

"好诗在民间！"隆钢文联主席刘立新很中肯。

"那次小菊有事过去，看照片，我是随便写的。"尤朗月虚构了情节。

她觉得在这种情况下李显阳还不能来的话，就有点太煞风景，太扫兴了！让有的人看笑话。她就拿出手机拨过去："立新大哥带病都过来了！君子兰桂荣也带来了！你要是还不来，我就让大伙把花一人一叶儿带走！"

刘立新本来已患感冒，硬在那撑着。这时他说："要不是前天我的诗书画展览，朗月去了，我今天就不来了。我先告辞了！"

展览会之前，他打电话让尤朗月过去取由他们隆钢文联主编的杂志《钢花》，说里边有登载尤老爸的诗词稿，同时邀请尤朗月参加他两天后的诗书画展览会。

"朗月，捧场支持一下呗！"待尤朗月来到隆钢工会二楼刘立新的办公室，正在伏案写请柬的刘立新抬头恳切地说。

尤朗月明白他说的意思，感念他曾给过老爸一百元稿费，老爸出书他也帮了一些忙，展览会那天就出了五百元钱买了一张画有两个大仙桃的色彩非常鲜艳的题字是"仁者寿"的写意画。

"那两个大仙桃，我一看就喜欢了。"尤朗月夸赞。

"你买两张画走？"刘立新顿时来了精神。他是想落实一下尤朗月用五百元买几张画走。多数人要是花五百元，至少要拿走两张以上的。

尤朗月只能"嗯"了一声，是给他面子。她其实就是捧人场去了，只挑一张画意思意思。

尤朗月和古荫送走刘立新，还没等回屋，李显阳就踉踉跄跄地上来了。

一进门，尤朗月就谴责李显阳："刘立新已经走了，再不来大家就撤了。"

李显阳立马借着酒劲给刘立新打电话，高喊："你给我回来！"

刘立新说："我感冒了！要不是前天我的诗书画展览会朗月去了，我今天就不来了。车已经开出来了！"

"你装！"李显阳大声吼。

许白鸽幸灾乐祸地看着尤朗月。

尤朗月用眼睛弯着李显阳。

古荫过去给李显阳摆杯碟碗筷。

李显阳心慌意乱，一回手把酒杯碰碎了。许白鸽忙习惯性地过去关怀，又有了芥蒂，回身看尤朗月。尤朗月点头示意她帮着收拾局面。

李显阳骂骂咧咧、有意无意地要酒疯："不要迷恋哥，哥只是传说！"似乎脑袋还是清醒的。接着又瞅着尤朗月幽幽地说："你们的大学同学杨惠权，由我们学校的副书记调到省城美术学院当一把手去了。上个星期天，学校给院以上领导打电话过去给他打分。杜建设亲自过来考核的。"

杜建设是他们师范学院的校友，团干部起家，一路仕途顺畅，做官不事张扬，做人比较低调，但他的社会职位谁也不能小觑，现任省委常委、组织部部长。由隆山调省里的那几个官员都经过他的考量。

在隆山的一些官员也仰仗他的庇佑。有些官员在自己的领地飞扬跋扈，不可一世，大家都以为人家上面有人，其实靠山就是他。家喻户晓的那个女副市长田贵花，后来又调到省里，起先靠山也是他，后来才是别人。

杜建设刚参加工作时，住独身宿舍，和常守业是室友。常守业和尤朗月结婚的时候，他也和那帮兄弟们过去捧场，以后几个家庭也聚过。后来再聚的时候，尤朗月就不参加了。她和常守业感情不太投合，基本不参与他的任何事。

有人可能会吃惊：杜建设请还有不去的？那得多大牌呀！找机会还找不着呢！在座的家属就有受他关照，提到局级领导岗位的。

尤朗月已把老公常守业撇出心外，对有关他的很多事，都不感兴趣。她对职场、仕途也没有诉求，因此也谈不到不参加他们的活动，就有多大的损失。

"你们都认识？"薛世强诧异地指着李显阳，问尤朗月那几个过来陪喝酒的同学。

"认识！"他们异口同声地点头，故作很自豪的样子。

那两个胖兄弟是尤朗月大学同班男同学中年龄最小的，平时是活宝，很顽皮，逗老哥、老姐们开心就是了。虽然有点小心眼，但教养都很好。开玩笑、耍宝怎么闹都行，但不该说的话，你想挖都挖不出来。这就是做人的基本素质。

这个聚餐本来是鸿门宴，尤朗月要借盘点友情告诫周天雨和古荫做人要讲良知，别太不像话。头一天打电话的时候，尤朗月问周天雨，和他一个办公室的小黄、小葛忙不忙，意思很明显，是想请他身边的同事也参加。

周天雨却说："请他们干啥？没有关系！"一口给否了。他建议请刘立新过来。

尤朗月本来还想请副刊部的两个新老主任冯秋实和金凤，周天雨这样一说，尤朗月也就给他留了退路，改变了计划。

晚上八点多钟，古荫发来信息问："聚餐的人员都定下来了吗？"

尤朗月看得出他俩都非常怵这次聚餐的人员，说明肯定背后说过坏话，做过坏事，怕尴尬，下不来台。

在聚餐一开始，周天雨就打出了友情牌，主动说："昨天副刊部搞活动，送居家的廖兰心。大伙儿问我:‘怎么穿新衣服了?’我说:‘明天朗月请吃饭,我这是新买的!’”他穿了件较醒目的红格衣服。

一句话就把心里冰刀霜剑、剑拔弩张的尤朗月,由红色预警下拉至橙色预警。

李显阳一时半会儿还没到,尤朗月想盘点友情的初衷,一直没有合适的氛围。后来在送刘立新的时候,在走廊上,古荫含含糊糊地对尤朗月说:“几次叫你吃饭,你不去!……”给尤朗月的感觉是古荫在解释,是因为几次找她吃饭她不去,他们才说坏话的。看样子说坏话是实锤了。

还是李显阳来了以后,点了这次饭局的动议。他半醉半醒地说:“一早,朗月来电话说:‘大哥噢,晚上过来吃点饭呐?我要盘点友情!”他朦胧地感觉现场的气氛比他想象的要好些,除了尤朗月故意给他一下脸色,其他人都忙活给他摆杯盘碗碟,倒酒转菜。

下地敬酒的时候周天雨对李显阳说:“朗月请吃饭,我买了件新衣服!”

“让朗月给报销!”李显阳示好地说。

“钱你拿!”尤朗月也没客气。

见李显阳表情异样,尤朗月回头看见古荫正横拿着手机,对着自己的身后或者臀部看镜头,许白鸽已挨坐在古荫身边一起看。

尤朗月直言快语地说:“别拍我!我不爱照相。”又瞅瞅自己的米白色名牌裤子夸张地说:“以往净看我穿裙子了吧?这么多年几乎没买过裤子!今天头一次穿裤子。”尤朗月边说边回坐。

目睹这一切,胖同学老弟田壮忍不住脱口一句:“月姐像少女!”

这话尤朗月很爱听,点头笑说:“我女儿也总这样说我!看来得改变了。”

“我先告辞了!”许白鸽已回到自己的座位上,站起来说。

“朗月,你送送白鸽!”李显阳下令。

尤朗月就和古荫起身去送许白鸽。在走廊上尤朗月握了一下许白鸽的手,手冰凉而且干瘦,和她娇小的身材很搭调,但和她异常隆起的胸部有些不搭。

饭后两个胖同学兄弟要去KTV唱歌,告别的时候分别和吕桂荣、古荫拥抱着,难舍难分的样子。吕桂荣和古荫一道打车走的。剩下这三位大哥都跟着尤朗月上了车。

“先送老李!老李家近。”薛世强说。

尤朗月没吱声,只一脚油门,车就开过另一个方向的交通岗。

有一个人站在路边,尤朗月干按喇叭,他也不躲。

“你倒是把前灯打开呀!”周天雨坐在副驾驶位置上没好气地说。这回他成明白人了。

“我老妈不让我晚上出来,让我上她家吃饺子。我说我和女朋友约会去!”薛世强调侃。

李显阳甜滋滋、笑呵呵地坐在尤朗月后边,似乎酒还没完全醒,心纯净得像婴儿。

待薛世强下车,又到了一个路口,周天雨说:“送老李!”

尤朗月仍然又是一脚油门往前开。要到周天雨家附近的大马路时,尤朗月的手机响了,是老公常守业打来的,直接就问:“车里那个男的是谁?”

尤朗月就把电话撂了。

“他问车里那个男的是谁?”尤朗月说。

李显阳、周天雨吓得汗毛倒竖。

“那我先下去吧！也快要到了。”周天雨有些紧张地说。

尤朗月就把车停靠在路边。

周天雨下车后，车就经过尤朗月家的公园一号小区。李显阳心虚地说:“我也下去吧！不然让他看见了不好!”

尤朗月只好同意他提前下车，他两手抱着君子兰花盆。

这是尤朗月最后一次请周天雨他们聚餐。尤朗月对李显阳的反差态度以及一系列表现，过后被周天雨恶意地喷为“更年期”。

在隆钢报社“更年期”本来是报社领导们的代名词，因为他们进入五十岁以后，一改以往一本正经、不苟言笑的老夹板子作风，开始爱经常带着几个年轻美女出入娱乐场所了。因此常被几个资深老美女编辑调侃，戏称“那几个更年期”。

17

不久，周天雨到了五十八周岁，还有两年退休，却享受了一把领导干部的待遇，也跟着退二线了。编了几十年的副刊文艺版，让给了年轻人。报社的理由是老人儿退休不少，缺写大稿的，让他在调研室写大稿。起初他还经常过去，后来看退居二线的总编们都头影不见，再去就没意思了，才居家。

李显阳为了还尤朗月一个心愿，请了唯一一次聚餐。邀请了隆钢报社原副刊部的两个美女主任，她们都曾是周天雨的顶头上司。李显阳给周天雨打电话说:“把‘古老师’也带来!”

周天雨并没有告诉古荫，而是把给他主版的照排车间的女工李秀丽带来了。李秀丽常跟周天雨参加聚餐活动，也想借机会扩大社会交往面，结识一些有身份的人等。但对周天雨没有非分之想，精精灵灵的小李子，不会蹚周天雨浑水。

外界却疯传:周天雨和古荫疏远了，和小李子好上了，常带小李子出去。

小李子到底也被周天雨利用了一把。

教师节之前李显阳较忙，他跟尤朗月预订在教师节之后聚。让尤朗月在大清花饺子馆订包间，说大家都吃点饺子，走走侥幸。

可是天有不测风云。教师节第二天，他正在另一所大学给上课，师大的新任一把手来电话说要找他谈话，让他马上回去。

结果告诉他，他已经超过了退居二线的年龄，学校留用了他一年，现在有人咬他。那几个为学校作出很大贡献的院长、书记一个都没留用，所以他书记兼副院长不能再做了，已安排别人过来。教授可以继续当，这学期的课还得给上完。

李显阳如受当头一棒。昨天还领着教师和学生们欢庆教师节，享受着人们的爱戴和追捧，热烈的情绪、氛围和感觉都还没有散尽，这就要退居二线，卷铺盖走人了？他思想上还没有来得及准备。

关键时刻还是他演员的功力发挥了作用。他说:“感谢师大这么多年对我的厚爱!

师大对我有恩，我一定服从组织上的安排。”

当尤朗月给他打电话，准备商议聚餐事宜时，李显阳告诉她，工作上发生了变故。尤朗月心有戚戚焉，问他：“那还聚餐吗？”

“照常聚！你放心，我是个演员！我会做出表率的！”

这次聚餐是尤朗月的主意，意在向周天雨表明：我就和大美男子好！你再想挑拨也没用！我俩好与不好是我俩的事，与你一毛钱关系也没有。又有报社的同事见证，量你也不敢再在报社里搬弄我的是非，在外面搬弄的再说。

在座的几个姐妹都与李显阳交情甚好。前不久，金风的女儿考上省城音乐学院，她们母女俩还请了指导过朗诵的李显阳和表示了心意的尤朗月聚过一次。

李显阳在那次聚餐中给足了尤朗月面子，之后又去赴别的饭局了。

这次是尤朗月要求李显阳破例对外请客的，李显阳责无旁贷，只能照办。

按说他也非常不愿意被扯进尤朗月和周天雨他们之间的矛盾中，但他同样摆脱不了他们的纠缠，想不陷进来也难。

适逢下班时间，路上堵车。尤朗月和冯姐一起上楼，来到餐厅，正在跟周天雨他们闲唠嗑的李显阳让尤朗月点菜。

尤朗月点了这个酒店的两个特色菜：九品肝尖和小肉丸子。又点了一条鱼和几个时鲜蔬菜以及荤素两样饺子，一个海鲜汤。

李显阳他们点的酒水和饮料。

等两个特色菜上来，周天雨点头说：“嗯，这两个是这个酒店的特色菜！”

在餐桌主要人物的位置，有一个靠背特殊长的竹椅子，是这个酒店的几大看点之一。有一面墙满是富有哲理的古诗文书法，很有书卷气息。

李显阳笑嘻嘻地又耍宝了，他请冯姐坐那个高背竹椅子，冯姐当然不能去坐。李显阳想起尤朗月告诉他说冯姐喜欢他的话，就紧紧地握了握冯姐的手，然后请大家入座。

李显阳说了开场白，盘点了与报社兄弟姐妹的情谊，大家也都跟着互动。

尤朗月也激情洋溢、兴致盎然地用在座的人名中的一个字串联说的助兴辞：“在这个金风送爽、金阳灿烂、秋实累累、绿荫如织、丹桂飘香的美丽时节，我们这几位报社的兄弟姐妹，承蒙显阳大哥的盛情美意，在这个充满书卷气的酒店相聚，我非常高兴！在此，我祝愿大家有一个开心快乐的傍晚！”

“月姐这有诗意呀！”金风半夸赞的口气。

“怎没带上我一个字呀？哪怕带上‘秋天’的‘天’字也行啊！”周天雨那边冷不丁抛出了这个问题。

大家也很吃惊。尤朗月也反应过来了。她的确把他给忽略了。

“罚酒！”冯姐给双方解围。

尤朗月自知理亏，笑喷了。她捂着笑得拢不住的嘴，无可奈何地只好起身过去与周天雨碰酒杯。

周天雨在单位同事面前与在朋友圈表现不同，尤其在他的这两个女顶头上司面前。这时他一改近几年的常态，对李显阳说：“朗月的女儿很优秀，我见过。结婚的时候告诉我一声。”又对尤朗月说：“老李给主持婚礼，我给写诗！”显得很有诚意。

之后周天雨就大骂报社新来的总编剥夺了他的饭碗。

“他这几天不顺，新总编在编前会上说他好几次。”金风说。

“因为什么?”尤朗月想问，但没好开口。

周天雨说:“我就到矿山采访的时候，一个朋友递给我一支烟，我就抽了。他们安全员过来说不让抽，我就把烟给掐了。他还不依不饶地找到报社总编告我。总编就会前会后地讲。”然后周天雨就恶狠狠地破口大骂总编他娘，大家都很吃惊。

周天雨还想说“我这饭碗也给砸了!”但他憋住这句话，没有说出来，又回到在办公室里常有的低调、可怜的状态，以博得女领导和女同事们的同情，幽幽说出来的是:“我爸在世的时候，就担心我将来怎么生活。后来看写诗能养活自己才放心。现在，版也不让我编了!”其幽怨、落寞之情溢于言表，且耿耿于怀。

在座的都曾是关系不错的同事，但面对这个事，谁也不好说什么。每个人都曾经有过自己的得意和难处，也都多多少少受过心伤。还是眼前把酒言欢吧!

到了该出节目的环节，李显阳端着酒杯站起来，又一次故作深情地朗诵了苏轼的《水调歌头·明月几时有》，冯姐唱了《月亮代表我的心》，李秀丽唱的是《女人花》，金风唱的是美声外国歌曲。她是报社的美声一姐。

到了尤朗月这，她打定主意不唱歌。

她说:“在座的唱歌都是专业，这还有报社美声一姐。我就不献丑了！我背诵一首诗吧！天雨大哥你是诗人，你能懂。我这都写好几年了。”

尤朗月声情并茂地背诵起来:

茫茫人海
戏剧人生……

说到“人生”的时候，尤朗月边用卷舌，边绽着笑容把头扭向李显阳，但并没看他。

两颗闪烁火花的魂灵
经过了千万年的守望
刹那间相逢
是苍天残酷无情
还是生活的多情馈赠?
浪漫的盛夏时节
几经风雨
阅尽沧桑的灿烂人生
有了魂牵梦绕的玫瑰花开……

超越梦想
燃烧真情
冰冷季节送出绿色春风

人生舞台上
永远的粉丝在追星！
……

“就追你星！”周天雨插话指李显阳。

“不是我！不是我！”李显阳故意笑着摆手否定。

“哎呀！”金风在那逗趣尤朗月。

等等等等
……

尤朗月接着朗诵。

金风还逗说：“哎呀！”

屏蔽海誓山盟
坚守理念围城
责任比山还重
好人一生好梦
唉！啥是爱情？
清风无言
碧水无声
你说得清
还是我说得清？

“诗写得太好了！”没有古荫在场，又有报社人在场的情况下，周天雨还是表现出很捧场。

“把咱全盖了！”金风快人快语。

聚餐过后，尤朗月与冯姐通了电话，冯姐疑惑地问：“你说的那段祝酒词，是故意落下他的，还是真的忘了他？”

“我连没来的古荫都捎带上了，能有意不带他吗？又是咱要请人吃饭！这是天意！也从一个侧面反映出心里有没有。没有的话，任你怎样都没用！”

“认识这么多年，唯一一次听天雨说到他父亲。”冯姐对他一直很同情、很怜悯。他在她们面前一直打可怜牌，换取女强人的同情，增强对他的保护意识。他也因此获取很多利益。

不久，隆钢公司要建展览馆，由隆钢党委宣传部负责。原来报社的副总编，后调隆钢党委宣传部当部长的腾翔，把周天雨和被新总编撵走的庄文豪招呼过去帮忙。这样周天雨才又有了事做。

在市诗人协会换届选举的时候，原来的诗协副主席周天雨落选了。但由于新上任的诗协主席是原来隆钢工会文联主席刘立新，他跟周天雨都是企业的，比较熟悉，就让说话木讷的周天雨主持会议。尽管周天雨在诗友面前自信满满，但首次主持大会，声音还是时不时被台下诗人们激情洋溢的说笑声和热烈的掌声所淹没，压不住场。

这次活动周天雨唯一的收获是把还没有加入诗人协会，但也跟着过去混场的张克芳推到了庆祝会的舞台上，跟着夏诗文、许白鸽、黄知雅她们一起捧着个大蓝皮夹子在那朗诵，后来又跟着瞎比画跳舞、唱歌。这在她那可怜的人生履历中无疑算有了浓墨重彩的一笔，用她自己的话说就是“也辉煌了一把”。

她之前特意上兴隆广场负一层“胖女人天下”那家服装店，买了件过肥臀的大红花外套，像黄世仁他妈似的闪亮登场。

只是她的浅薄无知和无知者无畏的表现，仍然让熟悉和不熟悉她的人时时侧目和纳闷，奇怪这地球上怎么还会有这么脸大的？瞎比画也敢上台，拿舞台当幼儿园了？

这个“混世魔女”自从跟着上台表演以后，“精神病”好了。一些熟悉和领教过她醉酒哭天丑态的人都睁大眼睛盯着看她表演。她当时简直就是巨星！其他什么文艺女青年啊，资深朗诵艺术家呀，全都黯然失色，变成了她的陪衬。唯有那个专业舞蹈家例外，仍然是美轮美奂，魅力四射，光彩照人。

周天雨凭借自己在隆钢和隆山文化圈的影响力，把一个离婚不久又下岗、没有勇气活下去的古荫收编为他的女朋友兼助手，她不仅帮他挡男人的酒，还帮他打理几乎所有涉及电脑的文字稿件；他还把大字不识几筐、到哪都背顺口溜、八句诗得给改六句才能发表的“混世魔女”张克芳拉进了诗人协会，登上了表演舞台。之后还出版了所谓诗集，应该说是“功德无量”。

他把这两款一“卡”、一“魔”打造成了一“阴”、一“疯”，成了他的左膀右臂。一个在后台帮他打理稿件事物，一个在前台充当搅屎棍，替他出头，搅和他想搅和的人。正像有个小品说的：“精神病好了，院长疯了！”他就希望“院长疯了”才好呢！他就达到离间她和好哥们李显阳的关系，阻止他们走到一起的目的了。可惜，尤朗月内心太强大，他达不到目的，好哥们也和他疏远了。

尤朗月的文化教养和心灵境界以及内心深度，周天雨只了解表象，不了解内涵。

她赞同与奉行的理念是：“道不同不相与谋”“愚民不可与之计”“不可与夏虫语冰”等等。她很少和某方面比自己低的人争任何事，包括你虽然社会地位比她高，但只要你年龄比她小，她也不和你争；更何况只年龄比她大，其他都低的了。

她工作不坐班，乐得深居简出，除了逛街购物或者上市场买菜，较少参加应酬。所以与她能构成矛盾冲突或竞争关系的人不多。

她在娘家是大姐，高姿态惯了。弟弟、妹妹都比她晚出生好几年，她是看着他们长大的，希望他们好，她才安心。

她的这种不与比自己年龄小的人争任何事的高姿态运用到社会上，就是同时也不和比自己学历低、社会层面低的人有是非。不是值不值得争的问题，而是觉得那是耻辱。

并不是因为她自视自己有多高，她有一颗平常心，只是觉得和比你低的人争，即使赢了，也并不光彩。所以有时候、有些事，她宁可吃些小亏，也不理睬。

就像那则疯狗和老狮子的动画故事里说的道理：即使赢了也并不光彩，那我还理它干啥？

尤朗月看过一则真实报道：在非洲广袤的草原上，上演了一场一只母狮与一群恶狗搏斗，终于战胜了恶狗的血腥场面。

动物世界都明白的道理，有些人类就未必懂。有些人蹬鼻子就能上脸。你温良恭俭让，他们的思想认识，绝不会认为你是因为有教养才高姿态的。他们会以为你是软弱可欺，没能耐，不能把他怎么样。如果能和你掰扯，也抬高他们的身价了，他们就敢拿你说事。

俗话说："狗眼看人低"。有些人大半生就都像只狗似的四爪着地地看人，只能看到眼前那一小块地方，等人也放下身段蹲下来，和它一样对视，它才知道"哎呀妈呀，这是个庞然大物呀！"可能要拿石块砸它，它才跑开。

尤朗月后来经历的事情证明现实就是这样。

尤朗月与世无争大半生，不争名，不争利，不争权，不争钱，只和自己较劲，逼自己成为一个举止端庄、品行高尚的人。没想到现实生活中，没一样东西给力。若不是她怀揣着一个美丽的文学梦想，早就崩溃了。唯有梦想一直陪伴在她身边，用她小说的原标题来说就是"梦想一直都在"；用她自己调侃的话来说就是"做我伟大的中国千秋文学大梦，一梦千年，一梦不醒"。

她在继续做着她的文学美梦，而且唯有在做着这个美梦的时候，她才感到幸福和温暖。

后来发生的事，逼迫尤朗月不得不公开与邪恶和丑类抗争。抗争比隐忍效果要强几倍。她还要呼吁人们在弘扬真善美的同时，自觉地识别和抵制假恶丑。她甚至呼吁和建议：对于惯于造谣中伤、挑拨离间者，由道德层面的谴责，上升到法律层面的定罪。因为它的潜在危害太大了。

18

周天雨闲极无聊的时候常请张克芳出去唱歌。有一天晚上八点多了，他还给张克芳打电话说："都这个时候了，别人也请不出来了！"

张克芳只好让她老公陪着一起去了。

张克芳的老公不知道她在外头给人的印象是随叫随到，只知道这几十年来他老婆所接触的同学中属中小学同学多，不是五班的，就是十二班的，层面都不高，就她爱张罗事儿。有时也给他惹是生非，他还曾和张克芳中学四班的班长李杰在电话里对骂过，但从没有绯闻，更谈不到精神出轨。

自从张克芳接触了隆山的所谓文化人以后，各方面明显有了变化，品位比原来提高不少，不仅讲究穿戴了，还研究化妆。光秃的眉毛纹成了浓浓的蜡笔小新的眉毛，甚至经常像唱戏似的打上腮红，有时弄得粉面桃花的，不知要给谁看。

张克芳解释说："我不出去交往人，你认识谁？咱儿子婚礼，还不是我这边来的人多？"

她老公想想也是这么回事,便无话可说,只得支持。

“你放心,我再出去擢拢一年就不出去了,回家带孙子。”她安慰他。

她的意思很明显:要在外面再搅和一年,能捞到啥好处就捞。反正自己除了一个家,啥社会地位也没有,光脚的不怕穿鞋的。捞到啥都是赚。

至少书法字画划拉不少,据说有些还是所谓名人的。

她这样醉心地投入周天雨那个所谓的文化圈,对她来讲是赚大了,可以偷着乐了。但她的文化底子时常露馅,还不知道掩藏,实在让人无语。

夏诗文曾在微博里披露说,有的称名诗人协会的,连“人类”和“人民”都分不清!也是醉了。

张克芳立马在评论里回复说:“祝伟大诗人万岁!万岁!万万岁!”这句话既掩饰了自己的难堪,又堵了夏诗文的嘴。

好好的千古名篇《陋室铭》,被一个圈友写成草书后,在她眼中“陋”字就变成了“阡陌”的“陌”字,她念成白字儿“bai”的第三声;把草书的“室”字,看成“之”字。合起来念成了“baizhiming”,贻笑大方也不自知。

在周天雨的圈子里,有时介绍她身份的时候,往往还要补充一句:她是许新杨和尤朗月的同学。有些人甚至不知道许新杨和尤朗月是谁。弄得哪都挨不着哪的,还不如说是小学同学。

时间久了,张克芳的名利意识也增强了。她要为自己捞回点资本。

她知道自己的资质拿不出手,也并没想太远。她只是利用这些个内心世界不堪的男人已有的社会平台和资源,为自己做点事。她疯狂地热爱和迷恋诗歌,以为写诗就是天底下最光彩的事,就恶补孩子早已不用的初、高中语文课本和学习资料中的诗词,读得底儿掉。

她之前从未接触过诗人,也从未受到过任何指点,属于原生态、纯天然,边自学边仿写,葫芦半片的居然也堆砌了好几十首顺口溜或者所谓的“诗词”。啥叫“平仄”“格律”,她听都没听说过,后来居然还“面不改色心不跳”地大胆填词,并加入了由诗人协会衍生出来的诗词学会。

尤朗月为之不耻。

一张白纸没有负担。张克芳比之前更加努力地善于模仿和套用。

她第一次参加周天雨他们圈子里的聚餐就感到大开眼界,耳目一新。特别是若有李显阳、薛世强、沈歌飞、许白鸽他们几个参加,必有唱歌或朗诵,让她感觉很新奇。

她认识不到他们这些人的表演是艺术表演,加上良好的艺术天赋,给人带来的是一种美感,一种精神愉悦,一种高雅的艺术享受。不是谁的表演都能给人带来愉悦,获得掌声的,要怪者就不行。

她几乎在所有的饭局上背诗,文不文,白不白的,从葫芦到茄子,谁也没心听什么内容,她自己却不吐不快。

给不懂诗的人背诗,能抬高自己的身价;给懂诗的人背诗,是为了迎合和融入人家的圈子。不懂诗的人,可能还觉得挺新鲜;懂诗的人也没听出个什么所以然来。哪都挨不着哪的,就当一顿餐饭当中加了点糙米、杂粮而已,据说还对身体健康有益。现在又有说糙米含砷量超标了,也不知道哪个说法是对的,还是少吃为宜。

张克芳跟着参加过几次有规模、有人气的婚礼后非常羡慕,感觉还是人来得多点好。在她儿子结婚前一两年,她就下足心思结交一些人,请了不计其数的饭局,就为儿子结婚当天能有名人、能人、文化人捧场。

她甚至求周天雨利用已有的人际关系,给她安排两桌"文化人"。这在她的社会交往中算是个亮点,她好向中小学同学炫耀。

她儿子正式举行婚礼那天,她还特意安排她家亲属中唯一一个社会地位高的市政协副秘书长到这两个有"文化人"的包间,以敬酒的名义来亮相。令周天雨受宠若惊,觉得特有面子,给组织两桌人的事,他做对了。马屁没拍到马腿上,拍对地方了。

她的这个亲戚若不是因为老婆的亲侄子结婚说什么也不会来。他老婆和张克芳很多年话都不说,已经打几十年了,彼此恨之入骨。不然,以他的社会地位和交往面,张克芳侄子蹲监狱的事,还用得着因为求别人办减刑而被骗一万块钱吗?

张克芳家给儿子贷款买房子的首付款十几万元是从她小姑子那借的,他们没管,他们不想和她多打交道。她到哪儿都爱搬弄是非,烦死人了。

谁沾上她边儿谁就倒霉,她像个狗皮膏药似的起也起不下来,甩也甩不掉地和你掰扯,谁受得了?

只有像周天雨这样心理结构比较特殊的人,才可能觉得受用。她的歌颂和赞美显得那么真诚和纯粹,滋养着饥渴难耐的心田。

爱听好话是很多人的通病,就像精神乞丐那样,哪怕是来自一个精神病人的夸奖,对于他们来说也是慰藉。听多少好话都没够,看来也是精神贫困的可怜人。领导不重用周天雨也是有一定道理的。人不行,拎不清。上不去下不来的,成天在那纠结、盘算自己的利弊得失,不甘寂寞。能琢磨成好事,就琢磨好事;琢磨不成好事,就琢磨坏事。反正不琢磨点事,就不能活。

几天前,广告部副经理老梁告诉尤朗月说,他在一个饭局上遇到了周天雨和古荫。古荫问他:"尤朗月坐班不?每月工资多少?广告任务数多少?"

老梁以为古荫和尤朗月是朋友关系,怕过后话传过去,就很维护尤朗月说:"小尤每天都来上班,完了就去跑客户。"没回答工资多少,任务数多少。

他之所以告诉尤朗月,是不想让她挑理。没想到尤朗月对古荫很生气,认为她不该关心这些事。本来自己的情况在报社就很敏感,只有上下都维护,才能让自己平稳过渡到退休。

隆钢集团公司劳动纪律很严,报社员工每天上下班都得打卡。自己是民不举,官不究。部门的人每天都给自己画签到,若有检查劳动纪律的,他们就说谈客户去了。

其实从来没有人给尤朗月定过任务数。广告公司市场化以前的关树强总经理过来以后,尤朗月通过尤朗明和许新杨做过几个大广告,之后尤朗月的老爸就住院了,正巧关总的老爸也住在重症监护室,这样关总就有机会接触和了解了尤朗月的家庭以及她兄弟姐妹的情况。他对尤朗月说:"你忙你的,要把家里照顾好。"他交底说外面的广告公司与报社传媒公司有协议,他们可以送广告过来,报纸不至于开天窗,所以这几年尤朗月在广告部很轻松。

前几年但凡有庆典活动,需要上大广告的时候,尤朗月也肯定会捧这个场,所以领导们还是满意的。

报社传媒公司那几朵金花中,有个搞业务承揽的美女,曾向庞天雷副总编诉苦说她们几个女子为了报社的广告业务,在外面什么酒都得喝,什么人都得见,见什么人都得笑,甚至还有无良的官员或者老板提出上床的要求。她们只能好言相劝:“我们是为了工作,请你别误会。”

美女又说:“咱不是和尤姐比,人家有人家的本事。但你们也不能太逼咱们了吧?咱们企业报广告没有其他报纸有优势,一年给咱们那么大任务数,我都拼了命地去拉广告,把我家的大药房也拉进来了,才勉强完成任务,你让她们几个怎么完成?”

“那老梁怎么能完成?”庞天雷说。

“老梁能完成任务是因为他成天坐在办公室不走,有过来做广告的就让他给‘小浪屿截流’了。”此美女很不忿。

这家报社有很多人为的不平等,相同的职务,不同的待遇。同样都是业务承揽人员,对外统称业务经理,老梁就可以每天坐班,有办公室和办公桌椅,而其他人就没有这样的待遇。后来为了堵别人的嘴,避免攀比,就把老梁任命为广告部副经理。

流水的广告部经理,铁打不动的老梁。陪了一任又一任广告部经理,心态尚还平和。多年的媳妇熬成婆,自从被任命为广告部副经理以后,到快要退休之前,他心态大变,像得了病似的,动辄说广告部经理关树强的坏话,还挑拨离间尤朗月,说关经理如何如何做人做事不讲究。

他是借他姐姐的光,得到了照顾。他姐姐临移民美国之前,曾拜托庞总照顾她弟弟。

报社给了中层干部一些自主权,所以各部门负责人会往往根据自己的爱恨喜恶安排行事。这几个从报社印刷厂照排车间打字员脱颖而出的资深美女,对于当时比她们更年轻的从记者部过来的小黄经理而言,没有丝毫吸引力。他讨厌她们走哪儿都呼啦啦一群,还有那张扬拉风的个性。

他担心她们抢了他的风头,不喜欢看到她们。其中还有个广告部元老级美女,曾和他一起竞聘过广告部经理的职务,让他心里也不舒服。他是因为自己找的人硬才获胜的,所以他上任的第一件事就是取消她们的坐班制。

起初这些喜欢夜宴夜生活的美女们挺高兴,打麻将也不用愁没时间了,早晨还能睡到自然醒。时间一久,人的思维也堕怠了,和时代都要脱轨了,弊病也显现出来了。

有时单位有事通知她们过来,其中有一个竟然头不梳、脸不洗,睡眼惺忪地就过来了。反倒引得小黄经理更加反感和嫌恶。双方关系弄得挺紧张。这个美女也是要强好胜之人,一气之下说,老娘还不干了呢!看报社里谁还能有本事接着做?就办居家了。

之后,小黄经理出事了。他让财务人员把一家企业的广告费用扣出一部分,与客户方经办人均分了。这事是由广告部内部人告发的。被带到区公安分局后,小黄经理就挨了两个大耳光。他当即尊严扫地,死的心都有。

庞总也慌了,忙找一把手温总商量办法。报社在社会上还是有面子的,温总这么多年顶着报社领导的头衔也交了不少人,就给小黄保出来了。

处分肯定是有的,广告部经理不能再干了,就让他回到了编辑部当记者,干老本行。

此事小黄受了些刺激,从此低调做人,不再张扬,好事也与他无缘了。

尤朗月还是很感谢小黄当经理时对自己的关照,不让自己坐班,也不给自己下任务数,能有广告就做,没有也不勉强。只要报纸不开天窗,他就不打扰尤姐。只有大型庆典活动,需要上整版广告的时候,他才给尤姐打电话。

也许是报社领导对他有过话,不然他未必会这样安排。尤朗月也不亏待他,工资以外的所得几乎都给他了。

只是有一件事让尤朗月对报社广告不满。那年报社搞社庆,需要上整版大广告来烘托、陪衬气氛,小黄经理给她打电话要求支持。

尤朗月的老公常守业就找了他们东建总公司董事长商量,由自己所在国贸公司出广告费用,以东建总公司的名义办这个事。董事长认为两个全市最大的央企有事互相支持,露露面,联络联络感情,也是可以的,就同意支持做这个广告。

可谁知当天的报纸里没有广告。上午九点多钟,隆钢报社广告部外聘的一个女孩儿带了五百份加版的广告来到东建总公司。

董事长虽心有不悦,但还是很有风度,自我解嘲说:“行啊！五百份广告发到各地就当内部宣传了!”

不经过这个事,尤朗月还不知道报社的广告发行是有限量的,并不是跟着所有的报纸一起送到每个客户手中。隆钢公司的领导往往看不到加版的大广告。

隆钢公司的董事长曾不让做广告。理由是:“咱们的报纸在全国冶金系统发行,做广告容易让外面误以为咱们隆钢靠广告挣钱呢!”

企业领导是大气的,没有问题。但广告可观的经济效益,谁也不能小觑。所以报社的领导只能采取灵活措施,告诉发行部门分报纸的时候分两个部分,有夹广告的,有不夹广告的。

上面既然有话,报社领导当然不敢把广告送到公司领导手里,这是可以理解的。但其他人并不知道这个情况,尤其是有些常年在隆钢报纸上做广告的兄弟企业。

尤朗月觉得这件事很对不住东建公司及董事长。

她想:既然《隆钢日报》有这样的潜规则,不利于广告业务的开展,与兄弟报社没法比,报社领导还老逼着广告部的几个业务承揽人员,完成他们制订的任务数,完不成就扣工资,也真难为这几个业务承揽人员了。

好在他们没给我定任务数,还真挺感激他们的。

经过了一些事之后,尤朗月觉得自己是报社的边缘人。不仅思想感情没有投入进来,也不知道其中的某些规则,所以涉及具体事时难免会碰到深坑和陷阱。倘若投入进来,晓得了某些规则的话,自己不就能像其他一些员工那样知道该怎么浑水摸鱼了吗?但我做不到！我清高了半生,我的理想信念也不会允许我那样做,所以躲得越远越好。

自从上次尤朗月家答谢并宴请了为老爸出书帮过忙的人以后,报社领导们对尤朗月离开传媒公司办公室和彩扩以后,集中精力为老爸出书一事奔忙,颇为赞赏,觉得她不坐班比坐班对她个人和家庭来说更有利,坐班实在是为难她了,就有人嘱咐小黄经理:“尤朗月可以不坐班,也不直接下任务数。只要广告不开天窗,就不麻烦她,但需要她支持的时候,她必须得支持。”

就这样，尤朗月也乐不可支。女儿已上高中，她除了照顾女儿的饮食起居，闲暇之余继续圆她的文学美梦。

19

小黄经理出事后，广告部又换了发行部的关树强经理过来。他是报社广告部市场化以前的老广告部经理。副总编庞天雷支持广告部的另一美女和他一起竞聘这个岗位，弄得他自尊心很受伤，演讲时一点情绪都没有了。

他一过来也要整肃一番，由于心里没底，对尤朗月也没客气，说自己刚过来，需要支持。正好尤朗明所在公司有业务需要发布。尤朗月就给关经理打电话沟通此事，然后朗明就派这事的负责人过去办理此事，在报纸上连发了几期。

报社新来的总编杜明理和关树强经理都很感动，觉得尤朗明也是在支持他们工作。就在这期间，尤老爸住院了。他们两个还去医院看望一回，让尤朗月挺感动的。

尤朗月想起近几个月以来自己的工资条上显示工资好像上调了几百元的事，就说："感谢两位领导过来以后，我的工资上调了好几百元。"

给两位弄愣了。那是隆钢公司实行美式企业管理后职工工资的自然调整。

以他俩的为人和素质是不会像庞天雷那样只根据自己的爱恨喜恶，不按照国家或公司政策，随意给别人的工资往上调或者往下拽的。

"张为兴当发行部经理以后，自己给自己涨工资，太不像话了，我给他撤了！"一把手杜总说。

张为兴就是当年报社欠他钱的那个，他接替关树强做发行部经理不久就开始捞钱。其实他有他的难处。当初报社投资租赁的商铺由他经营，挣了点小钱。他给儿子留了三十万元准备将来上大学或者结婚时用，其余的钱，又做了投资，股票、期货都赔了以后，又建花窖养芦荟，也不挣钱，就倒腾小买卖。和报社属于"两不找"状态。

他是个孝子，当初有钱的时候，给老娘吃香的、喝辣的。老娘有病住院，他急了，找到医院院长办公室拍出十万元人民币，含着眼泪请求说："求求你们，救救我老娘！"

医院人都为他的孝心感动。他老娘又多活了好多年。

报社换总编以后，新领导自然要重新审核、理清旧账，不然在自己离任时，不好向组织交代。

报社过去的三产公司已更名为传媒公司，但有三笔账不清。第一笔是彩扩公司的经理于涉水他们早年带着报社提供的好几十万元资金下海淘金，颗粒无收。第二笔是原办公室副主任李刚也是带着报社的钱下海经商，至今人影不见，下落不明；他老娘去世，他都没露面。第三笔就是张为兴这笔账。报社负责三产的庞天雷副总编以答应让他回来上班为诱饵，终于逼他取出给儿子留用的三十万元，借给报社堵窟窿。

张为兴刚回来的时候，几乎和尤朗月同时被安排在负债经营的彩扩公司。于经理不给开工资，他家都要无米下锅了，房租、水电费也要交不上了。他媳妇跟着着急上火，本来她已下岗多年，但不得不哀求单位领导让她重新回到工作岗位。虽然也上报社找过庞总几回，但终究视庞总为天大的人物，不敢多说。他们怕"拔出萝卜带出泥"，担心会把庞总牵连进去，那是要出人命的，就只说“庞总不够意思”，其他不敢多言。

他老婆没几年就得乳腺癌去世了，他老娘也因病无力回天。他原本也是要脸要面子的人，现在变得处心积虑地要利用报社给他提供的平台和机会，不遗余力地把损失捞回来。

“你们捞，我也捞！”他这样想。于涉水回报社后泼皮无赖的表现给他做了很坏的榜样。他们那样，报社也没把他们怎么样，又能把我怎地？所以他就无视道德和法律的红线，给自己涨了工资。

后来有舆论反映到新来的总编那里，新总编是从公司组织人事部过来的，哪看得了这类品行恶劣的人等？就把他给撤了。那么提谁呢？扒拉来、扒拉去，也没有合适的人选，就把一个在办公室打杂的，看似老实巴交，实则更不是东西的庞总家的亲戚给提上来了。同时也给张为兴留个活路，把他安排到印刷业务公司干活儿。

尤朗月听周天雨说，杜总本来想调查了解过去“三产”的事，就因为他们把尤朗月牵连进来，把有些事推到她身上，杜总担心投鼠忌器，才不好下手。她当了他们的挡箭牌。

尤朗月想象不出什么事会推到自己身上，因为她除了维持日常工作，没帮他们做任何重要的事。好多事都是多少年以后，事过境迁，自己才知道。想解释也已无什么意义。

由于尤朗月不坐班，很多事在她不在场的情况下，被并不太熟悉的人利用或误解，躺枪是免不了的。谁让你不往上走，却自甘往下走，落到了缺少文化，更没有人文精神和情怀的工作小环境里呢？

“虎落平川被狗欺”这话她是听过的。历史上和现实生活中这样的人和事都没少发生，就像一只鸟意外地落到了鸡鸭群里，若不赶快飞走，你就是跟它们争食的同类，入乡随俗它们也未必容得下你；抑或鸟落到了鸦群里，不和它们一样黑，你就是异类。在它们眼里，你就是怪物，它们就排斥你。因为本性不同。

报社库房管理员严凌霜把隆钢报社比作“向阳院”，而机关里的一些女工作人员就是人民公社向阳院里的“向阳花”。不是有一首歌叫《社员都是向阳花》吗？所以她们也都是“社员”“报社”的一员。

站在报社二楼过道的窗前，一瞅着从报社的楼门里呼啦啦出来一大群中老年妇女，大冬天穿着厚厚的拖地长裙去食堂吃饭，的确有“向阳花”之感。

严凌霜的比喻很形象、生动、贴切。她那么命苦的一个人，大家若对她好一点，会有什么损失吗？她爱说话、讲事儿，犯了领导的大忌，所以没有好果子吃。其实她爱憎分明，讲话也是有分寸的。有些歹人，深谙人类社会趋利避害的心理，利用很多人精神不够强大的通病，给严凌霜扣上一顶“精神病”的大帽子，让很多不了解她的人就像躲瘟疫一样地躲避她、嫌恶她，逃之都唯恐不及。

只有少数像周天雨那样的，经常向她要些库房里的原稿纸给孩子当笔记本用，才与她有些交道。

尤朗月自恃一世清名，内心力量够强大，不在乎小人作祟，也没做过任何解释，仍然该干吗干吗。但事实却是：对于不了解你的人，你的名誉损失就很大，形象也受影响。尤朗月只能自认倒霉。不认倒霉又能怎么样呢？能像张克芳那样逮谁跟谁解释吗？

有些不想沾边儿的人和不是什么令人感到光彩的事，提起来都能脏了舌头，扰坏心情。因此不美好的事物，尤朗月边儿都不想沾。

尤朗月之所以对前来看望老爸的领导说到调资的事，是因为上一次调资，两个会计跟她说的话，还让她记忆深刻。他们学庞总恶狠狠的样子：“就给她往下调。”手还往下比画一下。

两个会计深谙此事对于一个人的切身利益比较重要，就告诉了尤朗月：“尤姐，找庞总！就你一句话的事儿，也不涉及任何人利益！”

尤朗月也深谙庞总的心机，不外乎想让自己也像其他人那样一见到他就讨好他，向他摇尾乞怜。

“我做不到！”尤朗月还想说：“我不会为五斗米折腰！”但这话她没有说出来。她知道这两个会计也是靠庞总吃饭的。还因为考虑到庞总和朗明的关系，自己过到报社来，庞总也是起了作用的，就不好当他们面说什么。

她对尤朗明也没说。只是跟庞总的妹妹庞晓燕说有过一个什么事，哪儿都挨不着哪儿的，庞总怎么能这么说话呢。庞晓燕当时就说：“我哥文化底子薄，是在工厂写大批判稿时，借调到报社留下来的。以前写稿净是那个姓白的副总编帮他把关。别因为我哥影响咱俩的关系！”

尤朗月未置可否。

随着岁月越久，尤朗月越看出庞晓燕真的越发不会起什么好作用了。一家人或有相像的地方，性格习性，甚至表情、神态，无不显示同出一辙。自己没对不起过庞晓燕。庞晓燕曾经迷恋陈向鹰，大家都有目共睹，她当众承认陈向鹰是自己的偶像。陈向鹰没有反馈，不是自己的错。过去自己跟庞晓燕挺要好的。

较好的印象来自入学之初军训之后的有一天，庞晓燕来尤朗月的寝室找她说：“学校操场那边有一棵天葶，我领你过去看看？”

这是一种野趣。这美好的情趣，尤朗月是不会拒绝的，就和她过去了。果然有一棵挂满紫色果实的小植物。尤朗月非常欣喜，把果实摘下来跟庞晓燕一起分享。她不晓得庞晓燕怎么会知道自己喜欢吃天葶。是不是军训的时候在操场边上看到过这样的植物，自己表现出了欣喜？由此她觉得庞晓燕挺可爱的，像个邻居家的小妹妹。

庞晓燕结婚时尤朗月没能参加，是因为她当时正怀着孕。民间有说道儿，她就让肖小菊把钱带过去了。

刚到报社的时候庞总还提到过这事，问尤朗月去了没有，尤朗月解释说是因为自己怀孕，民间有说道儿，才让其他同学过去带钱的。

庞总似乎知道她俩过去关系挺好，但这对于一个五毒俱全的“社会人”来说还远远不够。他在意的是能不能给他带来更大的利益。当他认识到尤朗月只是维护日常工作，不会为了帮他们挣钱而动用除了老公以外的其他社会关系时，他们这群急功近利的市侩失望了。再加上时间越长所产生的矛盾和问题就越多，他们在以往的工作中渎职、失职，甚至贪污受贿等触犯法律的事情就会败露。尤朗月显然和他们不是一路人，平时也能看出对他不太满意。他不希望她对他们的事情知道太多。

他之前的一切为非作歹、胆大妄为，都是在无形中本能地做出的，没有人干涉，也没遇到过阻碍。温总编的到来让他首次感到在大框架下得有所遵循；尤朗月的出现让他想到了做人的一些条条框框的较硌人的东西，他心里不舒服。

他起先是想通过于涉水不发工资的事，把彩扩的水搅浑，让尤朗月陷在其中，逼迫她想方设法利用社会关系为他们做事，把她弟弟拉进来帮忙最好。

“他弟弟在社会上人脉广，根子深。”他对于涉水说。他想打尤朗明的旗号，自己以前所做的事，也就没人敢追问了。不然老温逼得也是松松紧紧，早晚也是个事。

三个债务已基本摆平两个：张为兴拿回来那三十万元已堵了于涉水的一部分窟窿；于涉水的那台不到两万块钱买的陈旧的洗像设备，也已找人在公证处做了公证，估价好几十万。只有当年的那个办公室副主任至今仍然失联，变成了无头案。甚至他母亲去世，他都没露面。

老温也不想多事，只求把账弄平就万事大吉了。

自从彩扩办摄影学习班，挣了第一笔钱后，于经理更是死猪不怕开水烫，仍然不给大家开工资。大家一起找了庞天雷，但仍无下文。

庞天雷不仅叫来了传媒公司经理庄文豪旁听，还叫文书吴丹做笔录。

大家讲述于经理的种种不是的时候，庞天雷却幽幽地说：“他还说你们的不是呢！”

他能说我们什么不是？尤朗月想不出。也就是摄影学习班开班那天，于涉水请来了很多社会上有名的摄影家来捧场助阵。开会的时候，尤朗月借故在办公室接待报名的人，没上楼。聚餐的时候她也没去。她不太希望结识某些“玩高雅，实低俗”的摄影家。

之后，他们组织了一次到本溪的“金秋红叶采风”活动，报社派一辆面包车支持，尤朗月也没跟去。

这可能伤了于涉水的面子。

尤朗月认为作为一个普通工作人员，无论对公、对私，自己所做的都无可挑剔。不给开工资还照样维持日常工作，已经够有心胸的了。如果再挑她些什么，就有点混蛋了。她气得脸都白了，脱口说：“卑鄙！无耻！”

庞天雷也不想在这件事上多做纠缠，让他们几个人先回去。

他们几个看出在彩扩即使进钱也别指望于涉水能给开工资，就在第二期摄影学习班还没结束的时候又上三楼找庞总想办法。

庞总半开玩笑半认真地对尤朗月说：“都说你珠光宝气，一抖搂浑身能掉下来三十多万字。你要是一年能向报社交两万块钱，你就不用上班了！”尤朗月丝毫没犹豫就答应了。

庞天雷一心想要划拉钱给报社三产堵窟窿，无所不用其极。谁都是他可利用的棋子，但可利用的，真是太有限了。

他搞的那些圈圈套套往往会让一个正常人感到莫名其妙，匪夷所思，难以接受。

他不止一次地告诉尤朗月，是他跟温总说朗明姐姐要到报社来，朗明能往报社拨十万块钱。温总老问钱到账没。是他让传媒公司的会计科长把传媒公司的十万元钱给拨到报社堵这个窟窿了。

那是二十世纪九十年代末，十万元可不是个小数目。那时候调工作，也没有像后来那样得明码实价跟着。再说尤朗明与庞天雷打交道那么多年，彼此之间谁帮谁个忙，也都是一句话的事，还是尤朗明帮他的居多，再怎么也不至于有十万元的花费，有点狮子大开口,而且还看似以单位的名义,利用工作的平台。

当时尤朗月每月工资才三百多元,还是上半年在学校涨完工资,下半年调过来的。按当时的数字,如果不再涨的话,干到退休也挣不到十万元呀！这在本分的尤朗月眼里不是胡扯吗?

她含含糊糊地跟尤朗明说了这事,尤朗明气急了,于是给庞天雷打电话:“都说你聪明,你聪明到哪儿去了？我什么时候说给你们报社拨钱了?”

庞天雷在报社员工面前飞扬跋扈,但在有些人面前就不这样了。他笑嘻嘻地说:“那不怕老温不同意嘛!”

这莫名其妙的十万元钱在庞天雷心里就成了个结,似乎是尤朗月欠他的钱。多数人在这种特定的棋局下,会选择给领导个人送十万分之几,然后单位的就可免了。

彩扩经理于涉水之所以敢要臭无赖,不给大家开工资,也是因为这一招。刚回报社卖金质纪念章时,就给领导带份了,一个卖价好几千元,领导自然不会太为难他了。

这个过节儿,尤朗月悟得太晚。正直的她那时没有看透职场的潜规则,只按照公序良俗的理念行事和为人,不吃大亏就怪了。

这一年,尤朗月潜心帮老爸出书,照顾家务。到年底,庞天雷让传媒公司经理庄文豪给尤朗月打电话要钱。尤朗月就给尤朗明打电话告知一声。

尤朗明理直气壮地说:“向他交什么钱？不交!”

尤朗月估计是有人也欠朗明的人情。

本应该不是钱的事,有人非要用钱来解决。想要弄钱堵窟窿想疯了,什么招儿都用。

难道这就是报社的老百姓所公认的精明人吗？尤朗月可不敢认同。精明人办事自己不吃亏,别人也少受损失。他自私自利,私心太重,有点权,嘴就大,跟下层老百姓要尽把戏。在编辑部他就收敛多了。也就偶尔控制不住时冒冒坏水,撩撩周天雨这样的。在外面像个大瓣蒜似的可会装了。

终于有了报答报社的机会。报社有一笔钱被上面没收了,原打算要上新设备的。温总急了就给尤朗明打电话。尤朗明亲自带人到报社现场办公,倾听报社领导的汇报,帮助协调,把没收的钱给要回来了。

正赶上尤朗月到报社印刷厂监制老爸的书的印制情况,她听到了这个消息后,心里稍稍松了一口气。

等书印出来,答谢帮忙人的时候,几个领导都去了,皆大欢喜。

这之后就给尤朗月安排到广告部,不坐班,也没定任务数,她确实得到照顾了。

职场上每到年终岁尾都要折腾员工一次,比如考试考核,竞争上岗,末位淘汰等。

这一年年终岁尾,报社又要考试了。隆钢职工大学的阶梯教室里坐满了报社的人。

尤朗月身着白色长款貂绒袍大衣,拎着橘红色提包,不慌不忙地走上台阶。

坐在第一排边座的是编辑部的高主任,在尤朗月经过的时候打诨说:“你还用考?”

尤朗月回头笑笑。

第二排边座的是副刊部主任冯秋实,她嬉笑着和尤朗月互相击掌。尤朗月注意到上面坐着的温总和庞总用眼神关注了一下和尤朗月击掌的人是谁。

尤朗月来到广告部人员集中的地方,找了个空位子坐下,就开始准备答题。

她是有备而来的。根据自己所在岗位写这一年来的业绩，她当过语文教师会答题。她知道若是十分的题，你一定要答出十个给分点的内容，于是她就有的没的地编了一大堆“业绩”。令身边广告部的美女们都羡慕极了。有一个就伸手借卷纸，还有一个过去的姐姐级学生也回过头示意要卷纸，她是从后排起身挪到尤朗月的前排，用意很明显，认为坐在曾经的老师身边心里有底。

这个姐姐级学生给尤朗月的印象很好：贴心、知性，很会来事。好多年以前的一个五一节，尤朗月推着儿童车，带着女儿小馨月在二一九公园游玩，还曾遇到过她。她给她们母女拍过两张照片，洗出来后寄到了尤朗月当时所在的学校。尤朗月很感谢她给自己留的纪念。

常守业当时在外地，没在隆山。

教她这届的时候，是在尤朗月结婚前后。她应该是尤朗月的第三届学生。尤朗月早已熟悉了教学规律，表现近乎完美，给学生留下的印象非常之好，他们都以为尤老师的前途会有多么光明、灿烂。哪曾想世事弄人。当年令大家仰视、羡慕的尤老师，如今落到与他们为伍，甚至还不如他们。

这个姐姐级学生因为会来事，和庞天雷的媳妇宋姐关系好，称姐道妹的，得到了关照，被安排在报社传媒公司的商店里。没想到商店的经理也挺逗的，手下就她这一个员工，也不给开工资。吵和闹都没用，就不上班了，属于在职不在岗，单位有事的时候才给找过来。挂在单位常年不上班的“两不找”还有好几个。她为人很精细，有心机，心眼儿也不错，就是命运不太好。

在对于尤朗月来说比较恶劣的人际环境里，这个姐姐级学生从没有说过尤朗月一个“不”字，属于有良知的那种。她找庞天雷把自己的男朋友佟世光也从“两不找”办回到报社彩扩，她很支持尤朗月的工作，以为跟尤老师在一起做事不会吃亏。

于涉水曾对尤朗月隐隐约约地说，就是因为看到佟世光、张为兴他们几个成天围在尤朗月身边来气，才不给尤朗月开工资的。这是哪儿跟哪儿的道理呢？混蛋逻辑嘛！不给开工资还找借口，拿不是当理儿，亏还曾是报社的资深摄影记者。

尤朗月一看见就卑鄙无耻的人就有气，找茬和于经理吵了一架。

这次于涉水和王德利他们也过来考试了。尤朗月却视而不见，早就把他们从记忆中抹掉了。对身边挨着的这个要卷子的广告部美女，尤朗月心慈面软，早把卷纸给拿过去了。

尤朗月体谅她们的不容易，为她们说过好话。

美女没有想到尤朗月写的内容就是她们平时做的。她不知道尤朗月的工作和她们的一样。

其实不一样。但不选取一个角度站在一个岗位这么写还能怎么写？能写报社对自己特殊照顾，没给自己下任务数吗？

尤朗月在允许交卷且已有两个人交卷之后就交卷回家了。

她又一次没有想到，由于她的善良、心慈面软，广告部的美女看了卷纸以后，却给自己带来了麻烦。

美女找到庞天雷，诚恳地说：“咱不是咬人家尤姐噢！但同样都在广告部，干吗老逼咱们几个完成任务数,完不成就扣钱,而对尤姐就不这样?”

“不能比,”庞天雷说:“尤朗月的贡献早就做出来了。上次那笔上设备的钱,是他弟弟给要回来的,给咱报社挽回多少经济损失?”

“咱命苦呗,没有好弟弟。”美女说。

“你有好老公啊!那大药房开的。”庞天雷逗她。

庞天雷想通过这件事做筹码,跟尤朗月说事。当时企业提出“减员增效”的口号,各单位都面临着这样的严峻形势。

庞天雷打电话试探过尤朗月的意向。

尤朗月说:“绝对不可以。”

庞天雷也就不研究她了。但工资定级的时候,庞天雷使了坏心:“就给她往下调!她不是不差钱儿吗?”他手还往下比画一下。

两个会计觉得此事事关个人重大的切身利益,就告诉了尤朗月:“尤姐,找庞总!就你一句话的事!也不涉及别人的利益。”

尤朗月偏偏就说不出这句话来。她是宁折不弯的人,清高了半生,不想为一些个人利益的琐事而去争执什么。要是想要的话,努力一下当官好不好?不就什么都有了?何必落到这个地步呢?她好处都不想多要,更“不会为五斗米折腰”。这是她从大学中文系古典文学课的课堂上学到的名言佳句,其思想精髓和气节早已融注于她的生命之中。

再说,她就看不上庞天雷这样的市侩、小性子领导,利用国家和企业赋予的权力,谋一己之私。凡事只要经过他,他就要斤斤两两地掂量、权衡、计较、盘算,谁跟我关系远了近了的,铁不铁。任人唯亲,不讲公平正义。

大家都是在为国家出力,为创造社会物质文明和精神文明做贡献,而有些人却把自己拥有的平台、掌控的权力看作私有的。员工所做的工作似乎与他自家的利益相关。领导干部有这样的世界观,那些没有私心的本分、正直的普通员工,好过得了吗?

庞天雷就想让尤朗月服他,张口求他,领他情。本没多大的事,可尤朗月偏偏讨厌他这样的人。“五斗米”值得吗?我在学校的时候要是能张张口,点下头,不用弯什么腰,也不至于混成这样啊!我要有那种大无畏的死不要脸的精神,努力争取当大点的官得了呗!何必有这样的委屈呢?自己也并没把工资钱看太重。在彩扩一年半没给开工资,她都快要忘了。

她看透了报社传媒公司的水太浑太深,不想陷进去,所以也不可能为他们做更多的事。工资少点就少点,不然别人心里也不平衡。谁让你不往高处走,却偏要求往下来呢?

尤朗月起初要求上传媒公司的时候就跟温总编说:“我并不认为什么都应该我得,也没想往高处走。有个基本工资,到老了,孩子每月能给老妈领取养老钱就行,多点少点无所谓。”

“哎呀,这我就放心了!在宣传部的时候,留下的人太少,朗丽我说不上话。你有这话我就放心了!”温总编说。

选择错误,后果就得自己承担。好在自己心理承受能力较强,精神力量足够强大,因为志不在此,就没跟谁提工资的事。

除了工资低点,这几年在广告部还算顺心。

尤朗月工作上没有压力，就着手圆自己的写作梦。她希望自己也能像其他作家那样有自己的时间和空间，避开人群，到一个安静的处所集中精力写作，但是她现在走不了。

女儿正念高中，每天的饮食起居还需要照顾。

老爸是个高产诗人，又写了一百多首诗词，可以汇集成册了，准备出第二本书。

尤朗月搬到公园一号小区后，给老爸接过来了。女儿高考前几个月，尤朗明安排老爸去千山疗养院疗养，直到高考结束才回来。后来大家协商，一致同意老爸回到自己葡萄园的家，和小女儿尤朗荷在一起。

女儿馨月上大学以后，尤朗月有了空闲的时间，就开始修改自己的中篇小说。但对女儿的牵挂始终伴随着她，隔段时间她就要去蓝城一趟，除非跟着老公出差或者出国才会打乱行程。国内外的几个经典旅游胜地也去了。直到老爸住院，老爸更需要人，这才止住了脚步。

第七章　留住美好

1

也是在这一年的金秋时节，尤朗月与她心目中另一个重要的人李显阳结识，从此迎来了她生命中又一个明丽的春天。

尤朗月与李显阳注定要有故事，李显阳一开始就感觉到了。但几次接触下来，他又有些失望。他感到尤朗月喜欢他是属于精神层面的，愿意和他见面、聊天、吃饭、品茶、喝酒，但不像其他女人，一见到他就扑过去，抢着拥抱和亲密。

“她那么高傲的一个人，不会给自己身体，只是愿意和自己做精神层面的好朋友。”李显阳这样判断尤朗月，有时会有意疏离她、刺激她，却又想从多方面了解她。

他以为在社交场合，不随便与自己老公以外的其他男人有身体接触的女人，就意味着不会随便给你身体。拥抱是个试金石。

他与尤朗月第一次在饭局上结识，相见甚欢。可分别时没有给他拥抱，这对他的打击太大了，至今想起来心还在滴血。

他永远忘不了这个痛，变得更想征服这个桀骜不驯的女人！想让她也尝尝被人捧到天上，再摔到地下的滋味。他多少有些不怀好意。

他也纠结。

他看到尤朗月除了不动用身体，其他方面对他还是蛮真诚的。他也是个有良知的易感生命，只要是美好的东西，他都愿意接受。

暑假前在蓝莓咖啡店，尤朗月看完李显阳写的《关于如何提高企业工会干部的艺术鉴赏水平》的讲座草稿后，就并靠过来，坐在李显阳坐着的沙发上，把脚伸到了茶几上，对瞅着她脚，心脏咚咚跳的李显阳说：“我脚好看？”

李显阳点头附和。他迷恋的主要就是她的形体轮廓，尤其是从正面和背面看。她所有季节的衣着几乎都不俗，主要得益于她那衣架般无可挑剔的完美双肩。在这个大前提下，在美妙双肩的统领下，整体轮廓不会太差。又有天赐的春风杨柳般的细长身腰和苹果瓣似的美臀，就像风情画上的美人。尽管真实的胸部略欠丰满，但有适度的文胸跟着，更提了精神，浑身洋溢着舒适、温馨和亲切的女人味。

李显阳是个重感觉、懂风情的人。前几天送尤朗月从他办公室出来，经过三楼大厅正衣冠的大镜子的时候，他往镜子里瞟了一眼。正值盛夏，外面骄阳似火。通透的玻璃幕墙上洒下金色的阳光，映照着他们眼前的一切。镜子里的他俩，就像随意散步在街头巷尾的一对璧人佳侣，难掩不尽的风流和潇洒情致。

尤朗月独自下到二楼的时候，李显阳站在对面的三楼走廊的栏杆后，望着她鞋拖式的凉鞋之上，女人味十足的黑白相杂的九分裤之下的那双白皙的小脚脖，恨不能立马奔过去，抱起她转两圈才好。

有几个女教师从二楼的一个办公室里出来，惊奇地望着尤朗月。其中有一个在李显阳办公室里见过的。

李显阳没马上回去。

尤朗月朝三楼挥了挥手。

这几天李显阳心旌摇荡,想不出他们的关系该何去何从。

他们约定放暑假前一天他给她打电话。他们相约到蓝莓咖啡店坐坐,他借口要跟她讨论一下讲座稿。其实他这么多年来经常被邀请做讲座,讲座稿不在话下。这次是隆钢工会文联主席刘立新邀请他给隆钢各厂工会干部做一个讲座,讲一讲企业工会干部如何提高艺术鉴赏水平。他让尤朗月给他弄个提纲。

尤朗月上市新华书店买了一些关于艺术鉴赏方面的书翻了翻,然后给他拿过去几本做参考。

起先他们还保持着一定的空隙,后来就贴在一起了。

尤朗月觉得他态度暧昧,就坐到了他的大腿上,搂着他的肩背。

“你爱我不?”尤朗月问。

“爱!”李显阳这时已血脉偾张。

他们惊慌地一起看门那边,门没安锁,这要是有人进来还得了?尴尬的尤朗月只好下来了。

出来的时候他俩挎胳膊走,迎面遇到一个李显阳在艺术剧院时的小兄弟。

他们打过招呼,又继续往前走。李显阳就告诉尤朗月,以后在外边别和他太近。这人认识他老婆王慧,要是回去对别人说了怎么办?

李显阳的小姨子就是艺术剧院的董事长。

2

九月初,学校开学后的一天晚上十点来钟,尤朗月正在床上抱着电脑上网看博客,电话振动了,是李显阳。他刚和院长袁清与那个被聘为他们艺术学院客座教授的全国知名的小品明星喝完酒出来。在往回走的路上,他想见见尤朗月。

尤朗月说:“你在小区北门等我,我这就出去。”

她涂了口红,套上最喜欢的意大利品牌的白地儿紫碎花长裙就出去了。

她老公出国了,不然她可没这个胆儿。

李显阳在小马路斜对面暗影处等她,见面就搂住她说:“我喝酒了,就想见见你。我想给你幸福。”

尤朗月迟疑两秒钟,点了下头。

他俩挎着胳膊来到一个僻静处,尤朗月惊慌地瞅瞅有没有摄像头。

虽然已是万籁俱寂的夜半时分,尤朗月还是觉得不妥,放不下心,就劝说:“别了!”

李显阳已是大汗淋漓,心慌得不行,“咣”一拳砸在墙上往外走几步,马上又转回来呼呼地喘着气说:“我心脏都要跳出来了。”

尤朗月一把抱住他说:“对不起!”

他俩平静下来走过楼头,李显阳解释说:“唯一的一次偷情！少有的几次……”他没说出‘少有的几次’指什么。

尤朗月理解为性接触。

还用解释吗？上赶着送的都不计其数。尤朗月能猜到的就有好几个。他的男性魅力、个性魅力，大家是有目共睹的。

俗话说：“三军可夺帅，匹夫不可夺志也。”有一些女人，无论社会地位高低，生活境遇如何，就是想活得干净、透明，就像清清凌凌的水一样纯洁不染尘埃。得不到关照、帮助和提携那又怎么样呢？任你达官显贵，还是花样美男，与自己一毛钱干系都没有。即使不能像古代的贞节烈女那样立牌坊，也对自己纯洁、完美的心灵有个交代。

可李显阳的个人魅力还是打破了尤朗月恪守了大半生的清高底线，她此时只因为珍惜这个好朋友，不想让他太难过，并没想离道德底线差太远。

这事让李显阳想起来就感到汗颜。

李显阳看出尤朗月不想给自己身体，对他只是精神依恋。作为自认魅力四射，很看重感觉的堂堂大美男子，心里非常恼火。

他怎么能甘心呢？

尤朗月为了收拢李显阳在社会上像一匹野马一样恣意驰骋的心，想把自己的大学同学圈介绍给他认识。她不知道他在隆山的交际面远超她的想象，少有没涉足过的群体、领域和圈子。在召集聚餐的前一天，李显阳在电话里还说：“我肯定过去！谁不去我都去。完了咱们到咖啡店坐坐。”

等到第二天一早他却来电话说：“女儿从国外回来了。今晚请姥爷和姨家吃饭，你说我能不去呀？我早走一会儿行不？”

“不行！”尤朗月变脸。

“要是你女儿从外地回来了，你能不管哪？”

“那就改明天行不？”尤朗月脸都不是色儿了。

“那行。”李显阳见推不掉，又补充说：“我不愿意让你同学知道咱俩的关系。文化局盛凯局长和我小姨子认识。”

“我以为你愿意交朋好友，我同学普遍比我有出息，有权有用的多，我才想着给你介绍的。不比你结交那些山炮野兽、狐朋狗友强啊？那就改明天吧！”

尤朗月很生气。不光是还得多花一份请客钱，想象中的热烈场面没了，情绪也没了。

隆冬时节，下班的时间，路上车水马龙。在酒店找停车位的时候，由于不良情绪的驱使，尤朗月的车追尾了。

一时间她非常恼火李显阳，认为他太妨人了。

她给酒店保安留下电话说，这个车主有事可找她，然后就上楼了。

大家都看出她情绪不佳，都挺知道规矩的。

“你们随便闹吧，我今天心情不好。”尤朗月说。

任姐多精的人，她代尤朗月做了主持人，畅谈她国内外照看外孙子、外孙女的乐趣。

秦涛说：“尤姐，明天聚餐我去！”他见义勇为，倒要看看是谁敢让咱老姐情绪这么不佳。

第二天停在小区门外的车，被两侧的车和路边堆积的雪围堵，开不出来了。把尤朗月急得团团转，就给肖小菊打电话。幸好肖小菊已到酒店，就基本按照头一天的菜系点的餐，一点没耽误。

等尤朗月到酒店展台点菜的时候，李显阳正好经过看到。他上楼看已上菜，就让白丽萍下楼来找尤朗月，说楼上已经点菜了。尤朗月这才松了一口气。

这次饭局规模不大，又是两军对垒。尤朗月的大学同学一拨，单位和社会上的朋友一拨。

秦涛中午就喝多了，晚上更高。他仗着酒劲，以一对八，寻衅滋事，谁说和谁来，有点过分了。

尤朗月说："你中午喝多了，我就说不让你来，你非来！"

他还带来一位挺好看的女人，坐在肖小菊和薛世强之间。介绍说是隆钢附企的，找他办点事，他就给带过来了。他让她别说话。

他外观看上去就像"文化大革命"时期的电影里给首长拎包的秘书，浑身无肉的框架下，架着一副黑边眼镜。人很机灵，也热心肠，有公益心理。同学中谁家有个大事小情、婚丧嫁娶的都首先想到找他通知。他也很少拒绝。但他脑子清楚，不方便他通知的人和事，他就告诉人家自己通知。

在社会上帮人办事也不外乎混几盒烟钱，他也不嫌少。本来瘦削的双肩担着双胞胎儿子的重担，在外边又好面，有时难免在经济上捉襟见肘，资不抵债。

在经济上遇到困难的时候，他第一时间会想到找尤姐帮忙。同学中不乏比尤姐有钱的，但还是尤姐肯拿得出来。那年他向尤朗月借了五千块钱还债。尤朗月给他拿过来钱的情景，至今还刺痛着他。

尤朗月的老公常守业要到哈尔滨出差，尤朗月也跟着去，有司机开车。经过他们隆山报社的时候，他已在报社门口的食杂店给尤朗月买了一些小食品，诚心让尤姐带上。

尤朗月很生气。她说："你问问肖小菊和庞晓燕，我能不能吃小食品？"

"那我买了，也不能退回去了！"秦涛无奈地说。

"拿回家给孩子吃呗！"尤朗月觉得即使是垃圾食品，他也未必给孩子买。

尤朗月之所以同意他还钱，是因为看他几次活动表现欠佳，不是晚来，就是早走，反倒不如以前坦荡自然了。

有活动的时候，不一定需要你捧多大的场，但总不能找你拆台吧？还有，尤朗月维护他的自尊心，从没对谁说过他借钱的事，他自己却多心了。

有一次，在一个同学家孩子的升学宴上，秦涛斥责有的学校老师不像话，上课不讲正经东西，补课时才讲，净挣昧心钱，又买房子又买车的。

在普通高中当老师的于可本能地反驳说："不挣钱怎么养家糊口？朝你借钱你借噢？"

这话一下子刺到了秦涛的痛处，他瞅着尤朗月说出来的却是："尤姐，我借你的钱，我还你！"

尤朗月赶紧摆手说："你别多心，我没跟别人说。她那是话赶话，跟你开玩笑！"她心想：我啥也没说，好人也做不成了。衰！

秦涛还钱的时候，尤朗月说："你还就还吧！不然你也不安心。我再从别的渠道帮助你。”她给秦涛带了两条烟。

秦涛早年考到报社当记者,在群工部,交游广泛,工作内外吃喝玩乐的时候较多。

张刚常调侃说:“老看他骑着个小摩托,带个女的。摩托的座都磨秃噜皮了。”

他老婆是个非常好的女人,辛苦养育两个孩子,还要上班,对他在外面的所作所为恨之入骨。她怨恨民政局的老大哥黄有为,说自己老公是他给带坏的,逢人就骂黄有为。她认为黄有为年龄比秦涛大很多,社会地位也比他高很多,秦涛听他的。

黄有为很早就被提上了民政局的处长,长相靓,嗓音靓,美中不足就是个子矮,典型的短小精悍。

真是萝卜白菜各有所爱。有个一米七〇的美女疯狂地爱上了他,曾经每天早晨都到他办公室坐班,谁都劝不走。局领导很爱惜黄有为是个“人才”,看实在没办法,就给那女的安排了工作,打发到外地驻在去了。

黄有为的老婆却骂老公是秦涛给拐带坏的。因为他在报社工作,接触的杂人多。

两个受伤的女人,彼此从来没有对骂过。

秦涛也曾春风得意,后来玩大了,女的要结婚,他给不了婚姻,被女的抓破了脸,找到报社。他因此被报社处分,调离了原编辑岗位,在门卫待了好多年。

这次他抓住领导变更的机会,给安排到记者协会。打点人情的两条外国烟,还是向尤朗月要的。

他母亲患癌症需要做手术,他请医生吃饭用的茅台酒和软中华烟也是向尤朗月要的。

尤朗月还顺便给他带了瓶红酒以备不时之需。

尤朗月是个仁慈、善良的人。要是冲秦涛上次还钱之后说的话,有记性的人就不会再帮他。

在一次同学的饭局上,秦涛愤愤地说:“我不欠别人钱!”

尤朗月知道他原本也是要脸面的人,因为岗位调低,工资收入自然不如从前当编辑和记者的时候外快和稿费多。家庭生活的压力让他沦落到不得不向人张口的地步,但和一些善于巧利用人或者抓别人大头的人,还不一样。

他在力所能及的情况下,还是热心助人的。这天中午,找他办事的这个女的已经请他和他的几个朋友吃过饭、喝过酒了。尤朗月因为担心他酒力不胜,就不想让他来。

他说:“尤姐你放心,肯定不能给你丢脸!我带一个人过去,她不说话。你看我表现!”他本意是来帮尤姐的。昨天看尤姐心情不好,还撞了车,想知道是谁敢把老姐惹这样的。

没想到在酒精的作用下,他变成搅局的了。谁说和谁来。亏了肖小菊紧压着他。

等第二天酒醒过来,他便吓了一大跳,赶紧给尤朗月打电话,连说对不起。

尤朗月训了他几句:“吹牛吹的没边。那首打油诗你能给登噢?也不适合在主流媒体登啊!”

当时在尤朗月和众人的提议下,李显阳又起身背诵了他那首调侃周天雨的打油诗:“平地一声惊雷起,矿山出了个周天雨。一路小跑进隆钢,名震钢城八百里。”

隆钢文联主席刘立新当场就把古荫抄录下来的打油诗揣在兜里,准备回去后给写成书法条幅寄给李显阳。

秦涛看出尤朗月的心力用在大帅哥李显阳那儿，他觉得尤姐能看上的人，肯定不一般。

席间李显阳建议尤朗月及周天雨他们三人喝一口，李显阳对周天雨说："感谢你！通过你，我结识了朗月，我们成了知己！"

周天雨斜了一眼尤朗月说："是你们个人有魅力！"

这次聚餐前后李显阳的表现让尤朗月深刻地认识到一个问题，就是对有些男人，你若不投入身体，即使再喜欢他、爱他，给他许多帮助，甚至给钱都没用。性爱是1，其他都是0。有1，后边的0才有意义；没有1，所有的都是0和负数。

认识李显阳这么久以来，尤朗月饱尝了李显阳在谦和、微笑的外表下，对她的不动声色的隐性伤害，乃至报复。

若是以前，她会毫不犹豫地选择转身。但现在她已深深地爱上了他，不想再转身了。遇到了自己真心喜欢的人不容易，她不想再放手。她已下决心超越自己，不想再让她很爱，同时也爱她的人伤心失望。

3

这是"千山鸟飞绝，万径人踪灭"的冬季千山。尤朗月和李显阳从车里出来，相拥着望着眼前的高山白雪，漫步往前走，就像来到了金庸先生笔下所描写的远离尘世喧嚣的古代世界。这种遗世相依而立的奇绝境界，尤朗月从未体验过。

尤朗月让李显阳背她。

李显阳接过尤朗月的包哈下腰让她上来，还要往下走。

尤朗月说："行了！"然后就下来了。她满足了。

她几次见到李显阳，也不知怎么就想让他背。

"讨贱！"李显阳欢喜地说："咱俩这样多好！"

他俩回到车里，尤朗月似有话要说。李显阳首先打破窘局，调侃说："你想说什么？想让我要你？"

尤朗月脸都臊红了。她用眼斜乜着李显阳，噘着嘴，一字一句地往外吐："有嫂子，我没有办法。不许和别人好！"

"不和别人好！"李显阳学她。

李显阳欲宽衣解带。他们往外看看，这是宗教圣地，不可亵渎，就开车往外冲。来到一处宾馆门前，大雪封门。

他们刚往外开，就回来一个骑摩托的，像是看门人。

他们有点惊慌，又有点庆幸。

李显阳明天就要上北京女儿家度假期了。

尤朗月单位下午要在胜利会堂看话剧《郭明义》，她的票还在别人手里。给李显阳送到学校大门外对面的马路上，她的车就开走了。

到了胜利会堂，尤朗月和一个较熟悉的发行部妹子坐在一起，没有兑现早晨出来前在周天雨来电话唠闲嗑时,由于着急要去赴李显阳之约,便应付说下午到剧场再联系他的话。

周天雨一早打电话来唠了好长时间嗑,说是办公室的人都开职代会去了。晚上有个消防局的饭局,想请尤朗月过去。

尤朗月想:哪挨着哪呀?她长这么大,至少到现在,和消防局的人一点联系都没有。而李显阳和沈歌飞却与消防系统关系密切,几乎每年的建军节都要过去联欢演出,甚至省内周边城市有时消防系统大型演出,也会请到他们。他俩很受消防官兵的欢迎。

周天雨想叫我去干吗?

到剧场后广告部新提的副经理老梁迎过来给尤朗月发五百元红包,还有两百元什么钱尤朗月没要。她笑着说:“大钱我要,小钱我不要!”

梁经理也乐得她都不要才好呢!

尤朗月到广告部这么多年,基本是这个模式:大钱要,小钱不要。

梁经理也是个明白人,将“无功不受禄”常挂在嘴边。他偶尔就像儿时常走街串巷喊“手套换兜”的人那样,给尤朗月几张广告客户抵钱用的游泳卡或者电影卡什么的充值搞平衡。

尤朗月在大学毕业三十周年同学会之后,就把游泳卡给秦涛了。秦涛常领着他组织的几个群里的男男女女去千山那边游泳。

在剧场落座后,尤朗月就压根没想找周天雨。估计周天雨在后面得气坏了。

他们编辑部和隆钢职工大学的教职员工坐在剧场的后半部分。

报社领导和机关工作人员坐在前几排中间。尤朗月的票在过道的前一排。

离开职工大学十几年了,很少回去。大多数老教师都已退休。剩下和自己年龄相仿的,这一次让他们看到自己还活着,而且活得还蛮好就 OK 了。

这一天,对于几十年来深居简出、低调做人的尤朗月来说,内容十分丰富。与李显阳的走近,是她与世无争的孤傲人生的突破。

第八章　把思念交给长风

1

尤朗月与李显阳从结识到走近七年来，经历了数不清的春花秋月、雨雪风霜。还没等迎来所谓的“七年之痒”，就已经情寄天涯，“挥一挥衣袖，不带走一片云彩”了。

李显阳和老婆王慧每年都要横跨太平洋，飞越两大洲，随着女儿、女婿国内外两边跑。

这对于他们来说是不可抗力。

唯一的宝贝女儿嫁给了富豪老公，为了女儿的幸福生活着想，父母只有支持的份儿。

女儿继承了他们夫妻的优点，长相靓丽，才艺了得，对双方父母都非常孝顺，贴心贴肺；女婿更是出手不凡，根据家里每个人的兴趣、爱好和需要，在北美富人区太平洋沿岸购买了顶级豪宅，带游泳池、电影院和私藏图书馆。室外的园艺、健身等设施，就更不必说了。

人间天堂般美好的生活谁不向往？

小夫妻还准备生三个孩子继承家业，李显阳的老婆王慧可有的忙了。虽说有人帮助打理家务，但终归自己参与更放心。

女儿不让他们累着，还给他们从头更换到脚，从内衣到外套全方位的购置高档、舒适的衣着，让他们尽展时尚之美，尽享天伦之乐。

尤朗月充分体谅李显阳为了女儿幸福生活的长远着想，换谁谁不也得这样做？

“这辈子只能这样了。”李显阳经常不无感慨。

“我既没想进你家，也没想要你钱。我只想要一份真感情。”尤朗月斩钉截铁地说。

“我找你值得！”李显阳脱口而出：“从心里说，我爱你！”

“有用吗？”

“咱俩百年！”

“你还常说八十岁呢！还用等到八十岁吗？八年都等不到。迟早不还得分开？”

李显阳曾跟尤朗月说过跟他到北美的事，尤朗月说：

“我做梦都没有想过离开这块土地，我也离不开孩子。即使为了爱情，我想跟你去，能办得到吗？”

尤朗月用眼睛斜乜着李显阳。他们本来是并排站着说这话的，这时李显阳突然双手抓住尤朗月的两臂，用眼睛紧紧盯着尤朗月的眼睛看。他是想通过“心灵的小窗户”捕捉尤朗月的真实想法。

尤朗月从没说过要跟他携手终生的话。她认为不现实，也不可能。不光是客观条件不允许，就连他本人，尤朗月也未必信任。只是他的个性魅力太强了，越不过去而已，其他的还谈不到。

就因为李显阳的个性魅力，尤朗月超越了自我固有的理念。过去那么高傲的一个人,为了得到李显阳朋友们的认可,多次宴请一大群人。原本那么胆小的人,不敢开车过隧道,如今却变成过隧道时一脚油门,风驰电掣。隧道变成了一道亮丽的风景,一个美好的记忆。

第一次开车过隧道时,还是老妹妹尤朗荷给开过去的,回来的时候她才敢开。

和很多学文科的人一样,赶不上理工科人对家用电器和机械设备那么感觉敏锐,而理工科人也赶不上文科人对形象、艺术、人物内心世界的敏感。尤朗月除了能把车开走、停下和拐弯等,车内的其他设置、配件一概不会用。冷、热空调,谁坐副驾驶位置谁帮她调。考驾照时,理论考试她还是全场第一个在电脑上答完题的。

她当时对电脑还不太熟悉,只按要求操作。她快速判断、按键,很快就按不动了。她举起手问监考人员:“怎么按不动键了?”

监考人员说:“你看看是不是答完100道题了?你可以出去了。”

尤朗月自己都感到很新奇,她好多年都没有这种惬意的感觉了。

她头天下午两点多钟在超市购物时接到电话,通知她参加机动车驾驶理论考试。她说:“再等等吧,我还没准备好呢!”

驾校女老板说:“你来吧!我都安排好了。你只要会打开电脑按键就行,唯一一次机会,明天领导开会去。”

尤朗月回家做完晚饭,收拾停当,才上床看书背题。研究了一宿,几乎没睡觉。

借老公光坐了二十几年小车,几乎常坐在后排座上,从没关注过车里的设置。

两个妹妹办驾照时,只把身份证递给了一个朋友就办成了,她也没动心。

车改后,尤朗月认识到自己买车势在必行,这才下决心学开车。

她拿到驾驶证后就买车了。这车倒变成了她和李显阳情感寄托的所在,载着他俩一路或欢声笑语或喜怒哀乐。

他们曾在一个人迹罕至的地方,找到了只属于他们两人的“心灵后花园”。

开着这个车,春天他们经过桃花林;夏天在风雨大作的时候他们闯过高坎的灌木丛;秋天的时节,他们看过漫山遍野的红叶和烂漫的山花;冬天他们共同欣赏过高山白雪。

有一次他们经过路边的格桑花海,李显阳惬意地说:“这花像你!”

“嗯!这花像我年轻的时候。”尤朗月也有点这个感觉。

“轻盈、飘逸、美好!”李显阳赞美道。

“师范学院旧校舍门前有红色的大葱花。我把它摘下一段,用罐头瓶装水,放在寝室的窗台上。”尤朗月兴奋地回忆道。

“吸引男生注意呗!”李显阳逗她。

尤朗月扑哧笑了。

“你很小资!”

“我很大气!”

“你带点仙气!”

“我是上接仙气,下接地气,中间充满了人间正气!”尤朗月少有的自我夸赞。

“我是说情趣高雅,很有品位!”

“我不刻意追求这些!”

“我知道。”李显阳点头：“你很有思想！别看有的人当多大的领导，也不见得有什么思想。你是金子。”他想说：“能增值！”但没有说出来。

“何以见得？”

“你是大情怀。比如有的人看到树就是树，看到草就是草。你看到时却会想：这祖国的大好河山，多美好啊！我们要好好爱护她！你在探索人生应该怎样做才是对的。你是思想家！”

“不有一句话嘛，‘人类一思考，上帝就发笑了。’意思是说，你思考有啥用啊？早安排好了！”

“不还有一句话嘛，‘人类的天职在于探索真理！’”李显阳对接。

尤朗月觉得遇到了知己。她认为被万花丛包围的李显阳，之所以能和不年轻，也不天生丽质，又先天没有多少“文艺细菌”的自己走到一起，在很大程度上，取决于自己由内而外的情怀的美丽，而绝不是因为其他。

李显阳常说：“每个年龄段有每个年龄段的美。你的美是由内而外的。综合条件你最好！你豪爽、大气，还有来自自然的能力。”他指身体。“你太好了！”李显阳赞叹。

在去往他俩的“根据地”“后花园”途中，他们往往上演着欢乐、深情以及和风细雨、鸟语花香的情节，倾诉着近段时间的见闻和感受。尤朗月管这叫这出戏的“上半场”。

有时遇到纷争，尤朗月不无埋怨地说：“生理问题解决了，心理问题却没有解决！”

李显阳就会笑嘻嘻地说：“我以为生理问题解决了，心理问题也就解决了呢！”

回来的路上，尤朗月故意揶揄：“洒向人间都是爱，最后只剩大白菜。”

“就剩你这棵大白菜。”李显阳抓抓尤朗月的头拍拍。

“下半场”他们往往因为尤朗月不满意李显阳平时什么人都接触，什么人的面子都给，而闹得冰刀霜剑、剑拔弩张，极不愉快。

“江山易改，本性难移。你在那个精神乞丐的圈子里浑水摸鱼，所以你离不开他们！”尤朗月愤愤地挖苦。

“就浑水摸你这条大鱼。咱俩认识，不也是通过人家……”李显阳辩白，指周天雨。

“他的初衷并不是希望咱俩好。他是为了自己的朗诵会需要捧场才找咱们聚餐的！在咱俩的问题上，他使了多少坏？咱俩几乎所有的坏情绪都来自他那里。你一接触他回来就对我态度有变化，不是他又挑拨离间了是什么？他总下心思旁敲侧击，有意说什么给你听，你还总上当，在意他又说什么了，影响情绪！”

“咱俩毕竟是通过人家认识的。咱应该感谢他那场饭局，让咱俩走到一起。”李显阳坚持。

“愚昧！”尤朗月痛恨他这一点。“你已经不止一次地说过感谢他。你再说一千遍也没用，他还是要破坏这件事。怎么，咱俩好还要向他交税？我因为你，几乎每年都要大请一两次，他干吗还坏咱们？这还能叫朋友吗？还是好哥们儿吗？”

李显阳不置可否。

“他明知道我烦那个小学同学张克芳，他也老说她‘魔魔怔怔的’‘无知者无畏’。可他还老拽着她，让人家花小钱。他这人格怎么这么分裂？我告诉过他：‘你们走你们的，与我没关系！我不参与。’我就是不想多事！可他还老把她安排在你身边坐着。别人都有自尊心,不敢靠近你,觉得你磁场太大,不好意思坐你身边,就她敢!你一给她面子,完了她就蹬鼻子上脸,觉得自己身价上涨了!居然还敢在饭桌上溜达出一句'和新杨比不了了,能赶上朗月也行啊!'你说,我修炼了大半辈子,就因为和你们这样的男人认识了,居然让我骄傲的心和社会认同一落千丈,把我拉回到万恶的旧社会去,你说让我怎么容忍?"

"那老腰!怎么那样?都要脱落到脚面子了!是不是有病吃药吃的?"李显阳想转移话题。

"过去因为天雨帮过老爸发稿,咱们感谢,应该说是好朋友。我们也对得起他!他管一个版面,给我们发稿,是他职责范围内的事,举手之劳。我们从钱、物、力上,到情面上,都到位。而他找我们办的事,都是人找人难办的事。人情都我们欠,别人都孝敬他了,还总像我们欠他多大人情似的。也是我们给惯的,他不配!做人的品位太低了,一点档次都没有。他们这个圈子门槛太低,鱼龙混杂,所以我远离,边儿都不想沾!什么高了、矮了、胖了、瘦了的,不想让不认识的人随便评价,怕被溅上狗屎。只舍不得一个你!我并不是说让你脱离他们,有时因为活动还得合作!但应少接触,才少烦恼,才静心,免得招惹是非。"尤朗月继续说。

"这几年因为你,我尽量减少和他们接触。但毕竟好几十年的交情,大家都在市面上混,也不好就断了联系。你放心,我掌握好就是了。"李显阳安慰她说。

"你说得好听,可你一见到他们的面,就又回复到原先状态了!"尤朗月不相信他说的话,因为他心慈面软做不到。

来自朋友的烦恼,有时也像来自亲人的烦恼一样让你逃不掉,摆不脱,没奈何。这就是所谓的恶缘、孽缘吧!尤朗月十分痛恨这种蒸不熟煮不烂,剪不断理还乱的人际关系,静待其变。

尤朗月的烦恼除了来自周天雨和张克芳,还有一个就是沈歌飞。

她每周都要给李显阳打电话约玩麻将,张口就甜甜嗲嗲的:"李院,明天下午玩麻将啊?"叫的李显阳骨头酥、肌肉麻的,感觉超好。

李显阳很少拒绝她的邀约。他到大学工作以后,渐渐脱离了演艺界。保留与这些麻友的接触,也就保留了与隆山演艺界联通的渠道。

他与沈歌飞经常一起参加市内外的演出活动,无论是主持,还是朗诵,他俩一出场就是能引起全场轰动的完美搭档。

仅此也就罢了,能仅仅如此吗?

在认识他们之初的一次聚餐上,尤朗月亲眼见到过沈歌飞双手搂在李显阳左侧肩膀上,磨他要提前回家的情景。李显阳也曾随意地将手拄在沈歌飞所坐的椅子上。

两个人之间的亲密无间可见一斑。且不说全市人民在电视房地产广告上都看到过的他俩扮演夫妻的接吻……

虽然李显阳常说:"演戏是演戏,人生是人生。戏里戏外分得清。"但事实上他经常逢场作戏,把娱乐大家开心当成天职,难免会假戏真做,或者真戏假做,以至于戏里戏外分不清。

他唯一能看住的就是裤门的拉链,其他一概无界限。

沈歌飞肯定是没少坐过他的大腿，不然他不会对她招之即来。他也不太限制沈歌飞，有时还支持沈歌飞对大领导、大名人投怀送抱。

在一次聚会上，李显阳不无炫耀地向人介绍沈歌飞如何棒，说那个全国著名的小品演员大叔来隆山的时候，曾亲切地紧紧握着沈歌飞的手不放。

“哎呀，他把那手镶在镜框里得了！”尤朗月当时心里泛酸地调侃道。

那年寒假后李显阳只身回国，他老婆王慧留在北美照顾怀孕的女儿。这半年他可美了，自由自在，无拘无束。除了必不可少的工作，打麻将几乎每周都伴随着他。

刚回来的时候，有一次尤朗月打电话问：“忙啥呢？明天用不用过去接你？”

李显阳说：“和过去话剧团的朋友在一起呢！明天上午十点见。”

不知是因为牌局紧张，还是因为有沈歌飞在场接听电话心里紧张，李显阳撂电话时竟忘了按键。

尤朗月就也没放下电话。她听见里边传来了一个女人字正腔圆的唱腔，唱的是几句京剧选段。

紧接着是麻将馆老板娘惊喜地低声问：“他出国了？刚从国外回来？”

里面没有回应的声音，可能只是点下头。

“妹子，你做一个芹菜拌黄豆，清淡点。”是李显阳的声音。

那边好像也只是点下头，没说话。只听到一个个出麻将牌的声音，偶尔有李显阳发出的单音。

这时进来个男子，李显阳好像很吃惊地说：“你来了？我今天陪你们玩，明天我还有事儿！”

那男子可能是站在那女子的身后说：“你会不会出牌？李大哥出四饼的时候你就应该胡，你怎么不胡？”

那女的没吱声。

三个多小时之后李显阳才发现手机没按键。

第二天李显阳死活不承认打麻将，只说是吃饭。

尤朗月恼火地说：“打个麻将有什么不能承认的，昨天撂下电话你没按键，我都听到麻将声了。”

李显阳惊慌地说：“谁都有秘密。夫妻都不能问！”

“夫妻怎么就都不能问？问你是她的合法权利！”

“就几个退休的老话剧团的人，招呼我说‘李显阳，过来打麻将啊？’我就过去了。”

“打麻将有啥神秘的？”尤朗月有点不高兴。

“昨天输了二百。下回我得赢回来！”李显阳试图分散尤朗月的注意力。

尤朗月边开车边说：“这段时间我写了两首诗你听听。你别太高兴，也别太受打击。我就是这么写，感觉比较真实。”

给你

相比较那些青春靓丽
长发飘飘
戴着学士帽扑向你的
那些帅气而可爱的学生
相比较你多年交往
深情培养和合作过的
那些才貌出众风情种种的
少妇、搭档、领导和女伴们
相比较你那精明能干
定力过人、心理素质极好的
“不一般”的老婆
我已芳华不在
没有优势
白发悄然翩翩
(已焗成漂亮的颜色)
眼角已隐约菊花
(还没解决好!
不然怎么就有人
心有不甘
跃跃欲试呢?)
但我们曾真心相爱过
这就够了!
那个“千山鸟飞绝,
万径人踪灭”的冬季千山
高山白雪
见证过遗世相依的
我们的爱!
那轮唐朝不朽的明月
照见过我们
横跨大洋彼岸的
无眠的相思
五步一花坛
十步一景观的
祖国钢都的一草一木
收藏着我们的足迹

宝马香车
演绎过红尘痴恋……
带着我半个世纪
纤尘不染的操守
带着我丰润的身体
缱绻的情感
带着我高原雪莲般
洁美的灵魂……

我知道你爱我！
但我不知道，也无须知道
你是否也像我
爱你一样的爱我？
你曾当众说
“哥只是传说”
若和飞飞、飘飘
篝篝、火火等等
有什么瓜葛
你不惜指灯起誓
甚至打混乱的比方
给我吃定心丸
我笑啧
好朋友劝我
珍惜人生
美好的际遇
顺其自然
是我现在的选择
我始终没想做你
情感的终结者
因为我很少相信
承诺的碎末……

我俩

亲爱的，我俩走到一起
我俩怎么能走到一起？
这不是天地之聚合

赤道之飞雪
北冰洋之盛开牡丹?

你是这座城市的一张名片
一道靓丽的风景
行走坐卧优雅迷人
声音更是举世无双的魅魇
立体、带电
偌大的钢城文艺界
你是领军
近四百万人口的城市台面
你是没有争议
出类拔萃
优中选优的担纲者
你走路带风
有多少粉丝艺迷
莺莺燕燕花花草草
向你欢呼雀跃
投怀送抱
你爱岗敬业
成就辉煌
一路走来
轰轰烈烈呼呼啦啦
荣获过全国文艺界最高奖
——文华表演奖
而我却深居简出
低调做人
除了上超市购物
基本就宅在家里
白天柴米油盐
夜晚追逐梦想……

我俩的性格
也是地轴的两极
你热烈奔放
我矜持内敛
你物欲横流
我无欲则刚

你是个盘活一切资源
捞世界的人
我闲散淡定
对其他人和事
没有太大的利益诉求
你有事用身体说话
根据别人对你的贡献大小
以为自己是公众人物
是大明星
谁都渴望得到你的拥抱和亲吻
就把自己身体的斤斤两两
奉献出去
而我有事
则是宁可多花些银子
也不会允许别人
动一个指头
一根毫毛……
你什么都有了
仍然对任何人谦恭至极
我什么都没得到
却仍然大路朝天
直着脖子走
总之,我不追求
就谈不到什么所谓的成功
但却活得潇洒、自在和透露
你一切都很成功
但却活得虚假、功利和暧昧
最要命的是
……
我就不多说了
但是,可但是
这一切并不妨碍我俩
灵魂深处
对至真至善至美
有一致的向往和追求
唯美主义似乎我俩的共同倾向
对美好事物的极度喜爱
让我们有了一致的认同和吸引

尤其对由内而外
所散发出来的大美
让我们终生崇尚！
两个极致的东西
只要是美好的
就会被欣赏
因此我俩擦出火花
走到一起
甚至分手
都应该是自然而然的事
对吧？

尤朗月边开车，边断断续续地背诵，到了他俩的根据地，尤朗月问："你爱我不？"

"爱！"李显阳点头："不然我不能给你。"

第二天后半夜，尤朗月发信息给李显阳："老李啊，你早就睡着了吧？我到现在还没有睡着啊！思前想后，不知如何是好！爱你，拔不出来！想不爱，真难！折磨人啊！不是我爱较真，不世故，太书生气，而是我认定了一个理念就是：爱情的价值在于真实、纯洁，否则就没有意义。你有你决定生活方式的权利，你也不易！名人也是双刃剑，但也不带随便玩的。我理解有些事是不得已而为之，但我讨厌'秘密'！更鄙视'暧昧'这个词。对自己的人生负责！坦诚是会得到谅解的，因为毕竟爱过！不急于回话，望三思。"

李显阳回信息："尊敬的领导，你又怎么了？看完我血压都上来了！"

尤朗月回发："千万降压！！！什么也没有你身体健康重要！爱你是前提，你头脑健全，不应是问题。就当我什么也没说吧！该干吗干吗好了。吃点芹菜降降压！我以为你五毒俱全呢！气我时的能耐哪儿去啦？这么脆弱！好好在家干活吧！"

第二天尤朗月又给李显阳发信息问："血压怎么样了，好点没？"

下午李显阳回信息说："谢谢领导关心，好一些了。多保重！"

他管谁都叫领导，弄得有时候谁都不知道自己是谁了。尤朗月就曾笑说："行，我是领导的领导！还挺高兴的！"

几天以后，尤朗月又发信息："亲爱的：你对我来说磁场太大，见到你我就迷失了自己，忘了想说什么了。我失眠不是因为别的，而是认为你在我之外还有别的女人，别的秘密。你只要坦诚，我就能做到一个月不见你了。傻吧？还爱着你。我也要出去了。"这是他回国后她第五次惹他、气他了。

李显阳立即回话："不要想没用的！我不是那种人。你多保重，我也会保重自己的。请领导放心！"

尤朗月回："亲爱的，我感激涕零。爱死你了！多多保重！"

晚上，尤朗月躺在被窝里看隆山娱乐频道正在播放的电影《无人驾驶》，很有感触，就给李显阳发信息："睡没？若没睡请看隆山娱乐频道正在播放的电影《无人驾驶》，有的情节像咱俩。"

“我在看,没睡呢。”

“你看这里哪位像你?”

“都不像。”

“刘烨演的那位,有一段女的问他外遇的事,不知你先看没? 太像我了。有同感才想着让你看的。”

“前段没看到,不要乱对号。做个好梦!”

“结尾这句好温暖,你也好人好梦! 休息吧,晚安!”

第二天一大早,李显阳在上班路上就给尤朗月打电话说:“昨晚看完电视,我就一宿没睡,辗转反侧。”

尤朗月的心早已平静下来,只说:“感谢你给我反馈。”

他俩这样隔三岔五的恩恩怨怨,好好坏坏,分分合合,一直往前持续着。尤朗月的心情也时好时坏。心情好时就撩拨他,心情坏时就折磨他。他都来者不拒,悉数接收。

又一天早晨,尤朗月在电视上重播的《隆山新闻》中看到李显阳和一个女子主持一台慈善晚会的镜头,就发信息问:“那女子是谁呀?”

李显阳来电话说:“是我小姨子。”

尤朗月知道他小姨子很厉害,是省内第一个艺术专业毕业的女博士。她提倡“德音雅乐”。网上有她给弘扬中华传统文化的社群组织所做的讲座,尤朗月很欣赏她的观点。

五一劳动节那天早晨尤朗月在电视里又看到李显阳做评委的一个镜头,心情大好,遂写了一首散文诗发过去:

生命的夏季

亲爱的,我们还没有老
你看窗外绽放的夏花——
白玉兰、紫丁香、小桃红
多像我们快乐的心情一样
生机勃勃
那么年轻和绚烂

想象你漫步在公园的甬路上
桃花为你芬芳
小鸟为你歌唱
你的心情也一定
如同早晨的阳光
一样明亮
如同晨风一样爽朗
早晨我在电视里
看到你做评委的一个镜头:

那举重若轻的姿态和神采
传递出一种美
在我心里定格
任悠悠岁月之河流逝
我要说:“亲爱的,你仍年轻!”
你的美,怪不得在很多姐妹心里驻足
(你也别美!)
那是无法言喻的个人魅力!
魅,懂吗?
那是无法用官职和财富代替的
无法数字化、量化
说不具体,道不清楚
是光阴带不走的修炼与造化
而你却把爱献给所有人
也包括我

今天是立夏
多好的一个季节
让心智成熟的我们
尽情享受这美好而灿烂的时光
让我们的心
永远定格在这浪漫而丰富的季节
待到金秋来临时,我们已贮藏了
一个夏天的美丽与传奇
再来品味岁月的静好
“秋叶之静美”
好吗?
你一定得答应我!

李显阳来电话说:“就一个字:‘浪’!”

他正在家里的客厅看电视,请来的保洁工在收拾卫生。

老婆不在家,小姨子让市妇联的朋友给介绍的保洁工。几乎每周都要清洁一次。

他说:“女儿给买的房子,一定要打理好。”

节后尤朗月和李显阳也凑热闹到对桩石去了一趟,那里有闻名遐迩的南国梨祖树,他们一起欣赏了那里盛开的梨花。

光阴荏苒,转眼间到了六月。这个月是李显阳职业生涯的一个节点。他离退休还有一年,按他的职位,去年就应该退居二线。但学校领导考虑到他的社会声望,又留用了他一年。

此时学校正临期末，事情比较多。恰巧有个摄制组要拍电影《关公传奇》，主演关公的机会找到了他。原以为放假期间过去拍，没想到时间提前了。六月中旬在浙江横店开机，李显阳很犹豫。

这些年他为了学院的工作已谢绝了不少出去拍戏的邀请。这一次主演关公的机会，他舍不得再放弃。好在仅一个月时间，七月初放暑假前就能回来。他就跟院长袁清请假，袁清很不高兴。

她忘了去年的这个时候，她带着办公室主任到全国很多大学去考察，留下李显阳替她主持期末工作。但这么多年良好的合作关系，让她也不好不支持，勉强同意放他走。

2

尤朗月几乎每周都有一天像是节日。她要起大早洗漱，然后打扮得花枝招展出门，还不忘带瓶饮料。

这天她还带了家里的微型摄像机。

上午的阳光真是灿烂耀眼。尤朗月戴着飘逸着蝴蝶结花带儿的白色遮阳帽和她记不住品牌名字，只知道它是国际一线品牌的红框遮阳镜，坐在主驾驶的位置上仍觉得晒，索性把挡光板放下来。她在等待李显阳下课出来。

大学母校，她毕业二十多年很少回来。只记得除了两次校庆、一次同学会，还有一次江小渔的新书发布会以外，就只有这半年来得频繁一点。

“山不在高，有仙则名；水不在深，有龙则灵。”而朋友之间，有情就行。尤朗月来这里是为了会朋友，一个“蓝”朋友。

已经有学生从艺术学院大楼里出来了。等待的人很快出现，还跟出来一个女的，姿态很美，人很漂亮。

他俩外观十分和谐、默契的感觉，画面美极了，羡煞旁人。

走到甬路中段，他们自觉分开。那女的奔着尤朗月这边停车的方向而来。李显阳仍然是顺着甬路，迈着很有风度的脚步，悠悠然地过来。

“今天领导这气色挺好啊！”李显阳坐到副驾驶位置上，便开始了习惯性的调侃。

不用高兴，他管谁都叫“领导”。尤朗月有点泛酸：“哪有你这领导有派头呀！有送出来的，又有陪着出来的，还有专程来接的。心甘情愿的！”

“是一个朋友，她说要学点东西，以后学生有活动，她也参加客串。”

“到哪都有女性追随者！”尤朗月努努嘴，乜了他一眼。

“这领导又掉醋缸里了。”李显阳伸手掐掐尤朗月娇俏、白皙的小脸。

“我虽然不爱当领导，但我爱当领导的领导。我是领导的领导，还挺高兴呢！”尤朗月故意气他。

他俩互对一眼。

“你着急走不？稍占你点儿时间。我想上中文系那边楼后看看，行不？”尤朗月指了指不远处。

“行！”李显阳只能顺着说。

“同学会的时候来过，只在楼前拍点照片，没上楼后去。我想看看楼后啥样了。”尤朗月边开车，边拿着摄像机录沿途。

“你给我录吧！你能比我明白。”

车拐过楼西头停下。眼前是一片高矮参差的树林。

尤朗月怀着既忐忑又好奇的心情下车往前走，她知道身后还有一双比摄像机更有穿透力的眼睛在故作漫不经心地接电话盯着她。

阳光从教学楼前的上方照过来，西北角的树木几乎还是当年的树木。只是经过了这么多年的栉风沐雨，枝干更加挺拔粗壮，叶子更加欣欣向荣。

尤朗月情不自禁地举起摄像机，时而录像，时而拍照，“大处着笔、小处落墨”地捕捉着想要的镜头。

尤朗月没想到楼舍后面的花园难得还保持着二十世纪七八十年代的旧有状貌。有参天的老杨树，挺拔的松柏，缀满毛桃和绿叶的桃树，挂着白花的槐树，开着饱满的紫色大花和白色小花的刺槐，还有充满怀旧风情的紫色丁香。

只有一棵老柳树惨不忍睹，像遭受过重创的疯人的头发，乱七八糟的，不是楼前甬路边垂柳那种样子。地上长满了叫不上名字的草。树林里一圈石凳，一截回廊，上面挂满了紫绿藤蔓，是当年留下的产物，感觉很亲切。

由于当年国家刚刚恢复高考制度，百废待兴，教育资源极为有限，学生们没有像现在那么好的学习环境和住宿条件。尤朗月只记得楼后有小树林和石凳，还算有点校园青春的诗意，但基本属于家在外地或农村的同学。大多数本地市内的同学不得不走读。

不管怎样，看到这里，尤朗月当年女大学生的感觉油然而生。

虽然尤朗月和这个小树林没有多少故事，但有一个情节她记忆犹新，如在目前，感慨万千。

当年李学琴受陈向鹰之托找她谈话就在这里。当时有两个女生正在散步，畅想未来，看到尤朗月和李学琴在这里驻足，就过来打招呼，其中一个叫田贵花的，羡慕地夸赞说：“月姐广交天下有识之士！”

现如今当年找她谈话的李学琴和夸赞她的田桂花这两个同班女同学，分别已官升至副市级和副省级领导。“广交天下有识之士”的是她们！而她至今仍在为情所困，为小人所扰。好悲哀！

这里之所以还能够让尤朗月有所怀念，是因为那次谈话对她比较重要。

从楼后花园出来，尤朗月似乎还沉醉在刚才的怀想中没有走出来。她看到甬路旁边的杂草中有她从小就喜欢的一丛丛像满天星那样的白色小粽子形状的植物，就情不自禁地俯身拔下一把，知道前边车里有一束激光似的眼睛在扫描她，于是她就把左侧系着蝴蝶结飘带的太阳帽往下拽了拽。

到了车门边，尤朗月把收获的一把“满天星”草递给了李显阳。

“那后面太好了！还保持原生态。车可以开过去！过去看看呐？”上车后尤朗月还在兴奋中。

“嗯。”

一脚油门，车就冲过去了。

“当年在这里搂搂抱抱呗?”李显阳不紧不慢地说。他想起现在的学生。

“不！那时候绝对不可以!”尤朗月意犹未尽,话里有话,继续说:“我不追求,也就一大堆要好的同学。”

李显阳这个气呀！但他没吭声,记在心里了。

“我的前世今生都在这里了!”尤朗月继续浪漫地抒情道:“看看这里有多少种树,”她指点着,“有杨树、柳树、松树、柏树、槐树;有紫刺槐、黄刺槐;有芙蓉,还有梧桐;有桃树、杏树;居然在回廊上还挂满了葡萄藤,真浪漫得可以!”

车从后门空地处调头往外出。门东边已经变成了施工废品堆放地。十几辆报废车整齐地排在那里。

一门之隔,繁茂衰败两重天。

围墙外隔一条小马路就是居民区,墙内墙外就是两个世界。

一墙之隔,喧嚣和寂静,怎一个感叹了得?

“别了,我的青年时代！拜拜了,我永不复还的青春!”

“再别康桥!”李显阳随声附和。

“再别康桥,挥一挥衣袖,不带走一片云彩!”尤朗月无限感慨,不胜唏嘘。

出了师大校门,他俩都透了一口气。路两边的桃树叶都已绿了,上面缀满惹人喜爱的小毛桃。

尤朗月潜意识中在寻找桃树花。因为她开着车,拉着心爱的人,穿行在两行桃树中央的马路上,所以想到了“桃花运”这个词。

“没有桃花了,长小毛桃了。”尤朗月不无遗憾地说。

其实这儿的桃花开时他们见过,只不过她是一周来一次,桃花花期短,花色有些暗淡,不像刚开时那么娇艳了。

“一到五月初五的时候,树就惨了,都上这来摘桃树枝,但春天新枝又长出来了。”李显阳永远充满对周围环境的情情趣趣,同时也说明他不只是今年才过来讲课,往年也来过。

尤朗月想说,她知道李显阳作为一个公众人物,远近闻名的艺术家、社会活动家,这么多年走江湖、拼社会,既在主流职场里混职务,又在公众场合压台面,难免结识三教九流各色人等,养成了走哪都播撒爱的阳光,不惜给所有人都留下美好印象的习惯,但他应掌握好尺度。可他们在一起的时间有限,有时得靠电话交流,所以她说出来的却是:“你今年端午节得在浙江横店过了?”表现得很关切。

“嗯！在哪过都一样,吃粽子呗!”

李显阳要放下一段期末工作,到浙江横店去拍电影《关公传奇》。由他主演中年以后的关公。

李显阳拍完电影《关公传奇》回来,冒雨请尤朗月吃了大餐。他说:“没想到你会给我这么多的关爱！你给我买了甄子丹主演的《关云长》后,我才到千山跟方丈学几天武术,练练身手;你给我买的药,像创可贴、降压药也用上了。还有你给我发的信息,提醒我发挥自己的强项,靠表情、神态等细节展现人物的性格,对我都有帮助。感谢你!”他们都喝了不少酒。

几天后他们又聚餐,李显阳提议给尤朗月的女儿带几条鱼回去。尽管尤朗月的资金已不似从前,但她情愿自己掏钱买单。李显阳倒愣了,觉得她性格太刚了,不必这样。女人示弱反倒惹人疼惜。她这么要强,倒反映出拿他当外人了。他诚心诚意要表示一下爱心,尤朗月没给他机会。她对他总是游离在爱与放弃之间。

李显阳在自己的职业生涯里风风光光几十年,已经极尽所能,该得到啥,他基本也都得到了。可是他仍然还在不懈地追求,没想停步。但谋事在人,成事在天。有命运之神的巨掌在拨弄,不由他说了算。他开始走背字了。

李显阳由于拍电影走之前犹豫再三,就没和学校领导打招呼。几天之后艺术学院有活动,邀请了几位省内乃至全国知名的在艺术学院兼职客座教授的曲艺界明星和领导参加。几个校领导也到场了。一问才知李显阳拍电影去了。校领导很生气,觉得李显阳眼里没有他们,且无视请假制度,违反组织纪律,后果很严重。开学后,过完教师节的第二天下午,他正在另一所大学的艺术学院上课,手机震动了,是学校一把手让他过去谈话。

待他一头雾水、一脑门子汗地过去,一把手毫不客气地告诉他,他是学校直属院系中到了退居二线年龄中唯一留用的人。有几个为学校做出过很大贡献的院长、书记也没能留用,有人咬他。因此党政职务不能担任了,教授还可以继续当,这学期的课还得给学生上完。

李显阳说:“感谢师大这么多年给我的厚爱,我会欣然接受学校这个安排。”

接着他的待遇就唰唰往下降,办公室也给腾出来了。在他的强烈要求下,学校在楼下给他收拾出来一个休息间,他就像犯了啥错误似的,弄得鸡飞狗跳,不好做人。

新书记已派来。

两个月以后,李显阳的小姨子以隆山演艺集团董事长的身份和省内唯一一个艺术专业博士的资质,应聘到这所大学的艺术学院当副院长兼教授,也是她姐夫李显阳空下来的职务。她的答辩非常受好评。只有现任院长袁清不高兴,处处阻拦。但人家实在才艺太高,资质太硬,袁清也无可奈何。

李显阳就倒霉了。袁清把怨气撒在他身上,他的境遇可想而知,成天憋一肚子气。

李显阳体检的时候查出肠子里长了几个息肉,也没太当回事。为了不留隐患,就做了手术给去除了。然后他和老婆王慧在医院旁边的永和豆浆店喝了点粥,就讲课去了。

以往为了追求完美,脸上长个小疙瘩、小包什么的,他就会找医生朋友给去掉。这肠子里长息肉,不是添乱吗? 坚决去除没商量。

没想到一年下来便血不止,他就有点慌了。女儿给他请了北京最权威的专家给他看,专家说里面还有几个小息肉,先观察观察,半年以后再来复检。

上北美走之前又预约了专家,又清理了一次息肉。

3

尤朗月吃过午饭,顶着春日的暖阳,美美地,又要逛街购物去了。她打车经过市政府转盘的时候,往往都要扭头向东北角高层的李显阳家张望一下,看看他家窗户打开没有,有没有生活的迹象。

李显阳出国快一年了，签证就要到期了，最近应该要回来了。

好静心的一年！

尤朗月理智上希望他永远不要回来，感情上又盼他早点回来。好想他！

可回来不知又要生出哪些恩怨是非、爱恨情仇？家境陷入泥潭的尤朗月哪还能像以前那样有闲心思面对呢？

尤朗月平时做人低调，心态平和，与世无争。她最常做的事，就是逛街购物，给女儿准备美食。她说逛街购物，既能锻炼身体，又能改善心情。对她来说，比跳广场舞强多了。

所到之处，除了留下时尚、美丽的倩影，她不喜欢留下自己的任何资料，尤其是自己的名字。她觉得这辈子自己还没有做出什么值得提起的光彩业绩，怕辱没了这个名字，所以需要签字的时候，只要不要求身份证跟着，她往往都要随意化个名。用得最多的是"李红""王兰""刘艳"等等能混迹于大众之中的名字。

她选择的人生路径太与众不同。过去人们把考大学比作"千军万马过独木桥"，可是她已经闯过了独木桥，走上了洒满阳光的康庄大道，却没有像起初的同路人那样在官场上、仕途中有一番作为，而是在能行风行风，能唤雨唤雨，有门路的要上，没有门路寻找门路也要上，几乎每个人都最大限度地挖掘过自己潜能的二十世纪八十年代，居然能闹中取静，急流之中勇退于蜗居，悉心照顾孩子的饮食起居，接送孩子上学或者放学，且无怨无悔，乐此不疲。这让大多数认识她的人，难以理解和接受。

她解释说："'鱼，吾所欲也，熊掌亦吾所欲也，二者不可得兼，舍鱼而取熊掌者也'。就这么简单。"

那个年代过来的人，几乎没有人认同她这个做法的。她自己也未必认同。只是条件不允许，她也没有更好的办法兼顾。

她老公三十出头，已经担任一家国企二级公司副经理，在经济上似乎能给这个家撑起一片天。当时孩子还小，常守业的父母不在本地，她自己的父母都没退休，奶奶又年事已高。幸好改革开放之后，学校实行了弹性工作制，除了上课和每周三下午到学校搞教研活动或政治学习外，其余时间教师可以自由支配，上完课就可以回家。这可成全了尤朗月。她只好暂时在事业上偃旗息鼓，放弃追求。

她做的是文学梦、小说家梦。一梦千年，一梦不醒。以致到人生的中后期，她的大学同学当中，有的已官至副省级，学生中也有当她顶头上司的，更有意思的是，一个比她老妹妹还小的当年邻居家的小男孩，在她退休之前，已成为她所在的隆钢报社的一把手。

"真是孺子可教，后生可畏呀！"尤朗月十分感慨。

近年来，每当在电梯上遇到现在邻居家的小孩向她问好的时候，她就想："别小瞧这个小崽子，说不定将来有什么出息呢！"

正所谓"沉舟侧畔千帆过，病树前头万木春"。时代的大潮汹涌向前，大浪淘沙，不进则退。然而，不论认识与不认识尤朗月的人，只要你见过她，就会被她那热爱生活的气息所感染。不是那种俗不可耐的大妈似的热爱，而是有品有质有艺术感在其中。

尽管她眼角已隐约菊花，可精气神并不逊于年轻人。

这是爱情的力量吧?恋爱中的女人最美,多数人都会这样去想。

她那不俗的装扮,都能让人感觉到幸福和温暖。

谁又会想到,在人生的波峰浪谷里兜兜转转几十年的她,在几乎人人都使出浑身解数想方设法奔小康、奔发达的年月,她竟能毅然放弃追逐;如今已到了扔五奔六的年龄,却还要在本该享受生活、颐养天年的人生阶段,准备涉足商海。

她此生最大的心愿还没有完成。她是个“一本书主义者”,成为一个有分量的小说家,是她平生最大的梦想,并支撑她走过岁月的沟沟坎坎,多年来,她痴心不改,信念不变。

她认为自己虽然没有经历过战争年代的枪林弹雨,没有大悲大喜、大起大落、跌宕起伏的人生命运,除了逛街购物,或者洗浴、美容、美甲、做睫毛,其他时间基本都是深居简出,少与人接触,但所遭际的来自人类社会的原罪,来自亲人、朋友、同事、同学,以及身边人所给予的心灵折磨和精神创伤,也并不比别人少。

她认为自己平生所犯的最大错误就是选择放弃对官场仕途的追求。

与世无争对别人来说是好事,少了一个实力较强的竞争对手,但对个人来说损失巨大,代价太大,大家并不领情,觉得是你个人的问题。

尤朗月要把自己惨痛的人生经历和曲折的心路历程告诉给善良的人们,希望他们吸取她的教训,不要再走她走过的老路,别再犯她犯过的错。

她调到报社之前已完成了一个中篇小说的初稿。心里没有点底她是不敢贸然进报社笔杆子堆里工作的。可到了报社之后才知道,这里的人和事远比她原来想象的要复杂得多。

“水深!”人们都这么形容报社。她深知自己陷入了深水坑。

尤朗月此后所经历的人和事,都是她以前做梦都没有想到过的。与之前在职校相比真是小巫见大巫,她要用几年的时间去感受和解读一些令人匪夷所思、莫名其妙的人和事,所以她停笔了好多年。

直到认识了李显阳,才又激起她继续写作的欲望。可是这又是个让她欲爱不能、欲恨不能的有争议的角色。说起来全是眼泪。

第九章　圆梦正当时　为霞尚满天

1

李显阳再回国的时候已是人间四月天。他来不及倒时差，就先到沈阳扫墓，然后才回隆山修整。

今年北方的春天来得特别迟，已经过了清明时节，自然物候还没有返青的痕迹。风很大，春寒料峭。离开一年了，再回到这片心心念念的热土，可气温冷飕飕的，还没有展露她美丽多情的欢颜。

李显阳坐在他十分熟悉的蓝莓咖啡店门外的石台上，耐心地等待着分别了一年的尤朗月。他想象着尤朗月会以怎样的姿态过来见他。他的思绪回溯着临走之际，尤朗月发到他手机里的诗句：

把思念交给长风

本来要求于别人的不多
要求自己的不低
正欢呼雀跃
平稳结束工作生涯
期待明天
再展夙愿
也能笑傲江湖
可没有想到
刚刚迈进2014的门槛
在这个新的节点上
就有天意预兆：
新的一年，要有大事发生！
首先，十分在意的耳环
分别断了两次(已重换)
紧接着，你在电波里告知了
你们大家庭的决定
我一整天都在忧伤
眼睫濡湿
抬不起眼帘
我能说什么呢?
服从命运的安排

是我们的天职
我们都有各自不同的人生走向
只能在心里默默地祝福你了！
我泪眼模糊，
无法抬眼
伟大领袖的词句
萦绕耳畔：
“天高云淡，
望断南飞雁”
而你岂止是“南飞雁”？
那是天之涯
海之角
太平洋彼岸
我们梦断天涯
只能交给时间
九曲愁肠只能截断
我们遇上了“缘消节”
加“情人劫”
那就记住美好的点滴吧！
付出的情感虽然破碎、凌乱
但却是真诚的
把思念交给长风
高天流云
是我们真实的写照
让我们记住那个“千山鸟飞绝，
万径人踪灭”的冬季千山
记住那些值得纪念的日子
记住香车宝马
记住我们心灵的后花园
记住心与心的碰撞
情与情的交融
记住恩怨
记住《乡愁》
记住《唐朝的明月》
记住《沁园春》《水调歌头》
记住一切美好的事物
千言万语归结一句最重要的
——但愿人长久！

只有这样
我们才能千里共明月
万里共婵娟
继续将美好的人生走完
哦，就到这了
我已泪眼潸然
模糊了视线……

只见一股旋风，将一个时尚女子从楼后推出，她按住向上翻飞的大写意如红云泼墨到湖水蓝上的长丝巾，又将右肩上橘红色提包的肩带往上拽了拽，然后拢着大披肩似的灰色羊毛外套的大襟，顶着风往前走。她看见坐在门口等她的李显阳，便踩着奢华、玲珑的蓝色镶花的鹿皮面高跟鞋奔过去。

一年多没有见面，也中断了电话和信息交流，女性的矜持，让尤朗月还是不能像以往偶尔或者像其他女子那样见到他就往上扑。

李显阳正看着这个飘逸的女子从楼后出来，他不知道这条全市的主干道的这个路口行车不让左拐，于是出租车只能把尤朗月拉到楼后面下车。

他嗖地起身，两个人默契地进了咖啡厅。仅有一个包间了，在大玻璃窗外高悬着的摄像头的监视下，他们面对面就座，按这个包间的最低消费额度点了一些食品和饮料。

“我向你汇报汇报我的身体情况。我临走之前在北京做了全面体检，肝有点问题，纤维硬化。肠子又去除了几个小息肉。这一年来便血没有间断过。我过几天再去复检一下，看看肠子有没有病变。我成废人了。”多么悲观的话在李显阳说来也是娓娓道来。

“你还是比以前胖了点。”尤朗月在遮阳镜上面看着他说。

李显阳呈现出一个恬静的状态让尤朗月审视，生怕她说出半个不字。他太爱完美，且自恋。尤朗月感觉他脸上的颜色略深一点，但没有说出来。

“我四月二号回来就上沈阳扫墓，之后又上北京，今天我合计给你打个电话，咱们见见面，唠唠嗑。”

“你来电话的时候，我还没起床，今天特别乏。昨天约好今天上午十点做睫毛，我九点多钟给人家打电话说不去了。”尤朗月边说边给李显阳看手机显示屏，以证实是真的。

“原谅我就不摘镜子了，”尤朗月指指遮阳镜，“睫毛要掉一半了。”

“看出来了。”李显阳够犀利。

“我今天就是起不来，太累了。我每天的劳动量是大多数人的三倍。买菜做饭就占去了不少时间，还要洗涮收拾，我哪有更多的时间干正经事？我的小说手稿大多都是后半夜起夜以后到早晨他们上班之前这段时间写的。白天该干吗干吗，啥也没耽误。已经收尾了，近三十万字。”

“是写你的一生？”李显阳探询地问。

“不是，是几个阶段。”尤朗月十分文气地说：“我到报社之前就写了个初稿，是中篇。那时经历的人和事太简单了。没想到到报社以后经历的人和事那么复杂，都是我以前所没有想到的，就撂笔了好多年。再写就是长篇了。”尤朗月解释道。

“是你的思想更深刻了?”李显阳小心翼翼地问。

“不是,我本质没变,是遇到的人和事太复杂了。”尤朗月暗中有指他也复杂的意思。

李显阳在咀嚼她的话。

“你说结局是悲剧好,还是喜剧好,或者是留有余地让读者自己去想象好?”尤朗月也暗指他俩的结局。

“让读者自己去想象!他认为和他好,他认为和他好。”李显阳想到了一些热播的电视剧在观众中引起的话题。

“那几个原型可怎么办呢?”对这个问题,尤朗月一开始就考虑过。“那也不能听蝲蝲蛄叫就不种庄稼了。”她这样说。

“把几个人的事集中在一个人身上。”李显阳说的是文学创作典型化过程中“集中塑造”的理论概念,又提醒说:“尽量别惹官司!在北美就有报道说,一个女的写东西发泄,当事人觉得侵权,就和她打官司。”

“鲁迅写完《阿Q正传》,不也有好几个人对号入座,问‘你写的谁’吗?”尤朗月又进一步解释:“说明人物写得非常典型。谁身上都有阿Q‘精神胜利法’的影子嘛!”

“你打算怎么发?”李显阳表示关切地问。

“先在网络上发,同时出书。”尤朗月肯定地说。

“告诉你一个好消息,你主演的电影《关公传奇》,已改名叫《大义参天》了。在网上能看到!今年二月份播放的。”尤朗月拿起手机,上网找到那个片头给李显阳看,是在扮演关公女儿的青年演员的网页上找到的。

“留下几个作品,不挺好嘛!”尤朗月夸赞。

“我这辈子知足了。女儿那么好,你又那么棒!”李显阳说:“你给我的瑞士军刀,我一直带在身上。”

“我早就忘了。”尤朗月有些违扭,又说:“我想你的时候就上网看照片。”尤朗月边说边在手机上打出“李显阳照片”几个字,翻到那个网页。

几张李显阳与别人的合影出现在屏幕上。

“这张好!”尤朗月指着李显阳和几个男女学生在一起录制广播剧《郭明义的故事》的照片。

“还是你们报社记者节那个最好!”李显阳指朗诵的碟,意在引起尤朗月的共鸣。

他为了和尤朗月走近,特意委托尤朗月给要隆钢报社记者节——暨周天雨诗歌朗诵会的碟。他确切地认为尤朗月就是因为看了那个碟以后才爱上他的。

“我都没告诉你,为了要那个碟,我给工会那个乔志宏五百元钱。先给他三百让他把碟做好,听说他母亲病了,就又扔两百元让他买水果。”尤朗月现在才说这事,就是想让李显阳知道她不是为了他的钱。他曾给她扔下过买点什么的钱。

“那还做成那样!”李显阳不满地说。

他们都没有想到乔志宏把从报社副书记手里一大堆碟中好不容易找到的那天唯一录制完整的碟,愣是煞费苦心地把李显阳表演的一段切割下来,又单独刻了碟。其他人的就更谈不到给了。连诗歌朗诵会的主角周天雨想留个纪念,都没要着碟。

那天的朗诵会是由乔志宏和李显阳的搭档沈歌飞主持的。也许是因为有他自己主持的缘故，或者是出于保护知识产权的目的吧？

“谁知道了？也许新闻单位的人说道多，非常人所能理解。”尤朗月已经适应了一些同事为人处世的无奇不有，无怪不有。

那块奇异的土壤产生奇异的品种。

也许是久不得志，长期在机关一个大盖子底下憋屈造成的扭曲、畸形的心理。让别人心里不舒服，自己也未必舒服。有句话说得好：“赠人玫瑰，手才能有余香嘛！”

尤朗月没告诉李显阳，那个平常连话都没说过的帮助找碟的副书记的孩子结婚的时候，她因为感激人家，也给塞了五百元，外加两条软中华烟。

李显阳拿着尤朗月的手机翻看着照片，不时用大拇指和中指小心翼翼地把照片屏幕推开放大看。态度非常认真，动作非常好看。

尤朗月笑了笑，说：“好熟练呀！我都不敢随便动哪个按键。”

李显阳老宣称自己不会上网。不以为耻，反以为荣，似乎与是非不沾边。看来李显阳没白接收女儿常给发过来的小外孙女的照片。在这方面业务较熟，训练有素。

第一张照片就是主持婚礼后与电视台女化妆师的合影，李显阳的手，扶在那女子的腰上，那女子很自信的样子。

尤朗月早闹过这张照片，不想再提。李显阳在外面做人的尺度，大家都心知肚明，见怪不怪。

“我是因为职业，……”李显阳想说他之所以待人亲近，且不分男女，与渴望得到支持，得到鲜花和掌声有关。

“这几年我尽量避开这些事，但有时候也免不了配合一下。我知道你还算宽容，但你很在意，也给你造成了一定的心理伤害。我是一个从不认错的人，在这里我向你道歉！希望你能原谅我的过往！”

“花花肠子应有悔，‘浪子回头金不换’。”尤朗月想起曾经给他发过的信息。

“我们彼此多珍重吧！”尤朗月并不完全相信他能做得到。当他的女人，一定得付出这个代价，也是所有女人都不愿付出的代价。没有雅量做不了他的女人。

“你家生意怎么样了？”李显阳关心地问。

“一言难尽。”尤朗月说：“那个海外投资人拨过来几百万就不再投了，只同意提供厂房和矿山。他家在全球有近百个企业，什么盈利做什么，唯独对钢铁行业不熟悉。我们这又不是现成的生产线，不能直接评估出价值。虽然都认同它的前景，但这个过程也是有风险的。所以他们也没说不做，都在观望，说如果看到前景，他会收购的。一般人的经济实力竞争不过他。他家有那么多企业，他们对这个事，不像我们那么关切，但一直都没断合作的念想。那个某省的首富，拨了一百万，把资料弄到手后，也不提投资了。这几百万几乎都花在继续试验项目和给大家开工资上了。前夫哥一心只想把项目做成，这个专利可能填补了某方面技术的空白，但他也不想想，找不到投资者，变不成经济效益，你这个项目就是巨坑。这几年我们跟他着急上火的，一会儿成了，一会儿又凉快了，成天忽悠我们。若不是我们娘俩心理素质好，承受力强，换别人早崩溃了。家里那点钱，他也往里投。我要是不过问，他还在给大家开工资呢！就差没倾家荡产了！”

“女儿有男朋友没？”李显阳关切地问：“今年能不能结婚？”

“明年吧！”尤朗月说：“今年事太多了，哪有闲工夫？”

“女儿结婚的时候，不管我在哪里都要告诉我！”李显阳说得像是很真诚。

“你有这想法我就很高兴了。”尤朗月欲言又止。

“咱俩在一起，你跟我说这么多话，我在那边一年也没说这么多话，没事就练书法。她每天吃完饭就带小外孙到海边玩，也不和我说话。我就坐在大石头上，望着大海，想了很多很多……”

“给我提供点写作素材！”尤朗月坐到李显阳身边，侧着脸，笑着看他，怪不得他皮肤的颜色深了呢，原来是坐在太平洋彼岸晒的。

“我这辈子知足了。女儿这么好，你又这么棒！”李显阳又说，同时低着头，扭过身，用手指尖抵了尤朗月的前胸。

“我退休了。”尤朗月告诉他。

“你到退休年龄了？”

“到了。”

“咱都这个年龄了，得保重身体了！”李显阳又这样说。

尤朗月不高兴了。一年前她还不太在意年龄，现在她在意了，就埋怨说：“你老提年龄，就像怕我忘了似的。与这有什么关系？”

李显阳说：“我年龄不更大？”

“你要这么在乎年龄，咱们就分手。在你上北美之前我就想说这句话。我实在受不了了！我都想好了，你爱找谁找谁，找到年龄小的，是你的造化！”

尤朗月这一番话无疑给刚刚找回温暖的李显阳泼了一盆凉水。他愣愣地说：“分什么手啊？我大老远回来，你扭头就跟我说这话？我每年在那住半年，回来住半年，还不等于分手吗？要是等下来证，得在五年内在那住满三年不能回来。”他又补充说：“我不刻意等证，顺其自然。”

“你要是入人家国籍，国家就不能给你开工资了吧？那老多年不白干了？”尤朗月抛出这个有分量的话题。

“不入籍！”李显阳肯定地说：“只是办一下长期居住证。”

“那你还是中国人呗？”尤朗月笑了。

“是中国人！”李显阳点头。

“我就是刀子嘴豆腐心。等你老了，没人伺候你的时候，我伺候你。我没别的本事，伺候人还挺细心。通过这么多年对孩子的照顾和对老爸在医院时的看护，没想到我还行。真的！”结识七年来，尤朗月头一次掏底跟他说这话。

李显阳立马伸出手，握了她一下，表示感谢。

尤朗月又问到他走之前是否在北京给薛世强他们来过电话，看来他们是知道他走的。周天雨那个圈子肯定有过聚餐。张克芳有一天下午给她发过来三条信息，先问：“你说我哪个圈适合？”见没回话，又发过来扒短：“不要忘了你和许新杨重新走到一起，是我这个好心人给搭的桥！”见还没回话，就在最后一条短信里指责：“你真不道德！”

尤朗月觉得这句话才是她那一通话的重点。不知道张克芳又受什么刺激了，精神病犯了！

“真是无理取闹！岂有此理！她太拿自己当回事了，还什么圈不圈的。她配我提到她吗？估计是薛世强，或者是谁的委婉说辞吧？她还好意思挑出话说？真不知道自己在别人眼里是个什么德行？烦都烦不过来！烦到都不想给她解释，她爱怎么想，就怎么想的境界！”尤朗月气愤地接着数落：“周天雨退休了，还不甘寂寞。为了治我，明知道我烦张克芳，就偏偏拿她来膈应我。连一个嘴那么不好、脾性那么坏的人，他都利用，真是极尽卑鄙、无耻的小人之能事。算个什么东西！人在做，天在看。坏心、坏肺的坏事做多了要遭报应的。他总蝇营狗苟团弄事，很多正派的人都不得意他！连刘立新当上诗协主席后，让他主持的诗人协会换届选举，他原本是诗协副主席，都落选了，臭到了无以复加，还不觉景。他以为抓住了古荫和张克芳这两个混世魔女，把一“卡”一“疯”，变成了“一“阴”一“魔”，就能达到替他出头损害我的目的！他那个层面的阅历，永远不会懂什么叫作“重拳出击”！他几十年来侵吞作者多少稿费？他忘了，有人没忘！他忘了嫖娼的案底，有人没忘！他公开搞婚外情，影响周围的社会风气，大家都有目共睹！他应该好自为之才是！”

李显阳主动提出让尤朗月以给他接风的名义找薛世强聚一聚，顺便了解一下那次他们聚餐发生了什么事导致张克芳之后给她发信息指责她。

李显阳和尤朗月都知道如果直接给薛世强打电话了解情况的话，他那直肠子秉性会第一时间就能说出去，有意无意之间就会把事情扩大化。

这个哥们虽然挺正直，但你要完全信任他，有时也挺能添乱、误事的。上次李显阳的女儿回来，薛世强邀几个朋友作陪，请他们全家聚了一次，本来挺乐呵的事，没想到席间薛世强却脱口告诉王慧：“有好几个女的喜欢李显阳，真的！我老和他在一起，我知道！”

有这么多人在场，又有女儿在身边，王慧没有接茬。

回来的路上，女儿为她老妈，与她老爸郑重地谈了一道儿。

女儿说：“作为公众人物，在外边有几个人喜欢很正常，但要处理好！我不希望我妈不高兴！我就一个老爸老妈，我绝不会允许谁破坏我的家庭！”

“女儿放心，爸爸不会对不起你们娘俩的！”李显阳面红耳赤、心惊肉跳地安抚女儿。

过后他把这段插曲告诉了尤朗月。说归说，做归做。

他们商定等周末，李显阳把隆山广播电视台委托他组织参加的“夏青杯”朗诵大赛隆山赛区的初赛结束，就给她打电话。

2

周四一早李显阳来电话说：“要请薛世强吃饭，我能不能喝点酒啊！我一会儿就上医院复查一下身体，看看肠子里还有没有息肉！”

尤朗月说：“如果有息肉，你也别马上去除！内脏不是外科！最好保守疗法，靠饮食调整吸收。给我来电话再说！”

“那么多人在场，怎么来电话？完了再说！你放心吧，一家子医生呢！”

一个半小时以后，尤朗月的手机响了。李显阳神色大变地说：“手术做了！医生害怕了！说肠子里有一个地方太薄了，很危险。他们给联系了北京的专家，火车票也买了，我马上就要上北京！三天以后回来。我是借上卫生间的工夫告诉你一声。聚餐聚不了了，你多保重吧!”

“啊？那你就先照顾好身体吧！到北京身体什么情况告诉我一声!”

这个真实的变故起初让尤朗月怀疑是不是李显阳有意要避开与薛世强的碰面。薛世强太了解他过往的故事了。但又不像是演戏,这出肉体痛苦的真戏码,可能倒是真给李显阳抗感情之灾了。他以往那么开放的天性,肯定经不起心细如丝,在感情上有洁癖的尤朗月的推敲。

几天以后,李显阳对王慧说:“在屋憋得我实在受不了了,我出去溜达溜达!”于是他来到小区花园里给尤朗月打电话,挺平静地说:“我肠子穿孔了,漏了。就是去除那个小息肉弄的。”

“啊,漏了?”尤朗月失声道。

“嗯。”李显阳说:“医生给在那个地方补了一小块东西,就得靠养了。还有一个小息肉做了活检,看看有没有癌细胞,几天以后出结果。我变成废人了!”

“你那个地方兴许比别的地方还结实呢!”尤朗月舒了一口气,笑着说。

“我一两个月再给你打电话！现在顾不了了!”

“妈呀,不得想死我呀!”尤朗月不无夸张地说。

“咱俩都多保重吧!”李显阳又老生常谈。

“那五月份那两个婚礼,你还给主持不了?”尤朗月问。

“那得给主持,看看再说吧！我特意出来告诉你一声,我得上楼了!”

“婚礼完事你给我来电话!”

“嗯。”

尤朗月虽然觉得扫兴,盼了一年多,总算回来了,但他身体却不遂人愿。但还好,他肠子的薄弱处总算修复了。

尤朗月特别想在他这次回来期间,选择农历七月初七这天更好,召集几个朋友和同学见证一下她与李显阳公开分手的告别活动暨尤朗月诗歌朗诵音乐会,还不知他能否同意,那就只有等了!

苦苦等待和追寻了大半生的照亮灵魂的灯,还会是他吗?

尤朗月想象着自己情真意切地告白,李显阳低调、深沉地诉说,感动了在场所有人的场景。

当许白鸽朗诵到“把思念交给长风高天流云是我们真实的写照”时,人们无不眼含热泪。

尤朗月和李显阳手牵着手,然后拥抱,继而抱头洒泪。

分手会变成了煽情会。

大家都在想:“他俩还分得了吗?”

尤朗月知道现实生活中,这样梦想的情景和场面几乎永远也不会出现。

李显阳五月份主持两个婚礼时不得不又跟着喝了一些酒。好面儿,又能装,只说自己血压高,不能多喝酒,不能说自己的花花肠子坏了。白休养了那么长时间,又便血了,只能再上北京。

医生说:“就得靠养了!”又重复几句告诫,有的和尤朗月平常的告诫类似。

回隆山几天后,李显阳借着王慧出去买菜的工夫给尤朗月打电话说:“我又做手术了!把肠子那段拽出来缝上了。”

“啊!五一之后你不说补上了吗?”

“嗯!没有癌细胞。现在缝上了。”

“肠子拽出来缝上,再推回去,没生命危险!”尤朗月安慰他,“就是影响点生活质量。”

“就是在北美的时候成天大鱼大肉吃的。今后就得像你说的,吃清淡的了。”

“你的护理也成问题!”尤朗月愤怒地表达对他老婆王慧的不满。她认为在这个问题上,王慧始终扮演着被动的角色。你说干啥咱就干啥,医生让干啥就干啥。自己完全没有观点和建议,就是天天陪在左右,寸步不离。亏她还当过医专的实习老师,医生世家出身。见多了伤病死亡,对于自己丈夫的生命健康就这样的态度吗?

李显阳明白尤朗月的意思,赶紧说:“我自己注意就是了!”

“唉,我真无语了!说啥都没用!你没听过我一句话!”尤朗月一直不同意他做手术,坚持让他保守疗法。她认为谁检查都可能有息肉,饮食吃对路,可能就消了。

她两年前脖子上脂肪粒过剩多出两个小赘肉,几乎所有见过的人都建议她,要是选择洋办法就用激光打掉,要是选择土办法就用头发丝勒掉。她这两个办法都没用,而是只用从美容院买的紧致颈霜,几天就抹没了。

这个过程李显阳是知道的。可面对自己肠子里的息肉,李显阳选择只听医生的。这让尤朗月很为他担心,果然情况不妙。

之后尤朗月查阅了不少有关这方面的专业书籍或者看电视讲座,得知除了腺体息肉有癌变的隐患外,其他的基本都是没有太大危害的,根本就用不着去除。况且内脏又不是外部,尤其是肠内,有创口不爱愈合。病理的东西,不一定会像人们想象求证的那样如你所愿,保守疗法不行的话,再做手术也不迟啊!真要是癌症,手术也用处不大,还可能加速死亡。不手术也许还能延迟生命。带癌细胞生存也是有可能的,只是尽量不要刺激它。

“我原来的手机到月底就不用了。朋友给我换了个新手机。谁找我喝酒,也找不着了。有什么情况,我给你打电话,向你汇报。让我们留住美好!”李显阳说。

“那要看你表现得好不好!”

“你是我的唯一,永远!”李显阳进一步强调。

“你能说到,但你做不到!其实我根本就不相信你!你一见到他们,就又会回到原来的状态。换手机是对的,得保护好身体了!健康细胞强的话,就会有修复功能。”尤朗月苦涩地安慰他。

“好了,我上楼了。”李显阳仍未先关机。

尤朗月就把通话键按了。

一个月之后的一天,李显阳突然像打了鸡血似的给尤朗月来电话,他激情洋溢,畅叙两人的情爱。

“是爱？”尤朗月半信半疑。

“怎么不是！有牵挂就是爱。我牵挂你！”李显阳心情极好。

“我看了网上有‘夏青杯’选拔赛的报道。”

“我是总评委！”

“嗯，看出来了。那些评委，基本都是和你有渊源的。”

“我下个月要到欧洲去旅游，女儿给订的旅游团，说是给爸爸的生日礼物。我都六十二了，这一晃退休两年了！”他还觉得余热未散尽，可惜命运不给力，让他的肠子出了问题。

“到法国艺术殿堂去看看，真好！”尤朗月赞赏，只是有些担心他的身体情况。他表面上装得若无其事，难受不难受其实只有他自己知道。

自大小手术三年以来一直潜血，便血也没间断过。他还家里外头充好人一个，只跟尤朗月说说病情，有点自欺欺人。

在外不说，是不希望破坏自己在他人心目中的完美形象。起初在家里也不太说，是怕给人家增添烦恼，遭人嫌弃。对女儿不说，是怕孝顺女儿担心。

他本来很在意传统意义上的夫妻关系，感情好不好也得睡在一张床上。哪怕同床异梦，表面上也得夫唱妇随，或者妇唱夫随。可是现在，他想维持这些表面的东西也做不到了。为了不打扰人家的安眠，他不在卧室里看电视了，而是选择经常在客厅的沙发上看电视或者睡觉。

女儿家的豪宅房间多，给他俩分别留出了房间。但只要一出门，就总是形影不离、出双入对的。

“我想见见你，你现在干啥呢？”李显阳问。

“我在给女儿准备美食呢！她回来了。”

“你什么时候方便出来？”

“我出来也不能开车了，司机给车上安摄像头了。”

“那他上班以后我上你家！”

“不行！小区到处都有摄像头。邻居们都是看了你做的广告才买房子的，都认识你！”

“那咱俩去宾馆，你去不去？”

“不敢不敢！”

“你这不敢那不敢的，我看你是打退堂鼓了？”

“他月末可能出差，再说吧！”

“那我给你打电话！”

“好吧！”

此话说完第三天常守业就出差了。仅三天就回来了。等到月末的前两天，李显阳就找机会出来给尤朗月打电话问：“干啥呢？”

尤朗月说：“给女儿做饭呢！他出差早就回来了。我给你打过电话，你没开机。没有显示出来吧？”她有点气他因为怕老婆平时老关机。

李显阳看尤朗月根本就没有要出来的意思，只好作罢说：“我到欧洲回来还要到陕西一趟。她外甥要结婚,我和她得去送他。”

“那是得管！完了你们才静心。”

他那个离婚多年的二小姨子一年前去世了。

“估计从那回来也就要走了。”李显阳告诉她实情。

“你从陕西回来,给我来电话。”尤朗月敷衍着说。

又过了近一个月,尤朗月正在市图书馆听影视艺术方面的公益讲座,电话振动了,是李显阳新换的手机号码。

“我从欧洲回来就到北京了,过几天就要到陕西,从陕西回来就要回北美了。”李显阳告知尤朗月他的行程。

“你现在在北京呢?”尤朗月有些故意往远处支李显阳的意思。她的心愈发与他离得遥远,也似乎不太想接近。不是因为他的病状,而是因为他的性情不可救药。

有病之初就没当回事,迎合这个,迎合那个的。从没听过尤朗月的告诫,周围人怎么说怎么是,没有自己的思维判断。左一次右一次地去除息肉,一次比一次情况严重。本来好好的人,没事找事,以至造成了巨大的身体伤害和隐患,还掩盖问题,不思反悔,除了在有些利益面前精明过度。尤朗月再有拳拳之心也倦了,不爱理他了,但又放不下牵挂。她对他的感情已像亲人,再不满意也难舍牵挂。

李显阳也明显地感觉到尤朗月的心已不在他身边。只按他们约好的从陕西回到北京后给她来个电话,告诉她,他们要走了,走之前可能不回隆山了。按照他的秉性,有让尤朗月感到遗憾的意思。

此时的尤朗月又摒弃前嫌,深情地说:“前几天看湖南卫视热播的《爸爸去哪了》,其中有一个节目是嘉宾们化装成老年夫妻时的对话,我挺有感触。林永健的妻子周冬齐对他说,他常年在外拍戏,照顾不了家里,她也曾有过分手的想法。但有一天做梦,梦到林永健走到悬崖边突然掉下去了的时候,她吓醒了。她心疼地哭了好长时间。从那时候起她就想:还分什么手啊？只要你活着就好！我对你的感情也是这样。即使你不开机,即使你在北京,你只要在这块土地上就好！再放宽一点,你哪怕不在这块土地上,飞到另一个半球去了,你只要在这个地球上就好！再说遥远一点,你也不在另一个半球上,你飞到了天空中,哪怕你只要在这个世界上,在这个人世间就好！就像对我老爸的期望那样,只要他老人家有呼吸,能感受到这个世界就好！但是话又说回来了,你现在还在咱这块土地上,北京离得也不远,你带着病,欧洲都能陪她飞,就回隆山一趟呗！让我看看你什么样了?”

“没有理由啊,怎么跟她说？证件什么的都带在身边呢！等十一以后看看吧!”

十月五号,李显阳来电话说:“我女儿来电话了！催我们尽快过去。两个孩子了,她带不过来。证要下来了,这次回去恐怕还得待一年。这几天就要走了。我告诉你,是让你安心!”

“我静心!”尤朗月同意他说的话,又诚恳地告知:“我这几天,天天等你电话!”

“我把身体养好,回来找你!”李显阳安慰她。

“盼你回来!”尤朗月只能故作不在意,笑嘻嘻地说。

“再回来就得一年以后了!”李显阳意味深长,不无惋惜。他是很想再见她一面的。

他上次打电话还说得八个月回来,只几天就改说一年了,显然时间是不确定的,意在吊胃口,刺激我,让我感到遗憾罢了。尤朗月已无心多想。

“一年,”尤朗月觉得“太漫长了!”说出来的却是:“还不知能不能见着了呢!”尤朗月很悲观。

“那我走这一年,你不也挺好吗?”李显阳试探地说。

尤朗月想说这一年我经历了多少事,掉了多少分量,是怎样痛苦而又无人倾诉地过来的?而他回来这半年,多半是治病养身体,并没见几次面,仍然是聚少离多。但毕竟是在一块土地上,打个电话也方便得多。与到境外就不一样了,那有生离死别之感。

但大势所趋,不可抗力,只能眼睁睁放手。以往的善念或恶念都将化作风随流云散了。

“把思念交给长风!”这是尤朗月,也是李显阳目前唯一的选择。

李显阳走后,尤朗月专心致力于小说的打磨和出版的运作。她相信自己几十年来所付出的辛苦努力不会白费。梦想终究会照亮现实人生的。

3

小说到此结束应该是充满诗意和美好的。可生活还在继续。人心欲望决定一切。真善美和假恶丑每天都在人生的舞台上上演,让很多人来不及思索,来不及回味,但它却仍继续给以探索人生真谛为己任的尤朗月,提供了丰富多彩的写作素材。

几乎每年李显阳走后,在周天雨和古荫的挑唆下,张克芳都要给尤朗月打一两个电话或发一两次信息骚扰。

起初尤朗月没理她,爱怎么鼓捣,就怎么鼓捣呗!烦她烦的,宁可她误会都不想给她解释什么。一年前尤朗月又接到一个陌生电话,没想到又是张克芳换了号码。

张克芳说:“小学同学要建群,饭也吃了,完了黄了!”

“这与我有什么关系?”尤朗月反问。

“就是因为你!施晓明说你对我怨气老大了!”

“我和他也没有联系呀!”尤朗月耐着性子。

“他说是新杨说的,‘哎呀,尤朗月对张克芳怨气老大了!’完了他们就都退群了。”

“我也不知道这事呀!没有一个人跟我说呀!”

“你对我影响挺大!”张克芳一改往日说话很冲的口气,放慢语速说。想必身边有人,已经处心积虑打这个电话好久了。

“你要是不提我,谁知道你认识我?我也不接触他们呐!”

“你对我做过什么,你自己知道!”

“妈呀!你也太拿自己当事了吧?提你都嫌粘牙!那你找几个人坐一块儿碰碰,我说过你什么了?”

“我不找,那你找!”张克芳又不往上凑搭了。

“我找什么?眼前有些人,想忘都忘不掉!哪有闲心理好几十年都没有涉及的人和事啊?”

“反正你对我做过什么你自己知道!”张克芳一口咬定。想必有人挑唆。

“有人挑拨离间,你还总为虎作伥。我要是说你什么了,你也不至于这么混呐！我还没找你呢,你倒找我来了！蹬鼻子上脸！……”那边电话里立刻就没动静了。尤朗月估计是张克芳身边有人,她怕丢脸。

从此清静了一年!

又是一年的春天来了。一天,尤朗月在站前商场遇到了许新杨。刚打完招呼,许新杨就说:“张克芳,哎呀妈呀,给我和连山打好几个电话说你！挑拨咱俩的关系。我不想听,把她憋着了！疯了似的发泄对我的不满！说我就听你的,你可坏了！给我发了挺长信息。韩艳的老公请吃饭,她说‘就不通知新杨一个人!’张素霞一听气坏了。她还在咱局做保洁呢,就告诉我了!”

“什么时候的事?”尤朗月问。

“就最近这几天!”

“啊,那是我在网上发几条微信得罪了几个文化人,他们又挑唆她出头坏我了。她这几年,年年打电话骚扰我一两次。”

“那你一看是她电话就不接呗!”许新杨替她焦急。

“哪呀！她换别的号码打的。上次叫我怼了,我说提你都嫌粘牙！你也太拿自己当回事了！她就不直接找我了,挑拨你去了。她能说啥？她应该知道我向着你呀!”尤朗月想:张克芳再挑拨下去就要影响人家夫妻关系了！不仅仅是影响我一个人。就对许新杨说:“咱俩老感情没有问题!”

尤朗月回到家,又看了一遍自己最近发的微信,觉得是现在的市诗协主席刘立新做了小人。刘立新因为表弟要提干的事,想求尤朗明帮忙,还特意拿着自己的画去医院看望尤老爸,尤朗月知道这个忙帮不上,百般阻拦也没拦住。后来同意他过去,是给他面子。知道他那么上心此事,肯定是得人家好处了。称名市诗人协会主席,也不想想别人是怎样看他的？又不是他提干,干吗那么热心地拿自己画展上能换钱的画给人家当礼物呢?

刘立新听保姆说尤朗月忙出书,忙写小说,就打电话过来,他们互加了微信。

尤朗月炮轰某些所谓文化人的起因,是一个微友连续转发了两篇文章,头一篇的题目是《试论贵族精神》,第二篇是《诗人等于贵族》。尤朗月看到第一篇的时候给予了极大的欣赏,并建议大家都读读。

她说:“尽管随着社会的进步,腐朽的贵族制度几近绝迹(仅个别国家例外),但在这个纷繁、复杂、浮躁、功利的当今时代,适当保有点以荣誉、责任、勇气、自律等一系列价值为核心的‘贵族精神’的内核和情结,也应该是被肯定的。对历史上存在过的思想的传承,应该是吸取其精华,去除其糟粕。当然这并不是说面对敌人兵临城下不反抗,面对邪恶力量不抗争,更不是不食人间烟火,而是说在精神层面要有一定的追求。尤其是在物欲横流的现实社会更不能见利忘义,不能让不良的贪念、无耻的欲望决定一切。就是说无论在怎样艰难困苦的情况下,都要保有高贵的人格操守和优秀的精神品质。”

那个微友没想到转稿这么受待见，一高兴又发了一篇。第二篇的内容写的蛮抒情，只是标题，尤朗月非常不认同。她又发文如下：

“今天看到一篇洋洋洒洒的文章，阐述了诗人与贵族的关联，写得很抒情。唯有标题不敢苟同。作者直抒胸臆地说‘诗人等于贵族’，看得出作者对诗人的偏爱。如果说诗歌是文学作品四大样式中的贵族，本人并不反对。因为诗歌是语言的精华，是凝练的艺术。每一字，每一行，都比其他几个文学样式浓缩的含义深，含金量高，价值大，稿费自然也要比其他的贵。但我要强烈纠正他的观点说：诗人不等于贵族！他的观点经不起推敲，彼此不可以画等号！

不能否认屈原是贵族，更是伟大的爱国主义加浪漫主义诗人。但有些诗人，虽然能诌几句歪诗，其灵魂深处卑鄙龌龊，阴险丑陋，怎么能与‘贵族’沾边呢？岂不是玷污么？

有的即使善于炒作自己，整天无所不用其极地往自己脸上贴金添彩，那也掩盖不了小丑的行径。听说有人把某方面明显有问题的人，也拉进了诗人协会，而且还成了娱乐活动的积极分子，那么低的门槛让很多人嗤之以鼻，躲八丈远。如果仅为了玩，或者没文化偏要附庸点风雅，或者为了混点身份，跪舔所谓的文化人也就罢了！千万别冠以‘以诗人的名义’如何如何。不配！也丢不起那个人！是吧？

本人有时发表个什么观点不是针对所有人的，务请亲朋好友别往自己身上对号。我没有闲工夫树敌。有个大神在别有用心人的挑唆下，每年都给我打电话或者发信息骚扰我一两次，提到她我都嫌粘牙。老姐清高了半生，好处都不想多要，被她溅上点狗屎得多冤？明知道得破裤子缠腿也没躲了。你担待她，她得寸进尺，蹬鼻子上脸。直到你骂她了，她看得不到好处了，才收敛。这一切都与诗人和诗以及迷诗、恋诗的人有关联。这样的诗人和诗背后的故事，能拿得到台面说吗？与‘贵族’有毛钱干系？亲们能理解我的愤怒吧？”

文中刮扯点诗人协会，但没针对刘立新个人。尤朗月还特意提请各位亲朋好友别往自己身上对号。但刘立新终因心眼小，还记着给尤朗月发信息拜年的时候，说到过“以诗人的名义”的话，况且亲戚又提干无门，他就把这事迁怒到尤朗月，把尤朗月对某些人的不满，告诉了这些人。

其实尤朗月对文化人纯天然友好，说话办事总是向着、护着的。而其他人在她眼里、心里根本没他们什么事。

这边周天雨和古荫一起想对策，研究如何对付尤朗月。他们决定还是打张克芳这张牌，怂恿张克芳出头闹腾尤朗月，同时催促张克芳尽快把诗集弄出来，哪方面需要帮忙，他给找人，包括修改诗歌、封面设计等，作序他更是责无旁贷了。他的动机只有一个，就是让十分讨厌张克芳的尤朗月不高兴，让她知道轻视他是要付出代价的。

他还请来了电视台访谈张克芳。

谁也没有想到，张克芳平时那么爱显摆的一个人，这回真的要登大雅之堂了，做美梦也想不到的好事就要成真了，她却不让给录镜头。也许这一切来得太不可思议了吧？她自己的心理准备还没有做好。她做梦都不会想到：自己庸庸碌碌的人生，还会有这样的一天？

她开始担心自己上电视，一旦莫名其妙地被那些在一起摸爬滚打了几十年的人看到，一下子接受不了怎么办？更担心那些被她坑害的人接受不了。访谈时她说的那些假话，虚构的种种不实资历，经不起推敲，露馅儿了可不好。她了解那些自己得罪过的、损害过的人，他们有的简单粗暴，沾火就着，还不得找电视台投诉啊？脾气不好的，还不得把电视台给砸了呀？

书出来后，她与周天雨商量请了几桌人庆祝。她那个得了癌症的姐姐也代表兄弟姐妹来亮相了。终于见到了心目中的名人周天雨，她姐姐悲喜交加，抹着眼泪说不出话。去了三五个别的班的中小学男同学，见证她的“辉煌”时刻。其他的都是周天雨身边的人。有古荫、夏诗文、许白鸽，还有一些近年才接触到的不明就里的群里人。

人通知多了，以至于多数人没有入主桌，而是坐在周边四位一桌的座位上。真不好上菜！彼此双方都很尴尬，都装作看诗。

为出这本诗集，张克芳已经倾囊而出。虽然办的是只可内部交流，不能上市面销售的那种便宜“书号”，那钱也没少花。

请客吃饭多一点钱她也拿不出来了，连周天雨给她作序的稿费她都没给。

尤朗月在网上看到周天雨在给张克芳的“诗集”作序中，按照张克芳自己提供的个人信息，美化说什么“大专毕业”“工商管理专业”，心想：这是她这辈子也没有用上过的学历。

序文里又说什么小学连年被评为“三好学生”。尤朗月想：真是无知者无畏！“文化大革命”期间哪有“三好学生”啊？是叫“五好战士”吧？那也得是她小学三年级下乡以后的事。通山街的所有同学都不知道她当过“三好学生”或者“五好战士”。

张克芳还说自己从小就喜爱诗歌。这个连发小们也都不知道啊！因为那时候除了毛主席诗词，生活中少有诗歌。后来“全国学小靳庄”才普及了诗歌。

张克芳说她家下乡的地方，村民们在田间地头常爱说“顺口溜”，所以她也受到了影响，爱诌“顺口溜”。尤朗月认为只有这一说是可能的。顶多也就“顺口溜”水平，斗大的字不识一筐。那么脍炙人口的千古名篇《陋室铭》，到她嘴里就变成了“baizhiming”，贻笑大方也不自知，真丢死人了！提她都嫌丢脸。若谁要是好心给她纠正一下，她就会说人家嫉妒她。真是蒸不熟煮不烂的，居然在周天雨的帮助下，还成“诗人”了？经常“撕人”罢了！

不能否认张克芳这几年跟无耻的文痞们也学到了不少东西。

张克芳曾在电话里当笑话跟尤朗月讲，她老婆婆去世的时候，殡仪馆女主持人念的悼词中说她老婆婆是中共党员。她一出殡仪馆门就问她老公：“你妈啥时候火线入党的？挺能耐呀！”

她老公说：是他家那个当市政协副秘书长的姐夫，在从殡仪馆借的别人家的悼词中大笔一挥，刷刷刷给删改的句子当中保留了那句。人家只能照着原稿念，才出了此笑话。

尤朗月想：此人真“不愧为”市政协的笔杆子，“大手笔”！说假话，指鹿为马，无中生有，欺骗群众，借以美化身份。这点事都如此，其他事可想而知。职业生涯里说不上能干出多少欺上瞒下的丑事。

有个成语叫“上行下效”。这潜移默化的熏陶和影响，张克芳真的学到点皮毛。

她还在自己的诗集后记中提到感谢一个人，就是那个带班最好的班主任姜老师，当年“批林批孔”的时候,让她给整的党都没入上。

尤朗月想:她怎么不提她从小就得了肾炎,成天尿炕,中学毕业的时候,大家都响应毛主席的号召上山下乡,接受贫下中农的再教育,她却因肾病要留城,还是这个被她坑了的班主任姜老师不计前嫌,给她打了证明,她才没下乡吃苦,到街道小工厂上班了。她知道自己曾经在做人上经不起推敲,后来才用力洗白自己、美化自己,那也挡不住她的私欲和恶念。

文中还提到为邻居家的孤寡老人洗衣送饭、送棉被什么的,她怎么不说那个常给老人做饭的女邻居,就是因为她说的一句话,而没继承得了老人的房产。她起底人家说是学“法轮功”的,她真是坑人不浅。

几年前,尤朗月参加过一回小学同学聚会,受到发小情谊的感召,曾想帮助她,把她“助人为乐”的事迹宣传报道一下,还特意给周天雨打过电话说这事。是她自己不让报道的这两个事,显然是知道自己在做人上经不起推敲。

事过境迁。现在张克芳自己需要人格“美容”了。很多人只看到她热心肠的表象,哪知道她背地里给许新杨和尤朗月人为地制造多少名誉伤害和损失?只有少数人才知道这种伤害的深度和疼痛。她们自己都不想对人解释。因为她说的都不是事情的真相,是张克芳故意给人画圈、造谣。当事人也想不到会有人歪曲事情的本来面目,想解释都不知跟谁解释,甚至无从解释。这么坏的一个人,还伪装成多么善良、热心,扶弱济贫,又是照顾流浪猫,又是救治流浪狗的。她怎么不怕遭报应?了解她的人都这么想。

按说张克芳的一切,尤朗月本来无视。可没想到居然真的是破裤子缠腿。她对自己的损害太大了。尤朗月觉得有必要呼吁制定法律的部门,研究一下将来是否将挑拨离间、搬弄是非、编瞎话的造谣中伤者也定罪?或者像新加坡的法律那样,要设“鞭刑”。因为他们对社会的危害是潜在的。对人的精神、人格和名誉的伤害太大了。

刘立新拿到医院去的那两幅画,尤朗明看都没心看一眼就说:“你们谁要谁拿走吧!”老爸的保姆就把画给一个爱写诗的小护士了。

4

不久,全国各地掀起了创建文明城市的热潮。隆山市也大张旗鼓、轰轰烈烈地开展起来。隆山市委、市政府不仅抓市容市貌的外环境建设,精神文明和文化建设也要走在前列。新上任的文化部门领导也想在自己主抓的领域搞出成绩,就积极支持市演艺集团旗下的各艺术院团参与省艺术节系列活动。

话剧是隆山市的强项,曾是全国三大红旗院团之一,自然要参赛。拿出了两个本子,其中一个话剧名叫《风雪》。写的是一个民营企业家老板,被金钱麻木了身心。因公司面临破产以及拖欠员工工资而躲避债务开车出逃,路遇大风雪天气,大雪封山,汽车抛锚,走投无路,只好躲到深山老峪里的一户人家,意外地遇到了自己离散二十多年的亲生女儿。女儿患白血病,村民全力相救。他从一群最普通、最单纯的农民身上收获了久违的温情和人性的美好,终于内心自省,自我救赎。

领导们一致同意邀请多年前因主演话剧,荣获过文化部颁发的文华表演奖的回国度假的李显阳来主演，并力争夺金。这对于已经离开戏剧舞台十多年的李显阳来说，不能说一点压力都没有。现在新人辈出，若出了意外，不能夺金，岂不砸了自己被尊称"艺术泰斗"的牌子，打自己的脸？但"艺高人胆大"，膨胀的欲望还是让渴望再度创造演艺事业辉煌的李显阳接受了邀请。

因为是主演，角色贯穿全剧始终，需要上场表演的场面较多，需要下功夫背的台词也较多。于是李显阳就紧锣密鼓地参与整个排练过程。

起初由于有一定压力，李显阳没想声张此事。每周按约定给尤朗月打电话也没提及。尤朗月拜托他给找人联系把她创作的小说拍成电视剧，他也满口答应了。

可是一个星期没有动静。尤朗月就拨了他的手机，仍然是没开机。尤朗月就只好打车借傍晚上商场之机往他家楼上瞭了一眼，看灯亮没。

透过灯火璀璨的夜幕，看他家客厅的灯亮着，说明他正委在客厅的沙发上看电视。

尤朗月去过他家一次，知道座机电话就在他家沙发前的茶几上，只好破例往座机拨了一声。

只一刻钟，李显阳果然打电话过来。他们说好下星期请市影视艺术家协会主席郭劲松出来聊聊作品的事。

第二天尤朗月按照每周的惯例到洗浴中心搓了澡，又到美发店做了头发，一心就等着李显阳来电话。

周一早晨八点刚过，果然有李显阳家座机电话进来。尤朗月当时正在厨房做饭没听到。等回卧室时才看到显示，已经过了半个多小时，她暗忖：李显阳为什么没拿手机打过来电话？转念一想，也许是因为在家里，当媳妇面故作平常地回的电话，告诉自己是怎么和影协主席商量聚餐的吧？她拨过去两声，自信李显阳听到电话响会回电的。可是他没回，就判断：他也许出去了。

等到下午，尤朗月觉得还是应该再拨过去电话问问李显阳和郭劲松是怎么商量的，因为毕竟他那边已经来过电话了。只是不巧自己没在屋，没听到电话响。

是他媳妇接的。

尤朗月不知道早晨的电话是她打过来的，就主动承担说自己写了个作品，想请李老师帮忙给找人出出主意。

"他上班去了！每天一早就给接走，上艺术剧院排练话剧。"

噢，他每天都不在家！尤朗月欣喜地想。呼吸开始畅通，心思开始活络。之前她还以为他俩整天形影不离、出双入对的。连给她打电话都要借着倒垃圾的工夫或者上哪去借着上卫生间的空档。

"你给他打手机！"她媳妇说。

"他也不开机呀！"尤朗月果断地说。

"不能开机！"他媳妇像煞有介事地说。尤朗月不知道这个话题出了破绽。

"挡不住朋友找啊。"尤朗月知道李显阳的身体因喝酒过多而出了问题，肠子里长了息肉，手术剔了好几次也没剔净，以为是因为这个，为了减少应酬，同时也为了减少是非才经常关机的。

她不知道他的手机有两个卡，而其中一个是只给她一个人开的。他每次给她打完电话就关机。她若有事，可以给他发短信，他抽空看看，再回话。

另一个号码经常开机。

尤朗月不知其真相，误以为他就一个手机号，自然引起了他家那口子的疑问。

“你和他什么关系？”那口子直接问。

“朋友！”尤朗月毫不心虚地说。

“你叫什么名？”她追问。

尤朗月笑了说：“我都低调惯了，干啥都化名。你就让他按显示屏上的号码给我回话就行了。谢谢嫂子！”她虽然没告诉她姓名，但还是很礼貌、很客气地撂了电话。

没想到等李显阳排练到半夜回家，她媳妇就不依不饶地放刁闹开了。

第二天一早，李显阳就向尤朗月兴师问罪：“你给她打什么电话？还不大大方方说名！”

尤朗月愣了，说：“我到哪都化名，也不是就不跟她说名啊！这你知道呀！”

“薛世强认识你老公，哪天我也找你老公唠唠！”李显阳满脸怒气地说。

“找呗，我乐不得你找他呢！”尤朗月也生气了说。

“咱俩结识一场，你有事跟我说呀！你找她干什么？闹了我一宿没睡！”李显阳的愤怒还在升级。

尤朗月也来劲了，高声说：“她不仁，我也不义！你惯她，我不惯她！是你们一早打过来的电话！我在厨房呢，没听到。等我进屋才看到显示，就回了两声，没人接。我以为是你要告诉我找郭劲松吃饭的事呢，就又拨过去了。”尤朗月这才知道他不仅是误会她了，他媳妇还进谗言诋毁她、糟践她。

“不是我打的电话，是她打的！”李显阳登时无地自容，觉得对不起尤朗月。

“以后我隔五六天给你打一个电话。等我正式演出之前，你过来给我把把关。”李显阳诚心邀请。

尤朗月半撒娇、半生气地说：“妈呀，不得想死我呀！我有这个资格呀？”

李显阳这才告诉尤朗月，为了参加省第十届艺术节，市文广局委托演艺集团参演话剧《风雪》，邀请他主演一个民营企业家，大雪天躲到深山老峪里逃债而发生的故事。

“搭档是谁？”尤朗月笑嘻嘻地问。

“小孩！演一个女儿。前妻也就提那么一点，人物没出现。”

下午李显阳又抽空给尤朗月打了一个电话，是想知道尤朗月真生气没。

尤朗月把自己对戏剧的理解倾囊而出：“我没看到剧本，无法说出具体的建议。但以我对戏剧的理解，一个逃债的企业家遇到大雪天，山高路滑，肯定是不能像平常那样端着、架着的，就算不趺趺撞撞的，也得是踉踉跄跄、狼狈不堪的。再有演每个细节都要有花点、有嚼头。比如像成龙，电影演出的情节就没有平铺直叙的，让人在紧张之余，常常忍俊不禁地嚼出点幽默感来。还比如，一个小伙，一边走路，一边回头看美女，不小心“嘣”撞头了，还可能特写个包。最让我难忘的是《雷雨》中孙道林饰演的周朴园在意识到侍凤和周萍的不伦关系时，拿着大雪茄烟的手下意识地指了两下，然后把烟甩出去了的细节太传神了！令人终生难忘。另外，发挥你的朗诵强项！不大雪天吗？你到深山老林，看到‘北国风光’，想到自己现在的处境，发出感慨。不要朗诵，要吟诵！”

尤朗月没有想到她的这番有心无意的建议，李显阳与编剧和导演沟通后，在演绎的作品里都逐一创造性地采纳了。整个剧情戏点更加丰富多彩，让观众目不暇接，增添了作品浓重的艺术品位和感染魅力，是一种非常美好的精神享受和艺术享受。

作为市影视艺术家协会名誉主席的李显阳，几个月前主持了微电影节启动仪式，他还邀请尤朗月准备参加闭幕式走红毯活动，然后借机接触与会影视艺术家、制片人、导演什么的，以推介自己的作品，或转让版权，或拍电视剧。可没想到在闭幕式的筹备会上，他看到古荫反戴个红帽子，脖子上挂着个照相机也来了，立马就没了情绪和兴致。他知道尤朗月和古荫已经水火不容，便借着赶排参演话剧的理由，不参加了。

经过几个月的排练，话剧《风雪》终于亮相，首演选在隆山师范大学礼堂。市委副书记和主抓文教的副市长以及师大的陆校长、文广局局长等相关领导悉数到场观看演出，似有表示支持和给作品把关的性质。

尤朗月也应邀前往，李显阳让她在领导们的后排落座。

她起初忙不迭用手机拍照、录像，只一会儿就停手了。她觉得这太耽误观看和欣赏的效果。她看到了平常姿态端庄、迈步稳健、极有风度的李显阳在舞台上放下身段，摸爬滚打，非常投入的另一面。

一开始，她手机还没太准备好录像，李显阳饰演的人物张景辉就在北风烟雪中从假山后面上来了，帽子被风刮掉了，紧接着脚底一滑就出溜到了半山腰。观众的眼球立马被抓住了。坐在半山腰的张景辉脖子上挎着个皮兜子，落拓地坐在半山腰的大石头上，看着眼前茫茫的大雪，用他那蘸糖的磁性男中音发出感慨：“明天是大雪，今天就下了。这节气可真准啊！”

然后想到公司面临破产，因拖欠员工工资外逃，路遇大雪撞车，奔驰车抛锚在半道，自己躲到深山老峪里，落魄成这样，就吟诵起诗歌小调。

这个情节是根据尤朗月的提示后加上去的。为了突出李显阳朗诵的强项，编剧选择了诸葛亮的老丈人黄承彦的诗句：“一夜北风寒，万里彤云厚。长空雪乱飘，尽改江山旧。仰面观太虚，疑是玉龙斗。纷纷鳞甲飞，顷刻遍宇宙。骑驴过小桥，独叹梅花瘦。”吟诵到末尾又重复一句：“骑驴过小桥，独叹梅花瘦。”

这时李显阳饰演的剧中人物张景辉已从半山腰下来，趴在雪地上，走投无路，号啕大哭，自然把人们带入了剧情。观众们会思索：他为什么会有这种心境，是怎么落到这步田地的？

随着剧情，亮点纷呈。原先尤朗月还本能地略有点担心，现在已经对李显阳成熟的心智和精湛的演技完全信任。只要能想得到的，没有他演不到的。不愧为国家一级演员！便全情地沉浸在欣赏之中，心情非常愉悦，共鸣处带头使劲鼓掌。连文广局女局长都会心地回头瞅她笑。

“只要给我机会，我就灿烂。”李显阳曾说。

演出谢幕的时候，领导们到台上与演员握手寒暄，然后合影留念。

尤朗月是较后出来的，她很恋恋不舍。不知道该怎样好，是走还是不走？

外面夜幕已经降临，她来到路边树下，想等领导们走后再和李显阳打个招呼。

几个领导已分别钻进等在路边的车里，有的车开走了，有的车原地没动。

不多时，李显阳借着送一个朋友的机会出来找她。她赶紧过去跟他仪式性地握手。她知道身后有双精明的女领导的眼睛在察看他俩的情况。

“我演得怎么样?”李显阳想听听尤朗月的看法。

“超好！比想象得要好。”尤朗月给予肯定。

“你开车来的?”李显阳四处看看。

“嗯。”尤朗月并不想解释，她已给司机打了电话，司机马上过来接。“你怎么走?”

“这不导演他们都在这呢，一时半会儿走不了。”

“那你先忙！有空给我打电话!”尤朗月做了一下打电话的手势。

“那我给你打电话!”

尤朗月回身看到停在路边的那辆领导的车才开动。

回家后尤朗月匆忙选出几个有代表性的镜头，配上一则消息，发在微信朋友圈了。

那舞美追光打造的湛蓝色背景下雪天的诗意如仙境般美妙，让人赏心悦目，自然获得了一大堆点赞和夸奖。

第二天一早，尤朗月余兴未尽，又诌了一首小诗发在了微信朋友圈：

认识你，就是我最好的年华

你的前半生
我没有出席
你的后半生
我仍然会常常旷课
但只要你需要我的时候
我不会选择缺席
认识你，就是我最好的年华
醉美的季节
感恩曾经拥有的人生经历
感恩多情的浪漫的爽心的
给予和付出
在未来不可知的日子里
哪怕爱情不在了
我也不会像以往那样
不珍惜
曾经的友谊
今生今世……

两天后省城的专家评委过来了。隆山演艺集团选送的话剧《风雪》荣获省第十届艺术节的六个奖项。其中“优秀剧目奖”为综合类最高奖；男女主演，即李显阳和饰演女儿的省人艺派过来的青年演员慕雪倩双双荣获省政府文化艺术文华奖金奖。舞美灯光也和编剧、导演一起获得了优秀奖，实至名归。

那几个没获奖的配角，演得也非常出彩！

紧接着话剧《风雪》被选送到北京参加纪念中国戏剧诞生110周年“全国话剧优秀新剧目展演季”会演。

尤朗月从网上看到省里一个女文艺评论家发表在《辽宁日报》上的观后感，大意是由于职业习惯，自己是怀着理性和找茬的心理去观看的。可随着演出大幕拉开，人物出场是一下子从山上滑落下来，即刻抓住了观众的眼球。紧接着戏点纷呈，目不暇接。整个过程设计巧妙，她非常欣赏和享受，以至她要在网上订票，前往北京国家大剧院再次观看。

在中国国家大剧院的舞台上，由李显阳主演的话剧《风雪》成了这年年底的压轴大戏，足见李显阳和由他主演的话剧，在中国戏剧舞台上的分量。

尤朗月没去北京，但写了一首诗发在微信朋友圈。她给李显阳发了一部分，以祝贺他再创演艺事业的辉煌。全诗如下：

祝你再创辉煌

亲爱的，今天
这一串值得我们记住的数字
2017.12.28　19:30
中国国家大剧院璀璨的舞台上
将闪耀一颗
来自祖国东北钢都隆山的
戏剧之星
由你主演压轴话剧《风雪》
可见你在全国戏剧界的分量

继1996年你荣获文化部
颁发的文华奖之后
二十一年过去
你再度来到首都北京
中国国家大剧院舞台
带着全国文明城市钢都隆山
市委市政府领导的殷切期望
带着钢城人民对你的厚爱
和你对这片热土的深情
你将再度绽放
积累了大半生的艺术芳华
再创戏剧人生的辉煌

亲爱的,祝福你!
很想亲临现场
为你献上鲜花和掌声
但人生难免有遗憾!
一方面由于种种原因
我不太方便出行
另一方面也为了
给你留下恣意挥洒
尽情演绎的空间
因为没有想到在舞台上
纵横驰骋了四十多年
征服了无数人的真正的
“戏霸”“台霸”
会那么在乎我的评价!
生怕一个无意识的眼神
会影响你的正常演绎
打断台词等等
真的!
有上次在隆山师大礼堂
观看话剧《风雪》的首演
在那么多领导和母校师生面前
我成了观众席上的主场
也就够了!
也像你在戏中
哭前妻时说的那样
“我都不敢看你!”
我也是这样
(这种感觉挺奇妙的
与见识和阅历
没有关系)
我坐在观众席上
生怕哪个表情不对
分散你的注意力
干扰你的情绪
经验再丰富的演员
也是血肉之躯
不可能如入无人之境
你驾驭舞台的能力

和对观众的敏感度
老道到能看到台下观众
什么表情
能听到观众在说什么
所以，为了你不负众望
就让首都北京和省城沈阳
以及钢都鞍山的朋友们
代替我吧！
成功是一定的了！
无须我多说
在此祝你再创演艺事业的辉煌！
加油！
静候佳音！

尤朗月还觉意犹未尽，又发了一贴感慨，如下：

有些放手，一定是出于真爱

常在网上看到这样的话：
"有一种爱，叫作放手。"
好像有一首歌
也是这样唱的
我要说的是：
爱，不一定都要放手
但放手的，有些
很可能是因为真爱！
比如：我因为挚友
主演话剧，台词较多
不像拍电影或电视剧
不妥了再重来一条
也不像开演唱会
或者朗诵和演讲比赛等
因彼此太在乎对方
生怕一个眼神不妥
影响演出情绪和效果
就放弃了亲赴北京
中国国家大剧院剧场
享受艺术魅力

分享荣光
不像有的人
这百年难逢的时刻
岂有不去之理？
可我就是我
为他人着想
不一样的烟火！
为了真爱、大爱
在有些事上
选择放手

古今中外
因爱而选择放手的事例很多
比如《聪明的一休》里
就有这样一个故事：
两个女人都说自己
是孩子的亲妈
法官让她俩抢
看谁能抢到手
俩妈都拽孩子胳膊
抢来抢去的
她说她是亲妈
她说她是亲妈
最后亲妈哭了
松手了
说因心疼孩子
怕把孩子胳膊抻坏了
法官立马断定
放手的才是亲妈！
她心疼孩子
舍不得孩子受苦……

当然也有后妈带孩子
带出感情
怕孩子受伤害
无奈交给亲妈的
电影《亲爱的》
就演绎了这样一段情景

真爱，无言
真爱，无悔

老妈在世的时候
有一次去南方旅游
所到之处
遇到祭拜的时候
老妈就为这个祈祷
为那个祝福的
有人问道：
为你自己希求点什么呢？
老妈想都没想就说：
只要他们都好就行！
我乐在其中……
多么无私而慈爱的母亲！
我们身体里流淌着相同的血
大爱无边
大爱无疆！
所以我说：
在某些特殊
或特定情况下
有些放手，一定是
出于真爱
无私的大爱
是人世间最圣洁
高贵的情感！
让我们为天地间
所有这样的情感
而虔诚地祝福！

新年第一天晚上，《隆山新闻》报道了话剧《风雪》赴京演出的盛况，座无虚席。共鸣处观众掌声雷动。演员多次谢幕，仍然有不少观众久久不肯离去。

九点多钟，李显阳回隆山第一时间就给尤朗月打电话，告诉她演出非常成功，开演后门外还有问票的，没出现提前退场的情况。他也是使出了浑身解数吸引观众，到北京后情节还有改动，只是更好了。这可把他累坏了！

“太好了！再创演艺事业的辉煌！为你高兴！”尤朗月能想象出他也是拼了。又想到了她较为关心的问题：“你家那口子去看没？”

“去了。”李显阳说：“文广局安排的！北京的那几个亲戚也去了。”

“《隆山新闻》刚才报道了，十点和明早七点还能重播。一会儿你看看！”尤朗月说。

“好，一会儿我看看！我还要告诉你一声，女儿来电话了，又买了一千多平方米的房子，搬新家了！”

“太好了！为你高兴！”尤朗月欣喜地说。

“电话里都要哭了，俩孩子带不过来，让我们过去，周末就走，得两三个月。”

“那你春节得在那边过了？”

“嗯。”

“刚才报道说你们这个剧还要听取各方意见修改和打磨，然后到各地巡演。”

“是呀！听取你们这些大咖的意见。回来再说吧！你多保重，照顾好自己！”

李显阳仍未挂电话，静了几秒钟，尤朗月就先按了停话键。

上床以后，尤朗月就开始在微信里敲字，内容是这样的：

等你

亲爱的朋友！
真是人生如剧
来不及彩排
事情的变化
往往要比计划快
你还没来得及修整一下
又要飞了
飞到大洋彼岸
帮女儿打理一下
新购置的琳琅满目
富丽堂皇的新家
你说女儿希望你们
马上过去
爱女之切
可以理解
换作谁也一样
我为了给宝贝做饭
不也常常叫不出去
或者急匆匆回家吗？
我相信你
很快就会回来！
因为由你主演的话剧《风雪》
经过进一步
听取各方意见

修改和打磨
将要到市内外
多处巡演
以你对戏剧舞台的钟爱
和永无止境的
时时膨胀的
渴望永远辉煌的欲望
决定了你
走不了太久!
盼你回来!
带我驰骋
更广阔的天地
等你!

尤朗月敲完就发了朋友圈。

5

李显阳从北美回来,并不是像他走之前所说的“得两三个月”,而是隔了半年才回来。到那以后陷入亲情的海洋,身不由己,什么时候回来不由他说了算。

尤朗月是预料到的。

他回来的“第一时间”,就给尤朗月打了电话,通报了情况,并告知自己的腿患了腱鞘炎,做了吸髓手术,现在拄着拐杖。等过一段时间,再给她打电话。他主要关切的是尤朗月的长篇小说出版进展情况。

尤朗月告诉他,正在等出版社的答复。版权已经在你的建议下到省版权局注册了。

“多条腿走路!”拄着拐杖的李显阳说。

尤朗月立马想象出李显阳拄着拐杖的“多条腿”形象。

“天雨肠子做手术了,你听说没?”李显阳又关切地问。

“听说了。他媳妇也做了胰腺手术。说效果挺好!前几天以他俩名义还举办了一场诗歌朗诵会,古荫也去了。谁知道啥意思呀?是为了圆媳妇的梦啊,还是圈钱呐,还是正‘三观’给谁看呢?肯定是背后该怎地还怎地。因为我第二天过马路的时候就看到他和古荫了。我装作没看见,就过去了。”

“我在沈阳呢!我三姐夫住院,孩子没在身边,让我看护。你多保重!我过段时间给你打电话。”

过了段时间,李显阳来电话告诉尤朗月:“她(指王慧)做手术了!乳腺癌。”

“啊!”尤朗月大吃一惊。

接着她又安慰起他来:“这个手术过关了!宋美龄之前做完还活了一百多岁呢。别因为家里有病人就自己上火，完了人家没事，自己先不行了！”

“我不能不管！”李显阳说。

“你当然不能不管！我要是有病了，你能管噢？”尤朗月半玩笑地反问。

“你有病了，我伺候你！”李显阳斩钉截铁地也开玩笑。

“嘿嘿，你好好照顾她吧！”

“我去买药。她们已经把病志翻译出来，给女儿那边传过去了！看看那边有没有对身体损害小的化疗药。完了就得走了！”

“那你就多保重吧！”尤朗月有些不舍，又有些生气地说：“我以为你能帮我呢！每次回来都有事。拖到现在，管控严了，作品审批难度大了！”

“这方面我帮不上你，我也不能忽悠你呀！你告诉电视剧合作方，如果需要演员，我这边可以提供。”

“想得美？”尤朗月想起时下流行的几句诗：“日落西山你不陪，东山再起你是谁？同甘共苦你不在，荣华富贵你不配！”心里说：“事成了你就想参与进来，事没成你就有各种理由不出大力投入。世界上哪有捡大便宜的好事？也太实用主义了吧？不想想我能接受得了吗？”就不忘问一句：“你是不是恨我？”

没等尤朗月说完，李显阳就斩钉截铁地大声连说两句：“我爱你！我爱你！”

“因为我说话耿直，触犯过你？”尤朗月又问。

“你爱我不？”李显阳也问。

“嗯——”尤朗月点下头，抻长声，没多说。

这之后，他们就没再见面。尤朗月以为他们走了，就写了首告别诗：

告别

亲爱的，你口口声声说爱我
巧舌如簧
像一只漂亮的鹦鹉
被基因设定了程序
你说我前夫哥没有认识到
我的人生价值
不懂得珍惜
你希望我们留住美好！
不枉此生……
可我感觉
你只爱你自己
和你那视如生命的艺术！
我深知做你的女人不易
需要有多么宽广的胸怀

和恢宏的气量
既要有燕语莺声
长袖善舞
梨花带雨的天赋和本事
又要有叱咤职场、官场、情场风云
纵横捭阖的大家风范
既“上得了厅堂，
下得了厨房”
又“斗得过小五，
打得过流氓”
其实做你的女人
虽然开心快乐
幸福甜蜜
但情有多伤
爱有多累
你知道吗？
哪个不知死的
敢赴汤蹈火？
虽然还爱着你
但如今，你叫不出去我了
因为我痛彻心扉地认识到
我们不是同一条道上跑的车
你有任你驰骋的广阔天地
我有任我徜徉的广袤原野
我们也不是同一频道
同声部的人
我们都有各自不同的兴趣爱好
和人生走向
分道扬镳是必然的结果
命运的选择
我们只能坐以待毙
无能为力！
只希望你能看在
我们相爱过的份上
不要像其他人那样
“爱之深，恨之切”
反目成仇
报复我

伤害我
让我们彼此心中
留下美好的念想和回忆
此生就无憾了
祝好！

尤朗月没想到她刚在微信朋友圈里发完这首诗，就人传人，很快就传到了李显阳的耳朵里。

她不知道李显阳还没有启程。

这期间他接受了另一所大学的力邀，与师生们一起排演了根据这所学校的省模范教师蔡明哲教书育人、爱生如子的感人事迹创作的话剧，由他主演那位模范教师；也因为经多方研究得知，他太太王慧手术后在国内化疗比在国外利大于弊，因而暂时推迟了行程。

自打得知尤朗月写了《告别》诗起，隆山市文化娱乐圈可就不消停了。正值年终岁尾，不是今天开迎新春联欢会，就是明天开某某联谊会。这天李显阳本来在沈阳陪王慧做化疗，也被周天雨冠以建立文化自信"名家讲坛"为名，邀请过来搞个人讲座。

李显阳当然愿意接受这样的邀请，台下座无虚席，讲座成功是必然的。

尤朗月当时正在逛超市，她是在朋友圈看到这个信息的。她半信半疑道："李显阳还没出国？"

从视频和图片上看，李显阳明显见老了。双鬓斑驳，没有染发。他身穿深蓝色羊绒衫，蓝色宽松的运动裤。黑色皮大衣和格围脖放在会场前排的桌子上。

视频截取了一小段李显阳表演的获得文化部文华奖的那个话剧片段，台词大意是说：

"小祖宗，我没有做错什么，没有啊！你怎么这么不信任我？你要是再这么怀疑我，我就要离开你，不回头！"他把"不回头"仨字用一个手势和往前倾一步的动作加以诠释，让人十分心疼。

只几天，湖北武汉爆发了新冠肺炎疫情，封城势在必行。李显阳更走不了了。

尤朗月满含深情和感动，在第一时间写了一首长诗《致敬！新时代最可爱的人——白衣天使》发在微信朋友圈：

致敬！新时代最可爱的人——白衣天使

当21世纪第一个十年已然挥手
当21世纪第二个十年晨光熹微
当伟大的中国共产党
带领英雄的中国人民
为全面建成小康社会高歌猛进
当全国人民欢天喜地

迎接新春佳节到来的美好时刻
一场意想不到的疫情袭击了武汉
病魔笼罩了中国……
一时间毒云压城
雾霾萦绕
一场生命保卫战已经打响
一场救死扶伤
大爱无疆
英勇赴险
舍我其谁的英雄群体诞生！
他们就是这个伟大时代最可爱的人
他们是真正意义上的降魔天使！
他们之中有年过八旬的
老医学院士、专家、学者
有新婚燕尔的夫妻
有男孩的爸爸
女孩的妈妈
他们都有一个共同的身份
那就是人民的好医生
真正意义上的白衣天使！

在这个没有硝烟的战场
他们普遍因戴着防护面罩
面部变形或浮肿
有的受伤或疼痛
他们为赢得这场战役的胜利
所付出的代价可想而知！
他们没日没夜的奋战
或救治病人
或采集数据
研究、破译病毒
寻找精准治疗方案……
使命在身
哪怕牺牲个人生命也在所不惜！
大疫当前
岂顾得了个人安危？
他们奋不顾身
舍小家顾大家的高尚情怀

克己奉公
为人民服务的敬业精神
以及“医者仁心”“大医精诚”的职业风范
令全中国人民感佩
令全世界人民竖大拇指!
敬爱的白衣天使!
亲爱的兄弟姐妹!
你们不愧为新时代最可爱的人
全中国人民都在为你们的平安而深深地祈祷!
十四亿中国人民是你们的坚强后盾
是你们的后援团!
强大的祖国是你们的大后方
虽然“人生如剧,来不及彩排”
但“疫情无情人有情”
相信在党中央的坚强领导下
有全中国人民的鼎力支援
你们一定能够早日降服疫情
驱逐病魔
祝你们平安归来!
祖国人民在等待你们的好消息!
武汉加油! 中国加油!
期盼龙佑中华
天耀中华!
可敬可爱的白衣天使加油!
全中国人民向你们致敬!

尤朗月多么希望这首长诗能由李显阳来朗诵,然后通过线上传到武汉抗疫前线,以表达对“舍生忘死”“舍小家,顾大家”“生死逆行”的医务工作者的崇高敬意之情,但遗憾的是,她联系不上李显阳。他给她打电话的号码总关机,他之前说,出国后会给她打电话的。

这一天尤朗月在朋友圈里获得了超多点赞和评论。其中冯秋实的评论更醒目:“朗月大手笔,感动!”

第二天一觉醒来,尤朗月拿起手机,便看到有亮点提示,原来是隆师同学、双目失明的李小小发过来的朗诵音频,同时征求意见问可否发在同学群里。

“当然可以,传递正能量嘛! 谢谢你,受累了!”尤朗月说。

这首长诗立即在同学群里传开了,老师和同学们纷纷点赞和评论。

秦涛说:“我们全家八口人围坐在一起倾听,已转发到中小学同学群里了。”

紧接着,尤朗月从网上的一个公众号里听到了有李显阳朗诵的音频,就扫了人家的二维码，加了关注，并提出请求要李显阳老师来朗诵自己的作品，否则就算了。

几天后，尤朗月在微信朋友圈看到了由李显阳发起组织的“同题诵”——郭沫若的《天上的街市》，说明李显阳还在国内没走。由十一个人朗诵，显然有一个人是后加进去的，就是把尤朗月写的《告别》诗传给夏诗文和周天雨，进而又传到李显阳耳中的那位秦咏雪。

大家朗诵的内容还是让尤朗月很有感觉。她能够想象得出李显阳在居家隔离期间，在夜幕降临、星河璀璨的夜晚，站在高层家里的飘窗前，望着寂静的万家灯火，已不似从前，也许会想到自己以往经常购物的商场，现如今是否还能像往常那样在下面行走？便想到了郭沫若的《天上的街市》，于是产生了组织“同题诗”朗诵的欲望。

接着，李显阳又让人帮他制作了视频，在某某平台上传了由他一个人朗诵的阿垅的《孤岛》。朗诵和音乐背景都令人十分震撼。

尤朗月觉得并不完全是自己自作多情，毫无疑问，这就是针对她朗诵的，是给她听的。因为李显阳知道自己平时总上网查看他的信息。看来那个公众号的编辑，已经把自己要求由李显阳来朗诵自己诗歌的信息传递给了李显阳。她在百度点击查阅了《孤岛》原文，悉心地品位和体察其中的意蕴。

孤岛

在掀腾的海波之中，
我是小小的孤岛，
如同其他的孤岛
在晴丽的天气，我能够清楚地望见大陆岸边的远景
似乎隐隐约约传来了人声，
虽然远，但是传来了，人声传来
有的时候，
也有一叶小舟渡海而来，
在我的岸边小泊
而在雾和冬的季节，
在深夜无星之时，
我不能看到你了，
我只在我的恋慕
和向往的心情中看见
你为我留下的影子
我，是小小的孤岛，
然而和大陆一样
我有乔木和灌木
我有小小的麦田和疏疏的村落
我有飞来的候鸟和鸣鸟，

从你那儿带着消息飞来
我有如珠的繁星的夜
和你共同在里面睡眠的繁星的夜
我有如桥的七色的虹霓，
横跨你我之间的虹霓
我，似乎是一个弃儿然而不是
似乎是一个浪子然而不是
海面的波涛罟然地隔断了我们，
迷惘的海雾黯淡地隔断了我们，
想使你以为丧失了我
而我以为丧失了你
然而
在海流最深之处，
我和你永远联结而属一体，
连断层地震也无力使你我分离
如同其他的孤岛
我是小小的孤岛，
你的儿子，你的兄弟

尤朗月反复听了多遍，又沉浸在对李显阳的无尽思念之中。

因为疫情期间，封城封道，更因为不能为了自己的私欲而让家人承担疫情的风险。尤朗月打消了找李显阳的想法。

这期间李显阳在线上可忙坏了，经常集结本市由他担任会长的朗诵艺术家协会的会员们朗诵抗疫作品，且声势浩荡，形式多样，广受省内外、市内外听众的赞誉和欢迎。同时也受到了隆山市委宣传部和市文联官方的鼓励和表扬，并把他们朗诵的视频、音频传到了全国最大的网站上。电视台也以《抗疫 · 隆山文艺家在行动》为题，报道了他们带给社会的积极正能量。

不久，尤朗月在网上听到了李显阳代表北美队和北京中国美好声音艺术沙龙祖国队之间的空中云端的互动，知道他已经飞走了。

她好落寞。

2020 年“七夕节”来临之前，尤朗月突然十分想念起自己年轻时的工作伙伴谭思诚来，遂写了一首长诗以表达歉意之情。全诗如下：

今年七夕，我只想对你说声“对不起！”

仰不愧天
俯不怍人
今年七夕

我只想对你说一声“对不起！”

久违了，我的第一个工作伙伴
我的婚前好友
我乐观向上
自强不息精神的引领者
曾经的“对面桌”——
“同桌的你”！

你曾是我向往的一座山峰
也是上级领导加融贯中西的学者
家学渊源　深沉厚重
才华峥嵘　傲骨生风
在你面前
高山仰止
我只配做个快乐的学生
在那个特定的历史年代
我们曾同窗共读
如影随风
共同度过了难忘的青葱岁月
只可惜残酷的命运
阴差阳错
否则，我们的人生之旅
将会改写
俱往矣！

电视剧《豪门恩怨》主题歌句尾
是这样唱的：
“有多少心里话未说，
人生已告终。”
这个曲调在我心里萦绕好多年！
我很想趁这宝贵的有生之年
一改以往的腼腆、羞怯
矫情和自尊
打开心扉告诉你
我曾在心灵深处爱过你！
只因为同样不可撼动的
传统人生理念和“三观”

只因为如今不值一提的
生辰年纪!
就让白衣飘飘的我们
曾经像梁祝一样缠绵的爱恋
像牛郎织女一样美好的情感
不得不停止延续
只因为有些有分量的爱
是拒绝不了的!
说不出不爱
无法面对
只能回避!
而回避,又造成了更大的伤害

如今,已三十八年过去
正像毛主席他老人家所说
“弹指一挥间”
也像成龙大哥的书名——
“还没长大我们就老了”!
在此反思人生,盘点过往
我要真诚地对你说一声“对不起!”
虽然很有些迟,相当地迟了
世事变迁,我们也已回不去
但仍望你能原谅我
当初的迷茫与犹疑
过于看重尊严和声誉
没能袒露真实的心境
请原谅我当初对情感认识的
偏颇和狭隘
虽然你的年龄
比我周围的其他人
要晚好多
但不能否认
你是最具有责任感的一个!
看来责任感真的与年龄无关
男人的责任感
会让心爱的女人无龄感
虽然年长于你
仍像小鸟依人

追随于你
责任感之于男人
是一个非常优秀的品质！
你的这一点
改变了我固有的成见
红色的家庭出身
良好的人文教养
值得我永远尊敬和珍视！
请别恼恨我好吗？
我们仍然像这么多年一样
遵守默契，互不相扰！
平和度日，毋庸回应
因为我们都无法面对
这么多年的沧桑巨变
我们都已走得太远
更不必刻意矫情和掩饰
——那就不可爱了！
不必过度解读我的初心和动议
更没必要再考虑劳什子身份地位
尊卑贵贱
本已是悲剧
不必再演绎悲剧
轻装前行
只记住我曾真心爱过你
依恋过你
就 OK 了！
还一个心意给你
了却你当年的一个心愿
解一个谜团
虽仍然残酷
但祝好运常在
万事大吉！

尤朗月这次没有像以往那样顾虑太多，也没有过多考虑在微信朋友圈发这首诗会对谭思诚的各方面造成什么影响。她不再关注他现在职位如何，家庭是否幸福，若传到谭思诚耳中，会不会对她有负面影响。她只想表达一个陈年已久的歉意，还一个心意而已，并不在意后果如何。

事情的唯一结果是，时时关注尤朗月动态的李显阳，在网上看到这首诗以后，嗓子坏了！突然间,他说话的声音半哑,起不了高音了。这可等于要了他半条命。

本来七月初七的前两天,他还在空中云端与隆山的一位合作多年的女公务员合诵了一段《霸王别姬》。两人情真意切的语音表演,诠释和演绎了项羽兵败垓下,四面楚歌,虞姬自刎时,霸王别姬的千古悲剧场面。

项羽悲叹的那段话,是李显阳这次朗诵所要表达的中心意思。

原话大概是:尽管我的力量可以拔起大山,尽管我的气势可以压倒一切人,可为什么,我却保护不了我的挚爱、我的女人?

随着李显阳在北美生活的逐渐适应,每天悠哉游哉地与家人尽享天伦之乐,日子越久,越觉得欠尤朗月点什么。

尤朗月关于出书和拍电视剧的诉求,正需要有人能助一臂之力。可自己国内国外飞来飞去的,非但帮不上什么忙,还因为她太过信赖自己,有些依靠自己,反倒无形中给耽误、拖延了一些时间。

尤朗月认为李显阳交际面广,认识的人多,即使为了自己的家庭稳定,为了女儿的幸福生活着想,坚决不能动用官二代女婿,但他要是诚心想帮她的话,也是能帮上忙的。哪怕上北美走了,不还有热线电话吗？可他却以王慧经常查看他微信,不让他俩有联系为由,没加微信。

之前说好他回北美后给她来电话,却因两件事耽搁了。一是市内的另一所大学,力邀他执导并主演参赛话剧;二是王慧正在化疗阶段,病志已让人翻译成英文传到了北美。在哪边化疗风险小些,要等女儿那边的电话。

正在这期间,就有人煞有介事地告诉他说,尤朗月在微信朋友圈发了一首《告别》诗,祝李显阳一路走好。这对李显阳如晴天霹雳。幸好杂事太多,演员的功力也发挥了很大作用,又赶上了疫情,他就"化悲痛为力量"地把朗诵的爱好展现到了极致,呈现给社会的都是满满的正能量。

时间越久,李显阳越反思自己,越思念尤朗月。

可在网上查看到尤朗月发在微博里的长诗《今年七夕,我只想对你说声"对不起!"》后,李显阳突然间就说不出话来了,就像是被谁扇了几个大耳光似的让他颜面尽失,无地自容。

看来尤朗月把他的爱彻底否了。虽然自己年长于谭思诚那么多,可所作所为在尤朗月眼里,还不如人家的几分之几。他也是一个追求完美的人,只不过是出身和经历不同,情况不同,表达的方式不同罢了。

这场爱恋至此,虽然甜蜜的回忆时时涌起,但他觉得结局很失败。

从这之后,他以身体不适和疫情为理由,停止了一切线上线下的朗诵活动。尤朗月在网上再也查看不到李显阳有新的动态和朗诵的信息了。

不只尤朗月看不到李显阳的新动态,那些钟情和青睐李显阳多年,且互加了微信的铁粉们也看不到他有新的消息了,都有些坐不住的了。

其中给王慧的病志翻译成英文的那个退休高中英语女教师一马当先,凭借着由李显阳任命的朗诵艺术家协会副主席的身份,主动联系李显阳,精心组织了一场"纪念建党一百周年——迎新年朗诵会"。

李显阳发来了头一天录好的表示祝贺的视频：阳光明媚的上午，洁白的落地窗纱，映衬出窗外尚还有如织的绿荫。李显阳坐在一黑色高端、贵气的大沙发上，用反差于以往的带电的嗓音，盘点了过去一年里隆山市朗诵艺术家协会所取得的骄人成绩，鼓励大家再接再厉，并预祝朗诵会取得圆满成功。

所有在座的人都热切期待的那个熟悉的、立体的、带电的，且颇有张力、十分嘹亮的声音，怎么不见了？

大家都奇怪：这李老师怎么了？经历了什么，导致他那非常金贵的、独特的、美好的、让人羡慕的嗓音发生了如此大的变化？

之后大家就议论纷纷。只有通过传递李显阳和尤朗月秘闻而进入这些人视线的秦咏雪，有的没的地透露了一些情况。

尤朗月直到看到这个视频，才解除了几个月以来心中的谜团：原来李显阳四个月没露面，甚至把他十分重视，曾不顾东西两半球时差，积极热心地策划和参加过几次的中国美好声音艺术沙龙定期举办的活动也遗憾地放下了。果然是身体或者说是嗓子出现了问题。

“只要不是新冠肺炎就好，嗓子废了，就废了呗！嗓子废了，他就回归了普通人的行列，没有了声音的优越感，那又如何呢？”尤朗月在心里跟自己说：“我不就没有声音的优越感吗？他不照样爱上我了吗？有美好声音更好，锦上添花，给人生加分；没有美好声音，人生也未必差太多。虽然我是因为看了他的朗诵表演，听了他朗诵的声音，进而喜欢上他的，饱了眼福和耳福，但他现在没有了这动人的声音，我心里可能感觉更舒服了，免得与他周围的女人们争风吃醋，难道不是吗？他应该为阖家欢乐、离我而去，不方便分担我为事业的努力，而承担后果吗？”尤朗月认为从她的角度来讲，答案应该是肯定的。

纵观人生、爱情种种，尤朗月得出的结论是：“婚外情，结局注定是悲剧的，任谁都不能碰。不论你权力多大，财富几何，有着怎样的光环和个人魅力，不论你是谁！”

“难道这出悲剧的直接制造者，扯老婆舌、传递错误信息、挑拨离间的秦咏雪，给我和李显阳双方造成了那么大的身心伤害，应该是法外之人吗？”尤朗月在反复地思索这个新的历史条件下的关于道德和法治的新课题，觉得余生，要尽全力呼吁关注这样的问题，推进中国的法治进程。

尤朗月已有一段时日不查看李显阳的消息了。

端午节来临之际，她把几年前写的悼念屈原的长诗《不朽的诗魂，其实从未离去》添加了图片，发到美篇。然后，她重拾以往的习惯，点了“李显阳朗诵”几个字，随手翻了几页，几个她没有听过的朗诵音频标题赫然而出。还有新朗诵的，这说明李显阳的嗓音恢复了常态。

其中有一个是在一年前的这个时候，发表在隆山头条上与女搭档合诵的《霸王别姬》，让尤朗月非常有感觉，可是她才看到。

那女的开头朗诵：“那幽幽的，凄楚的，充满了沙场上哀愁的角声……黑云压城，万马嘶鸣……”

李显阳接着朗诵：“尽管我的力量可以拔起大山，尽管我的气势可以压倒一切人，可为什么，我却保护不了我的挚爱、我的女人？”

……

尤朗月听完想:这个句子才是李显阳选择这个内容所要表达的中心意思吧?说明他还是有良知的,并不是对我无情无义。但遗憾的是我早没看到。如果在发表之初就听到这个朗诵,自己还会伤心失望地写下对谭思诚表达歉意的长诗吗?为了维护李显阳的尊严,她想她是不会那样写的,更不会发在汇集各路人等的朋友圈。

唉!谁让他俩人为地失联呢?还是免不了阴差阳错呀!

第二天尤朗月一睁眼就看到手机的通知栏里有李显阳和那个退休高中英语女教师搭档的合诵通知,标题叫《1954 年的蝴蝶胸针》,写的是全球著名的好莱坞影星格里高里·派克和奥黛丽·赫本之间唯美的爱情故事。她戴上耳机听了,感觉颇耐人寻味,引人深思。

李显阳朗诵的几段意蕴隽永的句子,非常恰到好处地迎合了尤朗月这几天以来,想要捕捉的关于友谊和爱情的关系转换过程中,让她百思不得其解的感觉和真谛。

文中通过李显阳之口朗诵出来的作者所要表达的价值观,似乎也是李显阳所要表达的价值观。

李显阳是这样朗诵的:"想来,男女之间的交往,确实是很玄妙的。从友情到爱情仅一步之遥。但从爱情到友情,却仿佛要经历千山万水。试问尘世间,当爱情华丽转身,还有几个人能心怀坦荡地重摆友情的宴席?是的,他们做到了。凭着对缘分的尊重和对友情的信仰,两个人将千山万水的距离,浓缩为咫尺天涯,将所有的爱与情,埋藏在了那个夏天的《罗马假日》里。"

女的朗诵:"梅厄的移情别恋,给了渴望一份爱情至终至老的赫本一个致命的打击。她离了婚,后来又结了婚又离,再后来,一个又一个的男人,从她的生命里,兜兜转转,走近又走远。"

李显阳朗诵:"四十年的光阴里,一成不变地陪在她身边的只有那枚蝴蝶胸针,无数次,她给他打电话,说到伤心处,忍不住泪水涟涟。他轻声安慰着她,说着一些无关痛痒的话。没有人知道于他而言,她的每一滴眼泪,都如一枚跌落的流星,刺入大海的心房,表面风平浪静,内心却已是铁马冰河般的汹涌。她至死都不知道,从他遇见她的那一天起,她便一直是他生命里的月光,日日夜夜,灿烂在他心灵的最深处。"

噫吁嚱!李显阳的这段朗诵,似乎阐释了尤朗月多年以来苦苦追寻和探索的关于爱情转换成友情后男女之间关系问题的答案。

"没有人知道于他而言……"尤朗月放下手机,李显阳那惯于煽情、富于表情的深沉表达,仍不绝于耳。

"真是'听君一席话,胜读十年书'。"尤朗月的心灵之门顿开。

她之前写过一首诗叫《往后余生,不要爱情》,痛煞情怀地倾诉当纯洁的友谊一旦上升到爱情层面,其性质就变了,就有伤害了。"爱情真就是一把双刃剑"云云。她把原诗发到了美篇平台:

往后余生，不要爱情

经历过数不清的风花雪月
阅尽了半个世纪雨雪风霜
漫步在洒满夕阳的林荫路上
心情无比惆怅、哀伤……
“无法告别”的懵懂青春
难以挽回的“遗憾终生”
深陷无望的“婚姻沼泽”
冲不出人间围城
放手曾经的亲密知己
热恋的爱情……

如今这一切
都远去了
飘散了
消逝了
没有一个曾经的过客
是“挥一挥衣袖，
不带走一片云彩”的
让我轻松！
曾经的相知相爱
曾经的两情相悦
曾经的海誓山盟
曾经的花好月圆
转眼间就反目成仇
翻脸比翻书还要快
他们的尊严
神圣不可触犯
不可伤害
高过他们对待
曾经渴望的爱情
他们没有一个做得到
像翩翩君子那样
带着潇洒的风度
转身离去
而是无一例外地

为了自己的尊严
选择报复
伤害和折磨
更有甚者
丧失基本的契约精神
人文操守
不再顾及我的喜恶和感受
选择与离间及仇恨我们的人
搅到一起
犯下了“资敌”
这不可原谅的错!
让我不敢相信爱情
更不敢相信人性!
他们所起的副作用
所达到的伤害
远胜过仇人
更让人心痛!
爱情这东西真是把双刃剑
给你欢喜给你忧
前脚天堂,后脚地狱
我曾写了几十万字的长篇小说
直击都市文化娱乐圈生态
专门探索人生
人性和爱情
写友谊一旦涉足爱情层面
其性质就变了
就有伤害了
鲜血淋漓地揭示
爱情的多面性
奇妙性
特殊性
复杂性
诡异性和排他性
仍然有友谊之舟覆没
仍有人重蹈覆辙!
所谓爱情
它其实真就是一把双刃剑!
爱的同时一转身

或者纯洁的友谊
一旦升华为爱情
其性质就变了
就有伤害了
就可能违背了美好的初衷
友谊也就不复存在
朋友也做不成了
所以往后余生
我只渴求友谊
亲情和恩情
不要爱情
不要爱情！
如果你曾是我的朋友
你曾爱过我
珍惜过我
那么我请你珍重
三思而行
我宁愿你不爱我
友谊还可能长久
我不要爱情！
不要伤害！
我只想要收获亲情
友情和恩情
不要爱情！
你只要给我友情
说明你是无私的
更可能获得我的尊敬和维护
我们的友谊或可天长地久……

“显然，李显阳选择的这个朗诵是有针对性的。他很可能看到了我发的这个美篇。我俩由爱情转换成友情的可能性有多少呢？你能同意吗？我能同意吗？你朗诵说派克和赫本做到了。可你朗诵的态度和语气是十分认同作者观点的，和普罗大众的观点是一样的。你在生活中和职场上，虽然也是一个了不起的演员，甚至在某些方面还是挺伟大的演员，可是你是世俗社会的成员，你接受不了那样的角色转换。你的优越感注定你是不会甘愿受委屈的，哪怕对自己多么心爱的女人，多么挚爱的情人！呜呼！我们将会是如何？我无法想象啊！”尤朗月陷入了沉思：“对了，那两个资深女搭档为什么这几天紧着在各种平台张扬与李显阳合诵的作品呢？”她抬头看了一下台历：“哦，她们是想露一小下面儿，让有关方面挑选主持人或者朗诵人员的时候想到自己吧？很可能是的。她们也太要强了！”尤朗月摇摇头，无奈而又会心地笑了，心想：“爱好啊！没办法的事……”

下午，尤朗月就在微信公众平台看到了他们最近组建的朗诵文艺沙龙举办的“百年辉煌专题朗诵会——诗坛上走来的毛泽东”。俊男靓女一大堆，李显阳是总策划人。

沙龙的主旨是“让朗诵悦耳，拾文学洗心”。他们认为，他们的朗诵给枯燥的文字插上了飞翔的翅膀。他们好骄傲、好自信、好荣耀啊！

“切！”尤朗月开心地想：“我的长篇小说迟早会被改编成电视剧，搬上银幕的。我对文学艺术的贡献比他们立体，我的人生价值当然会比他们大得多。这一点李显阳最清楚，他最懂得珍惜我的人生价值。”转念一想：“哦，可我们还是败给了现实，他还是失去了我！……”